범우비평판세계문학선 8-❷

마의 산(하)

토마스 만 지음
홍경호 옮김

범우사

차 례

제 6 장

변 화

도대체 시간이란 무엇인가? 그것은 하나의 수수께끼로, 실체는 없으나 전능하다. 그것은 공간 내에 존재하는 어떤 물체와 그 물체의 운동에 결부되고 혼합되어 있는 운동으로 현상계에 존재한다. 그럼 운동이 없으면 시간도 존재하지 않는 것일까? 얼마든지 물어보라. 시간은 공간의 한 작용인가? 아니면 그 반대인가? 혹은 시간과 운동, 이 두 가지는 같은 것인가? 시간은 동사적(動詞的)인 성격을 지니고 있어서 '낳는 힘'을 갖는다. 도대체 무엇을 낳는가? 시간은 바로 변화를 낳는다! 둘 사이에는 운동이 있기 때문에 현재는 이미 과거가 아니며, 여기는 이미 저기가 아니다. 그러나 시간을 측정하는 운동은 순환적이며, 그 자체로서 완결된 것이며, 과거는 부단히 현재 속에, 저기는 쉬지 않고 여기서 되풀이되기 때문에 이 운동을 거의 정지와 정체라고 불러도 좋을 것이다. 그리고 또 종말이 있는 시간과 유한적인 공간이라는 것은 아무리 애써 시도해 봐도 상상할 수 없는 것이기 때문에, 우리는 시간은 영원하고 공간은 무한한 것이라고 생각하게 된다. 그러나 영원과 무한을 인정한다는 것은 국한된 것과 유한한 것을 모두 논리적으로 계산해서 부정하고, 상대적으로 그것을 영(零)으로 환원시킴을 뜻하는 것이 아닐까? 영원 속에서 전후가, 무한 속에서 좌우가 있을 수 있을까? 영원과 무한이라는 잠정적인 가정과 거리, 운동, 변화, 그리고 우주 속에 국한된 물체의 존재는 어떻게 조화될 것인가? 다시 반복해서 질문을 던져보는 것이 좋겠다.

한스 카스토르프도 머리 속으로 이런 종류의 문제를 곰곰이 생각해 보았다. 이 산 위에 도착하자마자 그의 두뇌는 이런 가당치 않은 천착(穿鑿)에 흥미를 느끼게 되어, 감당키 어려운 격렬한 욕망을 만족시킨 후에는 특히 그 정도가 심해져서 엉뚱하게도 그런 천착에 사로잡히게 된 것 같다. 그리하여 이러한 질문을 자기 자신에게뿐만 아니라 선량한 요아힘에게도 던졌고, 먼 옛날부터 눈에 깊이 파묻힌 골짜기를 향해서도 질문을 던져보았으나, 그 어느 것으로부터도 속시원한 대답은 기대할 수 없었다. 어느 쪽이 가장 기대할 수 없는가에 대해서는 말하기 곤란하지만, 자기 자신에게 그런 질문을 제기했다는 것 자체가 자기 스스로도 잘 모른다는 사실을 드러낸 데 지나지 않았다.

요아힘으로서는 그런 문제에 관심을 보일 것 같지도 않았다. 어느 날 저녁때인가 한스가 프랑스어로 말한 것처럼 그는 평지에서 군인이 되는 것만을 생각하고 있었기 때문에, 그 희망이 실현될 것처럼 여겨지면 놀리기나 하듯 어느새 저 멀리 사라져버려, 그는 점점 더 초조해졌다. 그래서 최근에는 그 초조감을 직접 행동으로 끝장내려는 결의까지 보이기 시작했다. 그렇다, 선량하고 인내심 강하고 성실하고 근면하며 규율의 상징과도 같은 요아힘도 반항의 발작에 굴복하여 '가프키(Gaffky)'법에 도전했다. 가프키 법이란 진단법의 일종으로서, 지하 실험실에서 환자가 보유한 세균의 수를 조사하여 그것을 표시하는 데 쓰이는 방법이었다. 즉 분석된 담(痰) 속에 세균의 수가 작게 분산되어 존재하는지, 아니면 무수히 집단적으로 존재하는지를 가프키 번호의 크기로 규정하는 것이었다. 때문에 가프키 번호가 매사를 결정해버렸다. 왜냐하면 그 번호의 크기가 환자의 회복 가능성을 아주 확실하게 나타냈기 때문이다. 그것에 따라 환자가 더 머물러야 할 월수(月數)와 연수(年數)를 6개월 정도의 단기 체재에서 '종신' 선고에 이르기까지 간단하게 결정해버리는 것이었다.

요아힘은 이 가프키 법에 대항하여 그 권위 자체를 공공연하게 거부하기에 이르렀다. 요양소의 간부들에게 드러내놓고 노골적으로 거부한 것은 아니었지만, 사촌에게는 그것도 식사 때 이의를 표명했다. "난 이제 지쳤어. 더 이상 바보가 될 수는 없단 말이야." 요아힘은 갈색으로 그을린 얼굴이 벌겋게 상기될 정도로 큰 소리로 떠들었다. 또 그는 이렇게 말하기도 했다.

"두 주일 전에는 가프키 번호 2호로 증상이 가벼워 전망이 아주 밝다고 했는데, 오늘은 9호였어. 그야말로 세균이 우글거려 평지로 돌아가는 것은 말도 안 된다는 거야. 도대체 이게 어찌된 일인지 모르겠어. 이젠 더 이상 참을 수 없어. 위의 샤츠알프 요양소에 그리스에서 온 농부가 하나 있었는데, 이 사람은 병세가 몹시 악화되어 내일을 예측할 수 없는, 절망적인 분마성(奔馬性) 폐결핵 증세를 보였기 때문에 아르카디아의 대리업자에 의해 이곳으로 옮겨졌다는 거야. 그런데 이곳에 온 이후 지금까지 한 번도 담에서 세균이 발견된 적이 없다더군. 반대로 내가 이곳에 왔을 때는 완쾌되어 퇴원한 벨기에의 뚱뚱한 대위가 가프키 10호로 세균이 우글거렸다는데, 사실은 아주 작은 공동(空洞)이 하나 있었을 뿐이래. 가프키 같은 것은 지옥에나 가라고 해! 이제는 결판을 내야겠어. 집으로 가겠어, 죽는 한이 있더라도 말이야." 언제나 온순하고 침착한 청년이 이렇게 열을 올리는 것을 보고 모두 심한 충격을 받았다.

한스 카스토르프는, 모든 것을 포기하고 평지로 돌아가겠다는 요아힘의 위협적인 말을 듣고, 언젠가 밤에 제삼자에게서 프랑스어로 들었던 말을 떠올리지 않을 수 없었다. 그러나 어떻게 해야 할지 몰라 잠자코 있었다. 슈퇴어 부인이 요아힘에게 사촌인 카스토르프를 본받으라고 타일렀는데, 그도 그녀처럼 요아힘에게 자신의 인내심을 본받으라고 훈계할 수 있을까? 사실 슈퇴어 부인은 요아힘에게 충고하면서, 그렇게 화만 내지 말고 얌전히 체념하고, 부단한 노력을 본보기로 삼으라고 타일렀었다. 카롤리네 슈퇴어 본인도, 완쾌되어 남편 곁으로 돌아가 칸슈타트에서 주부로 일할 수 있도록 계속 요양할 작정이라고 말했다.

그러나 한스 카스토르프는 아무래도 슈퇴어 부인처럼 얘기할 수는 없었다. 특히 사육제 이후로 요아힘에 대해 미안한 생각을 갖고 있어서 더욱 그러했다. 사실 그는 직접 요아힘에게 그날 밤의 일을 이야기하지는 않았지만, 요아힘은 그 일을 틀림없이 알고 있을 것이다. 그래서 그는 따돌림, 배신, 불신 같은 감정을 느끼고 있는 게 분명했다. 두 개의 갈색 눈으로 별이유없이 웃는 버릇과 자극적인 오렌지 향수 냄새에도 불구하고 눈을 단정하게 접시 위에 떨어뜨리고 있는 요아힘으로서는, 사촌의 배신 행위를 못마땅하게 여기고 있는 게 뻔했다. 한스 카스토르프의 양심은 그렇게 말하고 있었다. 아니, 한스 카스토르프는 그의 '시간'에 관한 사고와 견해에 대해 요아힘이 나타낸 무언의 저항 속에서도 그의 양심에 대해 비난을 품고 있는 군인다운 근엄성을 느낄 수 있었다.

한스 카스토르프가 기분 좋은 안락 의자에 드러누워 형이상학적인 질문을 던진 그 골짜기, 눈에 덮인 겨울 골짜기에 대해 말한다면, 그 뾰족한 둥근 봉우리와 절벽, 그리고 갈색과 녹색과 담홍색으로 물든 숲은 조용히 흘러가는 지상의 시간에 싸여, 시간의 흐름 속에 묵묵히 서서 때로는 푸른 하늘 아래 찬란한 전경을 드러내고, 또 때로는 짙은 안개에 실체를 감추었으며, 때로는 석양에 비쳐 봉우리가 핑크색으로 물들고, 또 때로는 달밤의 매혹적인 아름다움에 다이아몬드처럼 차갑게 빛났다——성급할 만큼 빠른 속도로 지나가기는 했지만, 무겁고 지루하게 느껴지던 6개월 동안 골짜기는 항상 눈에 파묻혀 있었다. 그래서 요양객들은 모두 눈을 보는 데 진력이 나서,

눈이라면 이제 지긋지긋하다고 생각했다.

눈을 보고 싶은 기분은 여름만으로 충분한데, 자나깨나 눈이 쌓여 눈의 산, 눈의 이불, 눈의 비탈——이렇게 눈의 공격을 받다가는 인간의 힘으로는 도저히 감당할 수 없어 정신도 신경도 질식할 판이라고 짜증을 냈다. 그들이 끼고 있는 녹색, 황색, 적색의 안경은 보안(保眼)을 위해서라기보다 차라리 정신을 보호하기 위한 것이라 해야 옳았다.

골짜기와 산은 벌써 6개월 전부터 눈에 덮여 있었던가? 아니, 벌써 7개월째였다! 지금 우리가 이야기하는 동안에도 시간은 쉬지 않고 흘러가고 있다. 우리가 이 이야기에 소비하고 있는 '우리의' 시간과 마찬가지로, 산 위의 눈에 갇힌 한스 카스토르프나 그와 똑같은 운명에 놓여 있는 사람들이 보내는 시간도 계속 흐르고 있어, 그 시간도 변화를 낳고 있는 것이다. 모든 것이 한스 카스토르프가 예언한 대로 이루어져 갔다.

그가 사육제 날 읍내로 산책을 나갔다 돌아오면서 경솔한 예언을 늘어놓아 세템브리니에게 분노를 산 것처럼, 하지가 눈앞에 다가선 것은 아니라 하더라도 부활절은 이미 눈에 덮인 흰 골짜기를 빠져 달아나 4월이 되고, 성신강림절이 가까워지고 있었다. 이윽고 봄이 와 해빙이 되겠지만, 눈이 완전히 없어지지는 않을 것이다. 여름에 내리는 눈은 쌓이지 않기 때문에 문제될 게 없겠지만, 남쪽 산맥에 연이은 산봉우리들과 북쪽의 레티콘 연봉(連峰)의 협곡에는 일년 내내 눈이 그대로 남아 있을 것이다. 그래도 머지 않아 일년의 전환기인 봄이 결정적인 변화를 가져올 것이 틀림없다. 한스 카스토르프가 소샤 부인에게서 연필을 빌렸다가 돌려주고, 대신 그가 지금 호주머니에 넣고 다니는 기념품을 간청하여 얻었던 사육제의 밤으로부터 6주일, 다시 말해서 한스 카스토르프가 처음 이곳에 체류할 예정이었던 3주일의 두 배가 흘러가버렸다.

한스 카스토르프가 클라우디아 소샤와 알게 되어, 요양 근무에 충실한 요아힘이 방으로 돌아간 뒤에도 오랫동안 남아 있다가 자기 방으로 돌아간 그날 밤으로부터 벌써 6주가 지났다. 그 다음날 소샤 부인이 여행을 떠났기 때문에 6주가 지난 것이다. 그녀의 이번 여행은 최후가 아니라, 머나먼 코카서스 산맥 저 너머의 다게스탄을 향해 잠시 동안의 예정으로 여행을 떠난 것이다. 소샤 부인은 다시 돌아올 작정이었다——그것이 언제쯤일지는 모르지만 언젠가는 꼭 돌아올 참이며, 또 그렇게 하지 않을 수 없다는 것을 한스 카스토르프는 소샤 부인으로부터 직접 들었다. 이 확언은 이미 소개된 프랑스어 회화 속에서가 아니라, 그 후 시간의 흐름과 결부되는 이 이야기의 진행을 중단시키고, 즉 시간을 순수한 시간으로만 흘러가게 하는 공백 기간에 행해진 것이다. 아무튼 한스 카스토르프는 34호실로 돌아가기 전에 그 확언이자 위로의 말을 들었던 것이다.

다음날은 소샤 부인과 한마디도 말을 나누지 못했으며, 겨우 두 번 정도 먼발치에서만 그녀의 모습을 보았을 뿐이다. 한 번은 점심 식사 때였는데, 그녀는 푸른 모직 스커트에 흰 털실로 짠 스웨터 차림으로 유리문을 꽝 닫고 들어와서 사랑스럽게 발소리를 죽이며 자기 식탁으로 걸어갔다. 그때 그의 심장은 금방이라도 터져버릴 것처럼 고동쳤는데, 만약 엥겔하르트양의 날카로운 시선만 없었더라면 두 손으로 얼굴을 가릴 뻔했었다——그리고 또 한 번은 그녀가 오후 3시에 출발할 때였다. 그는 그 자리에 나가지 않았지만, 마차가 내려다보이는 복도 창가에 서 있었다.

출발 광경은 그가 이곳에 있으면서 늘 보던 대로 전개되었다. 썰매나 마차가 현관 옆 차도에 대기해 있었다. 마부와 사환이 트렁크를 싣고 묶었다. 요양객들, 즉 완쾌되었든 병을 앓고 있든, 또한 살기 위해서든 죽기 위해서든, 아무것이나 택하여 평지로 돌아가려고 하는 자의 친구들, 또 이런 일에 자극받으려고 요양 근무를 포기하고 나온 구경꾼이 현관 앞에 모여 있었고, 프록 코트 차림의 사무국 직원, 그리고 가끔 의사들이 모습을 보였다. 잠시 후 출발하려는 장본인이 나타났다. 당사자는 호기심에 차서 얼굴을 빛내며 모여든 사람들과 뒤에 남는 사람들에게 상냥하게 인사를 하고, 모험의 순간에 한동안 마음이 들떠 있었다. 다른 날과 다르다면 오늘 거기에 나온 사람은 소샤 부인이라는 사실뿐이었다. 그녀는 털가죽으로 가장자리를 댄 길고 거친 천의 여행용 외투에 큰 모자를 쓰고, 팔에는 꽃을 한아름 안고 미소지으면서 나타났다. 그 뒤에는 그녀와 동행하게 될, 가슴이 납작한 러시아인인 불리긴씨가 따라오고 있었다. 의사의 허가에 의한 떠남이든지, 자포자기의 떠남이든지 간에 출발은 위험을 무릅쓴 것이어서, 양심의 가책과는 상관없이 출발할 때는 모두들 생활이 변한다는 그 자체만으로도 마음이 들뜨게 마련이었는데, 소샤 부인도 예외는 아니었다. 그녀의 볼은 빨갛게 달아올랐고, 털가죽 무릎 덮개로 다리를 감싼 채 계속 러시아어로 뭐라고 말하고 있었다.

식탁 친구나 러시아 사람들뿐만 아니라, 다른 손님들도 몇 사람 눈에 띄었다. 크로코프스키도 친절한 미소를 지으며 콧수염 아래로 누런 이빨을 보이고 있었다. 여기서도 꽃을 선물로 주었고, 과자를 언제나 '작은 과자'라고 부르는 왕고모는 러시아의 마멀레이드를 선사했다. 그 밖에 여선생과 만하임 사나이의 모습도 보였다. 그는 약간 떨어진 곳에 우울한 얼굴로 서서 괴로운 시선으로 요양소 건물을 쳐다보았다. 그러다가 한스 카스토르프의 모습을 발견하자, 그 우울한 눈길을 고정시키고는 움직일 줄을 몰랐다. 베렌스 고문관의 모습은 보이지 않았는데, 그는 틀림없이 소샤 부인과 다른 사사로운 자리에서 이미 작별 인사를 나누었을 것이다.

드디어 주위에 서 있는 사람들이 손을 흔들고 환호성을 지르는 가운데 썰매를 끄는 말들이 마차를 끌기 시작했다. 소샤 부인은 썰매가 출발할 때의 반동으로 상반신이 쿠션에 쓰러지면서 다시 한 번 미소를 짓고, 베르크호프 건물 정면을 빠른 눈길로 훑어보다가 한스 카스토르프에게 비록 짧은 순간이나마 시선을 멈추었다. 뒤에 남게 된 청년은 핼쑥한 얼굴로 방으로 뛰어 돌아가, 방울 소리를 울리면서 '마을'을 향해 차도를 미끄러져 내려가는 썰매를 발코니에서 다시 한 번 바라보았다. 이윽고 그는 안락 의자에 몸을 던지고 가슴에 달린 호주머니에서 기념품을 끄집어냈다. 옛날처럼 적갈색의 연필을 깎은 부스러기가 아니라, 좁다란 틀에 끼여 있는 작은 판이었다. 그 것은 광선에 비추지 않으면 보이지 않는 유리판으로, 클라우디아의 내면의 초상이었다. 거기에는 비록 얼굴은 보이지 않지만, 그녀의 상반신의 섬세한 골격이 부드러운 살에 몽롱하게 싸여서 흉강(胸腔)의 여러 기관과 함께 식별될 수 있었다.

클라우디아 소샤가 여행을 떠난 뒤에도 시간은 변화를 일으키며 흘러갔고, 그 사이에 한스 카스토르프는 그녀의 뢴트겐 사진을 몇 번이나 들여다보고 입술에 대 보았던가! 클라우디아 소샤가 공간적으로 멀리 떨어져 모습이 보이지 않게 된 이 산 위에서의 생활에 익숙해진 것도, 따지고 보면 시간의 흐름이 낳은 한 가지 변화였다. 이 산 위의 시간은, 익숙해지지 않는 것에 의외로 익숙해진다는 의미에서도 적합한 것이었다. 다섯 번의 거창한 식사가 시작될 때 문에서 나는 쾅 소리도 이젠 헛된 기다림이 되어버렸다. 소샤 부인은 지금쯤 어딘가 먼, 다른 장소에서 문을 멋지게 닫고 있을 것이다.

이것은, 시간이 공간 내의 물체와 결합되어 있듯 그녀의 존재와 병이 결부되어 뒤섞인 그 존재의 나타남이었다. 그것은 그녀의 병 자체이며, 그 밖의 다른 것은 아니었다. 그러나 그녀의 모습이 눈에 보이지 않는다 해도 한스 카스토르프의 감각에는 그녀의 존재가 그대로 살아 있어서, 그녀는 이 세계에 있어서 그의 수호신이었다. 그것은 평지의 아늑하고 감미로운 노래와는 걸맞지 않은 시간에 한스 카스토르프가 맛보고 이미 자기 것으로 만들어버린 수호신이었다. 그리하여 그는 이 수호신의 내면의 그림자를 지난 9개월 동안 두근거리는 심장에 남몰래 간직하고 지냈다.

그때 한스 카스토르프의 떨리는 입술이 외국어와 모국어로 거의 탄원에 가까운 제안을 반쯤 무의식 상태에서, 반쯤 숨을 헐떡이며 입 밖에 꺼냈으나 거부당했을 뿐이었다. 그러한 제안과 신청, 미친 듯한 계획과 구상으로는, 당연한 일이지만 그녀의 동의를 얻을 수 없었다——예컨대 수호신인 그녀를 코카서스 산맥 저편까지 동반하겠다, 그 뒤를 쫓아가 그녀가 거주 이전의 자유에 따라 마음대로 선택한 장소에서 기다렸다가 그 다음부터는 절대로 헤어지지 않겠다는 등, 그 밖에도 뭔가 무책임한 이야기를 했다. 그러나 이에 대해 소샤 부인의 동의를 얻을 수는 없었다. 이 단순한 청년이 그런 심각한 모험의 시간에 얻은 것은 그녀의 내면적인 초상이라는 담보물의 영상(影像)이랄 수밖에 없는 뢴트겐 사진이었고, 그녀에게 자유를 보장해 주는 병이 지시하는 대로 네 번째의 체류를 위해 조만간 다시 이곳에 돌아올 것이라는 가능성에 대한 막연한 예상뿐이었다. 그러나 그녀가 돌아올 무렵이면 자신은 이미 ‘멀리 다른 곳에 가 있을 것’이라고 내심으로 예언했다. 하지만 이것은 자기 생각대로 되지 말아달라는 불안에 대한 예방 차원으로서의 예언일 뿐이어서, 이것은 장차 어떻게 될 것인가를 예언함으로써 오히려 그렇게 되기를 바라는 주술적 의미에서의 예언이었다. 뿐만 아니라 그 수호신은 앞에서 소개한 대담이나 그 밖의 다른 대화에서 한스 카스토르프를 ‘다소 침윤된 데가 몇 군데 있는 순진한 소시민’이라고 불렀는데, 이것은 세템브리니의 ‘골칫거리 자식’이라는 표현을 풀이한 것에 지나지 않았다.

이 두 가지 특성 가운데서 어느 것이 강점을 보이는지, 그 특성이 소시민인지 아니면 침윤 부위인지가 문제였다. 그녀 자신이 여러 번 떠날 때마다 되돌아와야만 했다는 사실 때문에, 한스 카스토르프도 이렇다할 순간에 다시 이곳으로 돌아올 것이라는 사실을 전혀 고려하지 않은 예언이었다. 물론, 그가 아직 이 위에 주저앉아 있는 것은 다시 돌아올 필요가 없도록 하기 위한 것이지만, 다른 많은 이유와 마찬가지로 그것도 확실한 이유 중의 하나였다.

사육제의 밤에 소샤 부인이 말한, 조롱 섞인 예언 하나가 적중했다. 그날 밤 한스 카스토르프의 체온 곡선이 좋지 않았던 것이다. 체온이 톱니처럼 급각도로 올라가서 그는 즐거운 마음으로 기입했는데, 그 후엔 2,3도 떨어져 고원상(高原狀)으로 평탄하게 진행되다가 급기야 기복의 물결을 일으키더니, 지금까지 늘 그래왔듯이 종래의 평상선보다 높은 선을 유지했다.

이것이야말로 이상 체온으로서, 이 체온의 높이와 지속은 고문관의 말에 따르면 환부와는 아무 상관없는 체온이라는 것이었다. "당신은 보기와는 달리 독이 많은 사람이군요" 하고 고문관이 말했다. "한번 주사를 맞아 봅시다. 효과가 있을 겁니다. 처방을 내린 이 사람의 말대로만 된다면 서너 달 안에 당신은 물을 만난 물고기처럼 팔팔해질 것입니다." 그래서 한스 카스토르프는 일주일에 두 번, 화요일과 토요일 아침에 가벼운 산책을 끝낸 다음 지하의 '실험실'에 들러 주사를 맞게 되었다.

의사 두 명이 번갈아가면서 주사로 약물을 투여해 주었다. 베렌스가 주사를 놓거나 때로는 크로코프스키가 하기도 했는데, 그 중에서 고문관은 눈깜짝할 사이에 노련한 사람답게 바늘을 찔렀다. 게다가 그는 바늘이 어디를 찌르든 개의치 않았기 때문에 가끔 주사맞은 자리에 심하게 몽우리가 서곤 했으며, 굉장한 통증을 느꼈다. 주사는 몸 전체에 작용을 미쳐서 운동이 끝난 뒤처럼 노곤했으며, 한동안 그의 신경 계통을 뒤흔들어놓았다.

그것은 이 주사의 효력을 입증하는 것으로, 주사를 맞은 직후에 한참 동안 열이 오르는 것만으로도 그 힘을 입증할 수 있었다. 고문관이 이 주사의 효력이 그러하리라는 것을 예언한 데다 실제로도 그랬으므로, 예언된 현상에 대해 어떤 이의도 제기할 여지가 없었다. 차례가 돌아오기만 하면 주사를 맞는 일은 즉시 끝났다. 그리고 순식간에 해독제는 엉덩이며 팔이며 피하(皮下)로 스며들었다. 고문관이 지나친 과다로 우울한 얼굴을 하고 있을 때를 제외하고 기분이 내킬 때는 주사맞으면서 잠시 이야기를 나눌 수 있었는데, 그런 때 한스 카스토르프는 재빨리 다음과 같은 말을 꺼내곤 했다. "언젠가 당신 집에서 커피 대접을 받았던 유쾌한 시간을 지금도 기억하고 있습니다, 고문관님. 작년 가을이었는데, 우연한 기회였지요. 바로 어제도,

아니 그전인지는 모르겠습니다만, 사촌과 그때 이야기를 했습니다……."

"가프키 7호입니다" 하고 고문관이 말했다. "이것은 당신 사촌에 대한 최근의 검사 결과입니다. 그런데 그 청년이 고집을 부려, 아무래도 해독이 되지 않아요. 그러면서도 그는 이곳을 떠나 칼을 차고 다니고 싶어서 나를 괴롭히며 귀찮게 굽니다. 그게 최근에는 더 심해졌어요. 꼭 어린애 같다니까요. 지금까지 겨우 15개월 정도를 이곳에서 지냈는데, 마치 더 오래 된 것처럼 떠들어댄다니까요. 그저 무턱대고 이곳을 떠나겠다고만 고집을 부리는데, 혹시 그가 당신한테도 그런 말을 한 적이 있습니까? 한번 당신이 그의 양심에 호소해 줄 수 없겠습니까? 당신 진심에서 우러나온 것처럼 좀 강력하게 타일러 주십시오! 저기 지도의 오른쪽 위에 있는 당신의 고향에서 너무 빨리 정취 깊은 습기찬 안개를 들이마셨다가는 그 사람은 곧 끝장입니다. 그렇게 분별없는 사람은 어쩔 도리가 없습니다만, 사려 깊고 분별 있는 문화인이요 시민적 소양을 지니고 있는 당신 같은 사람이라면, 그자가 어리석은 일을 저지르기 전에 머리를 좀 제자리로 돌려주어야 할 것입니다."

"그렇게 하겠습니다, 고문관님." 한스 카스토르프는 계속 이야기를 유도해내려고 그렇게 대답했다. "그가 그렇게 나온다면 얼마든지 타일러 보겠습니다. 그도 내 말이라면 받아들이리라 생각합니다. 그런데 눈에 띄는 전례가 모두 모범이 될 만한 것은 아닙니다. 사람들이 계속 이곳을 떠나는데, 그건 좋지 않은 영향을 주는 짓이지요. 그들은 참된 자격도 없이 제멋대로 평지로 떠나면서도 아주 대단한 퇴원인 양 화려하게 출발합니다. 그래서 의지가 약한 사람은 유혹받기 쉽습니다. 최근에도 그런 예가 있었지요. ……누구였더라? 바로 얼마 전에 떠난 사람 말입니다. 부인이었지요, 맞아요. '일류 러시아인 좌석'의 소샤 부인이었지요. 소문에 의하면 다게스탄으로 떠났다더군요. 그곳 기후에 대해서는 잘 모르지만, 저 지도 오른쪽 위에 있는 항구 도시 함부르크보다 더 나쁘다고 할 수는 없겠지요. 그러나 지리적으로는 산악 지방이지만, 우리가 보기에는 평지입니다. 나는 그곳 사정은 잘 모르지만, 도대체 그런 곳에서 어떻게 지낸다는 것인지 모르겠습니다. 다 낫지도 않았는데 말입니다. 기본적인 이해가 부족해 이 위의 우리 생활을 알 리도 없고, 게다가 그곳은 우리의 관습인 안정 요양과 검온 방법도 모르는 곳이 아닙니까? 뿐만 아니라 그녀는 다시 돌아올 거라고 언젠가 말했습니다. 그런데 왜 그녀 이야기가 나왔지요? 아, 생각납니다. 그때 우리는 당신을 뜰에서 만났습니다. 고문관님, 기억나십니까? 고문관님은 그때 우리와 함께 뜰에 있었습니다. 우리는 벤치에 앉아 있었고요. 의자에 앉아 담배를 피우고 있었는데, 그것이 어느 의자인지도 생각납니다. 저만 담배를 피우고 있었고, 사촌은 왠일인지 담배를 피우지 않았습니다. 때마침 고문관님께서도 담배를 태우던 참이어서, 우리는 서로 그것을 바꾸어 피우기까지 했습니다. 지금도 기억에 생생한데, 고문관님의 브라질산 담배 맛은 참 좋았습니다. 아무튼 좋습니다. 저는 최근에 또 마리아 만치니 2,3백 개를 브레멘에 주문해서 받았습니다. 그 제품을 아주 좋아하는데다 모든 점에서 제 입에 맞기 때문입니다. 관세와 송료로 인해 값이 다소 비싸긴 합니다만, 이번 진찰에서 또 상당한 기간이 추가된다면, 저도 결국은 어쩔 수 없이 이곳 담배를 피워야 되겠지요——진열창에 제법 괜찮은 것들이 진열되어 있더군요. 그리고 그 다음에 우리는 당신이 그린 그림을 보았었지요? 어제 일처럼 또렷하게 기억납니다만, 아주 즐겁게 구경했지요——당신이 유화로 보여 준 대담한 묘기는 정말 넋이 나갈 정도였습니다. 우리 같은 사람은 도저히 고문관님을 당할 수 없을 것 같습니다. 우리는 피부 묘사가 일류급인 소샤 부인의 초상화도 보았었지요. 정말 감격했습니다. 그 당시 저는 모델의 얼굴과 이름만을 알고 있었을 뿐, 본인에 대해서는 잘 몰랐습니다. 그런데 얼마 전, 그녀가 떠나기 직전에 그녀와 개인적으로 알고 지내게 되었습니다.”

“대체 무슨 말을 하는 거요!” 하고 고문관이 말했다. 만약 이야기를 거슬러올라가도 좋다면, 한스 카스토르프가 처음 진찰을 받으면서 열이 좀 있다고 보고했을 때도 고문관은 역시 “무슨 말을 하는 거요!”라고 말했었다. 고문관은 더 이상은 말하지 않았으며, 한스 카스토르프만이 열을 올렸다.

 "그렇습니다, 정말로 알고 지냈습니다." 한스 카스토르프가 다짐하듯 말했다. "경험으로 보아, 이 산 위에서는 어느 누구와도 가까이 지내기가 결코 쉬운 일이 아닙니다만, 저는 소샤 부인과 마지막 시간에 그런 사이가 되었고, 우리는 대화를 통해 보다 가깝게……." 한스 카스토르프는 입술을 깨물고 숨을 들이마셨다. 그때 주삿바늘에 찔렸던 것이다. 그는 뒤돌아보며 "후유……." 하고 한숨을 내쉬었다. "아무래도 중요한 신경을 찔린 것 같습니다. 고문관님, 지독히 아프군요. 괜찮습니다. 조금 문지르면 괜찮겠지요……. 그렇습니다. 우리는 대화를 통해 아주 가까운 사이가 되었습니다."

 "그랬군요! ……그래서요?" 고문관이 고개를 끄덕이면서 대꾸했다. 상대방이 기뻐하리라는 것을 예상하고 자신의 기쁨도 얼굴에 나타냈다.

 "제 프랑스어 실력은 그리 신통한 편이 못 됩니다" 하고 한스 카스토르프는 미리 꽁무니를 뺐다. "그런 주제에 어떻게 프랑스어를 자유자재로 구사할 수 있겠습니까만, 다급해지니까 그런대로 의사소통은 되더군요."

 "그렇겠지요. 그래서요?" 고문관이 채근하다가 이렇게 덧붙였다. "재미있었겠군요. 어땠소?"

 한스 카스토르프는 와이셔츠 칼라의 단추를 채우며 두 다리와 팔꿈치를 뻗고 얼굴을 천장으로 향했다.

 "요컨대 진부한 이야기지요"라고 그가 말했다. 요양지에서 두 사람, 또는 두 가족이 여러 주일을 같은 지붕 밑에서 함께 지낸다고 합시다. 그러던 어느 날 그들은 갑자기 가까워져서 서로 호감을 갖게 되었는데, 그때 어느 한쪽이 떠나려는 것을 상대방이 알게 됩니다. 그런데 이런 섭섭한 경험은 살다 보면 흔히 있는 일이라고 생각됩니다. 하여간 그들은 서로 살아 있는 동안 인연을 끊지 않으려고 편지로나마 소식을 전하고 싶은 마음이 듭니다. 이렇게 생각하는 것이 인지상정이겠지요. 그런데 소샤 부인은……."

 "그녀는 그런 것을 바라지 않았겠지요?" 고문관은 유쾌하게 웃었다.

"그렇습니다. 그녀는 전혀 상대를 해주지 않았습니다. 그녀는 고문관님에게까지도 소식을 보내지 않나요, 그녀가 체류하는 곳마다?"

"무슨 말씀을!" 베렌스가 대답했다. "그녀는 그런 일은 생각도 하지 않을 겁니다. 첫째는 게을러서, 그리고 쓰고 싶다고 한들 어떻게 편지를 쓰겠습니까? 나는 러시아어는 읽지 못해요. 물론 필요하다면 엉터리로는 할 수 있겠지만, 단어 하나도 제대로 읽지를 못합니다. 당신도 마찬가지겠지요. 그런데 그 새끼 고양이는 프랑스어는 물론 표준 독일어도 아주 귀엽게 야옹야옹 지껄일 수는 있지만, 막상 글로 쓰려면 아마 크게 당황할 겁니다. 그 철자법이라는 것이……. 이봐요, 그만둡시다. 서로 단념하도록 합시다, 젊은이. 하지만 그녀는, 갑자기 생각난 듯이 머지않아 또 돌아올 것입니다. 앞서도 말했다시피, 그건 기질의 문제입니다. 어떤 사람은 가끔 떠나지만 그때마다 다시 돌아올 수밖에 없고, 어떤 사람은 두 번 다시 돌아오지 않아도 될 정도로 아예 느긋하게 여기에 남아 있습니다. 당신 사촌이 지금 떠나려 하거든 이렇게 말해 두시오. 당신이 여기 있는 동안에 그는 어쩔 수 없이 다시 돌아오게 될 거라고요."

"하지만 고문관님의 생각으로는 저는 얼마나……."

"당신 말이오? 지금 당신 말을 하는 게 아니오! 그는 아래에서는 이 위에 있었던 것만큼 오래 있지 못할 거요. 이것이 나의 솔직한 견해입니다. 그러니, 당신이 이 점을 그에게 타일러 주었으면 합니다. 부탁해도 좋다면 말이오."

대화는 이런 식으로 한스 카스토르프에 의해 교묘히 조종되어 가면서 진행되었으나, 거기서 얻어지는 수확은 거의 아무것도 없었으며 애매하기 짝이 없는 것이었다. 완쾌를 기다리지 않고 떠나버린 부인의 귀환을 기다리기 위하여 앞으로 얼마나 거기에 머무르게 될지도 애매했으며, 부인의 소식에 관해서도 역시 아무것도 알아내지 못했다. 공간과 시간의 신비가 그녀를 떼어놓고 있는 한, 그녀의 소식은 아무것도 들을 수 없을 것이다. 그녀는 편지를 쓰지 않을 것이며, 그로서는 쓰고 싶어도 쓸 방법이 없을 것이다. 하지만 곰곰이 생각해 보면 이게 정상이 아니겠는가? 전에는 물론 두 사람이 서로 말을 주고받는 것이 좋겠다고 생각했으나 꼭 그래야 될 필요를 느끼지 않았는데, 이제 와서 편지를 주고받아야 한다고 생각하는 것은 극히 소시민적인 옹졸한 생각이 아닐까? 사육제 날 밤에도 그녀 옆에서 그는 정말로 교양 있는 유럽인답게 말했던가? 아니면 꿈속에서 외국어로 말하듯 세련되지 못한 야만인같이 말하지는 않았던가? 그런데 지금 와서 무엇 때문에 편지를 써야 한단 말인가?——그가 가끔 평지의 집안 사람들에게 진찰 결과의 변화를 보고할 때처럼 편지지나 그림엽서에 몇 자 적어 보내야 한단 말인가? 클라우디아가 병으로부터 주어진 자유로움 때문에 편지를 쓰지 않으리라고 느끼는 것은 당연한 일이 아닐까? 말하기와 쓰기는 극히 인문주의적이고 공화적인 사항으로서, 덕과 악행에 관해 책을 내어 플로렌스인을 단련시키고, 그들에게 화술을 가르치거나 그들의 공화국을 정치 원칙에 따라 통치하는 기술을 가르친 브루네토 라티니의 관심사일 뿐이다.

그리하여 한스 카스토르프의 생각은 루도비코 세템브리니에게 이르렀으며, 그 순간 그의 얼굴이 갑자기 붉어졌다. 언젠가 그 문필가가 뜻밖에 그의 병실에 들어와 불을 켰을 때처럼 붉어진 것이다. 이 휴머니스트의 노력은 지상 생활의 이해(利害)를 향해 돌려져 있었기에, 한스 카스토르프의 형이상학적인, 신비에 찬 질문에 대하여 그에게서 해답을 기대할 수는 없는 노릇이었다. 그러나 그저 도전하고 반항한다는 의미에서는 그런 질문을 던질 수 있었을지도 모른다.

그런데 사육제 날 밤에 세템브리니가 피아노실에서 흥분해서 일어나 나가 버린 뒤로, 한스 카스토르프와 이 이탈리아인은 몇 주일 동안이나 서로 한 마디도 나누지 않고 지냈었다. 그것은 둘 사이에 작용하는 한 사람의 양심의 가책과 다른 쪽의 교육자적인 심각한 불쾌감에서 비롯된 것이 아닌가 싶다. 세템브리니씨의 눈에는 지금도 한스 카스토르프가 '인생의 골칫거리 자식’으로 보일까? 아니, 도덕을 이성과 선행 속에서 찾는 휴머니스트의 눈으로 보면 한스 카스토르프는 아무래도 구원받을 수 없는 인간으로 비친 게 아닐까? 그 때문에 한스 카스토르프는 세템브리니에게 완고한 태도를 보였다. 그는 그와 얼굴을 마주치면 이맛살을 찌푸리고 입술을 비쭉거렸는데, 한편 세템브리니의 검고 빛나는 눈이 무언의 비난을 품고 청년을 향해 쏠렸다. 그러나 그렇게 굳어 있던 한스 카스토르프의 얼굴은, 전에도 말했듯이 이 문필가가 몇 주일에 걸친 침묵 끝에 느닷없이 말을 걸어온 순간 금세 풀어지고 말았다. 물론 말을 걸긴 했으나 옆으로 지나치면서 연극적으로 비꼬는 형식을 취해 말을 걸어왔기 때문에 그 빈정거림을 이해하려면 유럽적인 교양이 필요했다.

점심 식사 후 두 사람은 이젠 시끄러운 소리가 나지 않는 유리문 옆에서 마주쳤다. 세템브리니는 청년을 앞질러가면서 당장에라도 청년으로부터 멀어져가려는 듯한 태도를 보이면서 말을 걸었다.

“그런데 기사 양반, 석류 맛은 어떻습니까?”

한스 카스토르프는 기뻐하면서도 당황해서 미소지었다. “무슨 말씀이시죠, 세템브리니씨? 석류라뇨? 식사 때도 석류는 나오지 않았는데요. 꼭 한 번 석류 과즙을 소다수에 타서 마신 적이 있었지요. 달착지근하더군요.”

이탈리아인은 한스 카스토르프보다 앞서가면서 고개를 돌려 한마디 한마디에 힘을 주어 말했다. “신들과 인간들은 가끔 저승을 찾아갔다가 되돌아오는 수가 있었습니다. 그러나 저승 사람들은, 저승의 과실을 먹은 사람이 반드시 저승에 떨어지게 된다는 사실을 알고 있었습니다.”

그렇게 빈정거리듯 말한 세템브리니는 영원히 변치 않을 찬란한 체크무늬 바지 차림으로, 이런 의미심장한 익살로 ‘한 대 얻어맞은’ 한스 카스토르프를 뒤에 남겨 둔 채 가버렸다. 한스 카스토르프는 이런 이탈리아인의 심사에 화가 치밀기는 했지만, 한편으론 예상한 일이기도 하고 우습기도 해서 이렇게 중얼거렸다. “카르두치, 라티니, 라치 마우지 팔리(라치 마우지 팔리는 쥐덫, 쥐덫은 이탈리아인이 발명했기 때문에 여기서는 이탈리아인을 비꼬는 의미로 쓰였지만, 세템브리니가 한스 카스토르프를 꼼짝 못하게 잡아버렸다는 뜻), 제발 나를 가만 내버려 두시오!"

그러면서도 그는 오래간만에 이탈리아인이 말을 걸어온 데 대해 감동했다. 그가 안쪽 호주머니 깊숙이 간직하고 있는 전리품, 기분 나쁜 선물에도 불구하고 그는 세템브리니에게 애착을 느꼈으며, 그가 곁에 있어 주는 것만도 고맙게 여겼다. 그리하여 세템브리니에게 영원히, 그리고 완전히 버림받는다는 생각은, 알빈씨처럼 학교에서 벌써 문제시되지 않고 치욕의 특전을 향락한 학생 시절의 기분을 회상하는 것보다 더 괴롭고 무서운 일이었다. 그렇다고 이쪽에서 먼저 선생님에게 말을 걸 용기도 없었으므로, 선생이 다시 이 '골칫거리 자식'인 제자에게 가까이 접근하기까지는 다시 몇 주일이 걸려야만 했다.

이 두 번째의 접근은 영원히 단조로운 리듬을 갖고 몰려오는 시간의 흐름을 타고 찾아왔다. 부활절이었다. 이 위에서는 명절이란 명절은 모조리 성대하게 치렀다. 하루하루를 단조롭게 보내지 않으려 했기 때문이다. 베르크호프에서 부활절 축하연이 있었을 때의 일이다. 그날 아침 식사 때는 식기 옆에 오랑캐 꽃다발이 놓여졌고, 모두가 색색으로 물들인 달걀을 받았으며, 화려한 점심 식탁은 설탕과 초콜릿으로 만든 귀여운 토끼로 장식되어 있었다.

"당신은 배로 여행을 해본 일이 있습니까, 소위님? 기사 양반, 당신은 어떻습니까?" 식사가 끝난 다음, 세템브리니가 이쑤시개를 물고 사촌들의 테이블로 다가오며 물었다. 사촌들은, 대부분 손님들이 그렇듯이 그날 정오의 안정 요양을 15분쯤 단축하고, 코냑을 탄 커피를 마시려고 자리에 앉아 있었다. "나는 저 토끼와 물들인 달걀을 보고는 커다란 기선 위에서 보낸 생활을 연상했습니다. 몇 주일을 짭짤한 소금물의 광야에서 공허한 수평선만 바라보며 떠다니는 생활, 배의 사치스러운 설비도 무한한 광야에서 느끼는

공허의 표면적인 위안일 뿐이고 마음 한구석에는 그 무한에 대한 공포가 남
모르게 남아 있는 생활, 저는 그런 사각의 배에서 승객들이 육지의 축제를
경건하게 회상해내려고 하던 기분을 이 위에서도 원합니다. 그것은 인생의
뒤안길에 있는 사람들의 회상이며, 달력에 의한 감상적인 회상입니다. ……
배 위의 사람들은, '육지에서는 부활절이겠지요, 그렇지요? 육지에서는 오
늘 주님의 부활을 축하하고 있겠지요……'라고 말합니다. 그것과 똑같은 기
분으로, 우리도 그렇게 축하하고 있습니다. 우리도 인간이니까 말입니다.
……그렇지 않습니까?"

　사촌들도 그 말에 동의하면서 "정말 그렇습니다"라고 맞장구쳤다. 한스
카스토르프는 그가 말을 걸어 준 것에 감격했다. 양심의 가책 때문에 세템
브리니의 말을 훌륭한 문필가다운 명언이라고 칭찬하면서 맞장구치려고 애
썼다. 세템브리니가 조형적으로 표현한 것처럼 기선의 사치스러운 생활도
주변과 그 주변에 대한 두려움을 표면적으로 잊게 해주는 것뿐이리라. 만약
그에게 자신의 생각을 첨가할 수 있다면, 배 안의 쾌적한 생활 자체가 경박
하고 도전적인 기분으로 느껴졌으며, 옛날 사람들이 오만이라고 부른 것과
유사한 기분(한스 카스토르프는 상대방의 환심을 사기 위해 옛날 사람들의
말까지 인용했다), 또는 벨사자르가 '나는 바빌론의 왕이다'라고 소리친 기
분, 요컨대 그런 오만이 느껴졌다. 그러나 한편으로는 갑판 위에서의 호화
로운 생활은 인간 정신과 존엄성의 위대한 승리를 내포하고 있었다. 인간은
호화롭고 쾌적한 생활을 짭짤한 바다 위에까지 확대시켜, 거기서 야만스런
자연의 난폭한 힘을 정복하는 것이다. 그리고 이것이야말로, 이러한 표현을
쓰는 것을 허용한다면, 혼돈에 대한 인간 문명의 승리를 내포하는 것이리
라…….

　세템브리니는 두 다리를 꼬고 팔짱을 낀 채 삐쳐 올라간 콧수염을 이쑤시
개로 점잖게 쓰다듬으며 한스 카스토르프의 말에 귀를 기울였다.

　"재미있는 현상입니다" 하고 그가 말했다. "인간은 조금이라도 종합적이

고 일반적인 의견을 말하면, 그것으로 자신의 모든 것을 표현하여 자기 생
활의 지도 원리와 근본 문제를 어떤 형태로든 비유적으로 말하는 것 같습니
다. 지금의 당신이 그렇습니다. 기사 양반, 당신이 지금 한 말은 진실로 당
신의 인격에서 나온 것이며, 또 그 인격의 현재 상황을 시적(詩的)으로 표
현하는 것이기도 합니다. 그것은 여전히 실험 상태입니다…….”

“실험 채택(placet experiri)이지요!” 한스 카스토르프는 고개를 끄덕이고
웃으면서 이탈리아 어투로 c음을 부드럽게 발음했다.

“그렇습니다——그 실험이 인생을 음미하려는 존경할 만한 정열에서 나와
야지, 방종의 기분에서 우러나와서는 안 됩니다. 당신은 ‘오만’이라는 말을
하며 그 표현을 썼습니다. 그러나 자연의 어둡고 난폭한 힘에 대한 이성의
오만은 지고한 인간성의 표현이어서, 그것 때문에 질투심 강한 신들의 복수
를 불러일으켜, 비록 호화찬란한 배가 암초에 부딪쳐 바다 속으로 침몰하더
라도 그것은 오히려 명예로운 파멸입니다. 프로메테우스의 행위도 오만이
며, 스키타이의 암벽 위에서 그가 당한 고난도 우리들에게는 아주 신성한
순교라고 여겨집니다. 그와 반대로 저 별난 오만은 어떤가요? 이성의 적이
며 인류의 적인 온갖 힘을 방종을 위해 실험하다가 그 때문에 몰락하는 것
은 어떤가요? 이것도 명예로운 파멸이라고 말할 수 있을까요? 그렇습니까,
그렇지 않습니까?”

한스 카스토르프는 빈 커피잔을 휘젓고 있었다.

“기사 양반, 기사 양반.” 이탈리아인은 머리를 끄덕였고, 그의 검은 눈은
무엇을 깊이 생각하는 듯, 한 곳을 응시했다. “당신은 육욕의 죄인을 벌하
는 제2의 지옥 선풍이 두렵지 않습니까? 쾌락을 위해 이성을 배반한 사람들
을 징벌하는 선풍 말입니다. 오, 신이여! 당신이 회오리바람을 타고 빙빙
돌면서 괴로워하는 것을 생각할 때마다 나는 슬퍼서 미칠 지경입니다…….”

그들은, 그가 시적으로 농담을 했으므로 함께 웃음을 터뜨렸다. 그러나
세템브리니가 다시 이렇게 덧붙였다. “사육제 날 밤에 포도주를 마시던 일

이 기억나겠지요, 기사 양반? 그때 당신은 내게 작별을 고했었습니다. 그렇습니다, 아무튼 그런 느낌이 들었습니다. 그런데 오늘은 내 차례가 되었습니다. 이렇게 여기서 이야기를 하고 있지만. 여러분, 나는 여러분에게 작별 인사를 해야 되겠습니다. 나는 이곳을 떠납니다."

두 사람은 정말 깜짝 놀랐다.

"그럴 수가! 농담이시겠지요?" 한스 카스토르프는 다른 때, 소샤 부인의 작별 인사를 들었을 때와 마찬가지로 놀라서 부르짖듯 말했다.

세템브리니도 그때와 마찬가지로 대답했다. "절대로 농담이 아닙니다. 말씀드린 그대로입니다. 그리고 이것은 지금 처음으로 드리는 말씀이 아닙니다. 전에도 이런 말씀을 드린 적이 있지요. 어느 정도 전망이 보이는 기간 내에 자신의 일로 돌아갈 희망이 없을 경우에는, 곧장 이 임시 숙소를 떠나 어딘가 이 땅에서 영주할 곳을 찾아볼 작정이라는 말씀을 드렸습니다. 그런데 드디어 그 순간이 찾아왔습니다. 나는 병이 완쾌될 희망이 없습니다. 그래서 결정하고 말았습니다. 생명을 더 연장할 수는 있지만, 그러기 위해서는 이 땅을 벗어나서는 안 됩니다. 판결, 최종 판결은 '종신'입니다. 베렌스 고문관은 아주 기분이 좋아서 나에게 그렇게 선고했지요. 좋습니다, 나는 그 판결에 따라 행동하겠습니다. 방을 얻어서, 얼마 안 되는 속세의 소지품과 문학을 위한 도구들을 새로운 거처로 옮길 작정입니다. 새 거처는 여기서 그다지 멀지 않은 '마을'에 있으니, 앞으로도 서로 만날 수 있을 것입니다. 절대로 당신에게서 눈을 떼지는 않을 것입니다. 하여간 동숙인(同宿人)으로서 당신들에게 공손하게 작별 인사를 드릴 영예를 누려야 되겠습니다."

세템브리니의 이런 고백은 부활제의 일요일에 있었던 일이다. 사촌들은 이 말에 말할 수 없이 감동받았다. 두 사람은 한동안 문필가에 대해 이야기를 나누기도 하고, 또 그의 결심에 관해 되풀이해서 이야기했다. 이제부터 문필가가 혼자서 요양 근무를 어떻게 계속할 것인가에 관해, 또 그가 맡은 방대한 백과사전 작업, 즉 고뇌와 갈등의 해소를 대상으로 한 문학상의 걸작을 집대성하기 위해서 새 거처로 모든 것을 옮겨놓고 계속하려는 일에 관해서, 또 세템브리니가 '향료 가게'라고 부른 2층집에 대해서도 이야기를 나누었다. 향료 가게 주인이 2층을 보헤미아 출신인 부인복 재단사에게 빌려 주었고, 이 재단사가 다시 거기다 하숙인을 두게 된 것이라고 세템브리니는 말했다.

그러나 이 대화도 이미 과거의 일이 되어버렸다. 여러 가지 변화를 일으키며 시간은 흘렀고, 세템브리니는 국제 요양소 베르크호프를 떠나 2,3주일 전부터 부인복 재단사인 루카체크의 가게에서 하숙을 하게 된 것이다. 이사는 썰매로 하지 않았다. 그는 깃과 소매에 털가죽을 단 누런 외투를 입고 현관 앞에서 식당 아가씨의 볼을 한번 꼬집어 준 다음에, 문학 서적을 묶은 짐과 세속의 짐을 실은 손수레를 한 사나이에게 끌게 하고, 지팡이를 흔들며 자신은 걸어서 출발했다. 앞서도 말했듯이 이미 4월도 거의 4분의 3이 흘러가버렸지만, 아직 한겨울임에는 틀림없었다. 실내의 아침 온도는 6도, 바깥은 영하 9도의 추위로, 잉크병을 깜빡 잊고 발코니에 놓아 두면 잉크가 밤새 얼어붙어 석탄 같은 얼음덩이로 변해버렸다. 그래도 봄이 가까워진다는 것을 알 수 있었다. 해가 비치는 낮에는 주위의 공기에 봄의 가냘프고 희미한 촉감이 떠도는 것이 해빙기가 눈앞에 다가왔음을 알려주었다.

베르크호프에서 차례로 일어난 변화는 봄이 가까워진 것과 관계가 있어, 어떤 권위나 고문관의 열성적인 말로도 그 변화를 막을 수는 없었다. 고문관은 병실에서나 식당에서, 진찰할 때나 회진할 때나 또는 식사할 때도 해빙기에 대한 일반의 편견을 물리치려고 안간힘을 썼다.

고문관은 이렇게 묻곤 했다——내가 상대하는 사람들은 윈터 스포츠맨들인가, 아니면 환자인가? 도대체 환자에게 꽁꽁 얼어붙은 눈이 무엇 때문에 필요하다는 말인가? 해빙기가 환자에게 좋지 않은 계절이냐고? 천만에, 그것은 가장 환영할 만한 계절이야! 이건 통계적으로 밝혀진 사실인데, 해빙기는 일년 중 다른 어떤 계절보다도 골짜기 어디서나 침대에 누워 지내는 환자의 수가 줄어드는 계절이거든! 이 계곡에서 맞이하는 이 계절의 기상 조건은, 세계 어느 지방보다도 결핵 환자에게 좋다고 할 수 있어! 조금이라도 분별 있는 인간이라면, 이곳에 머무르면서 이 기상 상태에 대한 단련을 받으면 세계의 어떤 기후에서도 견뎌낼 수 있게 돼. 그러나 그러기 위해서는 병이 완쾌될 때까지 이 위에 계속 있어야 한다는 전제 조건이 필요해──그렇게 말하고 고문관은 즉시 자리를 떴다. 그러나 그런 보람도 없이 모든 사람의 머리 속에는 해빙기에 대한 편견이 뿌리 깊어서, 요양소는 쓸쓸해지기 시작했다. 다가오는 봄기운에 들떠, 변화를 찾기 위해 베르크호프 요양소를 떠나는 사람들이 걱정스러울 정도로 늘어났다.

아무튼 베르크호프에서도 '함부로'라든지, '그릇되게' 떠나는 일이 잦아서 심상찮은 사태를 빚었다. 예컨대 암스테르담에서 온 살로몬 부인 같은 사람은, 진찰 그 자체의 쾌감이나 진찰받는 중에 고급 레이스 속옷을 슬쩍 내보이는 즐거움을 버리면서까지 무모할 정도로 잘못 판단하여 떠나버렸던 것이다. 물론 허락을 받은 것도 아니고, 용태가 나아지기는커녕 점점 더 나빠지는데도 훌쩍 떠나고 말았다.

그녀는 한스 카스토르프보다 훨씬 먼저 이곳에 왔었고, 이곳에 체류한 지도 1년 이상 되었지만──처음에는 경환자로 3개월 진단을 받았다. 4개월 후에는 '4주만 지나면 꼭 회복된다'는 말을 들었는데, 6주가 지났는데도 회복될 전망은 전혀 보이지 않은 채 병세가 점점 악화되어 오늘에 이르렀던 것이다. 하지만 이곳은 감옥도 아니고 시베리아의 광산도 아니었으므로, 살로몬 부인은 이 산 위에 계속 머무르면서 고급 속옷을 내보이는 쾌감을 맛보고 있었다. 그런데 최근의 진찰에서 해빙기를 눈앞에 두고 왼쪽 가슴에서 들리는 피리 소리와 왼쪽 겨드랑이에서 분명히 들리는 탁음 때문에 다시 5개월이 추가되자 더 이상 참을 수 없었던 모양이다. 그녀는 '마을'과 '읍내', 이곳의 유명한 공기, 국제 요양소 베르크호프와 의사들에게 악담과 항의를 퍼붓고는 바람 센 물의 도시 암스테르담으로 떠나고 말았다. 그것은 과연 현명한 행동이었을까?

베렌스 고문관은 어깨를 움츠리더니 두 팔을 들어올렸다가 다시 허벅지로 철썩 소리를 내면서 떨어뜨렸다. 고문관은 말했다——살로몬 부인은 늦어도 가을까지는 다시 돌아올 테지만, 그때는 종신형이 될 것이다. 과연 고문관의 예언이 적중할 것인가는 우리 눈으로 직접 볼 수 있을 것이다. 우리는 이 환락경에 얼마 동안은 머물러 있어야 하기에, 그 결과도 반드시 볼 수 있을 것이다. 그렇다 하더라도 살로몬 부인과 같은 경우도 물론 예외는 아니었다. 시간이 계속 변화를 일으켰다——지금까지도 시간은 끊임없이 변화를 일으켜 왔지만, 그것은 아주 느린 속도여서 눈에 띌 정도는 아니었다.

식당에는 빈자리가 많이 생겼다. 그리하여 일곱 개의 어느 식탁에도, '일류' 러시아인 좌석이나 '이류' 러시아인 좌석에도, 세로로 놓은 식탁이나 가로로 놓은 식탁에도 빈자리가 눈에 띄었다. 그렇다고 이것만으로 베르크호프 요양객의 수가 확실히 줄었다고 말하는 것은 잘못이다. 언제나 마찬가지로 새로 도착하는 사람도 많아서, 방이 차 있는 것 같았기 때문이다. 그러나 이것은 말기 증상 때문에 거주 이전의 자유를 제한받는 사람들 때문이었다.

방금 말했듯이, 식당에는 거주 이전의 자유를 여전히 갖고 있기에 모습을 감춘 사람들도 몇 사람 있었고, 더 심각하고 공허한 의미에서 모습을 감추어버린 사람들도 많았다. 예컨대 닥터 블루멘콜의 경우가 그러했다. 그는 이미 이 세상에서 사라져버린 사람으로서, 뭔가 먹기 싫은 음식을 입에 넣은 것 같은 표정을 짓고 있더니, 오랫동안 침대에서 지내다가 세상을 떠났다. 아무도 그가 언제 죽었는지 확실히 알지 못했다. 이 일도 여느 때와 마찬가지로 조심스럽게 비밀리에 처리되었기 때문이다. 아무튼 빈자리가 하나 더 는 셈이었다.

슈퇴어 부인은 빈자리 옆에 앉는 것이 기분 나빠 로빈슨양 옆으로 옮겼다. 지금까지 한스 카스토르프의 왼쪽 옆에서 일말의 동요도 없이 계속 자리를 지키고 있던 여선생과 마주하게 된 것이다. 현재로는 여선생이 식탁 건너편에 혼자 남아서, 다른 세 자리는 비어 있는 셈이었다. 대학생인 라스무센은 날이 갈수록 멍해지고 기력이 떨어지더니 침대에서만 지내게 되어 위독 환자로 간주되었고, 왕고모는 조카 손녀와 젖가슴이 풍만한 마루샤를 데리고 여행을 떠나버렸다——우리는 모든 사람이 '여행을 떠났다'는 식으로 말했는데, 그것은 그들이 가까운 장래에 결국 돌아오리라는 것을 기정 사실로서 가정한 탓이다. 그들은 가을까지는 돌아올 것이다——눈앞에 다가온 성신강림절이 지나면——곧 일년 중 낮이 가장 긴 하지가 오고 이어 겨울이 금방 닥쳐올 것이다. 그리고 겨울이 되면 왕고모와 마루샤도 틀림없이 돌아올 것이다. 항상 잘 웃는 마루샤는 결코 완쾌되어 병독이 사라진 것은 아니었다. 여선생의 말을 빌리면, 그녀는 결핵성 궤양 때문에 풍만한 가슴에 여러 차례 수술을 받아야만 했다. 여선생이 그 사실을 말했을 때, 한스 카스토르프는 요아힘의 얼굴을 슬쩍 쳐다보았으나, 요아힘은 반점 있는 얼굴을 접시쪽으로 향하고 있을 뿐이었다.

명랑한 왕고모는 같은 식탁의 친구들인 사촌들과 여선생, 그리고 슈퇴어 부인에게 레스토랑에서 특별히 만찬을 베풀었다. 캐비어와 샴페인에 리큐어를 곁들인 작별 만찬이었는데, 요아힘은 줄곧 말없이 앉아 가끔 쉰 목소리로 겨우 몇 마디 지껄일 뿐이었다. 그러자 사람 좋은 왕고모는, 문명 사회의 예의 범절을 버리고 친근하게 요아힘을 '자네'라고 부르면서 격려해 주었다. "아무것도 아닌데 왜 그렇게 신경을 쓰는 거야? 마시고 먹고 떠드는 게 좋겠어. 우린 곧 돌아올 텐데……. 먹고 마시고 떠들어 봅시다. 비관할 이유가 조금도 없잖아요. 눈감짝할 사이에 하느님이 또 가을을 주실 텐데, 비관할 필요가 뭐 있겠어요? 안 그래요?" 그리고 다음날 아침 그녀는 거의 모든 식당 친구들에게 '작은 과자'가 담긴 여러 색깔의 작은 상자를 기념으로 돌리고, 두 아가씨와 함께 여행을 떠났다.

  그러면 요아힘은 어떠했는가? 그들이 여행을 떠난 이후 기분이 한결 가벼워지고 자유로워졌을까, 아니면 비어 있는 식탁의 옆 좌석을 지그시 바라보고 견딜 수 없는 공허함을 느꼈을까? 요즈음 시작된 그답지 않은 반항적인 초조감, 더 이상 놀리면 당장에라도 떠나버리겠다는 위협은 혹시 마루샤가 떠난 일과 관계가 있는 것은 아닐까? 그것도 아니라면, 그가 곧 떠나지 않고 해빙기에 대한 고문관의 예찬에 귀기울이는 것은 가슴이 풍만한 마루샤가 정말로 떠나버린 것이 아니라, 잠시 여행을 간 것뿐이어서 곧 돌아오리라는 어떤 기대감과 관계가 있는 것일까? 그런 문제에 대해서 한스 카스토르프는 요아힘과 직접 말을 하지 않아도 짐작할 수 있었다. 요아힘은, 잠시 여행을 떠난 한 부인의 이름을 입 밖에 내는 것을 회피하듯이 마루샤의 일을 입에 담는 것도 무척 삼가고 있었기 때문이다.

  그동안 네덜란드인 손님들 틈에 끼여 있던 이탈리아인 세템브리니의 식탁에 누가 앉게 되었을까? 이 네덜란드인들의 식욕은 굉장했다. 남자들은 누구나 매일 다섯 코스의 정찬 때, 아직 수프도 나오지 않았는데 계란 프라이를 세 개씩이나 시켜 먹었다. 그는 바로 저 흙막 진탕의 지옥과 같은 모험을 겪은 안톤 카를로비치 페르게였다! 그렇다, 그는 침대를 떠났으며, 기흉 요법을 하지 않아도 상태가 좋아져 하루의 대부분을 평상복을 입은 채로 걸어다니며 지냈다. 그는 또 저 부드럽고 선량해 보이는 콧수염과 똑같은 인상을 주는 후두(喉頭)를 보이면서 식사 때 한몫 끼기도 했다. 사촌들은 가끔 페르게와 식당이나 홀에서 만나 이야기를 나누기도 하고, 가끔 형편이 좋으면 페르게와 규정된 산책도 함께 했다. 사촌들은 이 순박한 인종(忍從)의 미덕을 지닌 사람에게 애착을 느꼈다. 안개 자욱한 해빙기의 진흙탕을 함께 걸으면서 페르게는 고상한 말은 무엇이든 이해하지 못한다는 것을 전제한 다음, 고무신 제조와 러시아 벽지인 사마라와 게오르기아에 관한 이야기를 꽤나 재미있게 들려주었다.

  길은 거의 걸을 수 없을 정도로 질척거렸고, 안개가 자욱했다. 고문관은 그것이 안개가 아니라 구름이라고 우겼지만, 한스 카스토르프가 판단하건대 그 말은 궤변에 지나지 않았다. 봄은 악전고투를 계속하며 찾아왔다. 몇 번이나 엄동의 혹한에 후퇴하면서, 싸움은 몇 개월에 걸쳐 6월까지 이어지기도 했다. 그러나 3월에도 햇볕이 잘 드는 날은, 발코니의 안락 의자에 누워 있으면 얇은 옷에 파라솔을 펴놓아도 볕이 따가웠다. 그래서 어떤 여자들은 첫번째 아침 식사시간에 벌써 여름에 입는 모슬린 옷차림으로 나타나기도 했다. 다른 곳과는 전혀 달라서 4계절을 뒤섞어놓은 듯 혼란스러운 이곳 기후의 특수성을 감안한다면, 부인들이 이처럼 조급해지는 것도 이해할 수 있으리라. 하지만 부인들의 이런 조급함은 인식 부족과 상상력의 결핍 탓이라고 할 수 있었다. 그것은 장차 상황이 어떤 식으로 변할지를 예상치 못하는 인간의 찰나주의적 어리석음 때문이기도 했고, 무엇보다도 열심히 변화를 갈구하여 시간을 뛰어넘으려는 성급함 때문이기도 했다.

지금은 3월, 봄이었지만, 여름철이나 마찬가지로 무더운데다 시간을 통째로 삼켜버리려는 성급함 때문에 가을이 채 되기도 전에 모슬린 옷이 선보인 것이다. 4월로 접어들자 흐리고 냉랭한 날이 계속되었고, 연일 비가 내리더니 그것이 휘몰아치는 신설(新雪)로 바뀌었다. 발코니에 있으면 손가락이 얼었으며, 두 장의 낙타 담요가 다시 등장하기 시작했고, 급기야는 슬리핑 백까지 동원되는 형편이었다. 사무국은 스팀을 넣기로 결정했다. 그래서 모두들 봄을 놓쳤다고 투덜거렸으며, 4월 말에는 삼라만상이 두꺼운 눈에 덮여버리고 말았다. 이윽고 경험 많은 요양객들의 예언대로 산너머에서 따스한 남풍이 불어오기 시작했다. 슈퇴어 부인과 상아빛 피부의 레비양, 헤센펠트 미망인도 남쪽의 화강암 산봉우리 위에 구름 한점 없는 것을 보고, 입을 모아 남풍이 불기 시작했다고 떠들었다.

헤센펠트 부인은 급기야 신경질적으로 울음을 터뜨렸고, 레비양은 아예 침대에 누워버렸으며, 슈퇴어 부인은 토끼 같은 이빨을 드러내며 각혈할지도 모른다는 미신적인 걱정을 시간마다 되풀이했다. 남풍은 각혈을 유발한다는 소문 때문이었다. 믿기 어려울 정도로 날씨가 따뜻해져서 스팀은 꺼지고 발코니로 나가는 문은 밤에도 열려 있었으나, 아침의 실내 온도는 11도였다. 눈은 잘 녹아서 얼음 같은 색깔이 되고 벌집처럼 구멍이 뚫렸으며, 두껍게 내려 쌓인 눈은 무너져 땅속으로 스며들 것처럼 보였다. 어디서나 눈 녹는 소리, 눈이 녹아 생긴 물방울이 뚝뚝 떨어지고 흘러가는 소리뿐이었다.

숲속도 마찬가지였다. 그리고 길 양쪽에 삽으로 파헤쳐 쌓아 놓은 눈더미도, 풀밭에 쌓인 창백한 눈의 융단도 서서히 형상을 감추며 스러져 갔다. 그리하여 골짜기의 산책길에는 이상한 현상, 전에는 한 번도 본 적이 없는 동화 같은 봄의 경이가 펼쳐졌다. 거기에는 넓고 푸른 초원이 있었다. 그리고 그 배경에는 아직도 눈을 이고 있는 슈바르츠호른의 돔 같은 봉우리들이 우뚝 솟아 있고, 바로 옆 오른쪽에는 아직도 눈에 깊이 파묻힌 스칼레타 빙하가 보였다. 건초더미가 있는 들도 아직 눈으로 덮여 있었으나, 그 눈의 옷은 벌써 얇아져서 높은 지면이 꺼멓고 황량하게 나타나 여기저기에 마른 풀이 보이기도 했다.

산책객들이 보았듯이 풀밭 위의 적설은 어디나 똑같은 것은 아니었다. 멀리 숲의 비탈로 가까이 다가가면 적설은 꽤나 깊었으나, 사촌이 보고 있는 가까운 곳은 아직도 겨울처럼 빛바랜 풀 위에 눈이 점점이 얼룩져 꽃처럼 남아 있을 뿐이었다. 사촌들은 그것을 더욱 가까이에서 보고 깜짝 놀라 그 위에 몸을 구부렸다. 그것은 눈이 아니라 진짜 꽃이었다. 눈의 꽃인가, 아니면 꽃의 눈인가, 대가 짧은 작은 화관(花冠), 회색과 청담색의 꽃. 틀림없이 크로커스였다. 그것은 녹은 물이 스며든 풀밭에 무수히 움터 한 곳에 밀집해 있었기 때문에 눈으로 잘못 보아도 이상하지 않을 정도였고, 점점 거리가 멀어짐에 따라 정말로 눈과 구별할 수 없었다.

사촌들은 자신들의 착각에 웃음을 터뜨렸다. 눈앞에 펼쳐진 봄의 기적, 모든 것에 앞서 용감하게 다시 땅 위로 머리를 들어올린 유기적 생명의 그

애잔하면서도 수줍은 듯한, 주위에 적응하려는 그 모양이 재미있어서 웃었다. 그들은 그것을 꺾어서 화려한 술잔 모양의 꽃을 자세히 들여다보고 단춧구멍에 끼운 다음, 돌아와서는 컵에다 꽂았다. 골짜기의 경직 상태가 오랫동안 계속되어——겨울은 비록 짧은 것 같기는 했으나, 역시 길다면 긴 시간이었다.

그러나 꽃눈은 다시 진짜 눈으로 덮여버렸다. 크로커스에 이어 핀 푸른 앵초꽃과 누렇고 붉은 앵초도 같은 운명에 놓였다. 그렇다, 실제로 봄은 이 위의 겨울을 제압하기 위해서 얼마나 많은 악전고투를 해왔던 것일까? 봄이 이 산 위에 발판을 굳히기까지는 여러 번 뒷걸음질을 쳐야만 했다. 다시 흰 눈보라와 얼음 섞인 바람과 난방 장치를 동반하여 다음 겨울이 찾아오기까지 이 위에 머물러 있기 위하여——5월 초에는 (우리가 눈꽃 이야기를 하는 사이에 벌써 5월이 찾아왔다) 발코니에서 평지로 엽서를 쓰는 일마저 힘들었다. 11월 같은 습기를 품은 강추위에 손가락이 얼얼해 왔고, 주위의 얼마 안 되는 활엽수는 평지에 있는 1월의 수목처럼 스산한 모습이었다. 일주일 내내 비가 폭포수처럼 쏟아졌다. 만약 이곳에 아늑한 안락 의자가 없었더라면, 짙은 물안개 속에서 얼굴을 적시고 몸이 굳어지면서까지 옥외 요양 근무를 하기란 정말 어려운 노릇이었을 것이다. 그러나 봄비 탓인지 별로 기분이 언짢지는 않았다. 이 비로 거의 모든 눈이 사라져버리고, 다만 여기저기 회색으로 더러워진 얼음 같은 눈이 남아 있을 뿐 흰 것은 어디서나 자취를 감추고, 드디어 풀밭은 푸르러지기 시작했다!

끝없이 펼쳐진 흰색만 보아 오던 두 눈에 풀밭의 푸른 색조는 그 얼마나 쾌적한 기쁨을 주었던가! 어린 풀의 푸르름보다 더 애잔하고 신선한 부드러움을 지닌 푸른 색조가 풀밭에 깔려 있었다. 그것은 낙엽송의 어린 싹이었다. 한스 카스토르프는 요양을 위한 규정된 산책길에서 그것을 손으로 어루만지고 볼을 대어 보지 않을 수 없었다. 그만큼 부드러움과 신선함이 가득 찬 어린 싹이 말로는 표현할 수 없을 만큼 사랑스러웠다.

"식물학자가 돼도 좋겠어." 한스 카스토르프는 함께 걷고 있는 사촌에게 말했다. "이 산 위에서 겨울잠에서 깨어나, 자연이 눈을 뜨기 시작하는 것을 보는 기쁨에서 식물학에 흥미를 느끼는 것은 당연한 일이겠지. 저것은 용담이야, 저기 비탈에 보이는 것 말이야. 그리고 저기 저것은 누렇고 작은 제비꽃의 일종인데, 나로서는 아직 모르는 종류야. 여기에 미나리아재비도 있어. 평지에서 보는 것과 그다지 다른 것 같지는 않아. 이것은 미나리아재비속의 식물인데, 이상하게 쌍자엽이군. 아주 매력적인 식물이야. 양성(兩性) 식물로, 많은 꽃가루 주머니와 몇 개의 씨방이 있어. 수술과 암술이라는 걸 거야. 식물학에 관한 헌책을 한두 권 사서 생명과학 분야에도 좀 관심을 가져야겠어. 아니 정말, 온 천지가 말할 수 없이 화려하게 울긋불긋해졌어!"

"6월이 되면 더 아름다워질 거야" 하고 요아힘이 말했다. "이곳의 꽃은 유명하거든. 하지만 나는, 그때까지 이곳에 남아 있지 않겠어. 네가 식물학을 공부하고 싶은 것은 아마 크로코프스키의 영향 때문이겠지?"

크로코프스키의 영향이라니? 왜 요아힘이 이런 말을 할까? 아 그렇다, 사촌이 그렇게 생각한 것은, 크로코프스키가 연속 강연의 일부로서 얼마 전에 식물학자처럼 말했기 때문이었다. 시간의 변화에 따라 닥터 크로코프스키의 강연도 마지막이 될 것이라고 생각한다면 그것은 잘못된 생각이었다. 그는 2주마다 강연을 했다. 계절 탓인지 샌들은 신지 않았지만, 여전히 프록 코트 차림이었다. 그는 샌들을 여름에만 신기 때문에, 머지않아 신게 될 것이다——한스 카스토르프가 여기에 처음 와서 얼마 되지 않은 무렵, 피투성이가 되어 지각했을 때와 마찬가지로 식당에서 격주로 월요일마다 강연을 했었다. 그리고 그 후로도 이 분석학자는 9개월이나 사랑과 병에 관해 계속 이야기했다——한꺼번에 많은 것을 이야기하지 않고, 30분에서 45분간 잡담 형식으로 과학적이며 철학적인 지식을 피력했는데, 강연하는 태도로 보아 중단되지 않고 언제까지나 계속될 것만 같았다. 그것은 15일에 한 번씩 들려주는 〈아라비안 나이트〉와 같은 것으로, 매회마다 새 길로 들어가는 세헤라자데 왕비의 옛날 이야기처럼, 호기심 강한 왕을 즐겁게 하여 무모한 행동을 단념시키는 힘을 지니고 있었다.

크로코프스키의 주제는 끝간데 없이 막막하다는 점에서 세템브리니가 협력하고 있는 고뇌의 백과사전 작업을 연상시켰다. 그것이 얼마나 변화무쌍한 주제인가는, 강연자가 최근 들어 식물학, 더 자세히 말하면 버섯에 관해서까지 언급하겠다는 점에서 짐작할 수 있을 것이다. 그런데 그는 화제의 대상을 조금 바꾼 듯, 이제는 사랑과 죽음을 문제삼고 있었다. 사실 사랑과 죽음에 있어서, 한편으론 섬세하고 시적인 성격을, 다른 한편으론 가차없는 과학적 특징을 띤 고찰과 관련된 테마였다.

즉 사랑과 죽음에 관련시켜 이 학자는 동방적인 해학을 띤 어조로, 한 번만 혀를 굴리는 방식으로 설음(舌音) r을 발음하면서 식물학, 즉 버섯에 대해 언급한 것이다——유기체인 이 음탕한, 공상적이며 비현실적인 생물은 원래 육감적으로 동물계에 가까운 것인데——그 조직에서 동물성 신진 대사의 산물, 조직 속의 단백질, 글리코겐, 즉 동물성 녹말을 발견할 수 있다. 크로코프스키는 어떤 버섯에 관해 이야기했는데, 그 버섯은 고대로부터 그 형태와 그것이 지니고 있다고 믿어지는 힘때문에 유명해진 버섯이었다. 그것은 균류의 일종으로, 라틴어로는 '음탕한(impudicus)'이라는 뜻이 담겨 있는데, 형태는 사랑을, 냄새는 죽음을 연상시킨다. 그 음탕한 버섯이 갖고 있는 종 모양의 삿갓에서 떨어지는, 삿갓 표면에서 피막을 이루어 포자를 부착한 푸르스름하고 끈끈한 점액은 이상하게도 송장 냄새를 풍기기 때문에, 이 버섯은 오늘날까지 무지한 사람들에게는 미약(媚藥)으로 알려져 있다.

아니, 이것은 부인들에겐 미안한 일이라고 파라반트 검사는 말했다. 그는 고문관의 선전을 도덕적으로 지지하여, 이 해빙기를 이곳에서 보내고 있었다. 똑같이 의연한 자세로 자포자기의 출발을 재촉하는 모든 유혹을 물리치고 이곳에 눌러 앉아 있던 슈퇴어 부인도 식사 때, 오늘 크로코프스키의 고전적인 버섯 이야기는 정말 '음탕한' 것이라고 말했다. '음탕하다'고 말한 이 불쌍한 여인은, 뭐라고 이름 붙일 수 없는 교양상의 오류를 범하여 자신의 병을 욕되게 한 것이다.

그러나 한스 카스토르프가 이상하게 여긴 것은, 요아힘이 크로코프스키의 식물학을 넌지시 입에 올렸다는 사실이었다. 사촌들은 한 번도 분석학에 대해 언급한 적이 없었으며, 사촌들 사이에서는 클라우디아 소샤나 마루샤의 일이 화제가 된 적이 없었던 것과 마찬가지로 이 학자의 인품과 활동을 거의 묵살하고 있었다. 그러던 요아힘이 지금 조수의 이름을 들먹였고, 그것도 몹시 불쾌한 어조였다. 그의 말투는, 들꽃이 만발할 때까지는 절대로 이곳에 있을 생각이 없다는 투였다. 선량한 요아힘은 점점 평정을 잃어가는 것 같았다. 말소리도 신경질이 난 듯 떨려서, 사려 깊었던 옛날의 사촌과는 거리가 멀었다. 그는 오렌지 향기를 맡지 못하게 되어 괴로워하고 있는 것일까? 가프키 번호의 우롱이 혹 그를 자포자기로 몰아넣은 것일까? 아니면 여기서 가을이 오기까지 있어야 할 것인지, 멋대로 떠날 것인지를 아직 결정하지 못해서인가?

요아힘이 신경질적인, 떨리는 목소리로 빈정거리듯이 최근에 있었던 크로코프스키의 식물학 강의에 대해 언급한 것에는 사실 다른 원인이 있었다. 이 원인에 대해서 한스 카스토르프가 전혀 몰랐다기보다는, 요아힘 자신이 그것을 알고 있다는 사실을 몰랐을 뿐이다. 한마디로 말해, 요아힘은 사촌의 어떤 비밀을 발견했던 것이다. 사촌이 사육제인 화요일에 범한 것과 똑같은 배신 행위를 또다시 범하는 것을 그는 우연히 발견했다. 그리고 한스 카스토르프가 이번에는 그것을 상습적으로 계속한다는 확고한 증거가 있었으므로, 요아힘으로서는 더욱 악질적인 배신 행위로 여긴 것이다.

영원히 단조로운 시간의 리듬, 매일매일 계속되는 단조로운 리듬의 연속 가운데 발코니를 한바퀴 돌고 안락 의자를 방문하는 크로코프스키의 회진이, 그에게는 오후 3시 30분부터 4시 사이에 있었다. 닥터 크로코프스키가 상태를 보러 돌아왔을 때는 '동지(comrade)'라는 호칭을 쓰곤 했는데, 혓바닥을 외국인답게 입천장에 한 번만 치는 r음의 이 군대 용어는, 한스 카스토르프가 요아힘에게 말한 대로 의사에게는 너무나 어울리지 않는 표현이었다. 그러나 이 조수의 남성적인 억센 태도, 순진하게 신뢰하기를 채근하는 태도에는 그 말도 그다지 우습지는 않았다. 물론 그 태도는 꺼먼 콧수염과 창백한 얼굴 때문에 어딘지 모르게 가식같이 느껴져서, 무언가 의심스러운 느낌을 버릴 수 없게 했다.

"그런데 동지, 어떻습니까? 기분이 어떻죠?" 닥터 크로코프스키는 행실 나쁜 러시아인 부부의 발코니로부터 한스 카스토르프의 안락 의자의 베갯머리로 다가왔다. 그러면 그토록 용감한 말로 불린 청년은 두 손을 가슴 위에 모으고, 의사의 꺼먼 수염 사이의 누런 이빨을 바라보면서 몸이 오싹하는 이 방문에 날마다 애써 빙그레 웃어 보였다. "충분히 쉬었습니까?" 하고 크로코프스키는 계속 물었다. "체온 곡선이 내려갑니까, 아니면 올라갑니까? 괜찮아요, 결혼식까지는 잘될 겁니다. 자, 그러면 또 봅시다." '또 봅시다'라는 말도 역시 이상하게 발음하여 몸이 오싹했지만, 크로코프스키는 이렇게 인사를 하고 요아힘의 발코니로 사라진다. 잠깐 돌아보러 다니는 회진이었으므로 그 이상의 일은 없었다.

물론 닥터 크로코프스키는 다른 데로 회진을 떠나기 전에 가끔 넓은 어깨를 보이고 서서 남성적인 미소를 짓고 동지와 몇 마디 나누기도 했다. 날씨, 떠난 사람과 새로 온 사람, 환자의 기분, 환자의 개인적 사정, 경력과 장래의 일 등에 관해 이것저것 이야기했다. 한스 카스토르프는 기분 전환을 위해 이번에는 두 손을 머리 밑에 넣고, 같이 빙그레 웃으면서 조수의 질문에 일일이 대답했다. 그래도 온몸이 오싹 움츠러드는 느낌은 여전했다. 발코니를 방마다 칸막이한 유리판은 방들을 완전히 분리해 놓은 것은 아니었으나, 요아힘은 이웃 발코니의 이야기 소리를 들을 수도 없었고, 또 들으려고 애쓰지도 않았다. 하지만 사촌이 안락 의자에서 일어나고, 닥터 크로코프스키가 방안으로 들어가는 소리가 들렸다. 아마 체온표를 보이기 위해서겠지만, 대화는 방안에서도 한동안 계속되어, 조수가 안쪽 복도를 나와 요아힘 앞에 모습을 나타내기까지는 꽤 시간이 걸렸다.

그 동지들은 무슨 이야기를 했을까? 요아힘은 그것을 묻지는 않았다. 그러나 만약 우리 가운데 요아힘을 모범으로 삼지 않고 그것을 알고 싶어하는 사람이 있다면, 우리는 그 사람에게 막연하게나마 다음과 같은 사실을 지적해 주어야 마땅할 것이다. 즉 두 사람의 동지 가운데서 한 사람은 수양(修養)의 도상에서 물질을 정신의 타락, 물질 자체가 악성 자극 증대라고 생각하는 경지에 도달해 있었다. 다른 한 사람은 의사이면서도 유기 질환의 부차적 성질을 평소부터 주장하는 인물이므로, 이상주의적인 색채를 띠고 있는 두 동지 사이에서는 정신적 교류의 소재와 계기가 얼마나 많았겠는가. 비물질의 파렴치한 타락이라는 의미로서의 물질, 물질이 갖는 음탕한 결과로서의 생명, 생명의 방종한 형태로서의 병에 대해 두 사람은 얼마나 많이 토론하고 이야기했을 것인가. 우리는 그렇게 상상해 보고 싶다. 이 경우에 진행 중인 강연에 관련지어 병을 일으키는 힘으로서의 사랑, 병적 징후의 정신적 의의, '옛' 환부와 '새로운' 환부, 가용성(可溶性) 독소나 미약, 무의식 세계의 의식화, 정신 분석의 효능, 증후의 환원——이 모든 것에 대해 토론했겠지만, 이것은 모두 닥터 크로코프스키와 한스 카스토르프라는 청년이 어떤 것을 말했을까 하고 생각해 본 우리의 사견과 억측에 지나지 않는다.

사실 이 두 사람은 말을 오랫동안 이야기하지는 않았다. 그들이 토론한 것은 오래 전이고 잠시 동안의 일로, 2,3주 동안 이야기했을 뿐이다. 요즈음 닥터 크로코프스키는 환자들에 대한 방문 횟수를 줄였는데, 그 대신 요아힘은 다른 사실을 발견했다. 이 줄어든 방문 횟수는 한스 카스토르프의 배신 행위 때문이라고 생각했으며, 이런 느낌을 갖게 된 것은 전혀 우연한 일이었다. 군인처럼 솔직담백한 그가 탐정 같은 짓을 하지 않았으리라는 것은 믿어도 좋다. 요아힘은 수요일 아침의 안정 요양 때 마사지를 하고 지하실로 불려갔는데, 거기서 우연히 그 사실을 본 것이다.

그는 깨끗한 리놀륨을 깐 진찰실 입구의 문이 내다보이는 계단을 내려갔었다. 진찰실 양쪽에는 두 개의 뢴트겐실이 있었는데, 왼쪽에는 유기체 투시실, 그 오른쪽에는 복도에서 한 계단 내려가 정신 투시실, 즉 정신 분석실이 있었으며, 그 문에는 닥터 크로코프스키의 명함이 보였다. 계단을 내려오던 요아힘은 한가운데서 발을 멈추었다. 한스 카스토르프가 주사를 맞고 진찰실에서 나와 바쁜 걸음으로 정신을 가다듬고 오른쪽의, 명함이 핀으로 꽂혀 있는 분석실로 살그머니 걸어가는 것이었다. 그리고 그 문을 똑똑 두드리고 귀를 기울이는 것이 보였다. 이윽고 방 주인의 바리톤에 담긴 "들어오시오!"라는 말이, 외국인다운 발음과 비뚤어진 복모음이 뒤섞여 들려왔다. 그리하여 요아힘은, 사촌이 굴속 같은, 닥터 크로코프스키의 어두컴컴한 분석실로 빨려들어가는 것을 보게 된 것이다.

또 한 사람

낮이 긴 나날들, 일년 중에서 가장 낮이 긴 날이 시작되었다. 물론, 이것은 단순히 일조(日照) 시간이 길다는 뜻에서 말한 것에 불과하다. 하루하루를 떼어서 생각하거나 하루하루의 단조로운 흐름에 대해서 생각해 볼 때, 그것은 천문학상의 길이와는 상관없이 하루가 짧게 느껴졌다. 춘분은 이미 3개월 전의 일이고, 이제 곧 하지였다. 하지만 이 위에서는 실제 계절이 달력상의 계절보다는 늦어지므로, 이제야 겨우 봄이 시작되었다고 할 수 있었다. 짓눌리는 듯한 여름의 고통은 아직 찾아볼 수 없이 향기롭고 상쾌하며, 가벼운 봄기운, 푸른 하늘의 눈부신 태양, 귀엽고 화려한 꽃이 만발해 있는 초원——그런 봄이었다.

한스 카스토르프는 비탈에 피어 있는 몇 송이의 꽃을 보았다. 톱풀꽃과 방울꽃으로, 그가 처음 여기에 왔을 때 요아힘이 친절하게도 환영의 뜻으로 꺾어다 그의 방을 장식해 주었던 꽃들이었으므로, 그것은 말하자면 그가 이 산 위에 온 지 1년이 흘러갔다는 사실을 의미한다. 그러나 골짜기의 비탈과 초원에는 종 모양이나 별 모양이나 술잔 모양, 그 밖의 고르지 않은 각종 유기 생물이 햇살로 따뜻해진 대기에 향기를 채워 주며 그 형상을 드러냈다. 끈끈이오랑캐꽃, 사방에 흐드러지게 핀 야생 팬지, 데이지, 노랗고 빨간 앵초——이 모든 것은 한스 카스토르프가 평지에서 보아 기억에 남아 있는 것보다 훨씬 탐스럽고 아름다웠다. 그리고 섬모(纖毛)가 붙어 있는 작은 종 모양의 꽃이 피고 고개를 까닥이는 이 지방 특유의 청자색 솔다넬라.

그는 그 귀여운 꽃들을 꺾어서 꽃다발을 만들어 가져갔다. 그것으로 방을 꾸미기 위해서라기보다는, 엄정한 과학 실험을 위한 자료로 쓰려는 진지한 목적에서였다. 식물학 방면의 실험 도구 몇 가지, 식물학 개론서 한 권, 식물 채집용 삽 한 자루, 식물 표본 한 권, 도수 높은 확대경——이런 것을 갖고 청년은 발코니에서 연구에 몰두했다. 그는 여기에 올 때 갖고 온 여름 옷을 입고 연구에 몰두했는데, 이 사실 역시 일년이 한바퀴 회전했다는 것을 나타내는 것이었다.

신선한 꽃을 여러 개의 컵에 담아 침실의 테이블 위에 놓았으며, 시들기 시작하여 약해지기는 했으나 완전히 마르지 않은 꽃은 발코니의 난간과 마루 위에 놓아두었으며, 그 밖의 꽃은 수분을 빨아내는 압지에 끼워 돌로 눌러서 앨범에 붙이도록 표본으로 만들었다. 그는 두 무릎을 세우고 다리를 포개어 안락 의자에 누웠다. 가슴에는 두꺼운 입문서를 펴놓고, 확대경의 둥글고 두꺼운 렌즈를 파란 눈과 꽃 사이에 들고 있었다. 화관의 일부를 주머니칼로 잘라 도수 높은 렌즈에 투시해 보면 꽃 모양은 거대할 만큼 살이 두꺼워 보였으며, 꽃줄기 끝에 달린 꽃가루주머니에서는 노란 꽃가루를 떨어뜨렸고, 씨방에서는 암술대가 나와 있었다. 그 암술대를 칼로 자르면, 그 가운데 가느다란 도관이 있었다. 그리고 그 속에서 당질의 분비물에 의해 배낭(胚囊)으로 들어가는 섬세한 화분관이 보였다.

청년은 조사하고 비교했으며 헤아려 보았다. 그는 꽃받침과 잎, 잎의 구조와 위치, 암수 생식 기관의 구조와 위치를 관찰해 보았으며, 관찰 결과를 책에 표시된 도형(圖型)이나 사진과 비교하고 검토해 보았다. 그리하여 그것이 일치할 때는 만족과 희열을 느꼈다. 그는 이름을 알 수 없는 꽃들은 린네의 식물 분류법에 따라 유·군·과·종·속으로 분류했으며, 시간이 넉넉했으므로 비교형태학에 의거한 식물 분류법도 어느 정도 이해하기에 이르렀다. 그리하여 앨범에 꼼꼼한 필체로 라틴어 학명을 적고 거기에 그 꽃의 특성을 덧붙여 요아힘에게도 보여 주었으므로 요아힘은 놀라지 않을 수 없었다.

밤에는 별을 관찰했다. 순환하는 해에 흥미를 느꼈던 것이다. 그는 벌써 20여 회나 지구가 공전한 기간을 이 지상에서 보냈으면서도, 아직 그런 것에 관심을 가져 본 적이 없었다. 우리는 그저 '춘분'이라는 표현을 아무렇게나 사용하고 있는데, 이것은 이미 한스 카스토르프의 정신에서 일어났던 일이며, 그의 현재 상태를 염두에 두고 한 말이다. 왜냐하면 그가 요즈음 즐겨 쓰는 용어는 대개 그 방면에 관한 것으로, 거기서 얻은 지식이 사촌을 깜짝깜짝 놀라게 하는 일이 많았던 것이다.

"지금 태양은 게자리에 가까워지고 있어." 그는 산책길에서 입을 열었다. "그것이 무슨 뜻인지 알아? 그것은 황도 십이궁 가운데서 최초의 하궁(夏宮)이야. 알았어? 이제 태양은 사자자리와 처녀자리를 지나서 낮과 밤이 같아지는 추분점으로 향하고 있어. 그리고 9월 말에는 거기에 다다르는 거야. 그렇게 되면 태양의 위치는 3월의 태양이 양자리에 들어갔을 때처럼 다시 적도 위에 오는 거지."

"그런 건 몰랐어." 요아힘은 투덜거리듯 말했다. "도대체 무슨 말을 하는 거야? 양자리라니? 또 황도 십이궁이란 건 뭐야?"

"그래, 황도 십이궁이야. 그건 태고적부터 변함이 없는 황도 십이궁 그대로야. 전갈자리, 궁수자리, 염소자리, 물병자리……. 그런 것에 어떻게 흥미를 갖지 않을 수 있겠어? 궁도는 한 계절에 대해 세 개씩 있는데, 그건 태양이 통과하는 성좌의 원(圓)이야. 실로 웅대한 거야. 생각해 보라구. 이집트의 어느 사원 천장에 이것이 그려진 게 발견되었어. 아프로디테를 모신, 테베 근처에 있는 어느 사원의 천장에서였지. 그런데 칼데아인들도 이미 그것을 알고 있었어, 칼데아인들이 말이야. 저 뛰어난 태고의 민족, 아라비아계의 셈족으로서 점성술과 예언에 뛰어났던 민족이야. 그들은 유성의 궤도인 황도를 연구하여 십이궁으로 나누었는데, 그것이 바로 오늘날까지 전해지는 도데카테모리아야. 웅대하지 않아? 이것이야말로 인류라 할 수 있어!"

"너도 인제 인류라는 말을 쓰는군. 세템브리니처럼 말이야."

"그래, 그 사람처럼. 하지만 그와는 좀 다른 의미일 수도 있어. 우리는 '인류'를 있는 그대로 평가하지 않으면 안 되지만, 그렇더라도 정말 놀라워. 안락 의자에 누워 칼데아인들도 이미 알고 있었던 유성을 바라보고 있노라면, 그들에 관한 일이 하나하나 머리에 떠오르는 거야. 그들이 총명한 민족이었던 것만은 사실이지만, 모든 유성을 다 알지는 못했어. 하지만 그들은 육안으로 볼 수 있는 별은 다 알고 있었어. 그들이 알지 못한 유성은 지금의 우리도 볼 수 없는 것들이니까. 천왕성은 요즈음에야 비로소 망원경에 의해 발견되었어. 겨우 120년 전에 말이야."

"120년 전이라고? 그게 요즈음인가?"

"'요즈음'이라 부르고 싶어. 그것이 발견되기까지의 3천 년에 비하면, '요즈음'이라고 불러 마땅해. 안락 의자에 누워 유성을 바라보고 있노라면, 3천 년 전도 요즈음의 일처럼 생각되는걸. 그것을 구명해낸 칼데아인의 일이 회상되는 거야. 이야말로 '인류'가 아닐까?"

"좋아. 너는 대단히 웅대한 구상을 하고 있군."

"웅대하다고 말하기보다, 난 오히려 친밀하다고 부르고 싶어. 아무런들 상관없지만 말이야. 석 달쯤 뒤에는 태양이 천칭자리에 들어오고, 낮이 다시 짧아지기 시작하여 밤낮의 길이가 같아졌다가 크리스마스 때까지 다시 낮이 계속 짧아지는 거야. 이건 알겠지? 생각해 보라구. 태양이 겨울의 궁인 염소자리, 물병자리, 물고기자리를 지나는 동안 낮이 또다시 길어지기 시작하고 이어 춘분이 되돌아오는 거야. 낮이 계속 길어지다가 여름이 시작될 때까지 그런 식으로 계속되는 거야."

"그거야 당연한 일이지."

"그렇지 않다니까. 이건 일종의 '유희'야. 겨울 동안 낮이 길어지고 일년 중 낮이 가장 긴 6월 21일이 되면, 그건 다시 내리막길로 접어들어 낮이 다시 짧아지다가 겨울로 향하는데, 이걸 '당연하다'고 말하지만 어떻게 생각하면 불안스러워 걱정이 돼. 물론 그건 순간적이어서, 마치 발작이나 일으키듯 무엇엔가 매달려 보고 싶어지는 거야. 마치 오일렌 슈피겔의 장난 같다고나 할까. 그는 겨울의 초반에 이미 봄이 시작되고, 여름의 초반에 이미 가을이 시작되는 것처럼 꾸미지 않았어. 코가 끌려서 어느 한 점을 향해 빙빙 돌면, 그 한 점이 회전점이 되는 거야. 말하자면 원주의 회전점이 된다는 말이지. 원주는 결국 여러 개의 회전점이 하나로 모아진 점이야. 곡선이란, 따지고 보면 직선에서처럼 길이가 없으며, 어떤 일정한 방향으로 달리는 순간은 한 순간도 없이 영원히 '회전 목마'처럼 계속 빙빙 도는 거야! 그것은 대체로 '곧장'은 아니야."

"됐어! 그만해 둬!"

"하지의 축하!" 하고 한스 카스토르프가 말했다. "하지! 그리고 산불, 활활 타오르는 불을 에워싸고 도는 원무! 한 번도 실제로 본 적은 없지만, 자연인들은 실제로 그런 식으로 춤을 춘다고 했어. 가을이 시작되는 여름의 첫밤을 그들은 축하하는 거야. 하지는 한 해의 정오이자 절정이야. 거기서부터 다시 내리막길이 시작되는 첫밤에, 그들은 춤추며 환호성을 지르고 원무를 추지. 자연인의 본능에서 그들이 그토록 환호성을 지르는 건 무엇 때문일까? 그걸 알겠어? 왜 그들은 그토록 야단스럽게 구는 것일까? 내리막이 시작되어 캄캄해지기 때문일까? 만약 그게 아니라면, 그때까지는 계속 올라가다가 그 회전점이자 더 이상 머무를 수 없는 낙하점인 여름밤의 절정이 다시 돌아왔기 때문일까? 기쁨 가운데 일말의 우수를 감추고서 말이야. 나는 있는 그대로를, 생각나는 대로 말했을 뿐이야. 자연인들이 환성을 지르며 불을 둘러싸고 춤추며 돌아가는 것은 우수를 감춘 환희이며, 환희가 넘치는 우수 때문이며, 양성(兩性)의 절망에서 오는 거라고. 그것은 원의 유희이며 영속적인 방향이 없는, 모든 것이 윤회라는 순환, 그 영원의 유희에 결의를 나타내는 거야. 그렇지 않아?”

“아무 말도 하고 싶지 않아.” 요아힘이 중얼거리듯 말했다. “나한테는 그런 말 하지 말아 줘. 네가 밤에 누워 곰곰이 생각하는 것은 요원할 뿐이야.”

“물론 나도 부정하지는 않겠어. 너처럼 러시아어 문법을 공부하는 게 더욱 유익하다는 사실을 말이야. 얼마 후면 그 나라 말을 유창하게 할 수 있을 테지. 그렇게 되면 대단한 존재가 되는 거야. 더욱이 전쟁이라도 시작된다면 말이야. 물론 전쟁이 있어서는 안 되겠지만.”

“전쟁이 없었으면 좋겠다고? 하지만 문화인으로서 말할 수 있는 것은, 전쟁은 결국 필요악이야. 만약 전쟁이 없다면 세계는 곧장 썩어버리고 말걸. 몰트케가 그렇게 말했었지.”

“그건 그럴 수도 있어. 또 이 세계는 그런 경향이 있어. 그리고 나도 그점은 인정하고 싶은데…….” 한스 카스토르프는 거기서 화제를 다시 칼데아인에게로 돌리려 했다. 그는 말하고 싶었다――칼데아인은 셈족으로 유태인이었으나, 전쟁에 이겨 바빌로니아를 점령했던 것이라고. 그러나 바로 앞을 걸어가던 두 신사가 이쪽의 대화에 이끌려 얘기를 그치고 돌아보는 것을 눈치챘으므로, 한스 카스토르프는 입을 다물고 말았다.

그곳은 번화가로서 요양 호텔과 벨베데르 호텔의 중간쯤이었고, 다보스 마을로 이어지는 입구에 해당되는 곳이었다. 골짜기는 환희에 찬 색조로 화려하게 채색되었고 대기는 상쾌했다. 건조하고 청명한 날씨로 따뜻해진 대기에는 온갖 들꽃의 향기가 가득 차 있었다.

그들은 루도비코 세템브리니가 어떤 낯선 사람과 함께 있는 것을 보았다. 그러나 세템브리니는 이쪽이 누구라는 것을 몰랐던지, 아니면 그들과 만나는 것을 바라지 않았던 것 같았다. 그가 얼른 고개를 돌리고 발걸음을 재촉하면서 동반자와의 대화에 열중하려는 몸짓을 해보였기 때문이다. 사촌들은 물론 옆으로 다가가며 즐겁고 명랑한 태도로 몸을 굽혀 인사했고, 세템브리니 역시 "여기서 만나다니 뜻밖입니다" 하고 기분 좋은 듯 놀란 얼굴로 인사를 하긴 했으나, 걸음을 멈추지 않고 약간 천천히 사촌들을 지나치려고 했다. 사촌들은 아무래도 그의 이러한 속셈을 이해할 수가 없었다. 도저히 생각할 수 없는 일이었기 때문이다. 솔직히 말해, 사촌들은 오랜만에 만난 터여서 반가웠기에 그에게 악수까지 청했었다. 사촌들은 그에게 안부를 물었고, 동반자를 소개해 주기를 은근히 기대했었다. 세템브리니는 그러고 싶지 않다는 눈치였으나 동반자를 소개해 주는 것이 사촌들로서는 너무나 당연하다고 생각하는 것 같아 그도 어쩔 수가 없었다. 그래서 그는 걸음을 옮기면서 엉거주춤하게 소개해야 했다. 세템브리니는 손짓과 함께 명랑한 말로 세 사람을 소개시키고 악수를 나누도록 했다.

세템브리니의 동반자는 그와 같은 연배이며, 그와 한 집에서 살고 있다는 것을 알았다. 청년들이 알게 된 바로는, 그 사람은 부인복 재단사인 루카체크의 방을 다시 세들어 살고 있는 사람 중의 한 사람으로 이름은 나프타였다. 그는 키가 작고 야윈 사나이였다. 그는 면도를 하긴 했으나 너무 바짝 깎아서 몹시 흉하게 보였으므로 사촌들은 놀라지 않을 수 없었다. 그의 인상은 전체적으로 지나치게 날카로워 보였다. 얼굴 전체를 압도하는 매부리코와 굳게 다문 조그만 입, 엷은 회색 눈과 그 코에 걸치고 있는 가느다란 테에 굉장히 두꺼운 안경알, 그리고 계속되는 침묵으로 미루어 보아 일단 입을 열면 그 논조가 너무나도 신랄할 것만 같은 인상을 암암리에 풍기는 것이었다. 모자는 쓰지 않았고, 외투도 걸치지 않았다. 무척 잘 차려 입은 옷이었다. 흰 줄무늬가 있는 암청색 플란넬 천으로, 사촌들이 훑어본 바에 의하면 고상하면서도 유행에 뒤지지 않는 옷차림이었다. 그리고 사촌들 역시 키 작은 나프타쪽에서 그들의 옷차림을 예리하게 보고 있다는 것을 눈치 챘다.

루도비코 세템브리니는 거친 나사로 만든 저고리에 체크무늬 바지를 입고 있었는데, 만약 그가 점잖고 고상하게 입는 습관이 없었다면, 그 세련된 동반자와 나란히 섰을 때 꽤나 볼품이 없었을 것이다. 그러나 체크무늬 바지는 얌전히 다림질하여 언뜻 새옷으로 착각될 정도였으므로 그리 흉하다는 느낌을 주지는 않았다. 그 다림질 역시 하숙집 주인인 루카체크의 솜씨임에 틀림없을 것이다. 못생기고 키 작은 나프타는 옷을 멋지고 세련되게 입었다는 점에서 그의 동숙자보다는 사촌들쪽에 가까웠으나 청년들보다 나이가 많다는 점, 그리고 그 밖의 다른 점에서 본다면 청년들보다는 오히려 세템브리니와 가까웠다.

어쩌면 그것은 이 두 패의 안색의 차이 탓이라는 설명이 더 옳을지 모른다. 말하자면 한패인 청년들은 얼굴이 검붉게 그을렸고, 또 다른 한패는 둘 다 얼굴이 창백했기 때문이다. 요아힘의 얼굴은 겨울 사이에 적동색이 더해졌고 한스 카스토르프 역시 금발 아래로 보이는 얼굴이 장미빛으로 윤기가 돌았는데, 세템브리니의 창백한 얼굴은 햇볕에 아무런 영향을 받지 않았다. 그의 검은 콧수염은 아주 고상해 보였다. 그리고 동반자 역시 금발이었으나, 그것은 오히려 회색에 가까운 금발로서 광택이 없었다. 얼굴도 마찬가지였다. 얼굴빛도 윤기가 없는, 갈색에 가까운 우유빛이었기 때문이다. 그들 네 사람 가운데서 지팡이를 갖고 있는 사람은 한스 카스토르프와 세템브리니 두 사람뿐이었다. 요아힘은 군인이라는 이유에서 지팡이를 갖고 다니지 않았고, 나프타는 소개가 끝나자 곧 두 손을 등뒤로 돌린 것으로 미루어 보건대 역시 지팡이가 없는 게 분명했다. 나프타의 손도 발과 마찬가지로 작고 아담해서 작은 체구와 잘 어울렸다. 나프타는 감기에 걸렸는지 간혹 기침을 했으나, 다른 사람들로 하여금 신경쓰이게 할 정도는 아니었다.

청년들을 만났을 때 당황하고 불쾌한 것 같았던 세템브리니는, 곧 자신의 그런 기분을 아주 그럴듯하게 극복했다. 기분이 무척 좋은 듯한 표정으로 농담까지 섞어가며 서로 소개시켰던 것이다. 예를 들어 나프타를 가리켜서 "스콜라 학파의 우두머리"라 소개하기도 했고, 아레티노의 표현을 빌려 "내 가슴의 넓은 방에는 화려한 궁전이 있다"는 농담을 하면서, 그것은 봄의 공적, 자랑할 만한 봄의 공적을 의미하는 것이라고도 했다.

그는 또 말했다——그가 이 위의 생활에 대해 할말이 많다는 사실에 대해서는 여러분도 이미 알고 계시는 바와 같다, 그러나 이 고원의 봄만을 찬미할 수밖에 없다, 이곳의 봄은, 이곳의 온갖 추악함에도 불구하고 그와 이곳을 화해시켜 주었다, 이곳의 봄은 평지의 봄처럼 마음을 뒤흔들거나 쓸데없이 자극을 주는 일이 조금도 없는 순수한 봄이다, 땅바닥에서 비등하는 것이 전혀 없는 봄, 수증기가 포함된 무더운 안개도 없는 봄이며 밝고 건조하며 명랑하고 우아한 봄이다. 그것은 그가 바랄 수 있는 최상의 봄이다,

그들은 열을 맞추지는 않았으나 되도록 나란히 걸어갔다. 그러나 누가 맞은편에서 다가올 때면 오른쪽으로 걸어가던 세템브리니가 차도로 내려서기도 했고, 네 사람 가운데서 누군가는 열에서 빠졌다가 다시 돌아오느라고 열을 흩어지게도 했다. 나프타는 코감기로 약간 탁한 목소리에 짧게 웃었는데, 말할 때의 소리는 금이 간 접시를 손가락으로 두드릴 때 나는 소리를 연상시켰다.

그는 오른쪽 끝에서 걷고 있는 이탈리아인을 턱으로 가리키며, 질질 끌리는 악센트로 이런 말을 했다.

"여러분, 볼테르주의자이자 합리주의자인 저 사람의 말을 들어 보십시오. 자연이 이 번식의 계절에 신비로운 수증기로 우리 인간을 혼미에 빠뜨리지 않으며, 그 고전적인 건조성을 잃지 않기 때문에 저 사람은 자연을 저토록 찬미하는 것입니다. 그런데 습기를 라틴어로 뭐라 합니까?"

"유머(humor)입니다"라고 세템브리니가 어깨 너머로 대답했다. "우리의 교수가 연구한 자연 관찰에 의한 '유머'는, 그가 빨간 앵초를 볼 때마다 시에나의 성녀(聖女)처럼 그리스도의 상처를 생각한다는 점에 있습니다."

그 말에 나프타는 이렇게 대꾸했다. "그것은 유머라고 하기보다는 위트라 해야 옳을 것 같군요. 아무튼 그것은 자연에다 정신을 주입하는 데 있습니다. 또 자연은 그걸 필요로 합니다."

세템브리니는 목소리를 낮추어, 이번에는 어깨 너머로 말하지 않고 어깨를 내려다보며 말했다. "자연은 당신의 정신을 필요로 하지 않습니다. 자연 그 자체가 위대한 정신이니까요."

"당신은 꾸준히 일원론만 고집하시는데, 지치지도 않았습니까?"

"아, 그러면 당신도 자인하는군요. 세계를 서로 반대되는 부분으로, 말하자면 신과 자연을 분리시켜 생각하는 것은 지적인 유희에 불과하다는 사실을 당신 스스로 인정한 셈입니다."

"내가 '정열'과 '정신'이라는 의미로 부르는 것을 당신은 지적 유희라 말하는데, 그건 참으로 흥미롭습니다."

"그저 저열한 욕구에 대하여 그토록 어마어마한 말을 쓰시는 당신이 언제나 나더러 대웅변가라 부르는 것은 아무래도 이상합니다."

"당신은 '정신'을 저속한 것이라 생각하는군요. 하지만 정신이 원래 이원적이라는 점에 대해서는 반론의 여지가 없습니다. 이원론, 반대의 명제, 그것이야말로 세계를 움직이는 열정적이며 변증법적인 지적 원리입니다. 세계를 서로 상반된 두 개의 부분으로 분리하여 생각한다는 것 자체가 이미 '정신'입니다. 일원론은 모두 지루합니다. 때문에 아리스토텔레스도 언제나 투쟁을 좋아했습니다."

"아리스토텔레스라고요? 아리스토텔레스는 보편적 이념의 실재를 개체에 부과했습니다. 그것이 범신론입니다."

"그렇지 않습니다. 토마스 아퀴나스와 보나벤투라[중세 이탈리아의 스콜라파 철학자]가 아리스토텔레스 학파를 대변해서 그렇게 했듯이, 당신이 개체의 실재를 인정하고 보편적인 것으로부터 만물의 본성을 개체로 받아들여 생각하면 세계는 지고의 이념과는 일치성을 잃게 되고 신으로부터는 분리되어, 신은 초월자가 되어버립니다. 이것이 바로 고전적 중세정신입니다."

"고전적 중세정신, 참으로 묘한 언어의 배합인데요."

"용서하십시오. 하지만 '고전적'이라는 개념이 적합하다고 생각되는 경우에는 서슴지 않고 이 말을 씁니다. 말하자면, 이념이 그 절정에 이르렀을 경우에 말입니다. 고대가 반드시 고전적인 것은 아니었습니다. 당신이 어떤 카테고리의 자유성, 절대적인 것에 대해 상당한 반감을 갖고 있다는 것은 알겠습니다. 당신은, 정신이 민주주의적인 진보가 되기를 바라는 것이지요?"

"정신이 아무리 절대적인 것이라 하더라도 결코 반동의 변론자가 될 수는 없다는 사실을 확신한다는 점에서 우리의 의견이 일치되기를 바랍니다."

"하지만 정신은 언제나 자유의 변론자입니다!"

"'하지만'이라고요? 자유는 인간애의 원리입니다. 그건 절대로 허무주의나 악이 아닙니다."

"당신은 그것에 대해 두려워하는 것 같습니다."

그러자 세템브리니가 머리 위로 팔을 휘저었다. 토론이 끝난 것이다. 한스 카스토르프가 눈썹을 치키며 발끝을 내려다보는 동안, 요아힘은 깜짝 놀라 두 사람을 번갈아 쳐다보았다. 나프타는 보다 광범위한 자유를 비호하면서도 그 어조는 예리하고 단정적이었다. 특히 '쉬' 소리를 내며 "틀렸습니다!"라고 항의하는 그의 어투는 불쾌하다는 느낌마저 들었다. 거기에 반하

여 세템브리니의 어조는 명랑했으며, 두 사람의 의견이 근본적으로 일치한
다는 것을 암시할 때는 그의 말에 따뜻함이 담겨져 있었다. 그리고 나프타
가 이제는 입을 다물고 있기 때문에 사촌들이 처음 보는 그 사람에 대해서
알고 싶은 것이 많으리라 여겼던지, 그 초면의 신사에 대해 이것저것 설명
해 주었다. 그래도 나프타는 그런 것은 아무래도 괜찮다는 듯, 말하는 대로
내버려 두었다.

세템브리니는, 나프타에 대해 프리드리히 대왕 학교의 상급반을 맡고 있
는 고대어 교수라고 설명했는데, 되도록 소개되는 인물을 치켜세우려는 이
탈리아인다운 면모가 엿보였다. 그리고 나프타의 운명은 세템브리니와 비슷
했다. 그는 5년 전에 건강상의 이유로 이 위에 올라오게 됐는데, 장기 체류
를 요한다는 진단을 받고는 요양소를 떠나 부인복 재단사인 루카체크의 집
에 머물게 된 것이라 했다. 이 지방의 상급 교육 기관이 이 훌륭한 라틴어
학자, 어떤 수도원의 부속 학교의 졸업생인 이 학자를 현명하게도 학교의
자랑으로 생각하여 강사로 맞아들였다고 했다. 이 설명을 하면서 세템브리
니는 다소 어색한 표정을 지었다. 하여간 세템브리니는 지금까지 격렬한 논
쟁을 했고 어쩌면 논쟁이 다시 계속될지도 모를 상대방인, 못생긴 나프타를
적잖이 치켜세웠다.

세템브리니는 이어 나프타씨에게 사촌들에 대해 설명해 주었는데, 설명하
는 품으로 보아 전에도 이미 그 사람에게 말한 적이 있는 것 같았다. 이쪽
이 3주 예정으로 이곳에 왔다가 베렌스 고문관에게 침윤 부분을 발견당한
젊은 기사이며, 저쪽은 프러시아 군대의 전도유망한 소위라고 말했다. 그리
고 요아힘의 저항적인 정신과 떠날 계획을 말한 다음, 이쪽의 '기사' 역시
초조하게 일의 세계로 돌아가기를 고대하고 있는 형편이라고 설명했다.

그러자 나프타가 얼굴을 찡그렸다.

"이제 보니 두 분에겐 이런 웅변가 후견인이 있었군요. 세템브리니씨가
두 분의 생각과 소망을 제대로 제게 소개했다는 사실을 의심치 않습니다.

일, 일이라고 했습니다. 그는 아마, 나를 인류의 공적(公敵)이라고 질책할 것입니다. 내가 만약 그 일이라는 용감한 말로써 효과를 얻을 수 있었던 시대, 오히려 그 정반대의 것이 존경받았던 시대가 있었던 사실을 일깨운다면 말입니다. 베르나르 클레르보는 루도비코씨가 꿈꾸지 못했던 완전성의 단계를 설명했습니다. 어떻습니까, 알고 싶으시지요? 그가 설파한 최하위 단계는 '제분소'이고, 그 두 번째 단계는 '밭'이며, 세 번째로 존경할 만한 단계는 '침대 위'라는 겁니다. 세템브리니씨는 듣지 마십시오. 여기서 제분소는 세속 생활의 상징으로서, 제 일단계로 선정된 것은 훌륭한 비유입니다. 그다음 밭은 성직자가 갈아야 할 세속인들의 영혼을 의미하는데, 이 단계는 더욱 존경할 만합니다. 그리고 제3의 단계인 '침대 위'로 말할 것 같으면……."

"그만두시오, 알고 있습니다!" 세템브리니가 소리쳤다. "여러분, 이제 저 사람은 두 분 신사에게 침대의 사용과 그 목적에 대해 상세히 설명할 참입니다."

"루도비코씨, 당신이 그렇게 점잖으실 줄은 몰랐습니다. 아가씨들만 보면 추파를 던지던데……. 도대체 이교도다운 순수함은 어디에 두었지요? 침대란 사랑하는 사람들의 잠자리이며, 인간이 하느님과 잠자리를 함께 하기 위한, 세계와 피조물로부터의 은신처를 상징하는 것입니다."

"제발, 그만두시오! 그만두라니까요!" 이탈리아인은 거의 울상이 되어 상대방의 말을 가로막았다. 모두가 웃음을 터뜨렸다. 그러자 세템브리니는 다시 진지한 표정으로 말을 이었다.

"좋습니다. 나는 유럽인입니다. 그 중에서도 서유럽인입니다. 그런데 당신이 말하는 단계는 순수한 동양인입니다. 노자(老子)는 무위(無爲)가 천지간에서 가장 유익하다고 했습니다. 모든 인간이 무위로 돌아갈 때, 이 지상에는 완전한 행복과 평화가 깃든다고 했습니다. 그리고 거기에 당신이 말하는 잠자리가 있습니다."

"그게 무슨 말입니까! 그렇다면 유럽의 신비주의는 어떻게 되는 겁니까? 페늘롱이 교설한 정적주의는 어떻게 되는 겁니까? 정적주의는 일체의 행동이 잘못된 것이라고 가르쳤습니다. 하느님은 자신만이 행동하기를 원하기 때문에, 만약 인간이 행동하려 한다면 그것은 하느님을 노하게 하는 것이라고 가르쳤습니다. 몰리나의 견해를 인용해 본 것뿐입니다. 제가 보기에는 정적에서 행복을 찾으려는 정신적인 가능성은 인간 공통의 경향인 것 같습니다."

이때 한스 카스토르프가 입을 열었다. 그는 용기를 내어 논쟁에 끼여든 것이다. "명상, 은둔——그 자체는 그럴듯하게 들립니다. 우리는 지금 이 고지에서 은둔 생활을 하고 있습니다. 5천 피트의 고지에서 기분 좋게 안락 의자에 누워, 세계와 피조물을 내려다보면서 명상하고 있습니다. 오해 마십시오. 솔직히 말해서 안락 의자는, 불과 10개월 사이에 평지의 제분소가 몇 십 년 동안에 해줄 수 있었던 이상으로 나를 진보시키고 많은 것을 생각하게 했습니다. 그 점에 대해서는 아무도 부정할 수 없을 것입니다."

세템브리니는 그 검은 눈으로 슬픔에 잠긴 듯 청년을 바라보았다. "기사 양반!" 그는 가라앉은 목소리로 청년을 불렀다. 그리고 한스 카스토르프의 팔을 잡아 다른 사람들이 말을 듣지 못하도록 옆으로 당겼다. "내가 지금까지 얼마나 말했습니까? 사람이란, 자기 자신이 어떤 사람인가를 알고 거기에 맞는 생각을 해야 한다고 말입니다. 아무리 여러 가지 반론이 있더라도, 유럽인의 이상은 이성과 분석과 행동과 진보입니다. 그건 절대로 수도사의 나태함은 아닙니다."

나프타는 이 말을 듣고 있었다. 그는 뒤를 돌아보더니 이렇게 말했다. "수도사라고요? 하기야 유럽 문화는 수도사 덕분이지요! 독일, 프랑스, 이탈리아가 지금 원시림이나 늪에 덮여 있지 않고 우리에게 곡식과 과일과 포도주를 주게 된 것은 그들의 힘입니다. 이것 보시오, 수도사들은 정말 일을 잘했으며……"

"그래서요?"

"들어 보시오. 종교인의 일은 그 자체가 목적이 아니었습니다. 다시 말해서, 정신을 마비시키는 마취제가 아니었습니다. 그리고 세계를 발전시킨다거나 경제적 이득을 얻는 데 의의가 있는 것은 아닙니다. 그것은 순수한 금욕적 수업, 참회와 고행의 일부, 영혼을 구제하는 수단이었습니다. 그것은 또한 육욕에 대한 방어이며, 정욕을 억압하는 일이었습니다. 그러므로 그 일은 완전히 비사회적인 성격을 띠고 있었지요. 단정적으로 말씀드려 미안합니다. 여하튼 그 일은 순수한 종교적 이기주의였습니다."

"설명해 주셔서 감사합니다. 그리고 일이 인간의 의지에 반해서도 실현될 수 있다는 사실을 알게 되어 기쁩니다."

"그렇습니다. 그것은 인간의 의지에 반하는 것입니다. 우리가 거기서 배울 수 있는 것은, 유용성과 인간성 사이의 차이점입니다."

"당신이 다시 세계를 두 개로 분리하려는 걸 압니다. 그게 불만이란 말입니다."

"불만을 느끼셨다니 정말 유감입니다. 그러나 우리들은 모든 사물을 구분하고 정리하여 하느님의 자식이라는 이념을 불순한 구성 성분으로부터 방어해야만 합니다. 당신네 이탈리아 사람들은 은행 제도와 상품 거래 제도를 고안해냈습니다. 하느님께서 용서해 주기를 바랍니다. 그런데 영국인은 경제적 이익 사회의 이론을 생각했습니다. 하느님은 절대로 이 영국인들을 용서하지 않을 것입니다."

"아, 인류의 수호신은 저 섬나라의 위대한 경제 사상가들의 가슴에도 살아 있었습니다! 기사 양반, 무슨 말을 하고 싶으십니까?"

한스 카스토르프는 별로 할말이 없다고 하면서도 끊임없이 지껄였으므로, 세템브리니와 나프타는 긴장해서 그의 말에 귀를 기울였다.

"나프타씨, 그렇다면 제 사촌의 직업에도 공감하셔야겠습니다. 그리고 그가 그 일을 하고 싶어서 초조해하는 것도 이해하시겠군요……. 제가 너무

철두철미한 문화인이라고 사촌은 저를 비난한답니다. 저는 군에 복무한 적이 없으므로 평화의 자손이라고 확언할 수 있을 뿐더러, 어떤 때는 성직자가 될 수 있지 않았을까 하는 생각도 해보았습니다. 사촌에게 물어봐 주십시오. 실은 저는 여러 차례 그런 뜻을 비친 적도 있습니다. 하지만 이런 개인적인 성향을 떠나 생각할 때——정확히 말해서, 물론 그것을 떠나서 생각해 볼 필요는 없겠지만——저는 군인 계급에 대해서는 어느 정도 이해와 공감을 갖고 있습니다. 군인 계급은 지나칠 정도로 서열이 진지해서, 일종의 금욕적인 성질을 갖고 있습니다. 당신은 조금 전에 그런 표현을 쓰셨습니다만, 군인 계급은 언제든 죽음과 맞닥뜨리게 된다는 점을 고려해야 합니다. 그런데 성직자 계급 역시 죽음과 가깝습니다. 군인은 단정 · 복종 · 서열을, 이런 말을 해도 괜찮다면, '스페인식 예절'을 존중합니다. 군인의 군복과 성직자의 사제복의 차이는 별로 문제가 되지 않습니다. 어느 쪽이든, 결국 당신의 표현처럼 '금욕적'이라는 점에서는 같습니다. 어떻습니까, 설명이 제대로 되었는지 잘 모르겠습니다만……."

"물론 잘 알아들었습니다." 나프타는 이렇게 대답하고 세템브리니를 바라보았으나, 그는 지팡이를 흔들며 하늘만 쳐다볼 뿐이었다.

한스 카스토르프가 말을 이었다. "그래서 이렇게 생각됩니다. 나프타씨의 말씀으로 미루어 보아, 사촌 침센의 취향에 공감하고 계심에 틀림없는 것 같습니다. 저는 '왕과 교회', 그리고 질서를 사랑하는 선량한 사람들이 그와 같은 배합, 또 그런 동질성을 정당화한다는 점을 염두에 둔 것은 아닙니다. 제가 생각하는 것은 단지 군인의 일, 군인의 경우에는 복무라고 해야 옳겠지만, 그 일은 상업적인 이익을 목적으로 행해지는 것이 아니며, 또한 당신이 말하는 '경제사회학'과는 아무 관계가 없다는 점입니다. 그래서 영국인들은 거의 병력을 갖고 있지 않습니다. 영국인들은 인도를 위해 약간의 병력을 보유할 뿐이고, 본국에는 사열에 필요한 극소수의 병력만을 갖고 있습니다."

"기사 양반, 아무리 말해도 소용없습니다." 세템브리니가 느닷없이 말을 가로막았다. "소위님의 기분을 언짢게 하려는 건 아니니 이해해 주십시오. 아무래도 군인이란 존재는 정신적으로 이론(異論)의 대상이 아닙니다. 그것은 아무런 내용이 없는 존재입니다. 군인은 어떤 목적에 따른 용병입니다. 말하자면 스페인의 반종교개혁을 위한 군인, 혁명군, 나폴레옹의 용사, 가리발디의 군인, 프러시아의 군인이 존재할 뿐입니다. 군인에 대해서 말할 경우, 그들이 싸우는 목적이 무엇인가를 알 때에만 비로소 말할 수 있는 것입니다."

나프타가 그 말을 보충하듯 말했다. "군인이 서로 싸우는 것은 군인의 특성이라고 말할 수 있습니다. 그리고 그것으로 더 이상 할말이 없습니다. 이 특성만으로 그 계급을 당신이 말하는 '정신적 이론의 여지'가 있는 것으로 규정하기 위해서는 불충분하겠지만, 그것으로 그 계급을 현세 긍정주의로는 파악될 수 없는 영역으로 이끌어가기에 충분하다고 생각합니다."

거기에 대해 세템브리니는 꼬부라진 콧수염 아래의 입을 굳게 다물고, 칼라 위로 고개를 비스듬히 쳐들고, 입술 끝만 움직여 아주 이상한 몸짓으로 대답했다. "당신이 말하는 현세 긍정주의는 이성과 윤리의 귀중한 이념을 위해, 그리고 그 이념이 청년들의 흔들리기 쉬운 영혼에 올바른 영향력을 주기 위해서 어떤 형태로든 계속 싸워 나갈 것입니다."

침묵이 흘렀다. 청년들은 당황해서 앞만 쳐다보았다. 침묵 속에서 몇 걸음 옮긴 다음, 세템브리니가 다시 머리와 목을 원위치로 돌리며 입을 열었다.

"놀랄 것 없습니다. 이 사람과 나는 가끔 이런 식으로 논쟁을 벌이지만, 이것은 어디까지나 우호적인 분위기에서, 또 서로 양해된 분위기에서 행해지는 것이니까요."

그것은 바라던 말이었으며, 세템브리니의 신사적이고 인간적인 면모에서 우러나온 말이었다. 그러나 요아힘은 무언가 압박과 강요를 받는 것 같아

본심과는 다른 말을 하고 말았다. 물론 그것은 되도록 부드럽게 해보겠다는 선의에서 나온 말이기도 했다. "사촌과 나는 우연히 전쟁 얘기를 하던 중이었습니다. 조금 전, 두 분의 뒤를 따라 걷고 있을 때 말입니다."

"들었습니다" 하고 나프타가 말했다. "그 말을 듣고 뒤를 보았던 것입니다. 그런데 정치 문제였습니까? 아니면 세계 정세에 대한 얘기였나요?"

한스 카스토르프가 웃으며 대답했다. "아, 아닙니다. 어떻게 그런 것을 논할 수 있겠습니까? 사촌은 직업상 정치를 논할 입장이 아니고, 나 역시 정치에 대해서는 전혀 아는 바가 없습니다. 이 위에 올라온 이후로는 신문을 읽은 적이 없습니다. 그리고……."

세템브리니는 전에도 그랬듯이, 그래서는 안 된다고 말했다. 그리고 세계 정세에 대해 정통한 것을 나타내 보이며, 모든 정세가 문명화의 방향을 향해 유리하게 전개되고 있다고 했다. 유럽의 기상도는 평화 사상과 군축안으로 채워져 있다. 민주 사상이 팽배되어 있다——그는 이렇게 말하면서 '터키 청년당' 운동이 민주 혁명 운동을 위한 준비 태세를 갖추고 있다는 정보도 입수했다고 설명했다. 터키가 입헌국으로 바뀐다는 것은 인간성의 승리가 아니겠는가! 그는 이렇게 역설했다.

이에 대해 나프타가 빈정거렸다. "이슬람교의 자유화, 그것 참 대단합니다! 계몽주의적 성격을 띤 광신, 그것도 좋습니다! 게다가 그것은 당신과도 관련이 있습니다." 그러고는 요아힘에게로 몸을 돌려 말을 이었다. "만약 압둘 하미드가 실각하면 터키에 대한 당신 나라의 영향력은 끝나고, 대신 영국이 터키의 보호자로 변할 것입니다……. 그러니, 당신네는 세템브리니 씨의 정보를 진지하게 받아들여야 합니다." 나프타는 사촌들을 향해 말했는데, 이 역시 약간 무례한 충고로 들렸다. 그는, 사촌들이 세템브리니의 말을 심각하게 받아들이지 않는 것으로 여기는 모양이었다. "세템브리니 씨는 각국의 민주 혁명 운동에 대해 소상히 알고 있습니다. 그의 고국에는 영국의 발칸 위원회와 긴밀한 관계를 맺고 있는 사람이 있습니다. 그건 그렇고,

루도비코씨, 만약 진보주의자인 터키인들이 성공한다면 레베르 협정은 어떻게 되는 것입니까? 에드워드 7세는 러시아인에 대해 다르다넬스 해협의 자유 통행권을 승인하지 못하게 될 것입니다. 그럼에도 불구하고, 만약 오스트리아가 더욱 적극적인 발칸 정책을 펴 나간다면 그 결과는……."

"또 비극의 예언이군요!" 세템브리니가 나프타의 말을 가로막았다. "러시아의 니콜라이는 평화를 사랑합니다. 가장 격이 높은 도덕적인 표준이라 할 수 있는 헤이그 평화 회의는 그의 힘으로 이루어질 수 있었습니다."

"천만에요. 러시아는 동양에서 약간의 불운을 당했기 때문에 회복을 위해 휴식을 취할 수밖에 없었습니다."

"무슨 말씀을! 당신은 이상 사회에 대한 인류의 동경을 비웃어서는 안 됩니다. 인류의 그러한 노력을 방해하는 민족은 무조건 도덕적 부패를 맛보아야 합니다."

"대체 정치란 무엇입니까? 정치란 도덕적인 부패의 기회를 서로에게 주는 것 이외에 그 무엇이겠습니까!"

"그렇다면 범게르만주의를 찬미하는 겁니까?"

나프타는 반듯하게 균형이 잡히지 않은 어깨를 으쓱했다——사실 그는 다른 추함에 보태어 자세도 약간 비뚤어진 것 같았다. 그는 상대방을 무시하여 대답하지 않았다. 세템브리니가 평을 가했다. "하여간 당신 말은 악의적입니다. 전 세계를 민주화하려는, 그렇게 훌륭한 민주주의의 노력을, 당신은 정치적인 책략으로밖에는 생각지 않습니다. 그리고……."

"그러면 나더러 거기서 이상주의나 경건성을 인정하라고 요구하는 것입니까? 그것은 자기 보존 본능의 잔재로서, 세계관의 마지막 발악에 불과합니다. 비극은 반드시 오며, 또 오지 않을 수 없습니다. 그것은 여러 가지 방법과 길을 통해 옵니다. 영국의 국가 정책을 생각해 보십시오. 인도를 확보하려는 영국의 욕구는 당연합니다. 그러나 그 결과는 어떤가요? 에드워드는, 당신이나 나와 마찬가지로 잘 알고 있습니다. 페테르스부르크의 권력자들이 만주에서 겪었던 실패를 속여가면서 국민의 시선을 혁명으로부터 돌릴 필요가 있다는 사실을 잘 알고 있습니다. 빵이 필요하듯이, 당연히 그렇게 할 필요가 있기 때문입니다. 그는 그것을 너무도 잘 알고 있습니다. 그럼에도 불구하고 그는 러시아의 팽창욕을 유럽으로 돌리려 합니다. 페테르스부르크와 빈 사이에 잠자고 있는 라이벌 의식을 일깨우려는 것입니다.”

“오, 빈이라고요! 당신은 빈을 수도로 하여 망해서 썩어가는 그 제국에 대해 신성 로마 제국의 미라를 인정시키기 위해 진보를 가로막고 있는 세계적 장애를 우려하는 것이지요? 그렇지 않습니까?”

“그렇다면 당신은 러시아편이군요. 정교(政敎) 합일주의에 대한 인문주의적 공감 때문이겠지요?”

“보십시오. 민주주의는, 빈의 궁정에서보다 크레믈린에서 더 많은 기대를 하고 있습니다. 그리고 이 사실은, 루터와 구텐베르크를 배출한 나라로서는 치욕입니다.”

“게다가 그것은 어리석을 것입니다. 그러나 그 어리석음은, 어쩌면 숙명의 도구이기도 합니다.”

“아, 숙명 같은 것은 집어치우시오! 인간의 이성은, 원하기만 한다면, 숙명보다 훨씬 더 강해질 수 있습니다. 이성은 바로 그런 것입니다.”

“숙명만이 욕구의 대상입니다. 자본주의적인 유럽은 자신의 숙명을 원할 따름입니다.”

“전쟁을 그다지 혐오하지 않는 사람만이 전쟁의 도래를 믿습니다.”

“당신이 국가 그 자체를 혐오하지 않는 한, 전쟁에 대한 당신의 그러한 혐오는 논리적인 모순입니다.”

“민족 국가는 이 지상의 원리입니다. 그런데 당신은 그것을 악마의 전유물인 양 말씀하시는군요. 하지만 국민을 자유롭고 평화롭게 하며, 압박으로부터 약소 민족을 해방시키고, 정의를 수립하고, 민족 상호간의 경계선을 확정해 보십시오. 그러면…….”

"브렌네르 국경선 말이군요. 알고 있습니다. 그리고 오스트리아의 붕괴는……. 내가 알고 싶은 것은, 전쟁 없이 어떻게 그것이 실현될 수 있느냐는 겁니다!"

"나도 꼭 알고 싶은 게 있는데, 내가 민족 전쟁을 부정했다는 겁니까?"

"나도 귀는 있습니다!"

"아닙니다. 세템브리니씨를 위해 증언해야겠습니다." 한스 카스토르프가 끼여들었다. 그는, 말하는 사람이 바뀔 때마다 그쪽으로 머리를 돌려, 발언자의 변설에 귀를 기울이며 걸어가고 있었다.

"사촌과 나는 가끔 세템브리니와, 그 문제나 그 비슷한 문제에 대해 애기를 나눈 적이 있습니다. 물론, 그때마다 그는 자신의 의견을 피력한 다음 그에 대해 스스로 명쾌한 단정을 내렸고, 우리는 그저 경청할 뿐이었습니다. 그래서 내가 증언할 수 있고, 사촌 역시 그 일을 기억하리라 생각됩니다. 하여간 세템브리니씨는, 진보와 저항과 세계 개혁의 원리에 대해 감격해서 누차 말했었습니다. 물론 그 원리 자체는 그다지 평화적이라 할 수 없지만, 그 원리가 이 세상 어디서나 승리를 거두어 전 세계의 바람직한 세계 공화제가 이룩되려면, 앞으로도 상당한 노력이 필요하다고 했습니다. 매우 전술가다운 말씀이었지만, 그 비슷한 의미의 말임은 틀림없었습니다. 나는 순수한 문화인으로서 그 말에 너무 놀랐었기 때문에 지금도 기억할 수 있는 것입니다. 그가 말했습니다. '그날은 비둘기의 발로 찾아오는 게 아니라 독수리의 날개로 찾아올 것이다'라고(지금도 기억나는데, 그 독수리의 날개라는 말에 나는 무척 놀랐습니다). 그리고 '그 행운을 잡기 위해서는 빈의 뒤통수에 철퇴를 가해야 된다'고 했습니다. 그러므로 세템브리니씨가 전쟁 자체를 부정했다고는 말할 수 없습니다. 세템브리니씨, 제 말이 옳습니까?"

"대체로 옳습니다." 이탈리아인은 얼굴을 돌린 채 지팡이를 흔들며 짧게 대꾸했다.

"참으로 안됐습니다." 나프타가 징그러운 미소를 홀리며 말했다. "그리고 보니 당신은 제자에게서 호전적 경향을 지적당한 셈입니다. '독수리의 날개로 오라…….'"

"볼테르 자신도 문명 전쟁은 긍정했으며, 프리드리히 2세도 터키와의 전쟁을 권했습니다."

"하지만 프리드리히 2세는 전쟁하는 대신 터키와 동맹을 맺지 않았습니까! 하하, 게다가 세계 공화제라니! 행복과 통일이 실현되면 진보와 저항의 원리는 어떻게 되는가에 대해선 묻지 않겠으나, 그렇게 되는 순간 저항은 범죄로 간주되고 말 것입니다. 그리고 또……."

"당신은 잘 알고 있습니다. 그리고 이 젊은이들 역시 잘 알고 있습니다. 무한한 것이라 생각했던 인류의 진보가 문제라는 것을 말입니다."

한스 카스토르프가 말을 잘랐다. "하지만 모든 운동은 원의 형태를 띠고 있습니다. 공간적으로나 시간적으로 다 그러하다는 것을 질량 불변의 법칙과 주기율(週期律)이 가르쳐 주고 있습니다. 사촌과 나는 얼마 전 그 점에 대해 얘기를 나누었습니다. 도대체 지속적인 방향이 없는 폐쇄된 운동에 있어서 진보가 논의될 수 있겠습니까? 나는 밤이면 황도를 관찰하는데, 눈에 보이는 것은 그 절반뿐입니다. 그리고 고대의 현명한 민족을 생각해 볼 때……."

"기사 양반, 명상이나 몽상에 빠져서는 안 됩니다." 세템브리니가 끼여들며 말했다. "당신은 행동으로 치닫게 하는 젊음의 충동에 매달려야 합니다. 또 당신은, 오랜 세월을 거쳐서 생명이 적충류(滴蟲類)에서 인류로 진보 발전된 것을 알고 있습니다. 그리고 인간에게는 무한한 가능성이 부여되었다는 사실도 의심할 여지가 없을 것입니다. 당신이 만약 수학에 집착한다면 완전에서 완전으로 옮겨가는 순환 이론을 계속 밀고 나가고, 우리 18세기의 교시에서 기쁨을 찾아야 됩니다. 인간은 원래는 선량하고 행복하고 완전했었으나, 사회적 결함 때문에 비뚤어지고 타락했을 따름입니다. 따라서 사회 기구를 비판하고 개선함으로써 다시 원상태로, 선량하고 행복하고 완전하게 될 수 있다는 18세기의 교시에서 말입니다.”

“세템브리니씨는 덧붙여야 할 것을 잊고 계십니다.” 나프타가 끼여들었다. “루소의 목가(牧歌)란, 원래 교회 교리의 궤변적인 개혁입니다. 즉 인간은, 일찍이 국가의 속박도 받지 않고 죄악도 모르는 상태, 하느님의 아들로서 순진무구한 상태로 돌아가야 한다는 교리 말입니다. 그러나 신의 나라의 재현은 지상과 천계, 감각계와 초감각계가 서로 접촉하는 데서 이루어질 수 있습니다. 구원이란 초월적인 것입니다. 선생, 당신의 세계 공화제에 대해서 말씀드리자면, 당신이 본능과 관련하여 그것을 말한다는 것은 아무래도 이상합니다. 본능이란 본래 국민적인 측면에만 존재하며, 하느님 스스로가 인간에게 자연적 본능을 심어 주었고, 그 본능으로 말미암아 인간은 여러 민족으로 나누어졌습니다. 그리고 전쟁이란……”

세템브리니가 그 말을 받아서 외쳤다. “전쟁 그 자체가 진보에 공헌했음에 틀림없습니다. 당신이 좋아하는 어느 특정 시대의 특정한 사건을 상기한다면, 당신도 내 말에 동의할 것입니다. 예컨대 십자군 원정 같은 사건을 상기한다면 말입니다. 그 문명 전쟁은 경제적인 교역 면에서나 산업 정책적인 면에서 여러 민족의 관계를 호전시켰으며, 유럽의 각 민족을 하나의 이념 아래 통합시킨 것입니다.”

“당신은 이념에 대해서는 무척 관대하군요! 그래서 나도 더욱 공손하게 당신의 견해를 정정해 드릴까 합니다. 십자군과 거기서 파생한 교통의 활성화는 국민간의 접근을 가져온 것이 아니라 오히려 서로의 상이점을 가르쳐 주었을 뿐이며, 민족적 국가관의 형성을 촉진시켜 주었습니다.”

“옳습니다. 성직자 계급에 대한 각 민족의 관계를 문제삼는다면 그렇습니다. 그렇습니다! 그때부터 교회의 독단에 대한 국가적, 국민적 자각이 강화되기 시작했고……”

“당신이 성직자 계급의 독단이라 일컬은 것은, ‘정신’의 기치 하에서 이루어진 인류 통합의 이념에 지나지 않습니다!”

"우리는 그 정신을 알고 있습니다. 그러나 그다지 좋아하지 않습니다."

"당신이 지닌 광적인 국가주의가 세계 극복에 의한 교회의 사해동포주의를 혐오하는 것은 당연합니다. 그러나 전쟁에 대한 혐오감과 당신이 갖고 있는 혐오감을 어떻게 조화시키려 하는지, 그게 알고 싶습니다. 당신은, 당신이 갖고 있는 복고주의적인 국가 예찬으로 법률의 실증적 해석에 대한 적극적인 옹호자가 되지 않을 수 없습니다. 그리고……."

"오, 인제는 법률론입니까? 국제법에는 자연법 사상과 보편적 인간 이성의 사상이 여전히 상존합니다."

"당신의 국제법은 자연이나 이성과는 아무런 관계가 없고, 오히려 계시에 의거한 신권의 루소적 개악(改惡)에 불과합니다……."

"선생, 명칭을 갖고 다투지는 맙시다! 내가 자연법, 국제법으로서 존중하는 것을, 당신은 마음대로 신권이라 불러도 좋습니다. 중요한 것은, 민족 국가의 실정법 위에 더 높은 보편적인 법이 있다는 것, 국가간의 이해 문제로 생겨나는 갈등은 중재 재판으로 조정할 수 있다는 사실입니다."

"중재 재판이라고요? 속세의 문제를 재판하는 시민적인 중재 재판으로 하느님의 뜻을 전달하고 역사를 바꿀 수가! 아무튼 좋습니다. '비둘기의 날개'에 대해서는 그만합시다. 그런데 '독수리의 날개'는 어떻게 되었습니까?"

"시민적 교양은……."

"아닙니다. 시민적 교양은 자신이 바라는 것이 무엇인가를 모릅니다. 그들은 출산율 감퇴를 극복해야 한다고 외치고, 또한 자녀의 양육비와 직업 훈련 교육비의 경감을 부르짖습니다. 우리는 지금 인구 과잉으로 질식할 것 같고, 직장마다 과잉 인원으로, 생존에 대한 두려움이 옛날의 전쟁에 대한 두려움을 능가합니다. 공지와 전원 도시! 종족의 체질 향상! 그들은 이렇게 외칩니다. 하지만 문명과 진보가 전쟁을 바라지 않는다면 어떻게 체질적인 향상이 가능할 수 있습니까! 전쟁이란 모든 것을 방지하면서도, 또한 촉진시키는 수단이기도 합니다. 그것은 '체질 향상'을 꾀하기도 하고, 출산율의 감퇴를 막아 주기도 합니다.”

“당신은 농담을 하시는군요. 더 이상 진지한 얘기를 할 수 있을 것 같지가 않습니다. 이제 우리의 토론은 끝을 맺어야 할 것 같군요. 와야 할 곳에 온 셈입니다.” 이렇게 말한 세템브리니는 걸음을 멈추고, 담장을 쌓은 조그마한 집을 사촌에게 가리켜 보였다. 마을 입구에 가까운 거리로 향해진, 좁은 뜰이 거리를 막고 있는 아담한 집이었다. 땅 위로 드러난 뿌리에서 뻗어 나온 포도덩굴이 입구의 문을 둘러싸고 있었으며, 그 구부러진 가지는 벽을 따라 기어오르다가 1층의 작은 매점의 진열장 쪽으로 향해 있었다. 1층은 점포라고 세템브리니는 말했다. 그 위층에는 재단사가 거처하며, 세템브리니 자신은 다락방에 거처한다고 했다. 그리고 그것은 조용하고 아늑한 서재라고도 했다.

나프타는 이상할 정도로 상냥하게, 앞으로도 자주 이런 회합을 가졌으면 좋겠다는 희망을 개진했다. “우리들을 찾아와 주십시오” 하고 그가 말했다. “만약 세템브리니 선생이 여러분의 오랜 친구가 아니었다면, 저를 찾아 주십사고 말씀드리고 싶습니다. 무엇이든 대화를 하고 싶으시면, 언제라도 찾아 주십시오. 나는 젊은이들과 사귀는 것을 좋아합니다. 그러고 보면 내게도 교육가적 자질이 아주 없는 것은 아닌가 싶습니다……. 우리의 지부장(支部長)께서(그렇게 말하며 그는 턱으로 세템브리니쪽을 가리켰다) 교육가적 소질과 천직은 시민적인 휴머니즘의 독점물이라 주장한다면, 거기에 항의를 해야겠습니다. 그럼 또 만납시다!”

그러자 세템브리니가 난색을 표했다. 그는 이렇게 말했다——거기에는 그럴 만한 이유가 있다. 소위님이 이 위에 있을 날도 얼마 남지 않았으며, 기사도 그를 뒤따라 평지로 내려가기 위해 더욱 열심히 요양에 임하고 있기 때문이라고.

젊은이들은 차례로 두 사람에게 동의의 표정을 지어 보였다. 처음에는 나프타의 초대에 몸을 굽혀 받아들였고, 이어 세템브리니의 말에 대해서도 어깻짓으로 수긍의 표시를 했다. 이리하여 모든 것은 미결로 남게 되었다.

 "저 사람은 세템브리니를 뭐라고 불렀었지?" 요아힘은 베르크호프로 오르는 비탈길을 걸으며 한스 카스토르프에게 물었다.

 "'지부장'이라고 불렀던 것 같아" 하고 한스 카스토르프가 대답했다. "나도 마침 그 일을 생각하는 중이었어. 아마 농담일 거야. 두 사람은 서로 상대방을 이상하게 불렀으니까. 세템브리니는 나프타를 '스콜라 학파의 우두머리'라 불렀는데, 그것도 그리 나쁜 것은 아니었어. 스콜라 학파는 중세의 신학자이자 독선적인 철학자들이었으니, 아무튼 마음대로 생각하라고. 게다가 중세가 여러 가지로 화젯거리였어. 그래서 생각난 것인데, 세템브리니는 나를 처음 만나던 날도 그런 말을 했었어. 이 위에는 중세를 연상케 하는 것들이 많다고 말이야. 아드리아티카 폰 밀렌동크라는 이름 때문에 그런 화제를 꺼냈던 거야. 그건 그렇고, 그 사람 어땠어? 마음에 들었어?"

 "그 키 작은 남자 말이지? 별로 마음에 들지 않았어. 물론 그의 말 중에서 마음에 드는 부분이 많기는 했었지. 중재 재판은 정말 위선이야. 그것은 그가 말한 대로야. 하지만 그 사람은 마음에 들지 않았어. 때문에 아무리 훌륭한 말을 많이 지껄여도, 그것을 말하는 사람이 이상하다면 아무 소용이 없어. 그가 좀 이상하다는 것은 너도 부정할 수 없을 거야. '침대 위'라는 이야기만 보더라도 확실히 이상하다니까. 게다가 그 매부리코는 어떻고! 체구로 보아 유태인이 틀림없어. 그런데 정말 그를 방문할 생각이야?"

 "물론 방문할 거야." 한스 카스토르프가 설명했다. "체구에 대해서 말인데, 그건 네가 군인이기 때문이야. 칼데아 사람들도 역시 그런 코를 갖고 있었지만, 신비론뿐만 아니라 다른 여러 분야에서도 뛰어났었어. 나프타도 신비론에 대해 상당히 알고 있는데, 그의 그런 면이 내게 적잖은 관심을 불러일으켰어. 처음 만난 오늘의 일로 그를 알게 되었다고는 말할 수 없지만, 앞으로 자주 만나다 보면 잘 알게 되겠지. 그리고 그렇게 만나면서 우리 자신이 현명해지리라는 사실도 배제할 수는 없어."

"아, 정말 너는 이 위에서 점점 똑똑해지는구나. 생물학이니 식물학이니, 또 끝없는 전환점이니 하면서 말이야. '시간' 문제만 해도, 너는 여기 온 첫날부터 거기에 매달렸으니까. 그러나 우리가 지금 여기에 있는 것은 현명해지기 위해서가 아니라, 좀더 건강해지기 위해서야. 차츰 건강을 회복하면, 그들도 결국 우리를 자유롭게 해줄 테고, 완쾌된 몸으로 평지로 돌아가기 위해서야."

"산 위에 자유가 있도다." 한스 카스토르프가 노래를 흥얼거렸다. "자유가 무엇인가를 내게 말해 봐! 나프타와 세템브리니도 방금 자유가 무엇인가 하는 문제로 논쟁을 벌였지만, 의견의 일치를 보진 못했어. '자유는 인간애의 원리'라고 세템브리니가 말했는데, 그것은 그의 조부인 카르보나리의 말을 흉내낸 것뿐이었어. 하지만 그 카르보나리가 아무리 용감했고, 또 우리의 세템브리니가 아무리 용감하다 하더라도……."

"그래, 그는 개인적 용기라는 이야기가 나오자 언짢아했어."

"나는 이렇게 믿어. 그 조그마한 나프타가 두려워하지 않는 것을 그는 두려워하고 있는 거야. 이해하겠어? 그가 말하는 자유와 용기는 결국 헛소리에 지나지 않을까? 세템브리니에게 살신(殺身)의 용기가 있다고 생각해?"

"왜 또 프랑스어로 말하지?"〔한스 카스토로프가 '살신'이라는 말을 프랑스어로 했기 때문임〕.

"별이유는 없어. 단지 이곳의 분위기가 국제적이기 때문이야. 그 두 사람 가운데서 누가 이곳 분위기에 만족해하는지 모르겠어. 시민적 세계 공화제를 주장하는 세템브리니인지, 교회적인 사해동포주의를 주장하는 나프타인지. 너도 보았다시피, 나는 두 사람의 말을 주의 깊게 들었지만 끝내 뒤죽박죽이었어. 즉 내가 알게 된 것은, 두 사람의 논쟁 결과가 혼란뿐이었다는 사실이야."

"그건 언제나 그런 거야. 무슨 일이든, 토론하고 의견을 내세울 때는 혼란만 생겨난다는 사실쯤은 알고 있을 텐데. 누가 어떤 의견을 갖고 있느냐가 중요한 게 아니라, 그 의견을 내세우는 장본인이 어떤 인물인가가 중요한 거야. 나는 그 점을 말하고 싶어. 결국 의견 같은 건 갖지 말고, 그저 묵묵히 자기가 해야 할 일을 해나가는 것, 그게 바로 중요한 것이야."

"그렇겠지. 너는 용병이며 순수한 형식적인 존재이므로 그렇게 말할 수 있을 거야. 하지만 내 경우는 사정이 달라. 나는 문화인으로서 어느 정도 책임이 있어. 나는 그런 혼란을 보면 흥분이 돼. 한 사람은 시민적 세계 공화제를 역설하고, 원칙적으로는 전쟁을 혐오하면서도 한편으로는 지나치게 애국적이어서 브렌네르 경계선을 요구하고, 그것을 위해서는 문명 전쟁도 불사하겠다고 했지. 한 사람은 국가를 악마의 것이라 간주하고, 보편적 인류의 결합을 걱정하면서도 곧 자연적 보호의 권리를 변호하며 평화 회의를 우습게 여기다니. 그런 혼란에서 벗어나기 위해서도 우리는 꼭 그를 방문해야 해. 우리가 여기에 있는 것은 현명해지기 위해서가 아니라 건강을 되찾기 위해서라고 너는 말하지만, 그건 양립시켜야 해. 만약 그렇게 믿지 않는다면, 너는 세계의 양분(兩分)을 추구하는 거야. 그리고 한 번 더 말해 두는데, 그런 짓은 크나큰 실수야."

신(神)의 나라, 사악한 구원

한스 카스토르프는 발코니에서 식물 분류를 하고 있었다. 어느새 천문학상의 여름이 시작되어 낮이 짧아지자, 여기저기 산발적으로 밀생하던 미나리아재비과의 매발톱꽃, 일명 아퀼레지아도 무성하게 자란 긴 줄기와 넓은 이파리에 청색·보라색·적갈색의 꽃을 피웠다. 이 꽃은 아무 데서나 피기도 하지만, 특히 외진 골짜기——1년 전 한스 카스토르프가 산책 도중에 쉴 곳을 찾다가 발견한——바로 그 외진 골짜기에 수없이 밀생하고 있었다. 1년 전, 혈기에 넘쳐 그의 몸과 건강에 무리가 가는 지나친 산책을 하다가 안식처로 찾아낸 곳, 작은 다리와 휴식용 벤치가 있고, 얕은 개울물의 세찬 물소리만이 은은히 들리는 그곳을 그 후로도 한스 카스토르프는 종종 찾곤 했었다.

그 당시는 너무 욕심을 내다가 그렇게 되기는 했지만, 따지고 보면 그곳까지는 그렇게 먼 거리는 아니었다. '마을'의 쌍썰매 경주의 결승점에서 조금만 거슬러올라가면, 샤츠알프에서 내리막으로 되어 있는 쌍썰매 코스가 나무 다리 밑을 지나는 숲길이 나오는데, 이곳을 돌아간다든지, 오페라 가사 따위를 홍얼거리며 잠시 쉬었다 간다든지 하지만 않는다면, 한 20분 정도면 그 고요하고 그림 같은 곳에 도착할 수 있었다. 요아힘은 외출할 수 없는 날, 대부분이 진찰이나 뢴트겐 사진 촬영, 혈액 검사, 주사, 체중 측정 등 요양에 관계되는 스케줄이 꽉 짜인 날은 빼고, 날씨가 좋으면 첫번째나 두 번째의 아침 식사를 마치는 대로 그곳을 찾아가곤 했다. 때로는 오후의 티타임이나 저녁 식사 전에 가기도 했다. 그리고 거기서 1년 전에 코피를 너무나 심하게 흘려 앉아 쉬던 그 벤치에 머리를 기대고 귓전을 스치는 시냇물 소리를 들으며, 주위의 고요한 풍경과 올해도 변함없이 피어난 푸른 매발톱꽃을 바라다보았다.

과연 그는 단지 그 풍경과 꽃때문에 이곳을 찾아온 것일까? 아니다. 그는 몇 달 동안 겪은 온갖 모험과 인상적인 것들을 되돌아보고, 또 생각을 정리하려고 벤치에 앉았던 것이다. 그러한 모험과 인상은 너무나도 다양하고 그 수가 많아서 얽히고 설켜, 그것들이 실제로 있었던 일인지 아니면 그저 한 번쯤 생각해 보았던 일인지, 꿈속에서 보았던 일인지, 공상을 했던 일인지 구별할 수가 없어서 정리하기가 그리 쉬운 것은 아니었다. 그러나 단 한 가지 공통점이 있다면, 그것들이 모험으로 가득 차 있었다는 점이다. 그리하여 그 모든 것을 회상할 적마다, 이곳에 첫발을 디딜 때부터 민감해진 심장이 갑자기 멎는 듯하다가는 또다시 심하게 고동치는 것이었다. 아니면 1년 전 코피를 너무 심하게 흘려 의욕이 감퇴되어 쉬고 있을 때 갑자기 프리비슬라프 히페의 모습이 눈앞에 나타났었고, 그때 피었던 매발톱꽃이 1년 후 새로 피어났으며, 처음 예정했던 '3주일'이 얼마 후에는 꼭 1년이 되었다는 생각에 심장이 그토록 고동치는 것일까?

게다가 이제는 시냇가의 벤치에 앉아 있어도 코피는 나오지 않았다. 그것은 오래 전의 일이 되고 말았다. 이곳의 기후에 적응하는 것이 얼마나 어려운가는 이곳에 도착하자마자 요아힘의 충분한 설명으로 모두 알고 있었으며, 한스 카스토르프 자신이 직접 익숙해지기까지 어려움이 꽤 많았으나, 11개월이 지나고 1년이 다 되어가는 지금은 완전무결하게 적응이 되었다 해도 과언이 아닐 정도였다. 결국 소화 기관의 활동이 원활해졌고, 마리아 만치니의 맛도 충분히 느낄 수 있었으며, 그의 마른 코 점막의 신경도 담배의 진가를 다시금 느낄 수 있게 되었다.

이곳 국제 요양지의 가게에서도 마음에 드는 담배를 얼마든지 살 수 있었으나, 한스 카스토르프는 보수적이며 경건한 마음으로 마리아 만치니가 떨어질 때쯤 되면 브레멘으로 그것을 주문하곤 했다. 한스 카스토르프는 이 마리아 만치니를 '이 위'와 '평지', 그리고 자신과 고향을 연결시키는 매개체라고 생각한 것이 아닐까? 마리아 만치니를 주문하는 그의 엽서가 평지의 삼촌들에게 보내는 엽서보다 평지와의 연결을 더욱 굳게 유지시켜 주리라고 믿었던 것이 아닐까?

그가 이곳 생활에 익숙해지고 이곳의 시간 관념에 적응하여 시간의 흐름에 무감각하게 되자, 평지로 보내는 그의 엽서는 점점 뜸해지기 시작했다. 그는 일부러 눈 덮인 골짜기나 여름 골짜기가 그려진 아름다운 엽서를 사용했다. 그는 의사의 진단과 매달의 종합 진찰 결과를 친척들에게 보고했는데, 예를 들어 청진 결과와 뢴트겐 사진의 결과로 보면 확실히 증세가 호전되고 있지만 아직까지 완전하게 병독이 사라졌다고는 말할 수 없으며, 여전히 미열이 남아 있어 작은 환부가 없어지지 않기 때문에, 조금만 더 치료를 계속한다면 반드시 완치될 것이며, 다시는 이곳에 돌아올 필요가 없다는 내용으로 그 좁은 여백을 꽉 채우곤 했다.

이보다 더 자세하고 충분한 내용의 편지를 요구할 수도, 또 기대할 수도 없으리라는 것은 분명했다. 편지를 받아 읽는 사람들은 인문주의자도 아니었고, 한스 카스토르프가 받은 답장 또한 그다지 열성적인 것은 아니었다. 그는 이 답장과 함께 아버지의 유산에서 생기는 이자로 생활비를 받는 일이 많았다. 그 생활비는 이곳의 화폐로 바꾸면 매우 액수가 많아서, 다음 생활비를 받기 전에 바닥나는 일은 아직 한 번도 없었다. 답장은 대개가 타자기로 친 몇 줄의 인사말과 빠른 회복을 바라는 것으로, 제임스 티나펠의 서명이나 조부모의 형제, 또는 바다에 나가 있는 페터의 안부와 인사가 덧붙여지곤 했다.

한스 카스토르프는 또한, 요즘에는 고문관이 그에게는 주사가 체질에 맞지 않는다며 주사놓는 것을 중단했다는 사실도 보고했다. 그는 주사를 맞으면 두통, 식욕 감퇴, 체중 감소, 피로감, 그리고 갑자기 '체온'이 올라가 영 내리지 않는 증세를 나타냈다. 그 건성(乾性)의 열로 얼굴이 후끈후끈 달아오르는 것 같았다.

이 현상은, 습기 찬 평지의 기후에 익숙해진 청년에게는 이곳의 기후에 '익숙해진다는 것이 어렵기는 하지만 차츰 익숙해져 가는' 과도기적 현상임을 말해 주는 것이었다. 라다만토스 자신도 익숙해지지 않은, 늘 푸르스름한 얼굴을 하고 있지 않은가. 도저히 익숙해지지 못하는 사람들도 많다고, 한스 카스토르프가 이곳에 온 첫날 요아힘이 설명해 주었는데, 한스 카스토르프도 그런 부류의 한 사람인 것 같았다. 그가 이곳에 오자마자 시작된 목의 경련에서 오는 고통이 걸을 때나 말할 때나 언제 어디서나 시작되었고, 심지어는 푸른 매발톱꽃이 만발해 있는 사색의 장소에서 그가 겪은 모험들을 회상하고 있을 때도 그것은 기다렸다는 듯이 시작되곤 해서, 그는 자신의 멋진 턱을 당겨 붙이는 것이 아예 습관이 되었다. 한스 카스토르프는 턱을 당겨 붙여 몸이 떨리는 것을 막으며 할아버지의 높다란 칼라, 주름잡힌 예복을 입은 모습, 담황색의 옴폭한 세례반 등을 회상하고는 자신의 복잡한 운명을 되돌아보지 않을 수 없었다.

프리비슬라프 히페의 모습이 처음처럼 뚜렷이 나타나지 않게 되자, 이 위에서의 적응이 완벽하게 되었음을 확인할 수가 있었다. 이제는 환영도 더 이상 나타나지 않았다. 한스 카스토르프의 몸이 미동도 하지 않고 벤치 위에 누워 있어도, 그의 영혼은 평지의 생활로 돌아가는 일이 이제는 일어나지 않았다. 평지에서의 온갖 추억이 주마등처럼 스쳐 지나가기는 했지만, 그것이 비정상적으로 지나치게 선명하거나 생생하게 펼쳐지지는 않았으며, 늘 정상적인 범주를 넘어서지 않았다. 한스 카스토르프는 추억에 잠길 때마다 가슴에 달린 호주머니에서 유리로 만든 조그만 기념품을 꺼내보곤 했다. 그는 그것을 두 겹으로 싸서 지갑에 넣고 다녔었다. 그것은 종이 위에 나란히 놓고 보면 거무스름하게 반짝이는 불투명한 유리판에 불과했지만, 햇빛에 비춰 보면 밝아지면서 나타나는 인체의 상(像)이었다.

인체의 투명상, 늑골의 구조, 심장, 횡격막의 활 모양, 허파의 굉음, 쇄골과 상박골 등이 청백색을 띠고 나타나면서 한스 카스토르프가 사육제 때 이성에 대해 맛본 살에 싸여 있었다. 울퉁불퉁한 벤치에 앉아 두 팔을 모으고 등을 기댄 후 고개 숙여 시냇물 소리를 들으며, 탐스럽게 피어난 푸른 매발톱꽃과 유리판을 번갈아 들여다보면서 지난 일을 회상했다. 지난 일을 떠올릴 적마다 심장이 심하게 고동치거나 갑자기 멎는다든지 하는 일이 과연 이상한 현상이었을까?

수많은 별이 반짝이던 쌀쌀한 밤에 흥미로운 연구를 하던 때처럼, 지금도 한스 카스토르프는 생명체의 고귀한 상, 즉 인간상을 눈앞에 떠올리며 거기에 따른 여러 가지 문제를 분석하거나 검토하기도 했다. 그러나 사람 좋은 요아힘은 이런 문제에 대해서는 전혀 알려고 하지 않았다. 한스 카스토르프 역시 마찬가지였다. 그가 평지에서 살았다면 이런 문제에 관해 의식하려고도, 아니 의식하지도 못한 채 지나쳐버렸을 것이다. 그런데 이 5천 피트 높이의 고원에서 지내며 관조적인 은둔 상태에 빠지고, 또 모든 세계와 신의 피조물에 대한 명상에 몰입하는 생활에 접하자, 그 문제가 한스 카스토르프 자신에게 꽤나 절실한 문제로 등장했으며, 그 문제를 꼭 짚고 넘어가야 할 일로 느끼기 시작했다. 아마 거기에는 가용성 독소로 생긴 건성의 열이 얼굴을 달아오르게 하는, 육체의 자기 주장이라는 사정도 있을 것이다. 한스 카스토르프는 그럴 때마다 손풍금쟁이 교육자, 즉 세템브리니에 대해 생각했다. 그의 아버지는 그리스 인문주의자였는데, 그 아버지는 인간상에 대한 사랑을 정치, 저항, 웅변이란 의미로 해석하고, 그 자신은 시민의 창을 인류라는 제단에 헌납하려는 세템브리니. 그는 또한 크로코프스키와의 일도 생각했다.

얼마 전부터 그와 함께 시작한 밀실에서의 일을 생각하면서 분석의 밝고 어두운 양면성을 생각하고, 분석에 있어서 어느 부분이 행동과 진보에 도움이 되는지, 또 어느 부분이 묘혈과 그 더러운 분해에 흡사한지도 생각했다. 그리고 반항심에서, 또 지나친 경건심의 발로에서 각기 다른 이유로써 일생 검은 옷을 입고 지냈던 두 할아버지를 생각하고 비교해 보았으며, 존엄성에 대해 비교 분석해 보기도 했다. 또 형식과 자유, 정신과 육체, 명예와 치욕, 시간과 영원이라는 심오한 관념에 대해서도 생각해 보고, 매발톱꽃이 다시 피어남으로써 1년이 지났음을 상기하고는 갑자기 심한 현기증을 느꼈다.

한스 카스토르프는 이 그림같이 고요하고 아름다운 은둔처에서 빠져드는 훌륭한 명상을 '술래잡기'라 불렀다. 이 명상은 공포와 현기증과 심장의 심한 통증도 함께 가져다 주어 얼굴이 상기되기도 했지만, 그는 이것을 무척이나 좋아하여 술래잡기라는 어린이의 말로 부른 것이다. 이런 술래잡기 시간에는 늘 긴장되기 때문에, 명상과는 어울리지 않는 자세이기는 했으나 턱을 가슴에 당겨 붙이지 않고는 견딜 수가 없었다. 술래잡기놀이가 주는 그 뿌듯함에 도취되었기 때문이다.

못생긴 나프타는 영국의 사회학에 대응하여 인간의 모습을 찬양하며 '신의 아들인 인간'이라고 변호했는데, 한스 카스토르프가 이런 작고 못생긴 사람을 문화인의 책임감 때문에, 또는 '술래잡기'로 인한 흥미 때문에 방문한다는 것은, 그것도 요아힘과 함께 방문한다는 것은 이상한 일이 아닐까? 세템브리니는 그것을 달갑게 여기지 않았다. 그리고 한스 카스토르프도 세템브리니의 그러한 생각을 정확히 파악할 수 있는 두뇌와 예민성을 갖고 있었다. 세템브리니는 한스 카스토르프와 나프타가 맨 처음 만났을 때부터 별로 달가워하지 않아서 훼방을 놓으려고까지 했으며, 이 두 사람을, 특히 그의 제자를 틀림없는 '인생의 골칫거리 자식'이라고 낙인찍었다. 다시 말해 그 인문주의자는 교육자답게 한스 카스토르프에게 나프타와 가까이하지 못하도록 했던 것이다. 그러면서도 세템브리니 자신은 나프타와 상대하여 논쟁까지 벌이지 않았는가.

교육자들이란 모두 그런 식이었다. 그들은 흥미 있는 대상에 대해 이미 무감각하게 '면역'이 되었으므로 가까이 지내도 해로울 게 없었지만, 청소년들은 그런 대상에 대해 그들처럼 '면역'이 되어 있지 않은 상태이므로 가까이해서도, 함께 어울려서도 안 된다고 강조하는 것이었다. 손풍금쟁이 세템브리니가 사실 한스 카스토르프에게 무엇을 참견하거나 금지할 권리를 갖고 있는 것은 아니었다. 그러면서도 어쨌든 그 금지하는 태도가 그렇게 절실하지 않은 것만은 다행스런 일이었다. 골칫거리 자식은 무표정하게 멍청히 앉아 있기만 하고, 작고 못생긴 나프타의 초청을 친절하게 받아들여서는 안 될 이유가 없었으므로, 그는 결국 그 방문을 실천에 옮기게 되었던 것이다. 그는 나프타를 처음 알고 나서 며칠이 지난 어느 일요일 오후, 정오의 안정 요양을 끝내고 요아힘과 함께 나프타를 찾아갔다.

베르크호프의 차도를 따라 몇 분쯤 내려가자, 포도덩굴이 감겨 있는 집 입구가 나타났다. 그리로 들어가면 오른쪽에 가게의 출입문이 보이고, 그곳을 지나쳐 갈색의 좁은 계단을 오르자 2층 입구가 나타났는데, 초인종 옆에는 '부인복 재단사 루카체크'라는 문패가 붙어 있었다. 초인종을 누르자 줄무늬의 짧은 저고리에 각반 차림의 제복을 입은, 짧은 머리에 볼이 발그레한 나이 어린 소년이 문을 열어 주었다. 한스 카스토르프와 요아힘은 나프타 선생이 집에 있는지를 확인한 후, 명함이 없었으므로 그들의 이름을 여러 번 되풀이해서 말한 뒤에야 간신히 찾아온 뜻을 알릴 수가 있었다. 소년은 나프타에게 알리기 위해 안으로 들어갔는데, 그 소년은 선생이라는 호칭을 사용하지 않았다. 입구에서 맞은편의 열린 문틈으로 재단사의 작업장이 보였다. 그날은 안식일이었는데도, 루카체크는 다리를 꼬고 앉아 작업대에서 재봉일을 하고 있었다. 그는 안색이 창백하고 머리가 훌렁 벗겨졌으며, 큰 매부리코에 시커먼 콧수염이 입 양쪽으로 무겁게 드리워져 약간 무서운 얼굴을 하고 있었다.

"안녕하십니까?" 한스 카스토르프가 인사했다.

"어서 오십시오." 재단사는 그와는 전혀 어울리지 않는, 어색한 말투의 스위스 사투리로 대답했다.

한스 카스토르프는 고개를 끄덕이며 말했다. "수고하시는군요. 그런데 오늘은 일요일이잖습니까?"

"급한 일이라서요." 루카체크는 짤막하게 대답하고 재봉틀질에 열중했다.

"아주 고급 옷인 것 같군요. 급하게 입을 옷인가 보죠? 무도회나 뭐 그런데 입고 갈……."

루카체크는 한참 일에 열중하더니, 실을 이빨로 물어 끊고 다시 새로운 실을 바늘에 꿴 다음에야 고개를 끄덕였다.

"정말 멋지군요. 소매도 다나요?"

"네, 물론 달죠. 이것은 나이 지긋한 부인의 옷이니까요." 재단사는 심하게 보헤미아 악센트를 섞어서 대답했다. 그때 소년이 문 밖으로 나왔기 때문에 문 너머로 하던 두 사람의 대화는 그것으로 끝나고 말았다. 소년은 나프타씨가 들어오시라고 했다며 오른쪽에 있는 문을 열고, 거기에 드리워진 커튼을 들어올려 두 사람을 들어오도록 했다. 이어 나프타가 이끼 같은 푸르스름한 양탄자 위에 가죽 슬리퍼를 신고 나와 그들을 맞이했다.

사촌들이 안내받은 서재는 유리창이 두 개나 있고 너무나 호화로워 눈이 부실 정도였다. 집 모양이나 허술한 복도로 볼 때 이렇게 호화로운 방이 있으리라고는 도저히 상상할 수 없었다. 집 전체의 분위기와 서재의 장식과는 너무나 대조적이어서 마치 동화 속에 빠져든 느낌이었는데, 만일 이러한 대조적 분위기만 아니었다면 한스 카스토르프에게나 요아힘에게나 그런 식의 느낌을 갖게 하지는 않았을 것이다. 어쨌든 그 분위기는, 매우 호화스럽고 번쩍거리고 큰 사무용 책상과 책장이 놓여 있기는 했어도, 전혀 남자의 방이라고는 느껴지지 않는 방이었다. 연짓빛, 빨간 빛 등의 비단이 사용되었으며, 허름한 문을 가리기 위해서 드리운 커튼이나 유리창의 커튼도 비단이었으며, 가구 세트에 씌워 놓은 커버도 모두 비단이었다.

그 가구 세트는 방의 좁은 곳에 놓여 있었고, 고블랭직의 아름다운 태피스트리가 바로 앞쪽 벽을 전체적으로 덮고 있었다. 금속 장식을 한 둥그런 테이블 주위에는 팔걸이에도 가느다란 쿠션이 달린 바로크식 팔걸이 의자가 있고, 테이블 뒤에도 역시 벨벳 쿠션이 놓인 바로크식 소파가 있었다. 유리문이 달린 마호가니 책장은 두 번째 문 옆에 놓여 있었고, 그 안에는 녹색 비단이 드리워져 있었다. 유리창 사이에 위치한 책상도 역시 마호가니로, 사무용 책상이라기보다는 감아넣은 생선묵 모양의 뚜껑이 있는 책상이었다. 그리고 소파 세트 왼쪽 구석에는 붉은 천으로 덮인 받침대가 있고, 그 위에 채색된 목각 미술품이 놓여 있었다. 그리스도의 시체를 안고 슬픔에 잠긴 성모 마리아를 나타낸 〈피에타〉로, 그 조각품은 단순하면서도 기이할 뿐만 아니라 처절하기까지 한 분위기가 감돌았다.

베일을 쓴 성모는 눈썹을 찡그리고 고통스런 슬픔에 일그러진 표정으로 입을 벌린 채 무릎에 그리스도의 시체를 안고 있었는데, 그리스도의 모습은 신체 각 부분의 균형이 너무나 졸렬하여, 해부학적으로 과장했다기보다는 해부학을 전혀 모르고 만든 작품이라는 인상을 주었다. 흩어진 머리 위에는 가시 면류관이 얹혀 있었고, 얼굴과 몸 전체에는 여기저기 피가 묻어 있었으며, 창에 찔린 옆구리 상처와 손발의 못 자국에서 흘러나온 피가 커다란 포도알처럼 엉겨 있었다. 이런 조각품이 비단 일색으로 장식한 방과 어울리지 않는 독특한 인상을 준다는 것은 당연한 일이었다. 벽에 바른 벽지 역시 지금의 방 주인이 바른 것이 확실해 보였다. 세로 무늬가 있는 녹색의 벽지는 빨간 마룻바닥에 깐 부드러운 융단의 색과 잘 조화를 이루고 있었다. 그러나 낮은 천장만큼은 손댈 수 없었던지, 그대로 틈이 벌어져 있었다. 그래도 베네치아풍의 자그마한 샹들리에가 천장에 매달려 있었으며, 창문에는 바닥까지 닿는 크림색 커튼이 드리워져 있었다.

"이야기를 나누고 싶어 찾아왔습니다." 한스 카스토르프는, 상상조차 할 수 없었던 화려한 방의 주인보다는, 방 한구석에 서 있는 처절하고도 신성한 나무 조각품에 눈길을 보내며 말했다. 그러자 나프타는 두 사람이 약속대로 찾아와 준 것에 대해 감사의 말을 하고는, 조그만 오른손을 정답게 들어 비단 의자에 앉으라고 권했다. 그러나 한스 카스토르프는 구석의 조각품에 저절로 끌려가듯이 곧장 그 앞으로 가서, 허리에 손을 얹고 고개를 옆으로 돌린 채 그 앞에만 서 있었다.

이윽고 그가 작은 소리로 말했다. "이건 무슨 조각입니까? 굉장히 훌륭한 작품이로군요. 이토록 고뇌에 찬 모습이 정말로 있었습니까? 상당히 오래된 것이겠죠, 물론?"

"네, 14세기 작품이지요. 라인 강 부근의 것으로 짐작되는데요. 감탄하셨습니까?"

"네, 감탄했습니다. 이 작품을 보고 감명받지 않는 사람은 없을 것 같습니다. 이렇게 추악하고——아 실례입니다만, 동시에 이렇게 아름다운 것이 또 어디 있겠습니까?"

"영혼의 세계와 표현 세계의 산물은 추악하기 때문에 아름다운 것이며,

그와 반대로 아름답기 때문에 추악한 것입니다. 대부분이 그렇습니다. 이것은 정신적인 아름다움이지 결코 육체적인 아름다움은 아닙니다. 육체적 아름다움이란 일시적 어리석음입니다. 게다가 매우 추상적이기도 하고요.”

“육체의 아름다움은 추상적이라 할 수 있고, 내면적인 아름다움과 종교적 의미의 아름다움에는 진실성이 있다는 것이군요. 정말 명쾌한 구분입니다. 음……, 14세기라고 하셨나요? 그럼 천삼백몇 년이겠군요. 그렇다면 확실히 중세로군요. 최근 중세에 대한 나의 생각이, 이 조각을 보니 더욱 확실하게 정리가 되는군요. 사실 난 그 방면에 대해서는 아주 문외한이었습니다. 내가 기술적 진보나 그 밖의 여러 기술적인 면에만 관심이 있는 것도 그 방면의 기사이기 때문이죠. 그러나 이 위에서 생활하게 된 후부터는, 중세에 대한 생각이 여러 가지 형태로 친밀하게 밀착되었어요. 중세에는, 제가 알기로는 경제 사회학이란 학문이 없었습니다. 이것만은 확실하죠. 도대체 이것을 조각한 예술가는 어떤 사람입니까?”

나프타는 어깨를 움츠리며, “그런 것은 문제가 되지 않습니다” 하고 말했다. “우리는 그것을 문제시할 필요성이 전혀 없다고 생각합니다. 이것을 조각한 그 당시에도 문제시하지 않았을 테니까요. 이것은 어떤 특정 인물의 작품이 아닙니다. 무명의 모든 사람의 공동 작품이라 할 수 있지요. 이 작품은 후기 중세인 고딕 양식의 것으로, 금욕의 상징입니다. 십자가에 못박혀 피를 흘린 그리스도를 상징하는 데 필요하다고 생각한 고도의 기술적 미학, 즉 그리스도의 가시 면류관과 죄악의 세상과는 대립되는, 빛나는 승리와 순교자에 대한 로마네스크 시대의 표현을 이 작품에서는 전혀 찾아볼 수 없습니다. 이 조각의 모든 표현은, 고뇌와 무력한 육체에 대한 지나친 과장입니다. 고딕풍의 취미야말로 회의적이며 금욕적인 취미라 할 수 있죠. 당신은 혹시 이노센트 3세의 저서인 《인간 조건의 비참에 대하여》란 책을 읽지 않으셨습니까? 기지가 넘치는 책입니다. 12세기 말에 출판된 것인데, 이 조각품이 그 책의 삽화로서 처음 등장했습니다.”

한스 카스토르프는 한숨을 내쉬었다. "나프타씨, 당신 말씀은 모두 무척 흥미롭습니다. '금욕의 상징'이라고 말씀하셨지요? 그 말을 잘 기억해 두겠습니다. 그리고 또 '무명의 공동 작품'이라고 말씀하셨는데, 그것 역시 생각해 볼 가치가 충분히 있다고 봅니다. 교황의 저서——이노센트 3세는 아마 교황이었으리라 생각됩니다만——에 대해서는, 유감스럽게도 아는 바가 없습니다. 그 책이 기지에 찬, 매우 금욕적인 저서라고 들었는데, 그것이 사실인지요. 솔직히 말씀드려서 저는 금욕과 기지가 조화되리라고는 생각해 본 일이 없지만, 그 말씀을 듣고 잘 생각해 보니, 이 두 가지가 잘 조화될 수도 있을 것 같군요. 물론 인간의 비참에 대한 논문은, 육체를 희생시키기만 한다면 기지를 농락할 수도 있죠. 그 책을 사볼 수 있을까요? 나의 라틴어 실력을 총동원한다면 그럭저럭 읽을 수 있을 것 같군요."

"나한테 그 책이 있습니다." 나프타가 턱으로 책장을 가리키면서 말했다. "마음대로 이용하셔도 됩니다. 그런데 참, 앉으시죠. 〈피에타〉는 소파에 앉아서도 얼마든지 감상할 수 있습니다. 차라도 드시면서……."

조금 전의 사환이 찻잔과 아름다운 은제(銀製) 바구니에 피라미드 모양의 케이크를 여러 조각 담아왔다. 그와 동시에 소년의 뒤쪽에서 큰 소리로 "이거 정말 뜻밖이로군요" 하면서 부드러운 미소를 띤 채 들어온 사람이 과연 누구일까? 세템브리니였다. 나프타의 방 바로 위층에 살고 있는 그가, 방문객들을 만나려고 내려온 것이다. 한스 카스토르프와 요아힘이 오는 것을 창문으로 내려다보고는, 집필 중인 백과사전의 한 페이지를 급히 다 써놓고는 이곳으로 내려왔다고 그는 말했다. 그가 나프타의 방에 들어온 것은 조금도 이상할 것이 없었다. 베르크호프의 주민들과는 오랜 친구일 뿐만 아니라, 견해의 차는 있으나 나프타와도 늘 열띤 토론을 해왔기 때문에, 방 주인도 전혀 놀라는 기색 없이 자신의 논적(論敵)을 맞이했다.

그러나 한스 카스토르프는, 세템브리니의 얼굴을 본 순간 두 가지 생각이 머리를 스쳤다. 첫째, 세템브리니가 이곳에 나타난 것은 한스 카스토르프와 요아힘을(사실은 한스 카스토르프만을) 키가 작고 못생긴 나프타와 단 둘이 대화할 기회를 주지 않기 위해 자기가 거기에 버티고 앉아, 소위 교육자적 입장에서 대항하기 위해 나타난 것처럼 느껴졌다. 둘째, 세템브리니 자신의 다락방에서 벗어나, 손질이 잘된, 화려한 비단으로 꾸민 나프타의 방을 구경하면서 맛있게 끓여 내오는 차를 마셔 보겠다는 속셈이 아닐까 하는 느낌조차 들었다. 아무튼 세템브리니가 정말로 기회를 적절히 잘 이용하고 있다는 느낌에는 변함이 없었다. 세템브리니는 유별나게 새끼손가락에만 털이 난 누런 손을 비비더니, 그물코 모양의 초콜릿을 얹은, 생선묵처럼 생긴 케이크의 얇은 조각을 집어들고 무척 맛있다는 듯이, 게다가 아낌없는 찬사까지 늘어놓으며 먹었다.

카스토르프와 나프타는 처음부터 한스 카스토르프가 매우 관심을 보인 〈피에타〉에 대한 대화를 계속했다. 한스 카스토르프는 세템브리니로 하여금 이 미술품에 인문주의적인 비판을 가하도록 여러 차례 유도했으나, 인문주의자가 그 조각을 얼마만큼 싫어하는가는 그쪽을 돌아보는 그의 눈초리만 봐도 확실히 알 수 있었다. 그는 그쪽에 등을 돌리고 앉아 있었다. 자신의 생각대로 아무렇게나 말할 정도로 무례하지 않은 세템브리니는, 〈피에타〉의 각 부분에 대한 균형과 형태상의 결함만을 지적하여 비판할 뿐, 그 이상의 비판은 하지 않았다. 그리고 그 조각의 과장은 당시의 유치한 기술로 인한 기술 부족이 아니라 어떠한 악의(惡意)——근본적인 악의에 기인하기 때문에, 자기는 그 조각에서 전혀 감동을 느낄 수 없다고 말했다.

그러자 나프타가 빈정거리는 말투로, 자기도 그 말에 동의한다고 했다. 세템브리니씨가 말한 바와 같이 기술 부족 같은 것은 문제시될 수가 없고, 그것은 단지 자연의 속박으로부터 지극히 의식적인 해방을 얻고자 하는 것이며, 자연에 복종하는 것을 전면 부정함으로써, 자연이 얼마나 하찮은 것인가를 종교적으로 나타낸 것이라고 덧붙였다. 이에 대해 세템브리니는, 자연과 자연에 대한 연구를 경시하는 태도는 인간적으로 정도(正道)가 아닌

사도(邪道)를 걷는 것이라고 비난하고, 중세와 그것을 모방한 시대를 커다란 이상으로 추앙한, 부조리한 반형식주의와는 대립되는 그레코로만 문화, 고전주의의 형식, 미, 이성, 이교주의적인 명랑성 등을 칭송하면서, 그것만이 인간의 사명을 촉구시킨다는 것을 흥분한 어조로 논하기 시작했다.

이때 한스 카스토르프가 끼여들었다. 세템브리니씨가 말씀하신 것이 모두 사실이라면, 자기 자신의 육체를 부끄럽다고 한 플로티노스는 대체 어떻게 되는 건가? 그리고 리스본에서 발생했던 끔찍한 지진에 대해 이성의 이름으로 반항한 볼테르는 어떻게 되는 건가? 이런 것도 부조리란 말인가? 좋다, 이런 것도 부조리라 치자. 그러나 내가 생각한 바로는, 부조리한 것이야말로 정신적인 측면에서는 가장 훌륭한 것이다. 고딕 양식의 부조리한 면인 반자연성도 결국엔 플로티노스나 볼테르의 태도와 마찬가지로 매우 훌륭하다고 할 수 있으며, 운명과 현실로부터의 해방을 의미한다는 점에서 봐도 어리석은 힘인 자연에 절대 복종하는 것을 거부하려는 불굴의 자만심을 의미하는 것이다……."

나프타는 금이 간 접시를 연상케 하는 소리로 웃었으나, 점점 기침 소리로 변하고 말았다.

세템브리니는 기품 있는 목소리로 말문을 열었다. "그렇게 날카로운, 기지에 넘친 반박을 하면 주인에게 실례되는 행동이 아닙니까? 게다가 이렇게 귀한 케이크 대접도 받았으니 더욱 실례가 되지 않을까요? 당신은 감사할 줄을 모르는군요. 물론 감사하다는 것은, 받은 선물을 유용하게 잘 쓰는 것이라고 생각합니다만……."

한스 카스토르프가 이 말을 듣고 어쩔 줄 몰라하며 부끄러워하자, 세템브리니는 다시 한 번 애교 있는 목소리로 변명해 주었다. "당신이 장난꾸러기라는 것을 나는 잘 알고 있어요, 기사 양반. 나는, 당신이 훌륭한 대상에 대해선 선의를 품고 놀리는 습관이 있다는 걸 잘 압니다. 그리고 당신이 그 대상을 좋아한다는 것에 대해서도 의심하지 않아요. 당신도 알다시피, 자연에 대한 정신적 반항 중에서도 인간의 존엄과 아름다움에서 비롯된 반항만이 훌륭한 것이라고 말할 순 없습니다. 인간의 오욕과 타락을 염원하는 차원에서가 아닐지라도, 거기서 비롯된 반항은 결코 훌륭한 반항이라고 할 수 없어요. 내 뒤에 놓여 있는 조각품을 창조해낸 시대가 얼마나 비인간적인 시대였으며, 피에 굶주린 이리떼처럼 편협한 시대였는가는 당신도 잘 알고 있을 겁니다. 나는 당신에게 종교 재판관들의 무서운 형벌 판정에 대해 말하고자 합니다. 예를 들어 콘라트 폰 마르부르크의 피비린내나는 인품을 생각해 봅시다. 그는 초자연적인 것의 지배에 조금이라도 방해가 될 만한 요소라면 모두 제거하려는 광신적인 성격의 소유자였고, 그 광신만을 생각해 보더라도 모든 것은 짐작하고도 남음이 있습니다! 당신도 물론 칼과 화형(火刑)에 의한 처벌을 인간애의 발로라고는 생각지 않으시겠죠……."

  나프타를 향한 세템브리니의 발언이 끝나자, 나프타는 거기에 대응하여 입을 열었다. "그렇지만 성직자들의 회의는, 그러한 처벌의 도구를, 이 세상을 좀먹는 나쁜 시민들을 제거하는 인간애를 위해 사용했을 뿐입니다. 교회에서 내리는 형벌은 화형이나 파문인데, 이것은 영혼을 영원한 타락의 구렁텅이에서 구원하기 위한 것입니다. 이것은 자코뱅 당원들의 살육을 위한 살육과는 비교도 할 수 없을 만큼 거룩한 것이죠. 내세의 신앙에 기인하지 않는 고문이나 피비린내나는 재판은, 모두 비굴하고 무의미한 것이라고 강조하고 싶습니다. 그리고 인간의 타락의 역사는 시민정신의 역사와 완전히 일치하고 있습니다. 르네상스와 계몽 사상, 19세기의 자연과학과 경제 사상 등은 인간의 타락을 조금이라도 조장할 수 있다고 판단되는 것에 대해서는 모두 시민정신을 철두철미할 정도로 불어넣었던 것입니다. 우선 천문학이 바로 그것이죠. 신과 악마가 서로 자기 수중에 넣으려고 열망하는 피조물인 인간을 사이에 두고 싸우는 엄숙한 무대이자 우주의 중심이 되는 이 지구를 하나의 왜소한 유성으로 전락시켜버리고는, 이를 이용하여 인간의 위대한 우주적 지위를 당분간 말살시켜버리고 만 것입니다."

"당분간이라고요?" 세템브리니는 종교 재판관이나 판사 같은 몸짓으로 반문했다. 진술자가 저도 모르는 사이에 엄청난 죄에 빠져 있다고 착각할 정도로 강압적인 태도를 취하는 재판관처럼.

"물론입니다. 거의 2,3백만 년 동안은 말입니다." 나프타는 냉정하게 단언했다. "모든 정세가 잘못되지 않는다면, 스콜라 학파의 명예를 회복할 때가 다가오고 있는 것도 사실입니다. 아니, 현재는 매우 잘 진행되고 있죠. 코페르니쿠스는 프톨레마이오스에게 패배할 것입니다. 지동설은 더욱더 극심한 정신적 반격에 부딪치게 되고, 이 반격은 아마 그의 목적을 머지않아 달성하게 되겠지만, 그렇게 되면 과학은 교회의 교리가 이 지구를 유지시키려 했던 모든 영광된 지위를 부득불 다시 철학적으로 인정해야만 할 것입니다."

"뭐라고요? 정신적 반격이라고요? 철학적으로 강요당하다뇨? 소기의 목적을 달성할 것이라고요? 그건 또 무슨 학설입니까? 그렇다면 무전제적 과학의 순수 인식처럼 자유와 밀접한 관계를 맺는 진리의 개념은 어떻게 되는 겁니까? 당신은 과학에 정열을 쏟는 사람들을 마치 지구를 비방하는 사람들처럼 몰아붙이는데, 그들은 오히려 지구의 영원한 자랑이라고 할 수 있죠. 그러한 순교자를 낳게 한 진리의 개념은 어떻게 되는 겁니까?"

세템브리니는 대들듯이 따졌다. 상체를 뒤로 젖히듯이 앉아서 작은 나프타의 머리 위에 대고 진지하게 열변을 토하다가, 마지막에 가서는 흥분하여 언성을 높였다. 그는 나프타의 답변이 침묵에 대한 수치심에서 나온 것임에 불과하다고 확신하고 있는 듯했다. 그는 손가락 사이에 끼고 있던 피라미드 케이크를 다시 쟁반에 놓았다. 아마 애기하는 동안 먹을 생각이 없어진 모양이었다.

나프타는 무서우리만큼 침착한 태도로 대답했다. "순수 인식이란 존재하지 않습니다. 아우구스티누스의 '나는 인식하기 위해 믿는다'라는 말에 단적으로 집약되어 있는 교회 철학은, 누구도 번복할 수 없는 진리입니다. 신앙은 인식의 기관이며, 지성은 제이의 존재입니다. 당신이 말한 무전제적 과학이란 신화에 불과한 것입니다. 하나의 신앙, 세계관, 이념, 다시 말해서 하나의 의지는 늘 존재하는 것이며, 이성이란 오로지 그 의지를 논평하고 증명할 뿐이죠. 언제 어느 경우라도 마지막으로 문제시되는 것은, 항상 '무엇을 증명하고자 했는가'로 압축됩니다. 심리학적으로 볼 때, 증명이란 개념은 많은 주장의 요소를 포함하고 있습니다. 12세기와 13세기의 위대한 스콜라 학파의 학자들은, 신학의 입장과 어긋나는 진리는 철학적으로 순수한 진리라고 할 수 없다고 확신했으며, 그 점에 대해서는 모두가 일치하고 있습니다.

원하신다면 신학은 잠시 제쳐놓기로 합시다. 그러나 철학적으로 그릇된 것은 자연과학에 있어서도 역시 오류이며, 결코 진리일 수는 없습니다. 이런 현상을 부정하고자 하는 인문주의 역시 참된 인문주의라 할 수 없습니다. 갈릴레이에 대한 종교 재판의 판결은, 그의 학설이 철학적으로 부조리하기 때문이었습니다. 이 이상 적절한 보증은 없으리라 봅니다."

"천만의 말씀! 위대하며 불행한 갈릴레이의 논증은 더욱 확실했다는 것이 증명되었습니다! 아니, 좀더 진지하게 얘기해 봅시다. 선생! 저렇게 열심히 듣고 있는 두 젊은이 앞에서 말씀해 주십시오. 당신은 정말로 진리를 믿고 있습니까? 객관적 진리와 과학적 진리를 말입니다. 모든 도덕의 궁극적 목표가 진리를 추구하는 것이며, 또 권위에 대적하여 진리를 승리로 이끄는 것이 인간 정신의 훌륭한 역사를 의미한다는 진리를요."

한스 카스토르프와 요아힘은 거의 동시에 나프타에게 시선을 옮겼으며, 한스 카스토르프는 요아힘보다 훨씬 더 날카로운 시선을 던졌다.

나프타가 입을 열었다. "당신이 말한 승리는 도저히 불가능합니다. 권위란 인간 자신이며, 인간의 이해, 인간의 존엄, 인간의 구원이 그 권위이기 때문입니다. 따라서 권위나 진리 사이에는 모순이란 있을 수 없는 형편입니다. 그 둘은 완전히 일치하기 때문입니다."

"그렇다면 진리란……."

"인간에게 막대한 도움을 주는 것이 바로 진리입니다. 모든 자연 가운데서 인간만이 유일하게 창조되었으며, 자연은 모두 인간을 위하여 만들어진 것입니다. 그러므로 자연은 인간 속에 함축되어 있으며, 인간은 만물의 척도요, 인간의 구원이야말로 진리의 표지(標識)입니다. 인간의 구원이라는 이념이 결여된 이론적 인식은 무의미한 것이며, 진리로서의 가치 또한 조금도 인정할 수 없고, 용납할 수도 없습니다. 그는 말을 계속했다. 모든 기독교적 세기는, 자연과학이 인간에게 아주 무가치하다고 인정한 점에서 완전히 일치하고 있습니다. 콘스탄티누스 황제가 왕자의 교사로 채용한 라크탄티우스도 솔직하게 털어놓지 않았습니까? 나일강의 수원지가 어느 곳인지를 알고 있다 해도, 또 물리학자들이 주장하는 천체에 대한 어리석은 이야기를 아무리 많이 알고 있다 해도, 그것이 과연 인간의 구원에 얼마만큼, 또 무슨 도움이 될 수 있느냐는 정확한 질문을 했습니다만, 당신은 그것에 대한 답변을 라크탄티우스에게 할 수 있습니까? 플라톤의 철학이 다른 어떤 철학보다 더욱 존경받는 이유는, 그 철학이 자연 인식을 문제시하지 않고 신의 인식을 문제시했기 때문입니다. 나는, 현재의 인류는 내가 예언한 대로 되돌아가고 있다고 확언할 수 있습니다. 참된 과학의 임무란, 구원을 동반하지 않는 인식을 추구하는 것이 아닙니다. 해로운 것, 관념적으로 무가치한 것은 원칙적인 측면에서 배제하고, 본능, 절도, 그리고 선택을 가르치는 데 과학의 임무가 있다는 것을 통찰하고 있습니다. 교회가 광명이 아닌 암흑을 옹호했다고 하는 것은 유치하기 이를 데 없습니다. 교회가 자연 인식의 무전제적 추구를 응징해야 한다고 한 처사는 지극히 현명한 것입니다. 즉 정신을 고려하지 않고, 구원의 목적 또한 고려하지 않는 인식의 추구는 벌을 주어야 마땅한 것입니다. 그러나 무전제적, 비철학적인 자연과학이야말로 인간을 암흑 세계로 인도하고 있으며, 지금도 점점 더 암흑 세계로 인도되고 있습니다."

"당신은 그야말로 실용주의를 부르짖고 계시군요. 실용주의를 정신 세계에 도입시켜 보는 것만으로도, 그것이 얼마나 위험한 것인지를 아실 겁니다. 좋아요, 국가에 이익이 되는 것만이 진리이며, 그것만이 옳은 것이라 칩시다. 그리고 국가의 행복, 국가의 존엄, 국가의 융성이 도덕의 표지라고 합시다. 좋습니다! 그후의 결과로 모든 범죄가 용서된다면, 인류의 진리와 개인의 권리, 민주주의가 어떻게 될 것인지는 두고 볼 만하겠군요……."

"좀더 논리적으로 말씀해 주십시오. 프톨레마이오스와 스콜라 학파의 설이 전적으로 옳다면, 이 세계는 시간적으로나 공간적으로 유한한 것이 되어 버립니다. 그렇게 되면 신은 초월적인 존재이며, 신과 세계의 대립 또한 존재하여, 결국엔 인간도 역시 이원적 존재가 됨으로써 영혼의 문제는 감각적인 면과 초감각적인 면의 투쟁을 의미하고, 모든 사회적 문제는 더욱 부차적인 것이 되고 맙니다. 나는 이러한 의미에 있어서의 개인주의만을 논리정연한 것으로 인정할 수 있습니다. 그러나 이와는 반대로, 당신이 말한 바와 같이 르네상스 시대의 천문학자들이 주장한 학설을 진리로 받아들인다면, 이 우주를 무한하다고 봐야 할 것입니다. 그렇게 되면 초감각적인 세계는 존재하지 않을 뿐만 아니라 이원론도 성립할 수 없으며, 내세는 현세에 흡수되고, 신과 자연의 대립 또한 해소될 것입니다. 게다가 인격은 서로 대립되는 두 가지 원리로 투쟁하기보다는, 조화된 단일적인 것으로 변화되고 맙니다. 따라서 인간의 내면적 갈등은 집단과 개인 사이에서 발생하는 이해의 충돌에 기인하게 되며, 국가의 궁극적 목표는 도덕의 실현이라는, 그야말로 이교도적인 도덕관에 도달하게 되는 거죠. 이 두 가지 견해 가운데 하나일 것입니다."

"나는 거기에 항의합니다!" 세템브리니는 찻잔을 들고 있던 손을 상대방 앞으로 뻗치며 소리쳤다. "나는, 근대 국가가 개인의 끔찍스런 노예 상태를 의미한다는 터무니없는 비방에 전적으로 항의합니다. 그리고 나프타씨가 우리에게 프러시아주의나 고딕적인 반동 중에서 어느 한쪽을 선택하게 하려는

데 대해서도 항의하는 바입니다. 민주주의의 의의는, 국가지상주의에 개인주의적 수정을 하려는 데 있습니다. 진리와 정의야말로 개인주의 도덕의 정화라 할 수 있습니다. 이 두 가지 요소가 만일 국가의 이해와는 상반되는 경우가 발생한다면, 혹시 반국가적 사상과 같은 외관을 띨지는 모르지만, 그러한 경우에도 사실은 국가의 한층 더 높은, 좀더 대담하게 말한다면 초지상적인 복지를 염두에 두는 것입니다. 르네상스가 국가 신화의 근원이라니, 그런 궤변이 세상천지에 또 어디 있겠습니까! 르네상스와 계몽 사상이 서로 투쟁하여 쟁취한 전리품!——어원적으로, 따라서 쟁취했다는 말을 사용하는 것입니다만, 그것은 인격과 인간의 권리와 자유입니다."

세템브리니의 열정적인 웅변에 숨을 죽이며 듣던 한스 카스토르프와 요아힘은, 그의 말이 끝나자 겨우 숨을 몰아쉬었다. 한스 카스토르프는 조심스럽게 테이블 가장자리를 손가락으로 두드리며 중얼거렸다. "정말 훌륭합니다!" 요아힘 역시 프러시아주의에 대해 약간의 공박을 받긴 했어도, 깊은 공감이 가는 나프타에게 다시 눈길을 돌렸다. 한스 카스토르프는 너무나 긴장한 나머지 돼지 그림을 그릴 때처럼 팔꿈치를 테이블 위에 얹어서 턱을 주먹으로 받치고는, 나프타의 얼굴을 바로 옆에서 쳐다보았다.

나프타는 깡마른 손을 무릎 위에 얹고 긴장한 자세로 조용히 앉아 있다가 잠시 후에 입을 열었다. "나는 무엇보다 논리적으로 말하려 했습니다만, 세템브리니씨는 여기에 대해 아주 유창한 웅변으로 대답하시는군요. 르네상스가 소위 개인주의, 자유주의, 인문적 시민주의를 초래했다는 점은 나도 어느 정도 알고 있습니다만, 당신이 말씀하신 '어원적' 강조에 대해선 전혀 흥미가 없습니다. 당신이 이상이라고 강조하는 진리와 정의가 '싸우는' 영웅적 시기는 이미 사라졌으며, 현재도 거의 빈사 상태에 빠져버렸기 때문입니다. 게다가 당신의 그런 훌륭한 이상에 최후의 일격을 가하려는 새로운 이상이 점차 다가오고 있기 때문입니다. 내가 잘못 생각한 것이 아니라면, 당신은 자신이 혁명가라는 착각에 빠져 있습니다. 그러나 앞으로의 혁명적

산물이 순수한 자유라고 생각하신다면 크나큰 잘못입니다. 자유의 원리는 지난 500년 동안 이미 그 임무를 다했기 때문에 너무나 노쇠해버리고 말았습니다. 또한 오늘날 참된 교육 수단이란 비평이나 개인의 해방과 육성, 절대시되어 온 생활 양식의 폐지라고 생각하는 부류도 있습니다. 이들은 계몽 정신의 후예라고 자처하면서도 그러한 교육 수단을 부르짖고 있는데, 그러한 교육학은 미사여구에 의해 일시적으로는 각광받을 수 있을지 모르지만, 그 시대 낙후의 성격은 지식인의 눈에는 의심할 여지가 없습니다. 모든 교육 단체는 언제나 교육의 목표가 무엇인가를 잘 파악하고 있었습니다. 즉 교육의 목표는 절대 명령, 절대 복종, 규율, 희생, 자기 부정, 인격의 억압입니다. 청년들이 자유를 갈망하며 좋아한다고 생각했다면, 그것은 청년들을 진심으로 이해하는 태도가 아닙니다. 청년들의 가장 깊은 희열은 바로 복종입니다."

요아힘은 나프타의 말을 듣자 자세를 바로잡았으며, 한스 카스토르프는 얼굴을 붉혔다. 세템브리니는 흥분하여 멋진 콧수염을 손으로 비틀었다. 그런 중에서도 나프타는 자신의 논리를 계속 전개해 나갔다.

"그렇습니다! 자신의 해방과 발전이란, 시대적 비밀이나 명령이 아닙니다. 시대가 필요로 하고 요구하며 반드시 실현시키는 것, 그것은 바로 테러리즘입니다."

나프타는 이러한 자신의 마지막 말을 할 때는 부동 자세를 취했으며, 이제까지의 어느 말보다도 낮게 말했다. 단지 안경알이 한순간 번쩍이긴 했다. 그의 말을 열심히 듣고 있던 세 사람은 모두 소스라치게 놀랐다. 세템브리니는 처음엔 깜짝 놀랐으나, 잠시 후엔 그 특유의 평정을 되찾고 미소를 띠기까지 했다.

"그렇다면 질문을 해도 좋겠습니까? 나는 항상 이렇듯 의문투성이여서 무엇을 어떤 식으로 물어야 할지 모를 지경입니다만, 나프타씨 당신은 도대체 누가, 아니면 무엇이——당신이 한 말을 되풀이하기조차 두렵습니다만——

그 테러리즘의 담당자라고 생각하십니까?”

나프타는 안경알을 번뜩였지만, 비수를 품은 듯한 자세로 조용히 앉아 있었다. 이윽고 그가 입을 열었다. “대답해 드리죠. 나는 인류의 지극히 이상적인 원시 상태, 국가도 권력도 없었던 상태, 인간이 직접적인 신의 자식이었던 상태, 즉 지배도 예속도 법률도 형벌도 부정도 없고, 노동이나 재산도 없이, 오직 평등과 우정, 윤리적 완성만이 존재했던 시대를 가정해 보자는 점에서만은 당신의 의견과 일치한다고 생각해도 좋을 것입니다.”

“좋습니다, 저도 찬성입니다. 육신의 결합만을 제외한다면 말입니다. 이 결합은 언제 어느 시대에나 존재했기 때문입니다. 인간이 아주 고도로 발달된 척추동물임에도 다른 동물과 마찬가지로…….”

“좋아요, 그 점에 있어서는 좋을 대로 생각하십시오. 나는 인간의 원죄로 인해 잃어버린 원시적 낙원의 무법 시대, 직접적인 신의 아들이었던 상태에 대한 우리 두 사람의 의견이 일치한다는 것만을 확인하면 되니까요. 우리는 앞으로 한동안은 손을 잡고 나갈 수 있을 겁니다. 다시 말해 국가의 기원은 죄를 가려내고 부정을 방지하기 위해 체결된 사회 계약에 근거를 둔 것이라서, 국가란 지배 계급의 권력의 근원이라고 생각한 점에서도 우리는 일치할 것이기 때문입니다.”

“명언이로군요! 사회 계약……, 그것은 계몽 사상, 바로 루소입니다. 꿈에도 생각지 못했습니다.” 세템브리니는 의외라는 듯이 외쳤다.

“아, 좀 진정하십시오. 여기서부터 우리 둘의 생각은 벌어지기 시작합니다. 지배와 권력, 이 모든 것이 본래는 민중의 소유물이라는 사실과, 민중이 자신들의 입법의 권리와 모든 권력을 국가와 군주에게 위탁했다는 사실에 입각하여 당신의 학파는 군주에 대한 민중의 혁명권을 결론짓고 있습니다만, 그에 반하여 우리는…….”

‘우리?’ 한스 카스토르프는 긴장하여 마음속으로 의문을 제기했다. ‘우리라니? 도대체 누구를 말하는 것일까? 나중에 세템브리니에게 꼭 물어봐야겠

군. 나프타가 말한 "우리"란 과연 누구를 말하는 거지?'

"우리로서는——아마 당신들 못지 않은 혁명적인 생각일 것입니다——우선 교회는 무엇보다도 지상의 어떠한 국가보다도 우월한 위치에 있다고 생각해 왔습니다. 국가란 국가의 세속적인 본성을 뚜렷이 표면화시키지 않는다 하더라도 본래가 민중의 의지에 근본을 둔 것이며, 또한 교회처럼 하느님의 뜻에 따른 제도가 아니었던 역사적 사실로 미루어 볼 때, 비록 국가가 그렇게 악의에 차 있는 제도가 아니라 할지라도 어쨌거나 암시적이며 죄에 빠지기 쉬운 불완전한 것임에 틀림없다고 증명되기 때문입니다."

"이보시오, 국가란……."

"네, 네, 당신의 민족 국가에 대한 견해는 잘 알고 있습니다. '조국애란 무한히 명예로운 모든 것에 우선한다'——이것은 베르길리우스의 말이지요. 이 말에 자유주의적 개인주의를 다소 첨가·수정하면 바로 민주주의가 됩니다만, 이것으로 국가에 대한 당신의 근본적인 사고 방식은 변하지 않을 것입니다. 국가의 영혼이 되는 것은 금전, 바로 금전이라 말한다 해도, 당신은 틀림없이 반론을 제기하지 않을 것입니다. 이의가 있으십니까? 고대는 국가 중심적이었기 때문에 자본주의 성격을 띠었다고 할 수 있습니다. 그리고 기독교의 색채를 띤 중세는 확실히 세속적 국가의 자본주의적인 경향을 보였다고 할 수 있습니다. 2세기의 예언에 '돈이 황제가 될 것이다'란 말이 있었는데, 모든 것은 그 예언대로 되었으며, 이로 인해서 인생의 타락이 그야말로 절정을 이루었다는 것을 당신은 부정하시겠습니까?"

"나프타씨, 그대로 계속하시지요. 저는 테러의 주인공, 위대한 수수께끼의 주인공을 알고 싶어서 더 이상 견딜 수가 없습니다."

"이 세계를 구렁텅이에 빠뜨린 자유의 담당자이며 사회 계급의 대변자인 당신이 그런 호기심을 갖고 계시다니 정말 놀랍군요. 내 말에 대한 당신의 논박을 듣지 못하더라도 상관하지 않겠습니다. 나는 시민 계급의 정치적 이데올로기에 대해 잘 알고 있습니다. 시민 계급의 목표는 민주주의 국가지요. 그리고 민족 국가의 원리를 보편화시키는 것, 다시 말해 세계 국가화하는 것입니다. 이러한 국가의 최고 황제는 과연 누구이겠습니까? 나는 그것이 누구인지를 확실히 알고 있습니다. 당신들이 말하는 유토피아는 그야말로 추악하기 이를 데 없습니다. 그러나 여기서 또 한 번 우리의 의견이 추구하는 자본주의적 세계 공화제는 초월적인 성격을 띠고 있기 때문입니다. 네, 바로 그겁니다. 세계 국가는 세속적 국가의 초월적인 존재가 되는 것입니다. 그리고 인류의 완전한 원시 상태의 재현으로서의 지평선 저편에 있는 완전한 이상향을 믿고 있다는 점에서 우리의 생각은 일치하고 있습니다. 그는 말을 계속했다. 교회는 신의 나라의 창시자인 그레고리우스 1세 시대로부터 인간을 신의 통치하로 복귀시키는 것을 임무라고 생각해 왔습니다. 교황의 지배권 요구는 지배권 그 자체에 목적이 있었던 것은 아닙니다. 신의 대리자로 행사한 교황의 독재권은 인류의 구원이라는 원대한 목적 달성을 위한 수단과 방법의 하나였습니다. 이러한 것들은 세속적 국가에서 신의 국가로 도달하기 위한 과도기적 형태에 불과했습니다. 세템브리니씨, 당신은 여기 귀기울이고 있는 두 젊은이에게 교회의 살육 행위와 형벌의 비관용성에 대해 말씀하셨는데, 그것은 정말 우스운 일입니다. 그레고리우스도 '칼에 피를 묻히기를 꺼리는 자는 저주받을지어다!' 라고 말했잖습니까? 권력은 악이라는 사실은 누구나 다 알고 있습니다. 그러나 신의 나라가 온다면 선과 악, 내세와 현세, 정신과 권력 등의 이원론을 한동안 지양하고, 금욕과 지배를 결합시키는 원리에 길을 열어 주어야 할 것입니다. 이것이 바로 제가 주장하는 테러리즘의 필연성입니다."

"그 주체는! 주체는!"

"그것을 묻고 싶으신가요? 당신들 자유무역주의자는 경제학의 인간적 극복을 의미하는 사회학의 이론을 모르셨나요? 기독교적인 신의 나라와 그 원칙과 목표를 하나로 하는 사회학에 대해서 말입니다. 교회의 장로들은 '나의 것', '당신의 것'이란 말은 너무나 위험하다고 하며 꺼렸고, 사유 재산을 절도나 약탈이라고 비난했습니다. 그리고 그들은 토지의 사유에 대해서도 비난했습니다. 신의 자연법에 따르면, 토지란 만인 공동의 소유물이며, 공동으로 사용함으로써 곡식의 결실을 가져오게 하는 것이기 때문입니다. 장로들은, 원죄의 결과인 탐욕으로부터 소유권에 대한 옹호와 사유 재산 제도를 만들어냈다고 가르쳐 왔습니다. 장로들은, 모든 경제 활동은 영혼의 구원, 즉 인간성에 매우 위험한 영향을 미친다고 했습니다. 그 때문에 지나치게 비상업적이며 인간적인 결과를 초래한 것입니다. 그들은 금전이나 금융업을 금기시하고, 자본주의의 재화를 지옥불의 연료라고까지 불렀습니다. 그들은 또, 물가는 수요 공급 관계의 결과라는 경제 원칙을 철저하리만큼 무시하여, 경기의 상황을, 이웃의 곤궁을 미끼로 삼아 이용하는 비열한 착취 행위라고 배척했습니다. 그러나 그들의 눈에 더욱더 모욕적으로 비친 착취는 시간에 의한 착취로서, 시간의 흐름에 따른 프리미엄, 즉 이자를 물게 하여 만인 공동 소유인 신성한 시간을 개인적인 이익을 위해 남에게 해를 끼치면서까지 악용한다는 사실이었습니다."

"명언이로군!" 한스 카스토르프는 너무나 감격한 나머지, 세템브리니가 찬성할 때 곧잘 쓰는 말을 흉내내어 외쳤다. "시간……, 신으로부터 주어진 만인 공유의 신성한 제도……! 이것은 정말 중요한 것입니다……."

"물론이지요. 풍부한 인간성의 소유자들인 장로들에게 있어 금전의 자동적 증가란 혐오의 대상이었고, 금리적이거나 투기성이 농후한 사업은 모두 부정적인 폭리 행위라는 개념에 사로잡혀, 부유한 사람들은 모두 도둑이거나 도둑의 상속인쯤으로 생각했습니다. 더 나아가 토마스 아퀴나스가 말한 것처럼 모든 상행위(商行爲), 즉 순수한 장사라는 것은 단순히 이익을 얻기 위해서이며, 경제적인 재화의 개선이나 가공을 고려하지 않은 상거래는 부끄러워해야 할 일이라고 했습니다. 대부분의 장로들에게는 노동 그 자체에 대해서도 경시하는 풍조가 농후했습니다. 왜냐하면 노동은 단순히 윤리적인 문제일 뿐이지 신을 위한 일은 아니었기 때문이죠. 그러나 단순한 생활이나 경제를 문제로 삼는 경우에는 생산 활동이 모든 경제적 이익의 조건이 되어야 하고, 존경받을 사람인가 아닌가를 따져야 하는 척도가 돼야 한다고 주장했습니다. 따라서 장로들이 볼 때는 존경할 만한 가치가 있는 사람은 농민이나 수공업자이지, 절대로 상인이나 기계 공업가는 아니었습니다. 왜냐하면 생산은 수요에 응한 것이어야 하며, 대량 생산은 옳지 못하다고 생각했기 때문입니다. 그리하여 이러한 모든 경제 원칙과 기준은 수백년 동안 빛을 못 본 채 묻혀 있다가, 근대 공산주의 운동에 힘입어 부활되기에 이르렀습니다. 이 양자의 조화는, 국제 노동 계급이 국제 상인 계급과 투기자 계급에 대항하여 내세운 지배권 요구의 의미에 이르기까지 일치하고 있습니다. 현세계의 시민적 자본주의의 부패에 대항하여 인도주의와 신의 나라를 창조하려는 세계와도 일치하며, 무산 계급이 내세운 요구의 의미와도 일치하는 것입니다. 노동자 계급의 독재는 현대가 요구하는 정치적·경제적 구원을 위한 수단이지만, 이 무산 계급의 독재는 지배 그 자체를 목적으로 하는, 영원에 걸친 지배를 의미하는 것은 아닙니다. 그것은 십자가의 이름 아래 정신과 권력의 대립을 일시적으로 지양한다는 의의, 세계 지배라는 수단에 의해 이룩되는 세계 극복, 과도성과 초월을 의미하며, 다시 말해 신의 나라를 의미하는 것입니다. 노동자 계급에 속한 사람들은 그레고리우스 교황의 사업을 이어받아야만 할 것이며, 그레고리우스가 신에 대하여 갖고 있던 그 열정을 무산 계급 속에 계속해서 불타오르게 하여, 그들의 손에 피를 묻히는 일에 대해선 그레고리우스처럼 겁을 내거나 두려워해서는 안 될 것입니다. 무산 계급의 궁극적인 임무는 세계를 구원하는 것이며, 그 목표를 달성하기 위해 노력하는 것입니다. 그러기 위해서는 국가도 계급도 없는 신의 자식이라는 상태를 재현해야 할 것이며, 그런 뜻에서 공포 정치를 단행해야 하는 것입니다."

나프타는 열변을 토했다. 한스 카스토르프를 위시한 세 사람은 침묵을 지켰다. 한스 카스토르프와 요아힘은 세템브리니쪽으로 시선을 돌렸다. 그가 응수할 차례였다.

"놀라운 일이로군요. 그렇습니다, 정말 놀랐습니다. 꿈에도 생각지 못했던 일입니다. '로마는 말했노라!' 이 말이 어떤 뜻이었겠습니까? 나프타씨는 우리 눈앞에서 성직자적인 곡예를 해보이셨습니다. 성직자적이란 형용사가 곡예란 단어에 잘 어울리지 않는다 해도, 나프타씨는 그 잘못된 점을 한동안 지향했습니다. 아, 그렇군요! 다시 말하지만, 정말 놀라운 일이었습니다. 제가 거기에 대해 이의를 제기해도 괜찮겠습니까? '시종일관'이란 점에서 말입니다. 아까 당신이 신과 세계라는 이원론에 입각한 기독교적 개인주의에 대해 설명하시면서, 그 개인주의가 정치색을 띤 일체의 윤리성에 우선한다는 것을 우리들에게 이해시키려고 했습니다. 그렇게 말씀하시던 당신이 불과 몇 분도 안 되어 사회주의를 찬미하고, 게다가 독재와 테러까지 찬미하시다니, 이 두 가지가 과연 어떻게 조화를 이룬다는 것입니까?"

"서로 대립하는 것은 조화를 이룬다고 할 수 있습니다. 어중간한 것이나 평범한 것만이 조화를 이루지 못합니다. 아까도 말한 것처럼, 당신이 말한 개인주의란 지극히 불완전하며 타협적인 것으로, 당신의 이교도적인 국가의 도덕에다 작은 부분의 기독교와 적은 양의 개인적 권리와 작은 부분의 자유로 그 개인주의에 수정을 가한 것이라고 봐야 합니다. 그저 그 정도로밖에 해석할 수 없습니다. 이와는 반대로 비사회적이며 종교적인 개인주의——다시 말해서 개개의 영혼에는 우주적이며 점성술적인 중요성이 있다는 생각에서 출발하여, 인간의 문제를 자아와 사회의 충돌로써 체험하는 것이 아니라, 자아와 신, 육체와 정신의 충돌로써 경험하는 비사회적이며 종교적인 개인주의는 아무리 구속이 많은 공동체와도 조화를 이룰 수 있는 것입니다……."

"그것은 익명이며 공동적인 것이로군요" 한스 카스토르프가 말했다.

그러자 세템브리니가 눈을 둥그렇게 뜨고 그를 쳐다보았다. "당신은 좀 잠자코 계십시오, 기사 양반." 그는 신경질적이며 긴장된 어조로 무섭게 명령했다. "당신은 그저 묵묵히 배우기만 하고, 의견을 피력하지는 마십시오!" 그리고는 다시 나프타를 향해서 반박했다. "나프타씨, 당신이 말씀하신 것도 하나의 해답이 될 수 있겠죠. 충분히 납득할 만한 해답은 아니지만, 해답임에는 틀림없어요. 자, 그러면 그 해답에서 결론을 끌어낼 수 있는지 하나하나 검토해 봅시다. 기독교적 공산주의는 공업을 부정함으로써 기술이나 기계, 물질의 진보까지도 부정하게 되었습니다. 당신이 상인 계급이라 부른 것, 다시 말해서 고대 사회에서 농업이나 수공업보다도 더욱 높이 평가받았던 금융업이나 금전을 배격함으로써 자유마저 부정하는 것입니다. 상업을 부정함으로써 중세와 마찬가지로 공사(公私)의 관계——더 이상 입에 올리기조차 창피스럽습니다만——인격마저 분명히 토지에 얽매이게 된다는 것을 어떤 바보라도 확실히 알 수 있습니다. 인간이 오직 토지에만 의존해서 산다면, 자유 또한 토지에서만 받을 수 있다는 결론이 나오게 됩니다. 수공업자나 농부가 제아무리 훌륭한 인간이라 할지라도 토지를 소유하지 못하는 한, 토지를 소유한 자에게 예속당하지 않을 수 없게 됩니다. 사실상 중세 말까지 이어져 내려오며 도시에 살고 있던 대부분의 시민들은 노예 상태나 다름없었습니다. 당신은 조금 전까지만 하더라도 인간의 존엄성에 대해서 말씀하시더니, 지금은 개인의 자유와 존엄성을 박탈한 경제 체제의 도덕성을 변호하시는군요."

이에 대해 나프타는 이렇게 대꾸했다. "존엄과 오욕(汚辱)에 대해서는 여러 각도에서 다르게 이야기할 수 있습니다. 그러나 저는, 세템브리니씨의 말씀 중에서 자유라는 것을 단지 하나의 아름다운 제스처로 생각지 않고 하나의 진실된 문제로 받아들일 수만 있다면 오늘의 논쟁은 만족할 만하다고 여깁니다. 당신은 기독교적 도덕성이 아름다운 인간적인 것임에도 불구하고 인간을 노예화하는 것이라고 주장하시는데, 나는 그 의견에 절대 찬성할 수 없습니다. 나는 이렇게 생각합니다. 자유의 문제, 좀더 구체적으로 설명한다면 도시 문제라고도 말할 수 있겠습니다만, 이 문제가 아무리 도덕적인 극치를 이루고 있다 해도, 상업상에 도덕의 가장 비인간적인 타락, 근대 상업주의와 투기 시장의 모든 참혹함, 금전 거래에서 파생되는 악마적 지배와 역사적으로 밀접한 관계를 맺고 있다고 확신합니다.”

“나프타씨! 더 이상 회의와 이율배반만 내세우지 마십시오. 당신은 확실히 가장 추악한 반동에 가담하고 있습니다. 그러니 그것을 공언하셔야 합니다. 나는 그것을 요구하지 않을 수 없군요.”

“참된 자유와 인간성을 획득하기 위해서는 ‘반동’이란 개념을 두려워하지 않는 것이 가장 중요합니다.”

“인제 그만둡시다.” 세템브리니는 이렇게 말하면서, 앞에 놓인 찻잔과 과자 그릇을 밀쳐놓았다. 그 그릇은 이미 모두 비어 있었다. 세템브리니가 비단 소파에서 일어나며 떨리는 목소리로 말했다. “오늘의 논쟁은 이것으로 충분합니다. 오늘은 이만하면 충분하죠. 선생, 맛있는 과자와 차를 대접해 주셔서 감사합니다. 또한 의미 깊은 이야기에 대해서도 감사드립니다. 베르크호프에서 온 이 두 친구가 요양하러 가기 전에 위층에 있는 나의 암실을 보여드리고자 합니다. 자, 두 친구분, 함께 가실까요? 그럼 안녕히 계십시오, 장로님!”

세템브리니가 나프타를 느닷없이 ‘장로’라고 불렀다. 한스 카스토르프는 깜짝 놀라 눈썹을 치키면서 그 말을 마음속에 새겨 두었다. 세템브리니는 폐회를 선언하면서 사촌들에게는 입 뻥긋할 시간도 주지 않았으며, 나프타에게도 함께 가겠느냐고 물어보지도 않은 채 일어섰고, 다른 세 사람도 그것에 대해 문제삼지 않았다. 청년들이 감사의 작별 인사를 하자, 나프타는 또 찾아와달라고 당부했다. 한스 카스토르프는 세템브리니의 뒤를 서둘러 좇아가면서도, 그전에 낡고 두꺼운 장정으로 된 《인간 조건의 비참에 대하여》라는 책을 빌리는 것을 잊지 않았다. 세 사람은 다락방으로 가기 위해 사닥다리 같은 계단을 올라가, 열린 채로 있는 루카체크의 작업장을 지나쳤다. 독특한 콧수염을 기른 루카체크는, 지금도 여전히 작업대에 앉아 소매

달린 노부인의 옷을 꿰매고 있었다. 계단을 다 올라가 다다른 다락방을 자세히 들여다보니, 방이라고 부르기에는 너무나 허술했다. 지붕 덮개 뒤로는 들보가 드러나 보였으며, 곡식을 보관해 두는 헛간처럼 후끈한 공기와 햇볕에 말린 나무 냄새가 감도는 방이었다. 그래도 방은 두 개나 있었는데, 이 다락방은 공화제적 자본주의자의 거처로서 〈고뇌의 사회학〉 중 문학 부문 담당자인 세템브리니의 서재와 침실로 사용하기엔 충분했다. 세템브리니는 즐거운 표정으로 두 청년에게 방을 보여주면서 두 사람이 자신의 방을 칭찬해 주기를 기대한 듯, 자신이 직접 적절한 표현을 사용하여 두 사람에게 방에 대한 정보를 제공하려고 했다. "이 다락방은 외딴 방이라서 무척 안정감을 줍니다."

그가 이렇게 말하자, 손님들 역시 그렇다고 칭찬의 말을 아끼지 않았다.

"참 멋집니다. 당신 말씀대로 정말 안정감을 주는군요."

두 사람은 침실을 구경했다. 다락방의 한쪽 구석에는 좁고 짧은 침대가 놓여 있었고, 그 앞에는 색색가지 실로 무늬를 놓은 작은 융단이 깔려 있었다. 두 사람은 이번에는 서재를 구경했는데, 그곳 역시 침실 못지 않게 초라했다. 그러나 모든 것이 깔끔하게 정리되어 있어서 오히려 싸늘한 느낌을 주었다. 짚으로 엮어 만든 고풍스런 의자 네 개가 문 양쪽에 똑같이 배치되어 있었고, 긴의자는 벽쪽으로 길게 기대어 있었으며, 방 한가운데는 녹색 커버를 씌운 둥근 테이블이 놓여 있었다. 그 테이블엔 컵을 꼭지에 거꾸로 씌운 물병이 놓여 있었는데, 마실 물이 들어 있는 병인지 장식을 위한 병인지는 모르지만 어쨌든 초라하게 보였다. 작은 책장에는 제본이 끝난 책과 가제본의 책들이 비스듬히 세워져 있었고, 열린 창 앞에는 다리가 길고 단순한 사면(斜面) 책상이 있었고, 그 앞에는 한 사람 정도는 설 수 있는 크기의 두꺼운 펠트 융단이 깔려 있었다.

한스 카스토르프는 시험삼아 재빨리 그 책상 앞에 서보았다. 한스 카스토르프는 이곳을——세템브리니가 인간의 고뇌라는 측면에서 백과사전을 위해 문학과 씨름하는 작업장——보고 나서야 비로소, 이곳은 정말 동떨어졌기 때문에 안정을 느낄 수 있다는 것을 실감했다. 루도비코의 아버지도 일찍이 파도바의 이런 사면 책상 앞에서 날카로운 콧날을 세우고 이렇게 서 있었으리라고 상상했다. 그런데 정말로 그가 서 있던 책상은 돌아가신 할아버지께서 일하시던 책상이었으며, 짚으로 엮은 의자와 둥그런 테이블, 심지어는 물병마저 할아버지가 생전에 사용하던 것으로, 할아버지의 변호사 사무실에 장식해 놓았던 것이라는 말을 듣고 깊은 감명을 받았다. 그 의자를 보자마자 두 청년은 갑자기 정치적인 선동성을 띠는 것처럼 느껴져, 요아힘은 다리를 꼬고 무심코 앉아 있던 그 의자에서 벌떡 일어나 의혹에 찬 눈빛으로 의자의 여기저기를 두리번거리며 살피더니, 두번 다시 앉으려 하지 않았다. 그러나 한스 카스토르프는 세템브리니의 아버지가 사용했다는 높은 책상 앞에서 그의 할아버지의 정치성과 아버지의 휴머니즘을 문학과 결부시켜 보면서, 책상에 앉아서 일하는 세템브리니의 모습을 상상해 보았다. 이윽고 세 사람은 다락방에서 나왔다. 문필가는 두 청년을 베르크호프까지 배웅해 주겠다고 제의했다.

　세 사람은 한동안 아무 말 없이 걷고 있었는데, 모두들 한결같이 나프타에 대한 생각에 잠겨 있었다. 한스 카스토르프는 세템브리니가 말을 꺼낼 때까지 침묵을 지키며 기다리고 있었다. 세템브리니가 분명히 같은 하숙인인 나프타에 대해 먼저 이야기를 꺼내리라는 것, 그것을 목적으로 그들을 배웅하러 나온 게 아닐까 하고 생각했기 때문이다. 한스 카스토르프의 예상은 적중했다. 마치 스타트를 끊듯이 숨을 깊이 들이쉰 뒤, 이탈리아인은 다음과 같이 말을 꺼냈다. "여러분, 나는 여러분에게 경고하고자 합니다."

　세템브리니가 갑자기 말머리를 끊어서, 한스 카스토르프는 자연스럽게 놀란 표정을 지으며 물었다. "무엇을 말입니까?" 그는 '누구'라는 인칭대명사를 사용해서 물을 수도 있었지만, 완벽한 순진성을 나타내기 위해 일부러 비인칭 형식을 취했던 것이다. 세템브리니가 말하고자 하는 경고의 의미에 대해서는, 한스 카스토르프뿐만 아니라 요아힘도 분명히 알고 있었다.

"우리가 방금 방문한 사람에 대해서 말입니다. 내가 본의 아니게 두 분에게 소개한 그 인물 말입니다. 아시다시피, 우연히 그렇게 된 것이라서 어쩔 수 없는 일이긴 합니다만, 나는 책임을 통감할 뿐만 아니라 몹시 후회하고 있습니다. 그런 사람과의 교제가 아직 젊은 당신들에게 얼마만큼의 정신적인 위험 부담을 느끼게 할 것인가에 대해 조금이라도 빨리 당신들에게 경고해야 할 의무가 있으며, 교제를 하되 위험하지 않은 범위 내에서 이뤄지도록 경계하는 것이 나의 임무라고 생각한 것입니다. 그의 말은 표면적으로는 무척 논리적으로 들리지만, 본질은 혼돈 그 자체니까요."

"그 말씀을 듣고 보니 확실히 그런 것 같군요. 사실 나프타씨의 말을 듣고 있노라면 다소 불쾌한 점이 없지 않고, 가끔 기묘한 느낌을 받기도 합니다. 마치 태양이 지구 주위를 돌고 있다는 원칙을 세워놓고 주장하려는 것 같이 들리기까지 하니까요. 그렇지만 세템브리니씨의 친구인 나프타씨와의 사회적 교제를 현명하지 못하다고 생각할 수 있겠습니까? 세템브리니씨 말씀대로 우리는 당신 소개로 나프타씨를 알게 되었고, 당신과 함께 그를 만났습니다. 당신은 나프타씨와 같이 산책도 하고, 가벼운 마음으로 나프타씨의 방을 방문하여 차도 마시곤 하잖습니까. 그것은 즉……."

"그렇습니다, 기사 양반. 물론 그렇긴 합니다만……." 세템브리니는 한스 카스토르프의 말을 가로막으면서 체념한 듯 부드러운 어조로 말했으나, 목소리가 약간 떨려 나왔다. "당신이 그렇게 말씀하시는 것도 당연하지요. 좋습니다, 기꺼이 대답해 드리지요. 나는 나프타씨와 한 지붕 밑에 살고 있기 때문에, 얼굴을 마주치지 않을 수 없는 형편입니다. 그래서 할 수 없이 여러 가지 이야기를 나누며 가까이 지내고 있습니다. 나프타씨의 두뇌는 명석합니다. 참으로 뛰어납니다. 나도 나프타씨도 토론을 무척 좋아해요. 나를 비난해도 어쩔 수는 없지만, 나는 언제나 대등한 논적에게 관심상의 칼을 겨눌 수 있는 기회를 절대로 놓치지 않고 이용하고 있습니다. 나는 여기서

이 사람 말고 단 한 사람도…… 당신 말씀대로 나는 그를 방문하고, 그는 나를 방문합니다. 우리는 늘 산책도 함께 하지요. 그리고 우리는 거의 날마다 피를 토하다시피 논쟁하기는 하지만, 솔직히 말씀드려서, 그가 내 생각과 대립되는 생각을 갖고 있다는 이유 때문에 말을 주고받고 싶은 욕망을 느낍니다. 나는 자극이 필요한 인간입니다. 사상적인 신념이란, 논쟁의 기회를 잃어버리면 계속 유지될 수 없습니다. 논쟁을 하면 할수록 나의 신념은 더욱 확고해지고 단단해집니다. 당신은 자신에 대해서 같은 것을 주장할 수 있는 이론적인 무장을 하고 있습니까, 소위님? 그리고 기사 양반 당신도요? 당신들은 지적인 기만에 대해선 완전히 무방비 상태여서, 반은 광신적이고 반은 악의에 찬 나프타의 궤변에 감동되어 당신들의 정신과 영혼은 해를 입게 될 위험에 처해 있습니다.”

“그렇습니다, 그래요, 당신 말씀이 맞을지도 모릅니다. 사촌이나 나나 위험에 처해 있을지도 몰라요. 다시 말해서 인생의 골칫거리 자식이란 뜻이지요. 그 점은 나도 잘 알고 있습니다. 그러나 당신도 아시다시피, 거기에 대해서는 페트라르카의 잠언을 이용하는 편이 적절할 것입니다. 아무튼 나프타씨의 이야기는 경청할 만한 가치가 충분하다고 말씀드리지 않을 수 없군요. 이것은 공평하게 말해서 인정해야 합니다. 예를 들어 시간의 경과를 이용하여 이득을 취하고자 해서는 안 된다는 공산주의적 입장에서의 발언은 극히 훌륭한 것이었고, 교육에 대한 발언 또한 흥미 깊게 들을 만했지요. 나프타씨가 아니라면, 그런 이야기를 들려줄 수 있는 사람은 아마 없을 겁니다…….”

세템브리니는 그 얘기를 듣고 입술을 꽉 깨물었다. 그것을 본 한스 카스토르프는 당황하여 말을 계속하지 않을 수 없었다——물론 나 자신으로서는 결코 어느 쪽을 편들 수 있는 입장이 아니다. 단지 나프타씨가 청년들의 기쁨에 대해 말한 부분은 들을 만한 가치가 있다고 느꼈을 뿐이라고 덧붙였다. “그건 그렇고 한 가지만 설명해 주십시오! 이 나프타라는 사람…… 제가 굳이 '이 나프타란 사람'이란 표현을 쓴 것은, 그에게 무조건적인 호감을 가진 게 아니라, 오히려 내심으로는 그 인물에 대해 아주 냉담한 태도를 취하고 있음을 알리고 싶기 때문입니다.”

“그건 참 좋은 태도군요!” 세템브리니가 기쁜 듯이 말했다.

“……그런데 그는, 소위 국가의 영혼이라고 일컫는 금전에 대해서 여러 가지 악담을 퍼붓고, 사유 재산을 절도라고까지 비난하더군요. 요컨대 자본주의의 부를 비난하여 지옥불의 연료로 비유했습니다.——내 생각이 틀리지 않았다면, 그런 식으로 금전에 대해 한바탕 비난을 늘어놓더니, 중세의 이자 금지책에 대해서는 극찬을, 최상의 극찬을 아끼지 않더군요. 그러나 나프타씨 자신은…… 그의 방에 들어가 보면 정말 눈이 휘둥그레지고 맙니다. 어디나 화려한 비단투성이로…….”

“그래요, 그의 특성을 잘 나타내는 취미입니다” 세템브리니는 미소를 지으면서 덧붙였다.

“그 호화스런 고가구, 14세기의 피에타, 베니스제 샹들리에, 제복 차림의 사환——게다가 초콜릿이 박힌 피라미드 모양의 케이크도 실컷 먹을 수 있으니……, 그 자신은 아마도…….” 한스 카스토르프는 생각나는 대로 이것저것 중얼거렸다.

“나프타씨는 개인적으로는 나처럼 가난하며, 가진 것도 없습니다.”

“그러나…… 이제는 ‘그러나’라고 해도 무리가 아니겠지요, 세템브리니씨?”

“그들은 그들의 동지를 굶어 죽게 내버려 두진 않습니다.”

“그들이라뇨? 그들이란 도대체 누굽니까?”

“장로들 말입니다.”

“장로? 장로?”

“그렇습니다, 기사 양반. 예수회 회원들 말입니다.”

한동안 침묵이 흘렀다. 사촌들은 완전히 놀라고 말았다. 갑자기 한스 카스토르프가 큰 소리로 외쳤다. "맙소사, 그럴 수가! 그가 예수회 회원이란 말입니까?"

"그렇습니다." 세템브리니가 점잔빼며 대답했다.

"아니 그럴 수가! 나는 꿈에도……. 누가 그러리라 짐작이나 했겠습니까? 그래서 아까 '장로'라는 호칭을 쓰셨군요!"

"그건 정중하게 대하기 위한 과장된 칭호였지요. 나프타씨는 장로가 아닙니다. 현재로서는 병때문에 장로가 될 수 없어요. 그러나 수련 기간을 마치고 막 서원(誓願)을 끝내려던 참이었지요. 그런데 병때문에 부득이 신학 공부를 중단할 수밖에 없었습니다. 그러나 병을 앓으면서도 2,3년 동안 수도회 소속 기관의 젊은 학생들을 감독하는 학생감(學生監) 일을 계속 맡아 왔었지요. 그 일은 그의 교육자적인 적성에 딱 맞는 것이었습니다. 여기에 와서도 프리드리히 대왕 학교에서 라틴어를 가르치면서 자신의 생활을 만족스럽게 보내고 있지요. 이곳으로 온 지가 벌써 5년이나 됩니다만, 언제 어떻게 될지, 과연 떠날 수 있을지에 대해선 분명치 않습니다. 그러나 그가 예수회 회원으로서 예수회와의 관계가 허술해졌다 하더라도, 어디에 있든 생활만큼은 자연스럽지 못한 것 같아요. 내가 아까 이런 말을 했죠? 그는 개인적으로는 가난하며, 가진 것도 없다고 말입니다. 물론 이것은 사실입니다. 바로 예수회의 규약 때문이지요. 그렇지만 예수회라는 단체는 막대한 자산을 소유하기 때문에, 당신들도 보셨다시피 회원들의 생활은 철저히 보장해 주고 있답니다."

"이거 정말, 전혀 몰랐던 일인데요. 뿐만 아니라 생각조차 해보지 못했습니다! 예수회 회원이라뇨, 정말입니까? 그러면 한 가지 물어볼 것이 있습니다. 나프타씨가 예수회로부터 그토록 풍족한 생활을 보장받고 있다면 왜 그런……. 물론 당신들의 집을 나쁘다고 말하는 것은 아닙니다. 세템브리니씨, 루카체크네 가게에 있는 당신의 거처는 매우 훌륭합니다. 동떨어져 있어서 안락하며, 무엇보다도 안정감을 줍니다. 내가 말하고 싶은 것은, 나프타씨의 주머니가 그렇게 풍족하다면——아주 허심탄회하게 말씀드리겠습니다만——왜 좀더 훌륭하고 넓은 계단이 있는 방과 좀더 좋은 집에 거처를 마련하지 않는 것입니까? 무언가 비밀이 있을 듯한데요. 그런 움집 같은 방에서 지내며 비단으로 치장하다니……."

세템브리니가 어깨를 으쓱했다.

"그가 그렇게 사는 것은, 체면과 그의 취미 때문일 것입니다. 움집 같은 방에서 거처하며, 거기서 부족한 것은 생활 방식으로 보충하는 것 말입니다. 그렇게 함으로써 그의 반자본주의적 양심을 수정하고 있는 것이라 추측됩니다. 그리고 체면이란 것도 생각해야 되겠지요. 뒷구멍으로 악마가 도와주고 있다는 사실에 대해선 어느 누구도 떠벌리지 않을 테니까요. 정문은 최대한 검소하게 해놓고, 방안은 화려한 비단으로 치장하려는 성직자의 취미를 십분 발휘한 것이지요……."

"정말 놀랍습니다. 솔직히 말씀드려서, 제게는 정말 처음 겪는 일이라 그런지, 충격적인 요소가 너무나 많군요. 우리가 그런 인물에 대해 알게 된 것에 진심으로 감사드립니다. 세템브리니씨, 우리는 이제부터 가끔 그곳을 방문하고자 하는데, 어떻게 생각하십니까? 이것은 정말 좋은 기회라 생각합니다. 이러한 교제는 예측할 수 없을 정도로 시야를 넓혀 줌으로써, 이런 것이 있었나 할 정도로 깜짝 놀랄 세계를 보여 줄 것입니다. '진짜' 예수회 회원! 방금 '진짜'라고 말했습니다만, 그 섬광처럼 번쩍인 내 머리 속의 생각을 지금부터 입 밖에 내어 표현하고 싶었기 때문입니다. '저 인물이 과연 진짜일까'라는 생각을 정말 안 할 수가 없군요. 뒷구멍으로 악마의 도움을 받은 인간이 진짜일 수 없다고 말씀하신 것에 대해서도 이해할 수 있습니다. 그는 진짜 놀란 듯한 표정으로 말을 계속했다. 그러나 나의 질문은 바로 이것입니다——그가 과연 '진짜 예수회 회원'일까 하는, 이것이 내 머리 속을 섬광처럼 스친 의문입니다. 그는 여러 가지 견해를 피력했습니다. 내가 어떤 의미의 견해를 지적하는 것인가는 이미 말씀드린 대로입니다——근대 공산주의라든지, 손에 피를 묻히는 것을 두려워해서는 안 된다는 무산계급의 광신적인 신앙에 대해 여러 가지 견해를 밝혔는데, 난 새삼스럽게 거기에 대해 이러쿵저러쿵 말하고 싶지는 않습니다. 그러나 거기에 비교해 본다면, 당신의 할아버지——시민의 창을 가진 당신의 할아버지는 정말 온순한 어린양이라고 봐야 하겠습니다. 이런 표현을 쓰는 것을 용서하시길 바랍니다. 도대체 그는 이래도 괜찮다는 말입니까? 윗사람의 승인을 얻어 그런 일을 하는 것일까요? 내가 알기로는, 예수회는 온 세계에 퍼져 로마 카톨릭을 위해 책동하고 있다는데, 로마 카톨릭과 그의 생각은 양립할 수 있는 걸까요? 그것은 뭐랄까, 이단적이고 탈선적이며 불순한 것이 아닐까요? 나프타씨에 대한 제 생각은 이러한데, 이 점에 대해 당신은 어떻게 생각하십니까?"

세템브리니가 빙그레 웃었다.

"아주 간단합니다. 나프타씨는 분명히 예수회 회원입니다. 거짓이 아닌 진짜 회원 말입니다. 또한 그는 지성인입니다. 그렇지 않다면 나는 그와 교제하지 않았을 것입니다. 그 때문에 그는 늘 관념의 새로운 결합, 새로운 적응, 새로운 관계, 시대에 어울리는 변화 등을 추구하고 있지요. 당신도 보시지 않았습니까? 나도 오늘 그가 전개한 이론에 깜짝 놀랐습니다. 여지껏 그토록 구체적인 문제까지 깊숙이 토론해 본 적이 없었거든요. 당신들이 듣고 있다는 사실이 그에게 어떤 영향을 분명히 미치리라는 사실을 이용하여 그를 자극함으로써, 어떤 면에서 그가 결정적인 말을 토로하도록 화제를 끌고 나갔던 것이죠. 그러나 그 결정적인 말이라는 게 정말 희한하며 몸서리나는 것이었습니다……."

"그렇습니다. 그런데 그는 왜 장로가 되지 않았습니까? 나이를 따져본다면 벌써 장로가 되고도 남았을 텐데요."

"아까 말씀드렸잖습니까? 병때문에 당분간 장로가 될 수 없다고요."

"아, 그렇군요. 그렇지만 이렇게도 생각해 볼 수 있지 않습니까? 첫째 그는 예수회 회원이고, 둘째로는 총명하여 여러 가지 사상의 배합을 좋아하니까, 이 둘째는 그의 병과 어떤 관계가 있다고 생각되지 않습니까?"

"그건 또 무슨 말입니까?"

"아니 아니, 아무것도 아닙니다. 세템브리니씨, 제가 생각하기로는, 그의 침윤 부분 때문에 장로가 될 수 없었던 것이 아닌가 합니다. 또 그의 사상 배합 취미와 그의 침윤 부분과는 어느 정도 연관성이 있을 것이라고 생각합니다. 그도 그 나름대로 인생의 골칫거리 자식, '침윤 부분을 가진 순수한 예수회 회원'이 아닐까요?"

그러는 사이에 세 사람은 요양소에 도착했는데, 지난 만남에서 줄곧 해온, 집에서 나눈 이야기를 하면서 현관 앞에 서 있었고, 그때 거기서 서성거리던 몇몇 환자들이, 세 사람이 수군거리고 있는 것을 바라보았다. 세템브리니는 마무리를 지으려고 말을 꺼냈다. "다시 한 번 말씀드리거니와, 젊은이들에게 경고하겠습니다. 이것을 기화로 젊은이들 특유의 호기심을 발휘하여 이 이후로도 계속 교제를 원하신다면, 나로서는 절대로 그것을 금할 권리는 없습니다. 그러나 그와 대화하고자 할 때는 경계하는 마음과 정신으로 자신들을 단단히 무장시킨 후에, 결코 비판적인 저항을 게을리하지 마십시오. 나프타씨는, 단적으로 말해서 음탕한 사나이입니다."

두 청년은 눈살을 찌푸렸다. 이윽고 한스 카스토르프가 입을 열었다. "그가…… 뭐라고요? 그러나 그는 분명히 예수회 회원이 아닙니까? 그 예수회 회원이 되기 위해서는 어떤 일정한 선서를 해야 한다고 들었는데요. 게다가 그는 굉장히 작고 허약하잖습니까……."

"어리석은 소리 마십시오, 기사 양반. 그것은 신체의 허약함과는 아무 관계가 없습니다. 그리고 선서에도 분명 예외가 있습니다. 그러나 내가 말한 것은, 정신적인 의미에서 얘기한 것입니다. 당신도 차츰 이해하리라 생각되는, 넓은 의미에서 한 말이죠. 당신이 아직도 기억하고 있는지 모르겠습니다만, 내가 언젠가 당신 방을 찾아갔을 때——조금 오래 전의 일입니다.——당신은 뢴트겐 사진 결과에 의해 침대 생활이 마침 끝날 무렵이었습니다……."

"기억하다마다요. 어제 일같이 생생하게 기억하고 있습니다. 당신은 황혼에 물든 방으로 들어오셔서 전등을 켰지요……."

"맞아요. 그때 우리 사이에 가끔 있었던 일입니다만, 우리는 다행스럽게도 고상한 문제에 대해 이야기를 나누고 있었지요. 삶과 죽음에 대해 이야기했고, 삶의 조건이자 부속물로서의 죽음이 가진 존엄성에 대해서, 정신이 불쌍하게도 그런 죽음을 하나의 독립된 원리로서 떼어놓을 경우에 발생하는, 죽음이 갖게 되는 추악함에 대해 이야기했었지요. 그러므로 여러분!" 여기서 그는 갑작스레 두 청년에게 다가서서 왼쪽 엄지손가락과 가운뎃손가락으로 포크 모양을 만들었다가, 다시 오른손 집게손가락을 세우고 경고하듯이 두 사람의 주의를 환기시켰다. "……분명히 마음에 새겨 두십시오. 주권자는 바로 정신입니다. 정신의 의지는 자유이며, 정신은 윤리적 세계의 결정자인 셈입니다. 정신이 죽음과 삶을 이원적으로 분리하게 된다면, 죽음은 그 정신의 의지로 말미암아 사실상 실제가 됩니다. 죽음은 삶에 대한 독립된 힘, 삶에 대립하는 원리를 가진 무서운 유혹의 힘으로 돌변하여, 죽음의 세계는 바로 음탕한 세계가 되어버리는 것입니다. 왜 음탕한 세계인지 묻고 싶겠지요? 대답해 드리겠습니다. 죽음은, 분해되면 해방되기 때문입니다. 죽음은 바로 해방입니다. 죽음이란, 관습이나 윤리를 분해시키고 규율과 절도에서 해방시켜, 음탕이란 구렁텅이에 빠지게 하는 자유를 줍니다. 내가 본의 아니게 소개한 인물에 대해 경계할 것을 간청하고, 그와 교제할 때는 반드시 비판 정신을 갖고 단단히 무장할 것을 당부한 것은, 그의 사상이 모두 음탕한 성격을 띠고 있기 때문입니다. 왜냐하면 그의 사상은 모두 죽음의 비호를 받고 있기 때문이죠. 언젠가도 한번 말한 적이 있습니다만, 방종하기 이를 데 없는 그 죽음의 지배하에 있기 때문입니다. 나는 지금도 그 당시 내가 했던 말을, 기회를 보아 말한, 중요하며 아주 적절한 말을 모두 기억하고 있습니다. 죽음은 문화, 진보, 일, 생명, 이런 것에 대립하고 있습니다. 그렇기 때문에 교육자들의 가장 중요한 임무는, 바로 이러한 죽음의 숨결에서 젊은이들의 영혼을 지키는 것입니다.”

세템브리니는 절대로 이보다 더욱 훌륭하고 명쾌하게, 또한 이처럼 설득력 있고 완벽하게 이야기할 수는 없을 것이다. 한스 카스토르프와 요아힘 침센은 그의 충고에 진심으로 감사를 표하고, 작별 인사를 한 후 베르크호프의 현관으로 들어갔다. 한편 세템브리니는, 비단으로 치장한, 나프타의 어두컴컴한 방 바로 위층에 있는 자신의 다락방에 자리한 휴머니스트의 책상으로 돌아갔다. 이상이 한스 카스토르프와 요아힘이 첫번째로 나프타를 방문한 내력이었다. 그 후로 두세 번쯤 나프타를 방문했으며, 한 번은 세템브리니가 동석하지 않은 채 만나기도 했다. 이러한 방문에 대한 회상은, 한스 카스토르프가 푸른 꽃이 만발해 있는 자신만의 은신처에 앉아서 마음에 떠올리는 고귀한 인간상, 즉 신의 아들인 인간을 생각하면서 ‘술래잡기’를 하기 위한 훌륭한 명상의 대상이 되는 것이었다.

분노, 그리고 더 서글픈 일

8월이 되었다. 그리고 다행히도 우리의 주인공이 이 위에 도착한 기념일 또한 8월 초에 슬그머니 지나가고 말았다. 그날이 슬그머니 지나갔다고 했는데, 그것은 정말 다행스런 일이 아닐 수 없었다. 한스 카스토르프에게는 웬일인지 그날이 다가온다는 사실이 참을 수 없이 불쾌하게 느껴졌기 때문이다. 많은 사람의 경우, 이런 느낌을 갖는다는 것은 지극히 당연한 일이었다. 어느 누구도 이 위에 도착한 날을 기억해내고 싶어하지 않았으며, 1년 또는 1년 이상씩 이 위에 머무르게 된 사람들 역시 그날을 기억하려 하지 않았다. 평상시에는 축제나 축배를 들 만한 구실을 만들 기회가 생기기가 무섭게 하나라도 놓칠세라 열심히 기억했으며, 1년이라는 리듬과 맥박에 얹혀 다가오는 일반적인 큰 행사에도 되도록 많은 개인적인 기념일이 추가되었었다. 생일이나 종합 진찰, 심지어는 자포자기에서 자기 나름대로 상상한 퇴원 날짜나 정식 퇴원, 그 밖에 어떤 사건이든 이를 기념하기 위해 레스토랑에 모여 푸짐한 요리와 샴페인을 터뜨리며 요란하게 즐겼지만, 그 반면 유독 이 위의 도착 기념일만큼은 말없이 조용히 보내면서, 아주 잊은 채 지나치는 일마저 생기게 되었다. 요컨대 본인 이외의 다른 사람이 그날을 정확하게 기억할 수 없다는 것만은 분명한 일이었다.

모든 사람이 시간의 흐름에 대해서는 존경심을 품고 있었기 때문에 캘린더적 순환, 외부적인 반복에 대해서는 늘 주의를 기울이고 있었지만, 그 외에 주어진 공간과 결부된 각자의 시간, 즉 개인적인 시간에 대해 따지고 계산해 보는 것은 단기 체류자나 신참자에게만 가능할 뿐, 정주자들은 시간의 흐름에 대해서는 무감각해진 채 모르는 사이에 흘러가버리는 영원한 시간, 즉 ‘10년이 하루처럼’ 지나가는 것을 좋아했다. 그리고 다른 사람들 역시 자기와 똑같은 기분일 것이라고 이해해 주고 있었다. 어느 누구에게든지 그 사람이 이 위에 체류하게 된 것이 오늘로 만 3년째 되는 날이라고 일러주는 것은 매우 실례되고 잔인한 일이었다. 그러한 일은 절대로 일어나서는 안 될 일이었다. 다른 일에는 주책없고 잦은 실수를 저지르곤 하는 슈퇴어 부인도 이 점에 대해서는 매우 분명했고 세련되어, 그녀가 비록 환자이고 열이 높으며 교양 없는 사람이라 하더라도 그런 실수만큼은 저지르지 않았다. 그녀는 요즘에도 식탁에 앉아서 그녀의 폐엽의 침윤을 습윤이라고 표현하여 사람들의 주의를 끌었고, 역사에 관한 것이 화제에 오르면 역사 연대야말로 자기가 가장 자신하는 부분이라고 자랑하여 사람들을 깜짝 놀라게 했다. 그런 말을 서슴지 않고 하던 그녀도, 2월에 있었던 요아힘의 도착 기념일을 상기시키는 짓은 하지 않았다. 물론 그녀 자신은 그날을 틀림없이 기억하고 있을 것이다. 그녀의 가엾은 머리 속은 늘 쓸데없는 날짜나 하찮은 사건으로 가득 차 있었고, 또 남을 대신해서 계산하는 일을 매우 좋아했으나, 주위의 관습에 얽매여 잠자코 있어야만 했다.

한스 카스토르프의 도착 기념일에 대해서도 마찬가지였다. 슈퇴어 부인은 식탁에 앉아서 한스에게 의미심장한 눈빛을 던져보았으나, 한스 카스토르프가 그 눈짓을 무표정하게 흘려버렸기 때문에 그녀는 얼른 그런 생각을 지워버리고 말았다. 요아힘 역시 한스 카스토르프에게 1년이 되었다는 말은 하지 않았어도, 이 위로 자신을 방문하러 온 그를 '마을' 역으로 마중나갔던 날은 분명히 기억하고 있었을 것이다. 그러나 요아힘은 천성적으로 말이 없는 사람이어서, 그 점에 있어서는 한스 카스토르프가 적어도 이 위에서 말이 많아지게 된 것과도 비교할 수 없었고, 두 사람의 친구가 된 휴머니스트 세템브리니의 수다와도 전혀 비교할 수 없었다. 그런데 말없는 요아힘이 얼마 전부터는 이상스럽게 더욱 말이 없어졌고, 아주 눈에 띌 정도로 말수가 줄어들어, 입을 벌려 말한다 해도 한두 마디 떠듬떠듬 중얼거릴 정도였다. 그러나 그의 표정은 무언가를 깊이 생각하고 있는 것 같았으며, '마을' 역을 마중이나 도착하는 장소 이외의 어떤 다른 의미로 생각하기 시작했음에 틀림없었다. 그는 평지와 편지 왕래를 자주 하고 있었다. 그의 머리 속은 비밀스런 결심으로 가득 차 있었고, 그가 조심스럽게 시작한 준비 공작은 이미 막바지에 다다른 것 같았다.

7월은 따스하고 무척 청명한 날이 계속되었다. 그러나 8월로 접어들면서 날씨가 돌변하여 음산하고 습기차서 눈 섞인 비가 뿌리기 시작했다. 드디어 그것은 눈으로 변하고 이따금 여름 날씨 같은 맑은 날도 섞어가면서 우중충한 날은 8월 말에서 9월 초까지 계속되었다. 방안의 온도는 10도 정도로 유지되었고, 며칠 전까지의 여름 같은 날씨 덕분에 그럭저럭 따뜻하게 지낼 수 있었으나, 그날부터 갈수록 추워졌다. 환자들은 눈발이 골짜기를 덮기 시작하자 모두들 기뻐했다. 아무리 추워져도 골짜기에 덮이는 눈을 확인하지 않으면 사무국 사람들은 절대로 스팀을 넣어 주지 않았기 때문이다. 처음에는 식당에만 넣어 주었고, 그 다음엔 각방에 스팀을 넣었다. 환자들은 안정 요양이 끝나기가 바쁘게 두 장의 담요를 벗어버리고 발코니에서 방으로 들어가, 차갑게 언 손을 따뜻한 스팀관에 대고 녹이곤 했다. 그렇지만 스팀 때문에 건조해진 방안 공기로 두 볼이 더욱 상기되었다.

벌써 겨울이라니? 감각적으로 느끼는 것으로는 그런 인상을 떨쳐버릴 수 없었다. 환자들은 이곳의 자연적·인위적인 영향을 받아 사실상 정신적으로 많은 시간을 허비한 탓인지, 자기 스스로가 자신을 속여 여름을 빼앗겼다고 생각했다. 그럼에도 불구하고 '여름을 누군가에게 도둑맞았다'며 불평불만이 대단하면서도 마음 한구석으로는 좋은 가을 날씨를 기대하고 있었다. 태양의 고도(高度)가 이미 낮아졌고 일몰 시간이 어느새 빨라진 것을 생각지 않는다면, 여름이라고 불러도 지나치지 않을 따뜻하고 화창한 날이 계속되리라고 기대할 만했다. 그러나 이런 터무니없는 위안보다 바깥 겨울 풍경을 바라보며 느끼는 기분의 영향은 훨씬 강한 것이었다. 사람들은 발코니로 통하는 문을 닫고 그 뒤에 기대 선 채, 몰아치는 눈보라를 견딜 수 없는 듯한 표정으로 쳐다보았다. 요아힘도 그런 사람들 중의 하나였다. 그는 목이 메어 중얼거렸다. "또 시작이로군."

한스 카스토르프는 요아힘의 등뒤에 서서 대꾸했다. "아직은 좀 이른 것 같은데. 물론 결정적인 것은 아니겠지만, 본격적으로 겨울이 시작된 것 같은 광경을 보이고 있군. 음산한 날씨와 눈, 추위와 따뜻한 스팀관 등이 겨울의 전령이라면, 인제는 더 이상 부정할 수 없는 겨울이로군. 바로 얼마 전까지만 해도 겨울이 계속되어 간신히 해빙의 계절이 끝났다고 생각했는데 말야. 그걸 생각하면 갑자기 기분이 이상해지는 것 같아. 그래, 인간의 생명욕에 대한 갑작스런 타격이야. 그 점에 대해 자세히 설명해 주지. 나는 이렇게 생각해. 이 세계는, 평범한 인간의 욕망을 채워 주기에 적합하도록, 그리고 또 인간의 생명욕에도 적합하도록 만들어져 있다고 봐. 이건 누구라도 인정해야 할 거야. 자연의 질서——지구의 크기나 지구의 자전이나 공전

시간, 하루의 개념이나 4계절의 변화 등——를 우주의 리듬이라고도 할 수 있겠지. 그런 것이 모두 우리가 바라는 대로 만들어졌다고는 생각할 수 없어. 그런 일은 뻔뻔스럽고 어리석은 것일 테니까 말이야. 소위 사상가들이 말하는 목적론이라고 봐도 무방할 거야. 그러나 자연의 근본 법칙은 고맙게도 우리의 요구와 딱 맞아떨어지는 것이 사실이야. '고맙게도'라는 것은, 신에게 진심으로 감사드릴 만한 사실이기 때문이야——그리고 평지에 여름이 찾아오고 겨울이 찾아오면, 그전의 여름이나 겨울이라는 계절을 이미 만족할 만큼 느꼈으니 가장 적절한 시기에 또 다른 계절이 다가오는 것이라 느끼고, 이번의 계절이 여름이든 겨울이든 신선하고 고맙게 느껴지게 마련이야. 그리고 그 때문에 생명을 느끼게 되는 것이지. 그런데 이 위에서는 그러한 질서의 조화가 깨져 있어. 첫째로 너도 언젠가 말했다시피 이곳에는 사계절다운 사계절이 없고 여름 같은 날과 겨울 같은 날이 아무렇게나 뒤섞여 있을 뿐이고, 둘째로 여기서 느낄 수 있는 시간의 흐름은 시간이라고 느껴지지 않기 때문에 새로운 겨울조차 조금도 신선함을 주지 않을 뿐만 아니라 오히려 늘 똑같은 겨울처럼 느껴지게 되는 거야. 그러니 네가 지금 창밖을 내다보며 불만을 토로하는 것도 충분히 이해할 수 있어."

"고맙군. 너는 아마 그렇게 설명함으로써 만족을 느끼는 모양이지? 무엇보다도 상황 그 자체에 만족해하는 것 같아. 하지만 그것은……. 아니야, 그만두겠어. 모든 것이 치사하고 구역날 정도로 싫어. 만약 네가 아직도……. 그러나 난……." 그러고는 요아힘은 빠른 걸음으로 방을 나와 문을 거칠게 닫았다. 한스 카스토르프가 잘못 본 것이 아니라면, 그의 아름답고 부드러운 눈에는 눈물이 고여 있었다.

뒤에 남은 한스 카스토르프는 당황했다. 그는, 요아힘이 비장한 결심을 공공연하게 입밖에 내어 말하는 한, 그것을 곧이곧대로 받아들일 수가 없었다. 그러나 요아힘의 얼굴에서 결심에 대한 비장함을 보는 순간, 그리고 지금과 같은 태도를 보는 순간, 이 군인이 자기의 결심을 실행에 옮길지도 모른다는 것을 확실히 느끼게 되어 깜짝 놀라고 말았다. 그는 아주 새파랗게 질릴 정도로 놀랐지만, 그것도 그 자신과 사촌을 함께 생각한 데서 온 놀라움이었다. "그이는 아마 죽을 거예요"라고 하던 소샤 부인의 말이 생각났다. 소샤 부인도 분명 다른 사람으로부터 들은 말이겠지만, 한 번도 잊은 적이 없는 그 의혹의 고통이 되살아났다. '요아힘이 과연 나를 이 위에 홀로 남겨 둔 채 떠날 수 있을까? 요아힘을 방문하기 위해 이 위에 온 나를?' 그러고는 자기 자신에게 타일렀다. 그것은 너무나 어리석고 무서운 일이었다. 너무 긴장해서 얼굴이 새파래지고 심장도 마구 뛰었다. '만약 혼자 이곳에 남게 된다면…… 요아힘이 정말 출발한다면 나는 외톨이가 되는 수밖에 없었다. 요아힘과 함께 출발한다는 것은 도저히 상상조차 할 수 없는데…… 그렇게 된다면……. 생각만 해도 숨이 막힐 것 같다. 만약 그렇게 된다면 영원히 이곳에 남게 되어, 평지로 돌아갈 희망은 완전히 잃어버리고 말 것이다.'

한스 카스토르프는 초조했다. 그러나 그날 오후 그 일의 추이에 관해서 확실한 것을 알게 되었다. 이미 주사위는 던져진 것이었고, 요아힘은 최후통첩을 들이밀면서 갑작스레 결정을 내려버렸다.

차를 마시고 나서 요아힘과 한스 카스토르프는 매달 정기적으로 받는 진찰을 받으러 지하실로 내려갔다. 9월 초였다. 스팀으로 건조해진 지하실로 들어가니 닥터 크로코프스키는 사무용 책상 앞에 앉아 있었고, 고문관은 창백한 얼굴로 팔짱을 낀 채 벽에 기대 청진기로 어깨를 두드리고 있었다. 그는 천장을 올려다보며 하품했다. "안녕하십니까, 여러분?" 하고, 그는 맥빠진 듯한 목소리로 인사했다. 그는 무기력하고 우울했으며, 모든 것에 흥미를 잃은 것처럼 보였다. 아마 담배를 너무 많이 피운 탓인지도 모른다. 그러나 사실은 불쾌한 일도 겹쳐 있었다. 그 불쾌한 일에 대해서는 두 청년도 이미 들어 알고 있는, 병원 내의 흔해빠진 사건 가운데 하나였다.

재작년 8월에 이 요양소에 에미 놀팅이라는 젊은 아가씨가 입원한 적이 있었다. 그녀는 입원한 지 6개월만에 완쾌되어 집에 돌아갔는데, '기분이 좋지 않다'는 이유로 지난해 9월이 가기도 전에 다시 이곳에 올라왔다. 올 2월에 아무런 이상이 발견되지 않자 평지로 되돌아갔는데, 웬일인지 1월 중순부터 일티스 부인의 식탁에 옛날처럼 모습을 나타냈다. 바로 그 문제의 여자가 오전 1시에 폴리프락시오스라는 환자와 함께 그녀의 방에 있다가 발각된 것이다. 폴리프락시오스는 그리스 태생의 젊은 화학자로서 사육제 밤에 멋진 두 다리로 유명해졌는데, 그의 아버지는 피레우스에서 염료 공장을 경영하고 있었다. 오전 1시에 그 현장을 목격한 사람은 다름 아닌 바로 질투심에 불타는, 에미와 동성애 관계에 있는 여자 친구였다. 그녀는 폴리프락시오스의 방과 같은 통로에 있는 에미의 방으로 몰래 들어갔다가 그 장면을 보고는 끓어오르는 질투와 분노를 참지 못해 괴성을 지른 것이다. 그 바람에 위아래 모든 병동에 소동을 일으켜, 그들의 스캔들이 모든 사람들에게 알려져버렸다. 베렌스는 이 세 사람——아테네인, 놀팅, 질투에 눈이 어두워 체면도 부끄러움도 잊은 여자 친구——에게 추방령을 내리지 않을 수 없었다. 그러나 이 두 여자는 모두 크로코프스키에게 개인적으로 정신 분석을 받고 있었기 때문에, 베렌스는 조수와 함께 스캔들의 대책에 관해 의논하는 중이었다.

베렌스는 사촌들을 진찰하는 도중에도 그 문제에 대해 우울과 체념에 찬 어조로 계속 이야기하였다. 그는 청진의 권위자였기 때문에 환자를 청진하면서 한편으로는 다른 얘기를 계속 지껄였고, 그동안에도 조수에게 청진 결과를 기입하게 했다.

"아 정말, 신사 여러분, 저주받을 성욕(性慾)입니다! 당신들은 이런 일에 무척 흥미를 느끼겠지요. 권태에서 해방되는 기분이 들 겁니다——폐포음(肺胞音)——그러나 소장이 되어 보십시오. 이런 일은 딱 질색입니다——탁음(濁音)——정말입니다. 폐병에는 반드시 호색이 따른다는데, 그것까지는 내가 어떻게 손을 쓸 수가 없어요——가벼운 수포음(水泡音)——내가 그러라고 시킨 것도 아닌데, 나도 모르는 사이에 마치 창녀들의 포주처럼 되어버렸지 뭡니까?——왼쪽 어깨 밑 타진음 단축. 여기서는 분석 요법을 쓰고 있으니, 무엇이든 입 밖에 내도 괜찮습니다. 그런데——수포음——인간이란, 솔직하게 털어놓고 말씀드리자면 성욕적이니까요. 그래서 나는 절대적으로 수학을 장려하고 있어요——이쪽은 회복, 수포음 소멸——내 생각엔, 수학 공부야말로 성욕을 가라앉히는 데 가장 효과적인 약이라고 봅니다. 그 때문에 무척 많은 괴로움을 당했던 파라반트 검사도, 내 충고를 받아들여 원의 구적법(求積法)에 몰두하면서부터는 마음의 평정을 얻게 되었습니다. 그러나 대부분의 환자들은 어리석고 게을러서 수학에 관심이 없어요. 불쌍한 사람들이죠——폐포음——그리고 이곳 젊은이들이 자칫하면 타락하여 폐인이 된다는 사실도 잘 알고 있습니다. 그래서 나도 전에는 몇 번 풍기 문란을 단속하려고 시도해 보았습니다. 그런데 어떤 부인의 오빠인지 약혼자인지가, 도대체 당신이 우리와 무슨 상관이 있느냐고 따진 적이 있는데, 그후부터 나는 오로지 의사 신분으로서만 이곳에서 근무하고 있을 뿐입니다——오른쪽 위 가벼운 수포음.”

베렌스 고문관은 요아힘을 진찰하고 나서 청진기를 수술복 주머니에 집어넣고는 왼손으로 두 눈을 비볐다. 이것은 뭔가 잘못되어 우울할 때마다 보이는 습관적인 행동이었다. 그는 우울해져서 연방 하품을 하더니, 언제나처럼 기계적인, 유창한 설교를 시작했다. “자 침센군, 낙심하지 말고 기운을 차려요. 아직은 모든 상태가 생리학 책에 씌어진 대로라고 단정할 수만은 없습니다. 여기저기 잡음이 남아 있으니까요. 게다가 가프키와의 관계 역시 아직도 지속되니 말입니다. 최근에도 번호가 한 단계 올라가지 않았습니까? 이번엔 6호지요. 그렇다고 절대로 비관해서는 안 됩니다. 서류상으로도 증명해 드릴 수 있습니다만, 당신이 처음 이곳에 왔을 때는 지금보다 더 나빴지요. 당신이 이 다음 5개월이나 6개월——예전에는 달을 ‘모나트’라 하지 않고 ‘마노트’라고 불렀습니다. 알고 계셨나요? ‘마노트’라고 하는 편이 훨씬 듣기가 좋아요. 나도 이제부터 '마노트'라고 부르기로 했습니다."

"고문관님." 요아힘은 고문관의 말을 가로막고는 상반신을 앞으로 내밀고 가슴을 폈다. 그는 구두 뒤꿈치를 모으고는 차려 자세를 취했다. 그의 얼굴에는, 한스 카스토르프가 언젠가 햇빛에 그을린 얼굴이 창백해지면 저렇게 되는 것일까 하고 생각했던 것처럼, 얼룩 반점이 나타났다.

그러나 베렌스는 지금까지 말하던 여세를 몰아 계속해서 지껄였다. "당신은 이제 앞으로 만 6개월만 이곳에서 엄격한 요양을 하면 모든 것이 성공입니다. 콘스탄티노플을 점령하는 것도 충분히 가능합니다. 그렇게만 되면 당신은 용맹성을 인정받아, 국경 지대의 사령관이 되는 것도 어려운 일이 아니지요."

요아힘이 단호한 태도로 '오늘은 반드시 끝장을 내야지, 딱 잘라 말하고 끝장을 내야지' 하는 확고부동한 기백을 보여 상대방을 어리둥절하게 만들지 않았다면, 고문관은 그의 우울한 심정을 달래기 위해 또 어떤 소리를 지껄였을지 모른다.

"고문관님, 난 이미 고향으로 돌아갈 결심을 굳혔습니다. 그걸 알려드리고자 합니다."

"뭐라고요? 돌아가고 싶다뇨? 나는 좀더 시일이 지난 후, 당신이 건강해지면 군대로 되돌아갈 줄 알았는데요."

"아닙니다. 난 곧 출발할 겁니다. 일주일 안으로요."

"내가 잘못 들은 것은 아니겠지요? 당신은 자포자기해서 도망하려는 것입니까? 이것이 바로 탈주라는 것을 알고 계신가요?"

"아니오, 난 절대로 그렇게 생각지 않습니다. 난, 지금 당장 연대로 원대 복귀해야 합니다, 고문관님."

"앞으로 정확히 6개월 후면 당신은 틀림없이 원대 복귀할 수 있습니다. 6개월이 되기 전에는 절대로 보내 드릴 수 없습니다."

요아힘의 태도는 점점 더 군대식으로 굳어져 갔다. 배를 들이밀고 서서 말끝을 짤막하게 끊고, 목소리를 누르면서 말했다. "내가 여기에 온 지도 벌써 일년 반이 지났습니다. 이제 더 이상 기다릴 수 없어요. 고문관님은 처음엔 3개월이면 충분하다고 말씀하셨지요. 그러고 나서는 또 3개월, 3개월, 차례차례로 그 기간을 연장해 갔습니다. 그런데 지금의 나는 어떻습니까? 아직도 건강을 되찾지 못했잖습니까?"

"그것이 내 잘못이란 말인가요?"

"아닙니다, 고문관님. 그러나 더 이상 기다릴 수는 없어요. 다시 군대로 들어갈 기회를 놓치지 않으려면, 여기서 내 병이 완치될 때까지 마냥 기다리고만 있을 수는 없다는 말입니다. 지금이라도 당장 아래로 내려가야 합니다. 장비나 그 밖의 여러 가지 준비를 하려면 시간이 좀 필요하거든요."

"집안 식구들과도 의논해 보시고 하는 말씀인가요?"

"어머님께서는 양해해 주셨습니다. 모든 것이 결정난 일입니다. 나는 10월 1일, 사관 후보생으로 제76연대에 입대하게 되어 있습니다."

"어떠한 위험이라도 무릅쓰고 말입니까?" 베렌스가 충혈된 눈으로 요아힘을 쳐다보았다.

"그렇습니다, 고문관님." 요아힘은 입술을 파르르 떨었다.

"그렇다면 좋습니다, 침센군." 고문관은 표정을 부드럽게 바꾸고 몸가짐도 늦추었다. 몸도 마음도 여유를 가진 것이다. "좋아요, 침센군. 그렇다면 떠나십시오! 당신의 여행이 무사하길 빕니다. 당신은 자신이 하고자 하는 일이 무슨 뜻인지를 정확히 아시는 것 같군요. 모든 것을 책임지고 행동하려는 것 같습니다. 당신이 그 책임을 떠맡는 순간부터 그것은 전적으로 당신의 문제이지, 결코 내 문제는 아닙니다. 그건 분명합니다. 사내 대장부란 혼자서 행동해야 하니까요. 당신은 전적으로 자기 책임하에 여행해야 합니다. 어떻게 잘 되겠지요. 당신이 하고자 하는 일은 야외에서의 일이니까 오히려 몸에 좋을지도 모르니, 어쩌면 더 좋은 결과를 가져올지도 모를 일입니다."

"저도 그렇게 생각합니다, 고문관님."

"그런데 참, 문화인인 젊은이, 당신은 어떻게 하실 겁니까? 함께 떠나겠죠"

이번에는 한스 카스토르프의 차례였다. 그는 1년 전 방문객으로 왔다가 환자로 탈바꿈한 원인이 된 창백한 얼굴로 그때와 똑같은 장소에 앉아 있었으며, 심장의 고동 역시 늑골에 울리는 것을 그때와 똑같이 느꼈다. "당신 결정에 따를 생각입니다, 고문관님."

"내 결정에? 좋습니다." 고문관은 청년의 팔을 끌어당겨 진찰하기 시작했다. 그는 결과를 기입하지 않고, 꽤 빨리 청진을 마치고는 단정하듯 말했다. "당신은 여행을 하셔도 좋습니다."

"무슨 말씀인지요? 그렇다면…… 내가 건강을 되찾았다는 뜻입니까?" 한스 카스토르프가 더듬거리며 말했다.

"물론이지요. 당신은 건강합니다. 왼쪽 위의 환부 따위는 문제도 안 됩니다. 당신의 열은 그 환부에서 기인된 것이 아닌 것 같습니다. 어디서 발생하는 열인지는 나도 확실히 알 수 없습니다만, 그다지 걱정할 필요는 없습니다. 내 생각으로는 출발하셔도 괜찮겠습니다."

"그렇지만…… 고문관님……, 지금 그 말씀은 진정으로 하신 말씀은 아니겠지요?"

"진정이 아니라뇨? 왜요? 도대체 당신은 무슨 생각을 하는 겁니까? 당신은 나를 어떻게 생각하는 거요? 좀 들어 봅시다. 나를 어떻게 생각하는지? 혹시 사창가의 포주쯤으로 알고 있는 것은 아닙니까?"

그것은 대단한 분노였다! 고문관의 창백했던 얼굴은 끓어오르는 피로 검붉어졌고, 콧수염으로 덮인 입술 한쪽 끝이 더욱 심하게 치켜져 윗니까지 드러났다. 머리를 들이민 품이 마치 황소 같았고, 충혈되고 눈물이 괸 눈은 곧 튀어나올 것만 같았다.

"그런 생각은 가당치도 않습니다. 첫째, 나는 이곳의 경영자도 아니고 고

용인도 아닙니다. 나는 단지 의사에 지나지 않습니다! 그저 의사란 말입니다! 알았습니까? 나는 뚱쟁이 영감도 아니고, 아름다운 나폴리의 톨레도에 사는 색골은 더더욱 아닙니다! 알았습니까? 나는 병을 앓고 있는 사람들을 도와주는 인류의 봉사자입니다! 당신들이 나를 그렇지 않다고 생각했다면, 두 사람 모두 마음 내키는 대로 하십시오. 즐거운 여행이 되시길 빕니다!"

두 청년은 구원을 청하듯이 닥터 크로코프스키를 바라보았으나, 그는 서류만 들여다보며 열심히 읽는 체했다. 둘은 서둘러 옷을 입었다. 계단으로 나오자 한스 카스토르프가 입을 열었다. "굉장한데⋯⋯. 전에도 저렇게 화를 낸 적이 있었나?"

"없었어. 저렇게까지 화를 낸 적은 한 번도 없었어. 저게 바로 상관의 벼락이라는 거야. 아무 말도 하지 말고, 그대로 받아들이는 편이 상책이야. 보나마나 뻔해. 폴리프락시오스와 놀팅의 일로 화가 났던 거야. 너도 보았지?" 요아힘은 계속해서 말했지만 자신의 목적을 달성했다는 기쁨에 들떠, 가슴이 벅차 오름을 느낄 수 있었다. "너도 보았지? 내 결심이 대단하다는 걸 알고 그도 두손든 것을 말야. 칼을 빼들고 끝까지 대들어야 돼. 그래야 허락받을 수 있지. 그도 말했잖아, 나는 아마 성공할 거라고. 우리가 일주일 안에 출발하면⋯⋯ 나는 3주 내로 연대에 가 있게 되는 거야." 요아힘은 처음엔 '우리'라고 말했다가 다시 '나'로 바꾸면서, 한스 카스토르프의 일은 제쳐놓고 자기 영역에 국한되는 말만을 기쁨에 들떠 지껄였다.

한스 카스토르프는 조용히 침묵을 지키고 있었다. 그는 요아힘이 받은 '허락'에 대해서나 아니면 자신이 받은 '허락'에 대해 어떤 말을 꺼내도 좋을 것 같았는데, 끝내 아무 말도 하지 않았다. 한스 카스토르프는 안정 요양 준비를 했다. 두 장의 낙타 담요를 간단하고 정확한 솜씨와 완전한 기술로, 평지에서는 어느 누구도 상상조차 할 수 없을 만큼 완벽하고 차분하게 몸에 감고는, 체온계를 입에 물고 초가을 오후의 싸늘한 습기 속에서 안락의자에 기분 좋게 누워 있었다.

비구름이 낮게 드리워져 있었으며, 뜻도 모르는 도안의 깃발도 보이지 않았다. 전나무의 젖은 가지 위에는 잔설이 쌓여 있었다. 1년 전, 처음으로 듣게 된 알빈씨의 목소리가 울려오던 아래쪽 안정 홀로부터, 지금도 안정 요양을 하고 있는 청년의 귀에 소곤거리는 말소리가 들렸다. 한스 카스토르프의 손가락과 얼굴은 곧 축축하고 싸늘하게 굳어버렸다. 그는 이런 생활에 익숙해져 있었기 때문에, 이런 것까지도 이제는 그의 유일한 생활 방식으로 받아들였다. 그래서 오래 전부터 이것이 최상의 생활 방식이라고 생각했으며, 어느 누구의 간섭도 받지 않은 채 누워서 모든 것을 생각할 수 있는 것에 감사했다.

드디어 결단은 내려졌다. 요아힘이 출발하게 되었다. 라다만토스가 그를 석방한 것이다. 정식 출발, 건강한 사람으로서의 출발은 아니었지만, 요아힘의 결의를 인정하여 마지못해 석방하게 된 것이다. 요아힘은 협궤 철도를 타고 아래 세상의 란드쿠아르트로 가서 로만스호른에 도착하면, 거기서부터 기사가 말을 타고 건넜다는 넓고 깊은 호수[독일과 스위스 사이에 있는 보덴 호수]를 건너, 독일을 횡단하여 집으로 돌아가게 되는 것이었다. 그런 다음에 평지, 즉 저 아래 세계에서 살게 되는 것이다. 체온계 사용법, 담요를 몸에 감는 방법, 가죽 슬리핑 백, 하루 세 차례의 산책 등, 이곳에서의 생활을 전혀 알지 못하는 사람들 사이에서…… 평지 사람들이 '모르는' 것을 하나하나 열거하는 것은 쉬운 일이 아니었다. 이처럼 여기서만 1년 6개월 이상이나 지낸 뒤 이곳 생활에 대해서는 아무것도 모르는 사람들 사이에서 지낼 요아힘을 생각하면, 한스 카스토르프는 혼란에 빠지지 않을 수 없었다——물론 요아힘에게만 직접적인 관련이 있을 뿐, 아주 멀리서 시험적인 경우에만 한스 카스토르프에게도 관련되는 일이기는 했지만——그는 눈을 감은 채 그런 생각을 떨치려고 손을 내저었다. 그리고 나서는 "당치 않은 일이야, 당치도 않아"라고 혼자 중얼거렸다.

그것이 당치 않은 일이라면, 이 위에서 과연 요아힘 없이도 그 혼자서 계속 지낼 수 있을까? 정말 그렇다. 언제까지? 베렌스 고문관이, 이제는 완전히 회복되었으니 이곳에서 벗어나도 괜찮다고 할 때까지? 그것도 오늘처럼 석방되는 것이 아니라, 정식으로 석방시켜 줄 때까지? 그러나 그 석방 시기란, 요아힘이 전에 허공에 대고 알 수 없다고 중얼거린 것처럼, 언제까지라고 정해진 것도 아니다. 또 그때가 된다고 해도, 지금까지 불가능한 것이 가능한 것으로 바뀌게 될까? 오히려 그 반대가 될지도 모른다. '불가능한' 일이 그때가 되어 정말 '불가능한' 것으로 굳어지기 전에 이런 석방이 있게 되었다는 사실은, 구원의 여신이 손길을 뻗친 것이라고 생각해도 좋을 것이다. 그로서는 영원히 평지로 돌아가야 한다는 깨우침의 기회가 되었다. 휴머니스트이며 교육자인 세템브리니가 이 기회를 알게 되었다면, 그 구원의 손길을 붙잡고 그의 인도에 따를 것을 적극 권했을 것이다. 그러나 그는 대변자의 한 사람에 지나지 않으며, 경청할 만한 가치는 있지만 그것만이 유일한, 절대적인 진리라고는 할 수 없는, 사물이나 정신의 대변자에 지나지 않는다. 요아힘에 대해서도 마찬가지였다. 그는 군인이었다. 그래서 젖가슴이 풍만한 마루샤가 이곳으로 돌아올 때쯤 출발하고 싶었다(마루샤가 10월 1일에 돌아온다는 사실은 누구나 알고 있었다). 이와는 반대로 일개 시민인 한스 카스토르프가, 언제쯤 이곳에 도착하게 되는지 알 수 없는 클라우디아 소샤를 기다려야 한다는 것이 그가 출발할 수 없는 이유 가운데 가장 큰 비중을 차지했다.

요아힘은, "나는 절대 그렇게 생각지 않습니다"라는 말로 라다만토스의 '탈주'라는 규정을 강하게 부인했다. 요아힘에게 있어 '탈주'라는 말은, 우울증에 빠져 있는 라다만토스의 헛소리에 지나지 않았다. 그러나 문화인인 한스 카스토르프의 경우에 있어서는 사정이 전혀 다를 수밖에 없었다——그렇다, 의심할 여지도 없다. 그가 그런 결정적인 생각을 하기 위하여 오늘 이렇게 축축하고 차가운 바깥에 누워 있는 게 아닌가. 그가 이번 기회를 붙잡아 무모한, 어느 정도 무모에 가까운 평지로의 출발을 감행한다는 것은 그야말로 탈주라고 봐야 옳을 것이다. 신의 아들이라는 유기 생명체의 관점에서 본다면 여기서 일어난 방대한 책임으로부터의 탈주이며, 푸른 꽃이 만발한 곳이나 발코니에서 몰두했던, 힘들지만 모험적인 기쁨을 준 '술래잡기'의 의무에 대한 배신 행위가 되는 것이다.

한스 카스토르프는 거칠게 입에서 체온계를 뺐다. 간호원장에게서 그 가느다란 기구를 사서 최초로 사용했을 때와 마찬가지로 거칠게 빼서, 그때처럼 열심히 수은주를 들여다보았다. 체온은 37도 8분, 거의 9분까지 올라가 있었다.

한스 카스토르프는 담요를 걷어차고 벌떡 일어나 방으로 뛰어들어가 복도로 향한 문으로 달려가다가는, 생각을 가다듬고 돌아와 발코니에서 안정 요양 상태를 취했다. 수평 상태에서 그는 목소리를 낮춰 요아힘에게 체온을 물었다.

"난 이제 검온은 안 해."

"그래? 하지만 나는 체열이 있는걸."

한스 카스토르프는 슈퇴어 부인이 샴페인을 '샴프'라고 부르던 것을 생각하고 '체온'을 '체열'이라고 말했는데, 요아힘은 잠자코 있기만 했다.

요아힘은 그날도 그 다음날도, 그 후에도 전혀 입을 열지 않았으며, 한스 카스토르프의 계획이나 결심에 대해서도 단 한마디도 묻지 않았다. 한스의 결심이나 계획은 출발 날짜가 다가옴에 따라 명백해졌다. 그의 계획이나 결심은 그가 어떻게 행동하느냐, 또는 행동하지 않느냐에 따라 충분히 짐작할 수 있었기 때문에, 그가 전혀 행동하지 않는다는 것으로 그 사실은 명백해지고 말았다. 한스는, 하느님은 자기 자신만이 행동하기를 바라기 때문에, 인간이 어떤 행동을 하려는 것은 하느님을 욕되게 한다는 정적주의(靜寂主義)를 신봉하는 것 같았다. 어쨌든 그가 요 며칠 동안 움직인 것이라고는 베렌스 고문관을 한 번 방문한 것밖에 없었다. 베렌스와의 상담에 대해서는 요아힘도 알고 있었으며, 그것이 어느 쪽으로 결정되었는지는 동석(同席)하지 않았어도 충분히 짐작할 수 있었다.

한스 카스토르프는, 베렌스 고문관이 불쾌한 상태에서 화낸 말에 겁을 먹었다기보다는 그가 평소에 늘 강조한, 병을 철저히 고쳐서 두 번 다시 이곳에 오지 않도록 해야 한다는 충고를 따르고 싶다고 말했다. 자기는 현재 체온이 37도 8분이나 되기 때문에 정식으로 퇴원할 수 있다고는 생각하지 않는다, 지난번에 고문관이 한 말을 추방 처분이라고 해석할 수 없을 뿐더러 (자신은 그런 처분을 받을 만한 행동을 한 일도 없으니), 심사숙고한 결과 요아힘의 결정에 무작정 따를 것이 아니라, 좀더 이곳에 머무르면서 병독이 완전히 가실 날을 기다리겠다고 설명했다. 이 말에 대해 고문관은 거의 똑같은 대답을 되풀이했다. "좋지, 좋아"라든지, "요전에 성낸 것을 나쁘게 생각지 말아요" 하는 따위의 말을 되풀이했다. 그리고 고문관은 이것이야말로 분별 있는 젊은이의 말이라고 한바탕 칭찬을 늘어놓고는, 한스 카스토르프는 저 무분별한 탈주병보다는 월등한 환자의 재능을 갖고 있음을 처음부터 간파했다고도 말했다. 그 밖에도 이와 비슷한 말이 오갔다.

요아힘의 정확한 추측에 의하면 이것이 한스와 고문관 사이의 면담 결과였으나, 그는 여기에 대해 단 한마디도 입 밖에 내지 않았다. 게다가 선량한 요아힘은 자기 일만으로도 바빠서, 한스 카스토르프가 자신과 함께 떠나지 않는다는 것을 말없이 확인했을 뿐이다. 사실 사촌의 운명이나 그가 여기에 그대로 있게 된다는 것에 대해 걱정할 겨를조차 없었다. 그의 가슴은 폭풍에 휘말려든 것처럼 격동했다. 그것은 충분히 상상할 수 있는 일이었다. 그의 말로는 체온계를 무심코 떨어뜨려 깨뜨렸는데, 그것은 오히려 잘 된 일로서, 그 바람에 검온을 포기하게 된 것이라고 했다. 지금의 요아힘처럼 흥분 상태에 빠져 기쁨과 긴장 때문에 얼굴이 붉어졌다 파래졌다 하는 사람에게는, 검온은 오히려 기분 상하게 하는 요소를 만들지도 모를 일이었다. 한스 카스토르프가 판단하건대, 요아힘은 더 이상 누워 있을 수가 없어서 베르크호프에서 해야 하는 하루 네 번의 수평 상태의 안정 요양 시간에도 방안을 서성거리고 있을 뿐이었다.

이곳에서 1년 6개월을 보낸 끝에 드디어 그는 아래 평지로, 집으로, 연대로 돌아가게 된 것이다. 정식 퇴원은 아니지만, 어쨌든 돌아가게 된 것만은 틀림없었다. 이러한 사실은 어떤 의미에서나 결코 예사로운 일은 아니었다. 한스 카스토르프는 어쩔 줄 몰라하며 서성거리는 사촌의 태도에서 그런 것을 느낄 수 있었다. 18개월, 다시 말해서 1년하고도 6개월이나 이곳에 머물면서 이곳의 생활 기준이나 신성한 생활 양식에 완전히 익숙해졌었다. 7일을 70번 곱한 세월 동안 늘 이곳 생활 양식에 젖어 있다가 마침내 집으로, 이곳에 대해 아무것도 알지 못하는 사람들이 사는 다른 세계로 돌아가는 것이다! 평지의 생활에 익숙해지기 위해서는 앞으로 또 얼마나 많은 어려움을 겪어야 할 것인가! 요아힘의 흥분은 이곳을 떠난다는 벅찬 기쁨 때문이 아니라, 익숙해진 생활에서 벗어나는 불안이나 슬픔 때문에 방안을 서성거리는 거라고 상상한다면 잘못된 것일까——마루샤의 일은 제쳐놓는다고 해도.

그러나 기쁨이 슬픔이나 불안보다 압도적으로 컸다. 선량한 요아힘은 기쁨에 넘쳐 가만히 있을 수가 없어, 자신의 일에 대해 지껄이기 시작했다. 그에게는 사촌의 장래에 대해 생각할 여유가 없었다. 그는, 모든 것이 얼마나 새롭고 신선할 것인가에 대해 이야기했다. 그 자신의 어떤 시간이나 하루, 어떤 생활이라도 이제는 충실한 시간이 될 것이며, 이제부터는 아주 천천히 귀중한 젊음을 만끽하게 될 것이라고 말했다. 그리고 그 자신과 같은 부드럽고 까만 눈을 가진 한스 카스토르프의 외숙모, 즉 자신의 어머니인 침센 미망인의 얘기도 꺼냈다. 그 부인은 아들이 평지로 갈 수 없었던 것처럼 그녀도 사정이 생겨 이 위로 아들을 찾아올 수가 없었다. 그 때문에 요아힘은 이곳에 있는 동안 한 번도 어머니를 만날 수 없었다. 요아힘은 또 얼마 후 치러야 할 입대 선서에 대해서도 감격하여 얘기했다. "장엄한 의식에 따라 연대기와 군기를 향해 선서를 한 뒤에 연대에 편입되는 거야."

"뭐라고? 그게 진짜란 말이야? 나무토막에 묶인 헝겊에 대고?"

"암, 물론이고말고. 포병대에서는 대포를 향해 선서를 해. 상징적인 의미지."

"거참, 감상적이고 광신적인 행동이로군."

이런 말을 듣고도 요아힘은 자랑스럽고 행복한 듯 미소를 지었다.

요아힘은 준비를 하기 시작했다. 사무국에서 마지막 계산을 마치자마자 자기가 결정한 출발 날짜보다 며칠 앞당겨 짐을 꾸리기 시작했다. 여름옷과 겨울옷을 정리하고, 가죽 슬리핑 백과 낙타 담요도 기동 연습 때 필요하리라 생각하여 요양소의 일꾼을 시켜 삼베 부대 안에 넣어 꿰맸다. 그리고 혼자서 나프타와 세템브리니를 찾아가 작별 인사를 했다. 한스 카스토르프는 함께 가지 않았을 뿐더러, 요아힘의 출발과 자신의 체류에 대한 세템브리니의 생각이 어떤지도 묻지 않았다. 세템브리니가 "그래요"라고 했든, "아하"라고 했든, 또는 "불쌍한 사람"이라고 했든, 그런 것은 문제가 되지 않았다.

드디어 출발 전야(前夜)가 되었다. 그날 요아힘은 식사, 안정 요양, 산책 등 모든 것을 마지막으로 끝내고, 간호원장과 두 의사에게 작별 인사를 했다. 드디어 출발 당일이 되었다. 요아힘은 충혈된 눈과 차디찬 손으로 아침 식사에 나타났다. 밤새도록 잠을 이룰 수가 없었던 것이다. 그는 음식에도 거의 손을 대지 않았다. 모든 짐이 마차에 실렸다는 난쟁이 아가씨의 말을 듣고 급히 일어나서 식탁 친구들에게 작별 인사를 했다. 슈퇴어 부인은 눈물을 흘렸으나, 그것은 교양 없는 여자의, 헤프고 감정이 없는 것이었다. 그러더니 그녀는 여선생을 향해 머리를 흔들고는, 요아힘에게 보이지 않도록 손가락을 쭉 펴 이쪽저쪽을 돌아보면서 요아힘의 출발에 대해 오만상을 찌푸리고, 의심스럽다는 듯 아주 천한 표정을 지었다. 한스 카스토르프는 요아힘을 따라가기 위해 선 채로 급히 커피를 마시다가, 그런 표정을 짓고 있는 슈퇴어 부인을 보았다. 요아힘은 수고한 사람들에게 팁을 주었고, 현관에서 사무국 대표자의 공식 작별 인사를 받았다. 오늘도 역시 환자들은 출발을 구경하기 위해서 모여들었다. 키가 작은 일티스 부인, 상아빛 피부의 레비양, 품행이 단정치 못한 포포프와 그의 신부(新婦)도 보였다. 마차가 뒷바퀴에 브레이크를 걸면서 차도를 미끄러지듯 빠져나가자, 전송하던 사람들은 모두 손수건을 흔들었다. 요아힘은 선물로 받은 장미꽃을 안고는 모자를 쓰고 있었다. 한스 카스토르프는 모자를 쓰지 않았다.

오랫동안 계속되던 음산한 날씨가 화창하게 갠, 햇빛이 밝게 비치는 멋진 아침이었다. 쉬아호른, 녹색 탑, 도르프베르크 등의 둥그스름한 산봉우리가 여느 때와 마찬가지로 이 지방의 상징처럼 푸른 하늘을 배경으로 우뚝 솟아 있어서, 요아힘의 시선은 줄곧 이 산봉우리들만 향하고 있었다.

"정말 유감인데. 출발하는 날이 이렇게 화창하다니. 정말 심술궂군. 마지막 인상이 나빠야 작별하기가 쉬운 법이지."한스 카스토르프가 말했다.

"작별하기가 어려워도 괜찮아. 군대 훈련에는 이 이상 더 좋은 날씨는 없지. 이런 날씨라면 평지에서는 마음껏 즐길 수 있을 거야"요아힘이 늠름하게 대답했다.

두 사람 중의 어느 쪽도 현재의 사정으로 봐서 특별히 할말이 없었다. 게다가 마차 앞의 마부석에는 마부와 요양소의 절름발이 수위가 나란히 앉아 있었다.

한 마리의 말이 끄는 2륜 마차의 딱딱한 의자 위에 부동 자세로 앉아 있는 사촌들은, 마차가 흔들리는 대로 흔들리며 시냇물을 건너고, 협궤 철도를 지나, 선로와 평행으로 뻗은 폭이 일정하지 않은 큰길로 나아갔다. 그리고 창고라고 해도 별로 무색하지 않은 '마을' 역 앞의 돌이 많은 광장에서 내렸다. 한스 카스토르프는 12개월 전 이 역에 도착하여 놀이 물들기 시작할 때 본 다음엔 한 번도 와보지 않았던 이 정거장의 전경에 눈이 휘둥그레져서 주위를 둘러보았다. "그때 내가 여기에 도착했었구나" 하고 한스 카스토르프가 너무 당연한 말을 했고, 요아힘 역시 그런 식으로 대답했다. "그렇지, 바로 여기야."

　요아힘이 마부에게 요금을 지불하자, 절름발이 수위는 승차권, 짐 등을 모두 잘 챙겨 주었다. 요아힘은 회색 커버를 씌운 작은 객실에 외투, 무릎 덮개, 장미꽃을 놓고는, 장난감 같은 소형 열차의 자기 객실 앞 플랫폼에 사촌과 나란히 섰다.

　"넌 이제 열광적인 선서를 하게 되겠군." 한스 카스토르프가 말했다.

　"암, 하고말고."

　이 밖에 또 무슨 할 말이 있겠는가? 두 사람은 작별 인사를 나누고 서로 안부를 부탁했다. 한 사람은 평지 사람들에게, 다른 한 사람은 이 위의 사람들에게. 한스 카스토르프는 지팡이 끝으로 아스팔트 위에 무언가를 자꾸 그렸다가는 지우는 짓을 되풀이하고 있었다. 승차를 재촉하는 소리가 들려오자, 깜짝 놀란 한스 카스토르프는 요아힘을 쳐다보았다. 요아힘도 그를 쳐다보았다. 두 사람은 서로의 손을 꼭 잡았다. 한스 카스토르프는 모호한 미소를 지었고, 요아힘의 눈에는 몹시 슬프고 무언가를 애원하는 빛이 어렸다.

　"한스!"

　아아, 이렇게 비통한 일이 이 세상 천지에 또 있을까! 요아힘이 한스 카스토르프의 이름을 불렀다. 늘 부르던 '너'나 '이봐'라는 호칭을 쓰지 않고, 관습이 강요하는 신중함이나 형식 따위는 모두 떨쳐버린 채, 도저히 억누를 수 없는 만감이 어린 어조로 '한스'라고 불렀던 것이다.

　"한스!" 그는 이렇게 불러놓고는, 무언가 심각한 생각에 잠긴 불안한 얼굴로 한스의 손을 잡았다. 그때 한스 카스토르프는, 어젯밤 잠을 이루지 못한, 출발에 흥분해 있는, 감격에 사로잡힌 사촌이 '술래잡기' 때의 자신과 마찬가지로 목을 흔드는 데 생각이 미쳤다.

　"한스! 곧 뒤따라와야 해."

　그러고는 승강대에 뛰어올랐다. 문이 닫히고 기적이 울리면서 바퀴가 서서히 움직였다. 작은 기관차가 끌기 시작하자 열차는 미끄러져 갔다. 떠나는 사람은 차창 밖으로 모자를 흔들었고, 남은 사람은 손을 흔들었다. 한스 카스토르프는 가슴이 터질 듯한 심경으로 한동안 멍하니 기차의 뒷모습을 쳐다보고 서 있었다. 그런 다음 그는 요아힘이 1년 전 그를 안내하여 준 길을 천천히 걸어 돌아왔다.

공격과 격퇴

　다시 수레바퀴는 굴러가고, 시계 바늘은 쉴새없이 움직였다. 야생란과 매발톱꽃은 시들었으며, 야생 패랭이꽃 역시 시들어버렸다. 암청색의 용담과 창백하고 독기가 서린 크로커스가 축축한 풀밭에 다시 모습을 나타냈고, 숲도 불그레한 빛을 띠었다. 추분, 위령의 날이 다가오고, 시간을 보내는 데 익숙해진 사람들에게는 강림절의 첫 한 주일과 일년 중 낮이 가장 짧은 동지와 크리스마스도 다가오고 있었다. 그러나 아직은 아름다운 10월이 계속되었다. 사촌들이 고문관의 유화를 감상하던 때처럼 맑은 가을 날씨가.
　요아힘이 떠난 다음부터 한스 카스토르프는 이전의 식탁에는 앉지 않았다. 이미 고인이 된 닥터 블루멘콜이 앉았었고, 공연히 웃으며 오렌지 향수 냄새를 풍기는 손수건을 입에 대던 마루샤와 슈퇴어 부인이 앉았던 식탁에는 앉지 않았다. 이제 그 식탁에는 새로 온 사람들이 앉았다. 그로서는 전혀 모르는 사람들이었다. 우리의 친구, 1년하고도 벌써 2개월 보름을 보낸 한스에게는 사무국에서 다른 자리를 지정해 주었다. 왼쪽 베란다쪽 식탁과 '일류 러시아인 좌석'에 있는 식탁, 다시 말해서 세템브리니가 앉던 식탁이었다. 그렇다, 한스 카스토르프는 지금까지 비어 있던 휴머니스트의 자리에 앉게 된 것이다. 이번에도 말단 좌석이었고, 고문관과 조수가 회식할 때를 위해 늘 비워 두는 상단(上端)의 '의사석'과 마주 앉게 된 것이다.
　빈자리 왼쪽에는 말을 알아듣지 못하여 벙어리 같은 표정을 한 멕시코 꼽추인 아마추어 사진사가 여러 개 겹쳐 놓은 방석 위에 앉았고, 그 오른쪽에는 언젠가 세템브리니가 한탄한, 아무도 모르는, 또 알고 싶어하지도 않는 형부 이야기를 지껄이기를 좋아하는 지벤뷔르겐 출신의 노처녀가 앉았다. 그녀는 산책할 때는 은제 손잡이가 달린 툴라산 지팡이를 짚었으며, 심호흡을 할 때는 그 지팡이를 목에 비스듬히 걸쳐놓고 납작한 가슴을 펴곤 했다. 그리고 그녀의 맞은편에는 체코인이 한 사람 앉았는데, 아무도 그의 성(姓)을 발음할 수가 없어, 사람들은 그냥 '체코씨'라 부르기도 했다. 세템브리니도 베르크호프에 있었을 때, 자신이 사용하는 라틴어의 무력함을 알고 일부러 그 까다로운 자음을 발음해 보려고 애쓴 적이 있었다. 오소리처럼 살진 이 체코인은 식욕이 엄청났고, 4년 전부터 늘 곧 죽을 것이라고 입버릇처럼 말해왔다. 그는 또한 밤의 모임에는 만돌린을 켜며 고향 노래를 불렀고, 자기 소유인 사탕무 재배지에 대한 이야기를 했다.

한스 카스토르프의 자리 가까이에는 할레에서 온 맥주 양조업자, 마그누스 부부가 앉았다. 이 부부는 둘 다 건강치 못하여 늘 우울해했다. 마그누스씨는 당분을, 부인은 단백질을——둘 다 생명의 중요한 신진대사 산물을 잃고 있었던 것이다. 특히 마그누스 부인은 희망이라곤 전혀 갖고 있지 않은 것처럼 보여, 한스 카스토르프가 슈퇴어 부인에게서 느꼈던 쓸쓸한 분위기를 더욱 짙게 풍겼다. 그러나 마그누스씨는 부인보다는 명랑하여, 세템브리니나 체코인과 얘기하기를 좋아했다. 그는 보헤미아인의 국민주의적 사고 방식, 금주 운동 지지자로서, 양조업자에 대한 경멸적인 언동에 반발하여 가끔 말다툼도 했다. 그럴 때마다 세템브리니는 유머러스하게 그들의 중재 역할을 했으나, 한스 카스토르프에게는 그럴 만한 역량이나 권위가 없었다.

한스 카스토르프는 식탁 멤버 가운데서 두 사람과만 비교적 가깝게 지냈다. 한 사람은 그의 왼쪽에 앉은 안톤 카를로비치 페르게로라는 사람이었는데 페테르스부르크 출신이었다. 다갈색 콧수염의 이 사나이는 고무신 제조, 변경 지방과 북극권, 노르 곶의 끝없는 겨울을 즐겨 화제에 올렸다. 그리고 또 다른 한 사람은 멕시코인 꼽추의 맞은편 식탁 상단 가까이에 앉는 페르디난트 베잘이라는 상인이었다. 이 상인은 소샤 부인의 요염한 자태에 반해 뜨거운 욕정이 담긴 눈길을 보내곤 했었는데, 저 사육제 밤부터 한스 카스토르프와 가깝게 지냈다. 이들은 가끔 산책을 함께 하기도 했으며, 베잘은 그럴 때마다 한스 카스토르프에게 저의를 품은 비굴한 접근을 해왔다. 한스 카스토르프는 그 저의를 알아채고 소름이 끼쳤으나, 애써 이 사나이를 인간적으로 대했다. 그래서 조금만 서운하게 대해도 어쩔 줄을 몰라 당황해하는 그를 충분히 이해해 주었다.

한스 카스토르프가 그의 하찮은 이야기까지도 참고 들어 주었으므로, 사나이는 수없이 많은 질문을 하기도 했다. 예컨대 짝사랑하는 여자에게 애정을 고백하는 것이 의미가 있는가? 여러분은 그 점에 대해서 어떻게 생각하는가? 자기로서는 그 고백을 기쁨이 충만한 애정이라고 생각하며, 고백이란 그 자체는 물론 상대가 혐오를 느끼고 반항한다면 더할 나위 없는 쾌감을 주기도 한다는 식의 쓰레기 같은 이야기였다. 한스 카스토르프가 이 말을 듣고 눈썹을 찌푸렸기 때문에 베잘은 움츠러들고 말았다. 우리의 주인공이 이렇게 눈썹을 찌푸린 것은 그의 완고함에서가 아니라, 고상하고 어려운 문제와는 아무런 관계가 없다는 것을 거듭 강조한 바 있는 선량한 페르게를 고려했기 때문이었다. 우리는 한스 카스토르프를 실제보다 더 좋거나 나쁘게 보이고 싶은 생각이 없으므로, 여기서 곧 다음 이야기로 넘어가기로 하겠다. 그런 베잘이 어느 날 밤 한스 카스토르프에게 사육제의 체험에 대해 좀더 자세히 말해달라고 떨리는 목소리로 애원을 했으므로, 그는 기꺼이 그 부탁을 들어 주었다. 그렇지만 이 조용한 대화 장면에는 천박하다는 느낌은 조금도 없었다. 여기서는 다만 베잘이 그런 일이 있은 다음부터는 한스 카스토르프의 외투를 더욱 공손히 들고 다니게 되었다는 사실을 덧붙이는 것으로 만족하기로 하자.

한스 카스토르프의 새로운 식탁 친구들에 대해서는 이쯤 해두겠다. 단지 그의 오른쪽 자리는, 불과 며칠이었으나 채워졌다가 다시 빈자리로 남게 되었음을 밝혀 두어야겠다. 며칠 그 자리에 앉아 있었던 사람은 일찍이 한스 카스토르프 자신이 그러했듯이 청강생, 친척의 한 사람이자 평지에서 올라온 사람, 다시 말해서 평지의 사자(使者)인, 한스 카스토르프의 숙부 제임스 티나펠이었다.

고향의 사자, 옛날 세계, 멀리 잠겨버린 세계——그 옛날의 생활을 알리는 사자가 옆자리에 앉게 된 것은, 아무튼 가슴을 울렁거리게 하는 사건이었다. 그러나 그것은 언제고 오고야 말 사건이었다. 한스 카스토르프는 오래 전부터 평지로부터의 이러한 공격을 각오하고 있었다. 누군가 정찰 임무를 띠고 '이 위'로 올라올 것이라고 생각했기 때문에, 요아힘이 떠난 지 14일만에 제임스 티나펠의 방문 전보를 받고서도 놀라지는 않았으나, 이렇게 빨리 오리라고는 예상하지 못했다. 해군 출신인 페터나 종조부 티나펠은 이곳의 기후가 맞지 않아 방문치 못할 것이 명백하므로, 숙부가 방문하는 것은 당연했다. 숙부는 명예직이기는 하지만 부영사직으로 연로하신 아버지의 부담을 덜어 주고 있었다. 한스 카스토르프는 모레 도착한다는 숙부의 통지를 베렌스 고문관에게 알려 방을 준비해 놓고, 그날 오후 8시에 마차를 타고 '마을' 역으로 마중을 나갔다. 한스 카스토르프는 10월의 추운 날씨에도 불구하고 모자는 물론 외투도 입지 않은 채 숙부를 맞이했고, 제임스는 자신의 들뜬 기분을 북서부 신사답게 세련되고 섬세한 말과 제스처로 은폐한 채, 조카의 모습에 만족한 듯 미소지었다. 두 사람은 마차에 몸을 실었다. 한스 카스토르프는 숙부에게 고원의 경치와 별자리와 유성의 이름을 열심히 설명했으나, 숙부는 그런 겉치레 얘기보다는 그 밖의 다른 일에 대해 얘기하기를 바라며 조카의 태도를 관찰했다. 조카가 대체 언제부터 천체에 대해 그처럼 관심이 많아졌느냐고 묻자, 한스 카스토르프가 대답했다.

"밤의 안정 요양을 위해 발코니에 앉았던 덕분입니다."

"뭐라고, 발코니에서 잠을 잔단 말인가?"

"그렇다니까요, 숙부님도 그렇게 될 것입니다. 달리 도리가 없어요."

"그렇겠지, 여부가 있나." 티나펠이 당황한 듯 대답했다. 그는 이 추운 날 외투도 모자도 없이 앉아서 담담하고 태연하게 대답하는 조카를 보았다. "넌 하나도 춥지 않은가 보구나?" 제임스는 두터운 나사 외투를 걸치고도 덜덜 떨리는 듯한 음성으로 물었다.

"우린 춥지 않습니다." 한스는 짤막하게 끊어서 대답했다.

영사는 한스 카스토르프를 한동안 뚫어지게 바라보았다. '이 아이는 왜 친구나 친척에 대해 묻질 않을까? 내가 평지 사람들, 벌써 연대에 입대하여 행복하고 자신만만한 요아힘의 인사까지 전했는데 고맙다는 말뿐, 고향에 대해서는 왜 더 이상 알려고도 하지 않을까?' 제임스는 왠지 알 수 없는 불안에 빠져, 그 원인이 조카에게 있는지, 아니면 여행 중인 자신의 생리 현상에 있는지를 판단하지 못한 채 주위를 둘러보았으나, 고원의 경치는 거의 눈에 들어오지도 않았다. 심호흡하면서 그는 상쾌한 공기라고 칭찬했다. "그렇습니다." 조카가 대답했다. "이곳 공기는 말할 필요도 없이 좋습니다. 이 공기는 비상한 힘을 갖고 있어서, 신진 대사를 촉진시키고 몸에도 살이 붙게 해줍니다. 이곳 공기는 또한 병을 치유하는 효력도 갖고 있지만, 처음에는 오히려 병을 자극해, 화려하게 폭발시키는 힘이 있습니다."

"화려하게라고?"

"물론입니다. 숙부님은 '화려하게 폭발하는' 느낌을 한 번도 가져보지 못하셨습니까? 전신에 기쁨이 넘쳐나는 느낌 말이에요."

"아마, 물론……." 아래턱을 딱딱 부딪치며 숙부가 대답했다. 그런 다음 자기는 이 위에서 8일, 아니면 6일간만 있게 될 것 같다고 말했다. 그러고는 한스 카스토르프의 몸이 조금 전에도 말했지만 정말로 뜻밖에 길어진 요양 덕분으로 놀랄 만큼 건강해졌으므로, 함께 평지로 돌아갈 수도 있겠다고 제임스는 말했다.

"오시자마자 그런 무리한 말씀은 삼가 주십시오." 한스 카스토르프가 말했다. 제임스 숙부의 말은 평지 사람의 말이었다. 우선 이곳의 환경을 관찰하고, 이곳 생활에 익숙해져야 한다. 그러면 숙부의 생각도 틀림없이 달라질 것이다. 무엇보다 병이 완쾌되는 것이 첫째 조건이다. '온전하게'가 무엇보다도 중요한 일이며, 얼마 전에도 베렌스 고문관은 앞으로 6개월을 더 머물러야 한다고 언급했었다.

"애야, 너 어떻게 된 거 아니냐? 휴가를 이용하여 잠깐 머무른다는 것이 벌써 일년 3개월이 지나지 않았니. 거기다 또 6개월이라니! 인간에겐 그렇게 많은 시간이 있는 게 아니야!" 제임스는 흥분하여 '애야'라고 부르며 소리쳤다.

"아아, 그 시간 말입니까! 숙부님께서는 인간의 시간에 대해서 말씀하셨는데, 숙부님은 먼저 평지에서의 시간 관념을 버리셔야 합니다. 그러고 나서 시간에 대해 의논하는 편이 좋겠습니다." 한스 카스토르프는 별이 반짝이는 하늘을 쳐다보며 태연하게 웃었다.

"그렇다면 내일 고문관과 네 문제에 대해 의논해 보겠다."

"좋습니다" 하고 조카가 대답했다. "그 사람은 틀림없이 아저씨 마음에 드실 것입니다. 아주 흥미 있는 성격입니다. 쾌활하면서도 우울한 성격이니까요." 한스 카스토르프는 샤츠알프 요양소의 등불을 가리켜 보이면서, 쌍썰매에 이끌려 골짜기로 내려가게 되는 시체에 대한 이야기도 덧붙여 들려주었다.

한스 카스토르프는 숙부를 요아힘의 방으로 안내하여 잠시 쉬게 한 다음, 이어 베르크호프의 레스토랑으로 안내하여 식사를 함께 했다. 그 방은 살균제로 철저하게 소독했다고 한스 카스토르프는 귀띔해 주었다. 일단 방이 비면, 방 주인이 자포자기로 출발한 것이 아니라 전혀 다른 출발, 말하자면 퇴거가 아니라 퇴장〔죽음을 의미함〕했다고 할 수 있는데, 그런 경우에도 철저하게 소독한다고 덧붙였다. 숙부가 도대체 그게 무슨 뜻이냐고 묻자, 조카는 이렇게 대답했다. "그건 우리들이 쓰는 은어입니다. 요아힘의 경우는 탈주라 할 수 있습니다. 군기(軍旗) 아래로 탈주한 거예요. 그런 경우도 있습니다. 그건 그렇고 식당으로 가시죠. 음식이 식을 테니."

두 사람은 함께 식사를 했다. 그들은 쾌적하게 난방 장치가 된 식당에서 한 단 높은 자리를 차지했으며, 난쟁이 아가씨가 날렵한 동작으로 시중을 들어 주었다. 제임스가 부르고뉴산 포도주를 한 병 주문하자, 그것이 곧 작은 바구니에 담겨 테이블 위에 놓여졌다. 두 사람은 건배를 했고, 이어 따뜻한 술기운이 온몸에 퍼졌다. 한스 카스토르프는 고원의 계절적인 생활과 식당 동료들의 인물평, 페르게의 예를 들어 기흉에 대해 얘기했으며, 수술 중에 발생하는 흉막 진탕의 무서움과 페르게가 겪은 실신, 후각상의 환각, 기절할 때 터뜨리는 발작적인 웃음에 대해 얘기했다. 연하의 조카는 일방적으로 수다를 떨었다. 제임스는 늘 그렇듯이, 여행과 공기의 변화로 마구 먹고 마셨다. 그러나 그는 가끔 입에 꽉찬 음식을 씹는 것도 잊어버리고 나이프와 포크를 접시에 걸쳐 둔 채 한스 카스토르프의 얼굴을 물끄러미 바라보았지만, 한스는 거기에 거의 신경쓰지 않았다. 티나펠 영사의 관자놀이에는 혈관이 툭 불거져 있었다.

제임스는 마차에서도 한스 카스트로프에게 고향 이야기, 집안 이야기, 도시 이야기, 장사 이야기, 보일러 제작 이야기, 툰더 운트 빌름스 회사 이야기 따위를 하고 싶었다. 회사는 여전히 젊은 견습 사원의 입사를 기다리고 있었지만, 그것만이 회사의 유일한 일은 아니었으므로, 언제까지 기다려 줄지는 의문이었다. 그러나 이번에도 한스 카스토르프의 냉담하고 무관심한 태도에 입을 다물고 말았다. 그 태연하고 초연한 태도는, 마치 싸늘한 가을 저녁의 찬 공기에 무감각한 것이라든지, "우린 춥지 않습니다"라고 말할 때의 말투를 기억나게 했다.

숙부는 조카의 이런 태도 때문에 조카의 얼굴을 자주 들여다보지 않을 수 없었다. 간호원장과 의사들 이야기도 나왔고, 닥터 크로코프스키의 강연 이야기도 나왔다. 만약 숙부가 여기에 1주일쯤 체류한다면 한 번쯤은 그 강연을 들을 수 있을 것이라는 이야기도 한스 카스토르프는 잊지 않고 덧붙였다. 숙부가 그 강연에 참석할 생각인 것 같다고 조카에게 일러 준 사람이 있었던가? 아무도 그런 말을 하진 않았으나, 한스 카스토르프는 단호하게, 마치 그것이 기정 사실인 양 말해버렸던 것이다. 숙부는 자신이 그 강연에 참석하리라고는 생각지 않았으나, 단정적으로 말하는 조카에게 싫든 좋든 막연하나마 위축을 느껴 얼떨결에 "그야 물론이지" 하고 대답하고는, 얼른 조카를 쳐다보고 입을 벌렸다. 코감기에 걸린 것도 아닌데 그렇게 입을 벌리고 조카를 쳐다본 것이다. 숙부는 이곳에 있는 모든 사람들의 공동 관심사인 병과 그 병에 대한 수용 체질에 대한 이야기를 들었으며, 중병은 아니나 오래 끈 한스 카스토르프의 증상, 기관지와 폐소엽이 세균에 감염되었을 때의 자극, 결핵 형성, 미열을 띤 가용성 독소의 발생, 세포 붕괴와 폐엽의 치즈화에 대해 듣고, 또 그 치즈화가 석회화와 결체 조직의 유착에 의해 무사히 끝나든지, 아니면 더욱 큰 연화(軟化) 구멍을 계속 만들어 공동을 크게 함으로써 폐장을 파괴하는가가 문제라는 얘기도 들었다. 그리고 그 파괴 현상의 격심한 '분마성(奔馬性)' 형태에 대해서, 그리고 그 형태가 2,3개월이나 2,3주 내에 환자를 사망하게 한다는 사실, 고문관의 기흉 수술, 최근에 이곳으로 온 스코틀랜드 부인이 수술을 해야 하는 폐회저에 걸려 있어서 하루 종일 석탄산 용액을 들이마셔야 한다는 말을 듣고 갑자기 웃음을 터뜨리고 말았다. 그는 자신의 예기치 못한 이 웃음에 깜짝 놀라 얼버무리려고 애썼으나, 그저 예사롭게 넘겨버리는 한스 카스토르프를 보고 안심은 됐지만, 내심으로는 또 다른 불안을 느꼈다. 조카의 이런 무관심은 조심이나 예의 같은 것이 아니라, 순전히 무서울 정도의 관용이며, 그런 무례에조차 신경쓰는 것을 잊어버린 태도였기 때문이다.

제임스는 어떤 생각에서인지 갑자기 흥분하여, 남자들이 술집에서 주고받는 말투와 함부르크의 성 파울리(환락가)에서 노래하는 상송 가수, 인기 있는 여가수가 얼마나 신사들을 매혹시키는지에 대해 얘기했다. 그때도 한스는 숙부의 그런 태도에 대해서는 전혀 신경을 쓰지 않았기 때문에, 제임스는 더 이상 미안해할 필요가 없었다. 어쨌든 제임스는 여독으로 피곤하여 닥터 크로코프스키와의 대면도 귀찮아, 의사의 명랑한 인사에도 건성으로 대답하고는 10시 30분경에 숙소로 돌아갔다. 한스는 내일 아침 8시에 식사하자는 말을 남기고 소독이 끝난 요아힘의 방에서 나가, 발코니를 따라 자기 방으로 돌아갔다. 그리고 제임스는 언제나 잠자리에 들기 전에 피우곤 하던 담배를 입에 물고 탈주병인 요아힘의 침대에 누웠을 때야 겨우 안도의 한숨을 내쉴 수가 있었다. 그는 불이 붙은 담배를 입에 문 채 꾸벅꾸벅 졸다가 하마터면 불을 낼 뻔했다.

한스 카스토르프가 '제임스 숙부'나 그냥 '제임스'라고 부르기도 하는 제임스 티나펠은 키가 큰 40세 가까운 신사로, 영국제 천으로 맞춘 양복에 흰 셔츠를 입고 있었다. 그리고 담황색의 머리칼과 미간이 좁은 푸른 눈에 엷은 갈색의 콧수염, 깔끔하게 다듬은 손을 갖고 있었다. 그는 결혼하고 아이들이 생긴 후에도 하르베스테후더 거리에 있는 노영사인 아버지의 넓은 집에 그냥 눌러 살고 있었다. 그의 아내도 그와 같은 훌륭한 집안 출신으로 고상하면서도 세련되었고, 작고 은근한 목소리로 신랄하면서도 빠르게 말하는 부인이었다. 제임스는 가정에서는 정력적이고 사려 깊고 조용했으며, 밖에서는 냉정하고 실제적인 실업가였다. 그러나 풍습이 다른 지방——특히 남부 독일——으로 여행할 때는 상대방의 의견을 당황하면서도 받아들이려는 노력이 역력히 보였다. 그런 노력은 자신이 젖어 온 문화에 대한 불신감에서가 아니라, 오히려 그 문화에 대한 가치를 확신하고 있었기 때문이다. 또한 공감할 수 없는 풍습에 대한 귀족적인 편협성을 남에게 드러내지 않기 위한 수단이기도 했다. "그럼요, 당연하지요"라고 당혹스럽게 얘기할 때는 융통성 없는 신사로 여겨지는 것이 두려워서이기도 했다. 제임스 티나펠이 이곳에 올 때는 물론 실제적인 사명을 띠고 있었으며, 조카의 실태를 정력적으로 파악하여 '밀폐된 거짓에서 건져내어' 고향으로 데려갈 의도를 품고 있었다. 그러나 이곳에 온 후에야 전혀 다른 세계라는 것을 절실히 깨달았다. 처음부터 이곳은 나름대로의 완고한 특징을 지니고 있었는데, 그것은 그가 갖고 있는 자신감보다 월등히 앞선 것이었다. 그는 실무자로서의 정력과 신사로서의 교양 사이에서 심각한 갈등을 일으키리라는 강한 예감으로 '이 위의 세계에 대한 자신감을 잃고' 말았다.

한스 카스토르프는 영사의 전보에 마음속으로 '자, 부디!' 하고 대답했을 때 바로 이런 일을 예견했다. 그러나 그가 숙부에게 의도적으로 이곳의 개성을 드러내 보였다고는 할 수 없었다. 그러기에는 그는 이미 이곳에 완전히 동화되어버린 것이다. 그가 공격자인 숙부에 대해 일부러 환경의 힘을 이용한 것이 아닌 그 반대로서, 숙부와 자신의 임무에 대해 좌절을 느꼈을 때부터 한스가 우울하게 보내게 되는 결말에 이르기까지 아주 단순하게 이루어진 것이다.

다음날 아침 식사 때 한스 카스토르프는, 이곳의 임시 청강생이라고 할 수 있는 제임스를 식탁 친구들에게 소개했다. 베렌스 고문관도 검은 옷을 입은 창백한 조수를 데리고 그 커다란 키에 기묘한 표정을 짓고는, 언제나처럼 "안녕히 주무셨습니까?"를 연발하면서 식당을 돌아다녔다. 고문관은 제임스에게, 이곳을 방문한 것이 조카에게 무척 좋은 일이며 가벼운 빈혈 증세를 보이는 본인에게도 무척 현명한 처사라고 말하면서 집게손가락으로 제임스의 아래 눈꺼풀을 뒤집어 보았다.

"내가 빈혈, 빈혈이라구요!" 제임스는 당황하며 말했다.

"네, 심한 빈혈 증세입니다. 몇 주 정도 이곳 발코니에서 잠을 자고, 조카의 모범을 따라 생활하시면 좋을 것입니다. 현재 상태라면 가벼운 폐결핵이라 생각됩니다만, 조금만 요양하시면 완쾌되겠습니다. 가벼운 폐결핵 증세로 보이니까요."

"물론 당연한 일이지요" 하고 영사는 조급하게 대답하고, 헤엄치듯 유유히 지나가는 고문관의 모습을 입을 벌린 채 한참이나 쳐다보았다. 그러는 사이에 조카는 그 옆에 태연히 서 있었다. 숙부와 조카는 시냇가의 벤치까지 가는 규정된 산책에 나섰으며, 산책에서 돌아온 다음에 제임스 티나펠은 자신이 가져온 무릎 덮개와 조카한테서 빌린 낙타 담요 한 장을 갖고 조카에게서 최초의 안정 요양을 배웠다. 조카는 화창한 가을 날씨라 담요 한 장으로도 충분했기 때문이다. 조카는 숙부에게 담요 두르는 순서를 차근차근 가르쳐 주었으며, 숙부를 미라처럼 둥글게 감아놓고는 숙부로 하여금 규정된 순서를 되풀이하게 했다. 그뿐만이 아니었다. 그는 양산을 의자에 고정시키고, 그것을 태양의 위치에 따라 이동하는 방법도 가르쳐 주었다.

제임스는 농담을 잘했다. 그는 아직 평지의 기분을 버리지 못해서 아침 식사 뒤에 끝마친 규정된 산책에 대해서도, 담요 두르는 방법을 배우면서도 농담을 했다. 그러나 조카가 자신의 농담에 상대해 주지 않을 뿐더러 오히려 태연하게 미소짓는 것을 보고, 또 그 미소에 얕잡아 볼 수 없는 이 세계에 대한 자신감이 감추어져 있음을 알고 불안을 느꼈다. 그리하여 자신의 실무자적 정력이 압도당하는 것이 두려워, 평지에서 갖고 온 자의식과 힘을 발휘할 수 있을 때, 되도록이면 그날 오후에라도 고문관과 조카 문제를 상의하여 매듭짓기로 결심했다. 이 세계가 갖고 있는 정신이 그의 사교성을 자기 편으로 끌어들여서 평지의 정신과 힘이 약해지리라는 사실을 깨달았기 때문이다.

제임스는, 고문관이 빈혈을 이유로 그로 하여금 이곳 환자들을 본받으라고 충고한 것에 따르고 싶지는 않았다. 그것은 너무나 당연하여 생각할 여지도 없는 것으로, 그것이 어느 정도는 한스 카스토르프의 태연스럽고 자신만만한 태도 때문이었는지, 아니면 객관적이며 필연적으로 그럴 수밖에 없어서 달리 생각할 수 없는 탓인지는 신사인 제임스로서도 판별할 수가 없었다. 최초의 안정 요양이 끝나자 양이 많은 두 번째 아침 식사가 나왔으며, 아래 '마을'까지의 산책이 필연적으로 뒤따랐다. 그처럼 자연스러운 일이 이 세상에는 없기나 한 듯, 산책에서 돌아오자 한스 카스토르프는 숙부를 다시 담요에 쌌다. 그러고 나서 가을 햇볕에서 잠자기에는 더할 나위 없이 좋은 안락 의자에 숙부를 누이고 자신도 이웃 발코니의 안락 의자에 누워 있으면, 얼마 지나지 않아 환자들에게 점심 식사를 알리는 종소리가 들려오게 마련이었다. 점심 식사는 상당히 호화판이고 푸짐해서, 점심 식사에 뒤따르는 정오의 안정 요양은 어쩌면 형식적인 관습일 뿐 아니라 생리적으로도 필요한 것이라고 할 수 있었다. 이렇게 하여 저녁때가 되고 역시 양이 많은 식사가 끝나면, 광학(光學) 응용의 오락 기구가 갖추어진 살롱에서 밤의 모임이 열린다. 이처럼 부드럽게 강요되는 일과에 대해서는 불평의 여지가 없어서, 비록 환경 변화 때문에 영사의 판단력이 둔해져 있다 하더라도 왈가왈부할 수가 없었다. 영사는 약간 불편한 상태를 병이라고까지는 말하고 싶지 않았으나, 피로와 흥분으로 몸에서 오한과 열이 났다.

초조하게 기다리던 베렌스 고문관과의 만남을 주선하기 위해 소정의 절차를 밟았다. 한스 카스토르프가 마사지사에게, 마사지사는 간호원장에게 의향을 전하여, 제임스 티나펠은 간호원장과 별난 대면을 하게 되었다. 담요로 몸을 둘둘 감고 안락 의자에 쓸쓸히 누워 있을 때 간호원장이 찾아와 이곳의 관습대로 말을 걸어왔으므로, 신사인 제임스는 무척이나 당황했다. '존경하옵는 당신'이라고 부르면서 2,3일만 기다려달라고 그녀는 말했다. 고문관은 진찰과 수술 때문에 무척 바쁘다, 게다가 당신은 현재 건강하신 것 같으니 기독교의 가르침대로 병든 이를 먼저 본 후에 만나도록 해주겠다, 자신을 첫째라 생각지 말라, 그러나 진찰을 위해 사정은 달라질 수도 있다, 당신이 아프다고 해도 나 아드리아티카는 놀라지 않는다, 그러면서 눈을 들여다보았다. 그리고 나서 당신 눈에는 열이 있고 뿌옇다, 누워 있는 모습도 정상이 아닌 것 같다, 영사님이 원하는 것은 진찰인지 아니면 개인적인 의논인지를 물었다. 제임스는 단호하게 '개인적 의논'이라고 말했다. 그렇다면 연락할 때까지 기다려야 하며, 고문관은 개인적 상담을 할 시간이 조금도 없다고 말했다.

요컨대 제임스가 기대한 것과 전혀 다른 방향으로 빗나갔을 뿐 아니라, 그녀와의 대화는 몹시 충격을 주었다. 조카가 이곳의 모든 사실에 긍정적이고 잘 융화되었음을 그의 태연자약함에서 느꼈고, 또 그것이 예의가 아닌 줄 알면서도 간호원장은 좀 이상한 여자인 것 같다고 슬그머니 귀띔해 주었다. 거기에 대해 한스 카스토르프는 무엇을 깊이 생각하는 듯 허공을 쳐다보다가 혹시 밀렌동크양이 체온계를 사라고 하지 않더냐고 반문했는데, 그것은 제임스의 질문을 반은 긍정한 셈이었다.

"아니, 나한테? 그녀는 그런 일도 하는가?"

그러나 혹 그런 일이 있다 하더라도 별로 놀라지 않았으리라는 것을 조카의 표정에서 읽고 제임스는 기분이 언짢았다. 마치 "우린 춥지 않습니다"라는 말이라도 하는 것 같았다. 제임스는 추워 견딜 수 없었다. 얼굴은 후끈후끈한데, 몸은 추워서 덜덜 떨렸다. 그는 생각했다. '만일 그녀가 나에게 체온계를 강매했다 하더라도, 나는 그것을 거절했을 것이다. 그러나 그것은 옳은 일이 아니다. 어차피 남의 체온계——한스의 것이라 해도——를 빌려 쓸 수는 없지 않은가.'

4,5일이 지났다. 이미 준비된 일이기는 했지만, 제임스의 생활도 틀이 잡혔다. 그는 많은 것을 보고 또 느꼈지만, 여기서 더 이상은 언급하지 않겠다. 어느 날, 제임스는 한스 카스토르프의 방에서 검고 작은 유리판을 보았다. 그것은 사진틀에 끼워져 장식되어 있었는데, 빛에 비춰 보니 음화였다. 그것은 두부(頭部)가 없고, 어렴풋이 살에 싸인 여자의 상반신 해골 사진이었다. "이게 대체 무언가?" 당연한 질문이었다.

"이거 말입니까? 기념품입니다."

"이거, 실례를 범했군." 그는 얼른 사진틀에 그것을 다시 꽂아 놓고 밖으로 나와버렸다.

이것은 일례에 불과하다. 닥터 크로코프스키의 '강연'에도 빠질 수가 없어서 참석했다. 그리고 기다리고 기다리던 베렌스 고문관과의 상담이 6일만에 이루어졌다. 통고를 받고 그는 아침 식사 후에 조카의 시간 낭비에 대한 담판을 짓겠다는 결심을 하고 지하실로 내려갔다.

그러나 끝내고 올라온 후, 그는 조카에게 작은 소리로 이렇게 물었다. "이런 말 들어 본 적이 있니?" 그러나 한스 카스토르프는 벌써 알고 있어서 그런 말을 해도 별로 놀라지 않으리라는 것이 분명해진 이상 그는 입을 다물었으며, 좋아하지 않는 조카의 반문에는 아무것도 아니라고 얼버무리고 말았다. 그 후 영사에게는 새로운 버릇이 생겼다. 눈썹을 찡그린다든지, 입을 삐죽거리며 허공을 쳐다보다가 순간 당황하며 머리를 반대쪽으로 돌려 똑같은 눈초리로 허공을 보는 버릇이었다. 베렌스와의 회담은 그가 생각했던 것과는 달리 거리가 생긴 걸까? 한스 카스토르프의 문제로 상담하다가 제임스 자신의 상담으로 바뀐 걸까? 영사의 상태로 보아 그러리라 짐작되었다. 영사는 유쾌하게 지껄이다가 실없이 웃고 조카에게 집적거렸다. "어이, 선배!" 하고 외치며 히히거리기도 했다. 그러나 식사 때나 산책 때, 밤의 모임에서는 시선을 늘 한 방향으로 고정시켰다.

영사는 처음에는 레디슈 부인에게 별로 관심을 두지 않았었다. 부재중인 살로몬 부인과 둥근 안경을 쓴 대식가인 학생과 같은 식탁에 앉은 폴란드 실업가 부인인 레디슈 부인은 요양 홀의 지극히 평범한 여자에 지나지 않았다. 게다가 통통한 브루네트[피부와 머리, 눈이 거무스름하다는 뜻]로서 젊기는커녕 흰머리조차 보였으나, 귀여운 이중턱에 진한 갈색 눈이 건강해 보였다. 그녀는 세련미에서 영사의 부인과는 비교도 되지 않았다. 그러나 일요일 저녁, 그녀가 식사 후 수놓은 검은 옷을 입고 홀에 나왔을 때, 그녀의 풍만한 유방을 보고는 홀딱 반하고 말았다. 어깨와 가슴을 드러내어 양쪽 젖무덤 사이의 골이 꽤 아래까지 보였다. 그것은 한창 나이의 영사를 혼이 쏙 빠지게 만들기에 충분할 만큼 매력적이었다. 그는 적극적으로 그녀에게 접근하기 시작했다. 처음에는 서서, 다음에는 앉아서 얘기하는 시간을 마련하는 데 성공했다. 그날 밤 그는 콧노래를 부르며 잠이 들었다.

다음날 레디슈 부인은 전날의 그 눈부신 검은 옷을 입진 않았으나, 영사는 어제 저녁의 그 모습이 눈앞에 아른거려 가만있을 수가 없었다. 산책할 때도 되도록 그녀와 나란히 걸으며 진지하고 매혹적인 태도로 접근했으며, 식사 때는 그녀와 건배했고, 그녀도 금니가 보이도록 미소지으며 건배했다. 영사는 조카와 이야기할 때 그녀를 '여신 같은 부인'이라고까지 부르며 연신 콧노래를 불렀다——한스 카스토르프는 숙부의 그런 태도가 지극히 당연하다는 듯 너그럽게 보아 넘겼다. 그렇다고 해서 그것이 어느 정도 연장자인 숙부의 권위를 존경하는 것은 아니었고, 또한 영사의 사명에 일치하는 것도 아니었다.

생선과 셔벗이 식탁의 메뉴로 나왔을 때였는데, 그는 두 번이나 레디슈 부인을 위해 건배했다. 그때마다 고문관도 거기에 동석했는데, 베렌스는 일곱 개의 식탁에 모두 자리가 마련되어 어디서나 앉아서 식사하게끔 되어 있었다. 그는 그 큰 손을 접시 앞에 모으고 콧수염을 치키며, 베잘과 멕시코 꼽추를 상대로 스페인어로 얘기했다. 그는 여러 나라 말, 터키어, 헝가리어까지 할 줄 알았다. 그러면서 레디슈 부인에게 보르도 포도주 잔을 들어 건배하는 영사를 충혈된 눈으로 쳐다보았다. 잠시 후 고문관은 보란듯이 식사 중에 일장 연설을 했다. 제임스가 저쪽 끝에 앉아 이쪽 끝을 향해 질문한, 인간이 죽었을 때의 부패에 대한 것이 계기가 된 셈이었다. 고문관은 마침 인체에 대한 연구를 하고 있었으며, 그것이 그의 전공 분야여서 인체 전문가라 해도 과언이 아니었다. 그런데 그에게 육체가 분해되면 어떻게 되는지를 물어본 것이다.

고문관은 팔꿈치를 세우고 두 손을 모아 그 위에 고개를 숙이며, "먼저 복부가 파열됩니다"라고 대답했다. "당신이 죽어서 관의 톱밥과 대팻밥 속에 누워 있다고 칩시다. 그러면 가스가 복부를 부풀게 하여, 마치 개구쟁이가 개구리 배에 바람을 불어넣은 것처럼 됩니다. 결국 당신의 복부는 가스의 압력을 이기지 못하여 '펑' 소리를 내며 터지고 맙니다. 그렇게 되면 아주 홀가분해져서, 이스가리옷 유다가 나뭇가지에서 떨어졌을 때처럼 되는 것이죠, 그렇습니다. 그러고 나면 다시 사람이 될 수 있는 겁니다. 황천에서 휴가를 얻어 유족(遺族)과 만나도 그들은 그다지 싫어하지 않을 겁니다. 이것을 가스 방출이라고 부르지요. 그 후에는 사바의 공기를 접해도 또다시 멋진 신사가 됩니다. 포르타누오바 근교의 카푸친 수도원 지하실에 매달려 있는 팔레르모 시민들의 미이라처럼 말입니다. 그들은 그곳에서 말라서 우아하게 매달려 널리 존경받고 있지 않습니까? 요점은 바로 가스 방출입니다.”

“그렇군요, 정말 감사합니다” 하고 영사가 말했다. 그리고 다음날 아침 사라지고 말았다.

그는 아침 일찍 첫차를 타고 평지로 남몰래 떠나버린 것이다. 모든 계산을 마치고 떠난 것은 당연했다. 상담을 위해 만났다가 진찰받은 진료비도 모두 지불하고, 전날 저녁이나 아니면 새벽에 조카에게는 일언반구도 없이 떠나버렸다. 한스 카스토르프가 첫번째 아침 식사 때 숙부 방에 가보니, 방은 텅 비어 있었다.

한스 카스토르프는 허리에 두 손을 대고 “그렇군, 그랬었군” 하고 중얼거리며 씁쓸한 미소를 지었다. 숙부가 도망친 것이다. 드디어 때가 왔다, 놓칠 수 없는 기회다——이런 결단을 내리고 줄행랑친 것이 틀림없었다. 자신의 사명을 완수하기는커녕, 혼자라도 도망칠 수 있다는 것에 안도의 숨을 내쉬면서 평지의 깃발 아래로 탈출한 것이다. 그렇다면 무사한 여행이 되기를 빌 수밖에!

한스 카스토르프는 이 위를 찾아온 숙부가 떠날 때까지 자신이 그 사실을 몰랐다는 것을 아무도 눈치채지 않도록 했다. 특히 영사를 역까지 전송해 준 절름발이에게는 더욱 그렇게 했다. 그는 보덴 호수에서 엽서를 받았는데, 그 엽서에 의하면, 숙부는 평지로부터 급한 용무로 전보를 받고 돌아갔다는 것이었다. 그리고 혹시 조카에게 폐가 될까봐 아무 말도 하지 않고 그대로 떠나왔다는 변명도 적혀 있었다. 그러나 그것은 억지 변명임에 틀림없었다. 앞으로 더욱 유쾌하게 지내라는 말도 썼는데, 이것 역시 빈정거리는 말일까? 그렇다면 이것은 악담임에 틀림없을 것이나, 그렇게 허둥지둥 떠난 숙부에게는 그런 조소나 악담을 할 마음의 여유는 없었으리라고 한스 카스토르프는 생각했다. 숙부는 여기서 1주일을 머물다 평지로 내려가게 되면 식사 뒤의 산책도 없을 것이고, 또 담요로 몸을 둘둘 말고 요양하는 대신 사무실에 출근해야 하는 평지의 생활이 뭔가 잘못되고 부자연스럽고 불법적인 것으로 느껴지지나 않을까 하는 예감이 들었을 것이고, 이 예감이 그를 몹시 불안하게 했을 것이다. 그리고 이것이 바로 그로 하여금 허겁지겁 이곳을 떠나게 한 직접적인 원인이었던 것이다.

이렇게 해서 한스 카스토르프를 평지로 데리고 가려던 시도는 실패로 끝났다. 한스는 처음부터 실패하리라고 예상했었지만, 이것으로 평지 사람과 자신의 관계가 중대한 의의를 가진다는 사실도 외면하지 않았다. 또한 이 실패는 평지인의 영원한 단념을 의미하며, 반면 한스 카스토르프는 완전한 자유의 몸이라는 것을 의미하지만, 그는 별로 흥분하지 않았다.

정신적 수련

레오 나프타는 갈리시아와 브리니아의 경계에 가까운 작은 마을에서 태어났다. 그는 부친에 대한 이야기를 자랑스럽게 했는데, 그것은 그가 자란 원시적 세계를 호의적으로 말할 만큼 초탈한 듯한 감정을 뚜렷이 나타내는 것이었다. 그의 부친은 도살업자였다. 그러나 그것은 직인이자 상인인 기독교의 도살업자와는 달리, 종교 관계 공무원이라 할 수 있는 것이었다. 유태의 랍비에게 경건한 기능 시험을 치르고, 모세의 율법에 입각하여 도살을 허락받은 가축을 탈무드의 규정에 따라 도살할 수 있는 권능을 받은 엘리아 나프타는, 아들의 말에 따르면 푸른 눈이 별빛과 같이 영롱하고 고요한 정신성을 담고 있었으며, 그의 인품은 어딘지 사제와 흡사했고, 또 은연중에 풍기는 장중함은 도살이 사제의 일이었다는 것을 믿게끔 했다. 레오의 아명은 라이브였다. 그는 아버지가 건장한 하인을 시켜 성스러운 도살을 행했다고 얘기했다. 그런 건장한 하인과 함께 있으면 금빛 턱수염을 둥글게 가꾼 엘리아는 더욱 우아하고 가냘프게 보였다. 사지가 빗장으로 질려 묶여 있지만 아직 의식을 잃지 않은 동물을 향해 큰 도살 칼을 휘두르다가 목줄기를 깊이 찌르면, 하인은 김을 내며 뿜어져 나오는 뜨거운 피를 한 사발씩 받곤 했다. 이런 광경을 레오는 감각적인 것을 통해 정신적인 본질까지를 보는 어린아이의 눈을 통하여 가슴에 새겨 두었다. 별빛 같은 눈의 엘리아로부터 이어받은 눈으로 그 광경을 지켜본 것이다.

기독교의 도살업자는 동물 학대와 잔혹함을 피하기 위해 몽둥이나 손도끼로 단 한 번에 동물을 죽여야 한다. 그런데 그의 아버지는 다른 도살업자들보다도 훨씬 섬세하고 총명하며 남달리 별빛 같은 눈을 갖고 있었음에도 동물이 죽어 쓰러질 때까지 계속해서 피를 흘리게 했다. 어린 라이브에게는 기독교도의 이런 방법이 형편없는 세속적 선량성(善良性)에 의존하는 것처럼 느껴졌고, 아버지의 경건한 무자비에 비하면 신성한 것에 대한 경외심이 희박한 것처럼 느껴져, 경건이란 관념은 잔인과 결부된 것이라고 생각하기에 이르렀다. 그의 공상 속에서 흘러나오는 피와 그 냄새가 신성이란 관념과 결부되듯이, 그의 아버지가 이 직업을 택한 것은 다른 도살자들이나 그를 돕는 하인에게서 보이는, 일 자체에서 느끼는 잔인한 취미에서가 아니라 좀더 정신적인 의미를 지니고 있었으며, 아버지의 우아한 외모만 보더라도 그 별빛 같은 눈이 암시하는 정신적인 이유에서 나온 것임을 알 수 있었다.

사실상 엘리아 나프타는 명상가이며 사색가였다. 그는 모세 율법서의 연구가이며 비평가여서 랍비와 토론하고 논쟁을 벌이기를 좋아하여, 그 지방의 종교인뿐만 아니라 모든 일반인에게까지 널리 알려져 있었다. 한편으로는 종교적 의미에서의 특별한 존재였고, 또 한편으로는 범상하지 않은 특별한 종파에서 볼 수 있는 이상한 점을 동반한 존재였다. 즉 그에게서는 신의 친근자, 셈족이 믿는 바알 신, 점성술사, 즉 기적을 행하는 사람이란 느낌을 갖게 했다. 실제로 어떤 부인의 악성 부스럼과 어떤 소년의 경련을 피와 주문(呪文)으로 고쳐 준 일이 있었기 때문에 한층 더 그런 느낌을 짙게 했는데, 거기에는 그의 피비린내나는 직업이 한몫을 한 것이다. 그리고 이 점이 그를 파멸로 몰아붙인 한 원인이 되기도 했다. 기독교도의 두 아이의 불가사의한 죽음으로 격분한 민중이 폭동을 일으켜 엘리아는 처참한 최후를 맞게 되었다. 그는 불이 붙은 그의 집 대문에 못박혀 죽었고, 폐를 앓고 있던 그의 아내는 어린 라이브와 네 형제 자매를 데리고 울부짖으며 고향을 떠나야 했었다.

이 비운에 휘말려든 일가족은 그동안 모아 놓은 재산으로 오스트리아의 포라를베르크 지방의 작은 읍에 정착하게 되었다. 나프타 부인은 어느 방직 공장에 취직하여 체력이 미치는 한 열심히 일하며 아이들을 국민학교에 입학시켰다. 그러나 그 학교에서의 교육은 레오 형제 자매의 소질과 욕구를 충족시켜 주었는지는 몰라도, 장남인 레오로서는 불만투성이였다. 비록 어머니로부터 폐병을 물려받기는 했으나 아버지의 멋진 체격과 비범한 오성을 물려받아, 어릴 때부터 강한 본능, 정신적 야심과 귀족적인 생활 양식에 대한 열렬한 동경에 집착하여 자신의 출신 세계에서 빠져나가려는 노력을 끊임없이 하게 되었다. 14,5세 때 그는 어렵게 구한 책을 통하여 학교에서 배우는 것 외에 많은 것을 무질서하고 성급하게 받아들여 그의 정신과 오성을 키워 나갔다. 그는, 점점 쇠약해가는 어머니가 고개를 숙인 채 바싹 마른 손을 들고 개탄하는 모습을 생각에 잠겨 바라보기도 했다. 그런데 학교에서 종교 수업 때 레오의 태도와 대답에 학식이 높은 랍비는 감탄하여 그를 개인적인 제자로 삼아 어학 면에서는 히브리어와 고대어를 가르쳐 주었으며, 논리적인 면에서는 수학을 가르쳐 레오의 본능을 일깨워 주었다. 그런데 이 선량한 학자는 은혜를 원수로 돌려받게 되어 뱀을 가슴속에 키우고 있다는 사실이 날이 갈수록 명백해졌다. 아버지의 랍비와의 논쟁 버릇을 답습하여 그와 스승 사이의 논쟁은 그칠 날이 없었고, 날로 더 격렬해져서 이 선량한 랍비는 레오의 정신적 반항심, 비평, 회의, 변증논법에 견딜 수 없는 정신적인 고뇌를 맛보아야 했다. 뿐만 아니라 레오의 궤변과 선동적인 면에는 이미 '혁명적'인 색채가 가미되어 있었다. 게다가 오스트리아 국회의원인 사회민주주의자의 아들과 가깝게 지내면서 그 친구의 아버지인 국회의원과도 알게 된 것이 그의 정신을 정치적인 방향으로 돌리게 하여, 그의 논리적 열정에 사회 비판의 경향까지 띠는 계기가 되었다. 그는 온건파 탈무드 학자에게 소름끼치는 열변을 토하여 사제지간에 최후의 일격을 가하고 말았다. 레오 나프타는 그의 스승에게서 배척당하여 서재에서 영원히 쫓겨나게 되었는데, 공교롭게도 그때 어머니 라헬 나프타가 세상을 떠나게 되었다.

　모친상을 치르고 얼마 되지 않아서 레오는 예수회의 운터페르팅거 수사와 알게 되었다. 16세의 레오가 마을 서쪽에 있는 일강(江)과 면한 '마르가레테의 머리'라고 불리는 언덕빼기의 공원에서 라인강 유역의 골짜기를 한눈에 볼 수 있는 벤치에 앉아 자신의 운명과 장래에 대해 암담하고 외로운 생각에 잠겨 있을 때의 일이었다. 그때 예수회의 '새벽별 학원'이라는 '기숙학교' 교수가 산책을 나왔다가 레오 곁에 앉게 된 것이다. 수사는 모자를 벗어 한쪽에 놓고, 기다란 수사복 밑으로 다리를 모으고 성무일과서(聖務日課書)를 읽은 후 레오와 얘기를 하게 되었는데, 그 얘기가 활기를 띤 것이다.

　이것이야말로 레오의 운명을 결정적으로 뒤바꿔 놓는 계기가 되었다. 이 예수회 수사는 언행이 우아했으며 열렬한 교육자이고, 사람 보는 눈도 매우 날카로웠을 뿐더러 사람을 알아보는 눈 또한 예리했다. 레오의 말에는 오만함과 조소가 깃들여 있었지만, 심지가 분명하고 매듭이 지어지는 대답을 들을 수 있어 수사는 무척 놀랐다. 그는 소년과의 대화에서, 깊이가 있기는 하나 그 지식에는 자학적(自虐的)인 요소가 가미되어 있다는 느낌을 받았다.

그러나 대화에 깊이가 더해가자 그의 세련된 지식과 신랄함을 깨닫고, 그 소년의 초라한 옷차림에 비해 의외라는 생각이 들었다.

마르크스에 대해 얘기하면 소년은 벌써 보급판 《자본론》을 읽었고, 헤겔이 화제에 오르면 소년은 이미 이 철학자의 저서와 그에 대한 문헌까지 읽었기 때문에 뛰어난 자신의 의사를 표명할 수 있었다. 타고난 그의 궤변 능력에선지 상대방에 대한 예의에선지, 레오는 헤겔을 '카톨릭적 사상가'라고 했다. 이에 수사가 미소를 지으며 카톨릭적이라는 것을 어떻게 논증할 수 있는가, 그는 본래 프러시아의 어용 철학자이기 때문에 프로테스탄트라 생각해야 옳지 않는가고 물었다. 레오는, '어용 철학자'란 칭호가 교회나 교리적 의미로는 별개라 치더라도, 종교적 의미에서는 그가 카톨릭적 사상가라는 것이 단적으로 증명된다고 했다. 왜냐하면(이 접속사를 레오는 무척 좋아했다. 이 말을 할 때마다 매우 의기양양해져, 그의 눈은 안경 뒤에서 번쩍였다) 정치적이란 개념은 카톨릭적이라는 개념과 심리적으로 결부되어, 이들은 객관성, 실천성, 활동성을 실현시켜 구체화된 개념을 포괄하여 한 범주를 형성하고 있기 때문이다. 여기에 대립되는 것이 바로 경건주의적 신비주의 사상에서 형성된 프로테스탄티즘이다. 예수회 사상에는 카톨릭의 정치적, 교육적인 요소가 현저하게 나타나 있는데, 예수회에서는 이 둘을 늘 자기 쪽의 전문 영역이라고 생각해 왔다. 그러면서 괴테를 예로 들었다. 괴테는 경건주의에 근거를 둔 프로테스탄트임에 틀림없지만, 객관주의나 행동주의에 비춰 보면 카톨릭적인 일면을 갖고 있다. 괴테가 비밀 고해성사를 옹호한 교육자란 점에서 괴테를 예수회 수사라고 해도 과언이 아니다. 소년은 그렇게 대답했다.

나프타가 자신의 말을 사실이라고 믿어서였는지, 그것이 기지에 찬 생각이어서였는지, 아니면 무엇이 자신에게 유리한가 불리한가를 신중히 계산하고 아첨한 것인지, 아무튼 수사는 소년의 말의 옳고 그름보다는, 그러한 논리를 전개할 수 있는 소년의 총명함에 마음이 끌렸다. 대화는 끊임없이 계속되었고, 수사는 레오의 개인적인 사정도 알게 되었다. 그리하여 운터페르팅거는 레오에게 빠른 시일 내에 기숙 학교로 찾아올 것을 권유했다.

이렇게 하여 레오는 '새벽별 학원'의 입학을 허락받았다. 학문적 · 사회적으로 엄숙한 이 학원의 분위기는, 그가 일찍부터 동경해 왔던 것이었다. 그는 여기서 자신의 본질을 좀더 깊이 평가해 주고 키워 줄 새로운 스승을 만나게 된 것이다. 소년은 냉정하면서도 자비로운 스승의 세계를 동경해 왔었다. 대개의 유태인이 그러하듯, 레오는 본질적으로는 혁명가이며 귀족주의자였다. 말하자면 사회주의자인 동시에 자부심이 강하고 품위 있으며, 배타적 · 전통적 생활 양식에 젖어보려는 꿈이 있었던 것이다.

그가 면접에서 처음 한 말은 분석적이고 비교학적인 의미를 띠고 있었으나, 따지고 보면 로마 카톨릭 교회에 대한 사랑의 고백이었다. 그는 로마 교회를 성스런 정신적 힘, 즉 반유물적이며 반현세적이며 반세속적인, 혁명적인 힘이라고 생각했다. 따라서 로마 교회에 대한 경의는 마음속 깊은 곳에서 우러나온 것이었다. 왜냐하면 그 자신이 얘기한 바와 같이, 유태교는 그 목적을 현세적 · 즉물적(卽物的)인 것에 바탕을 두고, 사회주의적 · 정치적 지성에 의한 침체성과 신비적 주관성에 의한 것을 특징으로 하는 프로테스탄티즘보다 훨씬 카톨릭에 가까운 관계를 지니고 있기 때문이다——따라서 유태인이 로마 카톨릭교로 개종하는 것이, 프로테스탄트가 카톨릭교로 개종하는 것보다 정신적으로 훨씬 자연스럽다고 생각한 것이다.

본디의 종교 단체 지도자와 사이가 나빠져 추방당하고 부모를 잃어 의지할 데 없는 고아였던 나프타는, 자신의 재능으로 당연하게 원할 수 있는 좋은 환경과 깨끗한 분위기에 대한 욕구를 품고 어느새 성년(成年)이 되었다. 그는 고해를 통해 개종하게 될 날을 손꼽아 기다리고 있었기 때문에, 그를 알게 된 '발견자'는 그 영혼, 아니 그 뛰어난 두뇌를 자기 종파로 끌어들이는 데 그다지 어려움을 느끼지 않았다. 수사의 주선으로 세례받기 전부터 레오는 '새벽별 학원'에 정착하게 되었고, 그의 신변과 정신의 보호를 받게 되었다. 그는 귀족적인 냉담성과 무관심으로 아주 자연스럽게 동생들을 그들의 재능에 맞게 빈민 구제소에 맡겨버리고, 자기만이 '새벽별 학원'으로 옮겨 살았다.

그 학원의 부지는 광활하다 할 정도로 넓었고, 건물도 4백 명 정도의 생도를 수용하기에 부족하지 않았다. 구내에는 숲, 목장, 여섯 군데의 운동장, 농장용 건물, 수백 마리의 소를 기르는 축사(畜舍)가 있었다. 그 학원은 기숙사요 모범 농장이요 체육 학교이며, 학자 양성소와 극장의 성격을 띠고 있었다. 극장이라고 한 것은, 이 학원에서 수시로 연극과 음악회가 열렸기 때문이다. 학원에서의 생활은 레오의 본성에 꼭 들어맞았다. 귀족적이며 수도원적이었고, 엄격한 규율과 우아함과 안정감, 그에 따른 심오한 정신성과 세련미, 변화가 많은 일과의 규칙성 등이 레오를 한없이 기쁘게 했다. 어디서나 마찬가지였지만, 한결같이 침묵을 지켜야 하는 식당에서는 중앙의 높은 단 위에 앉은 젊은 학생감이 함께 식사하는 자리에서 학생들을 즐겁게 해주기 위해 큰 소리로 책을 읽어 주었다. 수업에 대한 레오의 열의는 대단했고, 가슴이 약함에도 불구하고 오후의 스포츠와 유희에도 최선을 다했다. 그는 매일 새벽 미사에도 빠지지 않았으며, 일요일마다 행하는 장엄한 미사에도 항상 참석하여, 그 경건한 태도는 스승인 수사들을 기쁘게 하지 않을 수 없었다. 게다가 그의 사교성에도 수사들은 매료당했다. 축제일 오후에는 케이크와 포도주를 들고, 높은 칼라를 단 녹회색 제복과 줄무늬 바지와 둥근 모자로 말쑥하게 단장하고는 다른 학생들과 나란히 규칙적인 산책을 했다.

그의 개인적 사정, 즉 그의 신분이나 개종한 지 얼마 되지 않았다는 사실에 대한 타인들의 관대함에 그는 가슴 벅찬 고마움을 느꼈다. 아무도 그가 급비생(給費生)이라는 사실을 모르는 것 같았다. 학원 규칙상 집과 연고자가 없다는 사실을 학우들에게 알리지 않게 되어 있었고, 누구도 식료품이나 과자 따위를 소포로 받지 못하게 되어 있어서, 간혹 그런 것이 오더라도 모두에게 골고루 분배되었다. 그리고 이 학원의 국제성은 그의 민족적 특성을 드러낼 염려가 없게 했다. 레오보다 훨씬 '유태적'임을 느끼게 하는 젊은 포르투갈계 남아메리카인들이 끼여 있었기 때문이다. 나프타와 거의 같은 시기에 입학한 에티오피아 왕자는 고수머리의 흑인이었으나, 무척 품위 있는 학생이었다.

레오는 수사 학급으로 진급하자 신학을 공부하고 싶다는 희망을 표명했고, 만약 자신이 어느 정도 거기에 적합하다는 것이 인정된다면 예수회에 소속되고 싶다는 뜻도 함께 밝혔다. 그 결과 그는 좀 검소한 편인 '제2기숙사'에서 '제1기숙사'로 옮기게 되었다. 거기서는 식사 때마다 급사가 시중들어 주었으며, 실레지아의 폰 하르부팔 운트 샤마레 백작과 모데나의 디랑고니 산타크로체 후작의 침실 사이의 방을 쓰게 되었다. 그는 우수한 성적으로 졸업한 후 근처의 티지스 수도원에서 경건한 봉사 생활, 침묵과 복종, 종교적인 단련을 위한 생활을 보내며, 이전의 광적인 사상에서 느꼈던 만족과 똑같은 정신적 쾌락을 맛보았다.

그러나 그동안 그는 건강을 해치게 되었다. 육체의 건강에 도움이 되었던 수련 생활의 엄중함에서라기보다는, 그의 정신적인 생활이 원인이 된 것이다. 그가 받은 교육은 현명함과 날카롭다는 점에서 그의 자질에 일치했고, 동시에 더욱 계발되었다. 낮은 물론 밤을 새우면서까지 쌓은 정신적 수련, 양심의 탐구, 자기 성찰, 사색, 명상은 비뚤어진 정열에 부닥쳐 많은 고민과 모순과 자가당착에 빠지게 했다. 그는, 궤변과 비뚤어진 정열로 담임 지도 수사를 실망시키거나 큰 기대를 갖게 하기도 했다. "이것을 어떻게 생각하십니까?" 그는 안경알을 번뜩이며 질문했는데, 그러면 수사는 당황하여 영혼의 평안을 위해 기도할 것을 권고하는 수밖에 없었다. 그러나 이렇게 해서 얻은 일시적인 평안은, 그의 생활을 마비 또는 침체시키고 도구화시키는 정신적인 '죽음의 평안'에 지나지 않았다. 나프타는 허무한 '평안'의 징후를 주변의 공허한 눈초리와 표정에 나타나는 것으로 확인할 수 있었다.

그는 육체의 파멸을 통한 평안만이 가능하다고 생각한 것이다.

나프타의 이런 회의와 불만에도 불구하고 윗사람들의 신뢰감이 유지되었다는 것은 교부들의 정신적인 수준을 증명한다. 2년간의 수련기가 끝났을 때 교구장은 나프타를 자기 방에 불러, 그를 예수회에 영입하겠다는 뜻을 밝혔다. 이리하여 젊은 스콜라 철학자는 '하급' 성직인 문지기, 미사의 복사(服事), 독사(讀師), 구마사(驅魔師) 자격을 획득했고, 서품을 마친 후 정식으로 교단에 소속되어 신학 공부를 위해서 네덜란드의 팔켄베르그 신학원으로 떠났다.

당시 나프타는 20세였으나, 3년 뒤 북구의 악천후(惡天候)와 정신적 과로로 인해 어머니에게서 유전된 폐병이 도져 생명의 위협을 받게 되자 더 이상 머무를 수 없게 되었다. 그는 각혈하여 사람들을 놀라게 했고, 몇 주일의 혼수 상태에서 간신히 회복된 후 곧 '새벽별 학원'으로 되돌아왔다. 그는 그곳의 학생감 겸 사감, 고전문학과 철학 교사로 채용되었다. 이러한 일시적 근무는 원래 규정에도 있는 것으로, 보통 2,3년 근무한 후 신학원으로 되돌아가 7년간의 신학 연구를 하도록 되어 있었다. 그러나 나프타의 건강은 여전히 회복되지 않아, 의사와 교부들은 공기 좋은 이곳에서 학생들과 함께 지내며 농사일을 돌보는 것이 그의 건강에 더 나으리라고 판단한 것이다. 이리하여 그는 일요일의 장엄한 미사에서 〈사도서간〉을 낭송하는 상급 서품을 받았으나, 음악적 재능도 없는데다 목소리도 갈라져 노래부르기에는 적합하지 않아, 실제로 그 일을 감당할 수 없었다. 따라서 그는 차부제(次副祭) 이상으로는 승진하지 못했고, 부제도, 더구나 사제 서품까지는 이르지 못했다. 각혈이 되풀이되고 열도 내리지 않아 교단이 대주는 비용으로 이 위에서 요양하는 중인데, 그것도 벌써 6년째로 접어들었으므로 거의 요양이라 할 수도 없었다. 그는 병자들을 위한 김나지움의 라틴어 교사로 재직 중이었는데, 그에게는 이미 공기가 희박한 고원 지대의 생활이 절대적인 조건이 되어버렸다.

이것은 한스 카스토르프가 직접 나프타에게서 듣기도 하고 그 밖의 이야기들도 보태 종합해 본 것이다. 한스 카스토르프가 비단으로 꾸민 나프타의 방을 혼자 방문했을 때나 식탁 친구 페르게와 베잘과 함께 갔을 때, 또는 산책길에 나프타와 만나 함께 마을로 돌아오는 길에 단편적으로 주워들은 연속된 이야기다. 한스 카스토르프는 무척 특이한 이야기라고 느꼈고, 페르게와 베잘도 그렇게 생각하는 것 같았다. 페르게는, 물론 고상한 것은 이해할 수 없다고 조심스럽게 말했으며, (그에게는 흉막 진탕 때의 경험만이 인간적인 평범성을 초월한 유일한 경험이었다) 이에 반해 베잘은, 일찍이 곤경에 처해 있던 나프타가 행운을 붙잡아 출세의 길로 접어든 순간에, 무슨 일에건 한도가 있듯이, 다시 불행해지기 시작하여 평범한 사람들과 똑같은 병에 걸린 것은 퍽 마음에 드는 일이라고 했다.

한스 카스토르프는 나프타의 도중 하차를 매우 애석해하며, 명예를 중시하여 라다만토스의 끈질긴 요설의 그물을 용감하게 끊어버리고 군기 아래로 탈주한 요아힘의 일을 불안하게 회상했다. 그는 지금쯤 깃대를 붙잡고 오른손의 세 손가락을 높이 들어 충성을 맹세할 것이라고 상상했다. 나프타도 또 하나의 깃발에 충성을 서약할 것이다. 자신의 교단에 대해 한스 카스토르프에게 이야기할 때의 표현에 의하면, 그도 깃발 아래로 포섭당한 것이다. 그러나 샛길로 빠지고 새로운 철학적 사고에 빠졌던 나프타는 요아힘의 충성에는 훨씬 못 미쳤을 것이다. 물론 한스 카스토르프는 도시인이자 평화의 아들로서 예전의 혹은 미래의 예수회 이야기를 들을 때마다, 요아힘과 나프타가 서로의 직업과 계급에 호의를 갖게 되어 서로 가깝게 느끼리라는 것을 예감했다. 둘 다 여러 가지 의미에서, 즉 '금욕', 복종, '스페인적 명예심'이라는 의미에서도 군사적 위계 질서와 비슷한 점이 있었다. 특히 스페인적 명예심은 예수회에서 큰 의미를 갖고 있다는 점에서도 그러했다. 스페인에서 발생한 이 예수회의 심령 수련 규칙은 후에 프러시아의 프리드리히 대왕이 반포한 보병 복무 규칙과 쌍벽을 이루는 것으로, 스페인어로 적혀 있기 때문에 나프타의 이야기와 설명에 자주 스페인식 표현이 튀어나왔다. 예를 들면 지옥의 군대와 성직자의 군대가 전쟁을 위해 그 주위에 집결한 두 개의 군기를 '도스 반데라스(dos banderas)'라 했고, 성직자의 군대는 예루살렘 지방에 진을 치고 '카피탄 제네랄(총대장)'인 그리스도가 지휘했으며, 지옥의 군대는 바빌론의 평야에 진을 치고 사탄이 '카우디요(수령)'였다고 말했다.

학생들을 분대로 나누어 종교적이며 군대적인 예절을 가르친 새벽별 학원은 사관 학교——딱딱하며 높은 칼라와 스페인식 장식 깃의 결합이라 할 수 있지 않을까? 요아힘의 계급에서 주요 역할을 하는 명예와 공로는, 나프타가 안타깝게도 병으로 인해 더 이상 올라갈 수 없었던 사회에서도 얼마나 확실하게 나타나는 것일까. 나프타의 말에 의하면 예수회는 공명심에 불타는 사관 학생들의 모임이며, 또 근무시에도 남보다 두각을 나타내려는 일념에 불타고 있었다(라틴어로는 '인시그니스 에세'라 했다). 교단의 창시자이며 초대 총장인 스페인의 이그나티우스 로욜라의 가르침에 따라, 그들은 건전한 이성으로 행동하는 사람들보다 훨씬 훌륭하게 일을 처리했다. 뿐만 아니라 필요 이상으로 그 일을 수행했으며, 일반적인 이성으로 저항할 수 있는 육체의 유혹뿐만 아니라 보통 허용되는 관능, 이기심, 세속적 집착에도 처음부터 공격적인 억압을 하려고 했다. 적에 대해 공격적으로 대립한다는 것은, 단지 방어만 한다는 것보다는 더욱 중요하고 명예롭기 때문이다. 적을 약화시키고 분쇄하라는 규정에도 있듯이, 로욜라는 바로 그 점에서도 요아힘의 지휘관인 프러시아의 프리드리히 대왕의 "돌격, 돌격, 적을 물고 늘어져라, 늘 공격하라!"는 주장과 뜻을 같이하고 있었다.

그러나 요아힘과 나프타 세계의 공통점은 피에 대한 것으로, 모두 손에 피를 묻히는 것을 두려워하지 않는다는 점이었다. 이 점에서 예수회와 군대는 일치했으며, 평화의 아들인 한스 카스토르프에게는 중세의 호전적인 수도사에 대한 나프타의 이야기가 무척 흥미로웠다. 그들은 극도로 쇠약해질 때까지 금욕적이고, 한편으론 종교적 정복욕에 사로잡혀 신의 나라, 초자연계의 지배를 위해 피를 흘리는 것도 사양치 않았으며, 신앙심이 없는 사람들과의 싸움에서 죽는 것은 침대에서 편히 죽는 죽음보다 가치 있다고 생각하여, 그리스도를 위해 죽이고 죽는 것은 죄악이 아닌 최고의 명예라고 생각했다. 세템브리니가 이 말을 듣지 못한 것은 천만다행이었다! 이때 그가 있었다면, 늘 하던 대로 손풍금쟁이 역할을 하며 방해해서 평화를 찬미했을 것이다. 그럼에도 세템브리니는 당시 빈을 타도하려는 신성한 민족적 문명 전쟁에는 반대하지 않아, 그러한 정열과 약점 때문에 나프타의 조롱과 멸시를 받아야만 했다. 아무튼 이탈리아인이 민족적 정열을 불태우는 동안에 나프타는 거기에 대항하여 기독교적 사해동포주의를 내세워 어떤 특정한 나라를 조국이라고 부르지 않고, 예수회의 니콜라우스 장군의 말을 빌려 "조국애는 페스트와 같다. 그러므로 기독교적 사랑의 가장 확실한 죽음을 의미한다"고 단호하게 되풀이하는 것이었다.

그의 금욕주의적 생활에 의거하면 페스트란 말이 적용되지 않는 것이 없지만, 조국애를 페스트와 같다고 한 것은 가족과 고향에 애착을 느낀다거나 건강과 삶에 애착을 느끼는 모든 것이 금욕과 신의 나라에서는 모두 위배된다고 생각했기 때문이다! 나프타는, 이탈리아인이 평화와 행복을 예찬하면 건강과 삶에 집착하는 것이라 하여 비난했고 육신과 관능의 사랑이라고 공격했으며, 시민적인 반종교 행위라고 공박했다.

두 사람의 건강과 병에 대한 일대 토론은 크리스마스가 가까워진 어느 날 세템브리니, 나프타, 한스 카스토르프, 페르게, 베잘이 함께 '마을'까지 눈길을 산책하고 집으로 돌아올 때, 두 사람의 의견 대립에서 시작되었다. 모두 미열이 있는 데다 고원의 심한 추위 속에서 걷고 지껄여, 머리가 아프고 흥분되어 몸을 덜덜 떨고 있었다. 나프타와 세템브리니 외에도 간간이 몇 마디 의견을 말하던 세 사람도 이성을 잃고 우뚝 멈춰 서서 길을 막고 서로 엉겨 지껄였기 때문에, 통행인들은 비켜 지나가기도 하고 또는 귀를 기울인 채 놀라기도 했으나 그 이상의 관심은 보이지 않았다.

이 일의 발단은 카렌 카르슈테트 때문이었다. 그녀는 손가락의 괴저(壞疽)로 최근에 죽었다. 한스 카스토르프는, 그녀가 갑자기 병이 악화되어 죽은 사실을 전혀 모르고 있었다. 만약 알았더라면, 모든 동료들에게 친근함을 느끼는 그로서는 분명히 장례식에 참석했을 것이다. 그러나 이곳의 비밀을 지키는 관습 때문에 카렌이 죽은 것을 알게 되었을 때는 이미, 그녀는 눈 모자를 비스듬히 쓴 수호신 큐피드상이 서 있는 공동 묘지에 영원한 수평 상태로 안치된 후였다. 영원한 안식이 있을지어다……. 한스 카스토르프가 카렌을 회상하면서 부드럽게 몇 마디 중얼거리는 것을 세템브리니가 옆에서 들었다. 그러자 이탈리아인은 한스 카스토르프의 자선 활동, 즉 라일라 게른그로스, 장삿속에 밝은 로트바인, '쌀쌀맞은' 치머만 부인, 허세를 잘 부리는 '둘 다'의 아들과, 고통 속에 빠진 나탈리에 폰 말린크로트 부인을 위문한 것을 공박했고, 기사 양반이 전혀 희망없고 쓸모없는 이들을 위해 꽃을 들고 방문하는 것을 비웃었다. 이에 대해 한스 카스토르프는, 폰 말린크로트 부인과 테디 소년은 예외로 치더라도, 그 밖의 사람들은 모두 영원한 죽음으로 들어간 게 아니냐고 주의를 주자, 세템브리니는 그렇게 죽어버린 사람들에게 조금이라도 존경할 만한 무엇이 남아 있느냐고 반문했다. 한스 카스토르프는 거기에는 비참한 불행에 대한 기독교적 존경이라는 것이 있을 수 있다고 대답했다.

그때 나프타는, 세템브리니가 일장 훈계를 늘어놓기 전에 중세에 유행했던 종교에 입각한 극단적인 사랑의 행위, 즉 병자를 간호할 때의 광신적인 도취 상태의 놀라운 예를 얘기해 주었다. 공주들이 나병 환자의 악취나는 상처에 입맞추며 나병에 감염되어 생긴 상처를 '장미'라 부르고, 또 고름 씻은 물을 마시면서 이렇게 맛있는 것은 마셔 본 적이 없다고 말했다는 이야기였다.

세템브리니는 이 말을 듣자 금방이라도 토할 것처럼 얼굴을 찡그렸다. 그런 광경이나 생리적 불쾌감보다는, 오히려 활동적인 인간애의 해석에 나타난 괴상한 정신 착란이 더욱 구토증을 느끼게 한다고 그는 말했다. 그러면서 그는 자세를 가다듬어 밝고 우아한 태도로 근대의 진보적인 박애 행위의 여러 형태와 전염병 예방의 승리에 대해서 얘기하고, 중세의 추악한 간호 행위에 비교하여 근대의 위생학이나 사회 개량과 의학의 업적에 대해서 이야기했다.

이에 대해 나프타는, 시민적 의미에서 존경할 만한 그런 현상도 지금 예로 든 중세 사람들에게는 별로 소용이 없었을 것이라고 말했다. 그것은 병자나 비참한 사람들에게나 건강하고 행복한 이들에게나 똑같은 것이며, 건강하고 행복한 이들은 동정심이라기보다는 자신들의 영혼 구제를 위해서 병자를 따뜻하게 보살핀 것이다. 만약 중세에 그런 사회 개혁이 이루어졌더라면 건강한 사람들은 가장 중요한 자기 시인(自己是認)의 수단을 빼앗겼을 테고, 병자들도 신성한 보살핌을 받을 자격을 박탈당했을 것이다. 그러므로 가난과 병이 없어지지 않고 언제까지나 계속되는 것이 양쪽 모두에게 필요하며, 순수한 종교적 견지를 고수하는 한, 이런 사고 방식도 가능하다고 나프타는 대답했다.

그러나 세템브리니는 이런 관점에 반기를 들고 나섰다. 그런 어리석은 사고 방식은 반박할 가치마저 없다는 태도였다. '신성한 보살핌'이란 관념이나, 기사 양반이 남들이 하니까 덩달아 '비참한 불행에 대한 기독교적 존경' 운운한 것은 모두가 속임수이며, 착각, 잘못된 감정 이입, 심리적 인식 부족에 근거를 두고 있기 때문이다. 건강한 사람이 병자에게 갖는 동정, 즉 자기가 그런 고통에 처한다면 얼마나 견딜 수 있을까 생각하면서 병자에게 갖는 경외에 가까운 동정——은 과장된 동정이며 병자에게는 온당치 않고, 그릇된 상상에서 우러나온 동정이다. 건강한 사람은 자신의 민감한 감정을 병자에게 그대로 전가시켜, 병자의 고통을 나누어 가져야 한다고 생각하기 때문이다.

병자는 역시 병자일 뿐이며, 병자로서의 체질과 변질된 감정을 지니는 인간에 지나지 않는다. 병은 병자를 조정하여 병과 타협하도록 만든다. 즉 지각을 감퇴시키거나 상실시키고, 고통을 느끼지 않도록 여기저기 신경을 마비시킴으로써 정신적으로나 도덕적으로 병에 순응하게 하여 병고를 완화시켜 주는 자연의 조처가 있음에도 불구하고, 건강한 사람은 거기까지 생각이 미치지 못하고 있다. 그 가장 좋은 예로는 이곳 폐병 환자의 경박성, 무지, 방종, 파렴치, 건강에 대한 의지의 결여를 들 수 있다. 요컨대 병자에게 동정적 경의를 표하는 건강인이 자신도 병에 걸려 병자가 되어 보면, 병이란 하나의 상태이긴 하나 결코 자랑스럽지 않은 것이며, 자신이 그것을 너무 진지하게 생각하고 있었다는 것을 깨닫게 될 것이다.

여기서 안톤 카를로비치 페르게는 화를 내면서 세템브리니의 멸시와 중상에 대해 흉막 진탕을 옹호했다. "아니, 뭐라고요? 흉막 진탕을 너무 진지하게 생각한다고요? 당치도 않은 말입니다." 페르게는 선량한 인상을 주는 콧수염과 큰 후두를 올렸다 내렸다 하면서, 자기가 수술시에 경험한 고통을 절대로 멸시받고 싶지 않다고 했다. 자기는 보험 회사의 외근 사원에 불과한 평범한 인간이므로 고상한 것과는 거리가 멀다. 아까부터 한 얘기는 자신의 지식 수준엔 맞지 않는 말이다. 그러나 세템브리니씨가 흉막 진탕에 대해, 유황의 악취와 3색의 기절을 동반하는 지옥 같은 가려움까지를 그렇게 생각한다면 당치도 않다. 자기의 의견은 그렇지 않다. 흉막 진탕에는 감퇴나 마비, 상상의 오류 등이 있을 수 없으며, 그것은 이 세상에서 가장 심한 비열함이며 자기처럼 경험한 사람이 아니면 전연 알 수가 없다고 부르짖었다.

"네, 그렇고말고요, 그렇고말고요!" 하고 세템브리니가 말했다. 흉막 진탕에 의한 페르게씨의 허탈감은, 그것을 경험한 후 시간이 가면 갈수록 과장되고 후광처럼 머리를 둘러싼 자만으로 바뀐 것이다. 그러나 자신은 감탄해 주기를 바라는 병자를 존경하지 않는다. 자신도 가볍다고 할 수 없는 병을 앓고 있지만, 그것을 자랑스럽게 여기기는커녕 오히려 부끄럽게 생각하고 있다. 물론 개인적 의미에서가 아니라, 철학적 의미에서 말하는 것이다.

"제가 병자와 건강인의 성질과 감정의 차이에 대해 한 말에는 충분한 근거가 있습니다. 정신병의 환각을 생각해 보십시오. 현재 함께 있는 사람 중에 어느 한 사람, 기사 양반이나 또는 베잘씨가 오늘 밤 어스름한 방 한구석에서 돌아가신 아버지가 나타나 이쪽을 향해 말을 거는 것을 본다면 얼마나 놀라고 당황하겠습니까? 자신의 오관과 이성을 잃고, 그 즉시 신경정신과 의사에게 달려가고 싶을 겁니다. 그렇지 않겠습니까? 그러나 여러분은 정신적으로 건강하기 때문에 그런 일이 절대로 생기지 않을 것이며, 그런 얘기는 한낱 즐거운 농담으로 끝날 겁니다. 그러나 만약에 그런 일이 일어난다면 이미 병에 걸려 있는 것이며, 건강한 사람의 반응, 즉 깜짝 놀라 뛰어나온다든지 하는 반응을 보이지 않고 당연하게 받아들이는 환각 증세를 보임으로써 대화를 나누게 될 것입니다. 그런 사람이 건강한 사람처럼 환상에 대한 공포를 느낀다고 생각한다면, 그것은 바로 건강인이 범하기 쉬운 상상의 잘못이 아닐까요?"

세템브리니는 방구석에 나타난 아버지의 환상을 매우 조형적으로 얘기함으로써 사람들을 웃겼다. 지옥과 같은 흥막 진탕의 고통을 멸시당해 기분이 상해 있던 페르게도 웃고 말았다. 휴머니스트는 함께 있는 사람들의 들뜬 기분을 이용하여, 환각증 환자와 정신병 환자는 일반적으로 논의할 가치가 없다고 더욱 단호하게 주장했다.

"그리고 이런 종류의 인간들은 여러 모로 자기들을 괜찮게 보이고, 또 바보스런 행동을 삼갈 수도 있습니다. 이런 것은 제가 정신병원을 방문했을 때 목격한 사실입니다. 의사나 외부인이 입구에 나타나면, 환각증 환자는 대개 얼굴을 찡그리거나 중얼거린다거나 그 밖의 이상한 몸짓을 멈춥니다. 그러나 아무도 보지 않는다고 생각되면 다시 이상한 행동을 시작하는 겁니다. 즉 정신 착란이란 대개 자신을 억제하지 못하는 엄청난 고통으로부터의 도피이며, 약한 인간이 스스로 견뎌낼 수 없는 거친 운명에 대해 나타내는 방어 수단입니다. 그럴 땐 누구라도 미친 사람을 노려보거나 그들의 헛소리에 대해 준엄한 이성적 태도를 보임으로써, 적어도 어느 한순간이라도 그들을 정상으로 되돌려놓을 수 있습니다."

나프타는 이 말을 비웃었지만, 한스 카스토르프는 전적으로 동의한다고 단언했다. 세템브리니가 콧수염 아래로 싸늘한 미소를 띠고 불굴의 이성을 보이며 미친 사람을 노려보는 광경을 상상만 해도 그 환자에게 얼마나 '자제심'을 불러일으키게 했을까를 잘 알 수 있었다. 물론 환자는 그가 나타난 것을 귀찮아했을 것이다……. 그러자 나프타도 정신병원의 '특별 병동'에서 본 광경을 얘기했는데, 그때의 일이란, 오, 맙소사, 세템브리니씨의 준엄한 눈초리나 엄격한 태도도 어쩔 수 없었을 것이라고 했다. 단테의 《신곡》에 묘사되어 있는 장면 같은, 공포와 고뇌에 찬 그로테스크한 광경으로, 나체의 미치광이들이 목욕탕 속에 웅크리고 앉아 불안과 공포에 싸여 울부짖고 소리지르고, 팔을 들어 입을 크게 벌리고 지옥의 모든 것이 뭉뚱그려져 있는 듯한 폭소를 터뜨리고 있었다는 것이다.

"바로 그것입니다." 페르게는 자신의 기흉 수술 때 터뜨린 폭소를 생각해 달라고 말했다. "요컨대 세템브리니씨의 준엄한 교육학도, '특별 병동'의 끔찍한 광경 앞에선 두손들어야 할 겁니다. 거기에 대해서는 종교적 경외의 전율 쪽이, 우리의 '찬란한 태양 기사, 솔로몬의 대리자'가 기꺼이 광인과 대치한 교만한 이성 도덕가 같은 태도보다도 더욱 인간적인 반응이었을 겁니다."

한스 카스토르프는, 나프타가 세템브리니에게 붙인 칭호에 신경쓸 여유가 없었다. 그는 나중에 그 칭호에 대해 알아보려고 생각했으나, 지금 한창 계속되는 토론에 주의를 빼앗기고 말았다. 나프타는 휴머니스트가 대체적으로 빠지기 쉬운 경향을 날카롭게 비판하고, 원칙적으로는 건강에 모든 가치를 두고 병을 될 수 있는 대로 천하고 무가치한 것으로 경멸하는 것은 잘못된 생각이라고 공박했다. 세템브리니씨의 태도는, 그도 병자라는 것을 감안할 때, 칭찬할 만한 자기 무시가 인정된다. 그러나 아무리 훌륭하다 할지라도, 그것은 그릇된 태도가 분명하다. 그것은 육체를 존중하고 경배하려는 데서 나온 태도겠지만, 육체가 지금처럼 치욕적인 상태에 있지 않고 신이 만들어 준 상태에 있는 경우에만 정당한 것이 될 것이다. 그러나 불사의 생명을 부여받았던 최초의 육체는 '원죄(原罪)'라는 타락으로 인해 사악하고 추악한 것으로 변하여 죽음과 부패에 이를 수밖에 없어 영혼의 뇌옥(牢獄)일 뿐이며, 성 이그나티우스가 말한 것처럼 수치와 곤혹의 감정을 일으킬 수밖에 없다고 했다.

그 감정에 대해서는, 주지한 바와 같이 휴머니스트인 플로티노스도 말한 바 있다고 한스 카스토르프가 외쳤다. 그러자 세템브리니가 잠자코 있으라고 손을 위로 흔들면서, 관점이 다른 두 개의 의견을 혼동하지 말고 잘 들어 보라고 했다.

한편 나프타는, 기독교적 중세가 육체의 비참함에 대해 느낀 존경심에 대해, 중세인의 종교적 만족에서 나온 것이라고 설명했다. 육체의 궤양(潰瘍)은 육체의 타락을 확실하게 할 뿐만 아니라, 원죄에 의한 영혼의 타락까지도 느끼게 하여 교화적인 정신적 만족을 느끼게 하며, 또 이와 반대로 건강한 육체는 오류를 범하게 되어 양심을 욕되게 하는 경우도 있는데, 이런 현상은 병고에 대한 경외심을 갖게 함으로써 부인하는 것이 가장 유익하다. '누가 나를 죽음의 육체에서 구원해 줄 것인가?' 이것은 참된 인간성의 영원한 목소리이며, 정신의 절규이다.

"아니다, 그것은 어둠의 소리이다" 세템브리니가 떨리는 목소리로 말했다——그것은 아직도 이성과 인간성이라는 태양을 본 적이 없는 암흑 세계의 목소리이다. 그렇다, 육체야말로 병고에 시달리면서도 정신과 건강의 순결을 그대로 유지할 수 있다고, 성직자 냄새가 나는 나프타에게 이 문제에 대해 멋진 반론을 펴서, 그가 말하는 영혼을 조롱했다. 그러자 나프타는 인체를 '신의 성전(聖殿)'이라고 하면서, 인체라는 조직체는 인간과 영혼 사이의 막에 지나지 않는다고 했다. 그러자 세템브리니는 나프타에게 '인간성'이라는 말을 쓰지 말라고 단호하게 거부했다——논쟁은 이런 식으로 계속되었다.

추위로 꽁꽁 언 얼굴에, 모자도 없이 고무 덧신을 신은 모습으로 인도에 높이 쌓여 그 위에 재를 뿌린 눈을 뿌드득 소리를 내며 밟기도 하고, 차도에 쌓인 부드러운 눈을 밟기도 하면서 이들 두 사람은 논쟁을 벌였다. 세템브리니는 비버 털가죽의, 깃과 소매의 털이 빠져 마치 부스럼이 생긴 것 같은 재킷을 그런대로 멋지게 차려 입었고, 나프타는 안에 털가죽이 붙어 있지만 밖에서는 보이지 않는, 복사뼈까지 닿는 검은 오버코트를 입고 자기 자신들에게만 가장 절실한 문제인 양, 육체와 영혼에 대해 열심히 논쟁을 벌였다. 그런데 서로 의견을 나누는 것이 아니라 한스 카스토르프를 향해, 말하는 쪽이 상대방을 턱으로 가리키거나 손가락질을 하면서 자기의 의견을 진술하기도 하고 반론을 제기하기도 했다. 두 사람 사이에 낀 한스 카스토르프는 이쪽저쪽으로 고개를 돌리며 때로는 세템브리니의 말에 찬성하거나 나프타에게 동의하기도 하면서 몸을 비스듬히 뒤로 젖히고 등뒤에 붙인 염소 가죽 장갑을 낀 손을 흔들면서, 들을 가치도 없는 유치한 자신의 의견을 말하기도 했다. 페르게와 베잘은 세 사람을 앞서거니 뒤서거니 하면서 때론 나란히 걷기도 하다가, 사람이 지나가면 열에서 비켜나기도 했다.

두 사람의 이야기를 듣기만 하던 그들이 가끔 한마디씩 던진 것이 계기가 되어, 논쟁은 더욱 구체적인 주제로 옮아갔다. 화장, 태형, 고문, 사형 등의 문제가 잇달아 등장하여, 다섯 사람 모두가 열중하게 되었다. 태형을 제일 먼저 입에 올린 사람은 페르디난트 베잘이었는데, 한스 카스토르프가 생각할 때 그것은 당연한 결과였다. 세템브리니가 언성을 높여 인간의 존엄성을 강조하며 교육상, 사법상의 관점에서 이 야만적인 형벌을 반대한 것은 전혀 이상하지 않았지만——나프타가 진지한 태도로 태형을 변호하고 나선 것은 뜻밖의 일로서, 그의 논법에 일종의 음울한 의도가 깃들여 있어서 모두들 깜짝 놀라고 말았다. 그는, 태형에서 인간의 존엄성을 언급한다는 것은 어리석은 짓이라고 했다. 왜냐하면 인간의 존엄성이란 육체에 있는 것이 아니라 정신에 있는 것이니까. 그리고 인간의 영혼은 인생의 기쁨을 육체에서 찾으려는 경향이 있기 때문에, 육체가 고통을 당하면 육체의 감각적인 기쁨이 저지당하고 만다.

즉 육체의 기쁨을 정신의 기쁨으로 바꾸고, 정신을 육체의 지배자로 만들기 위한 가장 적절한 수단이기 때문에 태형을 특별히 야만스런 형벌이라 하는 것은 적당치 않다. 예를 들어 성 엘리자베트도 그녀의 고해 신부인 콘라트 폰 마르부르크에게 피가 날 정도로 맞았지만, 그 때문에 성단(聖壇)에 "그녀의 혼은 제3급 천사에까지 이르렀다"고 씌인 게 아닌가. 그리고 그녀 자신도, 너무 졸려 고해할 수 없었던 늙은 여인에게 매질을 한 적이 있었다. 어떤 수도회와 종파에 속하는 사람들, 일반적으로 진지하게 생각하는 사람들이 정신의 원리를 깊이 새겨 두기 위해 스스로 자기 몸에 태형을 가하는 것을 누가 야만스럽다거나 비인간적이라 하겠는가? 선진국임을 자부하는 나라들이 태형을 법률상으로 폐지시킨 것을 참된 진보라고 생각하고 있으나, 그거야말로 정말 우스꽝스러운 일이다.

"물론이지요. 육체와 정신의 대립에서는 그렇습니다." 한스 카스토르프가 말했다. "하하하, 육체가 사악한 원리를 체현(體現)한다는 것은 부정할 수 없습니다. 육체는 자연의 일부이기 때문입니다. 자연이란 말은 틀린 말이 아닙니다. 자연은, 정신이나 이성과 대립할 때는 분명히 사악한 원리입니다. 또 신비로운 것이라고도 말할 수 있습니다. 교양과 지식을 토대로 하여 말한다면, 그리고 이 관점을 고수한다면 육체를 거기에 맞춰 취급하고 신비로운, 사악한 형벌을 육체에 가하는 것은 논리적으로 필연성을 띤다고 봐야 합니다. 세템브리니씨도 몸이 허약하여 바르셀로나의 진보 회의에 나가지 못하게 되었을 때, 성 엘리자베드와 같은 여성이 옆에 있다가 세템브리니 씨를 채찍으로 때렸다면…….”

모두 웃음을 터뜨렸다. 세템브리니가 화를 낼까봐, 한스 카스토르프는 얼른 자기가 채찍으로 맞은 경험담을 애기했다. 그가 다닌 고등학교의 하급 클라스에도 형벌이 그대로 남아 있어서, 승마용 채찍이 언제나 마련되어 있었다. 선생들은 사회적 체면 때문에 때리지 않았으나, 그는, 키 크고 힘센 동급생에게 채찍으로 허벅지와 양말만 신은 종아리를 맞은 일이 있었다. 그 때의 아픔은 너무나 치욕적인 것이어서 잊을 수가 없었다. 그것은 거의 ‘신비’에 가까운 아픔이었다. 그래서 그는 부끄러움도 잊은 채, 분하고 불명예스러운 고통 때문에 엉엉 소리를 내어 울었다. 또 어디서 읽은 기억이 있는데, 감옥에 갇힌 흉악한 살인범이나 강도들도 태형을 당하면 어린애처럼 소리내어 운다고 덧붙였다.

한스 카스토르프의 이야기를 들으면서 세템브리니가 낡은 가죽 장갑을 긴 손으로 얼굴을 가리고 있는 동안, 나프타는 정치가 같은 냉담성을 띤 어조로 반항적인 죄인을 고문대와 채찍을 사용치 않고 어떻게 다스릴 수 있겠느냐고 반문하면서 이야기를 계속했다——그렇기 때문에 그런 고문 기구는 감옥에서 꼭 쓰여지게 마련이며, 인도적인 감옥이라는 것은 미학적으로 도저히 성립될 수 없는 것으로 하나의 타협에 불과하다. 세템브리니씨는 미사여구를 능란하게 구사하는 역설가이지만, 근본적으로 미에 대해서는 전혀 이해하지 못한다. 하물며 교육학에 있어서는……. 나프타에 의하면, 육체에 가하는 태형을 교육으로부터 추방하려는 사람들이 부르짖는 인간의 존엄성이라는 개념은 시민적 인도주의 시대의 자유주의적 개인주의, 계몽주의적 자아중심주의에 뿌리박고 있으나, 그런 주의는 이미 빈사 상태에 빠져 있고, 새로이 대두되는 보다 남성적인 사회 이념, 즉 속박과 굴복, 강제와 복종에 자리를 물려주고 있다. 그러나 이 새로운 이념을 실현시키기 위해서는 반드시 신성한 잔혹함이 필요하며, 그것이 실현되면 혼이 없는 썩은 고기와 같은 육체에 매질을 하는 것도 지금과는 다른 눈으로 보게 될 것이다.

"그래서 그것을 '절대 복종'(짐승의 시체의 복종)이라 부르는군요" 하고 세템브리니가 비웃으며 말했다. 그러나 나프타는, 신이 원죄의 벌로 인간의 육체에 부패라는 오욕을 남겼기 때문에, 그런 육체에 태형을 가하는 것은 그다지 큰 죄라 할 수 없다고 말했다. 이어서 화제는 화장(火葬)으로 옮겨졌다.

세템브리니는 화장을 찬미했다. 나프타가 말하는 육체의 오욕은 화장에 의해 씻길 것이라고 했다. 인류는 실제적인 이유에서도, 또는 정신적인 이유에서도 모두 부패라는 오욕을 씻으려 한다. 그리고 자기는 국제 화장 보급 회의의 준비 위원이며, 개최지는 스웨덴이 될 것이라고 밝혔다. 그 회의에서는 지금까지의 모든 경험과 장점을 살려 설계한 훌륭한 화장터와 납골당의 모형이 전시될 계획이며, 이 모형이 널리 고무적인 자극을 줄 것으로 기대된다. 매장이란 얼마나 전근대적이며 현대 사회에 적합하지 않은 낡은 처리 방법인가! 도시의 팽창! 장소가 없어 묘지는 점점 교외로 밀려나가고, 땅값은 치솟는다. 세템브리니는 매장을 간소화하는 문제에 대해 절실하고 적절하게 의견을 피력했다. 그는, 사랑하는 아내의 무덤에 날마다 찾아가, 그녀가 잠든 곳에 앉아 얘기를 나누는 슬픈 홀아비의 모습을 무척 유머러스하게 얘기했다. 그런 감상적인 사람은 이상하리만큼 귀중한 시간을 많이 갖고 있지만, 근대적 공동 묘지의 대규모 작업을 보면, 그런 목가적인 감상은 잘못된 것임을 알게 될 것이다. 화염에 싸여 소멸하는 시체의 분해 작용은 하등 동물의 먹이로 내주는 매장에 비해서 그 얼마나 깨끗하고 위생적이며 영웅적인 처리 방법이란 말인가! 이러한 새로운 처리법은 인간의 기분, 영원을 갈구하는 인간의 기분에도 적합할 것이다. 화염에 싸여 사라져 가는 육체의 변화하는 부분은 살아 있을 때 신진 대사에 의해 계속적인 변화를 한 부분으로, 신진 대사에 영향을 받지 않는, 일생 거의 변화가 없는 부분은 불속에서 소멸되지 않고 재가 되어, 유족들이 고인(故人)의 불멸의 부분을 품에 안게 되는 것이다.

"그것 참 훌륭한 얘기로군요" 하고 나프타가 빈정거렸다. "아, 정말 훌륭한 말입니다. 인간의 불멸의 부분이 재가 되다니!"

"오, 물론이지요" 하고 세템브리니가 말했다. "나프타씨는 생물학적 사실에 대해 인류의 비합리적 입장을 고수하려 하시는군요. 죽음이 신비로운 공포의 대상이었던 원시 종교 단계에서는 그것에 이성적인 냉철한 눈을 돌려서는 안 되었지요. 그렇지만 이 얼마나 야만적인 짓입니까! 죽음에 대한 공포는 문화 수준이 낮고 부자연스러운 죽음이 많았던 시대의 유물이며, 횡사에 관련된 섬뜩한 기분이 모르는 사이에 죽음에 대한 생각과 연결되어버린 것입니다. 그러나 위생 관념과 생명의 안전도가 높아짐에 따라 자연사가 일반화되고, 근대의 노동자에게는 자신의 모든 힘을 합리적으로 깡그리 사용한 후 영원한 휴식을 취한다는 생각은 조금도 두려운 것이 아니며, 오히려 극히 자연스럽고 바람직하게 느껴지게 마련입니다. 죽음은 두려운 것도 신비스런 것도 아닌, 명백하게 이성적이며 생리적인 필연성을 띤, 환영할 만한 현상입니다. 따라서 필요 이상으로 죽음에 몰두하는 것은 삶의 권리를 침해하는 것이지요. 그래서 모범적인 화장터나 납골당, 즉 '죽음의 전당' 외에 삶의 전당을 세워, 건축·조각·회화·음악·문학 등이 협력하여 유족의 감정을 죽음의 경험, 무익한 비애, 무기력한 탄식에서 삶의 환희로 바꾸는 일도 계획하고 있습니다."

"그렇다면 어서 서둘러야겠군요!" 하고 나프타가 비웃었다. "유족들이 죽음에 지나치게 정성을 바치기 전에 서둘러야겠군요. 죽음이라는 단순한 사실이 없다면 건축·조각·회화·음악·문학도 존재하지 않는다는 사실을 너무 깊이 인식하기 전에 말입니다."

"유족들이 죽음의 군기 아래로 탈주하기 전에 말이지요." 한스 카스토르프도 꿈꾸듯이 말했다.

"당신은 어떻게 그런 애매한 말을 합니까? 당신의 그 말은 비난받아야 마땅합니다" 하고 세템브리니가 한스 카스토르프에게 말했다. "죽음의 경험은 결국 삶의 경험이며, 그렇지 못하다면 죽음은 단순한 환상에 지나지 않습니다."

"조금 전에 말씀하신 삶의 전당에는 고대 석관(石棺)에서 볼 수 있는 음란한 상징화로 장식되어 있겠군요?" 한스 카스토르프가 심각하게 물었다.

"어쨌든 좋은 눈요기가 될 것입니다." 나프타는 단정하듯 말했다. "부패로부터 구원받은 인체는 대리석과 유화로 찬란하게 표현될 것입니다. 조금도 이상할 것 없습니다. 너무 사랑스러워, 매질을 할 생각이 전혀 나지 않을 테니……."

이때 베잘이 고문을 화제에 올렸는데, 이것 역시 그에게 잘 어울리는 이야기였다. 고통을 주는 신문(訊問)——이것을 어떻게 생각하느냐, 나 페르디난트는 사업상의 '여행 도중', 기회 있을 때마다 옛 문화를 자랑하는 도시의 비밀 장소, 고문에 의하여 양심 탐색의 방법이 행해졌던 장소를 견학했다. 그 덕분에 뉘른베르크와 레겐스부르크의 고문실도 교양을 높일 목적으로 자세히 구경했다. 거기에선 영혼의 구원을 위해 갖가지 거칠고 교묘한 방법으로 육체에 고통을 주었으나, 비명 소리는 전혀 들리지 않았다. 저 유명한 배〔梨〕맛이 하나도 없는 배를 입에 잔뜩 집어넣고 고문을 하는데, 그런 중에도 정적만이 짙게 깔려 있었다.

"포르체리아(흠, 흠, 더럽군)!" 세템브리니가 이탈리아어로 중얼거렸다.

페르게는, 배를 입에 잔뜩 처넣고 행하는 정적 속의 고문을 이상적이라고 했으며, 흉막을 탐색하는 것보다 더 야비한 짓은 그 당시에도 생각해내지 못했을 것이라고 했다.

"그것은 인간의 영혼을 구제하기 위한 일이 아닐까요?" 세템브리니가 말했다.

이 말에 대해 나프타는 이렇게 응수했다. "영혼의 구원뿐만 아니라, 정의가 해를 입었을 경우에도 무자비는 정당화될 수 있습니다. 뿐만 아니라 고문이란 이성적이며, 진보의 소산이라 생각합니다.”

그러자 “나프타씨는 제정신이 아닌 것 같군요” 하고 세템브리니가 말했다.

“아닙니다. 나는 분명히 제정신입니다. 세템브리니씨는 문필가이기 때문에 중세의 사법사(司法史)가 머리에 떠오르지는 않을 것입니다. 중세 재판의 역사는 실로 합리화 운동의 역사이며, 이성적 생각에 기반을 두고 신을 재판에서 차차 추방하는 과정이었습니다. 신이 개입된 재판은, 강자가 잘못했더라도 늘 이기게 된다는 것을 알았기 때문입니다. 세템브리니씨와 같은 비평가가 이 사실을 알아차리고, 고대의 소박한 재판 대신 신문 재판을 등장시키는 데 성공한 것입니다. 이것은, 진리를 판가름하는 데 신을 끌어들이지 않고 피고로부터 진실된 고백을 들으려 했기 때문입니다. 자백 없는 선고는 없다——제 말이 믿어지지 않는다면, 지금 당장이라도 민중 사이를 돌아다니면서 물어보십시오. 아마 이 원리는 민중의 마음속에 깊이 뿌리를 내리고 있을 것이며, 모든 증거가 아무리 완벽하다 할지라도 자백이 없으면, 어떤 선고라도 위법이라고 생각할 것입니다. 그렇다면 어떻게 자백을 시켜야 하겠습니까? 단순한 예감, 혐의를 넘어서서 진실을 어떻게 알아내야 할까요? 진실을 숨기고 자백을 거부하는 인간의 마음속을 어떻게 알 수 있을까요? 정신이 반항하면 육체에 물을 수밖에 없습니다. 고문은 꼭 필요한자백을 끌어내는 수단으로서, 이성의 요구에 의해 제안된 것입니다. 그리고 자백에 의한 재판을 실현시킨 사람은 바로 세템브리니씨 같은 사람입니다. 그러니 고문의 원조(元祖)가 되는 셈입니다.” 나프타는 열변을 토했다.

거기에 대해 휴머니스트 세템브리니는, 모두를 향해 나프타의 말을 믿어서는 안 된다고 부탁했다. “그것은 정말 악질적인 농담입니다” 하고 그는 말했다. “모든 것이 나프타씨가 말한 그대로입니다. 혹독한 고문의 창안자가 바로 이성이라고 하더라도, 그것은 이성이 주위의 지지와 계몽을 얼마나 필요로 하는가를 증명해 주는 것이며, 자연의 찬미자들은 이 지상에서 팽배해 가는 이성의 힘을 겁낼 필요가 없다는 걸 증명해 줄 따름입니다. 그러나 나프타씨가 말한 것은 의심할 여지 없이 잘못된 것입니다. 이 고문이라는 재판상의 만행은 지옥의 신앙에서 출발된 것이지, 결코 이성의 소산은 아닙니다. 박물관과 고문실을 돌아보십시오. 그곳에 있는 죄는 기구, 잡아당기는 기구, 비트는 기구, 불로 지지는 도구는 모두 유치한 공상에서 비롯된 것입니다. 즉 고통만 주는 지옥에서 사용하는 것을 모방하려고 한 것임에 틀림없습니다. 게다가 고문이 범죄자를 돕는다고 생각했다니, 이건 정말 우습기 짝이 없습니다. 범죄자의 불쌍한 혼은 자백하려고 하는데, 악의 원인인 육체가 방해하고 있다고 생각했던 것입니다. 그래서 범죄자의 추악한 육체를 고문으로 약하게 해주는 것이 커다란 사랑의 봉사라고 믿었던 거죠. 이건 금욕주의의 망상입니다."

"고대 로마인도 그런 망상에 사로잡혀 있었을까요?" 하고 나프타가 물었다.

"로마인이? 천만의 말씀!"

"그러나 그들도 고문을 재판의 수단으로 사용하지 않았습니까?" 나프타가 역습했다.

논쟁은 혼란에 빠졌다. 한스 카스토르프는 자신이 토론회의 사회자인 양, 사형 문제를 끄집어냈다. "오늘날의 예심 판사는, 피고가 자백하도록 술수를 부리긴 하지만 고문은 하지 않습니다. 그러나 사형 제도는 어느 나라에나 존재하며, 선진국에서도 사형 제도를 채택하고 있습니다. 프랑스에서는 사형 대신 국외 추방을 했는데, 이 때문에 쓰라린 경험을 맛보지 않았습니까? 어떤 부류의 인간은, 목을 자르지 않고는 어떻게 해볼 도리가 없기 때문이죠."

"그러나 그런 인간도 기사 양반이나 나 같은 인간입니다. 단지 의지가 약하여, 결함 있는 사회의 희생물이 된 것뿐입니다." 세템브리니는 이렇게 말하고, 전과 몇 범인 어느 살인범에 대한 이야기를 했다. 그 사나이는, 논고에 의하면 '짐승 같은 인간', '인간의 탈을 쓴 짐승'이라 표현되어야 마땅할 사람이었다. 그가 갇혔던 독방의 벽에는 시가 가득 씌어 있었는데, 그 시는 보통 수준이 넘었다. 검사들이 어쩌다 지은 것보다 훨씬 훌륭하고 잘 다듬어진 시였다.

그것은 예술의 어떤 특성을 암시해 주기도 하지만, 그 외에는 별로 특기할 만한 건 없다고 나프타가 응수했다.

한스 카스토르프는, 나프타씨는 사형 제도를 찬성함에 틀림없고 세템브리니씨와 마찬가지로 혁명적인 면이 있지만, 단지 보수적인 경향을 띤 혁명가라고 말했다.

이에 대해, 세템브리니가 자신만만한 미소를 지으며 말했다. 세계는 비인간적인 반동혁명(反動革命)을 초월하여, 이제는 제 궤도로 복귀할 것이다. 그리고 나프타씨는, 예술이 아무리 악한 사람이라도 인간답게 해준다는 사실을 부정하기 위해 예술 자체를 혐오하고 있다. 그러나 그래서는 광명을 구하는 청년을 설득할 수 없다. 모든 문명국에서는 사형 제도를 폐지하기 위해 국제 동맹을 이루고 있다. 자신도 그 일원이다. 첫 회의의 개최지는 곧 결정될 것이고, 사형 제도의 반론을 준비하고 있다는 것에는 믿을 만한 이유가 있다. 이어서 세템브리니는 사형을 반대하는 이유를 열거하고, 그 중에는 오심(誤審)으로 인하여 억울한 사람을 사형시킬 위험이 늘 있다는 것, 범죄자가 개심할 희망을 배제할 수 없다는 점 등을 예로 들었다. 그는 "원수 갚는 것이 내게 있으니, 내가 갚으리라"는 성경 구절까지 인용하여, 만일 국가의 관심사가 교화에 있고 폭력에 있지 않다면 악을 악으로 갚아서는 안 된다고 역설하고, 죄의 개념을 과학적 결정론을 바탕으로 해서 논박한 뒤, 벌의 개념을 부정했다.

이어 '광명을 구하는 청년'은 나프타의 논거에 의한 반론을 들어야 했다. 나프타는, 박애주의자인 세템브리니가 피를 두려워하고 생명을 존중하는 것을 비웃으면서 이렇게 주장했다——개인 생명의 존중은 극히 천박한 것으로, 시민적 안전주의의 부속물이다. 그러나 상당히 격한 정세하에서는 안전을 초월하는 어떤 이념, 즉 초인격적인, 초개인적인 이념이 등장하자마자 개인의 생명 따위는 그 고귀한 이념 때문에 희생될 뿐만 아니라, 개인 자신도 주저하지 않고 생명을 버리는 것이야말로 인간에게 가장 잘 어울리며 고차원의 인간 상태라는 세템브리니의 박애주의는, 생명으로부터 무게 있는 진지한 요소를 모두 제거하려 하고 있다. 그것은 과학적 결정론에서도 마찬가지다. 그러나 죄의 개념은 결정론에 의해 제거되는 일은 결코 없으며, 도리어 결정론에 의해 그 무게와 두려움이 더해 갈 뿐이다.

"아, 그렇다면 나프타씨는, 사회의 불행한 희생자가 진정으로 자신의 죄를 자각하여 기쁜 마음으로 단두대에 올라야 한단 말입니까?" 세템브리니가 다그쳤다.

"물론입니다. 범죄자는 자기 자신을 의식하는 동시에 자신의 죄를 의식하고 있습니다. 왜냐하면 그는 바로 그 자신이며, 다른 누구가 되지도, 또 되기를 희망할 수도 없습니다. 그리고 이것이야말로 그의 죄입니다." 이리하여 나프타는 죄와 공을 경험 차원에서 형이상학적 차원으로 옮겨놓았다. 그는 이렇게 덧붙였다. "행위나 행동에는 결정론이 지배하고 있어서 거기에는 어떤 자유도 있을 수 없으나, 인간의 본성에는 자유가 있습니다. 인간은 그렇게 존재하려는 욕구를 갖고 있으며, 숨을 거둘 때까지 그렇게 존재하려는 욕구를 포기하지 않습니다. 범죄자는 자신의 목숨을 걸고 사람을 죽였기 때문에, 그 대가로 생명을 지불한다 해도 결코 비싼 것은 아닙니다. 그는 가장 깊은 쾌락을 맛보았으니, 죽어도 좋은 겁니다."

"가장 깊은 쾌락이라고요?"

"네, 가장 깊은 쾌락 말입니다."

여기서 모두들 입을 다물었다. 한스 카스토르프는 헛기침을 했고, 베잘은 아래턱을 일그러뜨렸다. 페르게는 한숨을 내쉬었다. 세템브리니가 조용히 입을 열었다. "대화를 일반화시키면서 개인의 취향을 덧붙이려고 하는군요.

혹시 당신은 살인을 하고 싶은 게 아닌가요?"

"그건 당신과 상관없습니다. 그러나 내가 누군가를 살해했을 때 나를 죽이지 않고, 내가 천명(天命)을 다할 때까지 콩밥을 먹여 주는 휴머니스트들을 비웃어 줄 작정입니다. 살인자를 피해자보다 오래 살려 둔다는 건 무의미합니다. 두 사람은 아무도 모르는 둘만의 비밀로 결부되어, 이와 비슷한 경우처럼 하나는 수동적으로, 하나는 능동적으로 결부되어 두 사람이 일체를 이루는 겁니다."

세템브리니는 냉정하게, 자기는 그런 죽음과 살인의 신비를 이해할 수는 없지만, 유감스럽게 생각하지는 않는다고 말했다. 나프타의 종교적 재능에는 할말이 없으며, 그 재능이 자신의 재능보다 뛰어나다는 것은 인정하나 부럽지는 않으며 실험을 좋아하는 한스 카스토르프가 아까 말한 비참함에 대한 존경이 생리적인 면에서부터 정신적인 면까지의 세계, 즉 덕성과 이성, 건강이 멸시되고 악덕과 병이 존경받는 세계에 관련을 갖는 것은 자신의 결백이 용서할 수 없다고 했다.

"덕이나 건강은 종교적 상태는 아닙니다" 하고 나프타가 단호하게 말했다. "종교가 이성이나 도덕과는 조금도 연관성이 없다는 것이 확실하다면, 그것으로 족합니다. 왜냐하면 종교는 대부분 인생과는 관련이 없기 때문입니다. 삶의 일부는 인식론에, 일부는 도덕의 영역에 있는 여러 가지 조건과 기초 위에서 성립되는 것입니다. 인식론에 속하는 것은 시간·공간·인과율(因果律)이라 불리고, 도덕의 영역에 속하는 것은 윤리와 이성이라 불리죠. 이것은 모두 종교의 본질과는 무관하며, 오히려 대립되는 것입니다. 왜냐하면 이런 것은 인생을 형성하는, 즉 저속한 건강 같은 가장 시민적인 것을 형성하고 있지만, 종교의 세계는 그것과는 전적으로 반대되는 것이라 해야 하기 때문이죠. 물론 내 생의 영역에 천재의 가능성이 전연 없다고 할 수는 없습니다. 지극히 훌륭한 현세적 시민성과 속물적인 위대성이 존재하기 때문이죠. 그 태도 불명한 굳은 시민성을 내세우는 것이 반종교적 권화(權化)

를 의미하는 한, 존경할 가치가 있다고 생각합니다.”

  그러자 한스 카스토르프가 학교에서처럼 손을 들고 말했다. “저는 어느 쪽의 감정도 상하게 하고 싶진 않습니다. 그러나 지금 문제시되는 것은 분명히 진보이며, 또한 어느 정도는 정치와 웅변적인 공화제와 개화된 서구 문명입니다. 제 생각으론 인생과 종교의 차이점, 나프타씨가 굳이 ‘대립’이라고 하신다면, 양자의 대립은 결국 시간과 영원의 대립이 되지 않겠습니까? 왜냐하면 진보란 시간 속에 존재하는 것이며, 영원 속에서는 진보나 정치, 웅변도 없기 때문입니다. 영원 속에서는 신에게 머리를 기대고 눈감고 있는 것이죠. 이것이 바로 종교와 도덕의 차이점입니다. 두서(頭序)가 좀 없지만 말입니다.”

  “젊은 친구, 당신의 소박하고 유치함보다 더욱 위험한 건, 남의 감정을 상하게 하지 않으려는 나약함과 악마와도 타협하려는 점이오.”

  세템브리니가 이렇게 말하자, 한스 카스토르프도 지지 않고 응수했다. “아닙니다. 그 악마에 관해서라면 벌써 일년 전에 논의한 적이 있습니다. 그때 세템브리니씨 당신은, ‘오 악마여, 반역자여!’라고 하셨지요. 그러면 지금 제가 도대체 어느 편의 악마와 타협하고 있단 말입니까? 반역과 일, 비평의 악마입니까, 아니면 또 다른 악마입니까? 정말 위험천만한 말씀이군요. 오른쪽에도 왼쪽에도 악마가 있다면, 어떻게 빠져나가야 된다는 겁니까?”

  나프타가 말을 받았다. “그런 방법으로는 세템브리니씨가 원하는 상황을 올바르게 표현할 수 없습니다. 세템브리니씨가 갖고 있는 세계관의 결정적인 특징은 신과 악마를 별개의 인격체나 별개의 원리라 생각하며, 중세의 세계관을 모방하여 ‘인생’을 두 개의 원리 사이에 두는 겁니다. 그러나 실제로 신과 악마는 하나이며, 인생과 대립되고 있을 뿐입니다. 신과 악마는 서로 결합하여 종교적 원리를 나타내면서 인생의 현세적 시민성, 윤리, 이성, 덕과 대립하고 있는 것입니다.”

"정말 구역질이 날 정도의 혼합이군요. 가슴이 답답한데요." 세템브리니는 악을 썼다. "선과 악, 신성과 악행이 혼합되어 있다! 비판도 없다! 의지도 없다! 이런 비리를 배격할 기력도 없다! 그렇다면 도대체 나프타씨는 이들 앞에서 신과 악마를 뒤섞어 놓고, 윤리적 원리를 부정하는 것이 무엇을 부정하는 건지 알고나 있는 건가요? 그는 모든 가치와 가치 판단을 부정한다──말하기도 두렵군요──좋습니다. 선도 악도, 윤리적 질서도 없는 세계만 존재한다고 칩시다! 비판적 존엄을 지닌 개인도 없다고 합시다. 그러면 모든 것을 삼켜버려 균등화하는 공동체만이 남아, 개인은 그 안에서 흔적도 없이 사라지게 될 것입니다. 그리고 개인은……."

이때 나프타가 끼여들었다. "그것 참 재미있는 일입니다! 세템브리니씨가 또다시 개인주의자라 자처하다니! 개인주의란 윤리성과 종교적 행복을 구별할 줄 알아야 함에도, 이단자며 일원론자인 세템브리니씨는 그것을 전혀 알지 못하는 것 같습니다. 어리석게도 인생 그 자체를 자신의 목적이라고 생각하여, 그것보다 높은 의의와 목적을 깨닫지 못할 때는 종족의 윤리, 사회 윤리, 척추 동물의 도덕은 있을지언정 참된 개인주의는 존재할 수 없습니다. 참된 개인주의란 종교와 신비의 세계, 세템브리니씨가 말한 '윤리적 질서가 없는 세계'에만 존재합니다. 세템브리니씨가 말한 윤리성이란 대체 무엇이며 또 무엇을 원하는 것일까요? 그 윤리성은 생에 결부되어 있고 유용하다는 것 외에 도무지 영웅적이 아닙니다. 나이를 먹고 행복해지고, 유복하고 건강하기 위한 윤리성이며, 그것으로 만족하는 것인가요? 이런 하찮은 이성관과 직업관이 윤리일까요? 나는 거듭 되풀이하지만, 그런 윤리를 불쌍한 현세적 시민주의라고 말하고 싶습니다.

세템브리니는 나프타에게 진정하라고 했으나, 그렇게 말한 자기도 흥분하여 떨리는 목소리로 반박했다──나프타씨가 왜 이러는지는 모르겠으나, '현세적 시민주의'라는 것이 인생보다 더 고귀한 듯 말하는 데는 참을 수가 없다──그는 경멸적인 어조로 떠들었다.

이리하여 또다시 새로운 슬로건이 나오게 되었다. '고귀성'과 '귀족성'이 차례로 등장한 것이다. 한스 카스토르프는 추위와 그런 화제 때문에 흥분하여 자신의 말이 어느 정도 전달되는지, 아니면 엉뚱한 말을 지껄였는지 몽롱한 상태에서 말을 계속했다. 자기는 전부터 죽음을 풀먹인 주름잡힌 깃, 높은 칼라의 약식 예복으로 생각했고, 삶을 현대적인 낮은 칼라에 비유해 왔다고 말했다. 그러나 그는 자신의 말투가 지나치게 몽상적이고 도취적이어서 다른 사람에겐 통하지 않는다는 걸 깨닫고 소스라치게 놀라, 그렇게 말할 생각은 없었다고 변명했다. 그리고 계속해서, 이 세상에는 너무나 속물이어서 죽을 것 같지 않은 인간이 있지 않느냐, 다시 말해서 생활력이 너무 강해 죽음의 세계가 절대로 올 것 같지 않은, 죽음이 무의미하게 느껴지는 인간이 있지 않으냐고 말했다.

이에 대해 세템브리니가 입을 열었다. "한스 카스토르프씨가 그런 말을 하는 것은 그 말에 대해 반박을 받고 싶어서인 것 같은데, 저의 오해인가요? 당신이 그런 생각에 사로잡힐 때마다, 저는 언제든지 도와드릴 용의가 있습니다. '생활력이 너무 강한 의미입니까, 아니면 그 말을 경멸적인 의미에서 사용한 것입니까? '살 만한 가치가 있다'는 표현을 써야 하지 않을까요? 그래야 여러 개념이 서로 융화되고 조화될 것입니다. '살 가치가 있다'는 말은 '사랑할 가치가 있다'는 말과 자연스럽게 어울릴 것입니다. 후자는 전자와 아주 흡사하여, 정말로 살 가치가 있는 것만이 사랑할 가치가 있는 것입니다. 그리고 이 두 가지가 서로 조화되어 '고귀성'을 낳게 됩니다."

"정말 매력적이고 훌륭한 말씀이로군요. 저는, 당신의 조형적인 이론에 매료당했습니다. 충분히 반대 의견이 있을 수도 있지만, 예컨대 병은 앙진(昂進)된 생명의 상태여서, 무언가 진지하고 고상한 면이 있다고 말할 수 있습니다. 그러나 결국 병은 육체적인 면을 지나치게 강조한 것이며, 인간을 육체만의 존재로 간주하여, 인간의 존엄성을 아주 타락시켜 완전한 무(無)의 상태로 되돌려버립니다. 그렇기 때문에 병이란 비인간적인 것이라고 할 수 있습니다."

한스 카스토르프의 이 말에 나프타가 즉각적으로 반박했다. "아닙니다. 병은 지극히 인간적입니다. 인간 자체가 바로 병이기 때문이죠. 인간은 본질적으로 병을 앓는 생물이며, 병을 앓아야만 비로소 완전한 인간이 됩니다. 최근 새로운 생활을 제창하는 사람들, 예컨대 생식주의자(生食主義者), 옥외 생활 예언자, 일광욕 지지자들이 떠드는 것처럼 인간을 '건강하게'하고 자연과의 화목을 추구하는 구호는, 한 번도 '자연적'이 아니었던 인간에게 "자연으로 돌아가라"고 권장합니다. 이런 식의 루소주의는, 인간의 비인간화와 동물화를 촉진시키는 것 외에 아무것도 추구하는 것이 없습니다. '인간성'이니 고귀성이니, 도대체 이게 무엇입니까? 인간의 정신이야말로 자연에서 자신을 분리시켜 자연과의 대립을 자각하고, 인간을 모든 유기체와 구별하는 것입니다. 때문에 정신, 즉 병에 인간의 존엄성과 고귀성이 깃들여 있는 것입니다. 한마디로 인간은 병을 앓으면 앓을수록 더욱더 인간적이 되며, 병의 수호신은 건강의 수호신보다 훨씬 더 인간적이라 할 수 있습니다. 인간 애호가로 자처하는 자가 인간성의 이런 근본 이치를 외면하려는 것은, 정말이지 이해가 가지 않는 일입니다. 세템브리니씨는 말끝마다 '진보, 진보'하는데, 그 진보라는 것이 있다면 그건 병만이, 즉 천재만이 주는 것입니다. 천재는 바로 병과 다름없기 때문입니다. 건강인은 실제로 병이 만드는 것에 의해 살아오고 있습니다. 인류를 위해 진리를 인식하려고 자기 스스로 병과 광기에 빠진 사람들이 있는데, 이 사람들이 획득한 인식은 건강한 인식으로 변하고, 이 위대한 희생에 의해 인류가 소유하고 이용하는 인식은 벌써 병과 광기의 흔적을 남기고 있지 않습니다. 이거야말로 십자가상의 죽음이 아니겠습니까?"

한스 카스토르프는 '아, 그렇구나!' 하고 생각했다. '멋지게 개념을 조합시켜 십자가상의 죽음을 저런 식으로 해석하는구나! 왜 당신이 장로가 되지 못했는지 알겠습니다. 침윤 부분이 있는 멋진 예수회 수사? 외쳐라, 사자

여!’ 그는 이번에는 세템브리니를 향하여 마음속으로 외쳤다. 그러자 세템
브리니가, 나프타의 주장은 모두 궤변이고 속임수이며 교란이라고 소리지르
기 시작했다.

“자, 분명히 말씀해 보십시오. 교육자로서 책임 있게, 교화되기 쉬운 이
청년 앞에서 확실하게 말씀하십시오. 정신은——병이라고요! 당신은 그것으
로 청년들의 정신을 바로잡고 신앙으로 끌어들일 수 있다고 봅니까? 그리고
병과 죽음은 고귀한 것이며, 생명과 건강은 비천한 것이라고 단언하는군요.
그것이 인류에의 봉사를 계속하는 가장 적절한 방법일 테니까요! 그야말로
범죄적인 행위입니다!” 그는 기사(騎士)라도 되는 듯이 생명과 건강의 고귀
함을 옹호했다. 자연이 부여하는 고귀함, 정신을 겁낼 필요가 없는 고귀함
을 ‘형태’라고 하자 나프타는 교만하게 ‘로고스’라고 정정해 주었고, 이어
세템브리니가 ‘이성’이라고 하자, 나프타는 ‘정열’이라고 주장했다.

대화는 더욱 혼란에 빠졌다.

‘주체’에 대해 ‘객체’를 내세우거나 한쪽에서는 ‘예술’을, 한쪽에서는
‘비평’을 들고 나왔으며, 마지막까지 ‘자연’과 ‘정신’이 반복되어, 어느 쪽
이 더 고귀한가 하는 ‘귀족성의 문제’가 논의되었다. 그러나 토론에는 질서
도 명쾌함도 없었다. 두 사람 모두 이원적인 논쟁에 빠져 서로의 의견만 난
무했으며, 자가당착에 사로잡혀 모순투성이인 이론을 주장할 뿐이었다. 세
템브리니는 몇 차례 웅변적으로 ‘비평’을 제창하다가, 이어 그 비평과는 반
대인 ‘예술’을 귀족적 원리라고 주장했다. 나프타가 ‘자연 본능’을 들고 나
오면 세템브리니는 자연을 ‘어리석은 힘’으로 취급하여 하나의 사실과 운명
일 뿐이라고 했고, 이성과 인간은 자연에 굴복할 필요가 없다고 역설했다.
그런데 나프타가 고귀성과 인간성이 정신과 병에만 있다고 하자, 세템브리
니는 지금까지의 주장을 모두 잊어버린 듯, 자연과 고귀한 건강성을 옹호하
기 시작했다. ‘주체’와 ‘객체’ 문제도 거기에 못지 않은 혼란 상태에 빠져,
이젠 더 이상 혼란을 수습할 수 없는 상황이 되고 말았다. 그리하여 어느

쪽이 경건한 신앙인이며 어느 쪽이 자유로운 사상가인지, 아무도 구별할 수 없게 되어버렸다.

나프타는, 세템브리니가 '개인주의자'라 자칭하는 것을 엄격하게 금지했다. 왜냐하면 그가 신과 자연의 대립을 부인하고, 인간의 내면적 갈등을 다만 개인의 이해와 전체의 이해의 싸움이라고 주장했으며, 따라서 생활에 연결된 시민적 도덕, 즉 생활을 목적으로 생각하여 비영웅적인 태도로 실리만을 추구하고 국가의 목적을 도덕률이라 생각하는 윤리성을 신봉했기 때문이다. 이와 반대로 나프타는, 인간의 내면적 문제는 감각적인 것과 초감각적인 것의 싸움에 있다고 인식하기 때문에 자기야말로 참되고 신비로운 개인주의자며, 자유와 주체의 참된 옹호자라고 주장했다.

한스 카스토르프는 의아하게 생각했다. 그렇다면 언젠가 나프타가 주장한 '무명성(無名性)과 공동성'은 모순이 아닌가? 그리고 전에 운터페르팅거 수사와의 대화에서 국가 철학자 헤겔의 '카톨릭성', '정치적'이며 '카톨릭적'이라는 두 가지 개념의 내적 연관성, 또 이 두 개념이 포함하는 객관성이라는 범주에 대해 언급한 훌륭한 해설은 어떻게 되는 것일까? 정치와 교육은 나프타가 속해 있는 수도회의 전문적인 활동 분야가 아닌가? 그런데 무슨 교육이란 말인가! 세템브리니씨도 분명히 열성적인 교육자다. 그러나 그의 금욕적이고 자아부정적인 객관성의 교육 원리는 나프타와 맞설 수 없다. 절대 명령, 구속, 강제, 복종, 공포——이런 것도 훌륭한 원리일는지 모르나, 개인적 비판의 존엄성을 고려하지 않은 것이다. 그것은 경건하고 피를 무서워하지 않을 만큼 엄격한 프러시아의 프리드리히 대왕과 스페인의 로욜라의 규칙이다. 다만 한 가지 의문은, 나프타는 객관적이며 과학적인 진리와 순수 인식, 전제 조건이 없는 탐구를 믿지 않는다고 공언해 놓고는, 어째서 이렇게 피비린내나는 절대주의만을 고집하는 것일까!

루도비코 세템브리니는, 인간 윤리의 최고 법칙은 객관적 진리를 탐구하는 것이라 생각한다. 이것은 무척 경건하고 진지한 데 반해, 나프타가 진리의 기준을 인간에게 돌리고, 인간을 위하는 것이 진리라고 선언하는 것은 방종이 아닌가. 진리를 인간의 이익에 종속시키는 것은 세속적인 시민 근성이 아닐까? 그것은 엄격히 말해서 진정한 객관성이 아니다. 거기에는 레오 나프타가 인정하는 것보다 훨씬 많은 자유와 주관이 내포되었다. 물론 그것은 세템브리니의 교훈적인 "자유는 인간애의 원칙"이란 말과 마찬가지로, 다분히 '정치적인' 것이다. 세템브리니의 말은 자유를 인간에게 결부시킨 것을 뜻하지만, 이것은 나프타가 진리를 인간에게 결부시킨 것과 마찬가지다. 이것은 확실히 자유라기보다는 경건이라 할 수 있으나, 이 구분도 이런 방식으로 나간다면 모호해져버린다.

아, 세템브리니는 문필가, 정치가의 손자요 휴머니스트의 아들이 될 만하다! 비판과 아름다운 해방을 고매하게 염원하면서, 노상에서는 아가씨들을 놀리는 격이다. 그런데 자그마하고 날카로운 나프타는 엄격한 서약에 묶여 있다. 그는 과격한 자유 사상 때문에 방탕자로 낙인 찍히고, 세템브리니는 도덕적 미치광이로 보인다. 세템브리니는 '절대 정신'에 불안을 느껴, 무슨 일이 있어도 정신을 민주적 진보에 결부시키려 하고 있다. 그는, 나프타의 근대적이며 종교적인 방종——신과 악마, 덕행과 악행, 천재와 병을 뒤범벅으로 만들어 어떤 가치 판단이나 이성적인 판단, 어떤 의지도 인정하지 않으려는——에 떨고 있는 것이다. 도대체 둘 중 어느 쪽이 경건하고 자유롭단 말인가? 인간의 참된 자질과 본질을 이루는 것은 무엇인가? 모든 것을 삼켜 평준화하는 공동체 속으로 침몰하는 것, 이것은 방종이며 금욕적이기도 하다. 아니면 허풍과 시민적인 근엄이 서로 영역 다툼을 하는 '비평적 주체'가 인간의 참된 위치, 참된 국가란 말인가? 원리나 견해는 서로의 영역을 침범하고 내적 모순투성이로, 시민으로서 책임을 느끼는 자에겐 대립된 견해나 원리의 어느 한쪽을 선택하는 것도 어려울 뿐더러, 그것을 표본으로 하여 정확히 분류하는 것도 곤란하기 때문에, 나프타의 '윤리적 질서가 없는 세계'로 뛰어들고 싶은 유혹을 느끼게 마련이다. 모든 것이 서로 얽히고 설켜, 논쟁하는 사람들이 이토록 무거운 정신적 압박을 느끼지 않았다면 이런 흥분의 소용돌이에 휘말리지 않았을 것이라고 한스 카스토르프는 생각했다.

그들은 나란히 베르크호프까지 올라갔다. 베르크호프에 거주하는 세 사람은 두 사람을 하숙집까지 바래다 주었는데, 그들은 또 하숙집 앞에서 오랫동안 눈을 밟고 서서 나프타와 세템브리니가 논쟁하는 것을 지켜보았다. 한스 카스토르프도 아는 바와 같이, 그것은 교육적인 목적을 띤 논쟁이었으며, 광명을 구하는 청년의 연약한 마음에 어떤 영향을 미치려는 논쟁이었다. 페르게에겐 이런 얘기는 너무 차원이 높았고, 베잘도 태형과 고문이 더 이상 화제에 오르지 않자 얘기에 흥미를 잃었다. 한스 카스토르프는 지팡이로 눈을 쿡쿡 찍으며 일대 혼란에 빠져버린 이 논쟁을 생각하고 있었다.

드디어 그들은 작별 인사를 나누었다. 언제까지나 거기에 서 있을 수도 없었고, 아무리 논쟁을 계속해도 끝나지 않았기 때문이다. 베르크호프에 사는 세 사람은 다시 요양소로 돌아갔고, 한 사람은 비단으로 꾸민 방으로 돌아갔으며, 한 사람은 책상과 물병이 있는 휴머니스트의 다락방으로 돌아갔다. 한스 카스토르프는 자기 방 발코니로 돌아왔지만, 예루살렘과 바빌론에서 진격한 양군(兩軍)이 군기 아래서 충돌하여 큰 혼란을 벌이는 아우성과 검과 방패 소리가 아직도 귓전에서 맴도는 것 같았다.

눈[雪]

매일 일곱 개의 식탁에 앉아 다섯 끼의 식사를 할 적마다, 사람들은 올 겨울 날씨에 대해 투덜거렸다. 올 겨울은 예년처럼 고산 지대의 겨울 같지 않았다. 안내서에 적혀 있는 대로 요양에 알맞은 날씨도 아니었고, 몇 해를 이곳에서 보낸 사람들이 늘 보던 날씨도, 또 신참자들이 만족할 만한 날씨도 못 되었다. 올해는 햇볕이 무척 적은 편이었다. 치료의 중요한 요소인 햇볕의 도움 없이는 회복이 늦어지게 마련이었다. 이곳 고산 지대에 몰려온 요양객들이 하루라도 빨리 평지로 '귀환하고' 싶은 마음이 얼마나 절실한가에 대한 세템브리니의 판단은 제쳐 두고라도, 요양객은 모두들 자신의 권리를 주장했다. 부모나 남편이 그들을 위해서 지불하는 비용을 되돌려받고자 식탁이나 승강기, 홀, 어디서든지 불평을 털어놓았다. 사무국에서도 환자를 위한 보상 의무를 충분히 인정한 듯이, 고원(高原)의 햇볕을 인공적으로 보충하는 '태양 등'도 두 대만으로는 수요를 충족시키지 못하여, 한 대를 새로 사들였다. 태양 등에 의한 일광욕은 아가씨와 부인들에게 매우 필요했고, 남자들에게는 수평 상태의 요양에도 불구하고 마치 억센 스포츠맨이나 정복자 같은 외모를 갖게 했다. 실제로 그런 외모는 구체적인 성과를 거두었다. 부인들은 그런 남성다운 외모가 기계에 의존한 공학적(工學的)인 결과라는 것을 뻔히 알면서도 어리석은 탓인지 교활한 탓인지 착각에 사로잡혔고, 환영에 도취되어 마음이 들떴다.

"어머나 멋있어!"

빨강머리에 눈언저리가 붉은, 베를린에서 온 쉰펠트 부인이, 어느 날 홀에 나타난 다리가 길고 가슴이 들어간 잘생긴 남자에게 말을 걸었다. 그는 프랑스어로 '면허 비행사, 독일 해군 소위'라고 적힌 명함을 가진 기흉 요법을 받는 사람으로서 점심 식사 때는 스모크 차림으로, 저녁 식사 때는 그것을 벗고 나타나, 그것이 해군의 규칙이라고 떠들곤 했다.

쉰펠트 부인은 육감적인 눈초리로 해군 소위를 바라보면서 말했다. "정말 멋지군요, 멋지게 그을리셨어요. 독수리 사냥꾼 같아요, 오입쟁이님."

"잘 봐주시오, 물의 요정님."

소위는 승강기에서 부인의 귀에 대고 속삭여 그녀를 흥분하게 만들었다.

"당신은 꼭 갚으셔야 해요, 추파의 대가를 말이에요."

그리하여 이 오입쟁이 독수리 사냥꾼은, 발코니를 따라 유리 칸막이를 지나 그녀의 방으로 살며시 들어갔다.

　그렇지만 이런 태양 등도 올 겨울에는 부족한 햇볕을 충분히 보충시켜 주지 못하는 것 같았다. 구름 한 점 없이 청명한 날은 한 달에 2,3일 정도로——그런 날은 짙은 잿빛 안개의 베일이 차츰 걷혀가면서 흰 눈을 이고 있는 연산(連山)의 봉우리 뒤에 비로드 같은 푸른 하늘이 나타나 은백의 세계가 마치 금강석처럼 반짝였고, 요양객들의 이마와 얼굴은 햇볕으로 기분 좋게 그을렸다——몇 주일만에 한 번씩 찾아오는 그런 날씨로는 도저히 위안받을 수 없었다. 이곳 요양객들은 평지의 즐거움과 슬픔을 단념한 대가로, 활기는 없으나 지극히 여유 있고 쾌적한 나날을 보장받아야 한다고 생각하고 있었다. 시간을 느끼지도, 싫증이 나지도 않는 생활을 그들은 기대했다. 고문관은, 베르크호프의 생활은 비록 이런 기후 상태이긴 해도 감옥이나 시베리아 탄광 생활과는 비교할 수 없다고 합리화시켰으며, 이곳의 공기는 희박하고 가벼워 우주의 에테르나 다를 바 없을 뿐 아니라, 지상의 갖가지 불순물이 함유되지 않았기 때문에, 비록 해가 얼굴을 내밀지 않더라도 평지의 안개나 습기에 비해 많은 장점을 갖고 있다고 설득시키려 했으나 별 효과가 없었다. 날이 갈수록 사람들은 음울한 얼굴로 빗발치듯 항의했으며, 자포자기로 위험한 환자가 늘어만 갔다. 최근 살로몬 부인같이 슬픈 귀향을 결행하는 사람들이 속출했다. 그녀의 병은 '만성'이었지만 그다지 중증은 아니었는데, 자포자기에 빠져 습기차고 바람이 센 암스테르담으로 돌아갔기 때문에 결국 불치의 병이 되고 만 것이다.

　그러나 햇볕 대신 이곳엔 눈이 많았다. 한스 카스토르프가 아직껏 본 일이 없을 만큼 굉장한 눈이 내렸다. 작년 겨울에도 꽤 많은 눈이 내렸는데, 올해는 비교가 안 될 만큼 많이 내렸다. 금년 눈은 정말 이상하리만큼 절제 없이 내려, 이곳의 돌변하는 기후의 특성을 뼈저리게 느끼게 했다. 눈은 날이면 날마다 밤낮없이 한치 앞도 보이지 않을 만큼 내렸고, 바람에 날려 흩어지기도 했다. 사람이 다닐 수 있도록 만든 길 양쪽에 키보다 높은 눈벽이 세워져 길은 비좁고 오목해 보였으나, 석고처럼 굳은 흰 눈벽이 수정처럼 반짝여 기분을 상쾌하게 해주었다. 산 위의 요양객들은 그 눈벽에 글씨와 그림을 그리기도 하고, 농담이나 익살, 빈정거림을 서로 전달했다. 그렇게 높이 벽을 쌓아올렸는데도 바닥에는 아직도 부드러운 눈이 많이 쌓여 있어서, 갑자기 발이 쑥 들어가 무릎까지 빠지는 데가 있어 다리를 다치지 않도록 조심해야 했다. 휴식용 벤치도 눈에 파묻혀 겨우 팔걸이로 알아볼 수 있을 정도였다. 아랫마을의 거리는 완전히 눈에 덮여 길가의 가게 1층은 지하실처럼 보였으며, 인도에서는 눈 계단을 만들어 걸어 내려가야만 했다.

이처럼 두껍게 쌓인 눈 위에 또 눈이 내렸다. 밤낮을 가리지 않고 눈은 하늘에서 소리도 없이 내려와 쌓였다. 영하 10도에서 15도의 상당한 혹한이었지만, 뼛속까지 얼어붙는 듯한 추위가 아니라──누구한테나 영하 2도나 영하 5도쯤으로 느껴진데다 바람도 없고 건조해서 영하 10도, 영하 15도라 하더라도 전혀 추위가 느껴지질 않았다. 아침에는 아주 어두웠다. 아침에는 원형 천장의 예쁜 장식이 붙은 샹들리에 불빛 아래서 식사를 했다. 바깥은 우울한 허무, 유리창까지 휘몰아치는 회백색의 솜뭉치 같은 눈송이, 눈보라와 눈의 안개에 싸인 암울한 세계였다. 산도 보이지 않았고, 가까이 있는 상록수 숲도 간간이 형체를 드러내 보일 뿐, 눈을 뒤집어쓴 숲은 언뜻 눈에 띄었는가 싶으면 어느새 눈보라 속에 숨어버리고 말았다. 가끔 가문비나무 한 그루가 가지 위에 무겁게 얹힌 눈을 회색의 세계에 흩날리는 것이었다. 10시쯤 되면 해는 어렴풋이 피어오르는 안개처럼 떠올라, 아무것도 보이지 않는 무의 세계에 요기 같은 생기와 흐릿한 현실을 떠올렸다. 그러나 모든 것은 몽롱하여 희미한 청백색으로 녹아들어, 눈길이 미치는 한 어디에서고 뚜렷한 선을 찾아볼 수 없었다. 산봉우리의 윤곽도 뿌연 안개 속으로 사라져버렸다. 창백한 빛을 띤 눈의 사면(斜面)을 더듬어 시선이 산정까지 올라가다 보면, 어느새 아무것도 없는 공허 속으로 빨려들어가버렸다. 빛을 받은 한 조각 구름이 연기처럼 길게 암벽 앞에 드리워져 있었다.

정오가 가까워지면, 해는 구름을 떠밀고 안개를 부수면서 푸른 하늘을 보여 주려고 안간힘을 쓰기 시작했다. 그런 노력은 대개 성공을 거두지는 못했지만 구름 사이로 푸른 하늘이 언뜻언뜻 보였고, 얼마 안 되는 햇살만으로도 눈 때문에 놀라운 모양으로 바뀐 풍경을 멀리까지 다이아몬드처럼 반짝이게 했다. 언제나처럼 눈은 정오경에 그쳤는데, 마치 그동안의 적설을 과시하려는 듯했다. 사이사이에 비치는 햇살도 눈의 청정한 표면을 과시하는 것을 도우려는 것 같았다. 주위의 풍경은 마치 동화의 세계 같았고, 무언가 천진하고 재미있게 느껴지는 것이 있었다. 나뭇가지에 쌓인, 두껍고 부드러워 보이는 눈의 쿠션, 땅 위에 기는 나무와 바위 밑 지면의 융기, 함몰된 부분 등이 모두 우스꽝스런 모양으로 동화 속의 난쟁이 나라를 보는 것 같았다. 눈 속을 힘겹게 걷는 사람들의 눈에는 부근의 경치가 재미있고 환상적으로 보였지만, 멀리서 바라본 풍경, 눈을 인 입상(立像)처럼 우뚝 솟은 알프스 연봉은 숭고하고 신성한 느낌을 불러일으켰다.

한스 카스토르프는 오후 2시부터 4시 사이에, 높낮이가 잘 조절된 안락의자에 몸을 담요로 감싸고 머리를 기댄 채, 발코니의 난간 너머로 숲과 산을 바라보았다. 눈에 덮인 암록색 전나무 숲이 산비탈 위쪽까지 펼쳐져 있고, 나무 사이마다 부드러운 눈이 솜이불처럼 깔려 있었다. 숲 위로는 바위산이 잿빛 하늘을 향해 솟아 있어 거대한 눈의 평원 여기저기에 꺼멓게 튀어나온 바위가 점점이 찍혀 있고, 능선은 안개로 부옇게 보였다. 또 소리없이 눈이 내렸다. 시선이 공허한 세계로 빨려들면 머리가 멍해져 졸리기 시작했다. 이렇게 졸리는 순간에 한기를 느꼈으나, 얼음처럼 차가운 공기 속에서의 잠보다 순수한 잠은 없으리라. 습기 없는 공허한 공기를 호흡하는 것은, 죽은 사람이 호흡하지 않는 것처럼 자연스럽다. 꿈 없는 잠 역시 삶의 영위에 대한 막연한 괴로움에 의해 구속받지 않는다. 눈을 뜨자 어느새 연산은 눈보라 속에 사라져버리고, 그 일부분인 뾰족한 봉우리와 바위가 번갈아 눈안개 속에서 나타났다. 눈안개가 부리는 요술의 미묘한 변화까지 보려면 더욱 날카롭게 주시해야 한다. 안개 속에서는 봉우리나 산기슭이 보이지 않고, 바위투성이의 산맥이 나타났다 사라지곤 했다.

눈은 드디어 눈보라로 변해, 더 이상 발코니에 머무를 수 없었다. 의자건 뭐건, 금방 모든 것을 덮어버릴 것만 같았다. 사실 이런 평화로운 고원의 별천지에도 희박한 대기가 난동을 부려, 바로 한치 앞도 볼 수 없게 눈보라가 휘몰아쳤다. 숨이 막힐 듯한 광풍이 휘몰아쳐 아래에서 위로, 골짜기에서 하늘로 불어, 미친 듯이 눈바람을 회전시키기도 했다——눈이 오는 것이 아니라는 것은 흰 어둠의 혼돈, 난맥, 상식을 벗어난 철저한 탈선이었고, 갑자기 떼지어 나타난 눈방울새만이 자기들의 둥지인 양 제멋대로 날아다녔다.

그러나 한스 카스토르프는 이런 눈 속의 생활을 사랑했다. 이런 눈 속의 생활에서 해변의 생활과 흡사한 점을 발견한 것이다. 자연의 원시적 단조로움이 바로 그것이었다. 여기에는 깊고 가볍고 깨끗한 눈이 있었고, 해변에는 더러워지지 않은 황색의 모래가 있었다. 어느 것이나 감촉이 깨끗하며, 추위에 얼어붙은 백설은 평지의 해저에서 밀어올린 모래나 돌, 조개 부스러기처럼 구두와 옷에서 털어도 티 하나 남지 않았다. 눈 속을 거니는 것은 바닷가의 모래밭을 걷는 것만큼이나 상쾌하다——눈의 표면이 햇볕에 녹았다가 어느새 얼어붙은 경우를 제외하더라도, 이처럼 딱딱하게 얼어붙은 눈 위를 걸으면 마루 위를 걷는 것보다 쉽고 가볍게 걸을 수 있어, 파도치는 기슭의, 부드러우면서도 딱딱하고 젖어서 탄력 있는 모래밭을 걷는 것처럼 기분이 상쾌하다.

그러나 금년에는 유례없이 눈이 많이 내리고 또 쌓여, 스키어를 제외하고는 마음대로 다닐 수가 없었다. 제설차가 부지런히 눈을 치웠으나, 요양객들이 많이 다니는 길과 중앙통을 다닐 수 있도록 하는 데도 꽤 시간이 걸렸다. 눈이 치워진 극히 몇 개 안 되는 길은 건강한 사람들과 요양인, 여러 나라 사람들로 붐볐다. 때로는 1인용 썰매를 타고 달리는 사람들도 있었다.

그들은 몸을 뒤로 젖히고 두 발은 앞으로 내민 채, 경고의 소리를 지르면서 작은 썰매놀이를 즐기며 미끄러져 내려갔다. 다 내려가면 그 놀이의 노리개를 줄로 묶어 다시 비탈 위로 올라가는 것이었다.

한스 카스토르프는 이런 산책에 싫증이 났다. 그에게는 두 가지 희망이 있었다. 그 중 더 강한 것은 홀로 명상을 즐기며 '술래잡기'를 하는 것이었는데, 이것은 어설프게나마 발코니에서 할 수 있었다. 또 다른 하나는 먼저 얘기한 희망과 관련이 있는 것으로, 눈 덮인 산과 더욱 친밀하게 자유로이 접촉해 보고 싶은 것이었다. 그러나 이 희망은 장비가 없는 보행자에게는 한낱 꿈에 불과했다. 제설된 길이래야 조금만 가다 보면 모두 막다른 길이었고, 그곳을 넘어가려 하면 가슴까지 눈에 묻혀버리곤 하는 것이었다.

그래서 한스 카스토르프는 두 번째 겨울을 맞게 된 어느 날, 스키를 사서 실제로 필요한 몇 가지 기술을 익히기로 결심했다. 그는 운동 선수는 아니었으며 일찍이 그걸 원한 적도 없었기 때문에, 특별히 베르크호프의 몇몇 사람처럼 운동 선수임을 자랑하지도 않았다. 이곳 사람들은 이곳의 분위기와 유행에 따라 멋진 운동 선수의 옷차림을 했다. 특히 부인들의 경우는 정도가 더욱 심했다. 헤르미네 클레펠트의 경우만 보더라도 호흡 곤란으로 코끝과 입술이 언제나 창백했는데도 양털 반바지를 입고 나와, 식사가 끝난 다음 홀의 등의자에 다리를 넓게 벌리고 앉아 보기 흉한 모습이었다. 만약 한스 카스토르프가 그의 계획을 고문관에게 털어놓았다면 틀림없이 저지당했을 것이다. 베르크호프에서는 물론, 어느 요양소에서도 스포츠는 엄금되어 있었다. 이 위의 공기는 가볍게 들이마실 수 있는 것처럼 보였으나 실상은 심장 근육에 큰 부담을 주어, 스포츠는 더더욱 할 수 없었다. 한스 카스토르프 자신의 상태에 대해 말하면 "익숙지 못한 데 익숙하다"는 경구(警句)는 그대로 진리였고, 라다만토스가 침윤 부분에서 설명한 발열도 집요하게 계속되었다. 그것이 없어진다면 여기서 무엇을 찾을 필요가 있을까? 따라서 그의 희망이나 계획은 그가 여기에 체재하는 것과 모순되고, 그 결과

허가될 수 없는 것이었다. 그러나 그의 기분은 정당하게 이해해 주어야 할 것이다.

그는, 그저 유행이라면 숨막히는 실내의 카드놀이에도 열중하는 사람처럼, 옥외 산책을 하는 멋쟁이 신사들이나 멋진 옷차림의 운동 선수를 흉내 내 보겠다는 야심을 가진 것만은 아니었다. 그는, 자신이 관광객이 아니라 구속된 한 사회에 속했음을 알았으며, 더 나아가 넓고 새로운 관점에서 자기는 세상 사람들과 다르다는 자부심이나 가볍게 억제된 의무감에서 관광객처럼 마음이 들떠 돌아다닌다거나 눈 속을 뒹구는 바보 같은 짓은 자기의 본분에 어울리지 않는다고 생각했다. 그는 분에 넘치는 행동을 할 생각이 없었고, 과격하게 움직일 생각도 없었기 때문에 라다만토스가 허락해 주어도 상관없을 것 같았는데, 아무래도 규칙을 내세워 거절할 것 같아 몰래 실행하기로 결심했다.

기회를 보아 한스 카스토르프가 자신의 계획을 세템브리니에게 넌지시 알리자, 그는 기뻐 어쩔 줄 몰라하며 끌어안기까지 했다. "좋아요, 좋아. 기사 양반, 꼭 해보십시오. 아무에게도 말하지 말고요——그야말로 당신의 수호신이 가르쳐 준 겁니다! 생각이 변하기 전에 얼른 실행하시오. 나도 함께 가겠소. 빨리 가게에 가서 축복받은 장비를 사기로 합시다. 산에도 함께 가서 메르쿠리우스처럼 날개 달린 신발을 신고 마음껏 달리고 싶습니다만, 나에게는 허락되어 있질 않습니다……. 아니, 허락되지 않은 것뿐이라면 괜찮겠습니다만, 나에게는 불가능하군요. 난 이제 가망이 없습니다. 그러나 당신에겐…… 해롭지 않겠죠. 네, 좀 장애가 생긴다 하더라도 당신의 수호신이 당신에게……. 난 더 이상 아무 말도 하지 않으렵니다. 아무튼 정말 멋진 계획입니다. 이곳에 2년 있으면서 그런 생각을 해내다니. 아, 당신에겐 진지한 면이 있군요. 당신 일로 좌절할 필요는 없어요, 브라보! 브라보! 당신은 저 위의 염라대왕을 속인 거예요. 스키를 사면 내 방이나 루카체크에게든지, 우리 집 아래 향료 가게에 맡기도록 하시오. 그리고 발에 신고 연습을 하는 겁니다. 곧장 미끄러져 가는 겁니다.”

모든 것이 세템브리니가 말한 대로 순조롭게 진행되었다. 스포츠에 대해 아무것도 모르는 주제에 일류 비평가로 자처하는 세템브리니가 보는 앞에서, 한스 카스토르프는 중심가의 전문점에서 멋진 스키 한 벌을 샀다. 질이 좋은 오크제에 담갈색 래커 칠을 했고, 멋진 가죽끈이 붙어 있으며 앞이 뾰족하게 휘어 올라간 스키와 끝에 쇠가 박히고 고리 달린 스틱을 산 것이다. 그는 그 장비를 어깨에 메고 세템브리니의 하숙집으로 운반했다. 그는 아무에게도 부탁하지 않고 스스로 했으며, 향료 가게에 매일 보관해도 좋다는 허락도 받았다. 스키 사용법을 잘 알고 있었으므로 코치도 없이, 연습장에서 떨어진, 한적하고 나무도 없는 사면에서 매일 연습했다. 세템브리니도 가끔 그곳에 나와, 조금 떨어진 곳에서 스틱에 몸을 기대고 두 다리를 점잖게 모으고서 청년의 늘어가는 기술에 브라보를 연발했다. 어느 날, 연습을 마친 한스 카스토르프는, 스키를 맡기려고 가게로 내려가던 도중 우연히 고문관을 보았다. 그러나 무사했다. 그는 거의 고문관과 맞닥뜨릴 뻔했다. 대낮인데도 베렌스는 그를 못 보고, 담배 연기를 뿜으면서 힘찬 걸음으로 지나쳤다.

한스 카스토르프는 필요한 기술을 금방 터득할 수 있음을 알았다. 그는 훌륭한 스키어가 되려는 생각은 없었다. 그가 필요로 하는 기술은 그렇게 힘들이거나 숨을 헐떡거리지 않아도 며칠 내에 습득할 수 있는 것이었다. 양쪽 스키를 평행이 되도록 연습하고, 활강 때 스틱을 어떻게 조절하는가를 실험하고, 지면이 약간 돌출하여 장해를 받을 때는 팔을 벌려 배처럼 몸을 띄우기도 하고, 스윙하여 뛰어넘는 기술도 익혔다. 20번째의 연습 때부터는 전속력으로 활강하면서 한 무릎은 들고 한 무릎은 뒤로 꺾어 굽히는 텔레마크 회전법으로 브레이크를 걸어도 넘어지지 않게 되었다. 그는 차츰 연습 장소를 넓혀 갔다. 그러던 어느 날, 세템브리니는 안개 속으로 사라지는 한스 카스토르프를 향해 두 손을 모아 입에 대고 주의하라고 외친 후 교육자다운 만족을 느끼며 집으로 돌아왔다.

 겨울 산정은 아름다웠다——온화하고 정감 있는 아름다움이 아니라, 강한 서풍에 광란하는 북해의 아름다움이었다——뇌성과도 같은 굉음도 없이 죽음과도 같은 정적에 싸여 있었지만, 북해와 똑같은 경외심을 불러일으키게 했다. 한스 카스토르프는 날씬하고 긴 스키에 몸을 싣고 미끄러져 내려갔다. 왼편의 사면을 따라 클라바델 쪽으로 미끄러져 가기도 하고, 안개 속에 흐릿하게 서 있는 암젤플루의 프라우엔키르히와 글라리스 기슭을 통과하고, 디슈마 골짜기를 미끄러져 내려가거나 베르크호프 뒤로 올라가 눈 덮인 뾰족 봉우리만 숲 위로 우뚝 솟아 있는 체호른 방향으로도 내려갔다. 때로는 눈이 깊이 쌓인 레티콘 연봉이 물에 비친 창백한 그림자처럼 펼쳐 있는 드루자차 숲 쪽으로 미끄러져 내려가기도 했다. 그는 또 스키를 메고 케이블카를 타고 샤츠알프까지 올라가, 2천 미터 높이의, 눈가루가 반짝이는 사면에서 한가로이 스키를 타고 다녔다. 쾌청한 날씨에는 전망이 좋아, 그의 모험 무대인 웅장한 풍경을 멀리까지 바라볼 수 있었다.

 한스 카스토르프는, 보통 때는 갈 수 없던 곳도 갈 수 있게 해준 스키 기술을 배운 것에 대해 기뻐했다. 그 덕분에 자신의 희망인 고독의 세계로 몰입할 수 있었던 것이다. 그 세계는, 그 이상의 정적은 상상할 수도 없을 만큼 인간 세계와 완전히 격리된, 고독과 위험으로 가득 찬 세계였다. 한쪽에는 전나무가 울창한 절벽이 안개 속으로 멀어져 가고, 또 한쪽은 바위 벼랑이 솟아 있었는데, 그곳엔 거인처럼 큰 적설이 반달 모양의 아치를 이루고 있었다. 스키를 멈추면 절대적이고 완전한 정적, 눈에 덮인 정적, 들은 적도 경험한 적도 없는 깊은 정적 속에 빠져들어갔다. 나뭇잎 하나 흔드는 미풍도 없었고, 새소리도 없었다. 한스 카스토르프가 멈추어 서서 고개를 기울이고 입을 벌린 채 들은 소리는 태고의 침묵이었다. 이 침묵 속으로 눈이 쉬지 않고 소리도 없이 평화롭게 내려쌓이고 있었다.

 바닥이 없는 깊은 침묵에 싸인 이 세계는 냉혹했다. 방문자를 맞아들이기는 했지만, 위험에 대해 아무런 책임감도 없다는 듯 담담했다. 그렇다, 그 것은 환영이 아니었다. 그의 체류나 침입을 아무것도 보장하지 않는 냉혹한 방법으로 감수하는 이 세계에서 나오는 것은, 말없이 위협하는 원시적인 것, 적의는 품지 않으면서 완전한 무관심으로 생명을 빼앗는 감정이었다. 태어날 때부터 원시적 자연과는 거리가 먼 문명의 아이는, 자연을 의지하고 함께 생활해 온 순박한 자연의 아이보다 자연의 위대함에 훨씬 민감하다. 문명의 아이가 눈썹을 치키고 자연 앞으로 다가서는 종교적 경외심을 자연 의 아이는 거의 의식하지 못한다. 그런데 이 종교적 경외심은 문명의 아이 로 하여금 자연에 대한 감정의 근간을 이루게 하여, 그의 혼에 사라지지 않 는 경건한 감동과 흥분을 지니게 하는 것이다.

한스 카스토르프는 긴 낙타 조끼에 각반을 매고 훌륭한 스키를 타고 태고 의 고요, 죽음과 같은 침묵, 소리 없는 겨울의 황량함에 귀기울일 때는 이 상하게도 자신이 대담하게 느껴졌으며, 돌아오는 길에 최초의 인가가 안개 속에 보였을 때 안도감이 살아나 숨을 몰아쉬기는 했으나, 여러 시간을 남 이 갖지 못한 신성한 경외심으로 자신의 가슴속이 가득 채워진 사실을 깨달 았다. 그는 언젠가 질트 섬의, 거대한 파도가 밀려와 산산이 부서지는 바닷 가에서 흰 바지 차림에 지극히 편한 마음으로 서 있었다. 그것은 마치 무서 운 이빨을 드러내고 커다란 입을 심연처럼 벌리고 있는 사자우리 앞에 서 있는 기분과 같았다. 그러고 나서 헤엄쳤다. 감시인은 호각을 불어, 멀리까 지 헤엄쳐 나가려는 사람들과 몰려오는 거대한 파도에 가까이 헤엄쳐 나가 려는 사람들에게 경고를 했다. 들끓으며 밀려오는 거대한 파도의 최후의 물 결에 맞을 때는, 마치 맹수의 앞발에 맞는 것 같았다.

그때부터 그는, 자연의 품에 안기는 것은 파멸이며, 자연과의 사랑의 접 촉은 감격에 찬 행복을 의미한다는 것을 깨달았다. 그러나 그가 알고 싶었 던 것은 거대한 자연과의 접촉을 얼마나 심화시킬 수 있으며, 완전히 자연 에 둘러싸였을 때 얼마나 견뎌낼 수 있느냐는 것이었다——문명의 힘으로 어쨌든 완전한 무장을 했으나, 하찮은 인간의 자식인 그가 위험한 한계까지 자연에 접근해서 도망쳐 나오지 않고 놀이로 끝내는 것이 아닌, 끓어오르는 물결을 뒤집어쓰거나 맹수의 앞발에 가볍게 두들겨 맞는 것으로 그치는 것이 아닌——좀더 진전된 상태, 즉 파도에, 맹수의 아가리에, 바다에 삼켜져 버리는 위험을 경험해 보고 싶은 기분, 바로 그것이었다.

한마디로 한스 카스토르프는 대담해졌다——그것은 자연에 대한 용기나 둔감한 냉담성이 아니라 의식적인 헌신을 의미함과 아울러, 친근감에 의해 죽음의 공포를 억제하는 것을 의미하기도 했다——친근감?——그렇다. 그는 문화인다운 빈약한 가슴속에 자연에 대한 친근감을 품고 있었다. 그리하여 이 친근감은 썰매타기를 하는 이들을 보고 느끼는 자부심, 즉 발코니에 있는 호텔식의 고독이 아닌, 깊고 위대한 고독을 희망적인 것으로 뒤바뀌게 한 자부심과 자연에 대한 친근감이 서로 유대 관계가 있다고 생각했다. 그는 발코니에 앉아서 자연의 보호를 받아가며 눈 덮인 연산과 휘몰아치는 눈보라를 편안히 보고 있는 자신이 몹시 부끄러웠기 때문에 스키를 배우게 된 것이지, 결코 스포츠광이거나 체육에 취미가 있어서 그런 것은 아니었다. 위대하고 거대한 자연, 계속해서 내리는 눈 속의, 죽음과도 같은 고요 속에서 문명의 아들인 그는 분명 두려움을 느꼈다. 이 두려움은 이 위에서 정신과 감각으로 이미 느꼈던 것이다. 나프타와 세템브리니의 논쟁도 위험한 세계로 말려들어가게 하는 무시무시한 논쟁이었다. 그가 황량한 겨울의 자연에 친근함을 느끼게 된 까닭은 자연에 대해 두려움을 느끼면서도 그의 사상적 의문을 해결해 줄 수 있는 건 오직 자연의 힘뿐이라고 느꼈기 때문이며, 신의 아들인 인간의 위치와 본성에 관한 '술래잡기'를 해야 하는 사람에게는 가장 적당한 체류지라 느꼈기 때문이다.

무분별한 인간에게 호각을 불어서 위험을 알려 줄 감시인은 이곳엔 한 명도 없었다——시야에서 사라져가는 한스 카스토르프의 등을 향해 소리친 세템브리니를 감시인이라 하지 않는다면——그러나 그는 자연에 대해 용기와 친근감을 지닌 사람이었다. 그는 등뒤의 소리에 더 이상 귀기울이지 않았다. 언젠가 사육제 날 밤에 뒤에서 들린 소리에 귀를 기울이지 않았듯이.

"여보시오, 기사 양반. 이성을 가져요!"

'아, 그는 이성과 반역(半逆)의 교육자적 악마'라고 그는 생각했다.

'그래도 나는 당신이 좋다. 당신은 허풍선이요 손풍금쟁이이지만, 그래도 착한 사람이다. 날카롭고 작은 예수회 수사인 테러리스트, 안경알이 번쩍이는 스페인의 고문리(拷問吏)이나 태형리(笞刑吏)보다는 선의의 인간이어서, 나는 당신을 좋아한다. 물론 언쟁을 벌일 땐 후자가 늘 옳지만……. 중세에 신과 악마가 인간의 영혼을 서로 차지하려고 싸웠듯이, 나의 영혼을 둘러싸고 교육적 견지에서 싸울 때는…….'

다리가 눈투성이가 된 그는, 어딘지도 모르는 하얀 언덕을 올라갔다. 이불을 간 듯한 언덕은 차례로 테라스를 만들면서 높아져 끝이 보이지 않았다. 거기엔 종점이란 것이 없는 것 같았다. 산봉우리가 희고 아련하게 하늘과 맞닿아버린 것 같아서, 어디가 하늘인지 분간할 수 없었다. 정상도 능선도 보이지 않는 무의 상태였다. 그는 그 무를 향해 올라갔다. 그의 배후 세계——사람 사는 골짜기——도 눈깜짝할 사이에 시야에서 사라져버리자 적막에 빠져, 그의 고독, 아니 실종은 더 이상 견딜 수 없는 깊은 공포를 느끼게 했으나, 이 공포야말로 용기의 원천이었다. "무릇 이 세상의 모든 것은 무상하니라" 하고, 그는 휴머니스트 정신에는 어울리지 않는 말을 라틴어로 중얼거렸다——나프타가 이런 말을 지껄인 것을 기억하고 있었다. 그는 멈춰 서서 주위를 둘러보았다. 그러나 어디를 둘러봐도 보이는 것이라곤 없었다. 유난히 가느다란 눈발이 하얀 하늘에서 흰 지면으로 떨어질 뿐, 주위엔 온통 고요와 공허만이 둘러싸고 있었다. 눈앞이 캄캄해질 만큼 새하얀 공허의 세계에서 그의 시선은 갈피를 잡지 못했고, 여기까지 올라오는 동안 심장이 심하게 뛰는 것을 느꼈다. 심장이라는 근육질의 기관, 그 동물 같은 형태와 고동치는 상태를 언젠가 뢴트겐실에서 일종의 모욕을 느끼며 몰래 엿본 일이 있었다. 그리고 지금 자신의 심장, 뛰고 있는 인간의 심장에 대하여 어떤 감동에 휘말려 경건한 친근함을 느꼈다. 얼음과 눈에 갇힌 이 위의 공허한 세계에서 의문과 수수께끼에 대해 생각하면서, 완전히 자기 혼자가 되어 뛰고 있는 심장에 대해 뭔가 감동적 기분, 단순하고도 경외스러운 감정에 사로잡힌 것이다.

그는 계속해서 위로, 위로, 하늘을 향해서 올라갔다. 가끔 스틱을 눈에 박았다가 빼내는 순간, 눈구멍 속에서 번쩍이는 푸른 빛이 스틱을 따라 올라오는 것이 보였다. 그는 그것에 흥미를 느껴, 한동안 서서 작은 광학 현상을 몇 번이고 되풀이하여 실험해 보았다. 그 푸른 빛은 산과 땅의 독특한 녹색을 띤 푸른 빛, 얼음처럼 투명하면서도 그늘진 신비로운 빛이었다. 그는 그 빛 속에서 세템브리니가 휴머니스트 입장에서 '타타르인의 눈', '초원의 늑대 눈'이라고 멸시했던 숙명적인 사팔뜨기 눈──소년 시절에 본 후 이 위에서 다시 발견한 눈, 히페와 클라우디아 소샤의 눈을 회상했다. "좋아요." 고요 속에서 그녀는 조용히 속삭였다. "조심하세요, 부러지기 쉬우니까. 나사를 틀면 심이 나오는 거예요." 그러자 그는, 이성을 가지라고 경고하는 세템브리니의 고함 소리를 들은 것처럼 느꼈다.

오른쪽의 좀 떨어진 곳에서 숲의 전경이 아련히 떠올랐다. 새하얗게 변한 초현실의 세계에서 벗어나 현실적 목표를 보고 싶은 생각으로 그 숲을 향해 활강했다. 그러나 온통 흰색으로 눈이 부셔서, 지면이 아래로 움푹 꺼진 것을 전혀 식별하지 못했다. 아무것도 보이지 않아 전혀 뜻밖의 장애물에 몸을 부딪히기도 하면서, 경사도를 전혀 식별치 못해 오직 스키의 활강에 몸을 맡겼다.

그를 끌어당긴 숲은, 그가 본의 아니게 미끄러져 들어간 깊은 골짜기 건너편에 있었다. 부드러운 눈으로 덮인 골짜기 바닥은 산 쪽을 향해 급한 경사를 이루고 있었다. 그는 조금 더 내려가 본 뒤에야 그 사실을 깨달았다. 활강함에 따라 경사는 더욱 급해졌고, 이 골짜기는 움푹 팬 길처럼 산속으로 파고들어간 것 같았다. 이윽고 스키를 다시 위로 향하자 지면이 높아졌으며, 그의 정처 없는 방황은 다시 넓게 펼쳐진 산허리에서 하늘을 향해 계속되었다.

그는 경사진 배면(背面)의 아래쪽에 침엽수 숲을 발견하고 그쪽으로 급히 방향을 바꾸어, 눈을 뒤집어쓴 전나무 숲에 도착했다. 전나무 숲은 삼각형 모양으로 나란히 서 있었고, 안개에 덮인 숲의 전초지, 나무 없는 비탈까지 뻗쳐 있었다. 그는 전나무 아래에서 담배를 피워 물고 휴식을 취했으나, 주위의 깊은 정적과 모험에 대한 압박과 긴장으로 가슴이 답답해졌다. 그러나 이런 혼자만의 시간을 갖게 된 것에 자부심을 느끼고, 자기한테는 이런 일을 할 자격이 있다고 생각하면서 용기를 북돋았다.

오후 3시였다. 정오의 안정 요양 시간과 티타임에 빠지고, 어두워지기 전에 돌아올 생각으로 점심 식사가 끝나자마자 스키를 타고 출발했었다. 그리고 돌아올 때까지의 몇 시간을 넓은 세계 속에서 방황할 생각을 하니 마음이 설레었다. 스키복 바지 주머니에 초콜릿을 넣고, 조끼 주머니에는 작은 포도주 병을 넣어 두었다.

짙은 안개 때문에 해의 위치는 전혀 알 수 없었다. 뒤쪽으로 눈에 보이진 않았지만, 골짜기 입구에서 연산이 꺾어지는 부근에 검은 구름이 몰려 있었고, 안개도 더욱 짙어져 이쪽으로 다가오고 있었다. 눈이 올 것 같았다. 뭔가 긴급한 필요에 응하려는 듯이 본격적인 눈보라가 휘몰아칠 것 같았다. 실제로 그가 서 있는 산허리에서는 작은 눈송이가 소리도 없이 점점 속도를 더하여 쏟아져 내렸다.

한스 카스토르프는 나무 아래에서 걸어나와, 눈송이를 소매에 받아 아마추어 연구가의 진지한 눈으로 관찰했다. 그것은 일정한 형체가 없는 작은 알갱이 같았지만, 확대경으로 관찰해 보면 얼마나 섬세하고 규칙적인 형태로 구성되었는지——그는 베르크호프에서 실험해 본 적이 있다——를 알 수 있고, 아무리 훌륭한 보석 세공업자라도 이 이상 섬세하고 훌륭하게 만들

수 없는 보석, 별 모양의 훈장, 다이아몬드 브로치 모양으로 되어 있음을 알 수 있었다.

그렇다, 이 눈, 숲을 덮고, 산과 골짜기를 가리고, 그 위로 스키를 미끄러지게 해주는 가볍고 부드러운 이 눈가루는 고향의 바닷가 모래알을 연상시키면서도, 그것과는 또 다른 특징을 지니고 있었다. 눈송이를 구성하는 성분은 모래알이 아니며, 무수한 물방울이 응결하여 갖가지 규칙적인 결정(結晶)을 이루고 있는 것이다——이것은 식물체와 인체의 생명 원형질을 부풀게 하는 무기물의 알맹이인 물방울의 결정이기도 하다——그리하여 이 신비롭고 은밀하고 세밀하며 아름다운 결정체는 어느 하나 같은 것이 없다. 항상 하나의 동일한 기본형, 정육각형에 첨가된 무한의 창작욕과 지극히 섬세한 형성이 거기에 있었다——거기에는 무한한 변화와 응용이 되풀이되고 있지만, 그 하나하나는 절대적인 균형과 철저한 규칙을 보이고 있었다. 이거야말로 이 눈꽃의 놀라운 점, 반유기성 생명의 적대감을 의미하는 것이었다. 생명을 이루는 유기물은 이렇게까지 정연하지 않으며, 그 엄밀한 정확성은 생명을 위협하는 것, 죽음의 신비마저 느끼게 한다. 그는, 고대의 신전(神殿) 건축가가 왜 기둥의 배열에서 파격의 미를 추구하는지를 이해할 수 있을 것 같았다.

그는 스틱을 짚고 박차를 가해 숲언저리를 따라 안개 덮인 아래쪽으로 활강하여, 죽음과도 같은 정적의 세계를 유유히 돌아다녔다. 이 지대는 공허한 눈의 평원이 파도처럼 굽이치고, 말라빠진 소나무가 그 검은 머리를 쳐들고 군데군데 외로이 서 있었다. 부드러운 용기가 시야를 가린 탓인지, 모래 언덕으로 이어진 바닷가 풍경과 놀라울 정도로 비슷해 보였다. 그는 그 유사함에 놀라, 몇 번이고 멈추어 서서 만족스럽게 머리를 끄덕였다. 얼굴은 상기되고 팔다리가 떨렸다. 흥분과 피로가 범벅이 되어 현기증을 느꼈다. 그러나 이것 역시 바닷가의 공기, 신경을 자극하기도 하고 잠들게도 하는 원소(元素)를 가득 함유하고 있는 바다의 공기와 너무나 비슷하게 느껴졌기 때문에 일종의 친근감을 가질 수 있었다. 날개 돋친 자유로운 몸, 가고 싶은 대로 활주하는 자기 몸에 만족스러웠다. 갈 데까지 갔다가 돌아올 때는 가던 길로 되돌아올 필요도 없었다. 처음에는 말뚝이나 막대기를 꽂아 눈 속의 도표로 삼았으나 곧 무시해버렸다. 그것은 호각을 가진 사나이를 연상시키고, 웅장한 겨울의 황량함에 대한 그의 기분을 저하시키는 것 같았기 때문에 일부러 잊으려 했다.

눈 덮인 언덕 사이사이를 이쪽저쪽 방향을 바꾸어 가면서 미끄러져 갔다. 언덕 뒤는 비탈이었으나 얼마 후에는 평지가 되고, 그 건너에는 큰 연산이 솟아 있었다. 그러나 부드러운 눈이불을 덮은 듯한 그 협곡과 고갯길은, 왠지 친근감을 자아내어 가까이 오라고 손짓하는 것 같았다. 첩첩이 싸인 산의 장엄한 경치는 그를 마냥 붙잡아 두어, 돌아가는 것을 잊어버리고 점점 더 침묵의 세계, 차디찬 눈의 세계로 빨려들어가게 했다——아직 어두워질 때가 아닌데도 하늘은 회색의 베일을 주위에 드리워, 한스 카스토르프의 긴장된 기분을 두려움으로 바뀌게 하였다. 그처럼 두려움을 느꼈을 때, 그는 자기가 온 방향을 잃어버리고, 골짜기와 인가가 어느 쪽에 있는지 완전히 방향을 잃고 말았다. 물론 돌아서서 활강을 하면 베르크호프에서 조금 떨어진 골짜기로 돌아갈 수 있으리란 희망은 가졌다. 지금 곧 돌아간다면 아까운 시간이 조금은 절약될 것이고, 조금 후에는 눈보라 속에 길을 잃고 헤매게 될 것임에 틀림없었다.

그러나 그는, 이곳에서 빨리 도망치고 싶지 않았다. 자연의 힘에 대한 공포, 마음의 공포를 무릅쓰고 모험한다는 것은 운동 선수다운 행동이 아니었다. 운동 선수라면, 자신이 자연과 대항할 충분한 힘이 있을 때는 용기를 내지만, 신중히 생각하여 돌아가야 할 때는 돌아가는 분별력이 있어야 한다. 그러나 그는 도전해 보고 싶었다. 도전이란 말이 자아내는 불손한 감정이 마음의 공포와 연결되는 경우에도——그런 경우가 더 많긴 하지만——이 말은 많은 비난의 의미를 포함하고 있었다. 그와 같이 이 위에서 몇 해를 산 청년의 영혼 밑바닥에는 많은 것이 가라앉아 있어——기사인 한스 카스토르프의 말을 빌면 '침전되어 있어'——그것이 어느 날 격렬하게 "무슨 소리야!" 또는 "올 테면 와라!" 하는 초조한 분노, 즉 도전과 사려 깊은 포기의 형식을 취해 폭발하는 것은 인간적인 측면에서 이해할 수 있으리라.

이리하여 한스 카스토르프는 기다란 슬리퍼라고 할 수 있는 스키를 발에 매단 채 계속 달려 눈앞의 비탈을 활강하고, 거기에 이어진 산허리로 오르기 시작했다. 그 산허리에서 조금 떨어진 곳에는 지붕을 돌로 눌러놓은, 건초 헛간 같기도 한 목동의 오두막집이 한 채 있었다. 그는 그 산허리를 미끄러져 제일 가까운 산을 향해 계속 올라갔다. 그 산등성이에는 전나무가 빽빽이 들어찼고, 그 뒤엔 높은 연봉이 안개 속에 솟아 있었다. 수목이 군데군데 몰려 있는 산비탈은 급경사를 이루어, 오른쪽으로 비스듬히 올라가 그 사면을 반쯤 돌아 암벽 뒤로 가면 무엇이 있는지를 볼 수 있을 것 같았다. 그는 모험을 해보기로 작정하고, 목동의 오두막집 앞에서 방향을 바꾸어 꽤 깊은 골짜기로 내려갔다.

다시 오르막길을 달리기 시작했을 때 예상했던 눈보라가 몰아치기 시작했다. 아까부터 위협하고 있던 눈보라였다——물론 '위협한다'는 말을 맹목적이고 무의식적인 자연에 적용할 수 있다면, 자연은 우리를 파괴시키려고 계획하는 것은 아니고, (그렇다면 조금은 안심이 되지만) 눈보라가 우리의 파멸을 부수적으로 가져온다 해도 자연은 무서울 정도로 무관심하다. "오는구나!" 돌풍이 불며 눈보라가 몰아치기 시작할 때, 그는 소리치며 멈추어 섰다. "대단하군. 뼛속까지 스며드는 것 같아." 정말로 바람은 악마 같았다. 영하 20도의 굉장한 추위였다. 습기와 바람이 없는 조용한 공기였다면 심한 추위라고 느끼지 못했을 테지만 돌풍이 되어 불자 칼로 살을 에는 듯했고, 지금같이 심하게 불면——처음 불기 시작한 바람은 겨우 전조(前兆)에 불과했다——담요를 일곱 장쯤 덮고 있다 하더라도 견디기 힘들 것이다. 그러나 그는 담요는커녕 양털 조끼 한 장만 입고 있을 뿐이었다. 보통 때는 이것만으로도 충분하고, 햇볕이 조금만 비쳐도 오히려 짐스럽게 느껴졌을 것이다. 바람은 비스듬히 뒤쪽에서 불어왔기 때문에, 뒤로 돌아서서 바람을 정면으로 받는다는 것은 바보 같은 짓이었다. 그러나 이 용감한 젊은이는 지고 싶지 않은, '이런 것쯤!' 하는 기분에서 뒤로 돌아 목표 지점을 향해 가기로 했다.

그러나 그것은 결코 쉬운 일이 아니었다. 휘몰아치는 눈보라가 한치 앞도 볼 수 없게 했고, 얼음같이 찬 바람은 귀에 통증을 느끼게 하며 사지를 마비시키고 손을 얼어붙게 하여 스틱의 감각도 느낄 수 없었다. 눈이 등 쪽으로 몰아쳐 어깨 위로 녹으면서 쌓였다. 그는 스틱을 쥔 채 눈에 덮여 눈사람이 되지나 않을까 걱정스러웠다. 뒤로 돌아서지도 않았는데 이 정도로 처참했으니, 뒤로 돌아선다는 것은 가히 짐작할 만했다. 돌아가는 길도 상당히 험하고 힘들겠지만, 더 이상 이곳에서 버틸 수 없게 되었다.

그는 화가 치민 듯이 어깨를 움츠리고 스키를 돌렸다. 바람은 기다렸다는 듯 덤벼들었다. 숨을 쉬기 위하여, 각오를 새롭게 하고 비정한 적에 대항하기 위해, 다시 한 번 방향을 바꿨다. 머리를 푹 숙이고 조심스럽게 호흡을 조절하면서 그럭저럭 활주해 나갔다. 쉬운 일이 아닐 거라고 각오는 하였으나, 숨도 쉴 수 없고 앞이 보이질 않았다. 숨을 쉬기 위해, 또 눈앞에 눈이라는 흰색의 어둠밖에 보이지 않았기 때문에, 그는 나무나 장애물에 부딪쳐 넘어지지 않도록 몇 번이고 계속 멈춰야 했다. 그럴 때마다 눈송이가 얼굴에 날아와 녹아서 꽁꽁 얼어붙었으며, 입 속으로 날아 들어온 것은 물맛이 나고, 눈꺼풀에도 붙어 경련적으로 깜박여야 했으며, 물이 되어 흘러내려 아무것도 볼 수 없었다. 보이는 것이라고는 오직 흰색 한 가지뿐이었다. 시각은 정지 상태였고, 설혹 뭔가 보였다 해도 의미가 없었으며, 아무리 보려고 애써도 보이는 건 흰 소용돌이, 새하얀 허무뿐이었다. 가끔 보이는 건 그림자처럼 희미하게 떠오르는 소나무, 전나무, 건초 헛간뿐이었다.

그는 건초 헛간의 뒤로 돌아 귀로를 찾았으나, 길은 찾을 수 없었다. 스키의 앞끝이 보이지 않고 자신의 손은 겨우 보일 정도여서, 집을 제대로 찾는다는 건 요행에 맡길 수밖에 없었다. 비록 앞이 잘 보인다 하더라도 여전히 장애물은 있었다. 얼굴은 눈으로 온통 가려져 있었고, 끊임없이 얼굴에 휘몰아치는 강풍이 호흡을 곤란하게 했다. 어느 누구라도 이런 상태에서는 숨을 헐떡이고 눈을 깜박이며 눈을 털어내려 했을 것이며, 나아간다는 건 상식 밖의 일이었으리라.

그러나 한스 카스토르프는 앞으로 나아갔다. 아니, 움직였다. 차라리 현재의 위치에서 꼼짝하지 않고 멈춰 있는 편이 좋을 것 같았다. 물론 그것도 불가능했을 테지만, 올바른 방향으로 이동하는 것 같지 않았다. 실제로 얼마 후에 그가 서 있는 장소는 자기가 목표로 한 곳이 아니라는 것을 깨달았으며, 이 평탄한 산허리는 아무래도 활강해야만 하는 평평한 곳은 아닌 것 같았다. 곧 오르막길이 나타났다. 남서쪽의 골짜기 입구에서 불어오는 강풍에 밀려 진로가 바뀐 것이다. 필사적으로 움직인 것이 모두 수포로 돌아갔다. 몰아치는 새하얀 어둠에 싸여, 그는 점점 깊고 냉혹한 세계로 들어간 것이다.

"이거 큰일났구나!" 그는 이를 악물고 외치며 멈췄다. 전에 라다만토스가 침윤 부분을 발견했을 때처럼 심장은 일순간 얼음 같은 손에 잡힌 것처럼 오그라들었고, 늑골이 들먹거릴 만큼 급히 뛰기 시작했다. 그러나 이 모든 일은 스스로 도전한 것이며 자초한 악조건이었기 때문에, "이거 큰일났구나!"라는 비장한 외마디소리를 내지르는 것 외에는 아무것도 할 일이 없다는 것을 깨달았다. "나쁠 건 없어"라고 말했지만 표정은 이미 굳어져버려, 공포도 분노도 경멸도, 어떤 감정도 얼굴에 나타낼 수 없었다. "이젠 어떻게 해야 하지? 비스듬히 내려가서는 곧장 전진하여 바람을 안고 가기만 하면 될까? 물론 말로는 쉽지만, 행동은 어렵겠지." 그는 다시 활주하기 시작하면서 숨을 헐떡이며 중얼거렸다. "그렇지만 무슨 수를 써야 해. 우두커니 앉아 있을 순 없지. 여기서 주저앉아버리면 난 정육각형의 눈꽃 속에 묻혀,

세템브리니가 호각을 불면서 나를 찾아왔을 땐 눈 모자를 비스듬히 쓴 채 유리알 같은 눈으로 웅크리고 있겠지……." 그는 자신이 이상한 말을 중얼거리고 있음을 깨닫고는 곧 마음을 가다듬었으나, 얼마 안 있어 다시 작은 소리로 중얼거리기 시작했다. 입술이 마비되어 움직일 수 없었기 때문에, 입술에서 형성되는 자음(子音) 역시 사용하지 않은 채 사육제 밤에 있었던 일을 회상했다. "입 닥치고 여기서 탈출할 궁리나 해라." 그는 혼잣말로 중얼거렸다. "헛소리를 하고 있어, 머리가 이상해진 것 같아. 이러다간 정말 큰일나겠어."

그러나 이 위험한 곳에서의 탈출이란 견지에서, 감시의 역할을 맡은 이성이 객관적으로 확인하는 일, 즉 걱정은 해주지만 아무 참견도 하지 않고 관계도 갖지 않는 타인의 확인이 필요했다. 그의 자연의 일부에 속한 육체는 점점 피로해지고 혼미 상태에 빠져들어가려 했으나, 그는 자신을 채찍질했다. "이것은 산 속에서 눈보라를 만나 길을 잃고 헤매는 인간이 경험하는 정신 상태의 하나다." 그는 고통스럽게 전진하면서 숨을 헐떡이며 띄엄띄엄 중얼거리고, 더 확실한 표현은 삼갔다. "나중에 이 경험담을 듣는 사람은 너무나 끔찍한 일이라고 상상하겠지만, 병이——내 경우는 어느 정도 병이긴 해——병자가 병과 타협해 나갈 수 있도록 조정한다는 걸 잊어버린 거야. 병에 걸리면 지각(知覺)의 감퇴, 고맙게도 마비 같은, 자연이 부여하는 고통 완화의 조치 같은 것이 있어. 암, 그렇지. ……그러나 이것에 대항해서 싸워야 한다. 자연의 이러한 조치는 선과 악이라는 이중성을 띠고 있어서 매우 애매한 것이며, 그것을 평가하는 것은 관점에 따라 다르지. 집으로 돌아가지 않으려는 사람에게는 이와 같은 자연의 완화 조치가 호의적이거나 자선 행위라 할 수 있겠지만, 나처럼 집으로 돌아가기를 원하는 자에게는 악의에 찬 것이기 때문에 죽을힘을 다해서 극복해야 해. 난, 이 규칙적인 결정체 속에 몸을 묻고 싶지 않아. 폭풍처럼 날뛰는 심장도 그런 건 꿈에도 원하지 않아……."

사실 그는 완전히 피로에 지쳐 의식이 몽롱해져서, 열에 들뜬 듯한 상태로 계속 투쟁하였다. 이젠 평탄한 코스가 아니란 것을 알아도 이전과는 달리 놀라지 않았다. 이번에는 반대 방향, 내리막길로 접어든 것 같았다. 왜냐하면 맞바람을 받으면서 내려가는 편이 오히려 고통을 줄일 수 있었기 때문이다. '상관없어, 조금만 더 내려가면 방향을 잡을 수 있겠지'라고 생각하며 행동에 옮겼다. '어떻게 되겠지'라는 허탈감에 몸을 내맡기고 만 것이다. 이렇게 하여 희미한 의식의 탈락(脫落)이 나타나기 시작했고, 그는 힘없이 싸움을 벌였다. '익숙지 못한 환경에 익숙해진다'는 순응에 길들여진 한스 카스토르프의 피로와 흥분은 더욱 심해져, 감각 작용의 저하에 분별 있는 태도를 취한다는 것은 바랄 수 없게 되었다. 현기증이 나서 비틀거리며, 그는 도취와 흥분으로 몸을 떨었다. 나프타와 세템브리니의 논쟁을 들은 후의 떨림과 비슷했으나, 그와는 비교도 안 될 만큼 더 심한 상태였다. 그 때문에 그는 오관의 마비와 싸우는 미온적인 상태를, 두 사람의 토론을 회상함으로써 미화시키려 했던 것이다. 즉 그는 정육각형 눈꽃에 묻히고 만다는 사실에 분노와 굴욕을 느끼면서도, 다음과 같은 의미 없는 말을 중얼거렸다. "이 애매한 마비와 투쟁하는 의무감은 단순한 윤리, 즉 인색한 현세적 시민 근성과 비종교적 속물 근성에 지나지 않는다." 그래서 그 자리에 누워 쉬고 싶은 욕망과 유혹이 사막의 열풍처럼 밀려왔다. 이런 때 아라비아인은 얼굴을 숙이고 몸을 구부려, 모자 달린 외투를 머리까지 푹 뒤집어쓴다고 하지 않는가. 다만 그는 그런 외투를 갖고 있지 않기 때문에 누워 쉴 수 없다고 생각했다. 게다가 그는 어린애가 아니었기 때문에, 어떻게 동사(凍死)하는지를 잘 알고 있었다.

활강은 어느새 끝나고 잠시 평지 활주 후, 굉장히 험준한 오르막길이 시작되었다. 골짜기를 내려가는 도중에는 때때로 오르막이 있는 일이 많으므로, 꼭 길을 잘못 들었다고 단정할 수는 없었다. 다행히 바람의 방향이 바뀌어, 바람을 등지고 달리는 것은 고마운 일이었다. 그러나 몸이 비탈 쪽으로 기우는 건 무슨 이유일까? 맹렬하게 추격하는 바람이 몸을 앞쪽으로 기울게 하는 걸까, 아니면 희부연 눈보라에 휩싸인 완만한 비탈에 매력을 느껴서일까? 비탈의 유혹에 몸을 맡기려면 그쪽으로 몸을 기울이기만 하면 된다. 유혹은 말할 수 없이 컸다. 얼어 죽는 데 따르는, '전형적인 위험한 상태'라고 책에 씌어 있는 그대로였다. 그러나 그렇게 위험한 것이라 하더라도, 그 유혹의 힘은 좀처럼 줄어들지 않았다. 그 유혹은 독자적인 권리를 주장하고, 보편적으로 알려진 것과 함께 분류되어 그 속에서 재인식되기를 바라지 않고, 그 박력에 있어서도 한 번에 한하여 비교할 수 없음을 드러내고 있었다. 물론 유혹이 어떤 한 방면에서의 속삭임이란 것은 부정할 수 없었다.

주름잡힌 흰 쟁반 모양의 장식 깃이 달린, 스페인식 검정옷을 입은 어떤 존재의 암시였다. 이러한 이념과 원리적 표상에는 갖가지 음산한 것, 예수회적이며 반인간적인 것, 고문이나 태형의 갖가지 강제성이 얽혀 있어서 세템브리니는 깜짝 놀라 이 모든 것을 거부했지만, 아무튼 세템브리니는 손풍금과 이성만을 들고 나선 우스꽝스런 존재에 지나지 않는 어떤 세계의 암시였다. 그래도 한스 카스토르프는 눈 덮인 비탈에 주저앉고 싶은 유혹에 저항했다. 무엇 하나 눈에 띄지 않았으나 그는 계속해서 앞으로 움직였다. 옳은 방향인지 틀린 방향인지는 몰라도, 최선을 다하여 세찬 찬바람에 사지가 얼어붙어 마비되는 것을 막으려 했다. 경사가 너무 심하여 옆으로 꺾어 비탈을 끼고 돌았다. 경련이 일어나 뻣뻣해진 눈꺼풀을 억지로 뜨고 앞을 보려고 해도 아무것도 보이지 않는 것을 알고는 새삼스럽게 용기가 꺾였다. 그런 중에도 가끔 전나무가 줄지어 있는 것이라든지, 눈 덮인 양 기슭 사이에 검은 선을 그어 놓은 듯한 시냇물이나 도랑 같은 것이 보였다. 변화를 보이려는 듯이 또다시 내리막길이 시작되었고, 게다가 바람까지 정면으로 안게 되었을 때, 바람을 받아 팔랑이는 베일을 쓰고 허공에 떠 있는 듯한 인가(人家)의 어렴풋한 윤곽이 보였다.

아, 얼마나 고맙고 마음이 놓이는 발견인가! 악전고투 속에서도 꾸준히 노력한 결과, 마침내 사람 사는 골짜기를 발견한 것이다. 어쩌면 저 집에 들어가 눈보라가 그치기를 기다렸다가, 필요하다면 해지기 전에 동행(同行)이나 길 안내를 부탁할 수 있을 것이다. 그는 눈보라 속에 숨어버리려는 환영 같은 그림자를 향해 나아갔다. 그곳까지 도착하려면 다시 한 번 바람을 안고 가야 하는 등반을 해야 했다. 이윽고 간신히 도착했을 때, 그것은 바로 아까의 헛간, 돌로 지붕을 눌러놓은 헛간이라는 것을 알고, 그는 놀라고 무서운 나머지 현기증을 느꼈다.

분했다. 그러한 악전고투의 대가가 아까의 헛간에 되돌아온 것이라니! 심한 욕설이 굳은 입술 사이에서 순음이 탈락한 채 흘러나왔다. 그는 방향을 잡기 위해 헛간을 돌아보고, 꼭 1시간에 걸친 악전고투가 이 헛간의 배후에서 다시 헛간으로 돌아오게 한 헛된 노력이었음을 알았다. 그러나 이것도 책에 씌어진 그대로였다. 제딴에는 올바른 방향으로 가는 줄만 알았는데, 사실은 같은 곳을 빙빙 돌면서 사람을 기만하는 1년이라는 시간의 순환처럼 다시 출발점으로 돌아오는 어리석은 원을 그린 것이다. 사람은 이렇게 빙빙 돌며 헤매다가 마침내 길을 잃고 마는 것일까? 그는 말로만 듣던 현상을 확인했다는 만족을 느끼기는 했으나 끔찍한 일이었다. 이런 일반적인 현상이 지금 자신의 특수한 개인적 현실과 일치된 데 놀라고 분해서, 그는 자기의 허벅다리를 쳤다.

이 고립된 헛간은 자물쇠가 채워져 있어 안으로 들어갈 수도 없었다. 그래도 잠시 머물기로 했다. 앞으로 길게 뻗친 차양이 있었고, 통나무를 쌓아 올린 한쪽 벽에 어깨를 기대면, 실제로 눈보라를 어느 정도 피할 수는 있었다. 등을 벽에 기대는 것은 기다란 스키 때문에 마음대로 되지 않았다. 스틱을 눈 속에 꽂고, 조끼의 깃을 세우고 손은 주머니에 넣은 채, 비스듬히 서서 눈을 감고 머리를 힘없이 통나무 벽에 기댔다. 그리고 어깨너머로 눈보라의 베일 속에서 가끔 희미하게 드러내는 절벽을 바라보았다.

그러고 있으니 그런대로 좀 편했다. 이 정도라면 만약의 경우 아침까지라도 서 있을 수 있겠다고 생각했다. 그러나 몸을 꼼지락거리거나 또는 조금씩 움직여 돌아다녀야 한다. 움직인 덕분에 몸은 얼어붙었지만, 속에는 열이 축적되었다. 그래, 비록 같은 곳에서 빙빙 돌았다 해도 결코 헛된 일만은 아니었다. '빙빙 돈다'는 말은 도대체 무슨 뜻일까? 보통 때는 사용하는 말이 아닌데, 내가 지금 머리가 혼란스러워서 정신 없이 그 말을 찾아내긴 했어도 정말 알맞은 말 같다. ……아무튼 여기서 이렇게라도 피할 수 있게 된 것은 고마운 일이다. 이 눈보라는 내일 아침까지 계속될는지도 몰라. 아니, 어두워질 때까지 계속되면 곤란해. 어두워지면 한자리에서 빙빙 돌 위험이 더욱 커질 거야. 지금쯤 저녁 6시가 다 되었을 텐데. 빙빙 도는 데 시간을 몽땅 허비해버렸으니 대체 몇 시나 되었을까? 그는 무디어진 손가락으로 간신히 호주머니를 더듬어 시계를 꺼냈다. 자기 이름의 첫자를 새긴 금시계의 뚜껑을 열자, 그의 심장이 흉곽(胸廓)의 유기 체온 속에서 움직이고 있는 것처럼, 시계는 기분 좋게 충실하게 시간을 가리키고 있었다.

4시 30분이었다. 제기랄, 눈보라가 시작되기 전이 거의 그때쯤이었는데, 길을 잃고 헤맨 것이 겨우 15분 동안이었단 말인가? '빙빙 도는' 건 시간을 길게 늘이는 걸까? 나에겐 무척 길게 느껴졌는데. 그러나 5시나 5시 30분이면 본격적으로 어두워질 텐데. 그때까지 눈이 멈출까? 다시 한 번 돌아도 괜찮을까? 그때까지 포도주를 마시며 기운을 내보자.

그는 포도주가 담긴 납작한 병을 호주머니에서 꺼냈다. 그것은 베르크호프에서 산 것인데, 소풍을 나가는 사람들에게만 파는 것이지, 허락도 받지 않고 산속을 헤매다가 이런 상황하에서 밤을 맞이하는 사람을 위해 파는 물건은 아니었다. 그가 좀더 냉철하다면, 베르크호프로 돌아갈 생각이라면, 이 포도주는 더욱 삼가야 한다는 데 생각이 미쳤을 것이다. 그러나 이미 두세 모금을 마신 후에야, 처음 이곳에 도착해서 마신 쿨름바흐산 맥주와 똑같은 효력을 나타내고 있다는 걸 깨달았다. 그날 밤 생선 요리 소스인가 뭔가 하는 지저분한 얘기를 꺼내어 세템브리니의 교육자적 기분을 상하게 했던 것이다. 저 다루기 힘든 미치광이조차 자신의 눈으로 쏘아보아 제정신으로 되돌렸다는 루도비코 세템브리니의 호각 소리가 지금도 바람결에 들려오는 것 같았다. 웅변가인 교육자가 귀찮게 구는 제자, 인생의 골칫거리 자식을 위험한 상황에서 건져내어 집으로 데려가려고 당당히 진군하는 표적처럼 부는 호각 소리였다. ……물론 이것은 환청(幻聽)이며, 쿨름바흐산 맥주(한스 카스토르프는 취해서 쿨름바흐산 맥주와 포도주를 혼동하고 있음) 때문이었다. 첫째로 세템브리니는 호각을 갖지 않았고, 가진 것이라곤 각목 받침대로 보도 위에 세워 놓고 타는 손풍금뿐이었다.

이 휴머니스트는 손풍금을 멋지게 연주하면서 집집의 창문을 더듬어 나간다. 둘째로 그는 이미 베르크호프에 살지도 않았으며, 부인복 재단사인 루카체크 집에서 물병이 놓인 헛간 같은 방——나프타의 비단 깔린 방 위에 있다——에서 이곳의 일을 전혀 알지도 못하리라. 게다가 언젠가 사육제 날 밤에 한스 카스토르프가 병든 클라우디아 소샤에게, 아니 프리비슬라프 히페의 연필을 돌려줄 때와 같이, 이번에도 그에겐 간섭할 권리가 없었다. 그러면 상태라니, 어떤 상태를 말하는가? 상태의 정상적 의미는 누워 있는 것이며, 수평이야말로 정규적 의미로 이 위에 여러 해 있었던 사람에게 가장 어울리는 상태였다. 그는 눈이 오는 추운 날에도 밤이나 낮이나 옥외에 눕는 데 익숙해져 있는 자신에게 주저앉을 것을 강요했으나, 이런 상태에 대한 생각은 쿨름바흐산 맥주 탓이며, 책에 씌어진 대로의 위험한 욕망에서 나온 것이고, 이 욕망이 궤변과 달콤한 말로 자신을 속이려 한 것을 알고는 깜짝 놀랐다. 말하자면, 그 욕망이 그의 목덜미를 잡아 일어서게 했다.

"실수했구나" 하고 그는 혼자 중얼거렸다. "포도주는 좋지 않아. 몇 모금밖에 마시지 않았는데 벌써 머리가 무겁고 턱이 가슴에 닿을 것 같아. 생각도 확실하지 않고 분간을 할 수가 없다. 처음에 떠오르는 생각뿐만 아니라, 그것을 비평하는 것도 믿을 수 없어. 그의 연필? 아냐, 사실은 '그녀의 연필'이야! 이 경우, 연필이란 말이 남성 명사이기 때문에 '그의'라고 말했을 뿐이지, 그 밖의 것은 모두 농담이야. 그런 걸 문제삼고 있다니! 그보다 더 큰 문제가 있는데. 내 몸을 지탱하고 있는 이 왼쪽 다리가 세템브리니의 손풍금을 지탱하는 나무 다리 같아. 그는 언제나 그것을 보도 위로 밀고 나아가지. 창밑에 다가서서 아가씨들에게 동전 몇푼 달라고 비로드 모자를 내밀었지. 그런데 나는, 보이지 않는 무언가에 이끌리는 것처럼, 눈 위에 누워 버릴 것만 같아. 운동을 해야 해. 쿨름바흐산 맥주를 마신 벌로, 뻣뻣하게 굳어버린 이 나무 다리를 부드럽게 해주기 위해서 운동을 해야 해."

그는 어깨를 움직여 벽에서 몸을 떼었다. 그러나 한 걸음 옮기는 순간, 바람이 그를 벽쪽으로 밀어붙였다. 처마 밑은 그의 유일한 피난처로서 한동안 이곳에 가만히 있어야 했고, 다만 오른쪽 다리로 바꾸어 지탱하고 왼쪽 다리를 조금씩 흔들 수밖에 없었다. "이럴 때는 집에 가만히 있어야 해"하고 그가 다시 중얼거렸다. "약간의 기분 전환은 가능하지만, 모험을 하거나 돌풍에 대항하는 일은 해서는 안 돼. 그저 움직이지 말고 머리를 숙이고 가만히 있는 게 최고다. 아무튼 머리가 무거우니까. 아, 통나무벽이 무척 고맙다. 이런 상태도 온기라 할 수 있다면, 벽에서 온기가 나오는 것 같군. 재목에 깃든 그윽한 온기인 것 같아. 기분상 그런 것일까? 아니면 주관적인 온기인가? 아, 저 많은 나무, 저 생명에 찬 대지, 얼마나 멋진 향기인가!"

그는 이렇게 생각하며 아래쪽을 내려다보았다. 마치 발코니에서 내려다보는 공원 같았다. 활엽수로 덮인 광활한 녹색의 공원으로 느릅나무·플라타너스·너도밤나무·떡갈나무·자작나무 등이 가득하고, 싱싱한 잎새가 희미한 음영을 보이며 부드럽게 스치는 소리가 들렸다. 나무 향기를 담은 상쾌한 미풍이 불었다. 한줄기 소나기가 내려, 먼 하늘까지 대기가 밝은 안개비로 반짝이고 있었다. 얼마나 아름다운가! 아, 고향의 숨결, 오랫동안 느끼지 못했던 평지의 향기와 생명! 하늘에는 새도 한 마리 보이지 않는데 애잔하고 감미로운 지저귐, 비둘기 울음소리 같은 소리, 흐느끼는 소리로 가득 차 있었다.

한스 카스토르프는 감사하는 마음으로 그 공기를 깊이 들이마시고 미소지었다. 모든 것은 순간순간 아름다움을 더해 갔다. 무지개가 옆에서 풍경 위에 걸려, 완전한 활 모양을 그리며 선명하고 순결한 아름다움을 보였다. 기름같이 윤택한 일곱 빛깔이 아늑한 빛을 뿌리면서 지상의 풍성한 푸르름 속으로 녹아 흘러 내려왔다. 플루트와 바이올린 소리가 섞인 하프 소리가 들리는 것 같았다. 특히 청색과 보라색이 아름답게 흘렀다. 모든 것이 그 빛깔 속으로 녹아들어가 변화하고, 새로이 나타나고, 순간마다 아름다움을 더해 갔다. 수년 전, 세계적으로 유명한 성악가의 노래를 들을 때와 같은 느낌, 이탈리아 테너 가수의 목에서 흘러나온 경이로운 예술의 힘이 청중을 사로잡았었다. 성악가는 처음부터 계속 아름다운 고음으로 불렀으며, 그 음성은 꽃봉오리처럼 점점 부풀어 더욱 맑게 들렸다. 그때까지는 아무도 알아차리지 못한 베일이 한 장, 한 장 그 높은 음에서 벗겨지고, 마지막 베일을 보는 순간 이것으로 가장 순수한 광채에 이르렀다고 생각하자마자 끝 부분의 마지막 한 장이, 설마라고 생각했던 마지막 한 장이 벗겨져 광채와 눈물로 번쩍이는 아름다움을 발하고 눈부신 빛으로 바뀌어, 청중은 모두 기쁨의 신음 소리를 냈고 청년 한스 카스토르프도 흐느껴 울었다.

지금 그의 눈앞에서 시시각각으로 변화하고, 베일을 벗으며 광채를 더해 가는 풍경도 그와 똑같았다. 푸른빛이 떠오르며 눈부신 안개비가 걷히자 바다가 나타났다. 바다, 그것은 남국의 바다였다. 은빛으로 빛나는 짙푸른 바다, 찬란하고 아름다운 바다, 먼 바다 위에서는 안개가 피어 오르고, 육지 쪽은 푸른 산맥에 넓게 둘러싸였다. 그 사이에 점점이 떠 있는 섬에는 종려나무가 높이 서 있고, 측백나무 숲에는 작고 흰 집들이 햇빛 속에서 반짝거렸다. '아, 충분하다, 과분할 정도다. 얼마나 맑고 복된 빛인가! 푸른 하늘과도 같이 깊고 깨끗한 파도, 햇빛이 반짝이는 상쾌한 바다의 행복이여!'

그는 태어나서 한 번도 이런 아름다운 풍경에 접해 본 적이 없었다. 휴가

때의 여행길에도 남국에는 가본 일이 없었으며, 북쪽의 거친 납빛 바다만을 알고 있을 뿐이었다. 그런 바다에 소년다운 아련한 애착을 느끼고 있었을 뿐, 지중해·나폴리·시칠리아·그리스를 방문한 일이 없었다. 그러나 그가 느낀 것은 이상스럽게도 재회의 기쁨이었다. "아, 바로 이것이다!" 가슴속에서 하나의 절규가 터져나왔다. 눈앞에 펼쳐지는 푸른 바다의 환희를 자기 자신에게도 감춘 채, 이전부터 남몰래 품고 있었던 듯한 느낌이었다. 그리고 이전은 연보랏빛에 싸인 하늘이 그 위에 드리워져 있는 바다같이 무한히 먼 것이었다.

수평선은 높고, 먼 곳은 더욱 올라간 것처럼 보였는데, 그것은 그가 약간 높은 곳에서 내려다보고 있기 때문이었다. 무성한 숲에 싸여 있는 산이 바다 가운데 튀어나온 것을 제외하고는, 산줄기는 그가 앉아 있는 곳까지 뻗어 이어졌다. 그는 산을 따라 이어진 해안의 햇볕으로 따뜻해진 돌계단 위에 웅크리고 앉았다. 그 앞에는 이끼 긴 돌투성이의 숱한 모래 언덕이 층층으로 평탄한 해안까지 내리꽂혀 있었으며, 해변을 따라 군데군데 덤불이 있었다. 자갈이 깔린 평평한 물가로 내려오면 갈대 사이에 내해(內海)가 나타났다. 그리고 이 양지바른 일대에는 오르기 쉬운 해변의 언덕, 바위 사이의 분지, 보트가 왕래하는 섬까지의 바다, 어디나 모두 사람들로 붐볐다. 사람들, 해와 바다의 아들들, 보기에도 즐겁고 현명하고 아름답고 젊은 사람들이 뛰놀기도 하고 휴식을 취하기도 했다. 그런 젊은이들을 바라보고 있노라니 그의 가슴은 넓게 트이며, 사랑으로 가득 차서 억누를 수 없을 만큼 부풀어올랐다.

젊은이들은 힝힝거리면서 머리를 흔들며 달리는 말의 고삐를 쥐고 나란히 달리기도 하고, 뒷발로 뛰는 말을 긴 고삐로 잡아당기기도 하며 안장 없는 말에 올라타 맨발의 발꿈치로 말의 옆구리를 걸어차기도 하고, 바다로 뛰어들기도 했다. 그들의 근육은 햇볕에 그을려 갈색이 된 피부 밑에서 꿈틀거리고, 그들의 외침, 말을 부르는 외침은 어딘지 사람의 마음을 매혹시키는 울림이 깃들어 있었다. 산속의 호수 같은 바다, 육지 깊숙이 들어온 하구(河口)에서는 한떼의 소녀가 춤을 추고 있었다. 그 중 머리를 뒤로 높게 묶은 소녀가 눈에 띄게 사랑스러웠다. 그 소녀는 웅덩이에 두 다리를 넣고 피리를 불면서, 피리의 구멍을 여닫는 손가락 너머로 주위에서 춤추는 소녀들을 보고 있었다. 춤추는 소녀들은 길고 헐렁한 옷차림으로 미소지으면서 두 팔을 벌리기도 하고 서로 볼을 비비기도 하면서 스텝을 밟았다. 피리 부는 소녀의 희고 날씬하고 우아한 팔의 위치 때문에 약간 둥글게 구부린 등뒤에서, 소녀들이 구경을 하면서 조용히 속삭이고 있었다. 조금 떨어진 곳에서는 청년들이 활쏘기 연습을 하고 있었다. 연장자가 미숙한 소년들에게 시위 다루는 법, 화살 재는 법을 가르치며 겨냥하기도 하고, 쏜 후의 반동으로 비틀거리는 소년들을 잡아 주는 광경은 정말 보기에도 흐뭇했다.

한편에서는 낚시를 즐기는 사람도 있었다. 기슭의 평평한 바위에 엎드려 한쪽 다리를 흔들며 낚싯줄을 바다에 던지고 옆의 친구와 속삭이고, 그 친구는 경사진 바위에 앉아 몸을 쭉 뻗으며 미끼를 던지고 있었다. 돛대와 활대가 있는, 뱃전이 높은 보트를 바다에 띄우는 사람들도 있었다. 어린아이들은 방파제에서 환성을 올리며 놀았다. 한 젊은 여자는 다리를 쭉 뻗고 엎드려 위를 쳐다보고 있었고, 그 여자 앞에서 키 큰 젊은이가 잎 달린 과일을 장난치듯 내밀었다. 그녀는 그것을 잡으려고 한 손을 쭉 뻗고, 또 한 손으로는 흘러내리는 옷을 유방 사이로 끌어올리고 있었다. 바위의 낮은 곳에 기대어 앉은 사람, 두 손을 가슴에 얹고 발끝으로 물의 차가움을 음미해 보는 사람, 물에 들어가기를 주저하는 사람 등 가지각색이었다. 몇 무리의 젊은 남녀가 해변을 산책하고 있었는데, 어떤 청년은 한 소녀를 친절하게 인도하며 소녀의 귀 가까이 입을 대고 뭔가를 속삭이고 있었다. 털이 탐스런 산양(山羊)들이 이 바위에서 저 바위로 뛰놀고, 목동은 한 손을 허리에 대고 한 손엔 막대기를 든 채, 뒤챙이 올라간 작은 모자를 쓰고 높은 곳에 서 있었다.

"정말 멋진데!" 한스 카스토르프는 감격했다. '정말 매혹적이다. 얼마나 사랑스럽고 행복한 사람들인가! 모습뿐만 아니라 마음도 행복해 보인다. 저것이 나를 이토록 감동시키고 매혹시킬 줄이야……. 저것이 그들 본성의 밑바닥에 깔린 정신과 감정이라고 생각하고 싶다. 왜냐하면 그들이 함께 있고 함께 생활하는 정신과 감정이 사랑스럽고 행복하기 때문이다.' 이렇게 생각한 것은, 태양의 아들들이 서로 교제하며 차별 없이 대하는 마음씨를 느꼈기 때문이다. 보이지는 않았으나 그들 모두에게 흐르고 있는 한 가지 생각, 뿌리 깊이 박혀 있는 이념의 힘으로 서로에게 보이는 정다운 미소에는 은근함이 숨어 있었고, 모든 품위와 엄격함은 명랑함 속에 완전히 용해되어 어둠이 없는 진지함, 총명한 근엄의 정신적 형태로 그들의 모든 행동을 일관하고 있었다. 물론 의식적임을 느끼기도 했지만. 이끼 긴 돌 위에서 갈색 옷을 입은 어머니가 아기에게 젖을 물리고 있었다. 지나가는 사람들 모두가 특별한 자세로 인사했다. 젊은이들은 의식적으로 그녀를 향해 두 팔을 가슴 위에 포개어 십자가를 그리면서 머리를 숙였고, 소녀들은 참배자가 제단에서 하듯이 무릎을 꿇는 듯한 인사를 하고 지나쳤다. 그러나 그들은 이와 동시에 예절바르고 밝은 인사를 여러 번 했다. 어머니는 젖을 눌러 아기가 먹기 좋게 해주면서 젖먹이로부터 눈을 돌려 경애의 정을 나타내는 젊은이들에게 미소로 답례했다. 그 유연하며 온화한 답례는, 젊은이들의 의식적인 경애와 친밀한 태도와 더불어 한스 카스토르프의 마음을 흐뭇하게 했다. 그는 그 광경을 하염없이 바라보았다. 내가 이렇게 보는 것이 허용되는 일일까? 내가 생각해도 거칠고 더럽고 흉한 모습의 국외자(局外者)인 내가 이렇게 밝고 행복한 정경을 훔쳐보는 것은 죄악이 아닐까? 그렇게 생각하니 가슴이 죄어드는 것만 같았다.

그러나 그런 걱정은 하지 않아도 되었다. 숱 많은 머리를 옆으로 나누어 이마에 드리운 한 아름다운 소년이 두 팔을 가슴에 십자로 포개고 한스 카스토르프가 앉아 있는 바위 아래로 걸어왔다. 슬프다거나 반항적인 표정을 읽을 수 없었고, 다만 일행에서 떨어진 느낌이었다. 소년은 태양의 아들들을 엿보는 한스 카스토르프의 모습과 바닷가의 풍경을 번갈아 쳐다보았다. 그러다가 갑자기 소년은 한스 카스토르프의 머리 너머 저쪽의 먼 곳에 시선을 던졌다. 그 순간 소년의, 아름답고 윤곽이 뚜렷하며 앳되 보이는 얼굴에서는 태양의 아들들에게서 흔히 볼 수 있는 미소가 사라져버렸다. 눈썹은 찌푸리지 않았으나, 그의 얼굴에는 돌에 새겨진 표정, 죽음과 같은 싸늘한 무표정이 떠올랐다. 그 바람에 가까스로 마음을 가라앉힌 한스 카스토르프는 소스라쳤으나, 그 표정의 의미에 대해서는 막연하나마 예측할 수 있었다.

그도 뒤를 돌아보았다. 그의 뒤에는 원통 모양의 석재(石材)를 쌓아올린 거대한 석주가 밑받침도 없이 높이 서 있었고, 그 이음매에는 이끼가 끼어 있었다. 신전의 기둥이었다. 그는 문의 중앙에 있는 돌계단에 앉아 있었던 것이다. 그는 착잡한 기분으로 일어나 옆문으로 들어가, 포석이 깔려 있는 길을 지나쳐서 새로운 앞마당 문이 보이는 곳으로 지나쳐 나왔다. 그는 다시 그곳을 지나 신전 앞으로 나왔다. 신전은 장중하면서도 녹회색으로 풍화되어 있고, 토대의 전면은 급경사를 이룬 계단이었으며, 이 전면은 힘차고 뭉툭한 돌기둥으로 받쳐 있었는데 위로 갈수록 가늘어졌다. 그리고 그 돌기둥의 석재 중 몇 개는 이음매에서 빗나가 옆으로 삐져 있었다. 그는 숨을 헐떡이면서도 두 손을 써서 간신히 높은 돌계단 위로 올라가, 돌기둥이 숲처럼 나란히 서 있는 홀로 들어갔다. 그 홀은 무척 깊어서, 담청색 해변의 너도밤나무 숲 사이를 누비고 걸어가는 느낌이었다. 그는 일부러 중앙을 피해서 걸었다. 그러나 그는 다시 중앙으로 와, 기둥이 양쪽으로 갈라지는 곳의 한 좌상 앞에 섰다. 그것은 대좌에 얹힌 두 여인의 석상으로, 앉아 있는 여자는 나이도 들고 품위도 있어 정말로 거룩한 신(神) 같았으나 눈동자 없는 공허한 눈을 탄식하듯 찌푸리고 있었고, 주름이 많이 잡힌 속옷과 저고리, 물결치는 머리칼을 베일로 덮고 있었다. 다른 한 여인은 복스러운 처녀

같은 얼굴로, 나이 든 여인에게 안겨 두 팔과 손을 주름 사이에 숨기고 있었다. 어머니와 딸인 것 같았다.

입상을 보고 있는 동안, 한스 카스토르프는 어쩐지 좀 불안하고 이상한 예감이 들었다. 그에게는 그럴 용기는 없었으나 강요당하듯 좌상을 돌아 그 뒤에 있는 두 줄의 둥근 기둥 사이를 빠져나갔는데, 거기에는 신전 신각(神閣)의 금속 문이 열려 있었다. 그곳을 들여다본 그는 깜짝 놀라, 몸이 뻣뻣해져 금방이라도 쓰러질 것만 같았다. 신각 안에서는 흰 머리칼을 풀어 헤치고 보기 흉한 유방과 손가락만한 젖꼭지를 드러낸 반나체의 두 노파가, 불이 훨훨 타오르는 불쟁반의 빛에 반사된 채 잔인무도한 일에 열중하고 있었다. 두 마녀는 큰 쟁반에다 아기들을 몸서리칠 정도로 태연스럽게 갈기갈기 찢어서——그는 아기의 부드러운 금발이 핏물에 젖어 있는 것을 보았다——그 살점을 먹고, 연한 뼈는 오독오독 소리를 내며 씹어먹는 동안 그 추한 입술에서는 핏방울이 뚝뚝 떨어졌다.

피가 얼어붙는 듯한 공포로 한스 카스토르프는 꼼짝할 수가 없었다. 두 손으로 눈을 가리려고 했지만 그것마저 제대로 할 수 없었고, 도망가려 해도 도망칠 수 없었다. 이윽고 노파들이 그를 발견하고 말았다. 그녀들은 그렇게 무서운 일에 열중하면서도 한스 카스토르프를 향해 손을 흔들며 소리도 내지 않고, 몹시 추악하고 음탕한 욕지거리를, 그것도 한스 카스토르프의 고향 사투리로 퍼부었다. 지금까지 이렇게 기분이 나빴던 적은 한 번도 없었다. 그는 필사적으로 빠져나오려다 돌기둥에 부딪혀 넘어져서 몸부림치다가 자신이 헛간 옆의 눈 속에서 한쪽 팔을 깔고 머리를 기댄 채 스키 신은 두 다리를 뻗고 있는 것을 발견했으나, 아직도 그 무서운 외마디소리와 욕지거리, 공포에 온몸이 뻣뻣했다.

그는 그 무서운 노파들에게서 도망쳐 나온 것에 안도의 한숨을 내쉬었으나, 아직도 신전의 돌기둥에 쓰러져 있는지 헛간의 눈 위에 쓰러져 있는지 분간할 수 없었다. 그는 아직도 꿈에서 깨어나지 않았다. 그가 본 것은 환상이 아니라 관념적인 것에 지나지 않았지만, 모험적이며 혼란한 꿈임에는 틀림없었다.

"꿈이라고 생각하긴 했어." 그는 잠꼬대처럼 중얼거렸다. "멋있기는 하지만 무서운 꿈이었어. 속으로는 이미 다 알고 있었어. 스스로 꾸며낸 거야——활엽수의 푸른 공원, 기분 좋은 습기, 그 밖의 아름다운 것, 무서운 것, 그런 것을 난 처음부터 알고 있었어. 그런데 왜 그런 것을 알고 있었으며, 황홀해하고, 무서워할 수 있었을까? 섬이 있는 아름다운 바다, 친구들로부터 떨어져 쓸쓸히 서 있던 소년의 눈이 가르쳐 준 신전의 세계를 어떻게 알았을까? 사람들은 자신의 혼만으로 꿈을 보는 것이 아니라, 형태는 다를지라도 어떤 공동의 꿈을 본다고 말하고 싶다. 우리는 하나의 큰 영혼의 일부이며, 우리를 통해 각기 다른 형태로, 즉 그 혼의 청춘, 희망, 행복, 평화 등을 남몰래 꿈꾸는 거야. 그리고 그 혼의 피의 향연을 꿈꾸는 거야. 나는 돌기둥 아래에 누워 꿈의 흔적을 음미하고 있어. 피비린내나는 향연의 공포, 그 이전의 마음의 기쁨, 태양의 아들로서 맛볼 수 있는 행복과 예절에 대한 환희가 아직도 내 몸에 남아 있는 것 같아. 나는 여기에 누워 그런 꿈을 꿀 자격이 있어. 나는 이곳 사람들에게서 많은 모험과 이성을 배웠어. 나는 나프타와 세템브리니와 함께 매우 위험한 산속을 돌아다녔고, 인간의 모든 것, 살과 피를 맛보았어. 또 병든 클라우디아에게 프리비슬라프 히페의 연필도 돌려주었어. 살과 피를 맛본 자는 죽음을 맛본 것과 다름없어.

그러나 교육적인 측면에서 볼 때, 그것은 시작에 지나지 않아. 거기에는 다른, 반대쪽의 절반을 보충하지 않으면 안 돼. 왜냐하면 죽음과 병에 대한 흥미는 삶에 대한 흥미의 한 형태에 지나지 않기 때문이야. 이것은 의학의 인문주의적 기능으로 증명되며, 그것은 지극히 우아한 라틴어로 생명과 그 병에 말을 걸지만, 의학은 절실한 문제의 한 형태에 불과하고, 그 문제에 공감을 갖고 표현한다면 그것은 바로 인생의 골칫거리 자식이라는 거지. 즉 인간에 관한 것, 인간의 위치와 본성에 관한 거야. ……나는 인간에 대해 많은 것을 알며, '이곳' 사람들에게서 많은 것을 배웠어. 평지에서 밀려나 숨이 막힐 지경이지만, 지금은 이렇게 돌기둥 옆에서 멋진 전망을 즐기고 있어. ……나는 인간의 위치와——신전에서는 피의 향연이 벌어지고 있는데도——인간이 예의바르고 총명하며 경건한 공동 생활을 즐기는 것을 꿈꾸었어. 태양의 아들들은 그 잔인성을 은폐하기 위해 그토록 예의바르고 서로 위로하는 걸까? 그렇다면 그들은 실로 훌륭한 결론을 이끌어낸 셈이군. 나는 그들의 결론에 공감해. 나프타나 세템브리니의 생각에는 물들지 말아야지. 두 사람은 모두 단순한 이야기꾼에 불과하니까. 한 사람은 음탕하며 악의적이고, 다른 한 사람은 늘 이성의 호각으로 미친 사람을 냉정하게 가라앉힐 수 있다는 자부심으로 가득 차 있다. 확실히 속물 근성과, 단순한 윤리와 비종교적인 것뿐이다.

또한 키 작은 나프타에게도 동조할 수 없어. 신과 악마, 선과 악의 혼란으로 개인의 공동체에의 침몰을 목적으로 하는 그의 종교에 동조할 수 없다. 두 사람의 교육자! 그 두 사람의 논쟁과 대립은 엉망이며 혼란한 소용돌이여서, 조금이라도 냉철한 판단력이 있는 사람이라면 현혹되지 않을 거야. 귀족스러움, 고귀성, 죽음과 삶——병과 건강——정신과 자연에 대한 그들의 토론은 서로 모순된 것일까? 문제가 되는 것일까? 아니다, 그것은 하나도 문제가 될 수 없다. 죽음의 모험은 삶에 포함되며, 그런 모험이 없는 삶은 이미 삶이 아니다. 그 가운데 신의 아들인 인간이 있는 것이다. 모험과 이성 사이에, 인간 국가가 큰 집단과 미미한 개인 사이에 위치하는 것과 마찬가지로 존재하는 것이다. 나는 그것을 이 돌기둥에서도 찾아볼 수 있다. 그 중간에서 인간은 우아하며 경건하게 자신을 바라봐야 한다. 왜냐하면 고귀한 건 인간이지, 대립된 생각이 고귀한 것은 아니기 때문이다. 인간은 대립을 지배하며, 대립은 인간에 의하여 생겨난다. 때문에 인간은 대립보다 고귀하다. 모든 생각은 인간을 위해 존재하고, 죽음에 종속시키기에는 너무나 고귀한 두뇌를 갖고 있으며, 삶에 종속시키기에는 너무나 고귀한 마음의 경건함을 지니고 있기 때문에 어느 무엇보다도 고귀한 것이다.

　방금 나는 인간에 대한 꿈같은 시를 썼다. 나는 그것을 잊지 않도록 노력할 것이다. 나는 나의 사고에 대한 지배권을 죽음에게 양보하지 않겠다. 착한 마음씨와 인간애만이 그것을 의미하며, 다른 어느 것도 그것을 의미하지 못하기 때문이다. 죽음은 위대하다. 죽음 앞에서 우리는 모자를 벗고 발소리를 죽이고 걸으며 몸을 흔들고 전진한다. 죽음은 어떤 것에 대한 과거의 존엄을 표시하는 장식 깃을 달고, 우리는 경의를 표하는 검은 옷을 입는다. 이성은 죽음 앞에서는 어리석은 존재에 불과하다. 왜냐하면 이성은 덕에 지나지 않지만, 죽음이란 자유·방종·무형식·쾌락이기 때문이다. 죽음은 안락이지 사랑이 아니라고 나의 꿈은 말한다. 죽음과 사랑——이것은 잘못된 배합이다. 이 둘은 대립적이며, 사랑만이 죽음보다 강하고, 사랑만이 올바른 생각을 낳게 한다. 형식도 사랑과 선의에서 싹튼다. 분별 있고 우정 있는 공동체와 아름다운 인간, 국가의 형식과 예절, 피의 향연을 염려하여 사랑과 선의에서 태어나는 것이다. 아, 정말로 나는 확실하게 꿈을 꾸고, 멋진 '술래잡기'를 했다. 이것을 잊지 않도록 하자. 죽음에 대한 성실한 생각을 한시도 잊지 말자. 그러나 만일 죽음과 과거에 대한 성실이 우리의 생각과 '술래잡기'를 결정지으려고 한다면, 그 성실은 음탕하고 반인간적으로 바뀐다는 사실도 확실히 기억해 두자. '인간은 선의와 사랑을 위해서 그 사고에 대한 지배권을 죽음에 양도해서는 안 된다.'

　자, 이제 눈을 떠라……. 이것으로 내 꿈은 끝나고, 목적은 달성된 셈이다. 오래 전부터 나는 이 말을 찾아 왔다. 히페가 나에게 모습을 나타낸 장소에서, 나의 발코니에서, 또 가는 곳마다에서. 이 눈 덮인 산까지 이 말을 찾아 쫓아왔다. 이제 나는 그것을 찾았다. 꿈이 그것을 분명히 암시해 주어서, 이젠 영구히 잊지 않을 것이다. 그렇다, 이제 나는 날아갈 만큼 따스해지고 상쾌해졌다. 나의 심장은 크게 뛰지만, 나는 왜 그런지를 안다. 육체적인 이유에서 고동치는 것만은 아니다. 시체에서도 여전히 손톱이 자란다고 하는 단순한 생리적 이유에서가 아니다. 인간적으로, 정말 행복한 기분에서 그렇게 뛰고 있는 것이다. 이 꿈의 말은 영묘한 술이다. 그것은 포도주와 맥주보다 더 고급 음료다. 그것은 나의 혈관을 도도하게 흐르면서 나를 잠과 꿈에서 깨어나게 한다. 나의 젊은 생명에 극도로 위험한 잠과 꿈으로부터. 일어나라! 눈을 떠라! 눈 속의 다리는 내 다리다! 다리를 당겨 일어나라! 봐라, 좋은 날씨다!"

일어나지 못하도록 잡아당기는 질곡으로부터 몸을 일으키려는 노력은 힘들었지만, 그의 용맹심은 그것을 능가했다. 그는 팔을 짚고, 무릎을 팔꿈치에 대면서 벌떡 일어섰다. 그는 스키를 신은 발로 눈을 밟고 어깨를 흔들고는, 두 주먹으로 가슴께를 두드렸다. 그리고 흥분되고 긴장한 눈초리로 주위를 둘러보고 나서 하늘을 쳐다보았다. 엷은 구름이 흘러가는 사이사이에 물빛 하늘이 엿보였고, 가느다란 눈썹 같은 달이 모습을 드러냈다. 어스레한 황혼이었다. 폭풍도, 눈도 모두 멈췄다. 전나무 숲으로 덮인 절벽도 뚜렷하게 보였고, 아래쪽은 어두컴컴했지만 위쪽은 희미한 장미빛으로 물들어 있었다. 도대체 이 세계는 어찌 된 것일까? 아침일까? 밤새도록 누워 있어도 책에 씌어 있는 것처럼 얼어죽지 않은 걸까? 그는 정신을 차리기 위해 온몸을 흔들었다. 아무 데도 얼지 않았다. 귀와 손끝, 발끝의 감각은 무디었지만, 이것은 겨울밤 발코니에 누웠을 때도 경험한 일이다. 시계를 꺼낼 수 있었다. 시곗바늘이 움직이고 있었다. 밤에 태엽을 감아 두지 않으면 언제나 죽어 있었는데, 오늘은 움직였다. 아직도 5시가 되지 않았다. 5시가 되려면 앞으로 12분 내지 13분 더 있어야 했다. 정말 놀라운 일이다! 여기 눈 속에 누워 행복과 공포의 영상을 번갈아 보고 또 모험에 찬 생각을 하고 있었는데 그것이 고작 10분 동안이라니, 그 사이에 육각형의 괴물은 몰려올 때와 똑같이 재빨리 사라져버리다니, 이럴 수가 있을까? 그렇다면 그는 한없는 행운의 자비에 감사해야 할 것이다. 왜냐하면 그의 공상은 두 번씩이나 펄쩍 뛸 만큼 흥분된 전환을 했기 때문이다. 한 번은 공포 때문이었고 또 한 번은 기쁨 때문이었다. 아무튼 인생은, 미궁에 빠져버린 골칫거리 자식에게 호의를 베푼 것이 분명했다. 어쨌든 그날 오후임에 틀림없었다. 집을 향해 곧장 활주할 수 있었다. 일직선으로 내려가는 동안에는 낮의 잔광(殘光)으로 밝았으나, 골짜기로 내려갔을 때는 전등이 켜져 있었다. 목장 언저리를 따라 브레멘뷜을 내려가 마을에 도착한 시간은 5시 30분이었다. 그는 스키를 가게에 맡기고 세템브리니의 다락방으로 올라갔다. 한스 카스토르프는 눈보라에 휘말려 고생한 얘기를 했다. 세템브리니는 그 얘기를 듣자 놀라 한 손을 머리 위로 흔들며 그런 경거망동을 나무라고는, 기진맥진한 기사 양반을 위해 커피를 끓여 주려고 알코올 풍로에 불을 붙였다. 그러나 한스 카스토르프는, 그 진한 커피에도 불구하고 세템브리니씨 방에 놓인 의자에 걸터앉은 채 잠 속으로 빠져들었다. 1시간 뒤, 한스 카스토르프는 베르크호프의 안락하고 호화스런 분위기에 휩싸여 대단한 식욕으로 저녁 식사를 마쳤다. 눈 위에서 꿈꾼 것, 또 생각한 것은 벌써 희미해지기 시작하여, 그날 밤 사이에 기억도 할 수 없게 되어버렸다.

훌륭한 군인으로서

요아힘이 떠난 뒤에도 한스 카스토르프는 여전히 사촌으로부터 서신을 받고 있었다. 처음에는 좋은 소식으로 기세가 당당했으나 점점 신통치 않아졌고, 마침내는 뭔가 슬픈 일을 애써 감추고 있는 빛이 역력했다. 엽서는 요아힘의 입대와 훌륭한 예식(禮式)의 즐거운 보고로 시작되었다. 입대식에서 요아힘은, 한스 카스토르프에게 보내는 답장에 의하면, 청빈·순결·복종을 맹세했다는 것이다. 그리고 그 후에도 얼마 동안은 즐겁고 좋은 소식이 계속되었다. 그가 택한 길이며, 또한 상관에게도 사랑받는 새로운 인생 행로에 대한 희망과 기대에 부푼 여러 가지 소식이었다. 요아힘은 2,3학기의 예비 교육을 받은 덕분에 사관 학교의 입학과 견습 사관 후보생 근무는 면제되어 새해에는 소위로 승진된다고 했고, 제복 차림의 사진을 보내오기도 했다. 엄격하면서도 인간미 넘치며, 까다로우면서도 유머러스한 계급 제도에 대한 감격을 편지 어디서나 느낄 수 있었다. 성질이 칼날 같고 광포한 상관이 그에게 보이는 여러 가지 아이러니컬한 실례(實例)도 적어 보냈다. 그 상관은, 현재는 미숙한 부하인 요아힘이 언젠가는 훌륭한 사관이 될 것이라 믿었고, 또 사실 요아힘은 이미 장교 집회소를 드나들었다. 재미있고 거짓말 같은 얘기였다. 그 후 장교 시험을 치른 얘기가 적혀 있었고, 4월 초에 요아힘은 소위가 되었다.

소위가 된 요아힘보다 더 행복한 사람은 없었을 것이다. 군대라는 특수한 생활 양식에 그보다 더 알맞은 인간은 없었을 테니까. 그는, 의사당 앞을 지날 때 보초가 부동 자세로 자기에게 경례를 올린 것에 대해 머리를 끄덕여 보인 것을 수줍게, 아주 자랑스럽게 알렸다. 근무상의 불만이나 만족, 동료애, 병사들의 요령 있는 충성, 훈련시나 학과시의 재미있었던 일, 사열, 회식, 게다가 갖가지 사교적인 초대, 오찬, 무도회 등에 대해 적어 보냈으나, 건강 상태에 대해선 한 번도 언급하지 않았다.

여름 무렵까지 건강 상태에 대해선 한 번도 언급이 없던 어느 날, 병상에 누워 있으며 병가(病暇)를 내야겠다는 우울한 얘기를 적어 보냈다. 약간 신열이 있기는 하지만, 며칠 안에는 회복되리라는 변명과 함께. 6월 초부터 군복무에 들어가게 되었는데, 그달 중순쯤 다시 지쳐서 자신의 불운을 무척이나 탄식하며, 기대하고 있는 8월 초의 대연습에도 참가하지 못할 것 같다고 했다. 그러나 7월에는 무척 건강해져 공연한 걱정을 했다며, 몇 주일 지나면 완전히 회복될 것 같다고 했다. 그러나 얼마 있지 않아서 체온의 심한 변화 때문에 진찰을 받아야 했고 모든 것은 진찰 결과에 달려 있다고 적혀 있었으나, 그 후 한스 카스토르프는 그 진찰 결과에 대해 아무 소식도 듣지 못했다. 그러다가 그 결과를 알려온 사람은 요아힘이 아니라, 그의 어머니인 루이자 침센 부인이었다. 그 자신이 편지를 쓸 수 없을 정도였는지 아니면 부끄러워서였는지, 어머니를 통해 전보로 알려온 것이다. 의사의 진단 결과 절대적인 요양이 필요하다는 것이었으며, '즉시 알프스 전지 요양을 떠나라 함. 방 두 개 예약 바람. 반신료(返信料) 보냄. 발신인 루이자 외숙모'라는 전문이었다.

한스 카스토르프는 7월 하순에 전보를 받고, 발코니에서 그것을 몇 번이나 되풀이 읽으면서 가볍게 고개를 끄덕였다. 온몸을 흔들며 "그래, 그래, 그럼 그렇지. 그것 봐, 요아힘이 다시 돌아오는구나!" 하고 중얼거리며 갑자기 기쁨에 넘치는 표정을 지었으나, 곧 자신의 감정을 가라앉혔다. "음, 이거 대단한 뉴스로군. 아니, 슬픈 뉴스로군. 어이없게도 벌써 '집'으로 다시 돌아오다니. 그것도 어머니와 함께 온다니." 그는 '루이자 외숙모'라 하지 않고 '어머니'라 불렀다. 일가 친척에 대한 기분은 어느새 타인처럼 엷어지고 말았다. "안됐구나. 요아힘이 그렇게 기대하던 연습에 참가하지도 못하고, 정말 기분 잡치는 일이로군. 생각보다 심각해. 육체가 제멋대로 날뛰어, 정신이 하고자 하는 것과는 반대로만 밀고 나가려 하다니. 육체가 정신에 종속되었다는 이상주의자들의 코를 납작하게 만드는군. 이상주의자들은 자신이 뭘 얘기하고자 하는지 모르는가 봐. 그들의 말이 전적으로 옳다면, 사촌의 경우 영혼은 너무나 의심스러워지기 때문이지. 사리 판단이 바른 사람에게는 이걸로도 충분하거든. 나는 자신 있어. 즉 내가 하고자 하는 말은, 몸과 혼을 대립시키는 것이 얼마나 잘못된 일인가, 오히려 이 두 가지가 어떻게 한 지붕 아래 살면서 남모르게 친하게 지내느냐는 거야——다행히 이상주의자들은 모르는 모양이야. 선량한 요아힘, 책벌레인 너에게 누가 잔소리를 한단 말인가? 넌 성실해. 그러나 몸과 혼이 한 지붕 밑에 있다면 성실이 무슨 소용이 있단 말인가? 넌, 슈퇴어 부인의 테이블에서 너를 기다리고 있는 좋은 냄새, 풍만한 가슴, 의미 없는 웃음을 잊을 수 없었어? 대체 어떻게 이런 일이 일어날 수 있는 걸까? 요아힘이 돌아오는구나!"

한스 카스토르프는 기뻐서 가슴이 죄어드는 것 같았다. "'심각한 상태'로 돌아오는 것이 틀림없어. 그러나 우리는 또다시 함께 지내게 되었어. 이젠 혼자가 아니야. 고마운 일이지 뭐야. 모든 것이 이전과 같지는 않을 거야. 그가 있었던 방에는 기침하면서 어린 아들의 사진을 테이블 위에 올려놓고 있거나, 품에 안고 있을 맥도날드 부인이 거처하고 있는데. 그 부인은 이미 말기 증상이기 때문에 예약이 안 돼 있다면……. 아니, 다른 방을 생각해야 되겠지. 그래, 28호가 비어 있지, 사무국으로 가봐야겠군. 베렌스를 찾아가야겠다. 아무튼 뉴스거리야. 기쁘건 슬프건 간에 대단한 뉴스야. 우선 '안녕' 했던 '전우(戰友)'를 기다리자. 이제 3시 30분이 되어 가니 곧 나타나겠지. 크로코프스키가 이래도 육체를 제2의 적이라고 주장할 것인지 물어봐야겠다."

티타임이 되기 전에 그는 사무국을 찾아갔다. 그가 생각했던 방, 그의 방과 같은 복도에 있는 방은 역시 비어 있었다. 침센 부인의 방도 마련해 주어야만 했다. 한스 카스토르프는 베렌스에게로 급히 갔다. 베렌스는 '실험실'에서 한 손에 담배, 한 손엔 빛깔이 탁한 액체가 든 시험관을 들고 서 있었다.

"고문관님, 소식 들으셨습니까?"

"네, 들었습니다. 골치 아픈 일이 계속해서 생기는군요. 이건 우트레히트 출신인 로젠하임의 담(痰)입니다." 기흉의 명의는 이렇게 말하고, 담배 쥔 손으로 컵을 가리켰다. "가프키 10호입니다. 그런데 공장장인 슈미츠가, 로젠하임이 산책길에서 침을 뱉었다고 고함지르면서 불평을 하는 겁니다. 나더러 로젠하임을 꾸짖으라 하더군요. 그러나 내가 꾸짖는다면 로젠하임은 화를 낼 거예요. 그는 무척 성을 잘 내지 않습니까? 게다가 그는 가족과 함께 방을 세 개나 쓰고 있는 귀한 손님이 아닙니까? 난 그를 내보낼 수 없습니다. 그렇게 하면 이 사회의 일을 갈망할 수 없어요. 내가 아무리 점잖고 유유히 내 길을 가려 해도, 언제 어떻게 시비에 말려들지 모릅니다."

"바보 같은 이야깁니다." 한스 카스토르프는 만사에 밝은 고참 환자답게 말했다. "저도 두 사람을 잘 알고 있습니다. 슈미츠는 지나치게 깔끔하고, 로젠하임은 칠칠찮지요. 그러나 제가 생각하기로는, 위생상의 문제 외에 다른 마찰이 있는 것 같습니다. 두 사람 모두 클레펠트 식탁에 있는, 바르셀로나에서 온 도냐 페레스 부인과 친하게 지내는 데 이유가 있을 겁니다. 제 생각으로는 한 번만 주의를 주시고, 다음엔 눈감아주시는 편이 좋을 것 같습니다만."

"물론 그렇게 하고 있죠. 눈꺼풀이 경련을 일으킬 정도로 말입니다. 그건 그렇고, 무슨 용건으로 오셨지요?"

한스 카스토르프는 슬프고도 기쁜 소식을 털어놓았다.

고문관은 놀라지 않았다. 그는 늘 침착했지만, 특히 이번에는 한스 카스토르프가 이미 요아힘의 건강 상태에 대해서 대강 얘기를 하고, 5월에 요아힘이 누워 있다고 보고했었기 때문에 새삼스러울 것은 없었다.

"그래요? 역시 그렇군요. 내가 뭐라 했습니까? 백 번도 더 얘기했잖습니까? 그런데 결국 그렇게 되고 말았군요. 그는 9개월 동안 병독이 채 가시지 않은 몸으로 제멋대로 천국 생활을 맛보았겠지만, 그런 천국에는 진정한 행복이 없을 겁니다. 이 늙은 베렌스가 하는 말은 모두 믿어야 합니다. 그렇지 않으면, 결국 나쁜 심지를 뽑은 후에야 깨닫게 되어 때를 놓치죠. 소위가 되었다죠? 물론 좋은 일이긴 합니다만, 그것이 무슨 소용 있단 말입니까? 신은 인간의 마음을 보지, 지위나 계급을 보지는 않습니다. 장군이든 사병이든, 신 앞에서 모든 인간은 벌거벗고 서는 겁니다. 요아힘의 방 준비는 물론 잘될 겁니다. 도착하면 곧 침대에 누이십시오. 나는 누구에게나 똑같이 아버지처럼 두 팔을 벌려, 송아지를 잡아서 탈주병을 환대하겠습니다." 그러고 나서 담배를 들고 있는 손으로 눈을 비비며, 오늘은 이만 실례하겠다고 말했다.

한스 카스토르프는 전보를 치고, 만나는 사람마다 요아힘이 돌아올 것이라고 말했다. 요아힘을 아는 사람들은 모두 진정으로 슬퍼하고 또한 기뻐하기도 했다. 요아힘의 소탈하고 신사적인 인품을 모두 좋아했으며, 아무도 나서서 얘기하지는 않았으나, 요아힘이 이곳에 있는 사람들 중에서 가장 좋은 사람이었다고 느끼고 있었기 때문이다. 특히 누가 그렇다는 건 아니지만, 요아힘이 군대 생활에서 수평 상태로 돌아오게 되었고, 소탈한 그가 다시 이곳 친구의 한 사람이 된다는 것에 몇몇 사람들은 만족을 느꼈을 것이라고 생각한다. 슈퇴어 부인은 자신의 생각대로 얘기했지만, 요아힘이 떠날 때 '비열하다'고 뼈 있는 말 한마디 지껄인 것이 적중했다며 거리낌없이 자랑했다. "이상했어요"라면서 그때 벌써 이상하다고 눈치는 챘지만, 침센 청년이 그의 고집으로 일을 더 '크게 이상하게' 만들지 않았으면 좋겠다고 생각한다면서 말도 안 되는 저속한 용어를 사용했고, 그렇게 될 것이라면 자기처럼 얌전히 있는 편이 훨씬 현명하지 않느냐, 자신도 칸슈타트에서는 아내로, 두 아이의 어머니로서 많은 일이 기다리고 있지만, 자신을 억제하고 있다고 말했다. 한스 카스토르프는 곧바로 다른 편지를 받지 못했으므로 어느 날, 몇 시에 요아힘이 올지 몰라 정거장에 마중도 나가지 못하고 있던 중, 전보를 친 3일 뒤에 두 사람이 갑자기 나타났다. 소위 요아힘은 환한 미소를 지으며 사촌의 침대로 다가왔다. 밤의 안정 요양 시간이었다.

두 사람은 한스 카스토르프가 몇 년 전에——이 몇 년은 짧지도 길지도 않은 시간이며, 또 여러 가지 일을 체험했으면서도 영(零)이나 무(無)라고도 할 수 있는 세월이었다——이곳에 올 때와 같은 기차로 도착했다. 계절도 같은 여름이며, 더구나 8월 상순 어느 날이라는 점에서도 흡사했다. 요아힘은, 아까도 말한 바와 같이, 기쁜 듯이 다가왔다. 흥분하여 한스 카스토르프의 방으로 들어와, 아니 급히 달려 발코니로 나와 미소를 머금은 얼굴로 숨을 헐떡이며 낮은 목소리로 띄엄띄엄 인사했다. 그는 긴 여행——여러 나라를 통과하고 바다 같은 호수를 건너 높이높이 올라와, 마치 계속 함께 있었던 사람처럼 다가와 수평 상태에서 반쯤 일어난 사촌으로부터 "어이, 어때?"란 말로 환영을 받았다. 요아힘은 군대 생활 덕인지, 긴 여행의 흥분 때문인지 얼굴은 좋아 보였다. 그는, 어머니가 몸단장을 하는 동안, 이제 현실이 되어버린 옛 친구에게 인사하기 위해 자기 방에 들르지도 않고 곧장 34호실로 향했다. 한스 카스토르프는 이미 저녁 식사 후였으나, 10분 후에 요아힘이 식사하기로 되어 있기 때문에 아무것이나, 포도주 한 잔이라도 마시기로 했다. 요아힘은 사촌을 자기 방으로 데려가, 거기서 한스 카스토르프가 이곳에 도착한 날 밤과 똑같은 일을 했다. 단지 주객(主客)이 바뀌었을 뿐이다. 요아힘은 열에 들뜬 사람처럼 흥분하여 지껄이며 손을 씻었고, 한스 카스토르프는 이를 지켜보며, 그가 군복이 아닌 신사복을 입고 있음에 실망했다. 어디에도 군인다운 면이 없었다. 자기는 늘 장교복 차림의 사촌을 상상했는데 회색 '신사복'을 입고 있으니 여느 사람과 다를 바 없다고 한스 카스토르프가 말했다. 요아힘은 어린애 같은 소리라며 미소지었다. "천만의 말씀이지. 군복은 집에 두고 왔어. 군복이란 아무 데나 입고 다니는 게 아냐."

"아, 그렇구나. 설명해 줘서 고마워." 한스 카스토르프가 군대식 말투로 대꾸했다.

그러나 요아힘은 자신의 설명에 실례되는 점이 있다는 건 전혀 깨닫지 못하고, 베르크호프의 모든 사람들과 상황에 대해서 고향에 온 사람처럼 진심으로 물었다. 이윽고 침센 부인이 들어와, 이런 경우에 흔히들 하는 것처럼 조카에게 놀랍고도 반가운 인사를 했지만, 여행으로 인한 피로와 요아힘의 일 때문에 슬픔에 잠긴 듯한 표정이었다. 세 사람은 저녁을 먹으러 승강기를 타고 내려갔다.

루이자 침센은 요아힘과 똑같은, 아름답고 온화해 보이는 검은 눈을 가졌다. 희끗희끗한 머리는 가느다란 그물로 단정하게 감싸고 있었는데, 그 모습은 그녀의 사려 깊고 상냥하고 침착하며 부드럽고 착실한 인격과 어울려, 분명하고 정직한 성격까지 곁들여져 이 인품이 그녀에게 기분 좋은 인상을 갖게 했다. 요아힘은 숨을 헐떡이며 계속 지껄였으나 고향에서도, 이곳으로 오는 도중에도 그런 일은 없었던 일이었고, 사실 그의 처지에도 맞지 않는 일이라고, 침센 부인은 아들의 태도를 이해할 수 없다는 듯 다소 불만스러워했다. 한스 카스토르프는 그러한 심정을 이해할 수 있었다. 그녀에게는 이 위로 다시 오게 된 일은 슬픈 일이며, 또 거기에 알맞은 태도를 취해야만 한다고 생각하는 것 같았다. 고향에 온 듯한 기분에 젖은 요아힘은 이곳의 가볍고 자극적이고 공허한 공기를 접하자 더욱 취하여 우울한 생각조차 잊어버렸지만, 침센 부인은 이러한 사실을 이해할 수도 동조할 수도 없었다. 그러나 마음속으로는 '불쌍하다'고 생각하며, 사촌과 함께 지난 일에 대해 얘기하며 웃고 떠드는 것을 바라보았다. 부인은 몇 번이나 그만하라고 꾸짖었다. 그리고 마침내 "요아힘, 그런 태도를 보는 게 무척 오랜만이구나. 소위로 승진하던 날처럼 다시 기운을 찾으려면, 역시 이곳으로 돌아오길 잘했어"라는 말까지 했다. 기쁘게 들렸어야 할 이 말이 어이없다는 듯 나무라는 말투로 들려, 요아힘은 입을 다물고 말았다. 요아힘은 기분이 언짢아져 생각에 잠긴 채 침묵을 지키며, 크림을 얹은 맛있는 초콜릿 수플레도 손을 대지 않았다. 한스 카스토르프는 식사한 지 1시간도 지나지 않았는데, 요아힘을 대신하여 케이크를 먹었다. 요아힘은 얼굴조차 들려고 하지 않았다. 눈물을 글썽거리고 있었음에 틀림없었다.

침센 부인은 이곳이 요양소임을 생각하여 좀더 진지한 태도를 바랐던 것인데, 이곳에서는 적당히 절제 있는 태도보다는, 양극단의 어느 한쪽을 선택할 수밖에 없다는 것을 깨닫지 못한 것이다. 그녀는 의기소침해 있는 아들을 보고 눈물을 글썽거렸고, 그를 기쁘게 해주려고 노력하는 조카에게 감사했다.

"이곳에 있는 친구들로 말할 것 같으면, 너도 느낄 테지만, 네가 없는 동안 옛날처럼 다시 돌아온 사람도 있어. 말하자면 저 왕고모도 딸들을 데리고 돌아와서 지금 슈퇴어 부인과 같은 식탁에 앉아 있어. 마루샤도 여전히 명랑하게 웃고 있고……."

요아힘은 여전히 침묵을 지켰다. 침셀 부인은 조카의 말을 듣고는 여행 중에 만난 사람이 부탁한 말을 생각해내고, 잊어버리기 전에 말해야겠다고 생각했다. 동반자도 없어 보이는 그 부인은, 눈썹이 무척 예뻐 호감이 가는 여자였다. 이틀 밤을 기차에서 지내던 중 뮌헨을 지나는데, 식당에서 요아힘에게 인사를 했다는 것이다. "전에 함께 지내던 환자인 것 같던데, 요아힘, 네가 좀 말해 주겠니?"

"소샤 부인이었어." 그가 조용히 입을 열었다. 그녀는 현재 알고이의 어떤 요양소에 체류 중이며, 가을에 스페인에 갔다가 겨울이 되면 다시 이곳으로 돌아올 예정이라는 것이었고, 꼭 안부를 전해달라는 것이었다.

한스 카스토르프는 어린애가 아니었으므로, 얼굴을 붉히는 맥관(脈管) 신경의 장난을 억제할 수 있었다. "아, 그 부인 말인가? 카프카즈 산맥에서 다시 나온 게로군. 그래, 이젠 스페인으로 간다고?"

그녀는 피레네 산맥의 어떤 지명을 말해 주었다는 것이다. "아름답고 매력적인 여자더구나. 목소리도 좋고 태도도 좋은데, 너무 개방적이고 좀 멍해 보였어. 요아힘의 말을 들어 보면 별로 친한 사이 같지도 않은데, 아주 다정하게 말을 걸고 얘기하는 걸 보니 좀 이상하더라" 하고 침셀 부인이 말했다.

"그녀는 동방인(東方人)이고, 더구나 병자니까요." 한스 카스토르프가 대답했다──그리고 그녀는 인문적 풍속 습관의 척도로 재서는 안 된다. 그건 잘못이다. 그런데 소샤 부인이 스페인으로 가려는 것은 좀 생각해 볼 문제다. 스페인이라는 곳 역시 인문주의적 중용(中庸)과는 거리가 먼 곳이며, 부드럽기보다는 엄격한 분위기가 지배하는 나라다. 스페인은 초형식의 나라, 즉 형식으로 화한 죽음의 나라, 죽음에 의한 분해가 아니라 죽음에 의한 엄격성이며, 검은 옷, 고귀하지만 피비린내나는 종교 재판, 풀 먹인 주름으로 장식한 깃, 로욜라, 에스코리알 궁전이 있는 나라다……. 그녀가 스페인에서 어떤 감상에 빠지게 될지 무척 흥미롭다. 스페인에서는 문을 꽝 닫지는 못하겠지. 어쩌면 두 개의 비인간적인 진영이 인간다운 것으로 바꾸어질지도 모르겠군. 그러나 동방인이 스페인에 가면, 아주 악의적이고 피비린내나는 테러리즘이 생길지도 모른다——는 말까지 덧붙였다.

한스 카스토르프는 붉으락푸르락하지는 않았으나, 예기치 못했던 소샤 부인의 소식을 듣고는 흥분하여 쉴새없이 지껄였다. 요아힘은 사촌의 예민하고 명석한 두뇌를 잘 알고 있었기 때문에 놀라지 않았으나, 침센 부인은 당혹한 빛을 감추지 못한 채 한스카스토르프가 마치 무언가 잘못된 얘기를 지껄이고 있다는 듯이 바라보다가, 잠시 침묵을 깨고 마무리짓는 듯한 말을 하고는 테이블에서 일어섰다.

각자의 방으로 돌아가기 전에 한스 카스토르프는 요아힘에게 진찰이 끝날 때까지 침대에 누워 있으라는 것과, 다음 일은 그때 가서 의논하자는 고문관의 말을 전했다. 이윽고 이 세 사람은 각자의 생각에 잠겨, 발코니의 문을 연 채 상쾌한 고원의 공기를 마시며 잠자리에 들었다. 한스 카스토르프는, 6개월 안에 돌아올 것이라는 소샤 부인에 대해 생각했다.

이리하여 불쌍한 요아힘은, 병후에 한동안 정양하라는 권고를 받고 옛 고향으로 다시 돌아온 것이다. 병후에 정양한다는 말은 평지에서나 이곳에서나 다 함께 사용하는 말이었다. 베렌스 고문관도 4주간의 '침상 생활'을 권할 때 이 말을 사용했다. 심해진 부분을 고치고, 다시 이곳 기후에 익숙해져 체온 조절을 하는 데만 4주가 걸린다는 것이었다. 요아힘이 '병후 정양' 기간에 대한 대답을 어물어물 피하려 하자, 총명하고 침착한 침센 부인은 10월경이면 퇴원할 수 있는지 타진해 보았지만, 단지 지금보다는 그럭저럭 좋아질 것이라는 대답밖에 들을 수 없었다. 재미있는 것은 베렌스가 침센 부인에게 친절하게 대했고, 충혈된 눈으로 공손하게 바라보면서 '사모님'이라 부르고, 학우회의 말투를 사용하여 슬픔에 잠긴 침센 부인을 웃긴 것이다. 침센 부인은, 요아힘에게 특별한 간호도 필요없고 또 사촌이 늘 곁에 있었기 때문에, 1주일이 되자 안심하고 맡길 수 있다는 말을 남기고 함부르크로 돌아갔다.

 "정말 잘됐어, 가을까지라니." 한스 카스토르프가 28호실 사촌의 침대에 걸터앉으며 말했다. "어느 정도 언질을 준 셈이니, 믿고 기다리면 돼. 10월이란 그런 시기거든. 10월이 되면 많은 사람들이 스페인으로 떠날 테고, 넌 군대로 돌아가 더욱 두각을 나타내겠지……."

 한스 카스토르프가 할 수 있는 유일한 일은 요아힘을 위로해 주는 것, 요아힘이 자신에게 가장 중요한 때인 8월의 대연습을 앞두고 쓰러진 것에 대해 지극히 자기 혐오의 말을 할 적마다 위로해 주는 것뿐이었다.

 "육체의 반항이란 별도리 없는 거야. 아무리 용감하고 훌륭한 장교라도 별수 없어. 성 안토니우스도 그런 말을 했지. 연습은 해마다 있잖아? 게다가 너도 이곳의 시간이 어떤 것인지 잘 알 테고 말이야. 시간이라고 부를 수 없는 시간이지. 떠나 있던 기간이 오래지 않으니까, 이곳의 템포에 맞추는 건 어렵지 않을 거야. 그리고 눈깜짝할 사이에 모든 게 끝나버릴 거야."

 그러나 평지에서 경험한 시간에 비추어 볼 때 4주라는 시간은 그렇게 간단하지만은 않았으나, 주위 사람들이 요아힘을 여러 모로 협력해 주었다. 누구나 요아힘의 인품에 호의를 느껴 자주 찾아왔다. 우선 세템브리니는 동정과 애교로 요아힘을 '소위님'이라 부르더니 그 다음엔 '대위님'이라 불렀고, 나프타나 베르크호프의 환자들 중 안면이 있는 사람들은 짬을 내서 찾아와 잠시 동안의 정양을 위로하고, 요아힘의 불운에 대해 귀기울여 주었다. 여자들 중에는 슈퇴어·레비·일티스·클레펠트, 남자들 중에는 페르게, 베잘 등이었고, 어떤 이는 꽃까지 들고 오기도 했다. 4주 후, 요아힘은 걸어도 될 정도로 열이 내려 사촌과 마그누스 부인 사이, 즉 마그누스씨와 마주 앉아 식사하게 되었다. 테이블 구석 자리는 제임스 숙부와 침센 부인이 앉았던 자리였다.

 이리하여 두 청년은 전과 같이 서로 이웃하게 되었을 뿐 아니라, 맥도널드 부인이 아들 사진을 쥔 채 숨을 거둬, 요아힘은 예전 생활을 재현하기 위해 그 방을 살균제로 철저히 소독한 뒤 그리로 옮겼다. 사실상 이번엔 요아힘이 한스 카스토르프의 옆방에서 지내게 된 것으로, 이곳 사람인 한스 카스토르프의 생활 양식을 한동안 시험삼아 함께 하는 것뿐이었다. 요아힘은 중추신경계의 어딘가가 정상 상태를 유지하지 못하여 피부의 체온 발산을 제대로 하지 못하였으나, 10월이란 기한을 한사코 물고 늘어졌다.

두 청년은 세템브리니와 나프타를 방문하여 함께 산책하기도 했으며, 가끔 안톤 카를로비치 페르게, 페르디난트 베잘과도 동행해서 모두 여섯 명이 되었다. 그러나 사상적으로 극한적인 세템브리니와 나프타는 여전히 끝없는 토론을 계속했으며, 만약 그것을 어느 정도 완전하게 소개하려 한다면, 우리들까지도 틀림없이 절망적인 무한의 세계로 빠져들어갈 것이다. 두 사람은 매일 훌륭한 청중 앞에서 그러한 절망적인 사태를 야기했으나, 한스 카스토르프는 그의 불쌍한 영혼이야말로 두 사람의 변증법적 토론의 주요 대상이라고 생각했다. 한스 카스토르프는 나프타한테서 세템브리니가 프리메이슨 단원이라고 들었을 때, 나프타가 예수회에 속하고 그곳에서 자랐다고 들었을 때와 똑같이 강한 인상을 받았다. 프리메이슨이 존재한다고 들었을 땐 마치 뭔가에 홀린 듯한 기분이었으며, 앞으로 몇 년만 지나면 창립 2백주년이 되는 이상한 제도의 기원과 본질에 대해 나프타에게 열심히 물었다. 세템브리니는, 나프타의 정신적 경험은 낡아빠진 시대 착오로서, 오늘날에는 이미 망령이 되어버린 과거의 시민적 계몽주의와 자유 사상이 아직도 혁명적 활기를 유지한다는 자기 기만에 도취해 있다고 했다.

그러자 나프타가 입을 열었다. "그러나 그의 할아버지는 이미 카르보나리, 즉 숯 굽는 사람이었으며, 그에게서 이성·자유·인류 진보 등에 대한 숯 굽는 사람다운 사상의 영향으로 고전적, 시민적인 이데올로기 등 모두를 이어받았습니다. ……보시오, 세계를 어지럽히는 건 정신의 민첩성과 물질의 둔중(鈍重)·완만·퇴영·정체 사이의 불균형 등입니다. 이것만으로도 정신이 현실에 전혀 흥미가 없다는 것을 인정하지 않을 수 없습니다. 실제로 혁명을 일으키는 발효소(發酵素)는, 정신에겐 오래 전에 구토를 일으키게 할 만큼 생명을 잃어버렸기 때문입니다. 살아 있는 정신에 있어서 죽은 정신은 화강암보다도 더 무력한 것입니다. 그러한 화강암보다도 못한 존재는 오래 전에 사라진 과거의 잔해로, 정신은 거기다 현실이라는 개념을 결부시키는 것조차 거부하는 것입니다. 그러나 그것은 계속 존재하여, 진부한 것이 자신의 진부성을 느끼지 못하는 웃지 못할 사태를 초래하고 있습니다. 나는 일반적 사실을 얘기하고 있습니다만, 당신은 자유 사상가의 틀에 맞추어 생각하시겠죠. 지배와 권력에 대해 지금도 영웅적 입장에 있다고 확신하는 저 휴머니스트에 말입니다. 하하하, 그리고 그가 그것을 갖고 자기의 진가를 입증하려고 생각하는 저 파국, 그가 준비하고 있다고 말하면서, 언젠가 축배를 들자고 꿈꾸는, 저 시대에 뒤진 웅대한 승리는 무엇입니까? 산 정신의 소유자라면, 생각만 해도 끔찍하고 무료한 방황입니다. 그러한 파국에서 진정한 승리와 이익을 누릴 수 있는 것은, 과거와 미래의 세계를 잘 조화, 융합시키고 진정한 혁명을 실현시킬 수 있는 산 정신뿐입니다. ……참, 사촌은 어떻습니까, 한스 카스토르프씨? 아시다시피, 저는 그 사람에게 호의를 갖고 있습니다."

"고맙습니다, 나프타씨. 사촌에 대해서는 모두가 호의를 갖고 계신 것 같습니다. 누가 보든지 훌륭한 청년이니까요. 세템브리니씨도 사촌의 신분에 포함된 광적인 테러리즘은 물론 달갑지 않겠지만, 사촌 자신에 대해서는 호의를 갖고 계신 것 같습니다. 그런데 이건 참 놀라운 일입니다! 세템브리니씨가 프리메이슨 단원이라 들었는데, 이로 인해 그 사람을 지금까지와는 달리 보게 되고, 여러 가지 일이 확실해지기도 합니다. 그 사람도 가끔 두 다리를 직각으로 벌리고 악수에 특별한 의미를 포함시키는 걸까요? 나는 지금까지 아무것도 몰랐습니다만……."

"우리가 존경하는 단원은 그런 어린애 같은 일에서 이미 초탈해 있을 겁니다. 내 생각으로는, 프리메이슨의 의식도 현대의 시민 정신에 간신히 순응할 것입니다. 단원들은 이전의 의식을 비문명적 속임수라 부끄러워할 테지만, 그것도 잘못된 생각은 아닙니다. 무신론적 공화주의를 비교(秘敎)처럼 생각한다는 것은 우스꽝스러운 것임에 틀림없으니까요. 세템브리니씨의 담력이 어떤 식으로 시험당했는지는 잘 모르겠습니다. 눈을 가린 채 복도를 끌려다니다가 어두운 방에 한동안 갇힌 뒤 반사 광선으로 환한 본부 홀에서 눈가림이 풀렸는지, 또는 엄숙한 비밀 결사 문답을 받고 해골과 세 개의 촛불 앞에서 벗은 가슴에 예리한 칼을 대었는지는 그에게 직접 물어볼 수밖에 없습니다만, 그는 말하려 하지 않을 겁니다. 왜냐하면 의식이 아무리 형식적으로 행해졌다 하더라도, 그는 침묵할 것을 맹세했을 테니까요."

"맹세를 했다고요? 침묵할 것을? 그렇다면, 역시?"

"네, 그렇습니다. 침묵과 복종을 서약한 겁니다."

"복종까지도……. 그 말을 듣고 보니, 세템브리니씨는 요아힘의 직업에 대한 열성과 테러리즘에 대해 이러쿵저러쿵 떠들 수 없는 처지라고 생각됩니다만, 침묵과 복종이라니! 나는, 세템브리니씨 같은 자유 사상가가 그런 스페인적 규약과 선서에 복종하리라고는 상상도 못했습니다. 나는, 프리메이슨단도 어쩐지 군대적이고 예수회적인 점이 있다고 생각합니다."

"그렇게 느끼는 것이 당연하지요. 당신의 마술 지팡이가 움직여 광맥을 찾은 것입니다. 결사라는 개념 자체가 절대적인 것이며, 따라서 테러리즘이며 비자유적이니까요. 그것은 개인의 양심에서 모든 것을 털어버리고, 절대 정신이란 명목하에 피비린내나는 수단, 범죄까지도 거룩하다고 생각합니다. 이전에는 프리메이슨 단원의 맹약이 상징적인 의미에서 피를 갖고 행해졌다고 믿어지는 이유가 있습니다. 무릇 모든 결사는 정관적이 아닌, 본질적으로 절대 정신에 기반을 둔 조직이라는 것이 일반적입니다. 프리메이슨과 한동안 융합했던 광명회(光明會) 창시자도 한때 예수회 수사였다는 걸 모르시나요?"

“네, 처음 듣는 말입니다.”

“아담 바이스하우프트는, 인도적 비밀 결사를 예수회와 똑같은 규범에 따라 조직했습니다. 그리고 그 사람 역시 프리메이슨 단원이었습니다. 이 이야기는 18세기 후반의 일입니다만, 세템브리니씨는 그 당시를 부패의 시대라고 인정할 것입니다. 그러나 사실, 그 시대는 비밀 결사의 전성기였습니다. 그 시대에 프리메이슨은 정말로 훌륭한 활동을 했으나, 그 활동은 세템브리니씨와 같은 박애주의자들에 의해 소탕되고 말았지요. 세템브리니씨도 만일 그 당시에 살았더라면, 프리메이슨단의 예수회적 경향과 반계몽주의를 비난하는 사람 중의 한 사람이 되었을 겁니다.”

“거기에는 그럴 만한 이유가 있었을 것 아닙니까?”

“물론, 그렇다고 할 수 있겠군요. 저질적인 자유 사상에도 그 나름대로의 이유는 있으니까요. 그 시대는 신부들이 프리메이슨에 카톨릭적 성직자 위계제의 사상을 도입하려 했고, 프랑스의 클레르몽에서는 예수회적 프리메이슨이 성행했습니다. 또 프리메이슨단에 장미 십자회 사상이 도입된 때였습니다만, 그것은 정말로 기묘한 결합이라 할 수 있습니다. 정치적·사회적 개선, 행복의 증진이라는 합리적 목표에 동양의 인도와 아라비아의 비교와 자연 인식에 기반을 둔 묘한 교리가 도입된 것이라 생각해도 좋겠습니다. 그 당시 프리메이슨의 여러 지부에서는 ‘계율 엄수’란 명목하에 개혁과 수정을 행했습니다만, 이 ‘계율 엄수’란 의미는 완전히 비합리적·신비적·몽상적·비교적인 의미이며, 이 정신으로 인해 스코틀랜드에 프리메이슨 계급이 생겼으며, 이 계급은 견습공, 직인(職人), 우두머리라는 군대식 계급 제도에 첨가된 기사 수도회의 계급입니다. 이 기사 수도회 총회장의 계급은 교계 제도적인 색채를 띠고 있어, 장미 십자회의 연금술적 비교에 속한 것이었습니다. 오늘날에도 프리메이슨의 고위층은 ‘예루살렘의 대공(大公)’이란 칭호를 사용하고 있습니다.”

“금시 초문입니다. 정말 처음 듣는 얘긴데요. 나프나씨, 난 이제 세템브리니씨의 위선을 모두 알 것 같습니다. '예루살렘 대공'……, 별로 나쁘지 않은데요. 당신이 한번 농담삼아 그 사람을 그렇게 불러 보세요. 그 사람이 지난번에 당신에게 '천사 박사'라고 불렀으니, 그 원수를 갚는 의미에서라도."

"아니, 계율 엄수의 계급, 신전 기사 수도회의 계급에는 그것보다도 더 어마어마한 것이 많습니다. 예를 들면 '완전한 스승' '동방의 기사' '대사제장(大司祭長)' 등이 있고, 서른한 번째 계급은 '왕자 같은 신비의 고귀한 대공'이라고까지 부르죠. 눈치채셨겠지만, 이러한 칭호는 동양의 비교(秘敎)와 연관되어 있지요. 신전 기사 수도회 수사의 부활 자체만으로도 벌써 알 수 있습니다. 즉 합리적·실리적 사회 개선이란 관념 세계에 비합리적 발효소가 들어온 것을 의미합니다. 이로써 프리메이슨은 새로운 매력을 띠게 되어, 많은 단원을 확보할 수 있었습니다. 그 당시의 이성 편중과 인도적 계몽주의와 합리주의에 염증을 느껴, 다른 새로운 것을 갈구하던 사람들을 끌어들인 것이죠. 이리하여 속인(俗人)들은, 이 세상의 남편이 가정의 행복과 부인의 고마움을 잊어버렸다고 개탄하게 된 것입니다."

"그렇다면 당연하군요. 세템브리니씨가 그렇게 화려했던 프리메이슨 시대를 기억하지 않으려는 것은."

"그렇고말고요. 자유 사상, 무신론, 백과사전적 이성은, 늘 교회·카톨릭교·수도사·중세에 대해 품고 있는 반감이 자신이 속했던 단체에도 집중된 시대가 있었다는 사실을 상기하기 싫은 거죠. 당신은 프리메이슨이 반계몽주의의 비난을 받았던 것을 아십니까?"

"왜 그랬습니까? 그 이유를 분명히 알고 싶군요."

"말씀드리지요. 계율 엄수는, 수도회 전통의 심화와 확장, 즉 수도회의 역사적 근거를 중세의 신비적 세계, 소위 암흑 시대에서 다시 발견하는 것 같은 의미를 지닌 것이었습니다. 프리메이슨단 지부장 계급은 '신비적 자연 인식'에 통한 사람, 마술적 자연 인식의 소유자, 대체로 위대한 연금술사에 의해 점거되었으니까요."

"연금술이란 대체 무엇입니까? 돈을 만드는 것인가요? 현자의 돌, 마시는 금[중세의 강장제] 같은 것인가요?"

"네, 쉽게 말하면 그렇죠. 좀 학문적으로 말한다면 정련(精鍊)으로서, 물질의 변화와 순화, 변질, 더욱 고귀한 상태, 즉 승화라는 것입니다. 현자의 돌, 유황과 수은으로 된 양성적(兩性的) 산물, 양성적 물질, 양성적 최고 물질, 이런 말로 표현된 것은 외적 영향력에 의한 승화, 전형적 원리에 불과합니다. 다시 말해 마술적 교육이라고도 할 수 있죠."

한스 카스토르프는 잠자코 눈을 깜박이며 비스듬히 위를 보았다.

"연금술적 변형의 상징은 특히 묘혈(墓穴)이었습니다" 하고 나프타가 덧붙였다.

"묘혈요?"

"그렇습니다. 부패와 분해의 장소입니다. 묘혈이란 모든 밀봉(密封) 연금술의 정수, 물질이 마지막 변형과 순화를 하는 용기(容器), 밀봉된 수정의 증류기라고 할 수 있습니다."

"밀봉 연금술, 좋은 표현입니다. 난, 전부터 밀봉이란 말을 참 좋아했어요. 막연하지만 여러 가지를 연상케 하는 마술적인 말 같아요. 이런 말을 해서 어떨지 모르겠지만, 갑자기 함부르크의 우리 집 가정부, 샬렌양이나 샬렌 부인이 아니고 그냥 샬렌이라고 부르는데, 이 샬렌이 찬장에 빽빽이 늘어놓은 저장용 유리병이 생각났어요. 그 유리병에는 과일과 고기, 그 밖의 모든 것을 밀봉해 일년 내내 놓아 두어 필요할 때 꺼내게 되는데, 처음 열었을 때 그 안의 것은 정말 신선한 상태 그대로여서, 세월의 흐름도 무시한 채 즉석에서 먹을 수 있죠. 물론 이것은 연금술도 순화도 아닌 단순한 저장이기 때문에 그냥 저장병이라 부릅니다만, 신기한 점은, 밀봉된 것은 시간의 영향을 받지 않는다는 사실입니다. 밀봉된 대로 시간의 영향에서 벗어나 시간은 옆으로 지나쳐 밀봉된 것은 시간의 흐름 바깥에 있는 셈이죠.

그 얘긴 그만해 둡시다. 별로 대단한 얘기도 아니니까요. 뭔가 좀더 자세히 얘기해 주실 것 같았는데……."

"원하신다면 그러지요. 제자는 지식욕과 용맹으로 넘쳐야 합니다. 우리가 말한 프리메이슨단의 말투로 얘기해도 겁내지 말아야 하기 때문이죠. 묘혈, 무덤은 늘 입단식(入團式)의 중요한 상징이었습니다. 지식을 갈망하는 초심자, 즉 제자들은 무덤의 공포에 떨면서 용기를 증명해야 합니다. 그들은 단의 규정에 의해 시험삼아 무덤 속에 끌려들어가 잠시 그곳에 머무른 뒤, 어떤 단원에게 이끌려 무덤에서 나오는 것입니다. 그들이 걸어가는 복잡한 통로, 어두운 둥근 천장, 계율 엄수의 본부에 친 검은 휘장, 그리고 입단식과 집회식에 중요한 역할을 하는 관의 의식은 모두 그런 목적을 갖고 있습니다. 비의(秘儀)와 순화의 길에는 온갖 위험이 숨어 있으며, 죽음의 공포, 부패, 분해의 세계를 통과하고 있습니다. 제자, 즉 생명의 신비에 굶주려 매력적인 체험 능력이 각성되기를 원하는 초심자는, 비의의 그림자에 불과한, 가면을 쓴 사람들에 의해 인도되는 것이죠."

"감사합니다, 나프타 선생. 멋진 말씀이었습니다. 그게 바로 연금술적 교육이로군요. 그것에 관해 어느 정도 들을 수 있어서 참으로 다행입니다."

"물론이죠. 특히 그 인도(引導)는 최후의 것, 즉 초감각적인 것의 절대적 인식으로의 인도이자 비의로 도달케 하는 안내이기 때문에, 연금술적 계율 엄수는 몇 년 동안 많은 구도자(求道者)를 그 목표로 인도했습니다. 그 목표는 굳이 말할 필요가 없지요. 왜냐하면 스코틀랜드의 계급은 성직단의 대용품이며, 프리메이슨 지도자의 연금술적 지식이 변화의 비의 속에서 실현된다는 것, 수도 지원자들에게 주는 집회의 비밀스런 가르침이 카톨릭 교회의 은총과 흡사하다는 것, 게다가 대집회 의식의 상징적인 면도 카톨릭 교회의 예배 및 건축의 상징과 흡사하다는 사실은 당신도 이미 알고 계실 테니까요."

"네, 정말 그렇군요."

"그러나 그게 전부는 아닙니다. 아까도 잠시 말했습니다만, 프리메이슨의 집회 제도가 석공(石工)들의 조합에서 발생했다고 생각하는 것은 피상적인 견해입니다. 적어도 계율 엄수의 일파는 집회 제도의 기원에 깊은 인간적인 근거를 주고 있습니다. 프리메이슨 집회의 비밀은 우리 카톨릭 교회의 어떤 비의와 같이 원시인의 제전적 비사(祭典的秘事)와 의식적 신비와 명백한 관련을 보이고 있습니다. 카톨릭 교회의 비의란 만찬과 애찬(愛餐), 육체와 피의 성찬(聖餐)을 뜻하는 것이나 프리메이슨의 경우는……."

"잠깐만요. 나의 사촌이 소속되었던 엄격한 단체 생활에도 소위 애찬이란 것이 있습니다. 그는 거기에 대해서 편지에 적어 보냈는데, 약간 술에 취하기는 하지만 학우회의 연회만큼 화려하진 않다고 했어요."

"프리메이슨의 경우, 아까 주의한 바와 같이 묘혈과 관(棺)의 예배가 있습니다. 이 의식의 어느 것이나 목표로 삼는 것은 최후의 것, 궁극적인 것을 상징하려는 열광적인 원시 종교성의 요소로, 사멸(死滅)과 생성, 죽음과 변용과 부활을 찬미하기 위한, 방종한 암야(暗夜)의 예배입니다. ……당신도 아시다시피 이시스〔고대 이집트의 최고 여신〕와 엘레우시스〔그리스의 아테네 서북방의 도시〕의 신비 의식도 밤의 동굴에서 행해지지 않았습니까? 그렇습니다. 프리메이슨 제도에서는 이집트의 제전과 흡사한 점을 찾을 수 있습니다. 지금도 그대로 남아 있어, 프리메이슨의 비밀 결사에는 엘레우시스 대집회라 불리는 것도 있습니다. 엘레우시스와 아프로디테의 제전에는 여자들도 한몫 끼게 되어 있죠. 이것을 장미 제전이라고 하는데, 프리메이슨단의 복장에 다는 세 송이의 푸른 장미는 그 축제를 상징하는 것입니다. 그리고 그 축제는 대개 주신(酒神) 바쿠스의 축제 소동으로 그치는 모양입니다……."

"그건 또 무슨 말씀입니까, 나프타 선생? 모두 프리메이슨 이야기입니까? 게다가 이 모든 것을 두뇌가 명석한 세템브리니씨와 결부시켜서 생각해야 한다면……."

"그에게 결부시킨다면 정말 미안한 일입니다. 세템브리니씨는 이런 일에 대해 전혀 모르니까요. 이미 말한 바와 같이, 프리메이슨은 그와 같은 사람들에 의해 고귀한 생명의 모든 요소를 모조리 청산해버린 것입니다. 그러나 유감스럽게도 오류에서 실리(實利), 이성, 진보 등으로, 왕과 사제의 투쟁으로, 다시 말해 사회 복지의 실현이라는 목표로 집결하여 자연·덕·절제·조국을 논하게 되고, 장사도 문제가 되었을 것입니다. 한마디로 말해, 클럽 형태를 취한 부르주아적 비참입니다……."

"장미 제전이 없어진 것은 정말 유감스럽군요! 세템브리니씨가 그런 것을 아는지 모르는지, 어디 한번 물어 봐야겠습니다."

"그 사람은, 융통성이라곤 조금도 없는 강직한 기사예요!" 나프타가 비아냥거렸다. "그러나 생각해 보면, 이제 인류 전당의 공사장에 가기는 그리 쉽지 않게 되었어요. 너무 가난하기 때문이지요. 게다가 그 공사장에 가려면 높은 교양과 인문적 교양이 필요하며, 유산 계급에 속해야 합니다. 매년, 많은 가입비와 회비를 내야 하기 때문이죠. 교양과 재산——즉, 부르주아지여야 합니다. 자유주의적 세계 공화제의 초석이기도 하고요!"

"물론입니다." 한스 카스토르프는 웃었다. "그 초석이 완전히 드러난 셈이로군요."

"그런데……." 나프타는 한참 생각한 후에 덧붙였다. "그 인물과 그가 하는 일을 경시해서는 안 된다고 충고하고 싶군요. 우리가 그의 사정에 대해 이야기하고 있으니까 말인데요, 주의를 게을리해선 안 됩니다. 저속하거나 천박한 것이 반드시 순진하거나 무해한 것은 아니기 때문입니다. 그들은 원래 독한 술에 물을 타서 연하게 하려 했습니다만, 결사의 관념은 그 맛이 여전히 강렬합니다. 그것은 지금까지도 많은 신비의 여운을 남기고 있으며, 프리메이슨의 집회가 세상에 많은 영향을 끼치고 있다는 것, 세템브리니씨를 단지 그 정도의 인간이라고 봐서는 안 된다는 것, 그의 배후에는 크나큰 권력이 숨어 있고, 그 역시 권력의 동지이며 밀사(密使)란 것 등은 의심할 여지가 없어요."

"밀사라뇨?"

"말하자면 개종(改宗) 권유자, 영혼의 사냥꾼입니다."

'그렇다면 당신은 어떤 밀사인가?' 하고 한스 카스토르프는 생각했다. 그는 소리를 높여 말했다. "감사합니다, 나프타 선생. 주의와 경고에 대해 진심으로 고맙게 생각합니다. 그런데 어떻습니까? 지금부터 한 층 올라가서, 이 위의 것도 방이라 할 수 있다면, 그 방의 복면을 한 결사원(結社員)의 속셈을 탐지해 보려 하는데……. 제자는 지식욕에 가득 차고 용감해야 하며, 물론 주의도 필요하겠지요. 밀사를 상대하려면 대단한 주의가 필요하리라는 것은 지극히 당연합니다."

한스 카스토르프는 세템브리니에게서 여러 가지 이야기를 들을 수 있었다. 세템브리니 역시 나프타 못지않게 입이 가벼워, 그 결사에 속한 것을 숨기려 하지 않았다. 《이탈리아 프리메이슨 일람(一覽)》이 늘 테이블에 펼쳐져 있다는 것을 한스 카스토르프가 주의해서 보지 않았다는 것뿐이었다. 그가 나프타에게 방금 듣고 알았으면서도, 마치 그 이전부터 알고 있었다는 표정으로 '왕자(王者)의 술(術)'이란 화제를 꺼내자, 세템브리니는 다소 경계했다. 세템브리니는 거드름을 피우며 입을 다물었는데, 그것은 나프타가 말한 테러리즘적인 선서 때문인 것 같았다. 프리메이슨의 외면적 관습과 그의 지위에 대한 비밀주의 때문임에 틀림없었다. 그러나 그 밖의 것에 대해서는 열을 올려 설명했으며, 지식욕에 차 있는 청년에게 결사 세력의 범위에 대해 자랑하며 약 2만이 넘는 지부와 150개의 대지부가 있어 아이티나 흑인 공화국 라이베리아와 같은 저개발국에까지 단원이 있다고 말했다. 그 전의 프리메이슨 단원이었던 볼테르·라파예트·나폴레옹·벤저민 프랭클린·워싱턴·마치니·가리발디의 이름과 생존자로는 영국 국왕의 이름을 들고, 그 밖의 유럽 각국의 운명을 좌우하는 몇몇 인물, 즉 행정부와 의회에서 유명한 사람들의 이름을 열거했다.

한스 카스토르프는 경의를 표했으나 놀라지는 않았다. 학우회에 대해서도 그렇게 말할 수 있다고 했다. 학우회도 서로 긴밀하게 단결되어 회원의 지위를 위해 서로 주선해 주며, 비가입자는 관계(官界), 종교계에서 출세할 수 없게 되어 있기 때문에, 세템브리니씨가 열거한 인물들이 프리메이슨에 속했다는 것을 단의 명예라고 한 것은 이치에 맞지 않는다. 그런 요직을 단원들이 차지하고 있다는 건 오히려 프리메이슨의 세력 정도를 증명하는 것이며, 결사의 영향력은 세템브리니씨가 말한 것보다 더 큰 것임에 틀림없기 때문이다.

세템브리니는 빙그레 웃으며 들고 있던 《프리메이슨》이란 책으로 부채질까지 하면서, 내가 입을 열도록 유혹하는 것이냐고 물었다.

"단(團)의 정치적 성향, 정치적 정신에 대해 쓸데없는 말을 시키려고 합니까? 아무리 그래 봐야 소용없어요. 기사 양반, 우리는 분명히 정치를 표방하고 있습니다. 우리는, 당신 나라의 바보들——다른 나라에는 거의 존재하지 않는——이 정치와 결부된 것을 증오하는 것에 전혀 개의치 않아요. 인류의 친구는, 정치와 비정치 사이의 구별은 인정치 않습니다. 이 세상에는 비정치적인 것은 존재하지도 않습니다. 모든 것이 정치적이니까요."

"모든 것이요?"

"프리메이슨의 사상이 원래부터 비정치적이라 지적하면서 의기양양해하는 사람들이 있다는 걸 잘 압니다만, 그것은 말장난일 뿐이며, 그들이 생각하는 것은 공상적이고 무의미하다는 것을 인정해야 할 때가 왔어요. 첫째로, 스페인의 각 집회는 애초부터 정치적인 색채를 띠고 있었습니다."

"이해합니다."

"당신은 이해못합니다. 기사 양반, 처음부터 이해한다고 생각지 말고, 지금부터 알기 쉽게 얘기해 줄 테니 당신 나름대로 이해하도록 해보시오. 그것은 당신 자신뿐 아니라, 당신 나라와 유럽의 이해 관계를 위해서도 부탁하고 싶습니다. 그리고 둘째로 프리메이슨의 사상은 어느 시대에나 비정치적인 일이 없었고, 그럴 수도 없었습니다. 단 스스로 비정치적이라 인정한 일이 있었다면, 본질을 인정하지 않는 것입니다. 우리 단원은 뭣이겠습니까? 건축하려는 건축가요, 조수입니다. 우리 단원의 목적은 단 한 가지, 모든 인간의 최고 행복입니다. 이것이야말로 단결의 기본 원칙입니다. 그리고 그 최고 행복이란, 건축물이라는 올바른 법칙의 사회 건물이며, 인류의 완성이며 새로운 예루살렘입니다. 그런데 정치와 비정치의 구별이 필요합니까? 사회 문제, 공동 생활 그 자체가 이미 정치이며, 그 외의 아무것도 아닙니다. 이 문제에 몸을 바치는 자는——물론 관심이 없는 사람은 이미 인간이라 할 수도 없겠으나——정신적인 의미나 외면적인 의미로 정치에 종사하는 것을 의미합니다. 이러한 사람은 프리메이슨의 수단이 통치술이라는 것을 이해하고 있습니다."

"통치술⋯⋯."

"통치자 계급이 있던 광명(光明) 결사파의 프리메이슨을 이해한다는 것이죠⋯⋯."

"그럴듯하군요, 세템브리니씨. 통치술, 통치자 계급, 모두 재미있습니다. 그런데 한 가지 알고 싶은 게 있습니다. 당신은 기독교도입니까? 결사에 속하는 사람들도요."

"무슨 말씀입니까?"

"아, 실례했습니다. 다른 형식으로, 더 일반적으로 단순하게 묻겠습니다. 신을 믿습니까?"

"왜 그런 것을 묻지요?"

"저는 당신을 시험해 보려고 질문한 것이 아닙니다. 그러나 성서(聖書)에 이런 얘기가 씌어 있지 않습니까? 어느 사람이 로마 화폐로 예수를 시험하려 하자 예수께서, '황제의 것은 황제에게, 신의 것은 신에게 바치라'고 말했습니다. 나는 그런 구분이 정치와 비정치에도 존재하리라고 생각합니다. 신이 존재한다면 그런 구분이 존재할 것 아닙니까? 당신들 단원들은 신을 믿습니까?"

"나는 대답하겠다고 약속했습니다. 당신은 우리의 목표인 통일 문제에 대해 언급하고 있습니다만, 유감스럽게도 아직까지 실현하지 못했습니다. 프리메이슨의 세계적 단결은 아직 실현되지 못했으나, 남모르는 노력을 하고 있으니 실현될 날이 곧 오겠죠. 그렇게만 된다면 단결의 종교적 신조는 두말할 나위 없이 통일적이겠죠. 그리고 그 신조는, '악을 말살하라'는 형식을 취할 것입니다."

"강제로요? 그렇다면 관용적이라 할 수 없겠는데요."

"당신은 아직 '관용'이란 문제를 언급할 자격이 없어요, 기사 양반. 분명히 기억해 둘 것은, 악에 대해 관용을 베푼다는 것은 죄악입니다."

"신이 악이란 말입니까?"

"형이상학은 모두 악입니다. 왜냐하면 그것은, 완전한 사회의 전당을 건설하기 위해 바칠 우리의 노력을 잠재우는 것 외에는 별가치가 없기 때문입니다. 그래서 프랑스의 오리엔트 대지부는 30년 전에 이미 모든 간행물에서 신이란 이름을 삭제해버렸습니다. 우리 이탈리아도 거기에 따랐지요."

"정말 카톨릭적이군요!"

"그 말씀은……."

"신을 삭제해버린다는 것은 무척 카톨릭적이라고 생각합니다."

"당신의 표현은……."

"들을 만한 것은 못 됩니다, 세템브리니씨. 제가 지껄이는 말에 신경쓰지 마십시오. 순간적으로 느낀 것을 지껄인 거니까요. 무신론은 지극히 카톨릭적인데, 거기서 한층 더 카톨릭적이려 하니 신을 삭제할 수밖에 없는 게 아닌가 하는 생각이 드는군요."

이에 대해 세템브리니는 한동안 침묵을 지켰으나, 그것은 교육자적 고려에 지나지 않았다. 잠시 후 그는 말을 계속했다.

"기사 양반, 난 당신의 프로테스탄티즘을 방해하거나 해를 입히려는 생각은 추호도 없습니다. ……우린 관용에 대해 말하고 있으니까요. 내가 프로 테스탄티즘을 받아들일 뿐만 아니라, 양심의 억압에 대한 역사적 반대자로서 갖고 있는 경외심은 새삼스럽게 언급할 필요가 없습니다. 인쇄술과 종교 개혁이, 중부 유럽이 인류를 위해 이룩한 위대한 업적이라는 것은 물론 변함 없는 사실입니다. 그러나 그것은 어느 한 면에 지나지 않을 뿐이며, 또 다른 일면이 있음을, 당신이 아까부터 말한 것으로 미루어 보아 내 얘기를 제대로 이해해 주리라 생각합니다. 프로테스탄티즘엔 어떤 비밀스런 요소가 감춰져 있습니다. 내가 생각한 것은 정적주의의 지복(至福)과 최면술적 명상인데, 이건 활력이 넘치는 유럽의 생활 원리와는 동떨어진 대립적인 것이죠. 루터의 초년이나 후년의 어느 것이라도 좋으니, 그의 초상(肖像)을 보십시오! 머리 모양이 어떻습니까? 또 그 광대뼈며 눈의 위치는 어떻죠? 바로 아시아적입니다. 벤드족——슬라브족——사르마트족〔기원전 6~4세기에 걸쳐 드네프르 강에서 아랄 해에 이르는 초원 지대를 지배하고, 1세기경에는 흑해 북안에서 활약하던 유목 기마 민족〕의 피가 섞였음에 틀림없습니다. 이상한 일이지만, 아무도 부정하지 않을 것입니다. 이 인물의 거대한 모습이 당신 나라에서 겨우 균형을 취하고 있는 두 요소의 저울 한쪽에 숙명적 무게를 둔 것을 의미하지 않는다면 정말 이상하다고 할 수 있습니다. 즉 그의 출현이 아시아적 요소에 큰 무게를 더해 준 것이죠. 그 때문에 유럽적 요소는 오늘날까지도 뒤지고 있으며 허공에 떠 있는 것입니다……."

세템브리니는 창 옆, 인문적 사면(斜面) 책상 앞에 서 있다가, 제자에게 가까이 가려고 물병이 놓인 원탁 옆으로 갔다. 한스 카스토르프는 무릎 위에 팔꿈치를 대고 벽 쪽의 긴 의자에 쪼그려 있었다.

"친구!" 세템브리니가 이탈리아어로 말했다. "친애하는 친구, 결단을 내릴 때입니다. 유럽의 행복과 미래에 대해 중대한 의의를 갖는 결정입니다. 그리고 그 결정은 당신 나라에 달려 있습니다. 그것은 당신 나라의 혼으로 행해야 합니다. 동양과 서양 사이에 있는 당신 나라가 그 본성을 정의(定

義)하려면, 대립된 두 개의 세계 중 어느 하나를 선택해야 합니다──의식적이고 최종적으로 결정해야 합니다. 당신은 젊으니까 그 결단에 참여하게 될 것이며, 이 결정에 영향을 줄 만한 사명도 띠고 있습니다. 그런 의미에서 우리의 숙명을 축복하기로 합시다. 당신이 이 비참한 장소에 와서 미숙하고 무력하다고 할 수 있는 나의 말을 듣고 당신의 연약한 젊은 영혼이 움직여, 당신네 나라가 세계 문명에 대해 그 책임을 느끼게 한 운명에 대해서……."

그러나 턱을 괴고 앉아 창밖을 바라보는 한스 카스토르프의 눈에는 어떤 반항의 빛이 스쳤다. 그는 입을 열지 않았다.

"말씀이 없으시군요." 세템브리니가 흥분한 듯 말했다. "당신과 당신네 나라가 알 수 없는 침묵을 지키고 있어, 어떤 비평도 그 깊이를 알 수 없어요. 당신들은 말을 싫어하든지, 말이란 것이 존재하지 않든지, 아니면 말을 지독히 신성시하는 것 같아요. 말을 사랑하는 사람들로선 도저히 이해할 수 없습니다. 이건 위험한 일입니다. 말은 문명 그 자체이며, 아무리 반항적인 말일지라도 사람과 사람을 연결시키는 역할을 합니다. 이와 반대로, 침묵은 사람을 고립시키고 맙니다. 나는, 당신이 그 고립을 행동으로 타개하려는 것이 아닌가 생각합니다. 당신 사촌 자코모씨(그는 요아힘을 늘 '자코모'라 불렀다)를 당신의 침묵 앞에 세워 보십시오. 그는 아마 '칼을 빼서 우리를 쳐부수고, 다른 사람들은 쫓아버릴' 것입니다……."

한스 카스토르프가 웃음을 터뜨리자, 세템브리니도 자신의 조형적 표현이 준 효과에 만족하여 함께 웃었다. "좋아요, 웃읍시다. 유쾌해지신다면 얼마든지 상대해 드리죠. '웃음은 영혼의 빛이다'란 말도 있잖습니까? 그런데 본론에서 좀 벗어난 것 같군요. 빗나가긴 했지만, 역시 프리메이슨의 세계적 단결을 실현하려는 우리의 준비 공작이 당면한 문제, 특히 프로테스탄트적인 유럽이 당면한 문제와 관련이 있는 것이지만……." 세템브리니는 '세계의 단결'이란 이념에 대해 열변을 토했다. 그것은 헝가리에서 시작된 이

넘으로, 실현만 된다면 프리메이슨은 세계를 움직이게 될 것이라고 했으며, 그 증거로 외국의 유력한 단원들——스위스 프리메이슨 총본부장, 제33위의 카르티에 라텐트 수도사 등의 친필 편지를 제시했다. 그리고 인조어(人造語)인 에스페란토어를 세계 공용어로 하려는 계획에 대해서도 얘기했다. 그는 더욱 열을 올려 고급 정치 영역으로서의 이론을 전개하고, 이리저리 시선을 바꾸면서 혁명적 공화제국 사상이 그의 모국 이탈리아, 그리고 스페인, 포르투갈에서 얼마만큼 성공을 거둘 가능성이 있는가를 검토했다. 그는 포르투갈 왕국의 대집회를 장악하고 있는 사람들과 편지 접촉을 계속하였으며, 포르투갈의 정세로 보아, 분명 무엇인가 결정적인 사건이 일어날 조짐이 있다고 말했다. 그 나라에서 가까운 시일에 여러 사건이 발발한다면 내 얘기를 상기해 주기 바란다고 하자, 한스 카스토르프도 거기에 동의했다.

미리 말해 두지만, 이 두 사람 사이의 프리메이슨에 관한 얘기는 요아힘이 돌아오기 전의 일이었다. 그러나 지금부터 하려는 얘기는, 요아힘이 다시 이곳에 온 뒤의 일이다. 그가 온 지 9주일 후인 10월 초의 일이었다. ‘마을’의 요양 호텔 앞에서 가을 햇볕을 받으며 음료수를 마시던 그날의 일을 한스 카스토르프는 잊을 수 없었다. 당시 그는 요아힘에게 남몰래 불안을 느끼고 있었다. 보통 땐 전연 걱정이 안 되는 증상과 현상——사촌의 목이 아픈 것과 쉰 목소리는 별로 심각한 것이 아니었는데도 그에겐 왠지 특별한 의미의 증상인 것 같았다. 즉 요아힘의 눈빛에서 그렇게 느꼈다는 것이다. 늘 온화하며 커다란 요아힘의 눈이 그날따라 생각에 잠긴 듯, 위협하는 듯한 눈초리, 정확하게는 말할 수 없으나 그 눈이 크고 깊어진 듯했고, 내면에 조용한 빛을 띠고 있었다. 그 빛은 한스 카스토르프의 마음에 걸리기는커녕 오히려 마음에 꼭 들었으나 왠지 불안했다. 그것은 성격상 복잡한 설명을 늘어놓을 수밖에 없는 것이었다. 이날의 대화——물론 나프타와 세템브리니와의 논쟁——에 대해 말한다면 독립된 문제의 이론이며, 이 이론은 프리메이슨의 본질에 대해 이전에 한 대화와 관련이 있었다. 그 외에 페르게, 베잘도 함께 있었지만, 모두가 그 주제를 이해하지 못했다. 페르게는 분명 이해하지 못하면서도 열심히 경청했다. 이 논쟁은 생사를 건 듯 맹렬했으나, 세템브리니와 나프타의 논쟁은 늘 그러했듯이 기지가 넘쳤고 세련되었다. 그래서 그 내용을 파악하지 못하는 사람들이 들어도 무척 재미있었으며, 별관계 없는 주위 사람들도 입씨름의 격렬함과 세련미에 끌려 열중할 수밖에 없었다.

아까도 말했듯이, 오후의 티타임 뒤의 요양 호텔 앞에서였다. 베르크호프의 네 사람은 그곳에서 우연히 세템브리니를 만났으며, 나프타도 우연히 거기에 와 있었다. 여섯 사람은 테이블에 둘러앉아 소다수를 탄 아니스와 베르무트를 마셨다. 나프타는 늘 이곳에서 간식을 들었는데, 오늘도 포도주와 케이크를 주문했다. 기숙 학교의 생활을 회상하기 위한 것임에 틀림없었다. 요아힘은 목의 수축 작용을 도와 아픔을 덜어 준다는 레모네이드를 진하고 쓰게 해서 마셨다. 세템브리니는 그냥 설탕물을 마시면서도 가장 비싸고 훌륭한 음료를 마시는 양, 빨대를 사용하여 품위 있고 맛있게 마시며 농담을 했다.

"내가 무슨 말을 들었는지 아십니까, 기사 양반? 어떤 소문인지 아십니까? 당신의 베아트리체가 다시 온다죠? 당신을 데리고 천국을 선회하는 아홉 계단을 안내해 준 그녀가요. 그러나 그렇게 된다 해도 당신은 베르길리우스가 안내하는 우정의 손길을 거절해서는 안 된다고 생각합니다. 여기에 있는 전도사나 프란체스코파의 신비주의도, 토마스 아퀴나스의 인식이 없었더라면 중세는 완전하지 못하다고 단언할 것입니다."

그들은 이 학문적인 농담에 모두 웃었고, 한스 카스토르프도 웃으며 그의 '베르길리우스'를 위해 축배를 들었다. 그러나 허식에 차고 악의 없는 세템브리니의 발언으로 얼마나 많은 이론 투쟁이 벌어졌던가. 나프타는 약간 고전하는 듯했으나 곧 공세로 나가, 세템브리니가 우상처럼, 호메로스 이상으로 숭배하는 로마의 시인 베르길리우스를 공격했다. 여태까지도 나프타는 베르길리우스와 라틴 문학에 대해 신랄한 비판을 해왔으나, 이번에도 그 기회를 놓치지 않았다. 위대한 단테가 엉터리 시인을 《신곡》에서 그렇게 훌륭한 역할을 시킨 것에 대해 루도비코씨는 아마도 프리메이슨적 의미를 줄 것이나, 단테는 너무 사람이 좋아 시대의 사상에 휘말려들었던 것이다. 저 궁정의 계관 시인, 율리우스 왕가의 어용 시인, 독창성이 조금도 없는 세계 도시적 시인의 미사여구가 얼마만큼이나 가치가 있겠는가? 그들은 비록 혼이 있다 하더라도 빌려 온 것에 불과하며, 시인이라 할 수도 없고, 아우구스투스 시대의 가발을 뒤집어쓴 프랑스인이라고밖에 할 수 없다고 나프타는 말했다.

이에 대해 세템브리니는, 나프타씨가 라틴어 교사직을 갖고서도 로마 문명을 무시하는 것은 모순이며, 이를 조화할 수 있는 수단과 방법을 알리라 생각한다고 말했다. 그러나 베르길리우스에 대한 비평을 듣고 보니, 나프타씨는 그가 애착심을 품고 있는 시대의 생각과는 모순되지만, 이 점을 지적해야겠다, 왜냐하면 그 시대에는 베르길리우스를 멸시하기는커녕, 지혜로운 마술사라고 인정했기 때문이라고 말했다.

그러자 나프타가 반격했다. 아무리 그 시대의 단순함을 들어도 자기한테는 소용없는 짓이다. 중세의 단순함은 정복 문화에 악마의 성격을 부여한 점에서도 창조력을 나타낸 승리자이며, 게다가 초기 카톨릭 교회에서는 고대의 철학자와 시인들의 기만에 빠지지 않도록, 특히 베르길리우스의 달변에 현혹되지 않도록 경계하는 것을 게을리하지 않았으나——한 시대가 끝나고 프롤레타리아 시대가 다가오는 지금, 그들의 경고에 동감하기에 아주 적절한 시기라는 것이었다. 그리고 분명히 대답한다면, 루도비코씨가 친절하게도 야유를 퍼부은 자기의 부르주아적 직업에 대해 자기는 충분한 정신적 유보를 갖고 수행하고 있으며, 아무리 낙관적으로 봐도 몇십 년 안으로 끝장이 날 고전적·수사적(修辭的) 교육 제도에 자기는 익살스런 기분 없이는 종사할 수 없다, 이것은 꼭 믿어 주기 바란다고 말했다.

"그런데 당신들은 고대의 시인들과 철학자들이 땀을 흘리며 연구하여 이룬 업적을 이용하려 했습니다." 세템브리니가 부르짖듯이 말했다. "마치 교회당 건축을 위해 고대 건축물의 석재(石材)를 이용한 것처럼 말입니다. 당신들은 자신의 프롤레타리아적인 힘만으로 새로운 예술을 창조할 수 없음을 깨닫고, 고대(古代)를 고대 자체의 무기로 정복하려 했습니다. 지금도 그렇고, 앞으로도 언제나 그럴 것입니다. 당신들의 거친 젊음은, 자기에게나 남에게나 멸시하도록 하는 고대 문화의 가르침을 받아야 할 것입니다. 교양 없이는 인류 앞에 나설 수 없기 때문이죠. 당신들에게는 부르주아적 교양, 인간적인 교양만이 있을 뿐입니다." 그리고 이렇게 덧붙였다. "인문주의적 교육 원리의 종말이 곧 닥쳐올 것이라고요? 생각 같아서는 큰소리로 조롱하고 싶을 정돕니다. 자신의 재물을 유지해 나갈 힘을 가진 유럽은 산재하는 프롤레타리아의 묵시록을 묵살하고, 고전적 이성을 기초로 하여 오늘날의 문제를 향해 유유히 전진할 것입니다."

이에 대해 나프타가 날카롭게 비판했다. "세템브리니씨는 오늘날의 문제를 충분히 이해하지 못하고 있는 것 같군요. 당신이 이미 결정된 일이라고 생각하고 있는 지중해 연안의 고전적·인문주의적 전통이 과연 인류의 문제이며 영원한 것인지 아닌지, 혹은 시민적 자유주의 시대가 한 시대의 정신 양식과 부속품에 불과하며, 그 시대와 함께 멸망하느냐 않느냐 하는 점이야말로 오늘날의 문제입니다. 그것을 결정하는 것은 물론 역사의 작업이겠지만, 당신은 그 결정이 라틴적 보수주의쪽으로 유리하게 돌아갈 것이라는 망상에서 벗어나야 합니다."

진보의 사도(使徒)라고 자처하는 세템브리니를 보수주의자로 몰아붙인 나프타의 뻔뻔스러움도 이만저만이 아니었다. 누구나 다 그렇게 느꼈지만, 당사자인 세템브리니는 더욱 흥분하여 오른쪽 콧수염을 비껴 올리고 반격할 기회를 노리며 말을 찾고 있었다. 그러나 그 사이에 나프타는 계속 조롱하는 말투로 고전적 교육의 이상, 유럽의 학교와 교육 제도가 주는 수사학적·문학적 정신, 까다로운 문법적·형식적 당파심을 비난했으며, 이들은 계급 제도의 타산적인 부산물이며 이미 민중의 조롱거리가 되었다고 말했다. 민중은 박사란 칭호, 교육적 사대주의를 얼마나 조롱하고 있으며, 민중 교육으로 인해 학자적 교양이 저하되었다는 오해에서 비롯된 부르주아지의 독재 수단인 공립 초등학교도 얼마나 조롱하고 있는가! 민중은 부패한 부르주아 국가와의 투쟁에 필요한 교양과 교육을 강압적 기관에만 의지하지 않고, 어디서나 마음껏 습득할 수 있음을 알고 있다. 게다가 중세의 수도원 부속 학교에서 발달해 온 현재의 학교 제도는 우스꽝스러운 유물이며 시대착오다. 오늘날의 교양은 학교라는 제한된 사회에서만 얻어지는 것이 아니라 공개 강연회, 전람회, 영화 등을 통해서 얻어진 자유로운 공공 교육이 학교 교육보다 훨씬 더 훌륭함을 알고 있다.

나프타가 모두에게 권하는 혁명과 반계몽주의의 요리는, 반계몽주의적인 재료가 너무 많이 들어가 맛이 좋지 않다. 나프타는 민중의 계몽에 동의하면서도 민중과 세계를 문맹 속에 동댕이치려는 본능에 지배되는 듯한 느낌이 들어 그 호감도 감소되고 만다. 세템브리니는 대충 이런 말을 했다.

거기에 대해서 나프타는 웃으며 이렇게 말했다——문맹이라니, 별소리를 다 듣겠다! 세템브리니씨는 그렇게 말하면 어딘지 무서운 말을 하여 괴물 고르곤의 머리라도 보인 것처럼 생각하고 누구나 안색이 창백해질 것이라 믿는 것 같은데, 미안하게도 세템브리니씨를 실망시킬 수밖에 없다. 휴머니스트가 문맹이란 말에 공포를 느끼다니, 정말 우습다. 읽고 쓰기에 지나친 교육적 의의를 두어, 그 지식이 없는 인간을 정신적 암흑에 싸인 것처럼 생각하는 것은 르네상스적 문학자, 건방진 어릿광대, 꽁생원 같은 예술가, 마리네티적 문체가, 능서 예찬의 도학자일 뿐이다. 세템브리니씨는 중세 최고의 시인 귀족 볼프람 폰 에셴바흐가 문맹이었다는 것을 모르는가? 그 당시 독일에서는 성직자가 되려는 목적 이외에 학교에 다니는 것을 창피하게 생각했으며, 이런 문학적 기능에 대한 멸시는 항상 고귀한 영혼의 본질이 되는 것이 특징이었다. 귀족·군인·민중들은 그런 문학적 기술이 전혀 없든지, 혹은 흉내를 내는 정도에 그쳤다. 그러나 휴머니즘과 시민 계급의 문학자는 그 기술 외에는 아무것도 알지도, 할 수도 없는 수다쟁이 라틴어 학자에 불과했고, 할 수 있는 것이라곤 오로지 웅변뿐으로, 생활다운 생활은 진실한 사람들에게 맡겨두지 않으면 안 되었다. 이리하여 문학자는 정치를 수사학과 '문학'뿐인 텅 빈 것으로 바꾸어버렸다. 이것을 그 당파의 용어로 바꾸면 급진주의 민주제라는 것이다.

이번엔 세템브리니가 소리를 지르며 응수했다. "나프타씨, 당신은 대담하게도 어느 시대의 광신적 야만성을 좋아한다고 떠들면서 문학적 형식에 대한 사랑을 비웃었지만, 그것 없이는 인간성이 존재하지도, 존재할 수도 없습니다! 문맹이 고귀하다구요? 말을 할 줄 모르고 순박하고 벙어리 같은 행동주의를 고귀한 것이라고 부른다면 인간을 증오하는 사람임에 틀림없어요. 고귀성이란 고상한 사치, 관용에 있으며, 형식적 내용에서 탈피한 인간다운 절대 가치를 인정하는 데 있습니다. 기술을 위한 기술로서의 예찬이 바로 그것인데, 이 그리스와 로마 문명의 유산은 휴머니스트에 의하면 라틴, 적어도 라틴 민족에게만 다시 주어진 것이며, 이것은 모든 정치적 이상주의의 원천입니다. 그래요, 당신이 웅변과 생활의 분리라고 비난한 것은, 이 두 가지가 화관(花冠) 속에서 한층 더 아름답게 통일되는 것을 의미합니다. 따라서 문학과 야만 중에서 어느 쪽을 택할 것이냐는 논쟁에서 고매한 청년들이 어느 쪽에 가담하는가에 대해, 나는 조금도 걱정하지 않습니다."

한스 카스토르프는 고귀한 영혼의 전사(戰士)이며 대표자인 요아힘의 존재보다는 그의 눈빛에 신경이 쓰여 논쟁을 듣는 둥 마는 둥했기 때문에, 세템브리니의 호응을 바라는 마지막 말을 들었을 때에야 겨우 정신을 차렸다. 그러나 언젠가 '동양과 서양' 가운데서 어느 한쪽을 택하라고 재촉받았을 때처럼 고집스런 얼굴로 잠자코 있었다. 무슨 토론에서든지 극단화로 치닫는 이 두 사람의 토론을 위해 필요한 것이었겠지만, 한스 카스토르프가 볼 때 인간다운 것, 인간적인 것은 논쟁이 되는 두 극단의 중간, 휴머니즘과 야만성과의 중간에 있는 것처럼 생각되는데도 두 사람은 극단인 양 흥분하여 언쟁을 벌이는 것이었다. 그러나 한스 카스토르프는, 두 사람이 화내지 않도록 고집스런 침묵을 지키며 세템브리니의 라틴 문학자 베르길리우스에 대한 농담에서 비롯된 토론을 구경만 할 따름이었다.

세템브리니는 승리를 즐기기라도 하듯 말장난을 그치지 않았다. 그는 자신이 문학의 수호자이며, 문학의 역사는 인간의 지식과 감정을 영원히 남기기 위해 돌에 문자를 새겨 넣은 기념비에서부터 시작되었다며 그 문자를 찬양했다. 또 이집트의 신(神) 토트에 대해 언급하면서, 그 신은 헬레니즘 시대의 위대한 헤르메스와 동일한 신으로 문자 발명의 신, 도서(圖書)의 수호신, 모든 정신 활동의 장려 신으로 존경받았으며, 우리는 모두 문학적 언어와 투기적 수사학을 남긴 거룩한 헤르메스, 인문주의적 헤르메스, 투기장의 수호신인 헤르메스 앞에서 무릎을 꿇어야 한다고 했다. 한스 카스토르프는 거기에 대해, '그렇다면 헤르메스는 정치가로 보아야 옳으며. 그는 틀림없이 플로렌스인에게 정치와 화술을 가르쳤을 것이기 때문에, 공화제를 정치 원칙으로 삼아 통치하는 법을 가르친 브루네토보다도 더욱 중요한 역할을 했으리라는 생각이 든다'고 했다.

이때 나프타가 끼여들었다. "세템브리니씨의 말씀은 좀 엉터리입니다. 한스 카스토르프에게 토트 헤르메스를 너무 훌륭하게 말해 줬어요. 그는 원숭이와 달, 죽은 영혼이 변신한 신, 머리에 반달을 쓴 원숭이로서 헤르메스란 이름을 갖고 있으나, 그는 죽음과 죽은 자의 신이요 심령 유괴자요 심령 안내인으로, 고대 말기에는 이미 대마술사로 간주되고, 유태적 신비 철학이 범람했던 중세에는 신비적인 연금술의 선조로서 추앙받기에 이르렀죠."

"뭣이라고요?" 나프타의 말에 한스 카스토르프의 사고와 관념은 일대 혼란을 일으켰다. 푸른 망토를 걸친 죽음의 신이 인문주의적 수사학자가 되는가 생각하며 그 교육적 문학신과 인류의 친구를 자세히 들여다보고 있는 사이에, 어둠과 마술의 상징인 반달을 머리에 쓴 원숭이로 둔갑해버렸다. ……한스 카스토르프는 거부하듯 손을 흔들며 눈을 가렸다. 너무나 큰 혼란으로 아무것도 보지 않으려고 눈을 감았으나, 여전히 문학을 찬미하는 세템브리니의 말이 들려왔다. 세템브리니는 알렉산더 대왕, 카이사르, 나폴레옹과 프러시아의 프리드리히 대왕, 그 밖의 영웅들의 이름까지 들먹이며, 문학에는 관조적(觀照的) 위대함뿐 아니라 행동적 위대함까지도 존재한다면서 라살과 몰트케까지 들고 나왔다. 거기에 대해 나프타는, 세템브리니를 중국에 보내야 할 인물이라고 말했다. 중국에서는 유례 없는 희한한 문자 숭배가 행해지고 있으며, 4만 자의 한문을 모두 쓸 수 있는 사람만이 원수(元帥)가 된다면서 휴머니스트의 마음에 꼭 들 것이라고 비웃었으나, 세템브리니는 끄떡도 하지 않았다.

"나프타씨는, 제가 하고자 하는 말이 단순히 글자를 쓴다는 것이 아닌 인류의 본원적 욕구인 문학, 문학적 정신이라는 것을 잘 알면서도 조롱하다니, 정말 독설가시군요. 문학적 정신이란 정신 그 자체로서, 분석과 형식이 결합된 기적입니다. 이 '정신'이야말로 인간적인 것에 대한 이해력을 충분히 길러 줌으로써 어리석은 가치 판단과 신념을 해소시켜 주고, 인류의 교화와 순화를 맡아 주는 것입니다. 게다가 문학적 정신은 최고의 도덕적 세련과 감수성을 창조하여, 감정에 치우치지 않은 회의·정의·관용의 정신을 연마시키기도 하는 것이지요. 문학의 정화 작용과 순화 작용, 감정의 억제와 이해, 사랑으로 인도하는 길로서의 문학, 언어의 구제력(救濟力), 인간 정신 일반에 대한 가장 고귀한 표현으로서의 문학 정신, 완전한 인간과 성자로서의 문학자……."

이렇게 화려한 어조로 세템브리니의 변호적 송가는 계속되었다.

"세템브리니씨의 정신은, 천사의 탈을 쓴 파괴적 정신입니다. 나는 그 정신에 대항하여 보수와 생명의 편에 설 것입니다."

나프타가 반박하자, 세템브리니는 떨리는 목소리로 이렇게 대꾸했다. "홀

룡한 결합이란 기만과 사기일 뿐입니다. 문학의 정신이 형식을 탐구와 분류의 원리에 결부시킨다고는 하나, 그 형식은 외면뿐인 기만적 형식에 불과하고, 진실되며 완전한 자연적 형식, 즉 생명 있는 형식은 아니기 때문입니다. 소위 인간 개조자들은 인류의 순화, 정화를 운운하지만, 사실 그들이 목적하는 바는 생명의 거세와 빈혈화입니다. 뿐만 아니라 정신이다, 열정적인 이론이다, 하고 부르짖는 건 생명을 해칠 뿐이며, 정열을 억제하려는 것은 허무, 완전한 허무, 순전한 허무를 갈망하는 자입니다. 허무라는 말에 덧붙일 수 있는 형용사가 있다면 그것은 오로지 '순전하다'는 말밖에는 있을 수 없기 때문입니다. 그러나 이 점에서야말로 세템브리니씨의 본령(本領), 즉 진보와 자유주의, 그리고 시민적 혁명 투사로서의 본령이 여실히 나타나고 있습니다. 그 이유는, 진보란 순수한 허무주의이며, 자유주의적 부르주아란 실상 허무요 악마에게 헌신하는 인간이며, 악마적이며 반절대적인 생각을 신봉하고, 이미 없어져버린 평화주의 신념을 고수하면서 신을 보수적이라고 하여 그의 절대 존재를 부정하기 때문입니다. 그러나 그런 평화주의는 경건하기는커녕 생명을 약화시키는 죄인이며, 생명의 이름을 건 종교 재판, 준엄한 비밀 재판에 회부하여 처벌해야 합니다."

이와 같이 나프타는 예리한 논법으로 세템브리니의 송가를 악마화시키고 자신을 준열한 사랑의 보수주의 화신이라고 주장함으로써 어디에 신이 있으며 악마가 있는지, 어디에 삶과 죽음이 있는지를 판단할 수 없게 해버렸다. 논적인 세템브리니도 가만히 있을 사람이 아니었으므로 그것에 대해 명쾌한 논법을 전개했으며, 나프타의 응수 또한 나무랄 데가 없었음은 독자도 충분히 이해할 것이다. 한동안 그런 토론이 전개되다가, 앞에서 언급한 그 문제에 도달한 것이었다. 그러나 한스 카스토르프는 요아힘에게 감기 기운이 있는 것 같아 걱정되지만, 이곳에서는 감기를 '받아 주지' 않기 때문에 어떻게 해야 할지 모르겠다고 한마디 내뱉고는 그 토론에 더 이상 귀기울이지 않았다. 두 결투자는 그 말에는 개의치 않고 계속 논쟁을 벌였으나, 한스 카스토르프는 앞서 말한 대로 사촌의 일이 걱정되어 사촌과 함께 나와버렸다. 페르게와 베잘 앞에서 논쟁을 계속할 만한 교육자적 열의가 있는지 없는지에 대해서는 상관할 필요가 없었다.

돌아오는 길에 요아힘과 한스 카스토르프는 감기와 목의 통증에 대해 정규 진찰을 받기로 했다. 즉 마사지사에게 부탁해서 간호원장에게 전달하면 어떤 조치가 있을 것이라는 데 의견이 일치한 것이다. 그 일은 잘되었다. 그날 저녁 식사 후 한스 카스토르프가 요아힘의 방에 있을 때, 아드리아티카가 노크하고 들어와선 이상한 목소리로 젊은 장교의 부탁과 희망을 물었다.

"목이 아프다죠? 목소리도 쉬었다고요?" 그녀는 마사지사에게서 벌써 들어 다 알고 있는 일을 다시 한 번 물은 다음 질문을 계속했다. "당신, 무언가 경솔한 짓을 한 것 아니에요?" 그녀는 상대의 눈을 날카롭게 쳐다봤으나, 옆으로 스쳐 본 그녀의 눈길 때문에 마주치지는 않았다. 상대방의 눈을 똑바로 쳐다보려 해도 잘되지 않는다는 것을 경험을 통해 알고 있으면서도 번번이 이런 일을 되풀이하다니. 그녀는 허리에 찬 가방에서 금속제 구두 주걱 같은 것을 꺼내 환자의 혀를 누르고 목구멍을 들여다보았다. 한스 카스토르프는 전기 스탠드를 들고 목구멍 깊숙이 비춰 주었다. 간호원장이 목구멍을 들여다보면서 다시 물었다. "잠깐, 최근에 사레들린 일이 있었어요?"

어떻게 답변해야 할까? 이렇게 목을 진찰받고 있는 한 달리 대답할 길이 없었는데, 그 후 자유로워졌을 때도 역시 대답할 수 없었다. 오늘까지 먹고 마시고 할 때 사레들린 일은 여러 번 있었으나, 흔히 있는 그런 일을 물어본 것이 아니었음에 틀림없었다. "왜요? 최근에는 그런 일이 없었는데요."

"아니에요, 좋아요, 다만 그런 일이 갑자기 생각나서. 그런데 감기에 걸렸다지요?"

사촌들은 깜짝 놀랐다. 이곳에선 '감기'란 말은 금지되었기 때문이다. 간호원장은 목을 좀더 자세히 보기 위해 후두경(喉頭鏡)이 필요하다며, 나갈 때 양치용 포르마민트와 취침 중 찜질에 사용하는 붕대, 구타페르카 고무를 두고 나갔다. 요아힘은 이것을 사용하여 통증을 많이 가라앉혔으나, 쉰 목소리는 점점 더해져 계속 치료받아야만 했다.

그러나 그의 감기 기운은 순전히 그의 기분 탓이기도 했다. 자각 증상은 늘 있는 것으로, 명예를 존중하는 요아힘이 다시 군기 아래로 가게 될 때까지 당분간 정양하게 된 증상과 고문관의 진찰이 일치했다. 10월이라는 달도 슬그머니 지나가버렸다. 고문관도, 요아힘도, 한스 카스토르프도, 아무도 그것에 대해 말하지 않았다. 조용히 눈을 감고 10월을 보냈다. 베렌스가 정신 분석가 조수에게 쓰게 한 10월의 진단 결과로도, 뢴트겐에 나타난 결과로도, 자포자기에 의한 퇴원이 아니고서는 퇴원할 수 없음이 분명했다. 그러나 이번만큼은 이 위의 근무——즉평지에서의 선서를 지키기 위해 노력해야 했다.

이것이 당분간의 목표였고, 그들은 서로 양해하는 체했다. 그러나 마음속 깊이까지 믿고 있다고는 생각되지 않았으며, 그들이 눈을 내리깐 것은 그런 의혹이 작용해서였다. 문학에 대한 논쟁 후부터는 둘의 눈이 마주치는 일이 더욱 잦아졌다. 그 논쟁 중, 한스 카스토르프는 요아힘의 깊은 눈빛에서 그때까지 볼 수 없었던 어떤 눈빛을 느꼈으며, 묘한 위협적인 느낌조차 받았다. 특히 언젠가 식사 때의 일이었다. 요아힘이 갑자기 심하게 사레들려 거의 숨조차 쉴 수 없었을 때 눈이 마주친 일이 있었다. 요아힘이 냅킨으로 입을 막고 헐떡여, 옆자리의 마그누스 부인이 등을 두드려 주는 동안에 마주치긴 했지만, 그런 일은 누구에게나 있을 수 있는 일이었기 때문에 별로 놀라지 않았다. 다만 우연히 눈길이 마주쳐 당황했을 뿐이다. 요아힘은 곧 눈을 감고 냅킨을 입에 댄 채 밖으로 나가 기침이 그치기를 기다렸다.

요하임은 10분쯤 뒤, 얼굴이 창백하긴 했지만 그런대로 미소지으며 이런 소란을 일으켜 미안하다는 사과를 하고 남은 음식을 아무렇지 않은 듯이 먹었으며, 다른 사람들도 이 사건을 곧 잊어버렸다. 그러나 2,3일 후의 점심 식사 때도 이와 같은 일이 벌어졌는데, 이번엔 요아힘과 눈이 마주치지는 않았다. 한스 카스토르프는 모른 체하고 접시에 얼굴을 숙인 채 계속 먹었으나, 식사 후엔 한마디 하지 않을 수 없었다. 요아힘이 밀렌동크 간호원장의 쓸데없는 질문 때문에 신경이 거슬렸다고 화를 내면서 그런 사람은 악마가 잡아가야 한다고 말하자, 한스 카스토르프는 틀림없이 무슨 암시일 것이라고 말했다. 다소 불쾌하기는 해도 그렇게 단정하니 한결 기분이 풀렸다고 말하면서 요아힘은 간호원장의 마술에 저항할 수 있게 되었다. 식사 때도 그런 암시를 받지 않으려고 극히 조심함으로써 약간 목이 메는 정도에 그쳤고, 9일인가 10일쯤 후에 그런 일이 또 일어났지만 별로 문젯거리가 되지 않았다.

어느 날 요아힘은, 그의 차례도 시기도 아닌데 라다만토스에게 호출당했다. 간호원장이 그에 대해 보고했기 때문이었으나, 별로 잘못된 일은 아니었다. 요아힘의 목은 거의 몇 시간이나 목소리가 전혀 나오지 않을 정도로 잠겼으며, 침의 분비를 촉진시키는 약을 먹지 않으면 곧 통증을 느꼈기 때문에 후두경으로 치료받아야만 했다. 요아힘이 최근의 식사 때 별로 사레들리지 않은 것은, 그가 무척 조심한 탓이었다. 그래서 그는 식사를 남보다 늦게 끝마치곤 했다.

고문관은 후두경으로 빛을 반사하여 요아힘의 목구멍을 한동안 들여다보았고, 진찰이 끝나자 한스 카스토르프에게 보고하러 발코니로 와서 속삭이듯 작은 소리로 말했다——요아힘은 정오의 요양 시간에 이야기하는 것이 금지되었고, 목구멍에 불쾌한 간지러움을 느꼈다. 베렌스는 염증 상태에 대해 말하고, 매일 발라야 할 약을 조제해야 하니 내일부터 염증을 일으킨 부분을 약물로 치료하자고 했다는 것이었다. 그렇다면 염증이 있는 곳을 약물로 바른다는 말이냐고 물으며 한스 카스토르프는 여러 가지 생각을 했다. 별 상관이 없는 일이긴 하나 절름발이 수위의 일, 일주일 동안 귀를 틀어막

고 앉아서 조금도 걱정할 것 없다고 말한 부인의 일까지 생각하면서 다른
것도 묻고 싶었으나, 고문관에게 물어봐야겠다고 마음먹었다. 그리고 요아
힘에게는 이런 불쾌한 일이 의사에게 알려져 치료받게 된 것은 정말 다행이
며, 고문관은 실력 있는 의사이기 때문에 꼭 고쳐 줄 것이라고 위로하자,
요아힘은 그를 쳐다보지도 않은 채 고개만 끄덕이며 옆 발코니로 돌아갔다.

　명예를 존중하는 요아힘이 대체 어찌 된 일일까? 요즘 그는 무척 불안해
하며 슬픔에 차 있었다. 요전에 밀렌동크 간호원장이 실패하기는 했으나,
다시 한 번 요아힘의 조용한 검은 눈을 똑바로 쳐다보려 한다면 어찌 될까?
요아힘은 될 수 있는 대로 눈이 마주치는 것을 피했으며, 혹 마주치게 되면
(한스 카스토르프는 자주 그를 쳐다보았기 때문에) 상대방의 기분도 좋지
않았다. 한스 카스토르프는 지금 당장이라도 소장에게 어찌 된 영문인지 알
아보고 싶어 답답했으나, 당장 그런 짓을 한다면 요아힘이 눈치를 챌 것 같
아 그대로 있다가 오후에 베렌스를 만나기로 했다.

　그런데 도무지 베렌스를 만날 수가 없었다. 이상한 일이었다. 그날 밤도,
며칠 후에도 도저히 그를 볼 수 없었다. 물론 요아힘의 눈을 피해 만나자니
약간 방해가 되긴 했지만, 라다만토스와 얘기하지 않고 만날 수 없다는 이
유만으론 도저히 이해가 되지 않았다. 그는 요양소 구석구석을 다니며 베렌
스의 소재를 파악하여, 어디어디에 가면 만날 수 있으리란 말을 듣고 가보
면 그는 벌써 그곳을 떠나고 없었다. 식사 시간에 한번 나타나긴 했으나,
그와는 멀리 떨어진 '이류 러시아인 좌석'에 앉았다가 디저트가 나오기 전
에 재빨리 사라져버렸다. 꼭 만날 수 있으리라고 생각한 적도 두세 번 있었
다. 계단이나 복도에서 크로코프스키나 간호원장, 또는 어느 환자와 얘기하
는 것을 보고 기다리다가 한눈을 파는 동안에 베렌스는 사라져버리곤 했다.

　그러던 4일 후에야 그를 잡을 수 있었다. 발코니에 있던 한스 카스토르프
는, 베렌스가 정원에서 정원사와 얘기하는 것을 보자마자 담요를 제치고 뛰
어내려가, 등을 구부리고 헤엄치듯 걸어가는 고문관을 큰소리로 불렀으나

듣지 못한 것 같았다. 그는 헐떡이며 쫓아가, 간신히 붙잡을 수 있었다.

"이곳에서 무슨 용건입니까?" 고문관은 젖은 눈으로 고압적으로 물었다.

"요양소 규칙 사본을 드릴까요? 지금은 분명히 안정 요양 시간입니다. 당신의 체온 곡선과 뢴트겐 사진을 봐도, 이렇게 당신 마음대로 할 수 있는 특권은 없습니다. 2시부터 4시까지 이곳을 어슬렁거리는 자들을 혼내주기 위해 허수아비라도 세워 둬야겠군요! 도대체 용건이 뭡니까?"

"고문관님, 꼭 말씀드릴 것이 있습니다."

"나도 알아요. 오래 전부터 그런 생각을 하고 있으리라 짐작했어요. 당신은 마치 내가 여자인 양, 애욕의 대상처럼 내 뒤를 쫓고 있었으니까요. 무슨 일입니까?"

"요아힘 때문입니다. 고문관님, 미안합니다. 사촌은 약을 바르고 있습니다. 저는 인제 걱정할 필요가 없다고 생각합니다만, 어떤지요? 별일 아닌 것을 물어서 죄송합니다만……."

"당신은 늘 어떤 일이든지 별것 아니라고 생각하는군요. 카스토르프, 당신은 그런 사람이지요. 특별한 일에 간섭하는 것을 대수롭지 않게 여기고, 또한 그걸 아무 일도 아닌 것처럼 넘기고서 위안을 얻으려는 사람이요, 비겁자요, 위선자입니다. 당신 사촌이 당신더러 문화인이라 한 것은 특별히 봐준 말이지요."

"그 말씀이 옳습니다, 고문관님. 물론이지요, 나의 이런 결점은 하루 이틀에 생긴 것은 아닙니다. 그러나 지금은 그것이 문제가 아닙니다. 그 전부터 고문관님께 부탁하고자 한 것은……."

"나더러 달착지근한, 맛있는 술을 달라는 것이겠죠. 당신의 파렴치한 위선을 칭찬해 달라는 것이겠죠. 남들은 잠도 자지 않고 갖은 고생을 하는데, 당신 혼자 편히 잠잘 수 있도록 나를 쫓아다녀 귀찮게 굴려는 것이겠죠."

"고문관님, 너무하시는군요. 그게 아니라……."

"네. 이렇게 하는 것은 당신에겐 어울리지 않아요. 그 점에서 당신과 사촌은 달라요. 그는 모든 것을 입 밖에 내지 않지만 통찰하고 있어요. 아시겠습니까? 그는 남의 소맷자락을 붙잡고 일시적인 안심이나 하찮은 것을 말해달라고 애걸하지 않아요. 그는, 평지로 돌아가서 열중할 수 있었던 일의 대가로 무엇을 지불해야 하는지 잘 알고 있어요. 그는 태연하게 행동하고, 말이 없는 인물이지요. 남자다운 태도죠. 당신 같은 타협적인 팔방미인으로서는 흉내도 낼 수 없는 일이오. 경고하는데 카스토르프군, 당신이 이곳에서 이상한 행동이나 소란을 일으키려는 소시민적인 감정에 빠지는 일이 발생한다면 당신을 쫓아내겠습니다. 이곳에서는 남자다운 사람을 원하고 있습니다. 주지하시기 바랍니다."

한스 카스토르프는 말문이 막혔다. 그도 이젠 햇볕에 적동색으로 그을렸기 때문에 창백해지는 일이 없어, 안색이 변하면 얼룩이 졌다. 그는 입술을 떨며 간신히 입을 열었다. "정말 감사합니다. 고문관님, 이제 잘 알았습니다. 요아힘의 건강이 걱정스럽지 않다면 이렇게까지…… 뭐라 말해야 할지…… 이토록 엄숙한 말은 안 하셨을 테니까요. 저도 이성을 잃고 떠들 사람은 아닙니다. 저를 잘못 보셨습니다. 조용히 있으라면, 그 규칙을 반드시 지키겠습니다. 맹세할 수도 있어요."

"당신은 그를 사랑하는군요, 한스 카스토르프군?" 고문관이 갑자기 청년의 손을 잡고, 흰 속눈썹 아래 푸르게 젖은 눈으로 쳐다보았다.

"말할 필요조차 없지요, 고문관님. 요아힘은 가까운 친척이고, 좋은 친구이며, 이곳에선 제 짝이잖습니까?" 한스 카스토르프는 흐느끼며 한쪽 발을 세우더니 곧 발길을 돌렸다.

고문관은 급히 손을 놓았다.

"앞으로 6주나 8주 동안 그를 잘 돌보시오. 무슨 일이든 대수롭잖게 할 수 있는 당신의 천성이 그에게 많은 도움이 될 겁니다. 부족하지만 나도 있으니, 가급적 잘 진행되도록 애씁시다."

"후두입니까?" 한스 카스토르프가 고문관을 향해 고개를 갸웃하며 물었다.

"후두염입니다. 급격한 파괴 작용이 진행되고 있어요. 기관 점막도 신통치 않구요. 아마 군대에서 호령을 한 것이 국부 저항력을 감퇴시킨 것 같아요. 그러나 이런 증상은 언제 급변할지 모르니, 각오가 필요합니다. 거의 희망이 없습니다. 아니, 전혀 없다고 봐야 합니다. 물론 필요한 조치는 무엇이든지 다 해보겠습니다만."

"어머니께는……." 한스 카스토르프가 다시 말을 꺼냈다.

"그렇게 서두를 필요는 없어요. 어머니께는 차차 알려드리도록, 당신이 잘 주선하십시오. 자, 그러면 당신도 이제 돌아가시오. 그가 눈치를 챕니다. 이런 얘기를 남몰래 했다는 걸 알게 되면 좋은 기분은 아닐 테니까요."

요아힘은 매일 약을 바르러 다녔다. 청명한 가을 날씨가 계속되었다. 요아힘은 푸른 저고리에 흰 플란넬 바지의 산뜻한 제복 차림으로 진찰을 받고, 늦게 식당에 나타난 것을 사과하면서 상냥하고 짧게 인사하고는 그를 위해 특별히 마련된 식사를 했다. 그는 사레들릴 위험 때문에 수프와 다진 고기, 죽을 먹었다. 식탁 사람들은 금세 눈치챘다. 사람들은 그를 '소위님'이라 부르며 친절하고 공손하게 대했다. 요아힘이 없을 때는 한스 카스토르프에게 그의 용태에 대해 물었으며, 다른 식탁 사람들도 궁금해했고, 슈퇴어 부인도 주먹을 쥐고 교양 없는 동정을 표시했다. 그러나 한스 카스토르프는, 낙관적이라고 할 수는 없으나 반드시 그렇지도 않다는 두세 마디 외에는 입을 열지 않았다. 벌써부터 가망 없는 사람으로 간주해서는 안 된다는 심정에서였다.

사촌들은 함께 산책했다. 고문관은 요아힘의 체력 소모를 막기 위해 요양 산책으로 제한했기 때문에, 그들은 그 산책을 세 번씩 되풀이했다. 그전에는 때에 따라 한스 카스토르프가 왼쪽에 서기도 하고 오른쪽에 서기도 했으나 이번에는 늘 왼쪽에서 걸었으며, 베르크호프의 일상 생활과 관계 있는 화제만 입에 담고 다른 말은 하지 않았다. 둘 사이의 일에 관해선 아무것도 얘기하지 않았다. 꼭 필요한 경우가 아니고는 서로 이름을 부르지 않았기 때문에 더욱 그랬다. 그러나 한스 카스토르프의 가슴은 무언가 끓어올라, 금방이라도 터질 것 같았다. 그러나 그런 감정을 겉으로 드러내서는 안 되었다. 그럴 때마다 더욱 강렬하게 솟구치는 안타까운 감정을 억누를 수밖에 없었다.

요아힘은 고개를 숙이고 나란히 걸었다. 그는 흙을 뚫어지게 보며 걸었다. 참으로 이상했다! 그는 단정하고 경쾌하게 걸으며, 만나는 이마다 기사(騎士)답게 인사했다. 늘 그랬듯이, 자신의 외모와 몸가짐에 주의를 하면서도 흙으로 돌아가는 운명을 예감하는 것 같았다. 물론 인간은 모두 언젠가 흙으로 돌아가야 하지만, 우린 이렇게 젊은데. 군기 아래에서의 근무를 그토록 갈망했는데도 곧 흙으로 돌아가야 한다니, 정말 참혹한 일이었다. 흙으로 돌아가는 본인보다, 그걸 알면서도 침묵을 지키며 나란히 걸어야 하는 한스 카스토르프에게 더욱 참을 수 없는 노릇이었다. 모든 것을 알면서도 의연하게 처신하는 것은 관념적인 성질로서 요아힘 자신에게는 별로 실감이 나지 않는 사실이었지만, 주위 사람들에게는 실로 중대한 문제가 아닐 수 없었다. 우리가 죽는다는 것은, 사실 남아 있는 사람들에게 문제가 되는 것이다. 어느 그리스 철학자는 이렇게 말했다——우리가 살아 있는 한 죽음이란 우리에게 존재하지 않으며, 죽음이 올 때 우리는 존재하지 않는다. 따라서 우리와 죽음 사이에는 어떤 현실적인 관계도 성립되지 않는다. 죽음은 우리와 관계없는 것이며, 있다 하더라도 자연과 우주와의 관련일 뿐이다. 그래서 모든 생물은 죽음을 아주 무관심하게, 평정하고, 무책임하며 이기적인 단순성으로 바라보는 것이다. 이것은, 이해하든 못하든 간에 인간의 기분을 단적으로 나타내는 말이다. 몇 주일 사이에 한스 카스토르프는 요아힘의 태도에서 죽음에 대한 인간의 단순함과 무책임을 느꼈다. 요아힘 자신이 죽음에 임박해 있다는 사실을 알면서도 깊은 침묵만을 지키며 그것에 별 어려움을 느끼지 않는 것은, 죽음에 대한 기분이 절실하다기보다 관념적인 탓이든지, 아니면 사실 절실하기는 하나 그의 정신력으로 억제하기 때문일 것이라고 한스 카스토르프는 생각했다. 이 정신력으로 우리는 죽음을 인식하고서도 전혀 입 밖에 내려 하지 않는다. 그것은 우리가 삶에 연관된 갖가지 생리적 비밀을 의식하고서도 비밀로 간직하는 것과 같다.

이런 상황에서 계속 산책을 하면서도, 그들은 삶과 연관된 자연 현상에 대해서만은 여전히 침묵을 지켰다. 요아힘은 처음엔 기동 훈련과 평지의 군복무를 못 하게 된 것에 대해 흥분하고 격분하며 한탄했으나, 요즘엔 한마디도 거기에 대해 입에 담지 않았고 별로 괴로워하는 것 같지도 않았다. 그렇다면 그의 조용한 눈에 깃든, 겁에 질린 듯한 어두운 빛은 도대체 무엇일까? 만약 간호원장이 요아힘의 눈을 다시 쳐다보려고 했다면, 이번에는 분명히 쳐다볼 수 있었을 것이다. 자신의 눈이 너무 커지고 볼이 여윈 것에 그가 겁먹은 것일까? 몇 주일 사이에 평지에서 다시 왔을 때보다 훨씬 심해졌고, 게다가 안색이 점점 더 누레졌다. 알빈씨가 말한 불명예의 무한한 특전을 향유하는 것 외에 생각지도 않은 주위 사람들이 요아힘에게 수치심을 느끼게 하고, 자신을 멸시하게 만드는 것 같았다. 예전에는 그렇게도 밝은 눈빛이었던 요아힘이었는데, 도대체 무엇을 두려워하고, 또 누굴 피해 시선을 돌리는 것일까? 동물이 동료의 눈을 피해 자신의 은신처에서 죽고 싶어하는 수치심, 바깥 자연에서 명랑하게 뛰노는 동료들에게 자신의 고뇌와 죽음에 대한 어떤 위로도 기대하지 않고 숨으려는 이 삶에 대한 수치심은 정말 불가사의한 것이었다! 또 죽음에 대한 어떤 위로나 경외심도 기대할 수 없다는 것을 확신하고 있다. 즐겁게 하늘을 나는 새는 병든 친구를 위로하기는커녕 성내고 부리로 쪼아 학대하는데, 이것은 하등 동물 세계에서의 일이다. 한스 카스토르프는 요아힘의 눈빛에서 죽음에 대한 수치심을 느낄 때마다 인간적인 애정과 연민의 정으로 가슴이 미어지는 것 같았다. 그는 요아힘을 부축하면서 걸었다. 의식적인 행동이었다. 그리고 요즘엔 발목까지 약해져, 약간 비탈진 잔디를 올라갈 땐 껴안듯이 부축해 주곤 했다. 다 올라간 후에도 요아힘을 놓는 것을 잊어버려, 요아힘이 그를 밀치며 화를 내기도 했다. "아니, 이게 뭐야, 누가 보면 주정뱅이인 줄 알겠어."

그러나 얼마 후, 요아힘의 어두운 눈초리가 지금까지와는 달리 보이기 시작했다. 침대에서 지내도록 명령받은, 눈이 많이 쌓인 11월 초의 일이었다. 그 무렵 요아힘은 한 모금이라도 음식을 삼킬 적마다 목이 메어, 곱게 다진 고기와 죽을 먹는 데도 무척 고통을 느꼈다. 그래서 유동식만 섭취하라는 명령과 함께, 체력 소모를 막기 위해 침대에 누워 안정을 취하라는 명령을 받았다. 요아힘이 마지막으로 돌아다닐 수 있는 저녁, 한스 카스토르프가 그를 보았다. 요아힘은 저녁 식사 후 밤의 사교 모임 때, 홀에서 오렌지 향수를 뿌린 손수건을 갖고 다니는 가슴이 풍만한 마루샤, 이유 없이 미소짓는 마루샤와 얘기하고 있었다. 한스는 피아노가 놓인 살롱에 있다가 요아힘이 궁금하여 홀로 나왔을 때, 도자기 난로 앞에서 마루샤와 함께 있는 요아힘을 보게 되었다. 마루샤는 흔들의자에 앉아 있었고, 요아힘은 왼손으로 의자를 쥐고 뒤로 젖혀 마루샤의 다갈색 둥근 눈을 들여다보고 있었다. 요아힘은 작은 목소리로 떠듬떠듬 얘기했고, 마루샤는 가끔 미소지으며 흥분한 듯 어깨를 움츠리곤 했다.

한스 카스토르프는 당황하여 물러섰으나, 다른 사람들은 늘 그렇듯이 호기심을 품고 있음을 알았다. 요아힘은 아는지 모르는지, 여전히 열중해 있었다. 그는 이때까지 마루샤와 한 식탁에 앉아 있었지만, 한 번도 말을 걸거나 대꾸한 일도 없었다. 마루샤 이야기가 나오면 얼굴이 창백해지고, 그녀 앞에서는 늘 찡그린 표정으로 엄숙하게 눈을 내리깔던 그가, 지금은 모든 것을 잊고 가슴이 풍만한 마루샤와 황홀하게 이야기하는 것이 아닌가! 그것을 본 순간, 한스는 몇 주일 사이에 갑자기 쇠약해진 그를 볼 때보다 더욱 놀라고 말았다. '그래, 이젠 희망이 없구나'라고 생각하고, 이 마지막 대화를 즐기는 사촌을 방해하지 않으려고 피아노실로 가서 의자에 앉았다.

그날 밤 이후 요아힘은 계속 수평 상태로 지내게 되었으며, 한스 카스토르프는 루이자 침센에게 연락을 취했다. 안락 의자에 누워, 지금까지 해온 보고서 형식으로 편지를 썼다. '요아힘이 침대에서 지내게 되었다, 또 말은 하지 않아도 어머니가 방문해 주실 것을 바라고 있으며, 베렌스 고문관도 그러기를 바라고 있다'는 내용이었다. 한스 카스토르프가 급히 전보를 친 3일만에, 침센 부인은 급행 열차를 타고 아들 곁으로 달려왔다. 그는 눈보라 속을 썰매를 타고 '마을' 정거장으로 맞으러 나갔다. 기차가 들어오자 그는 얼굴 표정을 일부러 태연하게 하여, 침센 부인이 시름에 빠지거나, 또는 안심하거나 하는 오해를 하지 않도록 조심했다. 지금까지 이 역에서는 이러한 대면이 수없이 이루어졌으리라. 도착한 사람과 마중하는 사람은 서로의 표정을 살피며 무언가 알아내려고 얼마나 불안하게 쳐다보았을까? 침센 부인은 마치 함부르크에서 이곳까지 줄곧 달려온 것 같은 홍분한 표정으로 그의 손을 끌어당겨 가슴에 대고는, 겁에 질린 듯 주위를 돌아보며 조용히, 그러나 재빨리 이것저것 물었다. 한스 카스토르프는 대답 대신 빨리 와준 것에 감사드리고, 요아힘도 무척 반가워할 것이라고만 얼버무리며, 요아힘이 누워 있는 것은 단지 유동식 때문이며, 그것이 체력에 영향을 주기 때문이라고 했다. 그러나 인공 영양의 방법을 쓴다면 괜찮기도 할 것이다, 어쨌든 직접 보시게 될 것이라고 덧붙였다.

그녀는 자기 눈으로 보았다. 그리고 그녀와 나란히 한스 카스토르프도 요아힘을 지켜보았다. 그제야 그도 몇 주일 사이의 변화를 확실히 알아차릴 수 있었다——젊은 사람에겐 이런 상황을 제대로 보는 눈이 없었다. 그러나 그는 외부 세계에서 온 어머니 옆에서, 오랜만에 보는 것처럼 그녀의 눈을 통해 요아힘을 보게 된 것이다. 그리하여 요아힘이 위독한 상태임을 인정할 수밖에 없었다. 물론 어머니도 그 사실을 인정한 게 틀림없었고, 요아힘 자신도 더욱 뚜렷한 확신을 갖게 되었을 것이다. 어머니의 손을 꼭 잡고 있는 요아힘의 손도, 그의 얼굴처럼 핏기를 잃은 채 앙상하게 여위어 있었다. 건강했을 때 그가 수치스럽게 여겼던 귀도 여윈 탓인지 더욱 불거져 나와 흥한 모습이었으나, 그의 얼굴에 스치는 고뇌, 진지함, 엄숙함, 자랑스런 표정으로 오히려 사나이답고 아름다워 보였다. 거무스름한 콧수염 밑의 입술은 움푹 꺼진 볼과는 대조적이었다. 눈과 눈 사이의 아미엔 두 개의 깊은 주름이 새겨져 있고, 눈은 뼈가 드러난 눈구멍 깊이 박혀 있었지만 전보다 더 크고 아름다워, 한스 카스토르프는 그것을 보고 일종의 희열마저 느끼는 것이었다. 병상에 누운 후부터 요아힘의 눈에는 혼란, 고뇌, 불안의 기색은 사라지고, 어둡고 조용한 광채만이 떠돌았다. 물론 '위협적인' 느낌도 남아 있었다. 그는 어머니가 들어왔을 때, "안녕하세요, 잘 오셨어요"라고 딱딱하게 말했으나, 그의 무표정하게 굳어버린 얼굴이 그것을 잘 대변해 주고 있었다.

루이자 침센은 의지가 강한 여자였다. 하나밖에 없는 귀한 아들의 여윈 모습을 보고도 이성을 잃지 않았다. 가느다란 그물망으로 머리칼을 눌러 흐트러지지 않게 하고 있는 것에서 그녀의 침착성과 세련된 태도, 그녀가 살고 있는 나라의 특징인 냉철함과 정력을 지닌 부인임을 한눈에 알 수 있었다. 그녀는 그런 아들의 모습을 보고 강한 모성애를 느꼈으며, 자신이 간호한다면 회생할 것이라는 신념을 갖고 간호를 맡았다. 2,3일이 지난 후, 자신의 체면을 생각해서 시중들 간호원을 청했다. 그리하여 베르타, 본명은 알프레다 실트크네히트란 간호 수녀가 검은 손가방을 들고 오게 되었다. 그러나 침센 부인이 하도 아들을 위해 헌신적이고 정력적인 간호를 하는 바람에 베르타 간호사는 할 일이 없었으며, 하는 일이래야 고작 복도에서 코안경 끈을 귀에 건 채 한가로이 걸어다니는 것뿐이었다. 베르타 간호사는 개성이 없는 여자였다. 그녀는, 요아힘이 깬 채로 누워 있는 병실에서 한스 카스토르프에게 주책없는 말을 하기도 했다. "두 분 중 어느 한 분의 임종을 지켜보게 될 줄은 꿈에도 몰랐어요."

한스 카스토르프는 깜짝 놀라 험악한 표정으로 손을 저었지만, 그녀는 알아채기는커녕 그의 기분을 위로해 준다거나 요아힘의 용태와 임종에 대해 누군가가, 특히 근친자가 헛된 희망을 품고 있으리라는 데 생각이 미치지 못했음에 틀림없었다. 그녀는 오드콜로뉴 향수를 뿌린 손수건을 요아힘의 코에 대면서 이런 말도 했다. "이것 봐요, 기운을 좀 내세요, 소위님!"

침센 부인이 아들에게 희망과 기운을 북돋우려고 격려하는 것이라면 몰라도, 이제 와서 희망을 품게 하는 것은 헛된 일이다. 거기에는 확실한 두 가지 사실이 있기 때문이었다. 첫째, 요아힘이 뚜렷한 의식을 지닌 채 죽음에 접근해 가고 있다는 것, 둘째, 불안이나 번민에 시달리지 않고 담담하게 죽음을 기다린다는 사실이었다. 심장이 극도로 쇠약해진 11월 하순경, 몇 시간씩 의식이 흐려지기 시작했을 때에야 그는 자신의 용태는 아랑곳하지 않고, 곧 군대로 돌아가 대연습에 참가할 것이라고 희망에 찬 헛소리를 늘어놓았다. 이 무렵에 이르러 베렌스 고문관도 가족에게 희망이 없다고 밝히고, 임종은 시간 문제라는 최종 선고를 내렸다.

실제로 파괴 작용이 심화되어 치명적인 상태에까지 이르면, 아무리 의지가 강한 사람이라도 갑자기 변하여 살고 싶다는 희망에 부풀게 되는 것은 지극히 당연한 일이다. 그러면서도 슬픈 일이 아닐 수 없다. 이것은 얼어죽기 직전의 사람이 잠에 빠져든다든지, 길을 잃은 사람이 계속해서 똑같은 길을 맴도는 일처럼 흔히 볼 수 있는 일반적인 현상, 즉 개인적인 의식보다는 강력한 비개인적 현상이다. 한스 카스토르프는 걱정과 슬픔으로 가득 찼으나, 요아힘의 몽롱한 의식 상태를 냉철하게 관찰하여 나프타와 세템브리니에게 그런 현상에 대해 날카롭게, 그러나 모호한 표현으로 알렸다. 흔히들 철학적인 낙관, 밝은 결과를 믿는 마음은 건강의 상징이며, 비관이나 염세는 병의 징후라고 생각하는데 그것은 잘못된 생각이다, 왜냐하면 그렇지 않다면 절망적 최후의 상태에 이르러 병자가 저렇게 낙관적이 될 수 없을 것이다, 저런 낙관에 비하면 침울한 상태는 오히려 당연하고 억센 생명의 발현이라 할 수 있는 것이 아니냐고 말하자 세템브리니는 그를 꾸짖었다. 그러나 다행스럽게도 한스 카스토르프는 걱정해 주는 두 사람에게, 라다만토스가 절망적이긴 해도 작은 희망을 주어서, 요아힘이 젊은 나이이지만 괴로워하지 않고 숨을 거두게 될 것이라고 말할 수 있었다.

"조용하고 아름다운 심장의 정지입니다, 부인." 베렌스는 눈물을 글썽이며 삽처럼 큰 손으로 루이자 침센의 손을 잡으며 말했다. "저로서는 대단히 좋다고 생각합니다. 모든 것이 조용하고 아름답게 진행되고 있습니다. 댁의 아드님은 성문(聲門) 경련이라든지 그 밖의 굴욕적인 증상을 나타내지 않아서 정말 다행입니다. 심장은 곧 멎겠지만, 그에게나 우리에게나 고마운 일이죠. 캠퍼〔장뇌. 방충제, 강심제의 원료〕 주사로 가능한 한 모든 조치를 취해 보겠습니다만, 이렇다할 가망은 없다고 봐야 할 것입니다. 그러나 이것만은 약속해 드릴 수 있습니다. 요아힘은 편안히 안락하게, 꿈꾸듯이 죽음의 길로 들어설 것입니다. 마지막엔 잠들지 못하는 일이 생긴다 하더라도 무의식 중에 저 세상으로 가게 될 것이니, 어느 쪽이나 본인에게는 마찬가지일 겁니다. 그것만은 장담할 수 있습니다. 저는 오래 전부터 죽음의 하수인이 되어 왔습니다. 그런데 세상 사람들에겐 죽음을 너무나 대단하게 취급하는 경향이 있습니다만, 죽음이란 문제될 만한 것이 아닙니다. 경우에 따라서 어떤 사람은 죽음에 임박하여 식은땀을 흘리며 괴로워하기도 하는데, 이것을 죽음의 부름이라고 생각한다면 매우 부당합니다. 이런 경우는, 어쩌다 사로잡은 물고기처럼 다시 활력과 생명을 찾을 수도 있습니다. 그러나 죽음 자체에 대해선 아무리 소생한 사람이라도 진정한 사실을 말할 수 없어요. 어느 누구도 죽음을 체험할 수는 없기 때문입니다. 인간은 어둠에서 태어나, 어둠으로 되돌아가는 것입니다. 이 두 어둠 사이에서 우리는 수많은 경험을 쌓지만, 처음과 끝, 탄생과 죽음은 아무도 경험할 수 없는 것입니다. 그렇기 때문에 이것은 주관적인 성격이 전혀 없으며, 하나의 현상으로서 순수한 객관적 범주에 속하는 겁니다. 죽음이란 바로 그런 것입니다."

이것이 고문관의 위로였다. 우리도 사리 판단에 밝은 침센 부인이 이 위로로 어느 정도 위안받았으리라 믿고 싶다. 모든 것이 고문관의 말대로 진행되었다. 쇠약해진 요아힘은 최후의 며칠 동안 계속해서 여러 시간을 즐거운 꿈을 꾸며 깊은 잠에 빠져드는 것 같았다. 그것은 아마 평지에서의 즐거운 생활의 꿈이었으리라. 잠에서 깨어나 눈을 뜰 적마다 기분이 어떠냐고 물으면, 분명치 않지만 행복한 기분이라고 말하곤 했다. 그러나 그의 맥박은 점차 약해져, 곧 주삿바늘의 통증도 느끼지 못했다. 그는 완전히 무감각하게 되어, 불에 데거나 꼬집혀도 전혀 감각을 느끼지 못했다.

그러나 어머니가 도착한 뒤로 요아힘에게는 큰 변화가 일어났다. 면도하는 일이 귀찮아서 일주일이나 열흘 동안 면도하지 않은 온화한 눈의 납빛 얼굴이 검은 수염에 덮여, 마치 싸움터에서 자라는 대로 내버려 둔 군인의 수염 같았다. 그러나 모두들 그렇게 생각한 것같이, 이 수염 때문에 요아힘은 어른스럽고 호남아처럼 보였다. 정말로 요아힘은 수염 때문에, 아니 그 때문만이 아니라, 갑자기 청년에서 어른이 된 것 같았다. 태엽이 끊어진 시계처럼 순식간에 일생을 마쳐, 시간에 의하여 도달하지 못하는 연령의 계단을 훌쩍 뛰어넘어 마지막 24시간 사이에 노인이 되어버리고 만 것이다. 심장의 쇠약으로 얼굴이 부었으나, 요아힘은 감각 상실과 감각 감퇴로 아무것도 느끼지 못하는 듯했다. 특히 입술이 심하게 붓고, 입 안은 말라붙어 괴로운 듯 노인처럼 중얼거렸다. 한스 카스토르프는, 죽음이란 역시 무척이나 괴로운 것임에 틀림없다고 느꼈으며, 요아힘 자신도 그 괴로움을 느껴, 그것만 없어진다면 모든 것이 순조로울 텐데 정말 견딜 수 없다고 희미하게 중얼거렸다.

'모든 것이 순조롭게' 된다는 것이 어떤 의미인지 잘 알 수 없었다. 이런 알아들을 수 없는 말은 그와 같은 상태에선 흔히 생기는 일로서, 그의 경우엔 특히 심해 여러 차례 애매한 말을 지껄였으나, 도대체 자신이 한 말을 아는지 모르는지 알 수 없었다. 어느 때는 자신이 세상에서 사라진다는 생각이 들었던지 머리를 흔들고 이를 악물면서, 이렇게 참을 수 없는 기분은 처음이라고 말했다.

이런 일이 있은 다음부터 그는 몹시 반항적인 태도를 보였고, 심한 노여움에 차 고압적으로 어떤 위로의 말도 들으려 하지 않았으며, 대답도 하지 않고 차갑게 앞만 응시하는 것이었다. 루이자 침센 부인이 부른 젊은 목사——그는 빳빳한 깃이 아닌 법의 깃에 두 가닥의 마포만 달고 있어서 한스 카스토르프를 몹시 실망시켰다——가 기도를 드리고 난 후, 요아힘은 사무적이고 군대적인 태도로 짤막한 명령조로 말했다.

오후 6시경, 요아힘의 행동이 이상해졌다. 금팔찌를 낀 오른손으로 이불 위에서 허리를 자주 문질렀다. 그때마다 손을 약간씩 들어 무언가 끌어당기는 듯, 긁어모으려는 듯, 자기 쪽으로 끌어당기는 것이었다.

오후 7시에 요아힘은 죽었다——알프레다 실트크네히트는 복도에 나가 있었고, 어머니와 한스만이 방에 남아 있었다. 침대 깊숙이 누워 있던 요아힘이 자신을 높여달라고 간단히 명령조로 말했다. 어머니가 그의 어깨를 팔로 안아 일으키는 동안, 그는 초조한 표정으로 휴가 연장 신청서를 제출해야겠다는 말을 하고는, 어느새 '이 세상의 경계선'을 넘어서고 말았다. 한스 카스토르프는 붉은 천으로 싼 탁자 위의 스탠드 불빛을 받으며, 그가 죽어가는 모습을 경건한 마음으로 지켜보았다. 요아힘의 눈동자가 열리고, 얼굴의 무의식적인 긴장이 사라졌으며, 부었던 입술도 곧 정상으로 돌아가서 그의 온화한 얼굴에는 아름다운 젊음이 은은히 번졌다. 이렇게 모든 것은 끝났다.

루이자 침센은 흐느끼며 얼굴을 돌렸다. 한스 카스토르프는, 이미 숨이 끊겨 미동도 하지 않는 요아힘의 눈꺼풀을 집게손가락으로 살며시 감기고, 두 손을 이불 위에 모아 주었다. 그러고는 울었다. 일찍이 영국 해군 장교의 볼을 타고 흐르던 눈물을 흘렸다——그것은 언제 어디서나, 이 세상 어디엘 가더라도 아낌없이, 그리고 아프게 흘려서, 어느 시인이 '이 지상은 눈물의 골짜기'라고 읊은 그 투명한 액체였다. 그리고 몸이나 마음에 심한 고통을 받았을 때 신경의 충격으로 육체에서 흘러나오는, 염분을 가진 알칼리성 선분비물(腺分泌物)이며, 점액소(粘液素)와 미량의 단백질도 포함되었음을 한스 카스토르프는 잘 알고 있었다.

베르타 간호사에게 소식을 듣고 고문관이 달려왔다. 30분 전까지만 해도 요아힘에게 캠퍼 주사를 놓아 주었는데, 막상 '유명의 길로 떠나는' 순간엔 부재중이었다. "드디어 끝났군요." 고문관은 움직임을 멈춘 요아힘의 가슴에서 청진기를 떼며 담담하게 말하고는, 두 친족(親族)의 손을 잡고 고개를 끄덕였다. 그는 한동안 침대 곁에 서서 수염이 텁수룩한 요아힘의 얼굴을 지켜보고 난 뒤, 요아힘을 턱으로 가리키며 어깨너머로 말했다. "무분별하긴 했지만 훌륭한 청년이었습니다. 무리하게 강행군을 했어요. 평지에서의 일은 그에겐 너무 무리였고, 강행군의 연속이었지요. 열에 시달리면서도 군무에 충실했던 거죠. 명예로운 싸움터에서 말입니다. 우리들로부터 도망쳐서 명예로운 싸움터를 택한 것입니다. 그러나 그 명예는 죽음을 의미했습니다. 그리고 죽음이란──어느 쪽을 먼저 말해도 마찬가집니다만, 아무튼 그는 지금 '작별의 영광을 가집니다'라고 말한 것입니다. 멋지고 무모한 젊은이였어요." 이 말을 끝으로, 고문관은 큰 키를 구부리고 목을 늘어뜨린 채 나가버렸다.

요아힘의 유해(遺骸)는 고향으로 운반하기로 결정했다. 베르크호프 당국은, 침센 부인과 한스가 할 일이 없을 정도로 적절한 모든 조처를 취해 주었다. 다음날, 요아힘에겐 비단 와이셔츠를 입혔고, 이불 위에는 꽃을 놓았다. 엷은 눈빛이 반사되는 방에 안치되었을 때는 숨진 직후보다도 더욱 아름답게 보였다. 긴장이 사라진 차디찬 얼굴은 형언할 수 없을 정도로 청순하고 평화스러웠다. 납이라 해야 할까 대리석이라고 해야 할까, 고귀하고 깨어지기 쉬운 재료로 만들어진 듯한 누런 이마에는 곱슬곱슬한 까만 머리가 드리워져 있고, 약간 수축되어 물결치는 수염 사이에는 두툼하며 선이 뚜렷한 입술이 곡선을 그리고 있었다. 이 얼굴에는 고대의 투구가 어울릴 것이라는 조객(弔客)들의 한결같은 말이었다.

슈퇴어 부인은 요아힘의 유해를 보고 감동하여 울었다. "영웅이었어요,

영웅이었어요!" 그녀는 그렇게 부르짖으며, 그의 장례식에서는 베토벤의 〈에로이카〉를 연주해야 한다고 했다. 그녀는 에로이카를 '에로티카'로 잘못 발음했다.

"가만 좀 계십시오." 나프타와 슈퇴어 부인과 함께 와서 감동한 얼굴로 서 있던 세템브리니가 핀잔을 주었다. 그는 두 손으로 요아힘을 가리키며 사람들에게 애도할 것을 촉구했다. "이렇게 좋고, 훌륭한 청년이……." 그는 이렇게 이탈리아어로 탄성을 지르기도 했다.

나프타는 숙연한 자세로 세템브리니를 쳐다보지도 않고, 나지막하긴 하지만 신랄한 어조로 말했다. "당신이 자유와 진보 외에도 엄숙함에 감동하는 것을 보니 기쁘군요."

세템브리니는 대꾸하지 않았다. 아마 현재 상태가 나프타에게 좀더 유리하다고 느낀 탓이리라. 그리고 그런 나프타에게 절박한 비탄으로 대항하려는 것 같았다. 또한 상대방의 유리함을 고려하여 잠자코 있는 건지, 나프타가 자신의 유리함을 믿고 계속 공박해도 끝내 침묵을 지켰다.

"문학자의 오류는, 정신만이 인간을 진지하게 한다는 데 있습니다. 사실은 그 반대인데 말입니다. 정신이 없는 곳에야말로 진실이 있습니다."

'아니, 이건 정말 애매한 말이로군! 모두 입을 다물고 있으면 그도 가만히 있겠지' 하고 한스 카스토르프는 생각했다.

오후에 금속 관이 운반되어 왔다. 그 관은 사자(獅子) 머리와 금고리로 장식된 화려한 것이었고, 그것을 운반해 온 사나이는 전문가인 양 혼자서 요아힘을 옮기려 했다. 그는 장의사와 연고가 있는 사나이로 짧은 프록 코트 같은 검은 옷을 입었고, 뭉툭한 손엔 결혼 반지를 끼고 있었는데 그 반지는 살에 파묻혀 있었다. 물론 그렇게 느낀 것은 신경과민일지도 모른다. 그러나 그 사나이는 가족 몰래 모든 일을 다 처리하고 오로지 경건하고 조용한 의식만을 행하게 하려는 직업 의식이 느껴져, 한스 카스토르프에게는 신뢰보다는 불신감을 갖게 해 불쾌했다. 그래서 그는, 침센 부인만은 나가 있으라 권하고, 자신은 끝까지 남아 도와 주었다. 요아힘의 겨드랑이를 끌어안아, 관 속의 아마포 홑이불과 술 달린 쿠션 위에 높고 엄숙하게 누이는 것을 도왔다. 관 양쪽에는 베르크호프 당국이 큰 촛대를 세워 두었다.

그러나 다음날 요아힘에게 새로운 변화가 발생하여, 한스도 그 뒷일은 장의사의 일꾼에게 일임하고 유해에 마지막 고별을 했다. 지금까지 엄숙하고 단아하던 얼굴의 요아힘이 어느새 수염 속에서 미소짓고 있었다. 한스는 그 미소가 앞으로 더욱 심하게 변하리라는 것을 잘 알았기 때문에, 바쁘게 서둘러야 한다는 생각을 했다. 다행히 관 뚜껑을 닫고, 나사못을 박은 뒤 운반할 절차만 남게 되었다. 조심스럽고 소극적인 한스는 그답지 않게 차갑게 식은 요아힘의 이마에 키스한 후, 장의사 일꾼이 끝내 미덥지 않았으나 루이자 침센과 함께 방을 나왔다.

마지막 장에 이르기 전에, 일단 여기서 한 번 더 막을 내리기로 하자. 그러나 막이 내려가는 동안, 이 위의 세계에 홀로 남게 된 한스 카스토르프와 함께, 멀리 평지의 축축한 묘지로 눈을 돌리기로 하자. 번쩍이는 군도, 호령 소리와 군인 요아힘 침센의 나무 뿌리가 엉긴 묘지 위에 울려퍼지는 세 번의 소총 사격 소리에 귀기울여 보기로 하자.

제 7 장

해변의 산책

시간, 우리는 시간 그 자체를 순수하게 이야기할 수 있을까? 아니다, 그
것은 불가능한 일이며, 매우 어리석은 짓이다. '시간은 지나가고, 시간은
흐르며, 시간은 옮겨간다'란 진부한 이야기를 상식적으로도 인용할 수는 없
다. 그것은 맞추기나 한 듯이 똑같은 음, 똑같은 화음을 1시간이나 두드리
고는 이것이 음악이라고 하는 것과 같다. 왜냐하면 이야기는 시간을 채운
다. 다시 말해서 시간을 '정확하게 채우고', 시간을 '분할하며' 시간에는
'무언가 있으며' 언제나 '무언가 시작되는' 점에서 음악과 흡사하다——우
리는 여기서 죽은 사람에 대해 슬프고 경건한 마음을 품고, 지금은 사라져
버린 요아힘이 어떤 기회에 한 말을 인용했지만, 이것은 이미 옛날에 들은
말이어서——도대체 얼마나 오래 되었는지 기억하는 독자가 과연 있을까.
시간은 인생의 지반(地盤)이며 이야기의 요소이다. 공간 속의 물체와 결합
해 있는 것처럼, 시간은 이야기와도 불가분의 관계를 갖고 있다. 시간은 또
음악의 지반이기도 하다. 음악은 시간을 측량하고 분할하며 단축시키기도

하고, 귀중하고 즐거운 것으로 만들기도 한다. 이런 점에서 음악과 이야기는 흡사하다. 이야기도 음악처럼 '조형 미술 작품이 갑자기 눈앞에 나타나는 형상이며, 단순히 물체로서만 시간과 결부되는 것과는 달리' 연속적으로, 즉 경과하면서 표현되는 것으로, 어느 순간 전체로서 드러내려고 해도 이야기의 형태로서 존재하기 위해서는 역시 시간이 필요하다.

이것은 더 이상 말할 필요도 없다. 그러나 음악과 이야기에는 차이가 있다는 것 역시 확실하다. 음악의 시간적 요소는 오로지 하나이며, 인간이 설정한 시간의 단편에 지나지 않는다. 음악은 이 지상의 시간의 일부를 차지하여 그것을 지극히 높고 고귀한 것으로 장식하는 데 반하여 이야기의 시간적 요소는 두 가지이다. 하나는 이야기가 필요로 하는 시간, 이야기가 진행되는 데 필요한 음악적·현실적 시간이며, 다른 하나는 이야기의 내용에 따른 시간이다. 이 시간은 신축성이 강하여 이야기의 허구적 시간이 음악의 현실적 시간과 꼭 일치하기도 하고, 또는 극심한 격차를 보이기도 한다. 〈5분간 왈츠〉라는 곡은 5분 동안 연주된다는 것 외에는 시간과 관계없다. 그러나 5분 동안 일어난 여러 가지 사건을 충분히 전달하고자 한다면 5분의 천 배가 되는 시간까지 계속할 수 있을 것이며, 허구적 5분간보다 길게 계속하는 것이나 혹은 짧게 느끼게 될 수도 있고, 또 반대로 이야기의 내용을 구성하는 시간이 나타내는 시간보다 훨씬 현실적 시간이 짧다고 느끼게도 될 것이다. '짧은 느낌'이란 표현은 현혹적이며 병적인 요소를 내포한다. 즉 이야기는 연금술 같은 마술, 시간을 초월하는 최면술을 이용하여 현실 세계에 앉아서 초감각적인 세계를 느끼게 한다. 아편 중독자의 수기를 보면 아편에 취한 사람은 짧은 시간 내에 수많은 환상에 빠지게 되는데 그 시간은 10년, 30년, 혹은 60년까지 확장되며, 인간 경험의 한계를 넘는 일도 있다고 고백하였다. 여기서 보면 환상 속의 시간은 현실의 시간보다 훨씬 길고, 믿어지지 않을 만큼 단축된 채 체험되어, 한 상습자의 말대로, 환각된 인간의 뇌는 '부서진 시계의 태엽과 같이 무언가 빠져버린' 상태에서 갖가지 상념이 실로 눈부시게 엉겨버리는 것이다.

말하자면 이야기도 이런 어처구니없는 꿈과 같이 시간을 연장, 단축할 수 있다는 것이다. 그러나 시간을 다룬다는 점에서 이야기의 요소가 되는 시간은 그 대상이 될 수도 있다. 지나친 표현일지 몰라도 '시간을 이야기한다'는 것이 결코 이치에 어긋나는 시도는 아닐 것이다. 따라서 '시대 소설'이라는 명칭에는 다소 독특하고 몽상적인 이중의 의미가 포함되었다고 볼 수 있다. 사실 우리가 지금 시간을 이야기할 수 있느냐 없느냐의 문제를 제기한 것은, 현재 진행되는 이야기에서 시간에 대한 이야기를 하기 위해서이다. 그리고 이미 고인이 된 요아힘의 음악과 시간에 대한 의견이——그런 의견을 입 밖에 냈다는 사실은 신중했던 요아힘에게는 뜻밖의 일로서, 그가 어떤 연금술적 마술의 힘을 받았음을 추측할 수 있다——언제의 발언이었는가를 기억할 수 있는지에 대해 묻기는 했으나, 독자들이 당장은 기억할 수 없다고 해도 우리는 별로 추궁하지는 않을 것이다. 아니, 오히려 만족할 것이다. 이유는 간단하다. 모든 독자에게 한스 카스토르프가 경험한 것을 그대로 경험할 수 있도록 하고자 했으나 한스 카스토르프 자신도 이 점에 대해서는 이미 알 수 없게 되었던 것이다. 이것은 그가 말하는 시대 소설, '시간 소설'이란 이중의 의미에 어울리는 것이다.

요아힘은 그 무모한 출발을 할 때까지 얼마만큼의 시간을 이 위에서 한스 카스토르프와 함께 보냈는가, 혹은 모두 합하여 얼마 동안 이곳에서 지냈는가? 그의 모험적인 출발로 인해 평지에서 보낸 시간은 얼마만큼 되었는가, 또 언제 그가 이 위로 되돌아왔는가, 그리고 그가 이곳으로 되돌아왔다가 얼마 후에 이 시간의 세계에서 분리되어버릴 때까지, 한스 카스토르프는 도대체 얼마나 여기서 지내고 있었는가? 요아힘은 그만두고라도 소샤 부인은 또 얼마나 오랫동안 이곳을 떠나 있었던가? 언제, 다시 말해 서기 몇 년에 이곳으로 돌아왔는가?(실제로 소샤 부인은 이곳에 되돌아와 있었다). 소샤 부인이 되돌아올 때까지 한스 카스토르프는 도대체 얼마나 긴 세월을 이 베르크호프에서 지냈었던가. 아무도 이 사실을 묻지도, 생각지도 않았다. 한스 카스토르프조차 이것을 생각하고 싶지 않았으며, 혹 누군가가 이것을 물었다 하더라도 그는 손끝으로 이마를 톡톡 두드릴 뿐, 아마 분명한 대답은 할 수 없었을 것이다. 이런 현상은 한스 카스토르프가 이 고원에 온 첫날 겪었던 일, 세템브리니에게 자기 나이조차 대답할 수 없었던 순간적인 불능 상태에 못지 않게 불안한 일이었으며, 오히려 악화된 현상으로서 기억 상실이라 봐야 할 것이다. 그는, 자신이 현재 몇 살이나 되었는지도 잘 알 수 없게 되어버렸다.

이런 얘기가 정말 이상스럽게 들릴지 모르나, 결코 전례(前例)가 없었다거나 전혀 불가능한 일만은 아니다. 오히려 어떤 특수한 경우에 있어서는 어느 누구에게라도 반드시 일어날 수 있는 일이며, 그런 조건이 완벽하게 구비된다면 시간의 경과에 따라 자신의 연령뿐 아니라 모든 것에 무감각해져 아무것도 알지 못하는 상태가 되지 않을 수 없을 것이다. 이런 현상이 발생하는 이유는 우리 내부에는 시간의 경과를 느끼는 감각 기관이 없기 때문이며, 시간의 경과를 외부와의 접촉 없이 우리 힘만으로는 대충 비슷하게라도 측정해 볼 수 있는 능력이 전혀 없기 때문이다. 갱내에 생매장되어 시간의 흐름을 전혀 느끼지 못한 광부들이 구출된 후, 그들이 암흑 속에서 희망과 절망, 삶과 죽음 사이에서 보낸 시간을 3일간이라 생각하는 일이 있는데, 실제로는 장장 10일간이나 매장되어 있었던 것이다. 흔히 긴박한 절망적 상태에 처한다면 시간이 무척 길게 느껴질 것이라고 생각하는데, 그 광부들에게는 오히려 현실보다 3분의 1 길이로 단축되었던 것이다. 이것으로 미루어볼 때 혼미하고 불안한 조건하에서 인간의 무력함은 시간을 현실보다도 짧게, 극도로 단축된 상태로 경험한다는 것을 짐작할 수 있다.

그런데 한스 카스토르프도, 만약 마음만 먹었다면 별로 애쓰지 않고서도 계산에 의하여 그런 의심스런 상태에서 벗어날 수 있었을 것이며——독자 또한 애매모호하고 불확실한 상태가 생리에 맞지 않는다면 큰 고생 없이도 정확한 것을 알아낼 수 있을 것이다. 그런데 한스 카스토르프는 그런 애매한 상태에 머물러 있는 것이 자신의 생리에 맞아서가 아니라, 그런 상태에서 벗어나려는 노력을 아예 하고 싶지 않았던 것이다. 그 이유는 양심의 가책 때문이다. 시간을 두려워하지 않는 것이야말로 가장 고질적인 양심의 상실이라는 것이 분명한 일이기도 하지만.

그의 이러한 노력에 대한 의지 상실——의식적 행동은 아니지만——은 순전히 주위 환경 때문이라고 해도 과언이 아니리라. 소샤 부인이 되돌아온 것은(한스 카스토르프의 예상과는 전혀 다른 귀환이었으나, 이에 대해선 다음에 또 언급하기로 하겠다) 강림의 계절, 일년 중 낮이 가장 짧은 날, 천문학적으로 말해서 초겨울이 임박한 무렵이었다. 그러나 이론적인 계절의 구분을 하지 않더라도, 눈과 추위로 미루어 겨울로 접어든 지 꽤 오랜 시간이 흘렀음을 알 수 있었다. 아니, 끊임없이 계속되는 겨울에 간간이 일시적인 타는 듯한 여름날이 끼여들어 중단된 것뿐이었다. 이런 여름 같은 날에는 하늘이 더욱 짙어져 거무스름했다. 즉 눈만 없다면 겨울에도 여름 같은 날이 있었고, 또 여름에도 눈이 내리는 날이 있었다. 한스 카스토르프는 이처럼 격심한 혼란에 대해서 요아힘과 여러 차례 이야기를 나눈 적도 있었다. 이 대혼란은 4계절을 한꺼번에 뒤섞어서 일년의 계절적 구분을 없애버려 일년이 긴 것 같으면서도 짧게 느껴졌고, 또 한편으로는 짧은 것 같으면서도 길게 느껴져서 언젠가 요아힘이 불쾌하게 말한 것같이 시간이라고 정의할 수도 없는 대혼란이었다. 이 대혼란에서 뒤죽박죽이 되어버린 것은 사실 ‘아직’과 ‘벌써’라는 감정 구분, 또는 의식의 차이로서, 이루 말할 수 없는 혼란과 기묘한 경험이었다. 그러나 한스 카스토르프는 이곳에 머무르게 된 첫날부터 이런 체험을 향락하면서 부도덕한 쾌감을 맛보았다. 사실 이런 재미있는 줄무늬의 밝은 색 벽지를 바른 식당에서 하루 다섯 번의 식사를 할 때마다 그런 짜릿한 기분을 맛보곤 했었다.

그후 감각과 정신의 착각은 정도가 점점 더 심해졌다. 시간이란 각자의 체험이 약해지거나, 혹은 사라지는 경우에도 여전히 그 움직임을 계속하며 변화를 낳는다는 것은 객관적인 현실성이 있음에 틀림없다. 밀봉하여 부엌 선반 위에 얹어 둔 저장 식품이 시간의 영향을 받는지의 여부는 전문가가 생각할 문제이며, 한스 카스토르프가 언젠가 그 문제에 대해 언급한 것은 순전히 젊음의 혈기에 지나지 않았다. 그러나 우리는, 시간이 잠들어 있는 인간에게도 작용한다는 것을 알고 있다.

12세의 소녀가 어느 날 갑자기 잠자기 시작하여 13년 동안이나 계속 잠을 잤는데, 그 사이에 어느덧 성숙한 여자로 변모했다고 증언한 어느 의사의 말에서도 시간은 끊임없이 작업을 계속함을 알 수 있다. 이것은 지극히 당연한 일이다. 죽은 자는 시간의 세계에서 떠나 있으므로 무한한 시간을 소유한다. 다시 말해서 개개의 사자(死者)로 보면 시간을 전혀 갖고 있지 않다는 것이다. 그런데도 죽은 자 역시 계속해서 머리가 자라고, 또 손톱도 자라며, 그리고 결국에 가서는…… 이런 이야기는 여기서 그만두도록 하자. 언젠가 요아힘이 이런 일에 대해 언급한 적이 있었는데, 그때 한스 카스토르프가 평지인의 습관을 채 버리지 못하고 한 대답을 여기서 되풀이하지는 않겠다. 한스 카스토르프의 머리와 손톱도 자랐다. 그런데 웬일인지 그의 머리와 손톱은 유난히 빨리 자랐다. 그래서 그는 자주 '마을'의 큰 거리에 있는 이발소 의자에 앉아 흰 천을 두르고 머리를 깎았다. 아니, 오히려 줄곧 앉아 있었다고 해야 옳을 것이다. 그는 의자에 앉아 상냥하고 숙달된 이발사에게 머리를 맡기고 이야기를 할 때나 자기 방 발코니에 앉아서 비로드 화장 상자에서 손톱 가위와 줄을 꺼내 손톱을 깎고 있을 때는 늘 현기증을 느끼며 호기심과 즐거움에 사로잡히곤 했었다. 현기증이라 해야 할지, 어쨌든 뭐라 표현하기 어려운 혼미, 현혹의 현기증에 사로잡혀 '아직'과 '벌써'의 의미가 혼동되어 구별할 수 없게 되었다. 그리고 이 '아직'과 '벌써'가 혼동되어 구별이 불가능해지면, 시간이 사라져버린 '언제나 영원하다'로 되어버리는 것이다.

몇 번이나 말했듯이, 우리는 결코 한스 카스토르프를 실제보다 돋보이게 하려 한다거나 또는 지나치게 깎아내리려 하지는 않는다. 그래서 그가 이런 신비스런 현기증에 대해 비정상적인 애착을 느끼고 의식적으로 그런 기분에 빠지려고도 했으며, 반면에 그것에 대한 보상으로 정반대의 노력을 했다는 것도 이 자리에서 말해 두어야겠다. 그는 종종 시계를 쥐고 앉아 들여다보는 일이 있었는데, 납작하며 매끈한 금 뚜껑에 그의 이름 머리글자가 새겨져 있었다. 문자반 위에는 검붉은 아라비아 숫자가 두 줄로 빙 둘러 있고, 섬세하고도 화려한 장식이 붙은 금으로 만든 두 개의 바늘이 제각기 방향을 가리켰으며, 가느다란 초침은 작은 원을 그리며 분주히 돌고 있었다. 그는 그 초침을 바라보면서 시간의 걸음을 단 2,3분만이라도 멈추거나 늦추게 하여 시간의 꼬리를 잡으려고 했다. 그러나 초침은 여전히 분주하게 전진할 뿐 잇달아 만나게 되는 숫자와는 차례차례로 스쳐 지나가 멀리 갔다가 다시 가까이 다가와 또 그대로 지나치곤 했다. 초침은 목표나 구분, 도수(度數)의 숫자에는 무관심했다. 60이란 숫자가 씌인 곳에서 잠시나마 멈추어 서서 자기에게 주어진 한 가지 임무를 끝마쳤다는 눈짓쯤은 해줘도 좋으련만, 초침은 60이라는 숫자에서 아무런 눈짓도 하지 않고 단순히 선만 그어진 곳을 지나칠 때와 다름없이 바삐 지나가고 마는 것이었다. 그런 상태를 계속해서 주시하다 보면, 초침에게는 모든 숫자나 구분은 한눈을 팔 만한 가치조차 없이 그저 가지런히 놓여 있는 것에 불과하므로 앞으로 앞으로 나아갈 뿐이라는 것을 알 수 있었다. 이런 상태에까지 도달하면 한스 카스토르프는 시계를 다시 조끼 주머니에 집어넣고 시간이 가고 싶은 대로 내버려 두는 수밖에 없었다.

이 젊은 모험가의 내면에서 일어난 갖가지 변화를 저지대의 단순한 사람들에게 어떻게 이해시켜야 할까? 현기증이 날 만큼의 동일성이란 척도가 그의 내면에서 더욱 커가고 있었다. 좀더 자세히 말한다면 오늘의 현재와 똑같은 어제, 그저께, 그끄저께의 현재를 구별한다는 것이 그렇게 쉬운 일은 아니나, 그 현재는 한 달 전, 1년 전의 현재와도 구별할 수 없게 되어 하나로 뭉뚱그려 '영원한 현재'에 용해되어버릴 것 같았다. 그러나 '아직'과 '벌써'나 '장차'라는 도덕적 의식의 구별이 사라지지 않는 한, '오늘'을 과거와 미래로 확실히 구분지어 주는 '어제'와 '내일'이란 의미를 확대시켜 더 큰 상대 관계에 적용해 보고 싶다. 지극히 미세한 시간 단위 속에 살고 있는 지극히 '짧은' 일생을 통해 볼 때, 초침의 빠른 종종걸음을 분침의 느릿느릿한 황소 걸음처럼 느끼고 있을지도 모르는 생물이 지구가 아닌 어느 작은 유성에 살고 있으리란 공상은 충분히 가능하리라고 본다. 그러나 또 그 반대의 생물도 상상해 볼 수 있을 것이다. 즉 그 생물이 살고 있는 공간에는 한없이 큰 걸음으로 나아가는 시간이 결부되어, '방금', '조금 뒤에', '어제'라든지 '내일'이란 의미 구분의 개념이 한없이 확대된 의미를 갖게 될 수 있을 것이다. 이런 상상은 가능하며, 관대한 사대주의를 정신으로서도, 또 '장소가 달라지면 습관도 달라진다'는 면에서도 올바르며 건전하고 훌륭한 것이라 하지 않을 수 없다. 그러나 이 지구상에서 생활하는 인간이라면 하루, 일주일, 한 달, 한 학기라는 시간이 얼마나 중대한 의미를 갖는지를 잘 알 것이다. 그럼에도 불구하고 그러한 시간 단위가 큰 의미를 지니며 생활에 여러 가지 변화와 진보를 동반할 수 있는 연령의 사람이 1년 전을 '어제'로, 1년 후를 '내일'로 착각한다면, 아니 가끔이라도 그런 착각에 빠진다면 우리는 그 청년을 어떻게 생각해야 할 것인가? 이 현상은 '착각과 혼란'이라고 평해야 옳을 것이며, 따라서 크게 우려해야 할 일이다.

우리가 시간과 공간을 구분하지 못하거나 현기증을 느낄 정도로 뒤죽박죽인 상태가 되기도 하는 것은 지극히 자연스럽고 당연하다. 특히 휴가중이라면, 그런 착각과 혼란 속에 빠져들어도 묵인해 줄 수 있는 경우, 즉 분위기적 환경——여기서 '분위기'라는 단어가 사용될 수 있다면——이 있는 법이다. 예를 들어 해변가의 산책을 생각해 보자. 우리가 알다시피 이 산책은 한스 카스토르프에겐 늘 강한 애착을 갖게 했으며, 특히 그가 눈 속에서 길을 잃고 헤맬 때는 고향의 모래 언덕을 생각하고 그리움에 젖게 했었다. 우리가 여기서 뭐라고 표현할 수 없는 해변에서의 기분을 말하고자 한다 해도, 여러분은 각자의 경험이나 추억을 상기함으로써 우리의 기분이 어떠리라는 것을 충분히 이해하고 동참해 주리라 믿는다. 당신은 해변을 걷고 또 걷는다……. 당신은 시간이란 굴레로부터, 시간은 당신으로부터 사라져버려, 당신은 정확한 시간 내에 산책을 끝내고 집으로 돌아오지는 못할 것이다.

아아 바다여, 우리는 지금 네게서 멀리 떨어진 곳에 앉아 너에 대한 이야기를 하고, 또 너를 생각하고 그리워하노라. 우리는 네가, 큰소리로 부르는 너의 이름을 들은 듯, 우리의 이야기 속에 나타나 주기를 바라노라. 지금까지 늘 너는 우리의 이야기 속에 있었으며, 현재도 있고, 또 앞으로도 계속 존재하리니!

파도가 일렁거리는 광활한 바다, 퇴색한 잿빛 하늘이 번지며 숨막힐 듯한 습기가 온 주위를 채우면 우리의 입술 위엔 찝찔한 습기가 남는다. 우리는 주위를 스쳐가는 자유롭고 평화로우며 악의 없는 바람, 부드럽고 온화한 바람에 귀기울이며 모래 위를, 해초와 조가비가 널려 있고 가벼운 탄력성마저 느끼게 하는 모래 위를 걷고 또 걷는다. 우리는 이리저리 헤매고 또 헤매며, 우리의 발을 적시려고 넘실거리며 밀려왔다가는 밀려나가는 흰 파도를 본다. 파도는 부서져 흰 거품을 일으키고 밝고 시원한 소리를 내며 뒤집혀, 그 파도의 파편은 평평한 해변에 흰 비단처럼 차례차례로 깔린다. 여기저기 해변에 흩어지는 평화스러운 파도 소리는 우리의 온갖 상념을 떨쳐버리고, 모든 소음으로부터 우리의 귀를 덮는다. 깊은 만족감, 의식하는 망각, 우리는 영원한 안식의 품에 안기어 눈을 감는다. 아니, 눈을 들어 보라. 흰 파도가 감싸 안은 저 푸른 먼바다가 무척이나 가까이 보이며, 수평선 저 너머에 흰 돛단배가 떠 있다. 저쪽? 어느 쪽? 얼마나 먼 곳에? 또는 얼마나 가까이에? 그것 또한 당신은 모르고 있다. 판단을 내릴 수 없어 아득해진다.

저기 저 흰 돛단배가 도대체 해변에서 얼마나 떨어져 있는가를 알고자 한다면, 그 돛단배의 크기가 어느 정도인지를 먼저 알아야겠지. 작으면서 가까이 있는지, 아니면 크면서 멀리 있는지를 판단할 수 없어 당신의 동공은 멍해진다. 당신의 마음속에는 공간에 대한 언질을 줄 기관도, 감각도 이미 사라져버린 것이리라. 걷고, 걷고, 또 걷는다. 벌써 시간이 얼마나 흘렀을까? 어느 정도의 거리를 걸었을까? 그것 또한 알 수 없다. 우리는 아무리 걸어도 아무것도 느낄 수도, 알 수도 없다. 저쪽은 이쪽과 똑같고, 아까는 현재와, 미래와도 똑같다. 공간의 끝없는 단조로움에는 시간이란 감각이 사라져버리고, 한 점에서 다른 한 점으로의 움직임 또한 변함없는 세계에서는 이미 움직임이 아니며, 움직임이 움직임으로 느껴지지 않는 세계에서는 시간이란 존재할 수 없다.

중세의 학자들에 의하면, 시간은 인간의 착각으로 만들어진 것이다. 시간이 인과 관계라는 형식으로 연속적으로 경과하는 듯이 여겨지는 것은 우리의 감각 기관이 가져오는 결과에 불과하며, 사물의 참된 실체는 불변의 현재라고 설명했다. 최초로 이렇게 설명한 학자는 과연 해변을 산책하면서 찝찔한 바닷물을 입술에 대 보았을까? 어쨌든 우리가 지금 얘기하고자 하는 것은 휴가중의 특권, 휴가중의 공상에 대한 것이며, 활동적인 인간들이 해변의 따스한 모래로 찜질하는 일에 쉽게 싫증을 내듯, 현실적인 인간들은 이러한 공상에 곧 싫증을 느끼게 된다. 인간의 인식 방법이나 형식을 비판하고 절대적인 타당성을 의심한다는 것은 이성에 대해 넘어서는 안 될 한계, 그것을 넘어서면 이성의 본질적인 사명을 소홀히 했다고 비난받을 수밖에 없게 되는 한계를 이성에게 드러내는 것이라면 모르거니와, 만일 거기에 그 이외의 의미가 있다면 그것은 파렴치한 배신 행위가 되고 말 것이다.

우리는 세템브리니가 말하고자 하는 운명의 주인공인 청년, 언젠가 표현했던 '인생의 골칫거리 자식'인 청년에게 교육자다운 엄격한 태도로 "형이상학은 악이다"라고 단정적으로 말한 것에 대해 감사를 표해야 할 것이다.

그리고 또 비평 원리의 의미와 목적, 오직 하나의 목표, 의무와 관념과 생의 명령 이외에는 다른 목표는 있을 수 없으며 또 목표가 될 수도 없다고 단언함으로써 우리가 사랑하는 요아힘을 추모하는 최상의 경의를 표명한다. 그렇다, 우리의 생활을 최상으로 이끄는 지혜는 이성의 한계를 비평하고 정리하여, 그 한계점이라 생각되는 곳에 생의 위대한 깃발을 세워 그 깃발 아래에서 삶에 충실하는 것이 인간적인 삶의 병사로서의 의무라고 선언했다.

우울증에 걸린 수다쟁이 베렌스가 표현한, 소위 '지나칠 정도의 근면' 때문에 우리는 충실한 군인 요아힘이 자신을 죽음의 골짜기에 떨어뜨렸다는 것을 이미 알고 있으나, 한스 카스토르프의 한심스런 시간 관리, 너무 극심한 영원과의 우스꽝스런 장난과 그의 어리석음을 얼마나 관대하게 이해해 주어야 할 것인가?

페페르코른씨

'국제'라는 말에 걸맞은 국제 요양소 베르크호프에 페페르코른이란 중년의 네덜란드인이 한동안 요양을 하게 되었다. 네덜란드의 식민지인 자바에서 커피를 재배하는 사람이었는데(그래서 그런지 어딘가 모르게 유색 인종 같은 느낌을 풍겼다), 유색 인종 같다는 단순한 특징만으로 피테르 페페르코른(이것이 그의 완전한 이름인데, 그는 자기 자신을 꼭 그렇게 부르면서, "자, 피테르 페페르코른은 브랜디를 마시며 원기를 돋웁니다"라는 말을 입버릇처럼 해댔다)을 이 이야기의 마지막 부분에 등장시키는 것은 절대로 특별한 이유가 있어서가 아니다.

여러 나라 말을 자유자재로 구사할 줄 아는 수다쟁이 베렌스 고문관이 소장으로 있는 이 유명한 요양소 베르크호프에는 얼마나 많은 가지각색의 손님들이 머물고 있는 것일까? 심지어 최근에는 진귀한 커피 세트와 스핑크스가 새겨져 있는 멋진 담배를 베렌스에게 보낸 이집트의 공주도 있었다. 이 공주는 니코틴으로 누레진 손가락에 여러 개의 반지를 끼고 머리를 짧게 자른 감각적인 여자였다. 그녀는 좀 중요하다고 생각되는 정찬석상에는 파리풍의 의상으로 나타났고, 그 외에는 그 남자용 양복 차림이었다. 특히 주름이 잘 선 바지 차림으로 다른 남성들에게는 눈길조차 보내지 않았으며, 란다우어 부인이라 불리는 어느 루마니아 여자에게만 집요하고 강렬한 애정을 보였다. 한편 파라반트 검사는 이 공주에게 홀딱 반해 수학 공부마저 소홀히 하게 되었을 뿐 아니라, 완전히 넋나간 사람처럼 변해버렸다. 공주는 거세(去勢)한 수행원까지 거느리고 다녔는데, 그 중에는 흑인도 끼여 있었다. 이 흑인 수행원은 카롤리네 슈퇴어가 흥본 것처럼 성불구자였는데 어느 누구보다도 인생에 대한 애착이 강했으며, 검은 육체를 투사한 자신의 체내 사진을 보며 무척 비관하곤 했다.

이런 사람들에 비하면 페페르코른씨에게서는 거의 별다른 특징을 찾아볼 수가 없었다. 다른 앞 장과 마찬가지로 이 장에서도 ‘또 한 사람’이란 부제(副題)가 붙여질 것이라 생각할 수도 있겠지만, 독자들은 이 장에서 정신적・교육적 혼란을 일으킬 또 한 사람이 늘어난 것에 대해서는 걱정할 필요가 없을 것이다. 페페르코른씨는 절대로 이 세상에 논리적 혼란을 일으킬 인물은 아니기 때문이다. 곧 이 사실을 알게 되겠지만, 그는 이런 것과는 정반대의 인물이었다. 그럼에도 불구하고 페페르코른의 출현으로 주인공들이 심각한 혼란에 빠지게 되었다는 것은 다음의 이야기로 알 수 있게 될 것이다.

페페르코른씨는 소샤 부인과 같은 저녁 열차로 도착하여 같은 썰매를 타고 이곳 베르크호프에 올라왔고, 식당에서도 그녀와 함께 저녁을 들었다. 이것은 우연의 일치라기보다는 함께 도착했다는 표현이 옳을 것이다. 그는 ‘일류 러시아인 좌석’, 더군다나 다시 돌아온 소샤 부인의 옆 자리, 즉 의사와 마주 보는 자리, 그전에 난폭하고 이상한 발작을 일으켰던 교사 포포프가 앉았던 자리에 앉게 되었는데, 한스 카스토르프로서는 그런 일에 대해선 꿈도 꾸어 보지 못했기 때문에 무척 놀랐다. 고문관에게서 클라우디아의 귀환 날짜와 시간에 대해서는, 그 특유의 어투로 미리 들어 알고 있긴 했다.

"어떻습니까, 노총각 한스 카스토르프군? 끈질기게 기다린 보람이 있군요. 모레 저녁에 우리의 새끼 고양이가 이곳에 다시 살짝 들어오게 됩니다. 전보가 왔습니다."

그러나 고문관은, 소샤 부인이 혼자가 아니라는 사실에 대해서는 한마디도 비추지 않았다. 아마 베렌스 자신도 소샤 부인과 페페르코른이 동행하는 줄은 전혀 몰랐으리라. 소샤 부인이 도착한 다음날, 한스 카스토르프가 그 사건의 전말에 대해서 힐책하자, 그는 깜짝 놀라는 표정을 지으면서 이렇게 말했다.

"나는, 소샤 부인이 어디서 그 남자를 주워 왔는지 전혀 알지 못합니다. 여행중에 서로 알게 되었는지도 모르지요. 내 생각으로는 피레네 산맥 부근이 아닌가 합니다. 그래요, 당신도 저 사람의 행동에 대해서는 참는 도리밖에 없습니다. 실망한 패잔병인 멋쟁이 양반, 이제는 너무 늦은 것 같아요. 두 사람은 이미 심각한 사이 같더군요. 여행 비용도 공동으로 계산하는가 봐요. 이것저것 들은 것을 종합해 보면, 그자는 대단한 부자인가 봅니다. 은퇴한 커피 왕이니까. 말레이인을 하인으로 두고 무척 호화스럽게 사는 모양이더군요. 물론 이곳에 놀러온 것은 아니지요, 알코올성 점액 과다에다 악성 열대열에 걸려 있으니까요. 말라리아열 말입니다. 이 열에 이미 많이 침식당했지요. 그러니 당신은 당분간 꾹 참으셔야 합니다."

"아니, 괜찮습니다." 한스 카스토르프는 천천히 말했다. '그렇다면 당신은? 당신 기분은 어떤가? 이모저모로 생각해 볼 때 당신 역시 전부터 그녀에게 무관심했다고는 볼 수 없지 않은가? 창백한 안색을 띠고 진지하게 유화를 그리던 독신자인 당신 말이야.' 한스 카스토르프는 생각했다. 베렌스의 말에는 한스 카스토르프의 괴로움을 즐기는 듯한 느낌이 깃들어 있지만, 페페르코른에 관한 한 베렌스나 한스 카스토르프나, 말하자면 동병상련인 셈이었다. 이어서 한스 카스토르프는 페페르코른을 스케치해 보이는 몸짓으로 이야기했다.

"괴상한 사나이, 정말 독특한 변종(變種)입니다. 그에 대한 첫인상은, 강해 보이면서도 뭔가 모자라는 듯하다는 것이었습니다. 오늘 아침 식사 때 그런 인상을 받았어요. 강하면서도 뭔가 모자란다——이 두 가지 형용사로 그에 대한 인상을 표현할 수밖에 없습니다. 흔히 이 두 가지 형용사는 서로 결부될 수 없다고 합니다만, 그에 대해선 이렇게밖에 표현할 수 없더군요. 그는 체격이 큰데, 넓은 어깨에 두 다리를 곧게 펴고 힘있게 서 있는 자세가 자주 눈에 띄더군요. 위로 뚫린 바지 주머니에 두 손을 찌르고 있고요. 나는 그걸 보고 바로 눈치챌 수 있었습니다. 당신이나 나 같은 중류 이상의 사람들은 바지 주머니를 옆에서 넣도록 재단되어 있는데, 그는 위에서 넣도록 되어 있더군요. 그리고 그런 자세로 네덜란드인답게 입에 발린 소리로 지껄이고 있으니 강하다는 인상을 줄 수밖에요. 게다가 턱수염은 길지만 드문드문 나 있어 하나하나 셀 수 있을 것 같아요. 눈도 작고 눈동자의 빛깔 또한 엷어서 거의 눈이 없는 것처럼 보였어요. 그러나 이건 사실입니다. 그는 항상 눈을 좀더 크게 뜨려고 하는데도 커지기는커녕, 그 때문에 이마의 주름살만 더 깊어질 뿐이지요. 그 주름은 관자놀이께서 치켜져 있으나, 이마에서는 수평으로 그어져 있어요. 넓고 넓은 이마에서 말입니다. 또 그의 백발 역시 길기는 하지만 숱이 적고, 눈도 아무리 크게 떠도 작기만 할 뿐더러 눈 빛깔도 아주 엷어요. 그리고 그가 입고 있는 바둑판 무늬의 조끼는 어딘지 성직자의 냄새를 풍겼습니다. 이상이 내가 오늘 아침 식사 때 받은 인상입니다."

"당신은 마치 그를 눈엣가시처럼 생각하고 있군요. 그의 특징을 깡그리 관찰한 것 같은데, 그래야 할 것입니다. 이제부터 당신은 그가 존재한다는 사실을 인정하고 그것에 익숙해져야 할 테니까요.”

“그렇습니다. 이제 우리는 그 사실에 익숙해져야 할 것입니다.”

이 뜻밖의 새로운 손님에 대해 우리가 그 용모를 설명했어야 하는데, 그 일을 한스 카스토르프가 대신해 주어서——그것도 상당히 잘 설명해 준 편이어서 우리가 다시 스케치를 한다 해도 중요한 부분에 대해서는 그가 한 스케치에 미치지 못했을 것이다. 물론 한스 카스토르프의 자리는 그를 관찰하기에는 아주 좋은 곳이었다. 우리가 이미 아는 바와 같이, 한스 카스토르프는 클라우디아가 없는 동안 ‘일류 러시아인석’의 이웃에 있는, 러시아인석과 나란히 있는 식탁으로 옮겼다(일류 러시아인 좌석이 베란다 문과는 더 가까웠다). 한스 카스토르프와 페페르코른 두 사람은 식당 안쪽을 향해 가까이 앉았다. 다시 말하면 두 사람은 나란히 앉았던 것이다. 한스 카스토르프는 네덜란드인의 조금 뒤쪽에 앉았으므로, 그를 관찰하는 데는 무척 좋은 위치였다. 그리고 그의 자리에서는 소샤 부인의 옆모습이 비스듬히 나타나는 4분의 3을 볼 수 있었다.

다만 한스 카스토르프의 훌륭한 스케치에 몇 가지 덧붙인다면, 페페르코른의 콧수염은 말끔히 깎여 있었고, 코는 크고 퉁퉁했으며, 입은 큰데다 입술 모양이 불규칙하게 생겨 마치 그대로 찢어진 것 같다는 점이다. 그리고 손은 상당히 넓적하며 손톱이 길고 끝이 뾰족하였다. 이야기할 때는(한스 카스토르프로서는 전혀 알아들을 수 없는 내용이었으나, 페페르코른은 거의 쉬지 않고 지껄였다) 듣는 사람으로 하여금 주의를 기울이게 하는 섬세한 손짓, 지휘자가 지휘하듯이 섬세한 뉘앙스의 표시인 세련되고 정확한, 쓸데없는 손짓을 배제한 품위 있는 손짓을 하곤 했다. 그리고 엄지와 검지손가락으로 동그라미를 그리며 폭은 넓으나 손톱이 뾰족한 손바닥으로 둘러싸는 듯이, 막아버릴 듯한 손짓도 섞어가며 모두가 자신에게 열중하기를 바라고 있었다. 그러한 그의 거창한 손짓에 미소를 지으며 주목하면, 예고한 말의 의미를 파악하지 못하고 사람들은 실망하고 말았다. 아니, 실망했다기보다는 오히려 즐거움이 깃든 놀라운 표정을 금치 못하게 했다. 힘찬 예고, 섬세함, 거창한 손짓 등이 여운을 남겨 그 후에 하는 말의 아쉬움을 충분히 보충해 주어, 사람들은 그의 손짓에 만족하고 즐거워하며 마음까지 느긋해지곤 했다. 어떤 때는 손짓만으로 끝낼 때도 있었다. 그는 왼쪽에 앉은 불가리아의 젊은 학자의 팔이나 오른쪽에 앉은 소샤 부인의 팔에 자신의 손을 살짝 얹은 채, 곧 시작될 이야기에 모두 긴장하고 들어달라는 태도로 손을 비스듬히 올리고, 이마에서 눈초리까지 이르는 직각으로 꺾인 주름이 가면의 주름처럼 깊어질 때까지 눈썹을 치키며 긴장한 상태로 그의 말을 기다리는 다른 사람들과 마찬가지로 식탁보를 주시했다. 그러고는 그 찢어진 입으로 무언가 대단히 중요한 것을 말하려는 듯 쫑긋거렸다. 그러나 곧 한숨을 내쉬면서 말하려던 것을 중지하고는 "쉬어!"라고 하듯이 손을 흔들다가는 어이없게도 다시 커피를 계속 마시는 것이었다. 그는 커피 역시 자신의 커피 도구로 특별히 진하게 끓여 마셨다.

커피를 다 마신 뒤에는 오케스트라의 지휘자가 단호한 손짓으로 음을 맞추는 온갖 악기들의 잡음을 중지시키고 연주 개시의 순간으로 집중시키는 것처럼 모두의 잡담을 조용히 가라앉혔다. 윤기 없는 눈, 이마의 깊은 주름, 긴 턱수염, 깨끗하게 면도해서 그대로 드러난 찢어진 듯한 입술과 백발에 덮인 큰 얼굴이 굉장한 인상을 주었기 때문에, 사람들은 무조건 그의 몸짓에 시선을 집중시킬 수밖에 없었다. 모두 입을 다물고 그를 쳐다보며 미소지었다. 어떤 사람은 그에게 기운을 북돋아주는 듯한 미소를 지으며 고개까지 끄덕여 보였다. 그는 낮은 음성으로 말을 꺼냈다.

"여러분, 좋습니다. 아주 좋아요. 이제 됐습니다. 그러나 주의하십시오. 그리고…… 단 한시라도 잊지 마십시오……. 여기에 대해서는 더 이상 사족을 달지 않겠습니다. 내가 하고자 하는 말은 오직 한 가지뿐입니다. 무엇보다도 우리에게 의무가 주어져 있다는 것…… 지극히 엄격한……. 나는 되풀이하고 싶습니다. 그리고 강조하려고 합니다. 우리에게는 엄격한 요구가 주어져 있습니다! 결코, 나는 가령……, 어림없는 일이지요. 내가 무언가……
끝났어요. 여러분, 완전히 끝났습니다. 우리는 의견의 일치를 봤다고 생각
합니다. 자, 그러면 본론으로 들어갑시다!"

그는 결국 아무 말도 하지 않은 것이나 다름없었으나 그의 표정은 너무나
진지했으며, 표정이나 몸짓 또한 매우 열렬하여 박력이 넘치고 인상적이어
서 모두들 열심히 경청할 수밖에 없었다. 심지어 한스 카스토르프까지도 무
언가 매우 중요한 사실을 듣는 것처럼 귀를 기울였다. 구체적인 이야기가
아니라는 것을 의식했다 하더라도, 더 이상 듣고 싶다는 아쉬운 생각은 전
혀 들지 않았다. 만일 이 자리에서 귀머거리가 듣고 있었다면 어땠을까? 아
마 그는 페페르코른의 표정이나 손짓을 보고 이야기의 내용을 과대 평가하
여 자신의 귀가 들리지 않음으로 해서 막대한 정신적 피해를 입었으리라 생
각하고는 자신을 원망했을 것이다. 이러한 사람들은 대부분 남을 의심하고
마음이 비뚤어지기 쉬운 법이다. 그러나 식탁의 반대쪽 끝에 앉은 중국인
젊은이는 아직 독일어를 잘 몰라 이해하지 못했음에도 불구하고 열심히 귀
를 기울이고 그를 바라보면서 매우 기쁘고 만족스럽다는 듯이 박수를 치고
"대단히 좋다"고 외쳤다.

페페르코른은 '본론'으로 들어갔다. 그는 몸을 죽 펴고 넓은 가슴을 내밀
며 단추를 꽉 채운 다음, 조끼의 윗부분 바둑판 무늬의 프록 코트 단추까지
채웠다. 그러고 나니 백발이 흩어져 있는 그의 얼굴은 어딘지 모르게 제왕
을 연상시켰다. 그는 식당에서 일하는 난쟁이 아가씨를 불렀다. 그녀는 눈
이 핑핑 돌 정도로 바빴으나, 그의 엄격한 손짓을 거부할 수 없어 밀크와
커피 용기를 들고 금세 그의 옆으로 다가왔다. 그러고는 그의 이마의 깊은
주름과 그 밑의 윤기 없는 눈, 동그라미를 만든 엄지와 검지손가락과 나머
지 손가락의 손톱 끝을 창같이 나란히 세운 손에 한눈을 팔면서 나이 든 커
다란 얼굴에 미소를 띠고 고개를 끄덕이지 않을 수 없었다.

"아가씨, 좋아요. 모든 것이 완벽하군요. 그런데 당신은 매우 작은……

그렇지만 그것이 대체 어떻다는 말입니까? 나쁘다고요? 아닙니다. 나는 매우 좋다고 생각합니다. 나는 당신이 지금 그대로인 것을 신에게 진정으로 감사드립니다. 그리고 당신의 그 작은 키…… 아니, 그만둡시다. 내가 당신에게 부탁하고자 하는 것도 매우 작은 것, 작고 특별한 것이죠. 그건 그렇고, 당신 이름이 무엇이죠"

난쟁이 아가씨는 얼굴에 미소를 짓고는 더듬거리며 에메렌티아라고 대답했다.

"멋진 이름이군요!"

페페르코른은 몸을 의자의 등받이에 기대면서 팔을 그녀쪽으로 뻗고는 소리쳤다. 마치 "이것 보라구, 모든 것이 얼마나 멋진가!" 하고 외치는 듯했다. 그러고는 진지하고 엄숙한 어조로 계속 지껄였다.

"아가씨, 모든 것이 내 기대를 훨씬 능가하고 있어요. 에메렌티아, 당신은 매우 겸손하게 말했지만, 그 이름이야말로……. 당신과 결부시킨다면……, 정말 아름다운 환상을 불러일으키고 있어요. 그 이름을 매우 귀하게 여기며 가슴속의 감정을 한데 모아 그 이름을 불러볼 만합니다. 또한 애칭은……, 괜찮겠습니까? 아가씨……, 렌티아라는 애칭은 어때요? 그리고 엠첸이라는 이름은 왠지 포근한 느낌을 주는군요. 오늘은 엠첸이라 부르기로 하지요. 그러면 엠첸 아가씨, 잘 들어 보시오. 빵을 좀 부탁드립니다. 귀여운 아가씨, 잠깐 기다려 주십시오. 오해하면 안 됩니다! 당신의 커다란 얼굴을 보고 있노라면 왠지 착각에 빠질 위험에……. 빵 말입니다. 엠첸 아가씨, 구운 빵 말고요. 구운 빵 같으면 여기에도 얼마든지 있으니까요. 내가 바라는 것은 만든 빵입니다, 천사 아가씨. 다른 표현을 빌리자면 신의 빵, 투명한 액체 빵, 기운을 돋우기 위한 빵 말입니다. 무슨 말인지 아시겠습니까? 아 그렇지, 강심제라고 부르는 편이 좋겠군요. 이 말이 흔히 듣는 천박한 의미로 오해될 위험이 없다면 말입니다. 됐어요, 끝났어요. 렌티아, 이젠 끝났습니다. 결정됐어요. 그럼 우리의 의무와 신성한 본분의 의미에서 부탁하겠습니다. ……이를테면 내가 당신에게 지고 있는 명예의 빚을 갚는다는 의미에서 당신의 크나큰 특징인 작은 키에 대해 진심으로 부탁드립니다. 그럼 진도 한 잔 부탁합니다. 아가씨……, 축하하기 위해 시담산의 진을 좀 부탁합니다. 에메렌티아 아가씨, 빨리 한 잔 가져오실까요!"

"시담산 진 한 잔!"

난쟁이는 되풀이하고 나서 들고 있던 밀크 잔과 커피 용기를 내려놓을 곳을 찾느라 한바퀴 돌더니 한스 카스토르프의 식기 옆에 내려놓았다. 그녀는 거기가 페페르코른씨의 눈에 띄지 않는 곳이라고 판단했음에 틀림없다. 그리고 난쟁이는 뛰어가서 주문한 것을 받아다가 페페르코른에게 갖다 주었다. '빵'은 글라스에 너무 꽉 채워 넘쳐서 받침 접시로 흘러내렸다. 페페르코른은 엄지와 가운뎃손가락으로 글라스를 쥐고 밝은 쪽을 향해 쳐들었다.

"자, 피테르 페페르코른은 한 잔의 진으로 원기를 돋웁니다." 그렇게 말하며 술을 씹는 듯이 마셔버렸다. "이제는 여러분을 보는 나의 눈에 기운이 생겼습니다." 그는 식탁보 위에 놓여 있던 소샤 부인의 손을 잡아 자기 입술에 대었다가 다시 식탁 위에 놓고 그 손 위에 자기 손을 한동안 올려놓는 것이었다.

알 수 없는 사람이기도 했지만 색다른 인물임에 틀림없었으므로, 베르크호프의 손님들은 모두 페페르코른에게 흥미를 느끼게 되었다. 그는 최근에 식민지에서 벌인 사업에서 손을 떼고 자본을 안정시켰다는 소문이며, 헤이그에 있는 그의 훌륭한 저택과, 셰페닝겐에 있는 별장에 대해서도 소문이 났다. 슈퇴어 부인은 그를 '돈을 끌어들이는 자석'이라 불렀고,(한심한 이 여자는 그를 '부호(magnate)'라고 부른다는 것이 그만 돈 '자석(magnet)'이라고 불렀다) 소샤 부인이 이곳으로 되돌아온 날 밤부터 목에 걸고 다니는 진주 목걸이도 그 자석과 관계가 있는 것처럼 말했다. 카롤리네 슈퇴어 부인 말에 의하면, 문제의 목걸이는 카프카즈 산맥 저쪽에 있는 소샤씨의 선물이라고는 볼 수 없기 때문에 여행중 페페르코른씨에게서 받은 선물일 거라고 추측했다. 그녀는 그렇게 말하면서 연방 눈을 껌벅거렸고, 옆에 있는 한스 카스토르프를 향해 입을 삐죽거리며 풀이 죽어 있는 그를 한껏 비웃었다. 그녀는 병으로 그토록 고통받으면서도 전혀 고상해질 줄을 몰랐다. 한스 카스토르프는 애써 태연한 체하면서 그녀의 무식한 말을 농담조로 고쳐 주었다.

"슈퇴어 부인, 말이 좀 틀린 것 같습니다. '부호'라고 해야겠지요. 그렇지만 '자석'이라고 해도 나쁜 것 같진 않군요. 페페르코른씨에게는 확실히 사람을 끄는 면이 있으니까요." 그가 이렇게 말하자, 여선생 엥겔하르트양은 솜털이 보송보송한 볼을 붉힌 채 한스 카스토르프와 눈길이 마주치지 않으려 하면서 살짝 미소지으며 새로 온 손님에 대해 어떻게 생각하는지 물었다. 한스 카스토르프는 그 질문에 대해서도 매우 침착한 태도로 대답했다. 페페르코른은 알 수 없는 인물 인물이며, 그럴싸해 보이기도 하지만 종잡을 수 없다고 말했는데, 말의 정확성은 한스 카스토르프의 공정한 눈과 평정한 기분을 드러내 주었기 때문에 여선생은 당황하고 말았다.

다음에는 페르디난트 베잘인데, 그 또한 소샤 부인의 갑작스런 귀환에 대해 몹시 빈정거리고 있었다. 여기에 대해 한스 카스토르프는 단호한 말에 못지 않은 단호한 눈초리도 있다는 것을 알려 주었다. 한스 카스토르프의 눈초리에는 '불쌍하기 짝없는 사나이'라는 뜻이 담겨 있는 것 같았고, 그것 이외의 다른 의미로 해석할 여지가 전혀 없는 단호한 것으로, 베잘도 그 눈초리의 의미를 바로 알아차렸으면서도 그것에 대해 반발하지 않았다. 오히려 그는 충치를 드러내며 고개를 끄덕였으나, 그 후로는 나프타·세템브리니·페르게와 함께 산책할 때 한스 카스토르프의 외투를 들어 주는 일을 그만두고 말았다.

한스 카스토르프 역시 제발 그래 주기를 바랐었다. 자신의 외투쯤은 자기가 직접 들고 다닐 수 있었으며, 자기 스스로 들고 다니려고 했으나 대접상 '불쌍하기 짝없는 사나이'에게 가끔 맡겼을 뿐이다. 그러나 한스 카스토르프는 사육제 날 밤, 모험 상대와 재회할 경우를 대비하여 은밀히 여러 계획을 세워 놓고 있었는데, 정말 갑작스런 사정으로 모든 은밀한 계획이 수포로 돌아가게 되었다. 뿐만 아니라 그가 호되게 당했다는 사실을 모르는 사람이 없을 정도였다. 모든 계획이 수포로 돌아갔다기보다 필요없게 되었으며, 정말 굴욕적인 일이 되고 말았다.

그가 은밀히 세워 둔 계획은 무엇 하나 섬세하고 사려 깊지 않은 것이 없었으며, 격정적인 곳은 단 한 군데도 없었다. 아무도 클라우디아를 역에서 마중하리라고는 꿈에도 생각지 못했다. 그것은 차라리 다행스런 일이었다! 병 덕분에 저토록 크나큰 자유를 누리고 있는 부인이 가면을 쓰고 외국어로 이야기했던, 꿈같은 밤의 사건을 지금도 현실적인 사건으로 생각하고 있는지, 또 그 사건에 대해서 분명하게 암시받는 것을 즐거워할지 의문스러웠다. 물론 몰상식하게 군다거나 억지로 주문하지는 말아야 할 것이다. 병든 사팔뜨기 부인과 그의 관계는 사실 서구적인 이성과 예절의 한계는 넘어섰으나, 적어도 표면적으로는 문명인답게 행동했다. 이제는 모두 잊어버렸다는 듯한 기억 상실의 문명인다운 태도를 한동안 취해야 할 것이다. 식탁에서 식탁으로의 기사도적인 인사, 당분간은 이 정도로 그치기로 하자! 그러는 사이에 좋은 기회를 만들어 예절바르게 접근하여 여행에서 돌아온 부인의 건강 상태에 대해 지나가는 말로 자연스럽게 묻기로 하자. 참된 의미의 재회는 이렇게 훌륭한 기사도적인 태도로 언젠가는 틀림없이 실현될 것이다.

앞서도 말했듯이 자유 의지에 대한 보상은 사라져버렸으므로, 그토록 치밀한 배려도 아무 의미가 없게 되었다. 페페르코른의 출현으로 한스 카스토르프는 그저 순순히 물러나는 수밖에 없는 상황이었다.

한스 카스토르프는 소샤 부인이 도착하던 날 밤, 그의 발코니에 서서 길을 달려 올라오는 썰매를 보고 있었다. 썰매의 마부석에는 마부와 함께 털 가죽 깃의 외투와 실크 모자를 쓴 누런 얼굴의 작은 말레이인 하인이 앉아 있었고, 뒷좌석에는 클라우디아와 낯선 사나이가 모자를 깊이 눌러 쓰고 앉아 있었다. 그날 밤 한스 카스토르프는 거의 잠을 이루지 못했다. 다음날 아침 그 뜻밖의 동반자의 이름을 알아내기란 별로 어려운 일이 아니었고, 두 사람 모두 2층의 특별실에 나란히 안내되었다는 사실까지도 알게 되었다. 그리고 아침 식사 시간이 되자, 한스 카스토르프는 일찍 자리에 앉아, 유리문이 탕탕 여닫히는 소리를 이제나저제나 초조하게 기다렸다. 그러나 기대했던 요란한 소리는 들을 수 없었다. 클라우디아는 아주 조용히 들어왔으며, 그녀의 뒤에서 페페르코른이 유리문을 닫았다. 클라우디아는 특유의 고양이 걸음새로 머리를 내밀고 자기 식탁으로 걸어갔으며, 그 뒤에는 불길처럼 치솟은 백발에 높은 이마를 하고, 크고 넓은 어깨를 가진 페페르코른이 뒤따랐다.

아, 그녀였다! 예전 그대로의 모습이었다. 한스 카스토르프는 저도 모르게 세웠던 계획 따위는 잊어버린 채, 뜬눈으로 밤을 새워 충혈된 눈으로 그녀를 지켜보았다. 아무렇게나 땋아서 감아 올린 붉은빛이 도는 금발도 예전 그대로였으며, '황야의 늑대 같은 눈'도 그대로였고, 통통했던 목덜미의 선 역시 그대로였다. 뿐만 아니라 광대뼈가 조금 튀어나와 실제보다 더욱 뚜렷하게 보이는 입술과, 그 때문에 더욱 아름다워 보이는 볼도 그전과 똑같았다. 클라우디아! 그는 몸을 부르르 떨었다. 그러고는 뜻밖의 동반자인 사나이를 쳐다보았다. 가면을 쓴 우상처럼 당당하게 버티고 있는 사나이의 모습에 반감과 조소적인 기분이 치밀어, 언젠가의 밤의 사건에 대해선 아무것도 모르면서 마치 그녀를 자신의 소유물인 양 생각하는 사나이를 마음껏 비웃어 주고 싶은 충동을 느꼈다. 그날 밤의 사건은 결코 애매모호한 사건은 아니었다. 한스 카스토르프는 물론 그 유화 사건에도 약간 불안을 느끼기는 했다. 클라우디아는 자리에 앉기 전 미소지으며 식당의 모든 사람들을 둘러보는, 다시 말해서 모든 사람에게 자신을 나타내 보이려는 습관 역시 변하지 않았다. 페페르코른도 마치 그녀의 시중을 드는 것처럼 비스듬하게 뒤에

서서 그녀의 짤막한 의식이 끝나기를 기다렸고, 의식이 끝나자 그녀와 이웃한 맨 끝의 자기 자리에 앉았다.

한스 카스토르프가 생각했던, 자기 식탁에서 그녀의 식탁을 향해 신사답게 인사하려는 생각은 엄두도 낼 수 없었다. 자기를 드러내 보이기 위한 인사를 할 때도 클라우디아의 시선은 한스 카스토르프에게 향하기는커녕, 그가 앉은 자리와는 가장 먼 곳에 머물러 있었다. 다음에 만났을 때도 마찬가지였다. 소샤 부인은 식사 도중에 이쪽으로 돌아보는 일은 있었지만, 서로 시선이 마주쳐도 무표정하고 무관심한 눈길을 흘려 보낼 뿐이어서 한스 카스토르프로서는 그녀의 눈길을 붙잡아 둘 수가 없었다. 이런 식의 식사가 거듭됨에 따라, 새삼스럽게 예의를 갖춰 눈인사를 보낸다는 것은 점점 더 희망이 없어져버렸다. 저녁 식사 후에 갖는 짧은 모임에서도 두 여행 반려자는 작은 살롱의 소파에서 식탁 친구들에게 둘러싸여 나란히 앉아 있었다. 페페르코른은 불길처럼 치솟은 백발과 흰 턱수염 때문에 더욱 붉어 보이는 위풍당당한 얼굴로 저녁 식사 때 주문한 붉은 포도주를 마시고 있었다. 그는 저녁 식사 때는 늘 붉은 포도주를 마시곤 했는데, 어떤 때는 한 병, 또는 한 병 반, 때로는 두 병도 마셨으나 그의 이른바 '빵'이라는 것은 그것과는 별도로 첫번째 아침 식사 때부터 줄곧 마셨다. 이 제왕 같은 인물은 남달리 원기를 북돋울 필요가 있었던 것 같다. 또한 특별히 진한 커피로 원기를 북돋우기도 했는데, 그는 그렇게 진한 커피를 하루에도 몇 번이나 마셨다. 아침뿐만 아니라 정오에도 커다란 잔으로 마셨고, 식후나 식사 도중에도 포도주와 함께 마셨다. 어느 쪽이나 열에 대단히 효과적이라고 그가 말하는 것을 한스 카스토르프도 들은 적이 있었다. 양쪽 다 원기를 북돋워 줄 뿐만 아니라 그가 앓는 간헐성의 열대열에도 큰 효과가 있다고 말했지만, 그는 그 열 때문에 이틀째 되는 날에는 여러 시간이나 방에 누워 있어야만 했다.

네덜란드인은 대개 4일마다 한 번씩 그 열에 시달리곤 했기 때문에, 베렌스 고문관은 그것을 '4일열'이라 부르기도 했다. 그 열은 처음엔 오한이 나기 시작하여 이가 딱딱 부딪치다가 몸이 불덩어리처럼 뜨거워지고 땀이 나는 것이었다. 게다가 그의 비장(脾臟)도 열 때문에 부어 있다는 것이었다.

카드놀이

이렇게 시간은 흘러갔다. 몇 주일인가……, 한스 카스토르프의 판단과 짐작을 믿을 수 없어, 우리 스스로 짐작해 보건대 아마도 3주일쯤 흘렀으리라. 그러나 새로운 변화는 아무것도 일어나지 않았다. 우리의 주인공은 불행하게도 그에게 근신을 강요한 뜻하지 않은 사태에 대해 여전히 반감을 가라앉힐 수 없었다. 그 뜻하지 않은 사태란, 진을 마실 때마다 자기 스스로를 피테르 페페르코른이라 부르며 잔을 쳐드는, 당당하고 제왕인 체하는 방자한 인물이 눈에 거슬려 도저히 눈뜨고 볼 수 없었기 때문이다. 페페르코른은 사실 그전에 세템브리니가 눈에 거슬렸던 것보다 정도가 더 심했다. 한스 카스토르프의 얼굴에는 언짢은 주름이 새겨졌으며, 그 주름 밑에서 그는 귀환한 소샤 부인을 하루에 다섯 번씩 바라보았는데, 그녀를 다시 보게 된 것에는 무한한 기쁨을 느끼지 않을 수 없었다. 그러나 그녀의 과거가 얼마나 이상스러운지에 대해 아무것도 모르고 설치는 현재의 절대자에 대해서는 크나큰 환멸을 느끼고 있었다.

그러던 어느 날 밤, 가끔 그렇긴 했지만 특별한 이유도 없이 다른 날보다 더욱 활기찬 밤의 모임에서였다. 그날은 음악 연주도 있었다. 헝가리의 학생이 〈치고이너바이젠〉을 힘차게 연주했으며, 닥터 크로코프스키와 함께 15분 정도 모임에 참석한 베렌스 고문관이 한 손님을 설득하여 피아노의 저음부로 바그너 작곡의 〈순례자의 합창〉을 치게 하고, 자기는 옆에 서서 피아노의 고음부를 솔로 문지르듯이 치면서 바이올린 소리를 흉내내었다. 모두들 웃었다. 고문관은 모두에게 박수를 받았고, 자신의 장난에 만족한 듯 고개를 끄덕여 보이면서 살롱을 나갔다. 모두가 꼭 함께 있어야 할 필요는 없었기 때문에 어떤 사람들은 마실 것을 들고 도미노와 브리지 게임을 했고, 어떤 사람은 과학 응용 오락 기구를 갖고 놀았으며, 여기저기 모여서 이야기를 나누기도 했다. '일류 러시아인 좌석'의 사람들도 홀과 피아노 주위에 있는 사람들과 어울렸다. 페페르코른이 여기저기 돌아다니는 것도 눈에 띄었다. 그를 보지 않으려고 의식적으로 노력해도 보지 않을 수가 없었는데, 그의 머리는 아무리 많은 사람 사이에 있어도 금방 눈에 띄었고, 제왕 같은 위엄과 관록으로 인해 주위를 압도했다. 주변 사람들도 처음에는 모두 그가 부호라는 점에 관심을 갖고 접근했으나, 차츰 그 인물과 그의 인품에 끌리게 되었다. 그들은 그를 향해 미소지으며 그를 재촉이나 하는 듯 저도 모르게 고개를 끄덕여 보이곤 했다. 모든 사람들이 깊은 주름이 패어 있는 이마 아래의 엷은 눈빛에 매료되었고, 긴 손톱을 지닌 그의 멋진 손짓에 긴장했다. 그의 말이 아무리 더듬거리고 모호하여 알아들을 수 없고 쓸데없는 말이라도 그 때문에 그를 싫어하지는 않았다.

그들이 이렇게 재미있게 시간을 보내는 동안 한스 카스토르프는 과연 무엇을 하고 있었을까? 그는 글을 쓰거나 독서할 수 있도록 꾸민 방에 앉아 있었다. 이곳은 언젠가 인류 진보의 조직화에 대한 매우 중대한 고백을 받은 연회실이었다(여기서의 '언젠가'는 도무지 확실치 않다. 이 글을 쓰고 있는 나 자신도, 우리의 주인공도, 독자 여러분도 얼마나 오래 전의 '언젠가'인지를 이제는 잘 알 수 없게 되었다). 이 방은 다른 곳보다도 무척 조용했고, 한스 카스토르프 외에 두세 사람 정도가 앉아 있을 뿐이었다. 천장에 매달린 전등불 아래 마주 놓인 한 책상 모서리에서 누군가가 글을 쓰고 있었으며, 코안경을 두 개나 포개어 쓴 부인이 책상 앞에 앉아서 그림이 삽입된 책장을 넘기고 있었다. 한스 카스토르프는 음악실로 통하는 복도의, 열린 문 가까이에 놓여 있는 의자에 앉아서 등을 문의 커튼 쪽으로 향하고 신문을 읽고 있었다. 그 의자는 르네상스식 의자로, 우단을 씌운 등받이가 곧게 솟아 있었으며 팔걸이는 없는 것이었다. 그는 신문을 들고 읽는 체했으나 사실은 읽지 않았으며, 고개를 한쪽으로 숙이고 옆방으로부터 말소리에 섞여 간간이 들려오는 음악 소리에 귀를 기울이고 있었다. 그러나 그의 찌푸린 눈썹을 보면 음악 역시 그가 들고 있는 신문과 마찬가지로 반은 건성으로 듣는 것임을 알 수 있었다. 아마 음악과는 관계없는 다른 것을 생각하고 있는 모양이었다. 그가 생각하고 있던 것은 바로 그가 너무 오랫동안 기다렸으나 결국은 비참할 정도의 바보가 되어버려, 그가 할 수 있는 온갖 환멸과 반항에 찬 쓰라린 생각뿐이었다. 그는 지금 당장이라도 우연히 앉게 된 이 불편한 의자를 박차고 일어나, 읽는 둥 마는 둥 들고 있던 신문도 내팽개치고 어울리고 싶지 않은 저녁 모임에서 빠져나가고 싶었다. 그래서 그는 살을 에는 추위가 도사리고 있는 발코니로 나가 마리아 만치니를 피울 작정으로 자리에서 일어나려고 했다.

"당신 사촌은 어떻게 되었나요, 선생님?"

갑자기 한스 카스토르프의 어깨너머로 묻는 소리가 들려왔다. 그 목소리는 상당히 매혹적이었으며, 그는 그 짜릿하고 감미로운 목소리가 최상의 기분을 자아내는 것을 느꼈다(최고로 강렬한 의미의 기분이었다). 그것은 전에 들은 적이 있는, "조심하세요, 부러지기 쉬우니까"라고 하던 바로 그 목소리였으며, 그의 모든 신경을 마비시키는 운명의 목소리였다. 그가 잘못 듣지 않았다면 그것은 요아힘의 안부를 묻는 것이었다.

한스 카스토르프는 이제까지 들고만 있던 신문을 천천히 아래로 내리면서 얼굴을 약간 들었다. 그러자 그의 머리 끝이 젖혀져 의자의 곧은 등받이에 닿을 것처럼 되었다. 그는 잠깐 눈을 감았다가는 떴다. 그는 머리를 등받이에 기댄 채 허공을 비껴 바라보았다. 그때의 한스 카스토르프의 얼굴은 영(靈)과 교류하는 사람이나 아니면 몽유병자같이 보였다 해도 지나친 말이 아니리라. 그는 뒤에서 들린 그 목소리가 한 번만 더 묻기를 바랐으나, 목소리는 더 이상 들리지 않았다. 그는 목소리의 주인공이 아직도 뒤에 서 있는지 어떤지도 모르면서, 한참 있다가 차분한 목소리로 대답했다.

"그는 죽었습니다. 평지에서의 군복무 때문에 죽었지요."

바로 이 말이 두 사람 사이에 오간 최초의 대화다운 대화였다. 한스 카스토르프의 이 말에 대해 머리 위에서 들리는 그녀의 말은 독일어에 능통하지 못했기 때문에 너무나 평범했다.

"어머나, 가엾어라! 그는 죽어서 매장되었겠군요. 그게 언제 일이지요?"

"벌써 꽤 되었어요. 어머니가 그의 유해를 갖고 평지로 내려갔답니다. 그는 군인 특유의 수염을 기르고 있었지요. 그의 무덤에서 조총 소리가 세 번 울렸구요."

"당연한 일이겠죠. 그는 정말 성실한 청년이었으니까요. 그는 어느 누구보다도 훌륭한 청년이었어요."

"그랬지요, 그는 무척 성실했습니다. 라다만토스는 언제나 요아힘을 굉장한 노력가라고 칭찬했지요. 그러나 몸이 말을 듣지 않았어요. 그런 것을 예수회 회원들은 '육체의 반항'이라고 부르기도 합니다만, 그는 생각하는 것이 언제나 육체적이었어요. 진지한 의미에서 본다면 말입니다. 그러나 그의 육체는 지극히 불성실한 인자(因子)를 통과시킴으로써 그의 걷잡을 수 없는 성실성의 뒷덜미를 잡히게 하고 말았지요. 그렇지만 몸을 망치고 죽게 하는 것이 몸을 지키려는 노력보다는 훨씬 더 도덕적일 겁니다."

"당신은 여전히 철학적인 무능력자시군요. 라다만토스란 누구를 말하는 거지요?"

"베렌스씨입니다. 세템브리니씨가 그를 그렇게 부르고 있지요."

"아, 세템브리니씨. 생각나요. 이탈리아 사람이지요? 그런데 난 그 사람이 별로 마음에 들지 않아요. 그의 사고 방식은 인간적이지를 못한 것 같아서요." 머리 위의 목소리는 웬일인지 '인간적'이란 말을 나른하게 꿈꾸듯 길게 늘여 발음했다. "그는 거만했어요." '만'이란 단어에도 악센트를 붙였다. "그 사람 지금은 이곳에 있지 않나요? 나는 무식해서 라다만토스가 무슨 뜻인지 알 수가 없군요."

"무슨 인문적인 뜻을 포함한 말이겠지요. 세템브리니는 다른 곳으로 옮겨 갔습니다. 우리는 당신이 떠난 뒤에도 계속해서 철학에 대해 토론했지요. 나와 나프타, 세템브리니, 이렇게 셋이서 말입니다."

"나프타는 또 누구예요?"

"세템브리니의 논적입니다."

"세템브리니의 논적이라면 한번 만나보고 싶군요. 그건 그렇고, 내가 언젠가 말한 적이 있지요? 당신 사촌은 만약 평지에서 군인이 된다면 곧 죽게 될 거라고요."

"네 그래요. 언젠가 댁이 그렇게 말했지요."

"아니, '댁'이라뇨?"

두 사람 사이에는 한동안 침묵이 흘렀다. 한스 카스토르프는 침묵을 깨려고 하지 않았다. 그는 머리를 의자의 곧은 등받이에 대고 몽유병자 같은 초점 없는 눈으로 머리 위에서 그녀의 목소리가 다시 들리기를 기다렸다. 그러나 그녀의 목소리도 들리지 않고 그녀가 아직도 그곳에 있는지 없는지조차 알 수 없게 되어, 옆방에서 간간이 들리는 음악 소리 때문에 그녀가 방을 나가는 발소리도 듣지 못한 것이 아닐까 하는 의아심이 들었다. 그러자 뒤에서 그녀의 목소리가 다시 들렸다.

"그러면 당신은 사촌의 장례식에 참석하지 않은 모양이군요?"

"네, 그래요. 나는 여기서 작별 인사를 했습니다. 그가 갑자기 미소를 짓기 시작했기 때문에 관 뚜껑을 덮기 전에 난 여기서 인사를 했어요. 그의 이마가 얼마나 차가웠는지 댁은 상상도 못하실 겁니다."

"또 댁이라 하시는군요. 잘 알지도 못하는 여자에게 무슨 말투가 그렇죠?"

"나더러 인간적으로 말하지 말고 인문적으로 말하라는 겁니까?"

　한스 카스토르프는 저도 모르게 '인간적'이라는 말을 그녀의 말투 비슷하게 졸린 듯 하품하고 기지개를 켜면서 길게 늘여 발음했다.
　"무슨 말이 그렇지요? 당신은 줄곧 이곳에 계셨나요?"
　"그렇습니다. 나는 줄곧 기다렸습니다."
　"무엇을요?"
　"댁을."
　갑자기 웃음소리가 들려왔다.
　"바보, 바보 같으니! 나를 기다리고 있었다고요? 사실은 퇴원시켜 주지 않아서 그랬겠지요."
　"아니, 그렇지 않아요. 베렌스는 언젠가 벌컥 성내면서 나를 이곳에서 추방하려고까지 했습니다. 그러나 그렇게 되었다면 자포자기에 의한 출발을 하고 말았을 겁니다. 댁도 잘 알고 있는, 학교 다닐 때 생긴 오랜 상처 외에도 베렌스가 새로이 발견한 환부도 있어서 열이 나곤 하지요."
　"지금도 열이 있나요?"
　"네, 지금도 조금 있어요. 그 뒤로 열이 있다 없다 합니다. 그렇지만 말라리아 따윈 아니지요."
　"빈정거리는 건가요?"
　그는 대꾸하지 않았다. 그리고 몽유병자 같은 눈초리로 눈썹을 찡그렸다. 한참 뒤에 그가 입을 열었다.
　"그래, 그동안 댁은 어디에 계셨습니까?"
　의자 등받이를 손으로 두드리는 소리가 들렸다.
　"꼭 야만인 같군요! 어디에 있었느냐고요? 네, 여기저기 있었어요. 모스크바에도 있었고요." 그녀는 '모스크바'를 아까의 '인간적'이란 말과 마찬가지로 길게 늘여 발음했다. "그리고 바쿠에도 있었고, 독일의 온천장에도 있었고, 스페인에도 있었어요."
　"아, 스페인에도요? 스페인은 어떻습니까?"

"그저 그렇지요. 여행하기에는 별로 좋지 않은 나라였어요. 주민들 반은 무어인에 가깝고, 카스티야 지방은 메마르고 살풍경한 곳이었어요. 거기에 비하면 크렘린 궁전이 더욱 아름답지요. 그 지방의 산기슭에 있는 성과 수도원보다도요."

"에스코리알 성이로군요."

"네, 필리페의 성이지요. 인간적이지 못한 성이에요. 카탈로냐 지방의 민속춤이 맘에 들었어요. 백파이프에 맞추어 추는 민속춤으로 사르다나 춤이라고 하는데, 나도 함께 추었지요. 다 함께 손잡고 빙빙 도는 춤인데, 광장은 사람들로 꽉차고 정말 멋졌어요. 무척 인간적이에요. 나는 그 지방 사람들 모두가 쓰는, 남자와 아이들이 주로 쓰는 건데, 작고 푸른 모자를 하나 샀지요. 그건 터키 모자처럼 보이지만, 다른 모자와 별다를 건 없어요. 나는 그 모자를 안정 요양 때나 그 밖의 다른 때도 즐겨 쓰지요. 나에게 잘 어울리는지 어떤지는 선생이 봐주어요."

"어느 선생?"

"의자에 앉아 있는 선생."

"난 또 페페르코른씨를 말하는 줄 알았습니다."

"그분은 벌써 내 모습을 보시고 평을 해주셨어요. 아주 잘 어울린다더군요."

"그가 정말 그렇게 말했단 말입니까? 끝까지 다 말했단 말입니까? 문장(文章)의 끝까지요? 무슨 말을 하는지 알아들을 수 있도록 말했단 말입니까?"

"오! 기분이 언짢으신가 보군요? 신랄하게 보이시려는 거죠? 얄밉도록 말씀하시는군요. 당신이나 당신의…… 지중해에서 태어난 당신의 수다쟁이 웅변가 선생, 두 사람을 합한다 해도 따라가지 못할 위대하고 뛰어나며 인간적인 사람을 모독하려는 거군요. ……하지만 그렇게는 안 돼요. 당신이 내 친구에 대해서 그렇게……."

"댁은 아직도 나의 뢴트겐 사진을 갖고 계시나요?"

한스 카스토르프가 그녀의 나른한 목소리를 가로막았다.

그녀가 웃었다. "찾아봐야겠는데요."

"나는 아직도 댁의 것을 갖고 있어요. 그리고 밤에는 장 위에 있는 작은 사진꽂이에……."

그는 말을 끝까지 할 수가 없었다. 그의 앞에는 언제부터인지 페페르코른이 서 있었다. 그는 여행 반려자를 찾아다니다가 커튼을 들치고 들어와 자기 반려자에게 등을 돌리고 의자에 앉아 이야기하고 있는 청년 앞에 와서 섰다. 그는 마치 탑처럼 한스 카스토르프의 바로 코앞에 서 있었다. 몽유병자같이 멍한 상태에 있던 한스 카스토르프는 그 와중에도 인사해야겠다는 생각으로 일어나려 했으나, 두 사람 사이에 끼인 의자에서 일어나기가 무척 힘들었다. 그가 의자에서 옆으로 빠져나오자, 세 사람은 의자를 중심으로 삼각형을 이루고 서게 되었다.

그러자 소샤 부인이 유럽식 예의를 갖추어 두 신사를 서로 소개했다. 한스 카스토르프를 소개할 때는 '전에 여기에 있을 때부터 아는 사이'라고 했으며, 페페르코른에 대해서는 새삼스럽게 소개할 필요가 없었으므로 그의 이름만 소개했다. 그 네덜란드인은 가면 같은 이마에 새겨진 당초 무늬 주름살과 관자놀이에 생긴 주름을 한층 더 깊게 패게 하며, 엷은 푸른 눈으로 방금 소개받은 청년을 주의 깊게 응시했다. 그는 주근깨투성이인 커다란 손을 한스 카스토르프에게 내밀었다. 한스 카스토르프는 그 손이 창처럼 긴 손톱만 없었더라면 선장(船長)의 손이라 해도 무방하리라고 생각했다. 페페르코른의 당당한 체격에서 풍기는 인력을 처음으로 대하게 되자, 그 역시 심상찮은 인물이라는 생각을 하지 않을 수 없었다. 그를 보고 있노라니 과연 '인물'이라는 것이 무슨 뜻인지 알 것 같았다. 뿐만 아니라 인물이라는 것은 대부분 그와 같은 풍모를 지닌 인간 이외에는 있을 수 없다고까지 확신하게 되었다. 그는 아직도 동요하기 쉬운 젊음을 가진 탓에, 넓은 어깨에 붉은 얼굴, 백발이 치렁거리는 이 60대 사나이, 길게 찢어진 입, 앞이 트이지 않은 성직자 같은 조끼에 늘어진 턱수염을 가진 이 사나이의 위엄 있는 풍모에 압도당하고 말았다. 어쨌든 페페르코른은 점잖기 이를 데 없었다.

"선생, 정말 미안합니다. 정말, 오늘 밤 이렇게 당신과 알고 지내게 되어서…… 나는 기꺼이 당신과 가깝게 지내고 싶습니다. 선생, 성심성의껏 그렇게 되도록 노력합시다. 당신이 마음에 들었습니다. 선생, ……정말 그렇습니다. 당신에게 호감이 가는군요."

다른 말은 할 필요도 없었다. 그의 문화인다운 몸짓은 그야말로 절대적이었다. 한스 카스토르프가 그의 맘에 든 것이다. 페페르코른은 그 사실에서 결론을 끄집어내어 암시하듯 표현했고, 자기 여행 반려자의 입을 빌려 그 의미를 충실하고 이해하기 쉽게 보충했다.

"당신, 모두 좋습니다. 그런데 어때요? ……내가 하고자 하는 말을 잘 파악해 주시길 바랍니다. 인생은 매우 짧으며, 인생의 모든 욕구를 충족시키기 위한 우리의 능력은……. 이것은 처음부터…… 이것은 부정할 수 없는 사실입니다. 법칙입니다. 피할 수 없는 것이지요. 요컨대 당신, 요컨대, 좋습니다……."

이렇게 확실한 암시를 주는데도 오해를 하게 된다면 그 책임을 질 수 없다는 듯, 페페르코른은 모든 것을 일임한다는 식의 분명한 손짓을 거듭했다.

소샤 부인은, 페페르코른이 무엇을 말하고자 하는지, 무엇을 원하고 있는지 끝까지 듣지 않아도 알 수 있는 훈련을 받은 것처럼 말했다. "좋아요, 함께 앉아서 카드놀이나 한번 할까요? 그러고 나서 포도주 한 병 마시기로 하지요. 왜 당신은 그렇게 멍하니 서 있기만 하죠? 몸을 좀 민첩하게 움직여야지요. 우리 세 사람뿐만 아니라 모두들 모이게 하지요. 살롱에는 아직도 사람들이 남아 있을 테니까. 사람들 전부 부르고요. 발코니에 있는 친구 몇 사람도 끌고 오도록 해요. 우리 식탁의 중국인 닥터 팅푸(陳富)도 오라고 하세요.”

페페르코른이 손바닥을 비볐다.

“당연히 그래야지요. 완전히, 훌륭하군요. 서두르시오, 젊은이! 명령에 복종하시오. 원탁을 만들어 카드놀이를 하고 먹고 마십시다. 그리고 느끼도록 합시다. 우리가…… 단연코 젊은이!”

한스 카스토르프는 승강기를 타고 3층으로 올라가 안톤 카를로비치 페르게의 방문을 두드렸는데, 그는 페르디난트 베잘과 알빈씨를 아래층의 공동 안정 요양 홀에 있는 안락 의자에서 끌고 왔다. 홀에는 파라반트 검사와 마그누스 부부가 남아 있었고, 살롱에는 슈퇴어 부인과 클레펠트양이 남아 있었다. 살롱 중앙에 매달린 샹들리에 밑에 큰 카드놀이대를 놓고, 주위에는 의자와 작은 음식상을 차렸다. 페페르코른은 이마에 팬 당초 무늬 주름살을 모으고 엷은 빛깔의 눈으로, 모여드는 손님 한 사람 한 사람을 정중한 자세로 주의 깊게 쳐다보며 인사했다. 모두 12명이 주위에 모여 앉았고, 한스 카스토르프는 같은 주최자인 페페르코른과 클라우디아 사이에 앉게 되었다. ‘21 카드놀이’를 몇 차례 하자는 것이었다. 그리하여 카드와 칩이 놓여졌다. 페페르코른은 엄숙한 손짓으로 난쟁이 아가씨를 불러 1806년산 프랑스 샤블리의 백포도주 세 병과 말린 열대 과일과 과자 종류를 있는 대로 모두 갖고 올 것을 일렀다. 그가 주문한 훌륭한 음식이 나올 때마다 페페르코른은 두 손을 비비며 매우 흡족한 표정을 지었다. 그는 매우 기쁜 모양이었다.

그처럼 기쁜 마음을 거창하게 말로 표현하려 했지만, 역시 더듬거리는 통에 전달할 수 없었다. 그러나 주위 사람들에게 미치는 효과만으로도 사실 충분히 의미가 전달되었다. 페페르코른은 양쪽에 앉은 사람들의 팔에 손을 얹더니 손톱이 창같이 뾰족한 집게손가락을 곧추세우고, 두툼한 녹색 글라스에 담긴 포도주의 아름다운 황금빛과 스페인의 말라가산 포도알에서 은은히 풍기는 달콤한 냄새와, 맛소금과 겨자가 든 8자 모양의 비스킷을 천하일

미라고 칭찬했다. 그리고 사람들에게도 그것들을 아주 천천히 음미할 것을
설득력 있게 요구했다. 그의 거창한 말에 대해 반박하고 싶은 기분이 들었
다가도 그의 장엄한 손짓을 보면 말을 꺼내기도 전에 어디론지 사라져버리
고 마는 것이었다. 처음에는 페페르코른이 물주(物主)가 되었으나 곧 알빈
씨에게 역할을 양보했다. 아마도 물주가 되면 분위기를 마음껏 즐길 수 없
으리라는 염려 때문인 것 같았다.

그에게 있어서는 카드에서 지고 이기는 것은 별로 큰 문제가 되지 않는
듯했다. 그의 제안으로 한 번에 거는 돈은 최저 50라펜〔스위스의 통화 단위.
100분의 1프랑〕으로 결정되었으나, 그의 입장에서 보면 아무것도 걸지 않고
하는 것이나 마찬가지였다. 그러나 다른 참석자 대부분에게는 50라펜이란
거금이었으며, 파라반트 검사나 슈퇴어 부인의 얼굴은 붉으락푸르락해질 정
도였다. 특히 슈퇴어 부인은 자신이 받은 카드 점수가 18이 되어, 또 다른
한 장을 받게 될 경우가 생기면 어찌할 바를 몰라 고민에 빠지곤 했다. 그
때 알빈씨가 능숙하고 침착한 솜씨로 그녀에게 던져 준 운명의 한 장으로
그녀가 걸었던 기대와 모험이 수포로 돌아갔을 때 그녀가 지르는 쇳소리에
페페르코른은 유쾌한 듯 웃었다.

"마음껏 소리치세요, 마담! 정말 날카롭고 생기에 찬 목소리로군요. 뱃속
깊이에서부터 나오는 소리로군요. 자, 한잔하시지요. 그리고 원기를 북돋우
시고 다시 한 번……."

페페르코른은 슈퇴어 부인의 글라스에 포도주를 따라 주고는, 자기 옆에
앉아 있는 두 사람과 자신의 잔에도 술을 가득 따르고, 세 병을 더 가져오
게 했다. 단백질 부족으로 말미암아 머리가 둔해진 마그누스 부인과 베잘은
누구보다도 원기를 북돋아야 할 필요가 있었기 때문에, 그 두 사람은 서로
글라스를 마주쳤다. 매우 훌륭한 포도주 덕택에 사람들의 얼굴은 점점 더
붉어졌다. 그러나 닥터 팅푸만은 예외였다. 그의 누런 얼굴은 조금도 변하
지 않은 채, 옆으로 길게 찢어진 생쥐 같은 눈만 반짝이고 있었다. 이 중국

인은 킥킥거리며 많은 돈을 걸면서, 염치가 없을 정도로 계속 긁어갔다. 그러나 다른 사람들은 지고만 있지는 않았다. 파라반트 검사는 동그래진 눈으로 운명에 도전했다. 그는 별로 신통치도 않은 자신의 카드에 10프랑이란 거액을 걸고는 조금 겁을 먹긴 했지만, 알빈씨가 갖고 있던 에이스의 위력에 압도당하여 다른 사람들이 건 돈을 배로 만들어 놓고 지는 바람에 검사의 손에는 자신의 판돈이 두 배가 되어 돌아왔다. 이것은 스스로 당한 사람뿐만 아니라, 그곳에 모인 사람들을 흥분시키기에 충분했다. 사람들은 흥분의 도가니에 빠져, 저마다 자신이 몬테카를로 도박장의 단골 손님 중 한 사람이라 자칭하고 나서서, 냉정하고 사려 깊은 면에 있어서는 도박장의 종업원 못지 않은 알빈씨도 흥분을 감추지 못했다. 한스 카스토르프 역시 많은 돈을 걸었으며, 클레펠트양, 소샤 부인까지도 거액을 걸었다. '21'에서 '바카라'로 옮기고, '철도', '나의 아주머니, 네 아주머니'라는 게임도 했으며, 위험한 '디페랑스'도 했다. 누구나 한결같이 운명의 신에게 신경의 자극을 받아 환성도 지르고, 절망하거나 자포자기해서 소리도 지르고, 신경질적인 웃음을 터뜨리기도 했다. 이런 현상은 진지하고 심각한 실생활의 화복(禍福)의 경우에도 똑같으리라는 생각이 들었다.

그러나 거기 있던 사람들의 기분을 극도로 긴장시키고 얼굴을 달아오르게 하며 눈도 반짝반짝 크게 뜨게 한 것, 또 이 작은 모임의 흥분과 숨막힐 듯한 심정, 고통스러울 만큼 현재의 순간에 정신을 집중시키게 한 이 자리의 분위기를 조성한 것은 카드나 포도주가 아니었다. 그것들은 단순한 부속물에 지나지 않았다. 이 작은 모임에 흐르고 있는 흥분이나 긴장된 분위기 거의 모두가 사람들 틈에 앉아 있는 지배적인 인물, 모인 사람들 중의 '인물'인 페페르코른의 영향이라고 봐야 옳았다. 그는 다양한 손짓과 당당한 눈과 코의 움직임, 이마의 엄숙해 보이는 주름 아래 반짝이는 엷은 눈과 말, 몸짓 등으로 사람들을 이끌었으며, 모두의 기분을 이 순간에 집중시키고 있었다. 그러기 위해 그가 무엇을 어떻게 말했단 말인가? 확실치 않은 것, 포도주를 마심에 따라 점점 더 확실치 않은 것을 말했을 따름이었으나 사람들의 눈은 그의 입술에 멎었으며, 말 대신 제왕 같은 표정을 짓거나, 집게손가락과 엄지손가락으로 동그라미를 만들고는 다른 세 손가락을 창처럼 곧추세우는 것을 미소 띤 얼굴로 바라보며 고개를 끄덕이곤 했다. 그리고 각자가 품고 있던 찬미의 본능을 훨씬 넘어서는 감정 속으로 저도 모르는 사이에 빠져들고 말았다. 이러한 감정의 부피는 도저히 감당해낼 수 없을 정도였다. 적어도 마그누스 부인은 속이 좋지 않아 실신할 정도까지 이르렀으나, 그녀는 자기 방으로 돌아가는 것을 끝까지 거절하고 물에 적신 냅킨을 이마에 대고 긴 의자에 한동안 누웠다가 다시 놀이에 끼여들었다.

페페르코른은 마그누스 부인의 이러한 무기력은 영양 부족 때문이라고 하면서, 이 의미를 예의 떠듬거리는 거창한 말과 집게손가락의 긴 손톱을 세우고 암시했다. 인생의 요구를 충족시키기 위해서는 먹어야만 한다, 충분히 먹어 두어야 한다고 암시한 후, 모두를 위한 정력적인 중식을 가져오도록 했다. 불고기·냉육·소 혓바닥·거위의 가슴살·비프스테이크·햄·소시지 같은 영양가가 높은 맛있는 음식들, 거기에 작은 공만한 버터와 홍당무에 파슬리를 곁들인 기름기 많은 요리 등 화려한 쟁반에 수북이 쌓인 진수성찬이 들어왔다. 모두들 저녁 식사를 끝낸 터였고 충실했던 저녁 식사 메뉴에 대해서도 거론할 여지가 없었지만, 주문해 온 음식이 맛있어 보여서 모두들 마음이 들떠 손을 내밀었다. 그러나 페페르코른은 조금 먹어 보더니 진수성찬의 음식을 다만 '겉치레만의 음식'이라고 혹평하면서 지배자다운 어투로 변덕스럽게 화를 내어 사람들을 당황하게 했다.

누군가가 매우 조심스럽게 음식에 대해 칭찬하려고 하자 페페르코른은 벌컥 화를 냈는데, 그때 그의 당당한 얼굴이 벌겋게 달아올랐다. 게다가 테이블까지 탕탕 치면서 모든 음식을 파렴치한 찌꺼기라고까지 했다. 그는 음식을 대접하는 주인으로서 요리에 대해 비평할 권리를 갖고 있었기 때문에 어느 누구도 난처한 표정을 짓지 않을 수 없었다.

　그와 같은 격분은 도저히 이해할 수 없는 처사였다. 그러나 한스 카스토르프는 그러한 태도가 페페르코른에게는 썩 잘 어울린다는 느낌이 들었다. 그의 격분은 그를 추해 보이게 하거나 소인배처럼 보이게 하지는 않았다. 그것은 도저히 이해할 수 없는 일이었음에도 불구하고 오히려 위대한 제왕다움을 느끼게 했으므로, 그런 태도를 포도주의 과음 때문에 생긴 일이라고는 생각할 수 없었고, 그렇게 생각하는 사람도 없었다. 모두가 기죽어 몸을 움츠린 채 고기 요리에 입을 대려고 하지 않았다. 이런 사태가 벌어지자 소샤 부인이 여행 동반자를 달래기 시작했다. 그녀는 선장의 손과 같은 느낌을 주는, 테이블 위의 그 커다란 손을 어루만지면서, 그러면 뭔가 다른 음식을 주문하는 것이 어떠냐고 달래듯이 말했다. 그리고 괜찮다면, 또 요리사가 다른 뭔가를 요리해 줄 수 있으므로 따뜻한 음식을 주문하는 것이 어떻겠느냐고 물었다.

　“글쎄……, 좋아요.”

　페페르코른이 대답하고 나서 클라우디아의 손등에 키스를 하고는, 언제 그랬더냐 싶을 정도로 자연스럽고 위엄을 전혀 잃지 않은 온화한 태도로 되돌아갔다. 그는 자기 자신과 모든 사람들을 위해 오믈렛을 먹는 것이 어떻겠느냐고 제의하고는, 인생의 요구를 충족시키기 위해 모든 사람들에게 고급 야채 오믈렛을 시키도록 했다. 그리고 그들을 위해 시간 외의 근무를 하는 요리실 사람들을 위로하는 뜻에서 100프랑을 보내기까지 했다.

　푸른 야채를 넣고, 달걀과 버터의 연하고 맛있는 냄새를 풍기며 날라져 오는 오믈렛을 보고서야 페페르코른의 기분은 완전히 정상을 되찾아 즐거워했다. 사람들은 그의 친절한 선물임을 새삼스럽게 깨닫게 하는 페페르코른의 더듬거리는 말과 암시로 가득 찬 세련된 손짓을 바라보며, 주의 깊게 맛보는 동안에 먹는 방법까지도 지시·감독받으면서 함께 음식을 들었다. 그는 다시 좌석의 사람들에게 빠짐없이 네덜란드산 진을 따라주며 노간주나무의 은은한 향기와 곡식 냄새가 신선하게 풍기는 투명한 진 역시 공손하고 경건한 마음으로 맛볼 것을 권했다.

한스 카스토르프가 담배를 피우자 소샤 부인도 달리는 트로이카가 새겨져 있는 러시아제 래커칠을 한 담배 케이스에서 필터 담배를 꺼내 물었다. 그리고 그 담배 케이스를 집기 쉬운 자기 앞의 테이블에 올려놓았다. 페페르코른은 평소에 담배를 피우지 않았으며 피운 일도 없었으나, 자기 양쪽에 앉은 두 사람이 담배를 피우는 것에 대해 핀잔을 주진 않았다. 그의 말에 따르면 담배를 피우는 것은 지나친 향락의 일종이기 때문에, 담배를 상습적으로 피우는 것은 인생의 가장 기본적이고 소박한 선물——우리가 혼신의 노력을 다해도 충분히 누릴 수 없는 삶이라는 선물과 삶의 요구에 대한 존엄성을 파괴하는 짓이라고 믿고 있는 것 같았다.

"젊은이!"

페페르코른은 특유의 엷은 눈빛과 세련된 손짓으로 한스 카스토르프를 불렀다.

"젊은이……, 소박한 것! 신성한 것! 좋아요. 당신은 내가 하고자 하는 말을 잘 알고 있을 겁니다. 한 병의 포도주, 김이 나는 달걀 요리, 순수한 곡주……. 우선 이것으로 배를 채우고 맛보도록 합시다. 충분히 맛보도록 합시다. 그렇게 하여 우리의 욕구를 진정한 의미에서 만족시킨 연후에……. 말할 필요도 없어요. 이젠 됐습니다. 나는 여러 부류의 사람들을 만나봤어요. 코카인 상습자, 하시시 골초, 모르핀 중독자 등, 온갖 부류의 남자와 여자들을……. 좋습니다. 당신! 문제없어요. 그들이 원하고 좋아하는 대로 그냥 내버려 두면 돼요. 우리에게는 그들을 심판할 권리가 없어요. 그러나 이것에 선행해야 할 일, 소박한 것, 위대한 것, 신께서 직접 내려 주신 선물에 대해 그 사람들은 모두……. 인제 그만두도록 하죠. 안 그렇습니까? 그들은 유죄입니다. 버려야만 합니다. 이런 신성한 모든 선물에 대해 그들은 큰 죄를 범한 것입니다. 젊은이, 당신 이름이 무엇인지 잊었습니다만……. 좋습니다, 분명히 알았는데 잊어버리고 말았어요. 코카인, 아편,

악습 자체가 나쁜 것은 아닙니다. 다만 용서할 수 없는 죄, 그것은……."

그는 여기서 입을 다물고 말았다. 그리고 큰 키에 떡벌어진 어깨를 가진 그의 큰 몸을 한스 카스토르프 쪽으로 돌린 채 매우 의미심장한 침묵을 지키고 있었다. 그 침묵은 상대방을 반드시 이해시키고 설득시키려는 의지가 담긴 침묵이었다. 그는 집게손가락을 세우고, 콧수염을 깎다가 생긴, 면도칼 상처가 보이는 붉은 윗입술 밑으로 그와는 어울리지 않는 찢어진 입을 보이고, 흩날리는 백발에 둘러싸인 벗어진 이마에 팬 주름을 치키고는, 그 밑에서 빛나는 작고 엷은 빛의 눈을 부릅뜨고 있었다. 한스 카스토르프는 페페르코른의 눈에서 그가 암시한 죄악과 크나큰 모독, 용서할 수 없는 무력감에 대한 분노가 번뜩이는 것을 보았다. 페페르코른은 알 수 없는 지배자적 권위력을 과시하면서 침묵으로 그 죄의 무서움에 대해 규명할 것을 명령하고 있었다. 한스 카스토르프는 그러한 분노가 객관적인 분노이기도 하면서 또 한편으로 제왕 같은 페페르코른 자신과도 관련이 있는 개인적인 분노라는 것을 확신했다. 즉 분노 중에서도 하찮은 분노가 아닌, 경악과도 같은 격한 분노가 순간 그의 깊숙한 곳에서 번뜩이는 듯한 인상을 받았다. 한스 카스토르프는 소샤 부인의, 제왕자 같은 품위를 지닌 여행 반려자에게 여러 가지 이유에서 심한 적개심을 품었으나, 경건한 성격의 소유자인 그는 페페르코른이 느끼고 있는 분노를 보자 충격을 받지 않을 수 없었다.

한스 카스토르프는 눈을 내리깔고 옆의 위대한 인물에게 그가 말한 분노의 의미를 알겠다는 의사 표시로 고개를 끄덕였다.

"그것은 전적으로 옳은 말씀입니다. 그것은 틀림없는 죄악입니다. 그리고 무력감을 드러내는 것입니다. 단순하면서도 자연스러운 삶의 선물, 위대하고 신성한 삶의 선물을 소홀히 여기고 세련된 즐거움에 빠져들어 탐닉한다는 것이겠죠. 당신 말씀을 제가 제대로 듣고 이해했다면 그런 것이 아니겠습니까? 페페르코른씨, 여태 그런 생각은 해보지 못했습니다만, 지금 당신에게 그런 얘기를 듣고 보니 확실히 당신 생각에 납득이 가는군요. 사실 따지고 보면 그토록 건전하고 소박한 삶의 선물이 충분히 활용되기란 매우 어렵습니다. 정말이지 대부분의 사람들은 그러한 삶의 선물을 충분히 활용하는 것에 별로 주의를 기울이지 않고, 양심도 없으며 정신적으로도 마비 상태에 빠진 거나 마찬가집니다. 아마 그러리라 생각되는군요.”

제왕같이 당당한 인물은 지극히 만족해했다.

“젊은이, 실로 완벽하군요. 실례가 될는지 모르지만……, 아니 더 이상 덧붙이지 않는 편이 낫겠습니다. 자, 나하고 같이 한잔합시다. 서로의 팔짱을 끼고 잔을 비우도록 합시다. 이 제안은 결코 형제의 정의로서 서로 ‘자네’라고 부르자고 요구하는 것은 아닙니다. ……사실은 그것을 제의하고 싶었으나 아직은 좀 성급한 처사 같아서……. 아마 가까운 장래에 당신에게…… 그렇게 생각하고 계십시오. 그러니 원하신다면, 아무래도 상관하지 않으시겠다면 즉시 지금부터라도…….”

한스 카스토르프는, 페페르코른의 연설에 즉시 찬성의 뜻을 비추었다.

“좋습니다, 젊은이. 좋아요, 동지. 무력감……, 좋습니다, 좋아요. 그리고 정말 무서운 일입니다. 양심이 없다고 하셨지요……. 아주 좋아요. 도대체 선물이라니……. 그건 안 될 말이지요. 요구! 명예와 남성의 힘에 대한 신성하고 여성적인 삶의 요구…….”

한스 카스토르프는 갑자기 페페르코른이 몹시 취해 있음을 깨달았다. 그러나 제왕의 취한 모습에서는 야비함이나 초라함이나 추태를 부린다는 느낌은 전혀 찾아볼 수가 없었다. 그런 느낌보다는 오히려 그의 제왕다운 품격과 결부된 당당한 모습, 심지어 경외심마저 들게 하는 모습이었다. 주신(酒神) 바쿠스도 그의 취한 몸을 찬미자들의 어깨에 기대었음에도 불구하고 그의 신성함만은 조금도 잃지 않았음을 한스 카스토르프는 상기했다. 다시 말해 술에 취한 사람이 과연 어떤 종류의 인간인가, 그럴듯한 인물인가, 아니면 단순한 직조공(織造工) 같은 인물인가에 따라 느낌이 달라지는 것이다. 이렇게 생각하고 나서 한스 카스토르프는 세련된 손짓이 축 늘어져 기운이 없고 혀 꼬부라진 소리를 내는 이웃의 압도적인 여행 반려자에 대한 존경심이 줄어들지 않도록 주의했다.

페페르코른은 많이 취했음에도 불구하고 그의 커다란 체구를 유유히 뒤로 젖히고는 팔을 테이블에 올리고, 주먹으로 테이블을 탕탕 두드리며 혀 꼬부라진 소리로 계속 떠들었다.

"우리 서로가 '자네'라고 부르는 건 조금 후에 실행하기로 하고, 얼마 동안은 그 일에 대해서 신중히 생각해 봐야 할 것이……, 그래야 좋겠지요. 이것으론 안 됩니다. 삶은……, 젊은이……, 여성입니다. 풍만하고 탐스러운 유방, 날씬한 허리로부터 퍼진 펑퍼짐하고 부드러운 배, 가느스름한 팔, 탄력 있는 허벅지, 눈을 반쯤 감고 누워 있는 여자, 우리가 지니고 있는 최고의 힘과 정열, 남성이 지니고 있는 욕망의 탄력성 전부를 조롱조의 멋진 도전으로 요구하고 남성의 탄력이 그것에 합격할 수 있는지의 여부를 가리는 것이 바로 여성입니다. ……패배, 젊은이, 그 말이 과연 무엇을 의미하는지 아십니까? 삶에 대한 감정상의 패배, 이것이 바로 무력감이라는 것이지요. 이러한 무력감에는 어떠한 구제나 동정도 없으며 위엄도 갖추지 못한 채 단지 끊임없는 조롱으로만 배척당할 뿐이지요. 도외시당하고 침만 뱉어질 따름이지요. 젊은이…… 패배와 파산, 이러한 처참한 치욕에는, 굴욕이라는 표현이나 불명예라는 표현만으로는 부족합니다. 이것은 바로 종말, 지옥과 같은 절망, 이 세상의 마지막이라고 봐야 할 겁니다."

페페르코른은 이렇게 지껄이면서 그의 큰 몸을 점차 뒤로 젖혔는데 그의 왕자다운 머리를 가슴 위로 떨어뜨렸기 때문에 마치 잠이 들려는 사람 같았다. 그러나 그는 마지막 말을 하면서 갑자기 주먹을 휘두르더니 테이블 위에 탕 소리를 내며 내려쳤다.

예민한 한스 카스토르프는 카드 놀이와 포도주를 마신 일, 그리고 계속된 이상스런 분위기 때문에 신경이 극도로 날카로워져 있다가 그 소리에 깜짝 놀라 몸을 부르르 떨고는 질린 눈초리로 이 압도적인 인물을 보았다.

페페르코른이 표현한 '이 세상의 마지막'이란 말은 희한하게도 그와 아주 잘 어울리는 말이었다. 한스 카스토르프는 종교 시간 외에는 이러한 말을 들어 본 적이 없었기 때문에 그가 이러한 표현을 썼다는 것은 결코 우연한 일이 아니리라고 확신했다. 그가 알고 지낸 모든 사람들 중에서 과연 어느 누가 이런 끔찍한 말을 사용할 자격이 있을 것인가? 다시 말해서 과연 누가 그만한 스케일을 가질 수 있을까? 왜소한 나프타라면 한 번쯤 그 말을 입 밖에 꺼낸 일이 있을 테지만 그의 경우는 필경 남에게서 빌어 온 말이었을 테니 과격한 잔소리에 지나지 않을 것이다.

이에 반하여 페페르코른이 이 말을 입 밖에 냈을 때는, 끔찍스런 말은 벼락과도 같은 것이며 최후의 심판 날에 울리는 나팔 소리에 싸인 듯한 장엄함, 한마디로 구약성서적인 위엄을 지니게 되는 것이다.

한스 카스토르프는 속으로 골백번도 더 느낀 '아, 그는 진짜 인물이다'라는 생각을 또 한 번 하게 되었다. '나는 인물을 만나게 된 것이다. 그런데 그것이 하필이면 클라우디아의 여행 반려자라니!' 한스 카스토르프는 머리가 몽롱해졌다. 한쪽 손은 바지 주머니에 찌르고, 피우던 담배 연기 때문에 한쪽 눈은 가늘게 뜨고 포도주잔을 테이블 위에서 뱅글뱅글 돌리고 있었다. 그렇게도 끔찍스런 말이었건만 그 말이 적임자인 페페르코른의 입을 통해 말해졌다는 이유만으로 과연 잠자코 입을 다물고 있어야 할 것인가? 자신의 보잘것없는 목소리로 새삼스럽게 무엇을 어떻게 말해야 할 것인가? 그러나 한스 카스토르프는 지극히 민주적인 교육자 두 사람에게서 (두 사람 모두 원래 민주적이었다. 두 사람 중에서 어느 한 사람은 민주적인 것을 거역하고자 했으나) 토론을 즐기도록 교육받았기 때문에 그들은 습관적으로 말을 받았다.

"당신의 의견을 듣고 보니(이건 또 무슨 소리인가, 의견이라고? 이 세상의 마지막에 대해 의견 같은 걸 말하려는 사람이 있을까?) 아까부터 악습에 대해 내린 결론을 상기하고 싶군요, 페페르코른씨. 삶의 단순성, 당신의 표

현을 빌자면 삶의 신성함, 내 표현에 의하면 고전적인 삶의 선물, 다시 말
해 위대한 삶의 선물을, 훗날 세련된 기교의 포로가 됨으로써, 다시 말해
우리 두 사람 중의 어느 한 사람이 말한 바와 같이 그런 종류에 탐닉함으로
써 등한시하는 것이야말로 악습이라고 내린 결론 말입니다. 위대한 선물임
이 확실하다면 ‘전심(專心)’한다든지 ‘정진’한다든지 하겠으나 나는 그 점
에 있어서 변명의 여지가 있는 것 같아……죄송합니다. 나는 늘 변명하려는
습관이 붙어 있는 사람이어서요. 변명에는 스케일 따윈 전혀 없다는 사실은
나도 확실히 인정합니다만……악습에도 역시 뭔가 변명의 여지가 있다고 생
각됩니다. 그 이유 또한 우리들이 아까 언급한 ‘무력’이란 것에 의한 것이
죠. 당신은 무력의 두려움에 대해 아주 자신있게 말씀하셔서, 보시다시피
나는 완전히 그 말에 위축되고 말았습니다. 그러나 내 생각으로는 악습에
빠진 사람 역시 그 두려움을 전혀 느끼지 못하는 무감각 상태에 젖어 있지
는 않다고 봅니다. 고전적인 삶의 선물에 대한 감정의 패배에서 악습에 빠
지는 것은 오히려 그 패배의 두려움을 인정하기 때문이라고 봅니다. 그렇기
때문에 결코 삶을 등한시하는 것은 아니며 또 전혀 그렇게 생각할 필요도
없고, 그것 역시 삶에 대한 무한한 경외심의 표시로 받아들여야 할 줄 압니
다. 세련된 선물도 도취와 고양(高揚)의 수단, 소위 흥분제나 감정적인 힘
의 보강과 증진 수단을 의미하고 있다고 봐야 합니다. 그런 의미에서 역시
생명을 목적으로 삼고, 의도하는 것으로 감정에 대한 사랑, 감정의 무력함
이 바로 건강한 감정을 갈망하기 때문입니다. ……내가 말하고자 하는 것
은…….”

그는 도대체 무엇을 말하고 있는 것일까? 왕자와 그 자신을 한데 묶어서
‘우리 두 사람 중의 어느 한 사람’이라고 표현했다는 것은 민주주의적인 파
렴치의 극치를 이룬 것이 아닐까? 그가 이토록 뻔뻔스러운 행동을 취할 용
기를 스스로에게 부여했다는 것은 현재의 어떤 소유권에 어두운 그림자를
드리우는 과거의 그 사건 때문일까? 그래서 그는 악습에 관해서도 파렴치한

분석 따위를 아무 거리낌 없이 시도할 만큼 흥분해버린 것일까? 이 상황을 어떻게 탈피해 나갈는지……. 그로서는 도저히 짐작도 하기 힘들었고, 어떤 무서운 것에 도전장을 내밀었다는 사실만을 어렴풋이 느낄 뿐이었다.

페페르코른은 자신의 손님이 계속해서 말을 하는 동안에 몸은 뒤로 젖히고 머리는 가슴속에 파묻고 있어서 도대체 그의 말을 듣는지 어떤지 알 수 없었다. 그러나 한스 카스토르프의 말이 초점을 잃고 갈피를 잡지 못하게 되자 페페르코른은 서서히 몸을 일으키기 시작하더니 마침내 허리를 꼿꼿이 펴고 앉았다. 그와 동시에 그의 왕자다운 얼굴이 빨갛게 상기되더니 이마와 당초 무늬도 치켜져 긴장한 빛이 돌기 시작하고 엷은 빛의 작은 눈도 위협적인 빛을 띠기 시작했다. 어떻게 된 일일까? 무시무시한 분노가 당장이라도 폭발할 것 같았다. 이에 비하면 아까의 분노는 사소한 불쾌감에 불과했던 것이다. 페페르코른이 아랫입술로 윗입술을 무겁게 밀어올리자 그의 입술 양가장자리는 축 늘어지고 턱이 내밀어졌다. 그리고 오른팔을 테이블로부터 천천히 머리 위로 들어 주먹을 불끈 쥐고 민주적인 요설가(饒舌家)에게 당장이라도 격렬한 일격을 가하려는 듯한 자세를 취했다. 그러자 이 민주적인 요설가는 그의 눈앞에 펼쳐진 이 거대한 왕자의 분노한 모습에 놀라 떨면서도 그 전율감에 취해 도망치고 싶은 두려움을 간신히 억제했다. 한스 카스토르프는 당황해서 선수를 쳤다.

"물론 내가 한 말은 매우 불충분하지요. 모든 것은 단지 스케일의 문제일 뿐 다른 문제는 아닙니다. 스케일을 갖는다는 것을 악습이라고 할 수는 없지요. 악습 자체에는 스케일이 없으니까요. 그러나 인간이 건전한 감정을 찾으려고 노력하는 데는 아득한 옛날부터 보조 수단이 따랐지요. 즉 도취시키거나 흥분시키는 방법이 부여되었습니다. 이 수단 또한 삶의 고전적인 선물 중의 하나로 소박하면서도 신성한 성질을 띠고 있기 때문에 악습적이 아니라고 봐야 하지요. 이렇게도 말할 수 있다면, 스케일을 갖는 보조 수단이라고 할 수 있잖겠습니까? 예를 들어 포도주 말인데요, 이것은 고대의 인문적인 민족들도 주장한 바와 같이 신이 인간에게 부여해 주신 선물, 우리의 문명과도 지극히 밀접한 관계를 맺고 있는 주신 바쿠스의 박애주의적인 발명품이지요. 당신을 가리키는 것 같아 미안합니다만, 인간은 포도를 재배하고 포도를 짜는 기술을 안 덕택으로 야만 상태에서 벗어나 문명적이 되었다고 하는데, 오늘날에도 포도주를 생산하는 나라의 민족들은 포도주를 모르는 고대의 키메리오스족보다도 훨씬 문명적이라고 일컬어지기도 하며, 혹은 그렇게 자부하고 있기도 합니다만 이것은 확실히 주목할 만한 일이 아닐 수 없습니다. 왜냐하면 이러한 사실로 미루어 볼 때 문명이란 이성이나 웅변적 냉철의 산물이 아니라 오히려 흥분이나 도취, 활기찬 감정에서 나온 산물임을 여실히 증명해 주고 있기 때문입니다. 이 점에 있어서는 당신도 분명히 수긍하리라 생각되는군요. 외람되게 이런 말씀을 드려 죄송합니다만 어떠신지요?”

한스 카스토르프, 이 젊은이는 확실히 만만치 않은 사나이다. 세템브리니의 문필가다운 세련된 표현을 빌면 그는 ‘교활한 놈”이었다. 이 젊은이는 거물과 대립하는 경우에도 저돌적이며 뻔뻔스러웠으나, 궁지에 몰렸을 때도 탈출구를 만드는 수법이 교묘했다. 그는 첫째, 궁지의 늪에 빠져도 포도주 예찬에 대한 즉흥적인 연설로 매우 교묘하게 피했으며 다음에는 페페르코른의 분노에 찬 자세에서는 눈곱만큼도 찾아볼 수 없는 문명에 대해 슬쩍 언급함으로써, 마지막으로 격렬한 분노에 차 주먹을 치켜든 채로는 대답할 수 없는 질문을 던졌던 것이다. 결국 페페르코른의 분노에 찬 자세도 지금의 상황에는 도저히 어울릴 수가 없게 되자, 그 네덜란드인은 구약성서적인 격렬한 분노의 자세를 누그러뜨릴 수밖에 없었다. 팔도 다시 천천히 제자리로 돌아왔으며 얼굴의 홍조도 서서히 사라졌다. 그러나 얼굴에는 아직도 위협적인 느낌이 남아 있어서 ‘이 녀석이!’라고 말하는 듯했으나 어쨌든 한차례의 일진광풍은 가라앉은 셈이었다. 게다가 소샤 부인까지도 그 사이에 섞여 여행 반려자에게 침체되기 시작한 분위기에 주의를 촉구했다.

"당신은, 손님들에게 너무 무성의하신 것 같아요. 너무나 이분만을 상대하고 계시는군요. 무슨 중요한 말씀이긴 할 테지만 이제 카드 놀이도 거의 끝났고 모두들 조금씩 지루해하시는 것 같아요. 오늘밤의 파티는 이 정도로 그치는 것이 어때요?"

그녀는 프랑스어로 말했다.

페페르코른은 그 즉시 원탁에 앉아 있는 사람들에게로 몸을 돌렸다. 소샤 부인이 말한 대로였다. 침체, 권태, 무감각으로 손님들은 선생의 감시가 없어진 교실 안의 학생들처럼 제멋대로였다. 그 중의 몇 사람은 졸기까지 했다. 페페르코른은 잠시나마 늦추었던 고삐를 잡아당겼다.

"여러분!"

그는 둘째손가락을 세우면서 소리쳤다. 창처럼 뾰족하게 기른 그의 손톱은 군대를 지휘하는 군도나 군기와 흡사했으며, 그가 외친 "여러분"이란 말은 사기가 떨어진 군세를 재정비하려는 사령관의 '내 뒤를 따르라!'라는 호령 같았다. 그의 그러한 힘찬 외침은 사람들의 눈을 번쩍 뜨게 했으며 주의를 환기시켰다. 그리고 그는 당당한 이마에 새겨진 우상 같은 당초 무늬의 주름살 밑에서 반짝이는 엷은 빛의 눈에 미소를 띠며 고개를 끄떡여 보였다. 페페르코른은 언제나처럼 둘째손가락과 엄지손가락 끝을 서로 맞대고, 긴 손톱의 나머지 세 손가락을 곧게 세우고 모두를 긴장시켜 원래의 위치로 돌아가게 했다. 그는 선장과 같은 손으로 무언가를 제지하려는 듯한 자세를 취하고, 옆으로 길게 찢어진 입술을 띄엄띄엄 떼서 분명치 않은 말을 지껄이기 시작했다. 그 말은 그의 당당한 힘의 뒷받침으로 말미암아 모든 사람에게 불가항력을 느끼게 했다.

"여러분…… 좋습니다. 육체란, 이것도 결국은…… 끝나고 말았습니다. 아니…… 외람된 인용입니다만 성서에도 '약한 자'라고 적혀 있습니다. '약한 자'란 자칫 잘못하면 인생의 요구에…… 그러나 나는 호소하렵니다. 당신들의…… 요컨대, 여러분, 나는 호…… 소…… 합니다. 여러분들은 아마도 이렇게 말씀하실 겁니다, 졸음이라고. 좋습니다, 정말 좋습니다. 나 역시 졸음을 사랑하고 존경하니까요. 졸음의 깊고 감미로우며 상쾌한 기분을 존경합니다. 졸음은…… 젊은이, 당신이 뭐라고 불렀었지요?…… 삶의 고전적 선물이라고 했죠, 그 중의 하나입니다. 제1급, 최고급, 좋습니까? 즉 최상급의…… 여러분, 그런데 마음속 깊이 새겨 두고 기억해 두십시오. 겟세마네입니다. 예수께서 베드로와 세베대의 두 아들을 데리고 가셨습니다. 그리고 제자들에게 '너희는 여기에 머물러 나와 함께 깨어 있도록 하라'고 말씀하셨습니다. 기억하고 계십니까? 그리고 세 제자에게 와 보니 그들이 자고 있으므로 베드로를 향하여 '너희는 1시간도 나와 함께 깨어 있을 수 없느냐?'고 타일렀습니다. 통렬합니다. 여러분, 뼈에 사무치도록 통렬합니다. 예수께서 다시 와 보니 제자들은 또 자고 있었습니다. 그리고 제자들에게 말씀하셨습니다. '아직도 자느냐?' 여러분, 여러분의 폐부를 찌르는 것 같지 않습니까?"

그곳에 모여 있던 모든 사람들은 정말이지 모두 감동되어 마음 한구석에서 부끄러움을 느끼게 되었다. 페페르코른은 가슴에 드리워진 듬성듬성 난 수염 위에 손을 얹고 머리를 비스듬히 숙였다. 옆으로 찢어진 듯한 그의 입술에서 고독한 죽음의 슬픔에 관한 말이 튀어나왔을 때는 그의 엷은 빛깔의 눈은 어렴풋이 흐려졌다. 슈퇴어 부인은 갑자기 흐느껴 울었다. 마그누스 부인은 땅이 꺼질 듯한 한숨을 내쉬었다. 파라반트 검사는 그곳에 모인 모든 사람들을 대표해서 그들이 존경하는 절대주(絕對主)에게 낮은 목소리로 몇 마디 하고는 모두들 그의 뒤를 따를 것을 맹세해야만 한다고 말하고 계속해서 무언가 오해가 있는 것 같다, 모두 즐겁고 원기왕성하고 또한 명랑하며 정력에 넘친다, 화려하며 훌륭하고 멋진 하룻밤이라 생각하고 있으며 사실 또 그렇게 느끼기도 한다, 절대로 졸음이라는 삶의 선물을 받으려는 사람은 없다, 그렇기 때문에 페페르코른씨는 손님 모두를, 한 사람 한 사람을 절대적으로 신용해도 좋을 것이라고 선언했다.

"완전무결하군요! 멋집니다!"라고 외치며 페페르코른은 벌떡 일어섰다. 수염 위에 모았던 손을 양쪽으로 벌려 이교도(異敎徒)들이 기도할 때 취하는 것처럼 손바닥을 밖으로 향하게 하고는 똑바로 올렸다. 방금 전까지만 해도 딱딱하게 굳은 고뇌의 빛을 띠었던 당당한 왕자의 얼굴은 환하게 빛을 발했고 탕아(蕩兒)와도 같은 보조개까지 움푹 패였다.

"때가 왔도다!"

그는 이렇게 외치며 메뉴를 가져오게 했다. 그는 이마까지 닿을 정도로 높은 뿔테 코안경을 끌어올리고는 맘 회사제의 붉은 리본이 달린 독한 샴페인 세 병과 빵케이크를 가져오게 했다. 이 빵케이크는 원추형의 모양을 한, 작지만 훌륭한 품질의 비스킷 종류로, 겉에는 물들인 설탕이 뿌려져 있고 속에는 붉은 초콜릿과 피스타치오 크림이 들었는데, 그것은 화려한 레이스로 가장자리를 두른 종이 냅킨에 싸여 있었다. 슈퇴어 부인은 그것을 먹으면서 손가락 하나하나를 빨곤 했다. 알빈씨는 능숙한 솜씨로 처음의 샴페인 병에서 철사로 묶어 놓은 것을 떼고 버섯 모양의 코르크 마개를 권총의 총탄처럼 장식이 달린 병의 목에서 떨어져 나가게 하여 천장으로 날려 보냈다. 떨어져 나감과 동시에 장난감 권총의 경쾌한 소리를 냈다. 그러고는 우아한 예절에 따라 병을 냅킨으로 싸서 모두의 잔에 따랐다. 샴페인의 아름다운 거품이 식탁 위에 덮인 리넨 식탁보를 적셨다. 모두들 잔을 들어 가볍게 부딪치고는 단숨에 마셔버렸다. 얼음처럼 차갑고 향기로운 액체가 위장을 짜릿하게 자극시켰다. 모두의 눈은 빛났다. 카드 놀이는 이미 끝났으나 어느 누구도 테이블 위에 흩어져 있는 카드와 돈을 치우려 하지 않았다.

모두들 무한한 행복감에 도취되어 시작도 끝도 없는 얘기들을 계속했다. 그 이야기들은 각자 흥분이 고조된 상태에서 나온 것으로 극히 아름다운 이야기인 듯했으나, 그것을 입 밖으로 지껄이는 사이에 단편적이고, 혀 꼬부라진 발음으로 인해 점잖지 못하고 의미조차 알 수 없는 헛소리로 바뀌어 만일 그자리에 정신이 올바른 누군가가 있었다면 그 사람은 틀림없이 화를 내며 얼굴을 붉혔을 것이다. 그러나 지껄이는 당사자들은 모두가 서로의 무책임한 상태를 즐기고 있었기 때문에 그런 무례한 말들을 아주 태연스럽게 지껄이고 또 들을 수가 있었다. 마그누스 부인 역시 귀가 불그스름하게 상기된 채로 몸의 구석구석까지 생명이 피어나는 것 같다고 하자 마그누스씨는 별로 좋지 않게 들린 듯 얼굴을 찌푸렸다. 헤르미네 클레펠트는 알빈씨의 어깨에 등을 기대고 술잔을 내밀어 샴페인을 따라 받고 있었다.

페페르코른은 손톱을 창처럼 뾰족하게 기른 손으로 세련된 손짓을 하면서 바커스의 향연을 이끌었으며 술과 음식의 공급에 무척 신경을 썼다. 그는 손님들에게 샴페인의 향연이 끝나자 진한 모카 커피를 대접했으며 그 커피에도 예의 빵이 곁들여졌고, 특히 소샤 부인을 위해서는 아프리코트 브랜디, 샤르트리즈주(酒), 바닐라 크림, 마라스키노주 같은 달짝지근한 리큐어를 가져오게 했다. 그 다음에는 저민 마리네이스 생선과 맥주도 주문했고 마지막의 차 주문 때는 녹차와 카밀레차를 주문했다. 이 차는 샴페인과 리큐어를 계속해서 많이 마신 사람들과 그 자신처럼 독한 포도주를 즐기지 않는 사람들을 위해서 주문한 것이었다. 12시가 훨씬 지나도록 페페르코른은 소샤 부인과 한스 카스토르프와 함께 톡 쏘는 산뜻한 스위스산 적포도주를 몹시 목이 마른 듯이 연거푸 계속 마셨다.

1시가 되어도 그 연회는 끝날 줄을 몰랐다. 손발은 취기로 납덩이처럼 무거워졌음에도 취침 시간을 무시하고 잠을 자지 않는다는 일종의 쾌감과, 페페르코른이라는 왕자다운 인물의 영향력, 그리고 베드로와 세베대의 본을 받아 육체의 허약함에 굴복하지 않겠다는 생각으로 말미암아 파티는 계속되었다. 이런 면에 있어서는 남자들보다는 여자들이 더욱 강렬했다. 남자들의 대부분은 얼굴이 붉으락푸르락해지며 두 다리를 길게 뻗은 채 가쁜 숨을 몰아쉬느라 두 볼이 부풀었으며, 가끔 예의상 술잔에 손을 댈 뿐 진정으로 술 상대를 하려는 의욕을 잃고 말았는데 여자들은 달랐다. 헤르미네 클레펠트는 두 팔꿈치를 드러낸 채 식탁에 세워 턱을 받치고, 킥킥거리는 중국인 팅푸에게 그녀의 가지런한 이를 드러내며 미소를 보내고 있는가 하면, 슈퇴어 부인은 어깨를 움츠리고 턱을 당기며 검사의 환심을 사려고 애를 쓰고 있었다. 마그누스 부인은 알빈씨의 무릎에 올라앉아 그의 귓불을 잡아당기는 등 추태를 부렸지만 마그누스씨는 오히려 한시름 놓는 것 같았다. 안톤 카를로비치 페르게는 다른 사람들로부터 흥막진탕에 관한 이야기를 해달라는 청을 받았으나, 그의 혀는 이미 굳어져 솔직하게 지쳤음을 고백하고 말았다. 페르게의 이 말이 더 마시자는 계기가 되었다.

한편 베잘은 뭔가 깊은 번민으로 인하여 한동안 엉엉 울다가 자신의 번민을 친구들에게 털어놓고자 했으나 그 역시 혀가 잘 돌아가지 않았다. 그러자 그도 커피와 코냑을 마시고는 다시 힘을 얻어 기분을 바꿨다. 그런데 가슴을 들먹이며 우는 베잘의 행동과 주름진 턱이 눈물에 젖어 꿈틀거리는 움직임은 페페르코른에게는 매우 인상적이어서 흥미를 느끼게 했다. 페페르코른은 둘째손가락을 세우고 이마의 당초 무늬를 치키면서 베잘의 모습에 모두의 주의를 집중시켰다.

"이것이야말로…… 역시, 아니, 실례입니다만 신성하군요. 저분의 턱을 누가 좀 닦아 드리십시오. 내 냅킨으로! 아니면 차라리 그냥 두십시오. 본인이 닦으려 하질 않으니까요. 여러분……신성하지 않습니까? 모든 의미에서 말입니다. 기독교적 의미에서나 이교도적 의미에서나 모두 신성합니다. 근원적 현상, 제1급의, 최고의…… 아니, 이것이야말로……."

페페르코른이 그 특유의 정확하면서도 다소 우스꽝스러운 문화적 몸짓을 섞어가면서 연회를 주도해 가는 설명적인 지껄임은 대체로 '이것이야말로 역시'로 시종 일관되었다. 그는 엄지손가락과 둘째손가락으로 만든 동그라미를 세우고 머리는 장난스레 숙이는 버릇이 있었는데, 이런 모습은 이교의 노사제(老司祭)가 희생의 제단 앞에서 옷자락을 쳐들고 우아하게 춤추고 있는 듯한 착각을 일으키게 했다. 그러고는 그 커다란 체구를 의자에 편안하게 기대고 팔은 옆 의자의 등받이에 얹고, 새벽녘의 광경을 실감해 볼 것을 강요하여 모든 사람들을 어리벙벙하게 만들었다. 서리가 내린 어두운 혹한 (酷寒)의 겨울 새벽, 테이블 위에 놓인 램프의 누르스름한 빛이 유리창을 통해 비치는 새벽녘의 느낌, 을씨년스러운 까마귀의 울음 소리마저 차갑게 얼어붙은 듯한 느낌……. 그는 익숙해져서 무감각하게 받아들였던 그런 일상적인 광경을 매우 암시적이며 교묘하게 묘사했다. 특히 그런 새벽녘에 그가 신성하다고 말하던 얼음같이 찬 물을 큼직한 해면(海綿)에서 짜내어 목덜미에 떨어뜨린다는 말을 했을 때는 모두들 자신들의 목에 떨어지기라도 한 것처럼 몸을 부르르 떨었다. 그러나 이것은 경고라고나 할까, 인생에 있어서 꼭 명심해야 할 사항에 관한 실례를 든 교훈이랄까, 어쨌든 공상적이며 즉흥적인 피력에 불과한 것이었다. 그리고 나서는 늘 그랬듯이 화려하고 들뜬 밤의 향연의 주도자답게 열성적인 서비스와 배려를 아끼지 않았다.

그는 가까이 앉은 여자들에게는 어느 누구를 가리지 않고 황홀한 눈초리로 바라보았다. 식당에서 일하는 난쟁이 아가씨에게도 서슴없이 그런 행동을 취해 그 불구의 아가씨는 크고 늙은 얼굴에 주름살을 잔뜩 짓고는 히죽히죽 추한 웃음을 흘렸다. 슈퇴어 부인은 겉치레뿐인 과분한 칭찬을 듣자, 그 교양없는 본성을 드러내어 보통 때보다도 더 심하게 어깨를 흔들며 도저히 상상할 수 없을 정도로 건방진 태도를 취했다. 페페르코른은 클레펠트에게도 그 크고 옆으로 찢어진 입술 위에 키스를 부탁했으며, 가엾은 마그누스 부인과도 농담을 지껄였다. 그런 행동을 취하기는 했지만 그는 그의 여행 반려자에 대한 다정한 애정의 표시를 잊지는 않았다. 그는 여행 반려자의 손을 부드럽게 만진다거나 공손히 입술을 갖다 대곤 했다.

"포도주…… 부인…… 이것이야말로, 이것이야말로 역시…… 외람된 얘기일지는 몰라도…… 이 세상의 마지막 겟세마네……."

어느새 새벽 2시가 가까워졌다. 갑자기 경보가 날아왔다. '늙은이', 즉 베렌스 고문관이 큰 걸음으로 연회실 쪽으로 오고 있다는 것이었다. 지칠 대로 지쳐 해이해진 손님들은 갑자기 일대 혼란을 일으켰다. 의자를 넘어뜨리고 얼음 항아리를 뒤엎고 모두 도서실을 통해 나가고 말았다. 그런 광경을 보자 페페르코른은 자신이 주도한 삶의 향연이 눈깜짝할 사이에 모두 무너져버린 것을 느꼈는지 왕자다운 분노를 터뜨리며 주먹으로 테이블을 탕탕 치면서 도망가는 사람들을 향해 '비겁한 노예들'이라고 욕설을 퍼부었다.

그러나 한스 카스토르프와 소샤 부인이, 향연도 이미 6시간 가까이나 계속되었고 이제 끝내야 할 때도 되었으니 진정하라고 달래자 그 말이 옳다는 생각이 드는 모양이었다. 그는 수면이라는 신성한 기쁨을 누려보지 않겠느냐는 말에 자신을 침대로 데려가달라고 부탁했다.

"나를 부축해 주시오, 여보! 자네는 그쪽에서, 젊은이!" 그는 소샤 부인과 한스 카스토르프에게 이렇게 말하고 두 사람의 부축을 받아 무거운 몸을 의자에서 일으켰다. 그는 두 사람에게 의지하여 커다란 머리를, 쳐들린 어깨쪽으로 숙이고 부축하는 두 사람을 갈짓자 걸음으로 번갈아 옆으로 밀면서 큰 걸음으로 침실을 향해 발을 옮겨놓았다.

그가 이렇게 부축을 받고자 한 것은 사실 왕자다운 호사(豪奢)를 누리고 싶었기 때문일 것이다. 마음만 먹으면 혼자라도 충분히 걸을 수 있었겠지만 그는 취기를 부끄러워하며 숨기려고 하는 쩨쩨한 노력을 몹시 경멸했다. 때문에 그는 그의 취기를 조금이라도 부끄러워하기는커녕 오히려 사실 이상으로 과장하여 호기를 부리며 비틀거리면서 부축해 준 두 사람을 좌우로 밀치며 왕자다운 호사를 즐기는 것 같았다. 그는 걸어가면서 말했다.

"당신네들…… 바보 같으니라구…… 물론 결코…… 만약 이 순간에…… 당신들도 알고 있겠지…… 우습기 짝이 없군."

한스 카스토르프가 그의 말에 찬성했다.

"물론입니다, 그렇고말고요. 삶의 고전적 선물에 경의를 표하며 호탕하게 취한 채로 비틀거리는 것은 그 선물에 대한 당연한 보상입니다. 거기에 대해 정상적인 정신으로 이러쿵저러쿵…… 나도 고주망태가 되었지만 인물 중의 인물, 왕자를 침대까지 모시는 영광을 누린다는 것을 분명히 느끼고 있습니다. 인간의 스케일이란 점에서는 나 같은 건 비교도 할 수 없겠지만 취했다고 해서 결코…… ."

"아니, 자네, 무슨 수다가 그리 심한가!"

페페르코른은 비틀거리며 소샤 부인은 끌어당기고 한스 카스토르프는 계단 난간으로 밀치며 말했다.

고문관이 연회실로 온다는 정보는 터무니없는 거짓말이었다. 아마 식당의 난쟁이 아가씨가 너무나 피곤하여 모두 쫓아버리기 위해서 지어낸 거짓말이었음에 틀림없었다. 그 사실을 알게 되자 페페르코른은 다시 돌아가 조금 더 마시자고 했으나 두 사람의 만류로 침실로 향했다.

흰 넥타이를 매고 까만 실크 구두를 신은 키 작은 말레이인 하인이 침실 앞의 복도에 서서 그의 주인을 기다리고 있었다. 그는 가슴에 손을 얹고 공손히 절을 하며 주인을 맞이했다.

"서로 키스를 하십시오! 이 예쁜 여자의 이마에 작별의 키스를 하십시오, 젊은이!"

페페르코른은 한스 카스토르프에게 명령조로 말했다.

"이분도 아마 당신의 키스에 보상을 해줄 것입니다. 괜찮으니 나의 건강을 위하여 키스를 하시오."

"아닙니다, 각하! 용서하십시오. 그럴 수는 없는 일입니다." 한스 카스토르프가 거절하자 페페르코른은 그 커다란 몸뚱이를 하인에게 기대고, 이마에 새겨진 당초 무늬를 더욱 치키며 왜 안 되느냐고 물었다.

"당신의 여행 반려자에게 키스를 한다는 건 나로서는 도저히 할 수 없는 일입니다. 그럼 안녕히 주무십시오! 아무리 생각해 봐도 그건 정말 터무니없는 짓입니다."

소샤 부인 역시 그대로 그녀의 방쪽으로 걸어갔기 때문에 페페르코른도 고집 센 청년을 더 이상 어쩔 수 없어서 그대로 보내기는 했지만 그 이마의 당초 무늬는 거두지 않고 하인의 어깨 너머로 사라져가는 청년을 물끄러미 바라보았다.

　지배자형(支配者型)인 그는 자신의 명령에 복종하지 않는 그런 무례한 행동을 처음 겪은 탓인지 놀라서 어리둥절했다.

페페르코른씨(계속)

　페페르코른씨는 그해 겨울 내내 베르크호프에 머물렀다. 봄이 되어서도 계속해서 머물렀기 때문에 '마지막으로' 여럿이서 함께 갔던 잊을 수 없는 소풍——플뤼엘라 계곡과 그 골짜기의 폭포수가 있는 곳으로 간 소풍에도 끼게 되었다. 세템브리니와 나프타도 그 소풍의 일원이었다. 그런데 마지막이라니? 그러면 그 소풍 후에는 그가 사라졌다는 말인가? 그렇다, 그는 사라져버렸다. 그것은 떠났다는 의미인가? 그렇다고 할 수도 있고, 그렇지 않다고 할 수도 있으리라. 그렇다면 긍정인가, 부정인가? 제발 그런 수수께끼 같은 표현은 집어치우기로 하자! 어떤 말을 하더라도 놀라지 않을 테니까. 이름 없는 사람들이 무리를 지어 죽음의 춤을 추면서 사신(死神)에게 간 일은 그만두고라도, 이제는 침센 소위의 모습도 볼 수 없지 않은가? 그렇다면 저 이해하기 힘든 인물 페페르코른도 악성 말라리아로 저 세상 사람이 되었다는 말인가? 아니, 그런 것은 아니다. 그런데 왜 이리 서두르는가? 모든 일은 절대로 한꺼번에 일어나지 않는다. 이것은 잊어서는 안 될 인생의 조건이며 이야기의 조건이다. 그렇기 때문에 어느 누구라도 신에게서 부여받은 인간의 인식 형식에 거역하려고는 하지 않을 것이다. 우리도 이 이야기의 본질이 허락하는 한 시간의 흐름에 여유를 갖도록 하자. 그것도 앞으로는 얼마 가지 않을 것이다. 얼마 후에는 후닥닥 끝나버릴 테니까? 후닥닥이란 말이 듣기 거북하다면 단번에 끝날 것이라고 하자. 우리들에게 시간을 알려 주는 가장 작은 바늘이 초를 하나하나 새겨가면서 냉혹하게 정점(頂

點)을 지나칠 때마다 어느 누구도 깨닫지 못하는 사이에 시간은 흘러간다. 하여튼 우리가 이 위의 세계에서 여러 해를 보냈다는 것은 확실하다. 시간이란 정말 현기증을 느끼도록 빠른 것이며, 아편이나 하시시의 도움을 받지 않는 악몽이다. 도덕가들은 우리를 비난할 테지만 우리는 이러한 부도덕한 환각 상태에 대항하기 위해 의식적으로 이성적인 총명과 논리적인 명석을 한껏 쌓아 놓아야 한다. 그리고 우리가 좀체로 이해하기 힘든 페페르코른과 같은 인물만 등장시키지 않고, 나프타나 세템브리니 같은 이들과도 교류를 갖도록 한 것은 결코 우연한 일이 아니라는 것을 감지해 주기 바란다. 이러한 각기 다른 세 사람을 동시에 등장시킨 이유는 두 유형에 대해 필연적인 비교를 해볼 수 있는 기회가 되는 것이며, 그 결과 여러 가지 면에서, 특별히 인간의 스케일 면에서는 뒤에 등장한 페페르코른이 훨씬 유리할 것이다.

한스 카스토르프는 자신의 발코니에 누워 이 두 유형의 인간들을 비교해 보았다. 그의 가엾은 영혼을 송두리째 빼앗아가려는 웅변적인 두 교육자가 피테르 페페르코른에 비하면 너무나 보잘것없는 난쟁이처럼 느껴지는 것을 솔직히 인정하고, 피테르 페페르코른에게 더 많은 점수를 주었다. 그리고 포도주에 흠뻑 취한 페페르코른이 지껄인 왕자다운 농담——그를 '수다쟁이'라고 부른 것을 본떠서 두 교육자를 그렇게 부르고 싶었다. 그와 동시에 연금술적 교육 덕분에 거물인 피테르 페페르코른과 접촉하게 된 것을 아주 즐겁고 행복하게 생각했다.

페페르코른이 클라우디아 소샤의 여행 반려자로서, 따라서 한스 카스토르프에게 있어서는 대단한 방해자로서 이곳에 나타났다는 사실에도 불구하고, 한스 카스토르프의 그에 대한 평가는 한치도 틀림이 없었다. 다시 말하거니와 한스 카스토르프가 마음에서 우러나오는 존경심과 때로는 비정상적일 정도의 관심을 보이는 이 거물이, 사육제의 전야제 때 그가 연필을 빌렸던 부인과 여행의 경비를 공동으로 계산한다는 사실만으로 그에 대한 존경과 관심을 저하시킬 수는 없었다. 그런 일은 거의 불가능한 일이었다.

여자든 남자든 우리들을 한심하게 생각하여 페페르코른에 대해 미워하는 감정을 품게 되거나, 늙은 바보 주정뱅이라고 욕해 주기를 바라고 있음을 예상 못하는 바는 아니다. 그러나 그런 기대와는 정반대로 한스 카스토르프는 페페르코른이 말라리아열로 고생을 할 때마다 그의 병실에 찾아가 그 머리맡에 앉아 환자와 이런저런 얘기를 주고받거나, 강의(講義)를 듣는 학생처럼 귀를 쫑긋 세우고 이 인물의 인간적 스케일에서 더 많은 영향을 받고자 하는 것이었다. 여기서는 둘의 대화 중에서 한스 카스토르프에게만 해당되는 것으로 페페르코른에게는 전혀 해당되지 않는다.

한스 카스토르프가 그에게 영향을 받고자 노력했다고 해서 독자들은 한스 카스토르프의 외투를 들고 다녔던 페르디난트 베잘을 떠올릴지도 모르지만 그것과 관련짓지는 말자. 여기서 베잘을 연상한다는 것은 극히 무의미한 일로서 우리들의 주인공은 베잘과는 전혀 다르기 때문이다. 한스 카스토르프는 변변찮으며, 흔해빠진 소설의 주인공과는 다른 인물로, 결코 여자와의 일 때문에 남자에 대한 호의를 저버릴 사람이 아니었다.

한스 카스토르프를 실제보다 과장하거나 깎아 내리려 하지 않는다는 원칙 하에 말해 두지만, 그는 소설적인 이유 때문에 남성에 대한 공정한 평가를 내리지 못한다거나, 남성의 세계에서 자신의 교양을 넓히는 데 유익하다고 생각되는 견문을 얻기를 주저하지 않은 것이다. 의식적으로 그러한 행동을 취한 것이 아니라 아주 자연스런 행동이었지만 부인에게는 마음에 들지 않았으리라. 소샤 부인까지도 그 일로 화를 내며 무심코 입 밖에 낸 가시돋친 말이 이것을 증명해 주었다. 이 말은 다음에 또 언급하겠지만 한스 카스토르프의 그러한 호방함이 교육자들에게는 다시없이 훌륭한 쟁탈물이 되고 말았다.

피테르 페페르코른의 건강은 연회 이후 악화되어 기어이 침대에 눕고 말았다. 카드 놀이와 샴페인 과음 사건이 있었던 그 다음날부터라는 사실은 지극히 당연한 일이라 할 수 있었다. 장시간에 걸친 그 긴장된 연회에 참석했던 사람들은 거의 전부가 앓아 눕고 말았다. 한스 카스토르프 역시 예외가 아니어서 심한 두통을 일으켰으나 그만한 아픔 따위로 지난밤 주인 역할을 했던 사람의 병상을 방문하는 일을 그만둘 사람이 아니었다.

그가 페페르코른의 2층 방문 앞에서 말레이인에게 방문을 알리자 반갑게 맞이해 주었다.

한스 카스토르프는 소샤 부인의 침실과 페페르코른의 침실 사이에 자리한 살롱을 거쳐 두 개의 침대가 놓여 있는 네덜란드인의 방으로 들어갔다. 그가 안내된 침실은 베르크호프의 일반 객실보다 훨씬 넓었으며 방안의 가구나 장식품들도 매우 훌륭했다. 비단으로 씌운 안락 의자에 멋있는 곡선을 이룬 다리가 달린 테이블 바닥에는 부드러운 융단이 깔렸고, 침대 또한 흔히 사용하는 병원의 임종용(臨終用) 침대가 아닌 호화스러운 침대였다. 번들거리는 벚나무에 놋쇠로 만든 부속품이 달려 있었고, 두 개의 침대에는 커튼이 쳐져 있지 않고 작은 덮개가 한꺼번에 달려 있어서 마치 두 개의 침대를 우산 하나로 받치고 있는 듯한 느낌을 주었다.

페페르코른은 한 침대 위에 누워서 붉은 비단 이불을 덮고 그 위에 책, 편지, 신문 등을 올려놓고 이마까지 닿는 뿔테 코안경을 걸친 채 네덜란드 신문 〈텔리그라프〉를 읽는 중이었다. 옆 의자에는 커피 세트가 놓여 있었고, 테이블에는 반쯤 마신 적포도주가——전날 밤에 마셨던 담백하게 쏘는 맛을 내는 그 포도주였다——약병과 함께 놓여 있었다.

그런데 페페르코른이 흰 잠옷 대신에 소매가 긴 모직 셔츠를 입은 것을 보고 한스 카스토르프는 깜짝 놀랐다. 소매 끝은 단추로 채우게 되어 있었으며 깃이 없이 그냥 둥그렇게 파여져 그의 넓은 어깨와 벌어진 가슴에 바짝 붙어 있었다. 그런 셔츠를 입은 페페르코른의 모습은 매우 서민적인 노동자같이 보였으며 영구적으로 보관하려는 기념 흉상(胸像) 같은 느낌까지 들게 했다. 베개를 베고 있는 그의 머리에서 번져나오는 인간적인 위대함을 더욱 강렬하게 만들어 이미 시민적인 세계에서 벗어난 것처럼 보였다.

페페르코른은 뿔테 코안경의 손잡이를 잡고 안경을 벗으며 말했다.

"젊은이, 천만에…… 절대로, 오히려 그 반대로."

한스 카스토르프는 그의 머리맡에 앉아 공정한 비평을 하리라 마음먹었지만 그가 누워 있는 지금의 자태에서는 마음으로부터 우러나오는 존경심을 느낄 수 없었다. 그러나 아무렇지도 않게 행동하기에는 너무 당황하고 있었다. 그러나 그 기분을 즐겁고 상냥스런 이야기로 은폐시키며, 멋있게 딱딱 끊어지는 말과 세련된 손짓을 하는 페페르코른의 상대가 되어 주었다. 페페르코른은 어젯밤 과음에 의한 후유증과 새벽녘의 발작적인 기침으로 얼굴은 누렇게 뜨고 기운 없고 괴로워했으며 매우 피곤해 보였다.

"어젯밤에는 완전히 지쳤어, 정말로 완전히 지쳤어. 당신은 아직도 원기가 있고 괜찮은 모양이군. 그러나 내 나이로는 이렇게 위험한, 당신……."

그때 마침 살롱에서부터 소샤 부인이 나타나자 부드럽고 단호한 어조로 고쳐 말하기 시작했다.

"만사가 아주 좋아. 그러나 여러 번 말했듯이 나를 좀더 적극적으로 만류했었더라면 좋았을걸……."

이렇게 말하는 그의 표정과 목소리는 구름도 불어 날릴 듯한 왕자다운 분노를 느끼게 했다. 만일 누군가가 어젯밤의 연회에서 그에게 술을 마시지 못하게 했다면 어떤 벼락이 떨어졌을까. 그것을 생각해 보면, 지금의 그의 분노가 얼마나 부당하고 무리한 것인지를 잘 알 수 있었다. 늘 그렇듯이 위대한 인물들에게는 반드시 이러한 면이 있게 마련이었다.

페페르코른의 여행 반려자는 의자에서 일어나 한스 카스토르프에게 고개를 끄덕여 보이며 그의 분노에 찬 잔소리를 귓가로 흘려버렸다. 그녀는 한스 카스토르프에게 악수 대신 손을 흔들고 미소를 지으며 '제발 그대로' 앉아서 '조금도 걱정 마시고' 페페르코른과 더욱 즐거운 시간을 가지라고 부탁했다……. 그리고 그녀는 방안을 여기저기 다니면서 하인에게 커피 세트를 치우게 하고 한동안 나가 있더니 어느새 소리없이 들어와 서서 두 사람의 이야기에 끼어들었다. 아니, 끼어들었다기보다는 두 남자가 주고받는 말을 감시하는 것 같았다——이것은 한스 카스토르프가 받은 막연한 인상을 그대로 표현한 것이다. 당연한 일이었다. 비록 그녀는 스케일이 큰 사람과 함께 베르크호프에 돌아오기는 했으나, 그녀가 돌아오기를 학수고대하던 사나이가 함께 돌아온 그 사나이에 대해 남성 대 남성이라는 관계에서 정중하게 경의를 표하는 것을 보고 '제발 그대로', '조금도 걱정 마시고'라고 말하면서도 은연중에 매우 불안해했다. 아니, 신경과민이 될 정도로 초조해하는 것을 알아챈 한스 카스토르프는 미소를 지었다. 그는 그 미소를 보이지 않으려고 무릎을 구부려 몸을 숙였지만 너무나 기뻐서 얼굴이 달아오르는 듯한 느낌은 어쩔 수가 없었다.

페페르코른은 옆 테이블 위에 있던 포도주를 잔에 따라 주었다. 오늘 같은 날은 어젯밤에 그친 데서부터 다시 시작한다는 것, 즉 다시 술을 마시는 것이야말로 현명한 처사라고 말하고, 톡 쏘는 포도주는 소다수와 같은 효능이 있다고 하면서 한스 카스토르프와 잔을 부딪쳤다. 한스 카스토르프는 마시면서 단추를 채운 모직 셔츠 소매 끝에 나와 있는 뾰족한 손톱과 주근깨 투성이의 선장 같은 손이 잔을 들고, 옆으로 찢어진 두툼한 입술이 술잔 가장자리를 덮치자 노동자나 기념 흉상을 방불케 하는 목구멍으로 포도주가 꿀꺽꿀꺽 넘어가는 것을 지켜보았다. 그리고 두 사람은 포도주 병 옆에 놓여 있는 약에 대해서도 이야기를 나누었다. 페페르코른은 소샤 부인에게 주의를 받고 그녀가 손수 먹여 주는 갈색 약을 한 숟갈 받아 마셨다. 그 약은 키니네 성분의 해열제였다. 그는 그 약을 한스 카스토르프에게도 조금 핥게 하여 쌉쌀하고 향기로운 독특한 맛을 느끼도록 하고는 키니네 예찬을 늘어 놓기 시작했다.

키니네는 열의 원인적인 해열 작용, 치유 작용을 하는 점에서 특효가 있으며 원기를 돋우는 특성도 높은 평가를 받아야 한다. 그것은 단백질 분해 작용을 늦추며 소화를 촉진시키고, 요컨대 훌륭한 흥분제, 강장제, 자극제,

활력제이기도 하나 한걸음 더 나아간다면 마취제이기도 하기 때문에 자칫 잘못하면 취해버리는 일도 생긴다고 어젯밤처럼 손가락과 머리를 심하게 움직이며 말했는데, 그 모습 역시 이교도의 사제가 제단 앞에서 춤추는 느낌을 주었다.

"그래요, 멋진 물질입니다. 기나나무의 가죽은 정말 훌륭합니다. 그러나 유럽의 약물학계(藥物學界)에서 기나나무의 가죽을 발견한 것은 아직 300년도 채 되지 않으며 유효 성분인 알칼로이드, 즉 키니네가 화학적 실험에 의해 발견되어 어느 정도 분석된 지는 아직 100년도 못 됩니다. 현재로서는 키니네의 성분을 충분히 해명하고 인공적으로 완전하게 만들어낼 수 있다고 주장하기는 다소 이르다고 생각합니다. 유럽의 약물학은 어느 방면에서보다도 뛰어난 발전을 보았다고 하더라도 지나친 주장 따위는 삼가야 할 것입니다. 키니네의 경우와 같은 예는 이 밖에도 여러 가지가 있습니다. 예를 들면 물질의 힘이나 작용에 대해서는 많은 연구가 진행되고 있으나, 그 작용이 궁극적으로 무엇에 의한 것인지에 대해서는 대답이 궁한 것이 약물학의 실태입니다. 독물학(毒物學)에서는 더욱 두드러집니다. 소위 독소의 작용을 일으키는 원소의 속성에 대해서 전혀 연구되지 않았기 때문입니다. 쉬운 예로 뱀의 독 말인데요, 여기에 대해서 알고 있는 것이라고는 이 동물성 물질이 단백질 화합물의 일종으로서 여러 가지 성분의 단백질로 이루어져 있다는 사실과 일정하게 결합하고 있다는 것입니다. 그러나 어떻게 일정하게 결합되었는지는 역시 모르는 상태입니다. 다만 그러한 결합으로 강한 작용을 일으킨다는 사실뿐입니다. 더욱 놀라운 일은 이런 단백질의 결합물이 혈액에 섞여 인체 안에 들어왔을 때 일으키는 현상은 어느 누구도 그 단백질이 인체에 유독한 물질이라고 느끼지 못하는 것입니다."

페페르코른은 잠시 그의 얼굴을——엷은 빛깔의 눈과, 이마에는 당초 무늬가 새겨져 있었다——베개로부터 들었다. 그리고 그의 얼굴 가까이에 엄지와 검지로 동그라미를 만들고 나머지 세 손가락은 꼿꼿하게 세우더니 이야기를 계속했다.

"물질의 세계는 어떠한 물질이든지 삶과 죽음의 양면성을 동시에 갖고 있습니다. 즉 어떤 물질이든지 약이 되기도 하고 독이 되기도 하는 성질을 갖고 있는 것입니다. 그런 의미에서 약물학과 독물학은 본래 동일한 학문이라고 봐야 할 것입니다. 독에 의해 병이 낫는 경우도 있으며, 생명을 촉진시킨다는 약이 단 한 번의 경련을 일으키게 하여 졸지에 생명을 잃게 하는 경우도 있는 것입니다."

페페르코른은 보통 때와는 전혀 달리 약물과 독물에 대해서 조리가 있는 열변을 토했다.

한스 카스토르프는 머리를 갸우뚱하기도 하고 끄덕이기도 하면서 듣고 있었으나, 그는 페페르코른의 머리에 가득 차 있는 말의 내용보다는 오히려 페페르코른이란 인물의 영향력을 알려고 하는 생각이 더욱 컸다. 그러나 이 인물의 영향력 역시 뱀의 독의 작용과 마찬가지로 결국은 오리무중이었다.

"물질의 세계는 곧 힘이며 그 밖의 것은 모두가 부차적입니다. 키니네는 약이 될 수도 있고 독이 될 수도 있는데 문제는 바로 힘입니다. 인간은 4그램의 키니네를 먹게 되면 귀머거리가 되고 맙니다. 현기증이 일어나고 숨이 가빠지며 아트로핀처럼 시력 장애를 일으키게 되며 알코올처럼 취하게 됩니다. 그래서 키니네 공장에서 일하는 노동자들은 그 독때문에 눈에 염증을 일으키고 입술이 붓고 피부가 헐게 되는 것입니다."

그러고 나서 페페르코른은 신코우나, 즉 기나나무에 대해 말했다. 남아메리카 코르딜레라스에 있는 해발 3천 미터의 원시림 속에서 자라는 이 식물의 수피(樹皮)는 "예수회 회원의 분말", '페루의 분말' 이라는 이름이 붙어 스페인으로 건너갔으나 남아메리카의 토인들은 그 수피의 효력에 대해서 훨씬 전부터 알고 있었다. 네덜란드 정부에서는 자바 섬에 대규모의 기나나무 재배를 하고 있는데, 여기서 매년 거두어 들이는 수백만 파운드의 계수나무와 비슷한 붉은 대롱 같은 기나나무 가죽을 암스테르담과 런던에 수출하고 있다. 치유와 파괴, 양면성을 지닌 다이내믹한 힘이 감추어진 곳은 대체로 수피, 즉 나무 껍질의 조직으로 표피에서 형성층(形成層)까지의 부분이다. 그리고 약물의 효능에 대해서는 백인종보다 유색 인종이 훨씬 앞선 지식을 갖고 있다고 말했다. 뉴기니의 동쪽에 있는 몇몇 작은 섬에서는 어떤 나무의 껍질로 마약을 만드는데 그 나무는 자바의 우파스와 같은 독수(毒樹)로, 만자니터와 같은 독기로 주위의 공기를 오염시켜 사람과 동물을 마비 상태에 빠뜨린다고 했다. 그런데 뉴기니 동쪽에 있는 2,3개 섬의 젊은이들은 그런 나무 껍질을 가루로 만들어 거기에 야자수 열매를 섞어 나뭇잎에 싸서 태우는 것이다. 이렇게 태운 재의 즙을 짝사랑하는 여자의 잠자는 얼굴에 뿌리면 그 여자는 즙을 뿌린 사나이를 사랑하게 된다는 것이다.

그런 효능이 때로는 뿌리 껍질에 숨겨져 있는 경우도 있다. 말레이 군도(群島)의 스트리크노스 티우테라는 덩굴 식물의 뿌리가 바로 그것이다. 그 고장의 토인들은 그 뿌리에 뱀의 독을 섞어 '우파스 라차'라는 독을 만들어 화살에 발라 두는데 그것을 맞으면 그 독이 혈관 속으로 스며들어 눈깜짝할 사이에 죽게 된다는 것이다. 한스 카스토르프는 어떻게 해서 그렇게 되는지 원리를 알고 싶었으나 그것에 대해 아는 사람은 하나도 없었다. 단지 우파스는 그것이 간직하고 있는 힘에 있어서 스트리키니네와 비슷하다는 것만을 알고 있을 뿐이었다…….

페페르코른은 드디어 침대에서 몸을 일으키더니, 이따금 선장 같은 손을 가늘게 떨며 목이 타는 듯 포도주 잔을 길게 찢어진 입에 대고는 꿀꺽꿀꺽 마셨다. 그러더니 이에는 인도 코로맨들 해안 지방의 마친나무에 대한 이야기를 했다. 이 나무의 오렌지빛 열매인 '마친'에서 강한 힘을 지닌 스트리키니네라는 알칼로이드를 채취한다는 것이었다. 이런 이야기를 할 때 페페르코른의 이마에 그려진 당초 무늬는 더욱 치켜졌고 그의 목소리는 속삭이듯 낮아졌다. 마친나무의 회색 가지, 이상스럽게 윤이 나는 잎, 황록색의 꽃 이야기를 들었을 때 한스 카스토르프에겐 매우 음산하고 히스테릭하며 현란한 빛깔의 나무가 연상되어 어쩐지 기분이 나빠졌다.

이때 소샤 부인이 대화에 끼어들어 더 이상의 이야기는 페페르코른을 피곤하게 하여 열이 오를지도 모르니 이 정도로 끝내는 편이 좋겠다고 했다. 두 사람의 모처럼의 이야기를 방해할 생각은 없으나 오늘은 이만 그치는 것이 어떻겠느냐고 말했던 것이다. 물론 한스 카스토르프도 이 제안에 동의했다. 그러나 그 후 수개월 동안 4일마다 주기적으로 오르는 페페르코른의 열의 발작이 지나가면, 그는 늘 그의 머리맡에 앉아 이야기를 즐겼으며 소샤 부인 역시 그때마다 방안을 이리저리 서성거리며 두 사람의 대화를 감시하고 가끔 끼여들기도 했다. 한스 카스토르프는 페페르코른이 열이 없을 때도 진주 목걸이를 한 여행 반려자와 함께 몇 시간씩 보내곤 했다.

페페르코른은 자신이 침대에 누워 있지 않는 날에는 만찬 후에 베르크호프의 손님 중 몇 사람과——가끔 모이는 사람들이 달랐다——처음과 똑같이 레스토랑이나 연회실에 모여 앉아 카드 놀이를 즐기거나 포도주와 그 밖의 다른 음료들을 대접했다. 그러나 그때마다 한스 카스토르프는 늘 위대한 인물과 그의 여행 반려자 사이에 앉았다. 어떤 때는 다 같이 야외로 산책을 나가기도 했는데 페르게와 베잘도 따라갔고, 얼마 후에는 사상적인 적, 즉 세템브리니와 나프타도 함께 어울렸다. 산책을 할 적마다 이 두 사람과 꼭 만나게 된 이유도 있었지만, 한스 카스토르프는 페페르코른과 클라우디아 소샤에게 이 두 사람을 한꺼번에 소개할 수 있게 된 것이 몹시 기뻤다. 그리고 이러한 만남과 교류가 두 사람의 토론가에게 기쁜 일일지, 귀찮은 일일지에 대해서는 전혀 개의치 않았다. 한편 두 사람의 토론가는 교육적인 대상(對象)을 필요로 하고 있었기 때문에 그 대상으로 삼고 있던 한스 카스토르프 앞에서 토론을 단념하느니보다 차라리 그다지 반갑잖은 이런 교제를 참을 수밖에 없다고 생각하는 것 같았다.

이렇게 잡다한 교제 친구들이 적어도 서로 익숙해지지 않는 것에 익숙해지리라는 그의 예상은 결코 빗나가지 않았다. 물론 그들 사이에는 긴장, 서

먹서먹함, 남모를 적의까지 끼어들긴 했지만, 이상한 일은 우리의 단순한 주인공이 자신의 주위에 어떻게 이런 사람들을 모을 수 있었을까 하는 점이다. 우리들은 그 수수께끼에 대한 해답을 이렇게 설명하고 싶다——무슨 일에든지 '경청할 만한 가치가 있다'고 느낀 일종의 교활한 붙임성에서 나온 결과가 아닌가라고. 그는 그런 교활한 붙임성으로 완전히 이질적인 종류의 사람들을 자신의 주위에 모아들였을 뿐만 아니라, 그런 사람들을 어느 정도 융합시키기까지 했으므로 그것을 '결합력'이라고 불러도 좋을 것이다.

기묘하게 얽힌 관계였다! 한스 카스토르프가 함께 산책을 하면서 교활하고 상냥한 눈초리로 관찰한 것처럼 우리도 이 기묘한 결합을 대충 관찰하기로 하자.

우선 불쌍한 베잘을 관찰하기로 하자. 그는 소샤 부인에게 한없는 정욕의 눈길을 보내면서 동시에 한스 카스토르프와 페페르코른에게도 비굴할 정도의 존경심을 보였다.

페페르코른에게는 그녀에 대한 현재의 지배자로서, 한스 카스토르프에게는 지난 사육제 때 하룻밤 동안의 승리자로서였다.

다음에 클라우디아 소샤 부인을 보자. 그녀는 사뿐사뿐, 우아하게 걷는 여성 환자로서 여행으로 세월을 보내고 있었다. 그녀는 현재 페페르코른의 여행 반려자로서 진정으로 그의 소유물임을 느끼게 했으나 과거의 사육제날 밤, 자신의 기사(騎士)였던 한스 카스토르프가 그녀의 보호자와 정답게 지내는 것을 보고 마음속으로는 별로 달갑지 않게 여겨 은근히 화를 내고 있었다. 그녀의 이 신경질은 한스 카스토르프의 교육자이자 친구인 세템브리니와의 관계에도 큰 영향을 미치는 것 같았다. 그녀는 이 말많은 휴머니스트에게 호감을 갖기는커녕 거만하며 인간미가 없다고 혹평했다. 세템브리니가 그녀 조국의 언어를 전혀 이해하지 못하고 그 언어를 멸시하고 있듯이, 그녀 또한 세템브리니의 고향인 지중해 연안의 언어를 전혀 이해하지 못하고 경멸했다. 그러나 그녀는 세템브리니만큼 자신을 가질 수는 없었다. 독

일의 훌륭한 가문 출신으로 약간의 침윤 부분이 있는 용감하고 착한 부르즈
와 청년이 그녀에게 접근하려 했을 때 뒤에서 세템브리니는 지중해 연안의
말로 뭐라고 소리쳤는데, 그녀는 세템브리니에게 무슨 말을 했느냐고 묻고
싶을 정도였다.

  한스 카스토르프의 경우, 그의 연정은 이른바 '홀딱 반해 있다'라는 경지
에까지 도달한 정도는 아니어서 평지에서 유행하고 있는 이치에 맞지 않는
몰상식한 태도는 전혀 보이지 않았다. 요컨대 한스 카스토르프는 지극히 까
다로운 연정을 품고 있었다. 비록 그녀에게 묶여 있는 상태로 복종하고 봉
사하는 반노예적(半奴隷的)상태에 빠져 있더라도 예의 바르고 빈틈없는 태도
를 고수하면서도 타타르인처럼 가느다란 눈으로 사뿐사뿐 걸어가는 병든 부
인에 대한 자신의 연정이 어떤 의미를 지니고 있는가 하는 것쯤은 잘 알고
있었다. 그와 동시에 그녀는 세템브리니가 보이는 태도의 의미 역시 깨달았
을 거라고 생각했다. 세템브리니는 그녀의 생각이 옳다는 듯한 태도, 즉 휴
머니스트답게 깍듯이 예절을 지키면서도 아주 냉정한 태도를 취했다. 레오
나프타에 대한 그녀의 태도 역시 약간 유감스러운 것이기는 했지만 한스 카
스토르프가 보기에는 아주 적당한 태도였다. 사실 그녀는 은근히 희망을 갖
고 기대하고 있었으나 거기에 대한 충분한 보답은 받지 못했다.

  레오 나프타는 루도비코처럼 그녀의 존재에 대해 근본적인 불신을 드러내
지는 않았기 때문에 세템브리니와 이야기할 때보다는 훨씬 부드러운 분위기
에서 대화할 수 있었다. 클라우디아와 나프타는 가끔 단둘이서 책이나 정
치, 철학 등에 대해 이야기를 나누곤 했는데 두 사람 다 그런 것에 과격한
사고를 갖고 있다는 점에서 일치했다. 한스 카스토르프는 그들이 그런 화제
로 대화할 때는 가끔 끼어들기도 했다.

  그러나 나프타는 벼락같이 성공한 사람들에게서 흔히 볼 수 있듯이 짐짓
심각한 태도로 그렇지 않은 체했으나 은연중에 거만한 태도를 보여 일종의
협량(狹量)한 마음씨를 느끼게 했다. 또한 그의 스페인적 테러리즘 역시 문

을 탕탕 여닫으면서 이곳저곳을 돌아다니는 그녀의 인간성과는 결코 조화될 수가 없었다.

그리고 가장 미묘한 문제는 세템브리니와 나프타, 이 두 사람의 논적이 동시에 품고 있는 그녀에 대한 걷잡을 수 없는 적의(敵意)였는데 그녀는 여성 특유의 민감한 감성으로 자신에 대한 이런 감정을 알아차렸다(한스 카스토르프도 그 적의를 느끼고 있었다). 그 적의는 한스 카스토르프와 두 사람의 논적과의 관계에 기인하는 것이었다. 두 사람의 교육에 방해가 되는 요소, 제자의 주의력을 분산시키는 요소에 대한 교육자적인 불쾌감의 발로로서 이 적의로 하여금 교육자로서의 두 사람 사이에 축적되었던 반감마저 해소시켜 두 사람을 결속하게 만들었다.

그들이 느끼는 적의는 피테르 페페르코른에 대해서도 다소 영향을 받은 것이 아닐까.

한스 카스토르프는 그렇게 느껴졌다. 이것은 아마 그렇게 되기를 바라는 심술궂은 기대 탓이기도 했겠지만, 가끔 혼자서 장난삼아 '진(陣)을 친 고문'이라고 부르는 두 사람을, 말이 어둔한 왕자다운 거물에게 접근시켜 그 반응을 알아보고픈 생각에 사로잡혀 있기 때문이기도 했다.

페페르코른은 밖에 나가면 사방이 밀폐된 실내에서만큼 당당한 풍모를 느끼게 해주지는 못했다. 깊숙이 눌러 쓴 부드러운 펠트 모자는 그 특유의, 불꽃 같은 백발이나 이마의 당초 무늬를 감추어버려 그의 스케일을 축소시키고 왜소하게 만들어 크고 붉은 코도 위엄을 잃었을 뿐만 아니라 걷는 모습도 서 있을 때만큼 훌륭하지 못했다. 그는 발은 걸음에다 발걸음을 내디딜 적마다 발 쪽으로 무거운 몸과 머리까지 함께 내미는 습관이 있어서, 걷는 모습을 보고 있노라면 왕자답다기보다는 마음씨 좋은 노인을 연상하게 했다. 더구나 몸을 반듯이 펴고 서 있을 때와는 달리 몸을 구부리고 걷는 습관 때문에 더욱 그렇게 보였다. 그래도 루도비코보다는 키가 컸으며 난쟁이 같은 나프타 따위는 그의 어깨에도 미치지 못했다.

그러나 한스 카스토르프가 처음부터 예상하고 있었듯이 두 사상가를 완전히 압도해버린 것은 결코 페페르코른의 커다란 체구만은 아니었다. 그것은 이 왕자다운 인물과 두 사람이 너무나 달라 보였기 때문에 결국 압도당하고, 모습 자체도 희미해져서 한없이 왜소하게 보이는 것이었다. 이런 현상은 날카롭고 객관적인 관찰자인 한스 카스토르프에게는 물론이고 두 사상가 자신들, 즉 왜소한 인간이 되어버린 두 수다쟁이, 그리고 더듬거리는 왕자 역시 충분히 느끼고 있었다.

그러나 페페르코른은 나프타와 세템브리니에게 매우 예의 바르고 정중한 태도를 취했을 뿐만 아니라 경의를 보이기까지 했다. 만일 큰 스케일의 개념과 익살이라는 개념은 절대로 양립할 수 없다는 것을 알지 못했더라면 한스 카스토르프는 필경 그 경의를 익살로 간주했을 것이다. 왕자는 익살을 전혀 몰랐다. 수사학적인 솔직하고 고전적인 방법으로서의 익살조차 알지 못했기 때문에 그런 미묘한 익살 같은 것은 더구나 알 리가 없었다. 그러므로 네덜란드인이 한스 카스토르프의 친구들에게 보이는 과장된 정중함 뒤에 숨겨져 있는 것, 또는 공공연히 드러내 보이는 것은 익살이라기보다는 오히려 고상하면서도 당당한 조소라고 봐야 옳을 것이다.

"그렇지요…… 물론 그렇지요……. 네, 그래요!"

페페르코른은 찢어진 입술에 장난기 섞인 미소를 띠고 두 사람을 향해 위협적인 손가락질을 했다.

"이것은, 이런 분은 말이죠. 주의를 하겠습니다. 바로 대뇌(大腦) 자체, 대뇌적 존재입니다. 그렇습니다. 아니, 아니, 완벽합니다. 당치도 않습니다. 이것은 확실히……."

이 말을 듣고 두 이론가는 거기에 심한 반발심을 느껴 앙갚음을 하기 위해 서로 눈짓을 하여 시선이 마주치자 도저히 참지 못하겠다는 듯이 허공만 쳐다보았다.

한스 카스토르프도 자기들 편으로 끌어들이려고 했지만 그는 모른 체 외면했다. 드디어 어느 날 세템브리니는 제자에게 단도직입적으로 교육자의 입장에서 걱정되는 일을 말했다.

"기사 양반, 그 사람은 바보 늙은이 아닙니까? 도대체 그 사람의 어디가 마음에 듭니까? 그가 당신께 뭔가 도움을 줄 수 있는 능력을 갖고 있다고 생각합니까? 나로서는 납득이 가지 않는 일입니다. 그 사나이에겐 그저 핑계삼아 가까이 지내고, 사실은 그 사나이의 현재의 애인에게 당신의 마음이 쏠려 있다면 그다지 바람직한 일은 아니더라도 이해는 할 수 있습니다. 그러나 당신의 마음이 여자에게보다도 그 사람 쪽에 더 쏠려 있다는 것은 아무래도 납득이 가지 않는군요. 부탁입니다. 부디, 그 점에 대해서 설명해 줄 수 있겠습니까?"

한스 카스토르프는 웃었다. "단연코!"라고 그는 입을 열었다. "완벽한 것은, 실례이지만…… 좋습니다." 그는 페페르코른의 세련된 손짓까지 흉내내면서 계속 웃었다.

"그래요 네, 그래요. 당신은 그런 나의 태도를 무척 형편없다고 비난하겠지요. 세템브리니씨, 어쨌거나 애매한 태도임은 분명합니다만, 당신은 애매하다는 것을 어리석음보다 더욱 곤란한 일로 생각하겠지요. 하지만 바보에도 여러 가지가 있지요. 아무리 영리하다 해도 똑똑한 바보와 비교할 수 없는 경우가 있으니까요. 어떻습니까, 그럴듯하지요? 명언 아닙니까? 마음에 드시지요?"

"네, 아주 그럴듯하군요. 당신의 잠언집의 처녀 출판을 기다려 보겠습니다. 그런데 한 가지 부탁이 있는데요. 아직 늦지 않았다면 당신의 잠언집에 우리가 역설한 비인간성에 대해서도 한 면을 할애해 주시길 바랍니다."

"그렇게 하도록 하지요, 세템브리니씨. 꼭 그렇게 하겠습니다. 그러나 나의 명언은 결코 역설에 그치려고 한 것은 아니었습니다. 나는 '어리석음'과 '영리함'을 구별하는 것이 얼마나 어려운 일인가를 강조하고 싶었을 뿐입니다. 그렇습니다. 어려운 일이지요. 그렇게 생각지 않습니까? 이 두 가지 면은 뒤얽혀 있기 때문에 구별하기가 무척 어렵지요. 나도 잘 알고 있어요. 당신은 그런 무질서한 혼란을 싫어하고 가치와 비평, 가치 판단을 존중한다는 것도 알고 있습니다. 그것은 두말할 나위 없이 옳은 일이라는 것도 솔직히 인정하는 바입니다만 '어리석음'과 '영리함'은 정말 신비로운 것입니다. 그런 신비함의 '정체'를 명백하게 규명하려는 노력만 있다면 그 신비에 접해 보는 것도 괜찮을 것 같은 생각이 드는군요. 당신에게 묻고 싶은 것이 있습니다. 당신은 우리 중의 어느 누구보다도 그가 훌륭한 인물이 아니라고 주장할 근거를 갖고 계십니까? 내 말투가 좀 격합니다만, 내 생각엔 당신도 역시 그 사실을 부정할 수는 없을 것 같군요. 그 사람은 우리보다는 훌륭해요. 그리고 그 사람은 우리를 우습게 생각할 수 있는 자격이 있는 사람입니다. 왜 그럴까요? 어디에 그런 자격이 있는 것일까요? 어느 정도일까요 물론 현명하기 때문에 그렇다는 건 아닙니다만 그것이 전부는 아니지요. 그 사람은 매우 애매모호한 사람이며 감정에 치우치기 쉬운 사람입니다. 감정이야말로 그 사람의 인격이나 다름없습니다. 이런 속어(俗語)를 사용해서 죄송합니다만 내가 강조하고 싶은 것은 우리보다 그가 훨씬 현명하기 때문에 훌륭하다는 것은 아닙니다. 다시 말해서 정신적인 이유가 아니라는 겁니다. 그것은 당신도 잘 아실 테지요. 당신도 설마 그 사람이 정신적으로 우수하다고는 생각지 않으실 테지요. 그렇다고 해서 육체적인 이유도 아닙니다. 그의 어깨는 선장같이 떡벌어진 데다 힘도 세기 때문에 우리 중 어느 누가 덤벼들더라도 그는 상대를 단번에 때려 눕힐 것입니다. 그러나 그는 자신이 그렇게 힘이 세다고 생각지도 않을 뿐더러 설혹 그렇다 하더라도 몇마디 조용히 타이르는 걸로 마음을 진정할 수 있는 위인이지요. 그렇기 때문에 육체적인 이유도 아닙니다. 그러나 이런 경우에는 육체적 요소가 한몫을 한다는 것은 의심할 여지가 없습니다. '완력'이란 의미에서가 아니라 뭔가 신비스런 다른 의미에서지요. 육체가 개입되면 그 즉시 모든 것이 신비롭게 되어 정신은 육체로, 육체는 정신으로 바뀌어 뭐가 뭔지 구별하기 힘들게 되고 바보인지 똑똑한 사람인지조차 가릴 수 없게 되는 혼란스러운 현상이 나타나게 됩니다. 그 다이내믹한 작용이 명확하게 나타나면 우리를 압도하는 것입니다. 이러한 작용을 표현할 수 있는 말은 단 한 가지밖에 없습니다. 그것은 바로 '인물'이라는 말입니다. 물론 이 말은 상식적인 의미로 쓰이기 때문에 그렇게 본다면 우리도 모두 인물이라 할 수 있지요. 도덕적 인물, 법률적 인물, 그 밖의 여러 가지 면에서도 인물이 될 수 있습니다. 그러나 내가 여기서 말하고 싶은 것은 그런 상식적인 인물이 아니라, 어리석음과 현명함을 초월한 신비라는 의미에서의 인물을 말하는 것입니다. 이 신비에는 알아두어야 할 문제가 있습니다. 그 신비를 되도록이면 명백하게 규명하기 위해서, 만일 그러한 규명이 불가능하다면 가능한 한 그 신비에 접하여 즐거움을 느끼기 위해서라도 '인물'은 역시 적극적인 가치 중의 한 요소라고 생각합니다. 만일 당신이 가치를 문제시한다면요. 어리석거나 현명하다는 것보다 한 단계 높은 생명과도 같은 가장 적극적인 가치, 요컨대 이것은 생명의 가치로서 진지하게 다루어야 할 가치라고 생각합니다. 당신이 말씀하신 어리석음에 대해 난 이렇게밖에 대답할 수 없다고 생각하고 있습니다."

요즘에 와서 한스 카스토르프는 가슴속에 있는 생각을 한꺼번에 토로해도 횡설수설로 들리거나 말이 막히는 일이 거의 없었다. 속으로 간직했던 말을 모두 털어놓고 나서는 목소리를 낮추어 결론을 맺고, 자기도 자신있게 행동할 수 있다는 태도를 보여주었다. 그러나 역시 벌겋게 달아오르는 버릇은 남아 있었으며, 말을 끝내고 나서도 세템브리니가 자신을 반격하기 위해서 입을 다물고 있는 것이 아닐까 하여 사실은 좀 겁을 먹고 있었다. 아니나 다를까 세템브리니는 한동안 침묵을 지키고 있더니 이윽고 입을 열었다.

"당신은 아까 역설을 노린 게 아니라고 말했습니다. 그러나 당신이 신비에 집착하는 것을 내가 싫어한다는 것은 당신도 잘 알고 계시겠지요. 어떤 인물을 신비화시키는 데는 우상숭배에 빠질 위험이 있습니다. 그리고 당신은 가면을 존경하고 있습니다. 당신은 현혹되어 헤어날 수 없는 경우에, 즉 육체와 외모라는 것에 숨은 악마가 우리를 속이려고 사용하는 저 기만적인 내용, 공허한 형상에 지나지 않는 것을 신비라고 믿어버립니다. 당신은 배우들과 교제해 본 일이 있습니까? 줄리어스 시저, 괴테, 베토벤의 풍모를 지니고 있으면서 그 훌륭한 풍모의 소유자가 한번 입을 열어 말하면 세상에도 보기 드문 바보에 지나지 않는 광대라는 것을 느끼신 적이 있습니까?"

"그렇습니다, 그것은 자연의 장난이겠지요. 그러나 오로지 자연의 장난, 자연의 기만이라고만 해서는 안 될 것입니다. 왜냐하면 그들이 배우인 이상 그들도 재능이 있는 사람들임에 틀림없기 때문입니다. 그런 재능이란 똑똑하거나 바보이거나 간에 생명적 가치입니다. 당신이 뭐라고 하시든지 페페르코른씨 역시 재능을 갖고 있어요. 그렇기 때문에 우리 모두는 그에게 압도당하고 마는 것입니다. 이런 예를 들어 봅시다. 방 이쪽 구석에는 나프타씨를 세워 두어 그레고리우스 교황과 신의 나라에 대한 명연설을 하게 하고, 다른 한쪽에는 페페르코른씨를 세워 두어 당초 무늬 주름을 치키며 찢어진 입술을 움직여 '단연코 실례지만…… 끝났습니다!' 라는 말을 되풀이시켜 보십시오. 아마 모르긴 몰라도 모두들 틀림없이 페페르코른씨의 주위로 몰려들어, 신의 나라에 대한 강연을 하는 똑똑한 나프타씨는, 베렌스 고문관의 말마따나, 골수에 사무치는 명쾌한 연설을 한들 아무도 귀기울이는 사람이 없어 혼자 떠들게 될 것입니다."

"무엇이든 이기고 봐야 한다는 주의를 함부로 입에 올리지 마십시오. 세상 사람들은 유혹에 넘어가기 쉽습니다. 나도 나프타씨 주변에 사람들이 모이는 것은 원하지 않습니다. 그는 매우 위험한 선동가이기 때문입니다. 그러나 당신이 조소를 금치 못하며 말한 가공의 장면에 대해서는 차라리 그의 편에 서겠습니다. 당신은 확실한 것, 정확한 것, 논리적인 것, 인간적인 질서정연한 말을 멸시하는 겁니까? 그런 것은 멸시하면서 암시와 감정, 과장의 교묘한 속임수는 존경한단 말인가요? 그렇다면 당신은 이미 악마의 손아 귀에 들어가고……."

"아, 그렇지 않습니다. 그도 열중하면 아주 훌륭할 정도로 조리있는 말을 할 줄 압니다. 언젠가 다이내믹한 효능을 가진 약제(藥劑)와 아시아산 독나무에 관해 얘기해 준 일이 있는데 너무 재미 있어 이상한 느낌이 들 정도였습니다. 재미있는 이야기를 듣노라면 난 기분이 늘 이상해지거든요. 그런데 그 이야기는 내용 자체가 재미있다기보다는 그 이야기의 내용과 페페르코른의 알 수 없는 힘이 결부되어 재미있게 느껴지더군요. 그에게서 풍기는 알 수 없는 힘에 의해 그 이야기는 무시무시하게 들렸으며 그와 동시에 흥미있게도 들리는 것 같았어요.??

"그랬겠지요. 당신이 아시아에 흥미를 느끼기 시작한 것이 하루 이틀 사이의 일은 아니니까요. 그렇고말고요. 나 같은 사람은 아무래도 그렇게 희귀한 이야기는 해드릴 수 없지요."

세템브리니는 자못 못마땅한 듯 퉁명스럽게 대꾸했다. 당황한 한스 카스토르프는 세템브리니씨가 진지하게 말해 준 교훈적인 충고는 전혀 다른 측면에서 많은 도움을 주는 것이라 생각하며, 그 때문에 페페르코른씨의 말과 비교한다는 것은 양쪽 모두를 욕되게 하는 짓이어서 그런 일은 절대로 생각할 수도 없다고 변명했다. 그러나 이탈리아인은 한스 카스토르프의 변명 따위는 안중에도 없다는 듯 계속해서 자기 말만 하였다.

"어쨌든 당신의 객관적이고 침착한 태도에 정말 감탄했습니다. 기사 양반, 약간은 그로테스크하다고 생각하는데 당신도 그 점은 인정하시겠지요 결국 누가 뭐라 해도 현재의 상황으로 봐서는…… 나는 있는 그대로 얘기하는 겁니다만, 저 멍청이가 당신의 베아트리체를 빼앗아버렸습니다. 그런데 당신은 어떻습니까? 정말로 당신의 태도는 이해할 수가 없습니다."

"기질 차이입니다, 세템브리니씨. 격한 기질과 기사도적인 기질 차입니다. 물론 당신이라면 남국 출신의 기질을 발휘하여, 독약을 마신다거나 단도를 휘두르는 행동을 사회적인 것이며 열정적인 것이라고, 즉 다시 말해 훌륭한 것이라고 미화시킬 것입니다. 그것은 분명히 사회적인 의미에서 볼 때 남성적이며 매력적임엔 틀림없겠습니다만 나의 경우는 좀 달라요. 나는 그를 경쟁 상대이며 나의 연적(戀敵)이라고 생각할 만큼 남성적이지 못합니다. 나의 성격은 대체로 그다지 남성적이지 못하다고 생각되는데, 무슨 이유에서 그런지는 몰라도 왠지 사회적인 면에서는 특히 그렇다고 생각됩니다. 그래서 나는 답답한 가슴을 치면서 나에게 과연 저 사람의 잘못을 지적할 수 있는 자격이 있는 것일까 하고 생각해 보기도 합니다. 저 사람이 나에게 고의로 무슨 짓을 저질렀을까? 모욕이라는 것은 무엇을 고의로 하기 때문에 비로소 모욕이 되는 것이지, 모르고 한 것은 결코 모욕이 될 수 없습니다. 만약 그가 나에게 훼방을 놓는다면 나는 절대로 그녀를 놓치지 않아야 옳을 것입니다만, 나에게는 그럴 권리도 없어요. 일반적으로 이쪽에 권리가 없는데, 상대가 페페르코른씨라면 더욱더 문제가 될 수 없지요. 왜냐하면 첫째로 그는 거물이기 때문입니다. 그 이유만으로도 여자들은 맥을 추지 못합니다. 둘째로 그는 나 같은 일반 시민이 아니라, 죽은 나의 사촌과 같은 군인이라고 해도 좋을 것입니다. 다시 말해 그는 감정이나 생활을 존중하려는 철저한 명예심의 소유자이지요. 이렇게 얘기하고 보니 좀 쑥스럽군요. 그러나 늘 틀에 박힌 정결한 문구만을 지껄이는 것보다는 어딘가 좀 모자라는 듯한 말을 늘어놓고 싶은 생각을 갖고 있었지요. 내 성격에도 약간은 군인다운 요소가 숨어 있을지 모른다고 말해도 괜찮을 것 같군요……."

"그렇게 말해도 괜찮겠지요. 그것은 칭찬할 만한 일면임에 틀림없으니까요. 인식과 표현의 용기, 그것은 바로 문학이며 인문 정신이죠……." 세템브리니는 고개를 끄덕이며 맞장구쳤다.

이렇게 하여 두 사람은 충돌의 위기를 간신히 넘기고 별일 없이 작별할 수 있었다. 늘 그랬듯이 마지막에는 항상 세템브리니가 화해적인 결말을 맺었으나 그에게는 그렇게 해야만 할 여러 가지 이유가 있었다. 그의 입장은 결코 안전하다고 할 수 없었기 때문에 너무 심한 말을 하지 않는 편이 그를 위해서도 좋을 것이다. 가령 질투가 문제시된다면 그가 설 땅을 잃어버릴 염려가 있었다. 그 화제를 지금보다도 더 깊이 파고든다면 세템브리니는 어떤 사실을 당연히 인정하지 않으면 안 되게 되어 있었다. 즉 그의 교육자적인 자질 면에서 볼 때 그 역시 사회적인 의미에서 결코 남성답지 못했으며, 나프타나 소샤 부인이 그랬듯이 페페르코른의 압도적인 힘에 의해 자신의 영역을 침해받게 되리라는 것이었다. 이리하여 결국 그가 하고자 한 일 즉 제자를 설복시켜 그 인물의 영향이나 타고난 우월성으로부터 구원할 수 없었으며, 자기 자신도 그의 논적(論敵)인 나프타처럼 페페르코른의 영향력이나 우월성에서 벗어날 수 없었다.

두 사람이 가장 의기양양해하는 때는 역시 토론을 시작하여 그 자리에 지적인 분위기를 조성하는 때였다. 그럴 때 함께 산책을 하던 사람들은 으레 그 두 사람의 학문적인 문제, 또는 시사적(時事的)인 문제, 사회적인 문제에 대해서 점잖으면서도 격렬한 어조로 계속되는 토론에 귀기울이곤 했다. 다른 사람들은 거의 아랑곳하지 않고 둘이서만 토론을 계속하는 동안, '인물' 또한 중립적인 태도를 취한 채 당초 무늬의 주름살만 더욱 깊게 새기며 놀랐다는 표정을 짓거나 모호하면서도 조롱 섞인 말로 가끔 끼어들기도 했다. 그러나 잠깐잠깐이기는 해도, 그럴 때마다 위압감을 갖게 했으며 그들의 토론을 흐려놓기도 했고 그 토론의 광채마저 빼앗아 공허하게 만들었다.

페페르코른 자신은 의식하지 못했을 테지만, 아니, 어느 정도 의식하고 있었을지는 모르지만 일반적으로 모든 사람들이 느끼기에는 논쟁하는 두 사람의 주장 중 어느 쪽에도 편들지 않는 이상스런 분위기를 만들어 그 토론의 결정적인 중요성을 감소시켰다.

솔직히 말해서——이렇게 말하는 것이 조금 두렵기는 하지만——두 사람이 쓸데없는 말들을 지껄이고 있다는 느낌을 갖게 했다. 다른 말로 표현한다면, 생사를 건 격렬한 어조의 기지(機智)에 찬 토론이 무의식적으로 옆에 걸어가는 '인물'을 의식하고 있어서, 그 인물의 자력(磁力)에 토론의 힘을 빼앗기고 마는 것 같았다. 이렇게 얘기하지 않고는 두 논쟁자가 화를 내게 되는 신비한 현상을 도저히 설명할 방법이 없다.

피테르 페페르코른이 만약 함께 있지 않았다면 두 사람의 토론은 분명히 더욱 과격해졌을 것이다. 두 사람의 주장은 다음과 같았다. 세템브리니는 교회라는 역사적 권력을 음울한 침체와 보수의 옹호라 여겼으며, 생명을 사랑하고 미래에 눈을 뜨고, 혁명과 혁신에 호의를 갖는 사상은 모두 보수와 정체에 대립하는 원리요, 저 고대의 교양이 부활된 빛나는 시대의 계몽, 과학, 진보의 원리와 대립된 것임을 멋진 말과 몸짓으로 표현했다. 세템브리니의 논설에 대해 레오 나프타는 지극히 혁명적인 교회의 본질에 대해 주장했다. 매우 냉정하고 날카로운 응수였는데, 그것은 상대방으로 하여금 더 이상 반박할 수 없게 만드는 현란한 항변이었다. 나프타의 말에 의하면 교회란 종교적, 금욕적 이념을 구현하려는 것이다. 그런 의미에서 볼 때 근본적으로 영속하려는 것, 즉 세속적인 교양이나 국가 질서를 위해 옹호하고자 한다기보다는 오히려 예로부터 급진적인 혁명이나 완전한 혁명을 궁극적인 목표로 삼고 있다. 존속할 가치가 있다고 자부하는 자, 낙오자나 비겁자, 보수적인 삶, 부르주아들이 존속시키려고 하는 것——즉 국가나 가족, 세속적인 예술이나 과학——이것들은 의식적이든 무의식적이든 종교적 이념에 대해, 즉 교회에 대해 지금까지 반대의 입장을 취해 왔다. 그것은 교회의 본래의 경향과 그 부동의 목적이 현존하는 모든 세속적 질서를 해소하고 이상적인, 공산주의다운 신의 나라를 모범으로 삼아 사회를 재편성하려는 데 있기 때문이라고 했다.

이번에는 세템브리니가 응수할 차례였는데, 그 역시 자신의 기회를 유효 적절하게 사용할 줄 아는 사람이었다.

"나프타씨와 같은 혼돈, 계몽적인 혁명 사상과 모든 추악한 본능의 반역을 혼동하는 것은 정말 한탄할 일입니다. 수세기에 걸친 교회의 혁신에는,

생명의 불꽃을 피어나게 하는 사상을 규탄하여 교살하고 화형의 연기로 질식시키는 데 있었지요. 그러나 오늘날의 교회는 자유·교양·민주주의를 매장시키고 민중 독재정치와 야만 상태를 실현시키려고 하기 때문에 밀사들로 하여금 교회가 혁명을 찬양하고 있다는 허위 선전을 시키고 있습니다. 모순에 찬 견해, 악질적 모순의 가장 철저한 표본이라고 할 수 있습니다."

"당신은 민주주의자로 자칭하고 있지만, 당신이 입버릇처럼 말하는 것을 보면 결코 민중과 평등의 편이라 할 수 없지요. 만민을 대표하여 지배할 사명을 갖고 있는 프롤레타리아를 민중이라 부름으로써 경멸해 마지않는 귀족적 오만을 드러내고 있습니다. 그러나 단 한 가지, 당신이 교회를 반대하는 것만은 민주주의자답군요. 교회는 궁극적이며 최고의 의미, 즉 정신적 의미에서 볼 때 가장 귀족적인 권력을 뜻하기 때문에 인류 역사상 가장 귀족적 권력을 의미한다는 것은 반드시 인정해야 합니다. 왜냐하면 금욕 정신(정신은 곧 금욕을 뜻하는 것이므로 중복되어버렸다), 즉 현재의 부정과 현세 말살의 정신은 고귀성 그 자체, 순수한 귀족적 원리이기 때문입니다. 금욕 정신은 어느 시대에나 민중적인 경향을 띤 적이 없으며 교회 역시 본질적으로 비민중적이었기 때문입니다. 세템브리니씨도 중세 문화에 관한 문헌을 연구해 보신다면 그 사실을 인정하실 겁니다. 중세의 민중, 그것도 아주 넓은 의미의 민중은 교회의 본질적인 면에 대해서 상당히 부정적인 반응을 보여왔습니다. 민중의 단순한 시적 공상에서부터 조립된 수도사의 모습이 바로 그것인데, 이 수도사들은 루터와 똑같은 정신으로 금욕 정신과 술과 여자, 노래를 예찬하고 있습니다. 세속적인 영웅주의의 모든 본능과 호전적인 정신, 그리고 궁정 문학은 비록 그 정도에 차이가 있긴 하지만 종교적 이념에 대립하고, 그에 따라 교권제도(敎權制度)에 대한 대립적인 면은 일치하고 있습니다. 왜냐하면 그것들은 교회의 대표적인 귀족 정신에 비교하면 세속이나 민중만을 의미하고 있기 때문이지요."

"감사합니다, 나프타씨. 기억을 새롭게 해주셔서……. 나프타씨가 찬미하신 귀족주의에 비하면 영웅시 〈로젠가르텐〉에 나오는 수도사 일잔의 모습이 훨씬 깨끗한 느낌을 주는군요. 나는 원래 나프타씨가 말한 독일의 종교 개혁자를 전혀 좋아하지 않지만 인격을 무시하려는 종교적이며 봉건주의적인 모든 본능에 대립하는 루터 교회의 민주적 개인주의에 대해서는 전적으로 찬성하는 바입니다."

나프타는 갑자기 소리쳤다.

"이건 정말! 당신은 교회가 민주적 사상을 갖고 있지 않으며 인격의 가치를 이해하지 못한다는 것입니까? 시민권의 유무에 의해 권리 능력의 유무를 결정하는 로마법이나 게르만 민족에 소속한 자와 개인적 자유를 갖는 자에게만 권리 능력을 부여한 게르만법에 비해 교회법은 교단 소속과 정교 신봉만을 유일한 조건으로 내세워 국가적이거나 사회적인 조건들은 아주 무시해 버리고 노예·포로·비자유인의 유언권(遺言權)과 상속권을 주장했는데 이러한 인간적인 공정한 태도에 대해서는 어떻게 설명하시겠습니까"

"교회에서 그러한 주장을 할 때는 유언할 때마다 교회로 굴러들어오는 '교회 취득분(取得分)'을 생각하고 취한 것입니다. 그리고 '신부의 선동 정치'는 탐욕스러운 권력욕에서 비롯된 군중에의 아부라 해도 과언이 아니며 신에게는 당연히 상대가 되지 않기 때문에 하층 계급을 동원하려고 하는 것이지요. 또한 교회가 영혼의 질보다는 양을 목표로 하여 왔다는 것으로 미루어, 교회가 정신적으로 저급하다는 것이 여실히 증명되는 것입니다."

"저급하다구요? 교회가?"

나프타는 교회의 준엄한 귀족주의——오욕(汚辱)이 자손대까지 미친다는——에 대해 주의할 것을 촉구했다.

"민주주의적 사고 방식에 의하면 아무런 죄가 없는 자손들까지 무거운 벌을 받게 되죠. 가령 사생아일 경우 그는 일생 부모의 죄를 짊어지고 권리를 부여받지 못하게 되는 겁니다."

"아, 아, 그런 말은 입 밖에도 내지 말아 주십시오. 왜냐하면 나의 감정은 그런 말을 아주 태연스럽게 받아들일 수가 없고, 또 그런 핑계는 이제 진저리가 나니까요. 나프타씨, 당신의 교묘한 변명은 너무나도 파렴치하고 악마적인 허무 예찬에 불과합니다. 왜 허무 예찬인 줄 아십니까? 그 허무 예찬을 정신이라 칭하고, 금욕이란 원리는 인기가 없다는 것을 알면서도 마치 정당하고 신성한 것처럼 느끼게 하려고 하기 때문이지요."

"미안한 말이지만 웃음을 터뜨리지 않을 수 없군요. 교회의 허무주의를 함부로 입 밖에 내다니! 세계사에 있어서 가장 실제적인 지배 체제인 교회에 대해 허무주의를 운운하다니! 교회는 현세와 육욕을 외면함으로써 그 속에 금욕적 원리의 최종적 결론을 은폐시키고, 자연 본능에 대한 지나칠 정도의 엄격성은 배제하고 억제 조정의 의미에서만 정신이 간섭하고 있는데, 세템브리니씨는 교회의 이러한 인간미 넘치는 아이러니를 조금도 느껴본 일이 없는 것 같군요. 그리고 관용에 대한 성직자들의 섬세한 사고에 대해서도 들어 본 일이 없는 것 같군요. 예를 들어 성사(聖事), 즉 혼배성사 역시 성직자들의 섬세한 사고 중의 하나로서 다른 모든 성사와 마찬가지로 적극적 선(善)이라기보다는 죄로부터 인간을 지키기 위한 수단에 불과합니다. 혼배 성사는 단지 육욕과 무절제를 위해서만 주어지는 것으로, 육체에 대해서 비정치적인 엄벌주의로 다루려는 것이 아니라 금욕적 원리, 순결의 이상을 주장하는 것입니다."

'정치적'이란 개념의 혐오스런 적용에 대해서 세템브리니는 도저히 참을 수가 없었다. 감히 정신이라고 자칭하는 것과 그 반대의 것——성직자의 주제넘은 관용 같은 것——을 조금도 필요로 하지 않는 것을 죄악이라고 하며 그것을 정치적으로 알맞게 취급해야 한다는 등 관대한 척, 현명한 척하는 나프타의 몸짓에 세템브리니는 도저히 참을 수가 없었던 것이다. 그리고 인생에 대립할 수 있다는 건방진 태도——즉 우주를 악마화시키려는 우주관의 혐오스런 이원론에 대해 항의했다. 왜냐하면 삶을 악으로 간주한다면 완전 부정인 정신 또한 악이어야 하기 때문이다. 이처럼 세템브리니가 육욕에 대해 옹호하면서 거기엔 아무런 죄가 없다고 주장하고 있을 때 한스 카스토르프는 휴머니스트의 다락방에서 사용하는 책상, 짚이 든 의자, 물병이 놓여 있던 그 방을 생각지 않을 수 없었다. 나프타가 말했다.

"어떠한 경우라도 육욕은 죄가 없다고 말할 수 없습니다. 자연이란 늘 정신에 대해 뭔가 꺼림칙한 것을 느끼지 않을 수 없지요. 그리고 교회의 정책과 정신의 관용은 바로 '사랑'입니다. 금욕적 원리는 허무주의인 것입니다."

그러나 한스 카스토르프에게는 나프타의 '사랑'이란 표현이, 날카롭고 깡마른, 키가 작은 이 사나이에게는 도저히 어울리지 않는 표현이라는 생각이 들었다.

이와 같이 논쟁은 계속되었으나 우리에게나 한스 카스토르프에게나 두 사람의 이러한 논쟁은 이미 진기한 것이 아니었다. 그래도 우리가 그와 함께 끝까지 경청하게 된 이유는 그러한 소요학파적인 응수가 옆에 나란히 걷고 있는 '인물'의 영향을 받아 어떤 양상을 띠게 되는가, '인물'의 존재가 그러한 논쟁을 은연중에 얼마나 공허한 것으로 만들었는가를 관찰하기 위해서였다. 그리고 두 논쟁자가 인물의 존재에 의해 무의식중에 압도당하여 논쟁의 열기가 식어 숨통도 끊어져버렸음을 깨달았을 때의 무력감을 관찰하고 싶었기 때문이었다. 예상한 대로였다. 바로 그대로였다. 두 사람의 논쟁의 생기도 빛도 모두 사라지고 만 것이다.

정신을 표방하고 나선 두 사람이 무력하다고 믿은 '인물'이 오히려 그들을 무력하게 만들어버리자 한스 카스토르프는 경탄과 호기심을 갖고 바라보았다.

혁명측과 보수측 모두는 페페르코른을 쳐다보았다. 페페르코른은 모자를 깊이 눌러 쓰고 그다지 당당하지 않은, 좌우로 흔들리는 듯한 걸음걸이로 발을 옮기며 불규칙하게 찢어진 입술을 열고 논쟁자들을 장난스럽게 머리로 가리키면서 말했다.

“그렇지요—— 그래요—— 그렇습니다! 뇌수(腦髓), 뇌수뿐인, 그렇고말고요. 그것은 즉 확실히…….”

그런데 어떻게 된 일일까? 그가 이런 말을 하자마자 논쟁의 열기는 졸지에 식어버리고 말았다. 두 논쟁자는 그 열기를 되살리려고 다른 주제로 옮겼다. 그들은 훨씬 강렬한 어조로 ‘귀족성의 문제’, 다시 말해서 대중성과 귀족성에 대해 토론하기 시작했으나 그전과 같은 열기는 좀처럼 되찾을 수 없었다. 논전의 열기가 이 인물의 자석과도 같은 힘에 빨려들어가버린 것이다. 그 순간 한스 카스토르프는 클라우디아의 여행 반려자가 깃이 없는 메리야스를 입어 늙은 노동자나 왕자의 흉상을 방불케 한, 붉은 비단 이불을 덮고 있던 모습을 연상했다. 잇따라 논쟁의 중추 신경은 더욱 약화되어 경련을 일으키며 아주 숨통이 끊어져버리고 말았다. 그러자 두 사람은 사상적인 대립 관계를 더욱 격화시켰다. 나프타는 부정(否定)과 허무를 예찬했으며 세템브리니는 영원한 정신과 삶을 예찬했다. 그러나 페페르코른을 쳐다보기만 해도——보지 않으려고 애썼지만 알 수 없는 인력에 끌려 시선을 돌리지 않을 수 없었다——기백, 열기, 생기는 어디론지 멀리 달아나버리는 것이었다. 요컨대 열기가 어디로 사라져버리는지, 한스 카스토르프의 표현을 빌면 신비, 바로 그것이었다. 한스 카스토르프는 그러한 신비에 대해 그의 잠언집 발간을 위해 기록해 두었어야 했다——신비란 아주 간단한 말로 표현되는 것이 표현할 수 없는 것이라고. 그러나 이러한 신비를 어떤 방법으로라도 표현해 보기로 하자. 페페르코른——당초 무늬가 새겨진 이마와 왕자 같은 얼굴, 옆으로 길게 찢어진 입술을 가진——은 언제나 두 가지 경향을 띠고 있어서 그를 보면 어느 쪽이든지 모두 어울려 그의 내부에서 하나로 통합되는지, 이쪽인 듯싶으면 또 저쪽인 듯싶어 어느 한쪽이라고 규정지을 수 없었다.

그렇다, 이 바보 같은 노인, 이 지배자적인 무(無)! 그는 나프타처럼 혼란이나 선동으로 논쟁의 기백을 마비시키지는 않았다. 애매하지도 않으며 완전히 정반대인 적극적 의미에서 파악하기 어려운 것이다. 이 휘청거리는 신비는 분명히 우매함이나 현명함을 초월해 있었으며, 세템브리니와 나프타가 열을 내며 토론의 제목으로 삼은 교육 목적의 반대 개념을 분명히 초월하고 있음으로 보아 '인물'이라는 개념은 교육자적 개념은 아닌 것 같았다. 그러나 이 인물과 접촉할 수 있게 된 것은 수양을 하고 있는 젊은이에게는 더없이 좋은 기회였다. 두 논쟁자가 결혼과 죄, 관용의 성사, 육욕에 대한 죄의 유무를 토론하고 있는 사이에 이 왕자적 존재의 신비하고 훌륭한 면모를 관찰할 수 있었다는 것은 정말 멋진 경험이었다.

이 왕자 같은 인물은 어깨와 가슴에다 머리를 파묻고 한심스럽다는 듯이 예의 쭉 째진 입을 벌리고 있었다. 콧구멍도 고통스럽게 벌렁거렸고 이마의 당초 무늬 역시 치켜졌으며 엷은 빛깔의 눈에도 고뇌의 빛이 어렸다——그는 고뇌의 모습 바로 그것이었다. 그런데 어떻게 된 일일까? 다음 순간 그토록 고통스럽던 그의 표정은 어느새 장난기 섞인 음탕한 표정으로 변해 있었다. 옆으로 숙인 머리는 장난스러운 까딱거림으로 변했고 반쯤 열린 입가엔 음탕한 미소가 번졌으며, 언젠가 본 일이 있는 탕아 같은 보조개까지 나타났다. 그것은 바로 미친 듯이 춤추는 이교의 사제, 바로 그 얼굴이었다. 그는 개구쟁이처럼 두 사람을 머리로 가리키면서 말했다.

"그렇지요, 그래요…… 완벽하지요. 이분…… 이분들은…… 아주 자명해졌습니다. ……육욕의 징표, 아시겠어요……."

한스 카스토르프의 친구이자 선생인 두 논쟁자는 페페르코른이란 존재에 의해서 본의 아니게 품위가 떨어졌지만, 아까 말했듯이 두 사람이 격렬하게 논쟁을 하고 있을 때 비해 그래도 득의만만한 편이었다. 이때의 두 사람은 물을 만난 물고기와 같았는데, 반면 페페르코른은 물에서 건져낸 물고기와 같았다. 어쨌든 이런 경우 '인물'이 끼친 영향에 대해서는 여러 모로 생각할 여지가 있었다. 그렇지만 이와 반대로 기지나 말, 정신이 문제시되지 않고 실제적이며 현실적인 사실, 다시 말해 지배적인 인물이 그의 실력을 발휘할 수 있는 문제들이 토론의 대상이 되면 두 논쟁자에게는 매우 불리해져서 토론의 중심이 그 두 사람으로부터 지배적 인물 쪽으로 옮겨지게 되어 두 사람은 한구석으로 밀려나 무력해지고 그 대신 페페르코른의 독무대가 되어버리는 것이었다. 즉 페페르코른은 독단적으로 결재·결정·명령·주문·호령을 하게 되는 것이었다. 이렇게 되니 페페르코른이 이론적인 분위기에서 현실적인 분위기로 화제를 옮겨가려는 것은 지극히 당연한 일이 아니겠는가?

토론의 분위기가 이론적일 경우에는, 혹 그런 시간이 길어지면 페페르코른은 그것을 고통스럽게 생각했다. 그것은 그가 추앙되지 못해서 느끼는 고통 따위는 아니었다(한스 카스토르프는 잘 알 수 있었다. 자신이 추앙되기를 원하는 자는 결코 큰 인물이 아니었다. 거물들에게는 원래 그러한 하찮은 허영심은 없는 법이다). 페페르코른이 자신있는 현실적인 화제로 토론의 주제를 바꾸려고 한 것은 전혀 다른 이유에서이며 일종의 '불안'에서 기인한 것이었다. 한스 카스토르프가 언젠가 세템브리니에게 시험삼아 설명했던 말 중 군인다운 경향인 강렬한 의무감과 명예심의 발로라고도 할 수 있었다.

네딜란드인은 창처럼 뾰족한 손톱을 기른 손을 탄원하듯이, 또는 명령하듯이 위로 들며 말을 시작했다.

"여러분, 좋습니다. 정말로 멋집니다! 완벽…… 금욕…… 관용…… 육욕은…… 아, 지극히 중대한 문제입니다. 그러나 실례지만…… 내가 두려워하는 것은 그러한 욕구의 노예가 되어 우리는 엄청난 죄를 짓게 될지도……. 그것으로 인해 우리는 무책임하게도 가장 신성한……." 그는 깊이 숨을 들이마셨다. "여러분, 남풍을 동반한 오늘의 독특한 공기, 신경을 부드럽게 해주기도 하고 피곤하게도 하며 예감과 추억을 담뿍 실은 봄 향기 같은 공기, 이런 공기를 마시면서 우리는 부당하게도…….간절히 부탁하는 바입니다만 그것은 절대로 권장할 만한 일이 못 됩니다. 그것은 모독입니다. 우리는 이러한 공기에 우리가 지닌 모든 주의력을, 우리의 최고의 정신을 완전히 집중시켜야……. 여러분, 이 멋진 공기를 찬양하는 뜻에서 이 공기를 가슴에 품고……. 말을 하다 말았습니다만…… 말을 하다 말았어요…….”

갑자기 그가 얘기를 그치고 몸을 뒤로 젖히며 모자챙을 올렸기 때문에 다른 사람들도 얼떨결에 따라서 했다.

“여러분, 눈을 들어 하늘을 쳐다보십시오. 저 넓은 하늘로, 저 푸른 하늘 아래 맴도는 저기 저 검은 점을 보십시오. 저것은 커다란 맹금, 틀림없는 육식조(肉食鳥)입니다. 내가 잘못 본 것이 아니라면 여러분, 그리고 클라우디아, 저것은 바로 독수리입니다. 모두 저 독수리에 주의를 기울여 주십시오. 보십시오! 저것은 솔개도, 매도 아닙니다. 내 눈은 노안(老眼)이라 먼 곳의 것이 더욱 잘 보입니다만 여러분도…… 나이를 먹으면 모두 그럴 겁니다. 내 머리칼이 증명해 주지 않습니까? 희고 윤기 없는 머리칼이 말입니다. 여러분도 나처럼 되면 먼 곳이 잘 보이게 될 것입니다. 날갯짓의 유연한 커브로 미루어 볼 때 틀림없는 독수리입니다. 검독수리예요. 우리의 머리 위에서 원을 그리며 날개도 움직이지 않으면서 높은 하늘을 날고 있어요. 그리고 툭 튀어나온 눈썹 밑에서 멀리까지 보는 번뜩이는 눈으로 아마 지상을 엿보고 있을 겁니다. 주피터의 애금(愛禽), 새 중의 왕, 하늘의 사자 독수리입니다. 그는 깃을 달고 안쪽으로 날카롭게 구부러진 갈퀴 같은 발톱을 가지고 앞발톱은 뒤쪽 긴 발톱을 꽉 물고 있지요. 보십시오, 이렇게 말입니다.”

그는 자신의 뾰족한 창 같은 손톱을 구부려 독수리의 갈퀴 발톱을 흉내내 보려 했다. 그러고는 하늘을 향하여 버럭 소리를 질러댔다.

“독수리야, 왜 빙빙 돌며 엿보고만 있지? 덤벼들어, 덤벼들란 말이다! 너의 무쇠 같은 부리로 놈들의 머리와 눈을 마구 쪼아라. 배도 쪼아라. 먹이로서 신께서 너에게 부여한…… 완벽하게…… 끝났다! 너의 갈퀴 발톱은 그놈의 내장(內臟)으로 들어가야 한다. 너의 부리로 그놈의 피를 흘리게 해야 해……."

　페페르코른은 몹시 흥분했다. 나프타와 세템브리니의 논쟁에 쏠려 있던 산책자들의 관심이 오래 전에 그에게로 옮겨졌다. 그 뒤에 페페르코른이 다시 한 번 뭔가를 제안하여 의견이 교환되고 계획이 세워졌으나 아무도 입을 열 엄두조차 내지 못했다. 조금 전 페페르코른이 흥분하여 부르짖은 독수리의 이미지에서 깨어나지 못했기 때문에 모두들 의논하는 일에 정신을 집중할 수가 없었다. 어쨌든 의논한 결과 모두 음식점에 들어가기로 했다. 식사를 할 시간은 아니었으나 독수리 때문에 모두들 식욕을 느끼고 있는 것 같았다.

　이 음식은 여러 차례 그랬듯이 페페르코른이 베르크호프 밖에서 베푼 대접이었다. 그는 읍내나 마을에서, 또는 기차를 타고 나갔던 글라리스나 클로스터의 요리점에서도 가끔 대접을 하곤 했다. 모든 사람들은 그의 지배자적인 배려의 상징인 이 대접…… 고전적(古典的)인 생명감의 선물을 기꺼이 받아들였다. 시골식 빵에 크림이 든 커피, 아니면 향기 좋은 알프스 버터를 바른 빵에 부드러운 치즈, 방금 구운 뜨거운 빵에 버터를 발라 먹는 맛이란 기막힐 정도였다. 거기에 곁들여서 벨틀린산의 적포도주도 실컷 마셨다. 페페르코른은 자기의 뜻에 따라 베푼 이 즉흥적인 향연에서도 그 특유의 떠듬거리는 말로 사회를 보기도 했다. 그는 가끔 선량한 인종자(忍從者)인 안톤 카를로비치 페르게에게 뭐든 좋으니 이야기를 좀 하라고 부탁하기도 했다. 그러면 고상한 이야기라곤 전혀 모르는 페르게가 러시아의 고무 구두 제조에 대한 지극히 현실적인 얘기를 했다. 유황이나 그 밖의 약품들을 고무 원료에 혼합시켜 만든 물질로 구두에 래커칠을 하고 200도가 훨씬 넘는 열로 경화시키는 과정에 대해 이야기했다. 그 밖에 출장 여행 때문에 몇 차례 다녀온 극지(極地) 이야기도 했다. 노르카프의 한밤중의 태양과 끝없는 겨울에 대해 이야기했다. 그는 수염투성이인 입과 바싹 마른 목구멍을 움직이며 얘기했는데, 북극의 거대한 빙산과 차디찬 회색의 바다에서는 아무리 큰 기선이라도 겨자씨처럼 작아 보인다고 했다. 그리고 하늘에는 누런 베일을 씌운 것 같은 빛이 드리워져 있었는데, 이것이 바로 극광(極光)으로서 그 빛에 비친 모든 경치와 자기 자신도 괴이하게만 느껴졌다고 얘기했다.

이처럼 자신이 경험한 극지에 대해서 이야기하긴 했지만 페르게는 이 작은 모임에서 제외되어 있는 유일한 사람이었다. 이 작은 모임은 매우 까다로운 관계로 얽혀 있었는데 이 관계에 대해서는 주인공답지 않은 주인공인 한스 카스토르프가 클라우디아 소샤, 그리고 그녀의 여행 반려자와 남몰래 나눈 짧은 대화를 들어 볼 필요가 있다. 두 사람과 개별적으로, 따로따로 나눈 대화였는데 하나는 방해자인 그녀의 여행 반려자가 말라리아열로 2층 방에 누워 있었던 어느 날 밤 홀에서 나눈 대화였고, 다른 하나는 방해자인 페페르코른의 머리맡에서 그와 직접 나눈 대화였다.

그날 밤 홀은 다른 때보다 일찍 어두워졌다. 그날 홀에서의 모임은 웬일인지 흥미롭지 못하여 참석했던 몇몇 요양객들은 일찌감치 안정 요양을 하기 위해 자기 방의 발코니로 돌아갔고, 다른 몇몇 사람은 규칙을 무시하고 댄스와 카드 놀이를 하기 위해 읍내로 내려갔다. 이렇게 고요해진 홀 천장에는 전등불 하나가 유일하게 켜져 있었을 뿐 옆의 연회실에는 불이 켜져 있지 않아 캄캄했다.

한스 카스토르프는 소샤 부인이 오늘 저녁 식사를 반려자와 함께 하지 않고 식당으로 내려와 다른 요양객과 함께 한 후 바로 2층으로 올라가지 않고, 글을 쓰거나 독서를 위해 마련해 놓은 방에 혼자 남아 있음을 알고 있었기 때문에 다른 사람들처럼 2층 방으로 돌아가거나 읍내로 내려가고 싶은 생각이 없었다. 그는 홀 구석에 만들어 놓은 사기 벽돌의 난로 앞에 놓인 흔들 의자에 앉았다. 이곳은 기둥을 판자로 씌워 흰 페인트를 칠한 아치가 2,3개 서 있어 홀의 중앙부와 격리되어 있었으며, 낮은 계단 하나를 내려가야만 홀로 갈 수 있는 깊숙한 곳이었다. 그리고 지금 한스 카스토르프가 앉아 있는 흔들 의자는 요아힘이 마루샤와 처음이자 마지막으로 대화를 나누었을 때 마루샤가 앉았던 바로 그 의자였다.

한스 카스토르프는 담배를 피워 물었다. 물론 이 시간에는 홀에서 담배 피우는 것이 허용되었다. 그때 마침 그녀가 들어왔다. 그는 등뒤로부터 발소리와 옷 스치는 소리를 들었다. 그녀는 어느새 옆으로 와 편지 끝을 붙잡고 부채처럼 흔들면서 프리비슬라프의 목소리를 흉내내어 말했다.

"수위가 없어요. 우표 한 장이 필요한데……."

이날 밤 그녀는 검정색의 아주 얇은 비단옷을 입고 있었다. 그는 그녀의 옷이 무척 마음에 들었다. 목둘레는 둥그렇게 파이고 소매통은 넓고 소매끝은 단추가 달린 커프스가 손목까지 내려왔다. 그녀는 진주 목걸이를 걸고 있었는데 어두컴컴한 홀 안에서 아주 창백한 빛을 발했다. 한스 카스토르프는 키르기스인 같은 그녀의 얼굴을 쳐다보며 반문했다.

"우표? 나도 갖고 있질 않습니다."

"아니, 단 한 장도요? 그건 도저히 말도 안 되는 일이군요. 여자에게 친절을 베풀기 위해서라도 늘 준비해 두는 게 아닌가요!"

그녀는 어깨를 움츠리며 토라졌다.

"다시 봐야겠군요. 남자들은 언제 어디서나 빈틈없고 믿음직스러워야 해요. 당신이라면 지갑 속에 갖가지 종류의 우표를 꼭꼭 접어 가격 순서대로 보관하는 줄로만 알았어요."

"아니 무슨 이유로요? 나는 편지라곤 써 본 일이 없어요. 도대체 누구한테 편지를 쓰겠습니까? 가끔 소식을 전할 일이 생기면 엽서를 사용하지요. 엽서에는 우표가 인쇄되어 있으니까요. 내가 도대체 누구한테 편지를 쓴단 말입니까? 나한테는 편지를 쓸 만한 사람이 하나도 없어요. 이제는 편지와의 접촉이 끊어진 지 오래여서 이 세상과의 인연도 완전히 끊어지고 말았지요. 우리 나라 민요에 이런 가사가 있어요. '나는 세상과의 인연을 끊었노라.' 내가 바로 그런 처지입니다."

"좋아요. 그렇다면 담배라도 한 개 줘요. 이 세상과 단절된 도련님."

그녀는 난로 옆에 놓인 리넨 쿠션을 간 의자에 앉아 그를 마주 보며 두 다리를 포개고 한쪽 손을 내밀었다.

"담배 정도는 갖고 계시겠지요?"

그러고는 그가 내민 은제(銀製) 담배 케이스에서 고맙다는 말도 없이 담배 한 개를 집어 들고는, 그가 몸을 굽혀 켜준 라이터로 불을 붙였다.

"담배라도 한 개 줘요"라는 허물없는 말투에서나, 고맙다는 말도 없이 담배를 집어 든 태도에서 여자 특유의 교태를 느낄 수 있었으며, 긍정적인 면에서 볼 때는 정이 담긴 연대감이랄까 공동 소유의 관념, 즉 주고받는 것을 당연한 것으로 생각하는, 가식없고 약간 방종한 기분이 느껴졌다. 그러한 그녀의 행동을 미워할 수만은 없다고 생각한 한스 카스토르프는 기분내키는 대로 대꾸했다.

"그렇지요, 담배라면 늘 있습니다. 그것마저 없어서야…….담배 없이 어떻게 지낼 수 있겠어요, 안 그렇습니까? 이런 말을 하면 세상에서는 정열적이라고 하겠지요. 하지만 엄격하고 솔직하게 말한다면 난 결코 정열적인 인간 축에는 못 끼지요. 그렇지만 눈곱만큼의 정열도 없다고 생각지는 않아요. 나에게도 정열이 있답니다. 냉정한 정열 말입니다."

"당신이 정열적인 인간이 아니라는 말을 들으니……. 그녀는 깊이 빨아들인 담배 연기를 내뿜으면서 말했다. "정말 안심이 되는군요. 정말이지 당신은 정열적일 리가 없어요. 만약 당신이 정열적이라면 독일 사람답지 않다는 결론이 나올 테니까요. 정열적이란 것은 인생 자체를 위해 인생을 살아간다는 뜻인데 당신네 독일 사람들은 오로지 경험하기 위해 인생을 살아가니까요. 이것은 누구한테나 잘 알려진 사실이에요. 정열이란 자기 자신을 망각하는 일인데 당신네들은 당신들 자신을 풍요롭게 해주는 것만을 첫째 조건으로 삼고 인생을 살아가니, 그래요, 그것은 아주 추악한 이기주의의 소산이지요. 그 때문에 당신들은 언젠가 인류의 적이 될지도 모른다는 사실을 전혀 느끼지 못하고 있어요."

"아니, 왜 이러십니까? 왜 갑자기 인류의 적이라고 하시는 겁니까? 뭣 때문에 그런 이론을 전개하려는 겁니까? 클라우디아, 부인은 무엇을, 아니 누구를 염두에 두고 우리 독일 사람들이 인생을 위해서가 아니라 자신만을 위해서 산다고 단언하시는 겁니까? 여성들은 대부분 막연하게 도덕론을 펴지는 않을 텐데요. 아, 참, 도덕이란 나프타와 세템브리니의 토론의 주제지요. 아주 대단한 혼란을 유발하는 문제입니다. 우리가 과연 우리 자신을 위해서 살고 있는지, 아니면 인생을 목적으로 살고 있는지, 우리 자신도 알지 못할 뿐더러 어느 누구도 확신을 갖고 말할 수는 없지요. 다시 말해서 헌신적이라는 것에는 한계선을 분명히 그을 수가 없으니까요. 이기적인 헌신도 있을 수 있고 헌신적인 이기주의도 있을 수 있고…… 이런 일은 연애의 경우에도 마찬가지라고 봅니다. 내가 부인의 도덕론 따위에는 신경쓰지 않고 언젠가 단 한 번 그랬듯이 오늘도 이렇게 마주 앉아 있을 기회가 주어졌다는 사실만을 기쁘게 여기고 있다는 것을 물론 도덕적이라고 생각지는 않겠지요. 게다가 부인의 블라우스의 커프스가 부인에게 얼마나 잘 어울리는지에 대해서도 말할 수 있다는 것이 얼마나 기쁜 일인지 모릅니다만, 그것 역시 도덕론이라곤 못하겠지요. 그 얇은 비단이 부인의 팔을 부드럽게 감고 있다는 사실, 그것도 내가 잘 알고 있는 그 팔을 부드럽게 감고 있다는 것이……."

"전 이제 가서 자겠어요."

"아니, 제발 가지 마세요. 나는 지금의 모든 상황 뿐만 아니라 여러 사람들에 대한 생각도 잊지 않고 있습니다."

"정열적이지 못한 당신이니 그것만큼은 믿어도 되겠지요."

"자, 보세요. 부인은 이렇게 야유나 하고 비꼬지 않습니까?……마치 내가……. 그러면서 또 곧 가시겠다니요. 내가 조금……."

"말을 분명히 알아듣게 하려면 도중에 우물쭈물하지 말고 끝까지 말씀해 주세요."

“요즘 부인은 도중에 끊기는 말의 끝부분을 간파할 수 있는 능력을 쌓는 수련을 하고 있으면서 내 말은 전혀 알아들을 수가 없다구요? 그건 불공평한 일이 아닐까요? 이런 경우에 공평이니 불공평이니 따지는 것이 어울리지 않는다는 것을 전혀 모르는 바는 아닙니다만…….”

“그래요, 그건 문제시할 필요도 없지요. 공평이란 냉정한 정열이라 할 수 있으니까요. 질투와는 전혀 다른 것이지요. 그러니까 냉정을 자처하는 사람이 질투한다는 사실은 정말 우습기 짝이 없지요.”

“맞아요, 우습고말고요. 그러니 냉정한 나를 너그러이 봐주십시오. 다시 말하지만 내가 냉정하지 못했다면 어떻게 참을 수가 있었겠습니까? 어떻게 지금까지 참고 기다릴 수가 있었겠느냐구요.”

“뭐라고요?”

“댁을 기다린 것 말입니다.”

“당신이 줄곧 사용하는, 나에 대한 ‘댁’이라는 호칭은 이젠 더 이상 개의치 않겠습니다. 언젠가는 당신도 싫증을 내게 될 거고, 나 역시 고상한 체하는 수다스러운 사모님은 안 될 테니까요.”

“그럼요, 그렇고말고요. 부인은 지금 병에 걸려 있고 그 병은 부인에게 많은 자유를 부여하고 있어요. 병은…… 음, 음, 아, 한 번도 써먹은 일이 없는 말이 생각났어요. 병은 부인을 기막힌 천재로 만들어 주었습니다.”

“천재니 뭐니 하는 이야기는 다음에 하기로 해요. 내가 말하고 싶은 것은 그런 게 아닙니다. 당신에게 한 가지 부탁이 있어요. 즉 착각하지 말아 주십사 하는 거예요. 당신이 나를 기다렸다는 사실에 대해, 진정으로 나를 기다렸다면 말이지요, 그 사실과 내가 무슨 관계가 있다든지, 아니면 내가 은연중에 당신을 그렇게 하도록 조종했다든지, 그런 사실을 알면서도 그러지 말라고 반대하지 않았다든지 하는 그런 터무니없는 말은 일체 입 밖에 내지 말아 주셨으면 좋겠어요. 제가 원하는 것은…… 지금 이 자리에서 사실은 그 반대였다고 다시 말씀해 주셨으면 하는데요…….”

"클라우디아, 좋습니다. 걱정하지 마십시오. 부인이 날더러 기다려달라고 부탁한 것은 아니니까요. 순전히 자의에 따라 나 혼자 기다린 것뿐이지요. 마음에 자꾸 걸리시리라는 걸 모르는 바가 아닙니다."

"당신이라는 사람, 정말 거만하군요. 자신의 잘못을 인정하면서도 그렇게 고자세라니 정말 이해할 수가 없어요. 나에게뿐만 아니라 다른 사람에게도 마찬가지예요. 당신이 감탄을 하거나 겸손해할 때도 어딘지 모르게 거만하다는 생각이 들게 돼요. 내가 그 정도도 눈치채지 못할 줄 아세요? 그러니까 당신 같은 사람하고는 상대하지 않는 편이 좋을지도 모르겠어요. 당신은 그처럼 거만하게 굴면서도 나를 기다렸다고 말하는 사람이니까요. 당신이 아직까지 이곳에 남아 있다는 것은 정말 무책임한 짓이에요. 당신은 벌써 내려가 있어야 해요. 조선소든지 아니면 아무 곳에라도 들어가서 일하고 있어야 돼……."

"지금 하신 그 말씀은 천재적이기는커녕 너무나 상식적이군요, 클라우디아. 진심은 아니시겠지요? 세템브리니에게나 어울릴 그런 의미로 하신 말씀은 아니리라 생각합니다. 틀림없이 그럴 겁니다. 그냥 아무런 의미도 없이 말한 것뿐이겠지요. 그렇다면 나도 곧이곧대로 믿을 수야 없지. 나는 나의 사촌처럼 절대로 무모한 출발은 하지 않습니다. 사촌은 부인의 예언대로 평지로 내려가 군복무를 하다가 그만 세상을 떠나고 말았습니다. 그는 머지 않아 죽을 것이라고 알고 있었던 모양인데, 이곳에서 무의미한 요양 생활로 남은 인생을 보내느니 차라리 군복무를 하다가 영광스럽게 죽는 편이 훨씬 낫다고 생각했던 것 같아요. 그것도 참 좋은 생각이었습니다. 그는 역시 군인이었기 때문입니다. 하지만 나는 군인도 아니고 특별한 사람도 아닙니다. 난 그저 어디까지나 평범한 시민에 지나지 않기 때문에 사촌의 뒤를 따라, 그것도 더더구나 라다만토스의 금지 사항을 묵살해버리고 평지로 내려가 실질적인 이익이나 진보를 위해 일하려고 한다면 그것은 바로 탈주라고 봐야 하겠죠. 그런 행동은 둘도 없는 배은망덕의 행위이며 불신 행위가 될 것입니다. 병이나 천재에 대해서는 물론이거니와 옛 상처와 새로운 상처를 만들게 한 댁을 향한 사랑에 대해서도 또 내가 너무나 잘 알고 있는 부인의 팔에 대해서도 말입니다. 그렇다고 오해하진 마십시오. 내가 부인의 팔에 대해 잘 알 수 있게 된 것은 단순한 나의 꿈, 천재적인 나의 꿈속에서의 일이니까, 부인께서는 어떤 결과나 책임을 질 필요는 없을 것입니다. 부인의 자유 또한 그 때문에 결코 구속당하는 일은 없을 것이라고 나는 장담할 수 있습니다.”

그녀는 담배를 입에 문 채 웃었는데 그 때문에 타타르인을 연상케 하는 그녀의 눈이 한층 가늘어졌다. 그녀는 판벽에 기댄 채 두 손으로 걸상을 짚어 몸의 균형을 잡고, 검은 에나멜 구두를 신은 다리를 포개고는 한쪽 발을 흔들고 있었다.

“정말 관대하시군요. 아, 그렇지, 사실이에요. 나도 천재를 상상할 땐 늘 그런 모습이었어요, 귀여운 도련님.”

“그만두십시오, 클라우디아. 나는 스케일이 큰 사람도 아니고 천재도 아닙니다. 천만의 말씀이지요. 그러나 나는 우연하게도, 정말로 우연하게도 천재의 세계로 떠밀려 올라가게 되었습니다. 부인은 잘 모르시겠지만 한마디로 말해서 연금술적이며 밀봉적인 교육과 지극히 고차원적인 성변화(聖變化), 다시 말해서 고양(高揚)에 의해서 천재의 세계로 끌어올려지게 된 것입니다. 그렇지만 외부의 작용에 의해서 밀어 올려졌다 하더라도 원래 내부에 다소나마 그런 요인이 잠재했기 때문에 가능했던 것입니다. 내부에 잠재했던 그 요인이란 도대체 무엇일까요? 아직도 생생하게 기억하고 있습니다만, 나는 오래 전부터 병이나 죽음 따위에 대해서 잘 알고 있었습니다. 언젠가 사육제날 밤에, 아니 오래 전의 소년 시절에——이성을 잃고——부인에게 연필을 빌린 적이 있지요. 이처럼 이성을 잃게 하고 판단력을 흐리게 하는 사랑이야말로 바로 천재적이라고 할 수 있습니다. 왜냐하면 죽음이란 천재적 원리, 이원적 원리, 교육적 원리, 현자(賢者)의 돌이기 때문이며, 죽음에의 사랑은 삶과 인간을 향한 사랑과 통하는 것이기 때문입니다. 난 어느 날 발코니에서 잠을 자다가 갑자기 이 사실을 깨닫게 되었습니다. 그리고 지금 내가 깨달은 사실을 이렇게 부인에게 말할 수 있게 됨을 매우 기쁘게 생각하고 있습니다. 삶에 이르는 길은 두 갈래가 있습니다. 하나는 직선적이라 할 수 있는 일반적인 길이고 다른 하나는 뒷길, 위험을 무릅쓰고 죽음을 뚫고 나가는 길입니다. 이 두 갈래 길 중에 후자야말로 천재적인 길입니다.”

“당신은 정말 익살스런 철학자로군요. 솔직히 말해서 당신의 까다로운 독일 철학을 모두 이해한다고는 할 수 없지만, 당신이 하는 말은 모두가 인간적인 것 같군요. 게다가 당신은 확실히 선량한 젊은이라고 볼 수 있고요. 더군다나 당신은 진정한 철학자다운 태도를 취했습니다. 그 점은 분명히 인정하고 있습니다…….”

“부인의 취미에 맞는 철학자겠지요. 조금은 지나칠 정도의 철학자지요. 안 그렇습니까, 클라우디아?”

“그런 거만한 말투는 집어치우세요! 이젠 진절머리가 나요. 당신의 기다림은 지독히 무례한 짓이었어요. 그리고 지금은 기다린 보람조차 없어져 나를 원망하고 계시겠지요?”

“그래요, 좀 괴로웠지요. 냉정한 정열가라고 자처하는 내가 말입니다. 부인이 그와 함께 이곳에 돌아왔다는 것은 정말로 괴로운 일이었어요. 부인도 참 지독한 사람이지, 내가 이곳에서 아직까지 부인을 기다리고 있다는 것을 베렌스를 통해 알았을 텐데도 말입니다. 그러나 아까도 얘기했지만 우리 두 사람 사이에 있었던 사육제날 밤의 일은 어디까지나 꿈속에서의 일로 생각하고 있으니 부인은 조금도 거기에 구속받을 필요가 없습니다. 그렇지만 난 부인을 기다린 보람은 있다고 생각해요. 부인은 이렇게 되돌아왔고 우리들은 지금 그날 밤처럼 나란히 앉아 그립던, 귀에 익은 부인의 예민한 목소리를 들을 수 있는 데다 입고 계신 얇은 비단옷 속에는 내가 잘 알고 있는 부인의 팔도 들어 있으니까요. 2층 방에는 부인의 반려자가 열로 인해 누워 있기는 하지만 말입니다.

부인에게 진주를 바친 위대한 페페르코른…….”

“당신이 자신의 경험을 풍부하게 하기 위해 사이좋게 지내는 분 말이지요?”

“그렇게 나쁘게만 생각지 마십시오, 클라우디아. 세템브리니도 그 일로 내게 잔소리를 하긴 했지만 그것은 지극히 세속적인 편견에 지나지 않습니다. 그는 보기 드문 사람이지요. 확실히 인물이라 할 수 있어요. 나이도 꽤 들고요. 그렇지만 난 부인이 여자로서 그를 사랑하는 기분을 충분히 이해할 수 있습니다. 부인은 그를 매우 사랑하지요?”

그녀는 머리를 매만지며 말을 이었다. “독일 도련님, 철학자 같은 당신의 태도에 혹 경의를 표한다 하더라도 그이에 대한 나의 마음을 당신에게 고백한다는 것은 인간적이지 못한 것 같군요.”

“아니 클라우디아, 왜 이야기할 수 없다는 겁니까? 나는 천재가 아닌 사람들이 인간적이지 못하다는 생각에서 인간적으로 변하기 시작한다고 생각하는데요. 그러니까 절대로 안심하시고 그분에 대한 이야기를 해도 괜찮습니다. 부인은 그를 정열적으로 사랑하고 계시지요?”

그녀는 다 피우고 난 담배 꽁초를 난로 속에 던져넣고는 팔짱을 끼더니 자세를 고쳐 앉았다.

“그분이 나를 사랑하는 거예요. 난 그것을 자랑스럽게 생각하고, 또 무척 고맙게 여기고 있어요. 그래서 그분을 따르고 있지요. 그 기분 이해하시겠죠? 만약 이해하지 못한다면, 당신은 그분의 우정을 받을 자격이 없어요. 나는 그분의 마음을 생각할 때마다 그분을 따르지 않을 수 없고, 또 그분을 잘 섬기지 않을 수 없어요. 어떻게 그렇게 하지 않을 수 있겠어요? 생각해 보세요! 그의 감정을 묵살해버리는 것이 인간적으로 가능한 일일까요?”

“물론 그럴 수야 없지요. 그럴 수 없다는 건 잘 알아요. 그의 감정을 묵살한다든지, 감정 쇠퇴에 대한 그의 불안을 모른 체하는, 즉 그를 겟세마네

동산에 홀로 남겨둔다는 것은 여자로서는 결코 견딜 수 없는 일이지요.”

“당신도 보통은 아니군요.” 그녀는 사팔뜨기 눈으로 위를 처다보며 생각에 잠긴 듯 한 곳을 응시했다. “당신은 머리가 참 좋으시군요. 감정 쇠퇴에 대한 불안이라…….”

“부인이 그의 뜻에 따르지 않을 수 없다는 기분쯤은 머리가 좋지 않아도 금방 알 수 있어요. 그분이 쏟는 애정에는 어딘지 사람을 불안하게 하는 무언가가 있는 듯해요——아니, 오히려 그런 것 때문에 그를 따르게 되는 것이 아닐까요?”

“맞아요……. 사람을 불안하게 하는 것, 그분의 애정은 웬일인지 나를 무척 불안하게 만들곤 해요. 아시겠지요? 아주 힘이 들 정도로요.”

어느새 그녀가 그의 손목을 잡고는 무의식중에 만지작거렸다. 그러다 갑자기 눈썹을 찡그리더니 얼굴을 들었다.

“우리가 이렇게 앉아서 그분 이야기를 하는 것은 잘못이 아닐까요?”

“그렇지 않아요, 클라우디아. 천만의 말씀입니다. 이건 아주 인간적이라 할 수도 있지요. 부인은 인간적이란 말을 참 좋아하는 것 같더군요. 그 말을 할 때마다 꿈꾸는 듯한 어조로 길게 끌어 발음하니 말입니다. 그럴 때마다 나 역시 아주 흥미롭게 듣지요. 내 사촌 요아힘 역시 그 말을 별로 좋아하지 않았어요. 그건 아마 군인다운 기질에 맞지 않았기 때문이었을 겁니다. 그는 이 말이 모든 점에서 확신이 없이 풀려 있음을 뜻한다고 생각한 것 같아요. 그런 의미에서 본다면——모든 것을 비판 없이 그대로 인정한다는 뜻으로 받아들인다면, 그 인간적이란 말이 어떨까 하는 생각이 들 때도 있어요. 그러나 분명히 말해 두지만, 이 말이 자유와 ‘천재성’과 관용이라는 의미를 갖고 있다면 두말할 것도 없이 멋진 말입니다. 그러니까 페페르코른에 대해서라든지, 또 그 때문에 느끼는 부인의 불안이나 괴로움에 대해서 이야기할 때도 이 말은 안심하고 사용해도 될 줄로 압니다. 그러한 괴로움은 그분의 명예에 관한 불안이나 감정 쇠퇴에 대한 불안에 의해 일어나는 것이겠지요. 그분이 자주 사용하는 방법인, 감정을 조장하거나 고조시키려고 노력하는 것도 바로 그런 불안을 해소시켜 보자는 의도에서일 겁니다. 우리가 이런 말을 한다 해도 그분에 대한 존경심은 조금도 상실되지 않습니다. 왜냐하면 그는 모든 면에서 스케일이 큰 사람이기 때문입니다. 그는 왕자 같은 위대한 면모를 지니고 있습니다. 그렇기 때문에 우리가 이런 이야기를 한다 해도, 그는 물론 우리 자신까지 비천하게 만드는 일은 없을 것입니다."

"우리 일은 문제가 되지 않아요." 그녀는 이렇게 말하면서 다시 팔짱을 꼈다. "여자의 입장에서 볼 때 감정 쇠퇴에 대한 불안을 드러내는 남성——그것도 당신이 말한 것처럼 소위 스케일이 큰 남성이 그런 행동을 보일 때 그 남성을 위해 어떤 희생이나 굴욕을 참으려 하지 않는다면, 그 여자는 결코 여자라고 할 수 없을 거예요."

"네, 그렇고말고요. 클라우디아, 옳은 말입니다. 그렇게 되면 희생이나 굴욕까지도 그런 큰 스케일을 지니게 되어, 여자는 자신이 느끼는 굴욕의 최고 차원에 서서 왕자다운 스케일을 갖지 못한 인간들을 향해 거드름을 피울 자격이 충분히 있게 되는 것입니다. 아까 나더러 우표가 있느냐고 묻고 나서는, 남자라면 적어도 언제 어느 때든지 여자에게 친절을 베풀 수 있어야 되지 않겠느냐고 말한 의미와 같지 않나요?"

"화나셨어요? 그러지 마세요. 우리 서로 화내지 말기로 해요. 나도 간혹 화날 때가 있긴 했지만, 오늘 밤 이렇게 둘이 있으니까 솔직하게 말씀드리죠. 사실 난 당신의 냉담한 태도에 자주 화를 내곤 했어요. 그리고 당신의 지극히 이기적인 체험욕(體驗欲)의 충동으로 페페르코른에게 다정한 태도를 보이는 것에도 말이죠. 그러나 한편 기쁘기도 했어요. 또 당신이 그분을 존경하는 것도 고맙게 생각했고요. 당신 태도는 무척 성실해 보였으니까요. 다소 거만한 태도도 보이기는 했지만. 그러나 난 결국 당신의 그러한 태도를 너그럽게 봐주기로 했어요."

“거참 매우 고마운 일이로군요.”

그녀는 한동안 한스 카스토르프를 바라보았다.

“당신이란 사람, 정말 어쩔 수가 없군요. 아주 교활한 사람이에요. 머리가 좋아서인지 어떤지는 몰라도, 교활한 것만은 틀림없어요. 어쨌든 좋아요. 교활하다 해도 인생을 살아갈 수는 있고, 우정 또한 지켜나갈 수 있으니까요. 우리, 늘 친구로 지내기로 해요. 그분을 위해 동맹을 맺는 것이 어때요? 흔히 동맹이란 어느 누구를 공격하기 위해 맺는 것이긴 하지만요. 자, 동맹의 표시로 악수해요. 솔직히 말해서, 나는 가끔 불안해질 때가……, 그이와 단둘이 있는 것이 무서울 때가 있어요. 기분상으로 둘이 있을 때 말이에요. 그이는 나를 아주 조그맣게 만들어버려요. 그리고 어쩐지 그에게 좋지 않은 일이 생길 것 같아 걱정되기도 하고, 어떤 때는 등골이 오싹해지기도 해요. 때로는 누구든지 내 마음에 드는 사람이 곁에 있어 줬으면 싶어요. 당신은 어떻게 생각할지 모르지만, 아마 그래서 난 그이와 함께 이곳으로 되돌아왔는지도 몰라요…….”

그는 흔들의자를 앞으로 기울여, 의자에 앉은 그녀의 무릎과 맞대고 있었다. 그녀는 마지막 말을 그의 코앞에 바짝 대고 속삭이면서 그의 손을 꼭 잡았다. 그는 그녀의 말을 이렇게 받았다.

“제가 있는 곳으로요? 정말 멋진 말이군요. 오, 클라우디아, 이건 정말 굉장한데요. 부인이 그분과 함께 나한테로 돌아왔다는 말이지요? 사실은 그랬으면서도, 내가 부인을 기다린 것이 어이없는 얼간이 같은 짓이고 헛된 일이라고 그러셨나요? 그를 위하여 친구가 되어달라는 부인의 간청을 받고도 허락지 않는다면, 난 정말 형편없는 인간이 되겠군요…….”

이 말이 끝나기가 무섭게 그녀는 그의 입술에 키스했다. 러시아식 키스였다. 저 광대한 나라, 정이 깊은 나라에서 기독교의 대축제일에 서로 사랑을 서약하는 의미로 나누는 것과 같은 키스였다. 그러나 키스를 한 두 사람 중에 한 사람은 ‘교활’하기 짝없는 젊은이이고, 또 한 사람은 젊고 사랑스러우며 사뿐사뿐 걷는 매혹적인 여성이었다. 우리는 여기서 무의식중에 닥터 크로코프스키가 편 사랑의 정의——약간의 모순이 포함되기는 하지만——에 대한 교묘한 이야기를 연상하지 않을 수 없다. 그가 한 말은 좀 애매모호했기 때문에, 그것이 과연 경건한 사랑에 대한 정의인지, 아니면 정열적이고 육체적인 사랑에 관한 정의인지에 대해서는 그 이야기를 들은 어떤 사람도 잘 알 수 없었다. 지금 우리도 크로코프스키처럼 애매모호한 말을 하고 있는 것일까? 아니면 한스 카스토르프와 클라우디아 소샤가 막 나눈 러시아식 키스에 무언가 애매한 요소가 있는 것일까? 아무튼 이 문제에 대해 더 이상 언급하지 않는 것이 어떨까 싶다. 우리 생각으로는 사랑이란 문제에서 경건과 정열을 정확하게 구분하는 것은 모순이긴 하지만, 한스 카스토르프의 말을 빌리면 '어이없는 얼간이 같은 짓'이기 때문에, 분명히 생명에 호의를 갖지 않는 것이라고 생각된다. 사랑 문제에 대해 '정확하게' 구분짓는다는 것이 과연 무슨 의미가 있을까? 애매모호하다든지 석연치 않다는 것은 또 무슨 뜻인가? 이런 구분을 짓는다는 것 자체를 일축해버리기로 하자. 어떤 종류의 사랑도 단 하나의 언어로 모든 것을 포함할 수 있다는 것, 지극히 경건한 사랑에서부터 지극히 관능적이며 정열적인 사랑에 이르기까지 모두 한 단어, 사랑이라는 하나의 말로 표현할 수 있다는 것은 얼마나 멋지고 훌륭한 일인가! 왜냐하면 사랑이란 불확실하면서도 한편으로는 확실한 것이기 때문이다. 사랑이란 아무리 경건하더라도 육체와 결부되지 않는 것이 없으며, 아무리 육욕적이며 관능적인 사랑이라 하더라도 경건함이 결여되는 일은 없다. 삶에 대한 교활한 호의라는 형태를 취하든, 맹목적으로 격렬한 정열의 형태를 취하든, 사랑은 언제나 사랑 그 자체다. 부패할 수밖에 없는 숙명을 지니고 태어난 유기체에 대한 공감이며, 감동적이고 방종한 포옹이다——아무리 경이로운 정열일지라도, 또 아무리 미친 듯 날뛰는 정열일지라도, 그 속에는 기독교적인 사랑이 깃들여 있음에 틀림없다. 만약 지금까지 말한 의미가 애매하다 해도, 사랑의 의미는 애매한 대로 그냥 두었으면 싶다! 애매모호한 의미를 갖고 있기 때문에 사랑은 생명이 있고 인간적이다. 그 의미가 애매하다고 해서 고민한다는 것은 교활하고 비정하며 '깊이' 없는 단순함을 드러내는 것이다.

그런데 한스 카스토르프와 소샤 부인이 러시아식 키스를 하는 동안에 우리는 이 작은 무대를 살며시 바꿔 보도록 하자. 그리고 약속한 두 번째의 대화 장면으로 옮겨가 보기로 하자——무대가 밝아지며 해빙기의 어느 봄날, 해질 무렵의 어슴푸레한 방안에서 한스 카스토르프는 위대한 페페르코른의 침대 곁에 자연스럽게 걸터앉아, 그와 매우 공손하면서도 다정한 말을 나누고 있는 것이 보인다. 소샤 부인은 4시에, 세 끼의 식후 때마다 하는 것처럼 혼자 식당으로 내려가 차를 마신 후 곧바로 '마을'로 쇼핑하러 내려갔다. 한스 카스토르프는 여느 때와 마찬가지로 이 네덜란드인에게 경의를 표하고, 그의 말상대가 되어 주기 위해서, 또 한 가지는 그에게서 감화받기 위해 병상을 방문한 것이다——요컨대 인생 그 자체와 마찬가지로 애매한 동기에서였다.

페페르코른은 네덜란드 신문인 〈텔레그라프〉를 읽다가 옆으로 치워놓더니, 뿔테 코안경 역시 벗어서 신문 위에 올려놓고는 반가운 방문객에게 선장처럼 두꺼운 손을 내밀었다. 그러나 옆으로 찢어진 듯한 입술은 몹시 괴로운 듯 가냘프게 떨리고 있었다. 적포도주와 커피 역시 전과 똑같이 그의 손이 닿는 거리에 놓여 있었다. 커피 세트는 침대 곁 의자 위에 놓여 있었는데, 방금 마셨는지 갈색으로 젖어 있었다. 페페르코른은 오후에는 늘 따끈하고 진한 커피에 설탕과 크림을 타서 마시곤 했기 때문에 항상 땀이 촉촉하게 배어 있었다. 불꽃같이 흩날리는 백발의, 왕자다운 그의 얼굴은 발갛게 달아올랐고, 이마와 코 밑에는 작은 땀방울이 송골송골 맺혀 있었다.

"땀 좀 내고 있었지요"라고 그가 말을 꺼냈다. "잘 오셨소, 젊은이. 앉으시오. 몸이 쇠약해졌다는 증거지요. 따끈한 것만 마시면 금세……. 미안하지만…… 네, 손수건요, 감사합니다."

그의 얼굴의 홍조가 어느새 가시더니, 말라리아 발작으로 누렇고 창백하게 바뀌면서 그 색깔이 얼굴 전체로 번졌다. 그날 오전의 나흘째 계속되는 열은 오한, 고열, 발한의 세 단계 모두가 지독하게 심해서, 페페르코른의 엷은 빛 눈이 당초 무늬가 새겨진 이마 밑에서 더욱 흐려 보였다.

"이건 정말……, 난 단연코 '감동했다'는 말을……. 정말 친절하게도 이 보잘것없는 늙은 환자를……."

"제가 방문한 것을 말씀하시는 겁니까? 그런 말씀 마십시오, 페페르코른 씨. 저야말로 여기 앉게 해주신 데 대해 감사를 드려야 할 처지입니다. 전 정말 당신에게서 너무나 많은 것을 받고 있으니까요. 제가 이곳을 방문하는 것은 전적으로 이기적인 계산에서입니다. 그런데 무슨 그런 당치 않은 말씀을 하십니까? '늙은 환자'라뇨? 당신을 그렇게 생각하는 사람은 하나도 없습니다. 그런 말씀은 마십시오."

"좋습니다, 좋아요."

그는 얼굴을 베개에 기대고는, 왕자 같은 턱을 약간 내밀고, 셔츠 속의 눈에 띄게 넓은 가슴 위에 손톱이 긴 손가락을 서로 깍지 낀 채 잠깐 눈을 감고 있었다.

"어쨌거나 좋아요, 젊은이. 그러나 당신은 분명히 호의에서 그렇게 말하고 있어요. 난 분명히 느꼈습니다. 어제 오후는 정말 즐거웠어요……. 정말 그렇고말고요. 바로 어제 오후, 그 서비스가 좋은 데서, 이름은 잊었지만, 거기서 훌륭한 살라미 소시지와 스크램블 에그도 먹고, 맛좋은 포도주도 마시고……."

"참으로 좋았지요." 한스 카스토르프가 고개를 끄덕이며 그의 말에 맞장구를 쳤다.

"우리는 정말 정신없이 먹고 마셨지요. 이곳 베르크호프의 주방장이 우리의 그런 모습을 보았다면 기분이 무척 상했을 것입니다만, 어쨌든 모두 다 원기왕성했었지요. 세템브리니씨는 그 훌륭한 살라미 요리에 너무나 감격한 나머지 눈물까지 글썽이며 먹을 정도였으니까요. 당신도 아시다시피, 그는 애국자, 그것도 지극히 민주주의적 애국자이지요. 그는 시민의 긴 창(槍)을 인류의 제단에 바쳤습니다. 살라미 소시지가 언젠가는 브렌네르 국경선에서 관세를 매길 수 있게끔 말이죠.”

“그건 아무래도 좋습니다” 하고 페페르코른이 말했다. “그 사람은 기사(騎士)처럼 쾌활하고 이야기하기를 좋아하는 신사지요. 그런데 그는 가끔 옷을 갈아입을 처지가 못 되나 보지요?”

“가끔이 뭡니까? 그는 전혀 옷을 갈아입지 않아요. 저는 그를 오래 전부터 잘 알고 있을 뿐더러 친하게 지냅니다. 그는 저에 관한 일이라면, 마치 친아버지인 양 이것저것 신경을 써 주고 있어요. 저를 ‘인생의 골칫거리 자식’이라고 단정했기 때문이지요. 이 얘기는 그와 저, 두 사람 사이에서만 통하는 말이라, 아마 잘 이해하지 못하실 겁니다. 자세한 설명이 필요하지만, 어쨌든 세템브리니는 저를 어떻게 해서든지 바로잡아 감화시키려고 심혈을 기울이고 있답니다. 그런데 저 역시 그가 다른 옷으로 바꿔 입은 것은 한 번도 본 적이 없습니다. 여름이나 겨울이나 사시장철 그 체크 무늬 바지에 올이 거친 나사지의 더블 상의를 걸치고 있거든요. 하지만 그 알량한 단벌이라도 다른 사람이 흉내낼 수 없을 정도로 세련되게 입지요. 그 점에 있어서는 저도 당신 의견에 전적으로 찬성하는 바입니다. 그의 세련된 옷맵시가 아마 단벌의 초라함을 감춰 주는 모양입니다. 그 초라한 옷이 왜소한 나프타의 화려한 옷보다 훨씬 호감을 줍니다. 나프타씨의 화려한 옷은 왠지 악마적인 느낌을 주는 것 같아서 기분이 언짢아집니다. 게다가 그는, 그 사치의 비용을 뒷구멍으로 조달받고 있다는 소문도 들립니다. 그 사정에 대해서도 어느 정도는 알고 있지요.”

“예의바르고 쾌활한 사람입니다.” 페페르코른은, 한스 카스토르프가 언급한 나프타에 대해서는 그 이상 깊이 파고들기를 꺼리는 듯, 세템브리니에 대해서만 되풀이했다.

"그런데 이렇게 말하는 것이 외람되게 들릴지도 모르겠습니다만, 어쩌면 편견을 갖고 있는지도 모릅니다. 부인——나의 여행 반려자는 웬일인지 그를 그다지 좋게 말하지 않는 것 같아요. 당신도 이미 눈치채고 계시겠지만 말입니다. 그녀는 그에 대해 전혀 호감을 갖고 있지 않습니다. 그 이유는, 아마 그가 그녀에 대해 그런 편견을 가지고 있기 때문이 아닐까 하는데요……. 아니, 아니, 젊은이, 나는 세템브리니씨에 대해서나, 또 그에 대한 당신의 따뜻한 우정에 대해서나 털끝만큼도…… 이젠 다 끝났어요! 결코 내 의견을 주장하려는 것이 아니라, 그가 신사의 도리로서 부인에게 단 한 번이라도 예의범절을——완벽하게——나무랄 데 없이 말입니다. 그러나 거기에는 보이지 않는 한계가, 냉정할 정도의 태도가, 어떤 경원(敬遠)조차 느껴져서……. 그러니까, 세템브리니에 대한 부인의 기분도 인간적으로 볼 때 너그럽게 봐주어야……."

"네, 이해할 수 있다, 충분히 납득할 수 있다, 지극히 당연한 일이다라고 말씀하시고 싶은 거겠죠. 용서하십시오. 제 멋대로 추측해서……. 당신 생각이 바로 이럴 것이라는 확신이 서서 감히 말씀드린 것뿐입니다. 게다가 여자의——아무것도 모르는 저 같은 애송이가 감히 여자에 대해 논한다고 웃으실지도 모르겠습니다만——남자에 대한 태도가, 얼마만큼 남자의 여자에 대한 태도 여하에 따라 좌우되는지를 미루어 볼 때, 부인의 감정이 그렇다는 것은 아주 당연한 일입니다. 여자는 사물에 대한 반응적인 존재라고 말하고 싶습니다. 여자는 독자적인 주도권을 갖고 있지 않고, 수동적 의미에서 볼 때 무기력하다고나 할까요……. 제 얘기가 좀 지루하게 들릴지도 모르겠습니다만, 제가 관찰한 바로는, 여자는 애정면에서 언제나 자신이 사랑받는 입장에 있다고 생각하기 때문에, 남자가 자신에게 접근해 주기만 기다릴 뿐입니다. 자신이 직접, 스스로 자유롭게 선택하려는 일은 거의 없고, 남자가 자신을 선택해 주면 비로소 선택하려는 주체가 되는 셈이지요. 다시 말하면, 그럴 때 여자의 선택은, 자기가 선택받았다는 사실에 매료되어 농락당하고 맙니다. 상대방이 그야말로 보잘것없는 인간이라면 별문제지만, 그것까지도 엄격한 조건이 될 수는 없지요. 제 이야기가 지극히 상식적일지라도, 저 같은 젊은 사람들에게는 무척 호기심을 발동하게 하지요. 한 예로, 당신이 어떤 여자에게 이렇게 묻는다고 가정합시다. '당신은 저 남자를 정말 사랑하고 계십니까'라고 말이죠. 그러면 아마 그 여자는 놀랍게도 이렇게 대답할 것입니다. '그는 나를 진정으로 사랑하고 있어요.' 그러면서 눈을 내리깔거나, 아니면 눈을 똑바로 뜨고 말이죠. 그런데 그런 대답을 우리 남자들 중의 누군가가 했다고 가정해 봅시다. 당신과 저를 묶어서 '우리'라고 표현해서 죄송합니다. 간혹 그렇게 대답할 남자도 있을 것입니다만, 그런 남자는 정말 한심스러운 사람입니다. 그는 분명히 사랑하는 여자의 엉덩이에 깔려 있는 남자일 테니까요. 특히 남자한테 사랑받고 있다고 서슴없이 대답하는 여자는 도대체 자기 평가를 어떻게 하고 있는지, 그것을 알고 싶습니다. 자기처럼 보잘것없는 여자를 사랑해 주는 남자이기 때문에 그는 훌륭한 남자이며, 어디까지나 그에게 복종하지 않으면 안 된다고 생각하는지……. 혼자 조용히 있을 때면, 저는 그 점에 대해서 생각해 보기도 합니다."

"당신은 근원적이며 고전적인 사실, 그야말로 단 몇 마디 말로 교묘하게 신성한 문제에 접근했군요"라고 페페르코른이 대꾸했다. "남자는 자신의 정욕에 도취하려 하고, 반면에 여자는 남자의 정욕에 도취되고 싶어합니다. 그래서 우리는 감정을 소중히 할 의무가 있습니다. 그렇기 때문에 남자들에게는 감정의 연소라는 의무를 지니게 되는 것이며, 여자의 그런 욕구를 충족시키지 못하는 감정의 빈곤이라는 무력함은 남자들에게는 무서운 치욕이 되는 것입니다. 자, 적포도주 한잔 하시겠습니까? 너무 목이 말라서 한잔 해야겠습니다. 오늘은 땀을 너무 많이 흘렸습니다."

"감사합니다, 페페르코른씨. 이런 시각에는 술을 마시지 않습니다만, 당신의 건강을 위해서라면 기꺼이 한잔 들기로 하겠습니다."

"그러면 그 포도주 잔으로 드십시오. 지금 잔이 하나밖에 없으니, 난 물컵에 따라 마시겠습니다. 이런 하찮은 컵으로 마신다 해서 포도주에게 실례가 되지는 않겠지요⋯⋯."

그는 선장 같은 손을 가볍게 떨면서 한스 카스토르프가 따라 주는 포도주를 받아서는, 다리 없는 잔으로부터 흉상(胸像)과 같은 목구멍에 적포도주를 물마시듯 꿀걱꿀걱 흘려 넣었다.

"이걸 마시니 기운이 좀 나는 것 같군요. 당신도 한 잔 더 들지 않으시렵니까? 미안하지만 나는 한 잔 더⋯⋯."

그는 컵에 포도주를 따르려다 그만 엎지르고 말았다. 하얀 홑이불에 빨간 얼룩이 졌다. 그는 뾰족한 손톱을 위로 나란히 세우고, 포도주 컵을 든 한쪽 손을 떨면서 말했다.

"되풀이해서 말씀드립니다만, 우리는 감정을 연소시켜야 할 의무, 종교적 의무를 갖고 있어요. 우리의 감정이라는 것은, 생명을 눈뜨게 하는 신비스런 남성적인 힘을 갖고 있지요. 알겠습니까? 졸고 있던 생명이 눈을 떠서 신성한 감정과 황홀한 결혼을 하게 되지요. 감정이란 정말 신성한 것입니다. 인간이 그런 것을 느낄 수 있기 때문에 더욱 신성한 것이지요. 인간은 신의 감정을 대행하는 기관입니다. 신은, 인간을 통하여 감정을 느끼기 위해서 인간을 창조한 것입니다. 인간은 신이 눈을 뜨고 도취된 결혼을 하기 위한 기관에 지나지 않기 때문에, 만약 인간이 감정적으로 무력하다면 신의 굴욕이 시작되는 것입니다. 그로 인해 신의 남성적 힘의 패배, 우주의 종말, 상상도 할 수 없는 공포에 휩싸이게 됩니다⋯⋯."

그는 포도주를 꿀걱 마셨다.

"실례지만 컵을 저에게 주십시오, 페페르코른씨." 한스 카스토르프가 말했다. "저는 지금 아주 좋은 공부를 하고 있다는 생각이 드는군요. 당신 말씀은 신학적인 이론입니다만, 그 이론에 따르면, 인간은 아주 명예로운 일을 신으로부터 부여받았다고 추측하게 되는데, 그것이 너무나 종교쪽으로 치우친 듯한 느낌이 드는군요. 실례를 무릅쓰고 말씀드린다면, 당신 생각에는 어딘지 모르게 사람을 불안하게 만드는 요소가 깃들여 있는 것 같습니다. 용서하십시오, 이런 말을 함부로 해서……. 종교적인 엄격함은 속 좁은 인간에게는 언제나 다소 불안을 느끼게 하니까요. 하지만 저는 당신 견해를 정정하겠다는 생각은 하지 않습니다. 다만 조금 전에 말씀하신 '편견' 쪽으로 화제를 돌렸으면 합니다. 당신 관찰에 따르면, 세템브리니씨가 당신의 여행 반려자인 부인에게 편견을 갖고 있다고 하셨는데, 바로 그 편견에 대해서 한말씀 하셨으면 좋겠습니다. 저는 세템브리니씨를 몇 년 전부터, 아니 오래 전부터 잘 알고 있습니다. 그래서 말씀드리는 건데, 세템브리니씨가 부인에게 설혹 어떤 편견을 갖고 있다 하더라도, 그것이 결코 어색한 속물적인 편견은 아닐 것입니다. 그런 것을 생각한다는 것 자체가 우스꽝스러운 일입니다. 그의 편견이란 비개인적인 편견, 즉 보편적인 교육 원리를 의미하는 것으로, 그는 그런 교육 원리를 반드시 실현시키고 싶어합니다. 다시 말해서, 저는 인생의 '골칫거리 자식'이라는 의미로——그러나 이것을 설명하자면 너무 장황해지기 때문에——이것은 대단히 광범위한 문제여서 몇 마디로 압축한다는 것은……."

"그런데 한스 카스토르프씨, 당신은 부인을 사랑하고 있지요?"

갑작스런 질문을 던진 페페르코른의 입술은 비통하게 일그러지고, 당초 무늬가 있는 이마 아래의 작은 눈을 반짝이며 왕자 같은 얼굴로 한스 카스토르프를 뚫어지게 바라보았다. 한스 카스토르프는 느닷없는 질문에 당황하여 더듬거리며 대답했다.

"제가요? 물론 저는 소샤 부인을 존경하고 있습니다. 당신의 여행 반려자라는 단 한 가지 사실만으로도……."

"잠깐!"

페페르코른은 연극의 한 장면처럼 손을 들어 한스 카스토르프의 말을 가로막았다.

"다시 한 번 말해 보시오."

그는 그 손짓으로 지금부터 말하려는 것에 여유를 준 다음 계속해서 말을 이었다.

"나는, 저 이탈리아 신사가 부인에게 신사도에 어긋나는 행동을 했다고 비난하는 것은 절대로 아닙니다. 어느 누구에게라도 그런 비난을 하고 싶지는 않아요. 그러나 내가 이상하게 생각하는 것은……, 오늘은 그것을 기쁘게 여기고 있기는 합니다만……. 좋아요 젊은이, 정말 좋습니다. 훌륭합니다. 기쁩니다. 의심할 여지가 없어요. 진심으로 기쁘게 생각합니다. 그러나 '그것은 그렇다'고 단정하는 바입니다. 나는 이렇게도 생각해 봅니다. 당신과 부인은 나와 알고 지내게 된 것보다 훨씬 오래 전부터 아는 사이입니다. 부인이 나보다 먼저 이곳에 체류하게 된 때부터 당신도 이곳에서 지냈으니까요. 부인은 아주 매력적인 여자이고, 나는 늙은 환자에 지나지 않습니다. 그런데 어떻게 해서 이런 일이……. 그녀는 내가 너무나 쇠약해져 누워 있게 되자, 오늘 오후에는 혼자서 마을로 내려가버리고 말았어요. 유감스럽지 않습니까? 유감스럽기는커녕, 이것은 단지, 의심할 여지없이, 이것은 어떤 영향을……. 당신, 뭐라고 그랬지요? 아, 세템브리니씨의 교육 원리의 영향으로 돌려버릴 테지요. 당신의 부인에 대한 기사도에……. 내가 말하는 것을 충분히 이해……?"

"잘 알았습니다. 그러나 그런 일은 절대로 없습니다. 전혀 없고말고요. 나는 항상 자주적으로 행동해 왔으며, 세템브리니씨는 오히려 나에게 가끔…… 아니, 홑이불에 포도주의 붉은 얼룩이 생기고 말았군요. 우리는 언제나 얼룩이 마르기 전에 소금을 뿌립니다만……."

"그런 건 아무래도 좋소."

그는 한스 카스토르프에게서 눈을 떼지 않고 말했다. 한스 카스토르프의 안색이 차츰 변하고 있었다. 그는 억지로 미소지으며 말을 이었다.

"여기서는 모든 일을 다른 곳과는 전혀 다른 방법으로 해결하고 있습니다. 이곳의 관습이라고나 할까요. 세상의 일반적인 상식과는 전혀 다르지요. 여기서는, 여자든 남자든, 환자들이 우대받고 있습니다. 그러니까 부인에 대한 은근한 기사도는 이곳 풍습과는 어울리지 않아요. 당신은 지금 환자입니다. 페페르코른씨——당신은 지금 급성 병으로 몸이 편칠 않아요. 거기에 비하면 당신의 여행 반려자는 건강한 편이지요. 그렇기 때문에 당신의 반려자가 자리를 비운 동안 제가 그녀를 대신해서 당신을 돌봐드리는 것이……, 즉 교대라는 말이 가능하다면 말입니다. 하하하……. 당신 곁에 있는 편이, 그와 반대로 혼자 마을로 내려가는 부인을, 당신을 대신해서 그곳까지 동반해 주는 것보다 훨씬 그녀의 마음을 흡족하게 해줄 것이라고 생각되는데요. 뿐만 아니라, 제가 어떻게 당신의 반려자를 억지로 수행하겠습니까? 저에게는 그럴 자격도 권리도 없습니다. 누가 뭐래도 저는 현실적인 권리 관계에 민감한 사람입니다. 제가 지금 여기에 이렇게 있는 것은 잘못된 일이 아니고, 일반적인 상식에도 어긋나지 않으며, 특히 당신에 대한 나의 순수한 감정에도 충실한 행동인 것입니다. 페페르코른씨, 이것으로 아까 저에게 질문하신 것에 대한 충분한 답변이 되었다고 믿습니다. 충분히 수긍되리라 믿습니다만…….”

“대단히 훌륭한 대답입니다. 당신의 시원시원한 말에 감탄을 금치 못할 정도요. 우리의 이야기가 아주 기분좋게 정리되고 있군요. 그러나 수긍이 가느냐 하는 문제에 대해서는 부정적이오. 당신의 답변엔 ‘아, 과연 그렇구나’ 하고 수긍할 수가 없습니다. 당신을 실망시켰다면 용서하십시오. 당신은 내가 말한 어떤 생각에 대해서 ‘엄격하다’는 표현을 썼는데, 당신 생각에서도 어떤 엄격성이나 부자연성이 느껴집니다. 내가 말한 그 부자연성은 당신 태도의 어떤 면에서 느낀 것인데, 당신 성격과는 어울리지 않는 것 같군요. 그런데 그런 기분을 오늘 또 느끼게 되었지요. 그 어색함은, 우리 둘이 함께 계획을 실천할 때라든지 함께 산책할 때, 부인 단 한 사람에 대해서 보이곤 하는 그 어색한 감정과 같은 것이오. 그것에 대해 나에게 납득할 만한 설명을 해주는 것이 당신의 의무이며 책임이라고 생각합니다. 젊은이, 내가 보는 눈은 틀림없다고 자부하오. 여러 번 관찰해서 그때마다 확인한 것이니, 다른 사람들도 눈치챘을 거요. 다만, 다른 사람들은 아마 내가 알지 못하는 그 사실의 이유를 알고 있을 것입니다.”

페페르코른은 말라리아열로 몹시 쇠약해져 있는데도, 이날 오후만은 평소와는 달리 정확하고 일관성 있게 말했다. 그 특유의 더듬거리는 말투도 찾아볼 수 없었으며, 침대에서 반쯤 일어난 자세로 떡벌어진 선장 같은 어깨와 왕자 같은 얼굴을 한스 카스토르프에게로 돌리고, 한쪽 팔은 이불 위에 올려놓은 채 주근깨투성이의 손을 면 셔츠 소매 끝에서 바로 세웠다. 엄지와 집게손가락으로 동그라미를 만들고는, 나머지 세 손가락은 옆에다 창처럼 나란히 세우고 있었다. 그의 입술 모양 역시 세템브리니도 도저히 미치지 못할 정도로 단어 하나하나를 정확하고 또렷하게, 아니 ‘인위적일’ 만큼 ‘아마(probably)’ 라든지 ‘엄격(austerity)’ 같은 말의 후두음 r을 굴려서 발음했다.

“당신, 웃고 있군요.” 페페르코른이 말을 계속했다. “당신은 눈을 껌벅이고 고개를 갸우뚱거리며 뭔가 열심히 생각해내려고 하지만, 전혀 생각나지 않는 모양이군요. 그러나 내가 지금 무엇을 문제시하고 있으며 무엇을 말하려고 하는지는 잘 알고 계실 것입니다. 나는, 당신이 소샤 부인에게 단 한 번도 말을 걸지 않았다든지, 대화를 나누면서 소샤 부인이 묻는 말에 대답을 못했다든지, 그런 것을 말하는 게 아닙니다. 누차 얘기했듯이, 그런 경우마다 나는 뭔가 어색한 느낌을 받았지요. 좀더 정확하게 말한다면, 뭔가로부터 도망치고 피하려는 듯한 느낌을 받았는데, 자세히 관찰하면 어떤 특별한 말씨를 피하려는 것임을 알 수 있었습니다. 당신의 경우엔 부인에게 어떤 말이든지 먼저 얘기하는 사람이 진다는, ‘말 않기 내기’ 라도 건 것처럼, 부인에게 적절한 호칭을 사용하지 못하는 듯한 인상을 받았거든요. 당신은 처음부터 끝까지 단 한 번의 ‘예외’도 없이 부인을 부르기를 꺼리고 있소. 당신은 부인에게 '당신'이라고 부른 적이 없었지요."

"페페르코른씨, 그런데 '말 않기 내기'라뇨? 도대체 무슨 그런 내기를 다……."

"나는, 당신이 느끼고 있는 사실에 대해 얘기하겠습니다. 당신은 지금 입술까지 파랗게 질려 있잖소."

한스 카스토르프는 얼굴을 숙인 채 고개를 들지 못했다. 그리고 홑이불의 포도주 얼룩만 쉴새없이 만지작거리면서 생각했다.

'갈 데까지 갔구나! 이렇게 될 줄 알았어. 실은 내가 스스로 조장했다고도 볼 수 있지. 이렇게 일이 터지고 나서야 알았지만, 나 자신이 어쩌면 이렇게 되기를 바랐는지도 모르지. 정말 내가 그렇게 파랗게 질려 있단 말인가? 아마 그럴지도 모르지. 이제는 죽느냐 사느냐가 문제로군. 어떻게 되어갈지……. 지금이라도 변명을 찾아볼까? 불가능한 일은 아니겠지만, 그렇게까진 하고 싶지 않아. 그래도 당분간 이 피 같은 붉은 얼룩이라도 만지고 있기로 하자.'

그의 머리 위에서 내려다보고 있는 페페르코른도 침묵을 지키고 있었다. 2,3분 동안 두 사람은 깊은 침묵에 빠져 있었다. 이런 때야말로 순간의 시간이 얼마나 견디기 어렵게 팽창되는가를 느끼게 했다. 드디어 페페르코른이 먼저 입을 열었다.

"그것은 당신과 알게 된 그 즐거운 밤의 일이었습니다."

그는 마치 노래부르듯 말하기 시작했다. 그리고 그것이 긴 애기의 허두라도 되는 듯, 곧이어 목소리를 낮추었다.

"우리는 조촐한 축제를 베풀어 먹고 마시고는, 밤이 깊자 서로의 팔짱을 끼고 침실로 돌아왔소. 그리고 이 방 문앞에서 헤어질 때 나는, 당신이 부인의 이마에 작별 키스를 해줄 것을 갑자기 요구하고 싶었다오. 부인이 전에 입원해 있을 때의 절친한 친구로서 소개받은 당신이 그녀의 이마에 키스를 하면, 그녀는 엄숙하고도 명랑한 당신의 키스를 받고 그날 밤을 기념하기 위하여 내 앞에서 답례의 행위를 하기를 원했던 것이오. 그런데 당신은 나의 제안을 단호히 거절하고 말았소. 나의 여행 반려자에게 키스한다는 것은 무의미한 일이라며 거절한 것이오. 그것 또한 설명해야 한다는 사실을 인정하면서도, 오늘까지 당신은 그 일에 대해 단 한마디도 설명하지 않았소. 지금 여기서 그 설명을 해줄 수는 없겠소?"

'그렇구나, 그렇다면 그 일까지도 생각하고 있었구나.'

한스 카스토르프는 이렇게 생각하면서 홑이불쪽으로 더욱 가까이 얼굴을 갖다댄 채, 포도주 얼룩을 집게손가락 끝으로 다시 한 번 문지르기 시작했다. '사실은 내편에서 페페르코른이 그 일을 기억해 주기를 바랐을지도 모른다. 그렇지 않았다면 내가 그런 말을 했을 리가 없잖은가! 그런데 지금은 어쩐다? 심장이 쿵쿵 뛰는군. 잘못하다간 왕자의 분노가 격렬하게 폭발할지도 모른다. 그의 주먹을 경계해야 되겠군. 아니, 어쩌면 벌써 내 머리 위에서 휘두르고 있을지도 몰라. 어쨌든 꼼짝달싹 못할 만큼 궁지에 몰리고 말았어!'

그런 생각을 하고 있는데, 그의 오른쪽 손목이 무엇엔가 꽉 잡히는 느낌이 들었다.

'어이쿠, 드디어 손목을 잡혔구나! 뭐야, 우습기 짝이 없군! 무엇 때문에 내가 이렇게 꼼짝 못하고 있지? 페페르코른에게 무슨 죄라도 졌단 말인가? 그런 일은 추호도 없어. 다게스탄에 살고 있는 그녀의 남편에게라면 몰라도. 그는 누구보다도 불평할 권리가 있지. 그 외에도 몇 사람이 있어. 그 다음엔 내 차례야. 내가 알고 있는 한, 페페르코른은 불평할 처지가 아니야. 그런데도 왜 내 심장이 이렇게 뛰는 걸까? 자, 얼굴을 들자. 그리고 그의 당당한 얼굴을 쳐다보자. 그런 후에 공손하게, 그러나 솔직하게 부딪쳐 보는 거다.'

드디어 한스 카스토르프가 얼굴을 들었다. 페페르코른의 당당한 얼굴에는 주름투성이의 이마가 있었고, 그 밑으로는 엷은 빛깔의 눈이 그를 뚫어지게 바라보고 있었으며, 흉하게 찢어진 입을 엄숙하게 다물고 있었다. 위대한 노인은 단순한 청년의 손목을 잡은 채 서로의 표정을 살피고 있었다. 드디어 페페르코른이 낮은 소리로 말했다.

"당신은 클라우디아가 전에 이곳에 있을 때의 애인이었지요?"

한스 카스토르프는 저도 모르게 또 고개를 떨구었으나, 곧 얼굴을 들어 숨을 깊이 들이쉬고는 입을 열었다.

"페페르코른씨! 저는 당신을 속일 생각은 조금도 없습니다. 그리고 그런 짓을 하지 않고 지낼 수 있는 방법이 없을까 깊이 생각하고 있습니다. 그러나 그것도 결코 쉬운 일은 아니지요. 당신의 단정적인 말을 긍정한다면 저는 자만하는 꼴이 되고, 부정하면 거짓말을 하게 되니 말입니다. 사실은 이렇습니다. 나는 오랫동안, 아주 오랫동안 클라우디아——죄송합니다. 클라우디아라고 불러서요——당신의 반려자와 요양소에 함께 있으면서도 세속적인 의미에서 알고 지내는 처지는 아니었습니다. 우리들의 관계, 아니 그녀에 대한 나의 관계에는 세속적인 요소라곤 조금도 없었으니까요. 언제부터인지 알 수 없습니다만 클라우디아를 늘 '댁'이라 불렀고, 지금도 역시 그렇게 부를 수밖에 없습니다. 그 호칭은 아까도 말씀드렸지만 교육적인 속박을 끊어버리고, 그전부터 준비해 두었던 구실하에 그녀에게 접근한 사육제의 가장 무도회가 열렸던 날 밤이었지요. 그날은 모든 책임으로부터 해방되어 '댁'이니 '자네'라고 부르게 되었는데, 밤이 깊어감에 따라 '댁'이라고 부르는 것이 꿈속에서처럼 책임이 따르지 않는 완벽한 의미를 띠게 된 것입니다. 그날 밤이 지나면 클라우디아는 떠나게 되어 있었습니다."

"완벽한 의미라……. 당신은 아주 고상하게……." 페페르코른은 그 말을 되풀이하여 중얼거렸다. 그런 다음 그는 한스 카스토르프의 손목을 놓았다. 그리고 선장처럼 큰 손으로 양볼, 눈두덩과 턱을 문지르더니, 포도주의 얼룩이 생긴 홑이불 위에 두 손을 모아 머리를 한스 카스토르프의 반대쪽으로 돌렸다.

"저는 가능한 한 사실 그대로를 말씀드렸습니다"라고 한스 카스토르프가 말했다. "조금도 보태거나 빼먹지 않고, 아주 양심적으로 얘기했습니다. 그녀를 완벽한 의미의 '댁'이라고 부른 그날 밤, 바로 다음날이면 작별하게 될 그날 밤을 현실이라고 생각했는가 안 했는가를 추측하는 것은 자유입니다만——그것은 예외적인 하룻밤, 달력에도 없는 하룻밤, 즉 덤으로 하루가 생기는 2월 29일이라고 생각해도 좋겠습니다——그렇기 때문에 설사 제가 아까 당신 말을 부정했다 하더라도 그것이 모두 다 거짓말이라고는 단정할 수 없을 것입니다."

페페르코른은 대답하지 않았다. 한스 카스토르프도 한동안 입을 다물고 있다가 다시 말을 꺼냈다.

"저는 당신에게 모든 것을 사실대로 말씀드리려고 합니다. 당신의 호의를 잃게 되는 불행한 일이 생기더라도 말입니다. 당신의 호의를 잃는다는 것은, 솔직히 저에게는 너무나 큰 타격, 정말로 뼈아픈 손실임에 틀림없습니다. 그것은 소샤 부인이 여행 반려자로서 당신과 함께 이곳에 돌아왔을 때 받았던 타격과 똑같습니다. 그런 타격을 받는 위험을 무릅쓰고라도, 저는 사실대로 말하고 싶습니다. 그 이유는, 우리——존경하는 당신과 저 사이를 좀더 분명하게 하려는 소망 때문입니다. 그러는 편이 숨기거나 속이는 것보다 훨씬 아름답고 인간적이라고 생각했기 때문이지요. 클라우디아가 '인간적'이란 말을 얼마나 매력적으로 길게 끌면서 발음하는지는 당신도 잘 알고 있겠지요. 그렇기 때문에 당신이 조금 전에 하신 말씀을 듣고 나니 마음이 한결 가벼워졌습니다."

상대방은 여전히 대답이 없었다.

"그리고 또 한 가지, 사실 그대로 말씀드리고 싶었던 것은, 관계가 명확하지도 않은데 이렇다저렇다 혼자서 추측하는 것이 얼마나 괴로운 일인지는 제 경험을 통해서 잘 알고 있기 때문입니다. 이것으로 당신도 알게 되었을 것입니다. 현재의 확실한 관계가 확립되기 전에——그 관계를 인정하지 않으려는 것은 무모한 짓이겠습니다만——클라우디아가 과연 누구하고 2월 29일을 함께 보냈을까요. 그렇습니다, 당신은 이제 알게 되었습니다. 그런데 저는 아직도 그 점에 대해 확실치 않은 상태 그대로입니다. 물론 그런 일을 생각해야만 할 처지에 놓인 사람이라면 어느 누구든지, 그런 선배가 꼭 있으리라는 것을 미리 각오해야 한다는 것쯤 저도 잘 알고 있습니다. 그런데 베렌스 고문관이 취미삼아 유화를 그린다는 사실을 알고 계신지요? 그가 몇 차례 소샤 부인을 모델로 삼아 멋진 초상화를 그렸다는 사실을 저는 알고 있습니다. 그 그림을 보면——우리끼리 얘기지만——그녀의 살결을 어찌나 진짜같이 묘사했는지, 정말 깜짝 놀랄 정도지요. 그래서 저는 소샤 부인과 베렌스 고문관의 관계를 확실히 밝힐 수가 없어서 무척이나 고민했습니다만, 그 고민은 지금도 마찬가지입니다."

"당신은 아직도 그녀를 사랑하고 있군요."

페페르코른은 그림처럼 앉아서 고개만 한스 카스토르프쪽으로 돌리며 물었다. 넓은 방안은 점점 어두워져 갔다.

"정말 죄송합니다, 페페르코른씨. 제가 당신의 여행 반려자에게 느끼는 감정을 입 밖에 낸다는 것은, 제가 당신에게 갖고 있는 깊은 존경심과 경외심으로 볼 때 어떨지 모르겠습니다만……."

"그런데 그녀도 당신과 똑같은 느낌을 여전히 갖고 있을까요?" 페페르코른이 차분한 목소리로 물었다.

"저는, 그녀가 저에 대해 그런 느낌을 갖고 있으리라고는 생각지 않습니다. 그건 왠지 믿을 수가 없습니다. 방금 우리가 여자의 반응 본능에 대해 이론적인 설명을 했습니다만, 저는 여자로부터 사랑받을 만한 매력을 하나도 지니질 못했습니다. 도대체 저에게 어떤 매력이나 스케일이 있겠습니까? 당신도 생각해 보면 아시겠지만, 제가 2월 29일의 일을 체험할 수 있는 행운을 누린 것도——여자는 오로지 남자쪽에서 자기를 선택해 주면 거기에 말려들기 쉬운 성질을 갖고 있기 때문이라고 생각해야 되겠지요. 그러니 제가 '남자'라고 자칭하며 자만에 빠지는 것은 허영에 들뜬 보잘것없는 행위라고 생각되지만, 클라우디아는 어쨌든 여자이기 때문에…….”

 “그녀는 당신 감정에 따른 것뿐입니다.” 페페르코른이 찢어진 입술로 중얼거렸다.

 “그렇습니다” 하고 한스 카스토르프가 대꾸했다. 오히려 당신에게는 훨씬 더 순순히 따랐지요. 이제까지 따랐던 많은 남자들에게 했듯이 말입니다. 그것은, 이런 일로 괴로워하는 당신이나 저 같은 사람이라면 누구나 알고 있어야 할 일이지요.”

 “잠깐만!” 페페르코른이 얼굴을 돌리면서 손을 들어 상대방을 제지하려는 손짓을 했다. “그녀에 대해서 이런 이야기를 하는 것은 비겁한 일이 아닐까요?”

 “그렇지 않아요, 페페르코른씨. 절대로 그렇지 않습니다. 그런 일 같으면 조금도 걱정하실 필요가 없습니다. ‘인간적’인 문제를 이야기하고 있으니까요──‘인간적’이라는 말을 자유와 천재성이라는 두 가지 의미로 분리시켜 생각해 볼 때 말입니다──아니, 너무 건방진 말을 한 것 같아 죄송합니다만, 이런 말을 하는 것도 그럴 필요가 있기 때문입니다.”

 “좋아요, 이야기를 계속해 보십시오!”

 페페르코른은 낮은 소리로 재촉했다. 한스 카스토르프도 덩달아 낮은 소리로 말했는데, 그는 침대 옆 의자에 걸터앉아 두 손을 무릎 사이에 낀 채, 이 왕자 같은 노인쪽으로 몸을 굽힌 자세로 얘기했다.

 “그녀는 천재적인 존재입니다. 코카서스 산맥 너머에 있는 남편도──그 남편에 대해서는 당신도 이미 알고 있으리라 믿습니다만──그녀의 자유와 천재성을 인정해 주고 있습니다. 그 사람을 만난 적은 없습니다만, 둔감해서인지, 아니면 영리해서인지, 어쨌든 그가 아내의 자유와 천재성을 인정해 준다는 것은 정말 현명한 처사라고 할 수 있습니다. 그녀가 그처럼 자유와 천재성을 부여받은 것도, 따지고 보면 병이 들었기 때문입니다. 그녀가 갖고 있는 병의 천재적인 원리가 그녀에게 자유를 보장해 주는 것이지요. 그래서 그녀 때문에 괴로워하게 된다면 누구든지 그녀의 남편을 생각하고, 과거나 현재의 일, 앞으로의 일에 대해서 한마디 고충도 털어놓지 않는 것이 현명할 줄로 압니다.”

“그래서 당신은 고충을 털어놓지 않습니까?”

이렇게 물으면서 페페르코른은 한스 카스토르프쪽으로 얼굴을 돌렸는데, 어둠 속에서도 그의 얼굴은 흙빛이었다. 우상(偶像) 같은 이마의 주름살 밑에서 쏘아보는 엷은 눈에는 생기가 사라지고, 크게 찢어진 입 역시 그리스 비극의 가면의 입처럼 반쯤 벌어져 있었다.

“저는, 저에 대해서는 문제삼고 싶지 않습니다.” 한스 카스토르프가 공손하게 말했다.

“제가 지금 이런 얘기를 하는 것은, 당신이 불평하실까봐 염려돼서 그런 겁니다. 그리고 과거의 일로 당신의 호의를 잃고 싶지 않아서이지요. 제겐 지금 그런 것만이 마음에 걸릴 뿐입니다.”

“그렇더라도 그동안 내가 아무것도 모른 채 당신에게 준 고통은 아주 컸겠군요?”

“그것이 당신의 순수한 질문이라면, 제가 그 물음에 긍정한다 해도, 당신을 알게 되었다는 그 소중한 특전의 가치를 제가 모른다는 의미는 결코 아닙니다. 왜냐하면 그 특전은, 당신이 말씀하신 실망과 밀접하게 결부되어 있으니까요.”

“고맙소, 젊은이. 나는 당신의 정중하고 명쾌한 그 말을 진심으로 기쁘게 생각합니다. 그러나 우리가 알게 된 것을 별도로 친다면…….”

“그것을 별도로 친다는 건 곤란한데요”라고 한스 카스토르프가 말했다. “그러면 당신의 질문에 대한 저의 겸손한 긍정도 전혀 바람직하지 못하지요. 왜냐하면 클라우디아가 당신 같은 거물과 함께 이곳으로 돌아왔다는 것은, 비록 당신 같은 사람이 아닐지라도 어떤 남자이건 간에 함께 왔다는 사실은, 제가 감수해야 할 비참함을 더욱 심각하고 복잡하게 만들기 때문입니다. 그래서 저는 몹시 괴로워했고 현재도 무척 괴로워하고 있습니다. 그 사실은 부정하지 않겠습니다. 그러므로 저는 현실적인 면, 즉 당신에 대한 성실한 존경심만은 잃지 않으려고 의식적으로 무진 애를 써왔습니다. 페페르코른씨, 저의 이런 노력에는 물론 당신의 반려자에 대한 심술도 어느 정도 포함되어 있지요. 왜냐하면 여자는 심리적으로 자기를 사랑하는 남자들이 서로 사이좋게 지내는 것을 결코 달가워하지 않기 때문에…….”

“그건 사실이지…….”

페페르코른이 미소지었다. 그러나 그는, 그 미소가 소샤 부인의 눈에 띌까봐 걱정스럽다는 듯이, 손바닥으로 입과 턱을 어루만지며 미소를 감췄다. 카스토르프도 가볍게 미소지었다. 그리고 두 사람은 마치 약속이나 한 듯이 고개를 끄덕였다.

“이 정도의 자그마한 복수라면 제게도 허용될 것으로 믿습니다” 하고 한스 카스토르프가 말을 이었다. “제 입장에서 본다면, 제 일을 문제삼을 경우, 고충을 이야기할 자격이 충분히 있다고 생각하니까요——클라우디아와 관련된 일이나 당신과의 일로 한탄을 늘어놓을 것이 아니라, 순수한 제 문제, 즉 제 인생과 운명에 대해 한탄하고 싶어집니다. 그런데 황송하게도 저는 당신의 신뢰를 받고 있으며, 오늘은 또 이처럼 특별히 귀중한 저녁 시간을 갖게 되었으니, 적어도 제 인생과 운명에 대해 윤곽만이라도 얘기하고 싶군요.”

“어디 말씀해 보십시오.”

페페르코른이 무척 정중하게 말했으므로, 한스 카스토르프는 이야기를 계속했다.

“저는 여기서 꽤 오랜 시간을 보내고 있습니다. 벌써 몇 년이 지났는지 정확하게 말씀드릴 수는 없지만, 그새 몇 번이나 나이를 먹었어요. 그래서 조금 전에 ‘인생’이라고 말씀드린 겁니다. ‘운명’에 대해서는 적당한 시기에 말씀드리고 싶습니다. 저는 제 사촌을 문병하려고 이곳에 왔지요. 사촌은 매우 충실하고 훌륭한 군인이었는데, 결국 아무 보람도 없이 저만 남겨둔 채 세상을 떠나버렸어요. 그래서 저 혼자 여기 이렇게 남게 된 겁니다. 아마 당신도 아시겠지만, 저는 군인이 아니라 지극히 시민적인 직업을 갖고 있었지요. 건실하고 합리적인 직업으로, 각 민족을 서로 교류시킬 수 있는 힘을 지닌 직업이었던 것 같아요. 그러나 전 그 직업에 충실할 수 없었습니다. 그것은 거짓없는 진실입니다. 그 일에 열의를 갖지 못한 이유는 많지만 단 한 가지, 저에게도 분명하지 않은 점이 있었어요. 그러나 그 이유는 당신의 반려자에 대해 품은 저의 감정——현재의 확실한 관계에 대해 이러쿵저러쿵 시비를 걸 생각이 없기 때문에 그녀를 당신의 반려자라고 부르는 겁니다——이나, 제가 그녀를 '댁'이라 부르게 된 원인과도 밀접한 관계를 갖고 있습니다. 그녀를 처음 본 순간 그녀의 눈에 매혹되어, 저는 그녀와의 관계를 '댁'이라고 부를 수밖에 없는 관계라고 생각한 후부터 그것을 한 번도 부정하려 하지 않았습니다. 그녀의 눈에 매료당했다는 것은 이성을 잃었다는 의미이기도 합니다. 그녀 때문에 저는 세템브리니의 충고를 무시하고 비이성(非理性)의 원리, 즉 병의 천재적인 원리에만 복종하게 되었습니다만, 실은 오래 전부터 그 원리에 복종하고 있었습니다. 그리고 그런 관계를 유지하면서 이곳에 남아 있습니다. 그런 식으로 지낸 것이 벌써 몇 년째인지 이제는 확실치도 않고 평지의 모든 일도 다 잊어버려, 그때의 직업이나 저의 장래 희망 등, 친척과의 인연도 이제는 다 잊어버렸습니다. 그리고 클라우디아가 이곳을 떠나 여행을 한 후에는 더욱더 이곳에서 꼼짝하지 않고 그녀를 기다렸기 때문에 평지와의 인연이 끊어져, 제가 죽은 것이나 다름없다고 생각할 것입니다. 이런 일들이 머리 속에 남아 있어서, 조금 전에도 '운명'이란 것을 들춰가며 적어도 어느 정도는 한탄해도 좋을 권리가 저한테도 있는 게 아닐까 하고 감히 암시해 본 것입니다. 언젠가 소설에서 읽은 것 같은데, 아니 극장에서 본 일이 있습니다. 어느 순진한 청년이——그 청년은 제 사촌처럼 군인이었어요——아주 매력적인 집시 여자와 관계를 맺었습니다. 그녀는 매우 요염했는데, 머리에 꽃을 꽂은, 야성적이며 운명적인 여자였습니다. 청년은 그 요염한 여자에게 혼까지 빼앗긴 듯, 자기 처지를 망각하고 그녀를 위해 온갖 정성과 희생을 아끼지 않았습니다. 게다가 그는 자기 연대로 돌아갈 수도 없는 탈주병이 되어, 그녀와 함께 밀수업자 패거리에 휩쓸릴 만큼 타락해버리고 만 것입니다. 그런데 그녀는 그처럼 타락해버린 그에게 싫증을 냈지요. 그래서 끝내 그녀는 멋진 바리톤의 음성을 가진 정력적인 투우사에게로 가버립니다. 그렇게 되자 이 순진한 청년은 창백한 얼굴에 저고리를 풀어헤치고, 투우장 입구에 나타난 여자를 칼로 찔러 죽이고 맙니다. 이렇게 해서 비극은 막을 내리게 됩니다. 그 집시 여자는 아마 자신의 죽음을 스스로 택했던 것 같아요. 어쩌다 보니 별 상관도 없는 얘기를 길게 늘어놓았군요. 그런데 무엇 때문에 이 이야기가 나왔을까요?"

페페르코른은 '칼'이라는 말이 튀어나온 순간 한스 카스토르프쪽으로 몸을 돌리고는, 상대방의 눈을 살피며 침대 위에서 앉은 자세를 약간 바꿨다. 이어 한결 편안한 자세로 한쪽 팔을 짚고는 말했다.

"잘 들었소, 젊은이. 이제 이해하겠소. 당신 이야기를 근거로, 나도 내 감정을 솔직하게 토로해 볼까 하오! 내 머리카락이 이렇게 희지 않았거나 말라리아열로 시달리지만 않는다면, 사나이 대 사나이로서 당신을 언제든지 만족시켜 드리겠소. 나도 모르는 사이에 당신에게 준 고통에 대해서 충분한 보상을 할 것이며, 동시에 나의 반려자가 끼친 고통까지도 보상을 해드려야 할 것이오. 그러나 지금 내 처지가 이러하니, 이에 관련된 제안을 하지 않으면 안 될 것 같군요. 그것은 다음과 같소. 젊은이를 알게 된 바로 그날, 무척 떠들썩하게 보낸 그 밤을 기억하고 있소. 그날 나는 당신 인품에 큰 감명을 받아 당신에게 의형제의 제안까지 하려 했으나, 좀 경솔한 처사인 듯싶어 그냥 넘어가버렸소. 좋아요, 오늘 우리는 이곳에서 그때로 되돌아가, 그때 기약한 훗날이 바로 오늘이라고 선언하고자 하오. 젊은이, 우리는 형제가 되었소. 나는 이 자리에서 그 사실을 선언하는 바이오. 당신은 조금 전에 완전한 의미에서의 '댁'이라고 말했는데, 우리의 '자네'라는 호칭도 감정을 함께 갖는 형제 관계를 나타내는 완전한 의미를 가질 것이오. 이 나이와 병때문에 무기를 손에 쥐고 보상할 수는 없지만, 그런 형식으로 보상할 것을 제의하는 바이오. 말하자면 의형제의 맹약(盟約)이라는 형식으로 보상해 드릴 것을 제의하는 바입니다. 이런 형식의 맹약은 일반적으로 제삼자, 즉 세상의 다른 인간들과 맺는 것이긴 하지만, 우리는 어떤 사람을 위해서 그 맹약을 하기로 합시다. 당신의 술잔을 들어 주시오. 나는 이번에도 컵을 사용하겠소. 포도주를 이런 물컵에 따라 마신다 해서 뭐 잘못을 저지르는 건 아니겠지요."

이렇게 말한 뒤, 그가 부들부들 떨리는 선장의 손으로 물컵과 술잔에 포도주를 가득 채웠다. 그 순간 한스 카스토르프도 가만히 있을 수가 없어서 그를 거들었다.

"자, 드십시다." 페페르코른이 외쳤다. "나와 팔을 끼도록 합시다! 그리고 이렇게 마십시다. 모두 다 마셔야 하오. 완전히! 자, 그러면 내 손을, 이제 만족했소?"

"물론이고말고요, 페페르코른씨."

한스 카스토르프는 이렇게 대답했으나 가득 찬 포도주를 단숨에 마시는 것은 좀 어려운 일이었다. 그래서 무릎 위에 조금 흘린 포도주를 손수건으로 닦고는 다시 말을 시작했다.

"정말 무척 기쁩니다. 어쩌다 이렇게 큰 기쁨을 누릴 수 있게 되었는지 모르겠군요. 솔직히 말씀드리면, 마치 꿈꾸는 듯한 기분입니다. 저로서는 이루 말할 수 없는 영광이니까요. 어쩌다 제가 이런 크나큰 영광의 주인공이 되었는지는 알 수 없습니다만, 아무튼 소극적 의미에서이지 그 밖의 다른 의미에서가 아닌 것만은 확실하다고 볼 수 있겠지요. 그리고 새로운 호칭인 '자네'라는 말이 처음엔 어색한 느낌이 들어 약간 더듬거린다 하더라도 이상하게 생각할 것은 없다고 봅니다. 특히 클라우디아와 동석할 때는 더욱 그렇지요. 그녀는 아마, 여성의 통념에서 우리의 이런 결정이 그다지 마음에 들지는 않을 것입니다."

"그런 문제는 나에게 맡기십시오. 그리고 그 밖의 문제는 반복과 습관에 맡겨 둡시다. 자, 그러면 인제 그만 가보시지요, 젊은이! 나는 혼자 내버려 두고! 벌써 어두워졌네. 아주 깜깜해졌어. 이제 우리의 애인이 돌아올 시간이 되었는데, 자네와 둘이 이렇게 만나는 것을 보이는 것은 별로 좋지는 않을 거야."

"그러면 안녕히 계십시오, 페페르코른씨. 저는 당연히 두려운 생각에 억눌리면서도 이미 그 두려운 호칭을 입 밖에 내어 말하는 것을 연습하고 있습니다. 이젠 정말 어두워졌군요! 갑자기 세템브리니씨가 이곳에 나타나서 이성과 사회성에 따라 불을 밝히라고 할 것 같은 어둠이로군요. 그에게는 그런 습관이 있지요. 그러면 내일 또! 저는 꿈에도 생각지 못했던 그런 만족을 얻게 되어 매우 흐뭇한 마음으로 나갑니다. 그럼 편히 쉬십시오. 내일부터는 적어도 한 사흘간 열이 나지 않겠군요. 그동안 당신도 인생의 모든 욕구를 채울 수 있을 것입니다. 그것이 저에게는 무엇보다도 기쁩니다. 그럼 안녕히 주무십시오!"

페페르코른씨 (끝맺음)

산책의 목적지로서 폭포는 매우 매력적인 장소였다. 흘러 떨어지는 물에 유독 매력을 느끼고 있던 한스 카스토르프가 저 플뤼엘라 골짜기의 숲속에 있는 그림 같은 폭포를 아직 한 번도 찾아가 보지 않았다는 것은 정말 이상한 일이었다. 요아힘이 살아 있을 때라면 그의 엄격한 요양 근무 탓으로 돌릴 수도 있어 수긍이 가는 일이기도 했다. 요아힘은 이곳에 결코 놀러와서는 안 된다고 생각했기 때문에, 그런 현실적인 사고 방식——뚜렷한 목적 의식 때문에 두 사람의 행동 반경은 베르크호프에만 국한될 수밖에 없었다. 그런데 요아힘이 죽은 뒤에도 한스 카스토르프는 줄곧 보수적인 단조로운 생활을 했다. 이 지방 풍경과 한스 카스토르프의 관계라고는 지난번의 스키 모험을 제외한다면 하나도 없는 거나 다름없었다. 그런 보수적인 단조로운 생활과 그의 정신적인 경험, 그리고 '술래잡기'의 의무가 서로 대조적인 상 태에 놓여 그에게는 아주 독특한 매력을 느끼게 했다. 그러던 어느 날, 그 의 작은 모임——그를 포함한 7명으로 구성된——에서 그 아름답기로 소문 난 폭포로 마차를 타고 놀러가자는 의견이 나왔을 때, 한스 카스토르프도 두 손을 들어 찬성했다.

5월이란 평지의 단순하고 명랑한 노래에 의하면 1년 중 가장 멋진 달이지 만, 이곳 고원의 기후로 볼 때는 아직도 차가운 공기가 하늘을 맴돌고 있기 때문에 그렇게 멋진 달이라고 보기에는 약간 일렀다. 그러나 해빙의 계절은 이미 끝난 것이나 마찬가지였다. 요 며칠 사이에 함박눈이 간간이 내렸으나 쌓이지는 않고 그저 땅만 약간 적셨을 뿐, 겨우내 여기저기 쌓여 있던 눈은 녹고 증발하여 조금씩 띄엄띄엄 남아 있었다. 사방이 온통 푸르러 산책하기 에 안성맞춤인 탓인지, 사람들은 갖가지 행락욕(行樂慾)에 한껏 부풀어 있었 다.

한스 카스토르프가 소속해 있는 작은 사교 모임은 주도적인 인물인 피테 르 페페르코른이 몇 주 동안 건강이 악화되는 바람에 활발한 모임을 가질 수가 없었다. 페페르코른이 열대 기후에서 얻어 온 말라리아열은 이곳의 좋 은 공기에도, 또 베렌스의 고문관과 같은 뛰어난 의사의 해열 치료에도 쉽 사리 누그러질 것 같지 않았다. 페페르코른은 극심한 4일열에 시달리는 날 은 물론이거니와 조금 덜하는 날에도 침대에 누워 있는 일이 많아졌다. 고 문관이 환자와 친한 사람들에게 은밀히 알려준 바에 의하면 페페르코른은 비장(脾臟)이나 간장(肝臟)도 좋지 못한 상태이고, 위 역시 좋지 못한 상태이기 때문에 이런 상태에서는 아무리 건강 체질일지라도 만성 쇠약증을 동반할 우려가 있다는 것이었다.

요 몇 주 사이에 페페르코른은 밤의 향연도 단 한 번만 열었을 뿐만 아니라, 모두 함께 나가는 산책도 그다지 멀지 않은 곳으로 단 한 번에 그치고 말았다. 그러나 솔직하게 말해서 어떤 의미로는 페페르코른 중심의 친구들과의 친분이 뜸해진 것이 한스 카스토로프로서는 마음이 한결 편하기도 했다. 소샤 부인의 여행 반려자인 그와 형제 결의를 맺은 술잔이 큰 번민거리로 대두되었기 때문이다. 즉 페페르코른이 지적한 한스 카스토르프와 클라우디아 사이에서 느껴지는 '어색함', '회피' 등 먼저 말을 꺼내는 사람이 진다는 내기라도 한 것 같은 '도망'의 기분을 느끼게 된 것이기 때문이다. 한스 카스토르프는 페페코른을 불러야 할 피치 못할 경우에도 교묘한 수단으로 '당신'이라고 부르는 호칭만은 꼭 피했다. 이것은 그가 클라우디아나 여러 사람들 앞에서 또는 그녀의 반려자 앞에서 말을 하게 될 때 호칭에서 느껴지는 곤혹스러움과 똑같은 것이었다. 그러나 어쨌든 페페르코른에게서 보상을 받은 후부터는 한스 카스트로프의 딜레마는 문자 그대로 완전한 딜레마가 되고 말았다.

드디어 폭포로 놀러가지는 계획이 실행단계에 들어섰다. 그것은 페페르코른이 결정한 일이었는데, 그는 자신이 그 정도의 산책이라면 별일 없으리라고 느꼈기 때문이다. 4일열의 발작이 끝난 후 3일째에 가고 싶다는 의사를 전달해 왔다. 최근에 늘 그랬다시피, 그날 오전에는 식당에는 내려오지 않고 그의 방에서 소샤 부인과 단 둘이 식사를 했다. 페페르코른은 식당에 내려오지 않았지만, 한스 카스토르프는 첫번째 아침식사 때 이미 절름발이 수위를 통해 그날의 소풍계획에 대해서 지시를 받았다. 점심 식사를 한 뒤 1시간 내에 소풍 준비를 하고, 페르게와 베잘에게도 이 뜻을 전하고, 세템브리니와 나프타에게도 모두 함께 두 사람의 하숙집까지 마차로 갈 것이니 기다리라는 것, 그리고 4인승 마차 두 대를 오후 3시까지 오도록 부탁해 둘

것 등을 일러 두었다.

일행은 모두 3시에 베르크호프의 현관 앞에 모였다. 한스 카스토르프와 페르게, 베잘 세 사람은 특별실에서 페페르코른과 소샤 부인이 나오기를 기다렸다. 그들은 말의 목덜미를 어루만지기도 하고 두드리도 하면서 손바닥에 각설탕을 놓고, 말의 축축하고 검은 괴상하게 생긴 입에 넣어 주었다. 기다렸던 두 여행 반려자는 3시가 조금 넘어서야 현관 앞 돌계단에 모습을 나타냈다. 페페르코른의 왕자같은 얼굴은 좀 야윈 듯했는데, 그는 길고 부드러우며 오래된 듯한 외투를 입고 클라우디아와 돌계단 위에 나란히 섰다. 그런 다음 둥그스름한 소프트 모자를 벗고 뭔지 알아들을 수 없는, 또 누구에게 하는지도 알 수 없는 인사를 하려고 입술을 움직이며 중얼거렸다. 그러고는 두 사람 쪽으로 걸어 내려온 세 사람과 차례차례로 악수했다.

"젊은이," 그는 한스 카스트로와 악수를 나누면서 그의 어깨 위에 왼쪽 손을 얹었다. "그동안 어떻게 지냈는가?"

"고맙습니다. 당신은?" 한스 카스트로프는 대답했다.

그날은 태양이 높이 뜬 매우 맑고 상쾌한 날씨였으나 마차가 달리기 시작하면 좀 추울 것 같아 외투를 껴입은 것은 잘한 일이었다. 소샤 부인 역시 올이 굵은 나사지에 체크 무늬가 있고 벨트가 달린 아주 따뜻해 보이는 외투를 껴입고 어깨 위에 작은 모피 숄까지 둘렀다. 펠트 모자를 쓰고 턱 밑에 올리브색의 베일로 모자 양 모서리를 아래까지 꼭 눌러쓴 모습이 너무나도 매력적이어서 보는 사람들의 마음을 설레게 했다. 다만 페르게만은 그녀에게 별로 매력을 느끼지 못하고 있었기 때문에 아주 태연스러울 수가 있었다. 그래서 페르게는 요양소 밖에서 하숙하는 두 사람에게로 갈 때까지 선두 마차에 탄 페페르코른과 소샤 부인이 마주 보이는, 뒤를 향한 좌석에 앉게 되었다. 한스 카스트로프는 그가 페르난데스 베잘과 함께 두 번째 마차에 오르자 클라우디아는 그것을 보면서 비웃는 듯한 미소를 띠는 것을 볼 수 있었다. 말레이 태생의 깡마른 하인도 합석했다. 그는 뚜껑 밑으로 삐쭉

나온 두 개의 포도주병을 담은 큰 광주리를 들고 주인을 따라 나타나서 그 광주리를 선두 마차의 뒤로 향한 의자 밑에 넣었다. 그가 마부와 나란히 앉아 팔장을 끼자 말은 출발하기 시작하여 브레이크를 걸면서 환상(環狀)도로를 내려가기 시작했다. 그때 베잘 역시 소샤 부인의 미소를 알아차리고는 충치를 보이면서 한스 카스토르프에게 그것을 이야기했다.

"보셨습니까? 그녀는 당신이 나하고만 같이 타게 된 것을 매우 통쾌하게 생각하여 웃고 있는가 본데요? 그렇지요. 나같이 별 쓸모없는 인간은 남의 조소 같은 것에 신경을 쓸 필요가 없지요. 이렇게 나 같은 인간과 함께 앉아 있으면 화가 치밀어 가슴이 답답하지 않으십니까?"

"정신 차리세요. 베잘씨. 어째서 그런 비굴한 말을 함부로 지껄이십니까? 여자란 별것 아닌 걸 갖고도 잘 웃는 법입니다. 그저 아무 목적없이 웃을 뿐입니다. 그렇기 때문에 여자가 그런 행동을 한다 해서 그때마다 신경을 쓰는 것은 다른 사람들과 마찬가지로 장점과 단점이 있어요. 예컨대 당신은 〈한여름 밤의 꿈〉의 1절을 아주 멋지게 연주할 수 있지 않습니까? 그런 일은 누구나 다 할 수 있는 게 아닙니다. 다음에 한 번 더 연주해 주십시오."

"그래요 당신은 그런 식으로 사람을 비웃는군요." 이 불쌍한 사나이가 말했다. "당신은 그러한 위로의 말 속에 어떠한 뻔뻔스러움이 담겼고, 그것으로 인해 내가 얼마나 비참한 기분을 맛보게 되는지는 생각지 않는 것 같군요. 당신은 그저 당신이 말하고 싶은 것을 거침없이 말해버리고 또 마치 높은 위치에서 내려다보며 말하는 것 같은 태도로 위로의 말을 던지고 있어요. 그것은 지금 당장 당신이 어이없이 우스꽝스러운 입장이긴 하지만 언젠가 한번쯤 운이 좋게도 천국에 몸담고 있었던 일이 있기 때문이지요. 아, 아, 그리고 그녀의 팔에 감겨……. 그것은 생각만 해도 목구멍과 가슴이 타는 것 같습니다. 당신은 예전에 당신이 경험했다는 것을 자랑하고 내가 느끼는 괴로움을 비웃고 계십니다.……."

"베잘씨, 당신의 말투는 정말이지 형편없군요. 뿐만 아니라 불쾌하기까지

합니다. 당신이 나를 매우 뻔뻔스럽다고 하셨으니까 나도 솔직하게 한 말씀 드리겠습니다만, 그것은 나에게 좋지 않은 느낌을 주자는 생각인 것 같군요. 당신은 늘 자기 자신을 비굴하게 여겨지도록 하는 데에 목표를 두고 언제나 그렇게 느껴지도록 행동하고 있습니다. 당신은 정말 그녀에게 그토록 반하셨습니까?"

"정말입니다. 정말 견디기 힘들 정도입니다!" 베잘은 고개를 흔들면서 대답했다. "내가 얼마나 그녀에게 사랑을 느끼고 있으며 나의 이 갈망과 욕망을 얼마나 억누르고 있는지는 도저히 말로 다 표현할 수 없습니다. 거의 죽을 지경이라고 말해야 할 것입니다. 이대로 지속된다면 살 수도 죽을 수도 없어요. 그녀가 이곳을 떠나 멀리 떨어져 있을 때는 아쉬우나마 다소 마음이 진정되어 조금씩 그녀를 잊고 있었지요. 그런데 저렇게 다시 돌아와 날마다 얼굴을 맞대게 되니 차츰 견딜 수가 없어져요. 그래서 때때로 내 팔을 꼬집기도 하고 몸부림을 쳐보기도 하며 내 자신을 가누지 못하고 있습니다. 이런 일이 있어서는 안 되겠지만 그렇다고 해서 아주 없어지기를 바랄 수도 없는 일이지요. 이런 일은 생명과 직접적으로 관계되어 있기 때문에 이런 일이 없어지기를 바랄 수도 없는 일이지요. 이런 일은 생명과 직접적으로 관계되어 있기 때문에 이런 일이 없어지기를 바란다는 것은 생명 그 자체가 없어지기를 바라는 것과 똑같기 때문입니다. 게다가 우리는 생명이 없어지기를 바랄 수도 없는 일이지요. 왜냐하면 죽는다는 것은 무엇이겠습니까? 자신의 뜻을 만족하게 이룬 후라면 기꺼이 죽을 수도 있어요. 나는 지금이라도 그녀의 팔에 안길 수만 있다면 진심으로 죽을 각오가 되어 있습니다. 그러나 그러한 뜻을 이루지 못한 채로 죽는다는 것은 너무나 무의미한 일이지요. 생명이란 욕망을 뜻하는 것이며, 욕망이란 바로 생명이기 때문입니다.

그렇기에 자신을 버린다는 것은 생각할 수도 없습니다. 정말로 저주스럽습니다. 그러나 내가 지금 저주스럽다고 한 것은 그저 한번 해본 말이지 실제로 나 자신이 정말로 저주스러워서 그런 얘기를 한 것은 아닙니다. 그저 남의 일처럼 말해 본 것이지요. 이 세상에는 정말 숱한 괴로움이 있으니까요. 그리고 그런 괴로움에 시달리는 사람들은 누구나 그 괴로움에서 벗어나려고 발버둥치지요. 무슨 수를 써서라도 벗어나기만을 바라거든요. 그런데 육욕의 괴로움만 육욕이 채워짐으로써만, 그래야만 벗어날 수가 있습니다. 육욕이 충족되지 못하는 한은 안 되지요! 절대로! 그렇게 되어 있습니다. 이러한 괴로움을 당해보지 않은 사람은 아무렇지도 않게 생각하겠지만, 이런 괴로움에 시달리는 사람들은 주 예수 그리스도를 알고 눈물을 흘리게 되지요. 아, 아, 이건 정말 어찌된 일, 어떤 현상일까요? 육체가 이토록 육체를 갈망하다니……. 한편 잘 생각해 보면 사람을 갈망하는 육체의 소망이란 얼마나 이상한 일이며 또 경건한 것입니까! '그 정도의 소망이라면 얼마든지 성취시켜 주지!'라고 누구든지 말하고 싶을 정도입니다. 나는 도대체 무엇을 원하고 있는 것입니까? 그녀를 죽이고 싶기도 한 걸까요? 그녀의 피라도 흘리게 하려는 것일까요? 아닙니다. 나는 그녀를 애무하고 싶어할 뿐입니다. 카스토르프씨, 이렇게 눈물을 흘리며 추태를 부려 대단히 죄송합니다. 그녀가 나의 이런 애달픈 소망을 선뜻 들어준다면 얼마나 좋을까요? 나의 소망에는 고상한 것도 포함되어 있으니까요. 난 짐승이 아닙니다. 난 인간입니다! 육욕이란 특정한 대상 없이 전전하며 옮겨가기도 하지요. 그래서 일반적으로 육욕은 동물적이라고들 합니다. 그러나 육욕이 하나의 얼굴을 지닌 한 인간에게 향해지면, 그것은 사랑이 되는 것이지요. 나는 그녀의 몸이나 그녀의 살만을 원하는 것은 아닙니다. 만약 그녀의 얼굴 어느 한 부분에라도, 지극히 미미한 변화만이라도 생긴다면 나는 아마 그녀의 육체는 어느 한 부분도 전혀 원하지 않을 것입니다. 이것으로 알 수 있듯이 나는 그녀의 영혼을 사랑하고 있음을 확신합니다. 얼굴을 사랑한다는 것은 영혼을 사랑하는 일이니까……."

"도대체 어떻게 된 겁니까? 베잘씨, 당신은 제정신이 아닌 것 같군요. 전혀 알 수 없는 말을 지껄이니……."

"바로 그 점입니다. 그것이 바로 나의 불행입니다. 그녀는 얼굴이 있고, 육체와 영혼을 갖고 있는 인간입니다! 그녀의 영혼은 나의 영혼에 조금도 관심이 없으며, 그녀의 육체 또한 나의 육체에 전혀 관심이 없습니다. 아, 정말 울고 싶어도 울 수도 없는 괴로운 일입니다. 그렇기 때문에 나의 욕망은 비굴해지고 나의 육체는 영원한 번민 속에 빠져들게 되는 것입니다! 그녀는 왜 육체나 영혼 중 어느 한쪽으로라도 나에게 관심을 보여주지 않는 걸 까요? 나의 욕망이 그녀에게는 아주 구역질나도록 싫은 걸까요? 난 남자가 아니란 말입니까? 싫은 남자는 남자가 아니란 말인가요? 나는 남성적입니다. 맹세합니다. 만약 그녀가 나를 그녀의 아름다운 팔에 껴안고 환희에 넘치도록 해준다면, 나는 그녀가 아직껏 맛보지 못한 기쁨을 누리도록 해줄 것입니다. 그녀의 그토록 아름다운 팔은 그녀의 얼굴과 결부되어 있으며, 그녀의 얼굴은 곧 그녀의 영혼의 창문이기 때문입니다. 만일 육체만이 문제시되고 얼굴 따위는 문제되지 않는다면, 그리고 내 일은 상대도 하지 않으려는 그녀의 저주스런 영혼이 없다면 나는 그녀에게 수단 방법을 가리지 않고 이 세상의 기쁨이란 기쁨은 전부 맛보게 해줄 것입니다. 그러나 그녀가 그런 저주스런 영혼을 갖고 있지 않다면 나도 그녀의 육체를 전혀 갈망하지 않을 것입니다. 영원히 몸부림치며 신음하고 있습니다.!"

"쉿! 베잘씨, 목소리를 낮추세요. 마부가 듣고 있어요. 이쪽을 돌아보고 있지는 않지만 그의 등을 보면 그가 이쪽으로 귀를 기울이고 있다는 것을 알 수 있지요.

"저 마부는 내가 하는 이야기를 충분히 이해하기 때문에 자세히 듣고 있는 것이지요. 중요한 것은 바로 그 점입니다. 카스토르프씨! 거기에도 지금 문제삼는 상황의 특색과 성격이 나타나고 있습니다. 만약에 내가 재생이라든지 유체정력학(流體靜力學) 등에 대해 얘기하고 있었다면 아마 저 사람은 알아들을 수도, 또 전혀 짐작할 수 없기 때문에 들을려고도 하지 않을 뿐더러 도무지 흥미조차 느끼지 못했을 겁니다. 그건 통속적인 이야기가 아니기 때문이지요. 그러나 육체와 영혼에 관한 문제는 이 세상 최고의, 궁극적이며 지극히 은밀한 문제, 가장 통속적인 문제이기 때문에 누구리도 알 수 있으며 또 누구라도 그런 문제로 고민하는 사람은 낮에는 욕망의 노예가 되어 들볶이고 밤에는 반대로 오욕의 지옥에 빠져 허우적거리게 됩니다! 카스트로프씨, 나를 위해서라도 내가 하는 신세 한탄을 들어 주십시오. 내가 보내는 밤이 어떤 것인지 모르고 계실 테니까요. 밤마다 나는 그녀의 꿈을 꿉니다. 꿈속에 그녀가 나타나지 않는 날이 단 하루도 없어 잠을 자면서도 목구멍과 가슴이 타는 것같이 아픕니다. 그런데 어떤 꿈이든 마지막에는 그녀가 내 뺨을 때리며 어떨 때는 내 얼굴에다 침까지 뱉곤 하지요. 영혼의 창문이라 할 수 있는 그녀의 얼굴이 천하게 일그러지며 내 얼굴 위에 침까지 뱉는 것입니다. 그러면 나는 눈을 뜨게 되지요. 오욕과 땀과 쾌락이 뒤죽박죽되어버린 채로……."

"그만, 제발, 베잘씨, 그 정도로 그쳐 주십시오. 식료품점에 도착해서 모도 모이기 전까지만이라도 가만히 계십시오. 이것은 나의 바람입니다. 나는 결코 당신에게 모욕을 느끼게 하려는 것은 아닙니다. 당신이 얼마나 심한 고통을 겪고 있는지는 충분히 알겠습니다. 그러나 우리 나라의 옛얘기에, 말을 할 때마다 입에서 뱀이나 두꺼비가 튀어나오는 형벌을 받는 사람의 얘기가 있어요. 그 사람이 말을 하려고 입을 벌리면 뱀이나 두꺼비가 튀어나온다는 겁니다. 그 죄인이 그런 벌에 대해 어떤 태도를 취했는지는 알 수 없지만 나는 이렇게 생각합니다. 그 사람은 열심히 입을 다물고 있었으리라고요."

그러나 베잘은 또 울먹이는 소리로 말을 꺼냈다.

"그러나 한스 카스토르프씨, 나처럼 괴로워하는 사람은 말이라도 지껄여 마음의 짐을 다소라도 덜어 보려는 것이 당연한 일이 아니겠습니까?"

"그뿐이겠습니까? 그것은 인간의 당연한 권리라고 해도 무방하지요. 베잘

씨, 그러나 내 생각으로는 경우에 따라 조용히 있는 편이, 더욱더 이성적이
라고 할 수 있는 권리도 있다고 봅니다.”

이렇게 하여 베잘은 한스 카스트로프의 제의에 따라 잠자코 입을 다물었
는데, 어느새 마차는 포도 잎사귀에 덮인 식료품점에 도착하게 되었다. 거
기서는 지체할 필요가 없었다. 나프타와 세템브리니는 벌써 길가에 서서 기
다리고 있었다. 세템브리니는 낡은 털가죽 저고리를, 나프타는 노르스름한
빛깔의 외투를 입었는데, 그 외투의 가장자리는 스티치가 박힌 멋진 외투였
다. 마차가 방향을 바꾸는 동안 모두들 손을 흔들어 인사를 나누고는 두 사
람은 곧 마차에 올라탔다. 나프타는 선두 마차에 탄 세 사람과 합석하게 되
어 페르게와 나란히 앉았으며, 세템브리니는 매우 흥겨운 듯 경쾌한 농담을
지껄이면서 한스 카스토르프와 베잘이 탄 마차에 올라타 베잘이 양보해 준
뒷 좌석에 앉아 이탈리아의 마차 행렬에 참가한 사람처럼 여유 있는 자세를
취했다.

세템브리니는 시시각각으로 변하는 풍경을 바라보면서 기분좋고 여유 있
는 태도를 보이고, 불쌍한 베잘의 뺨을 어루만지기도 했다. 그는 닳아빠진
가죽장갑을 낀 오른손을 크게 움직여 바깥 풍경을 가리키며 맑게 갠 자연의
아름다움을 찬미하자면서 별로 볼품없고 호감이 가지 않는 자기 자신 같은
것은 잊어버리자고 말했다.

정말 멋진 마차 드라이브였다. 마차를 끄는 네 필의 말은 이마에 흰 반점
이 있는 매우 건강한 말들로 튼튼하고 윤기 있고 영양 상태가 좋아 먼지 나
지 않는 좋은 길을 힘차게 달리고 있었다. 길가의 무너진 바위 틈새로는 풀
과 꽃들이 고개를 내밀고 있었다. 전신주들이 연방 뒤로 달아나면서 잇달아
숲이 나타나곤 했다. 아름다운 커브길도 눈앞에 다가왔다가는 어느새 뒤로
지나가버려, 길가 풍경의 변화가 모든 사람들의 흥을 돋우어 주었다. 그리
고 아직까지 여기저기 널려 있는 잔설이 번쩍이는 산맥의 화려한 경치를 먼
곳에서부터 내내 볼 수가 있었다. 낯익은 골짜기가 다리 밑에서 사라져버리

고 눈만 뜨면 보이던 풍경 또한 계속해서 바뀌는 것이 진정으로 마음을 들
뜨게 만들었다. 얼마 후에 마차는 숲가에 멈추어 섰다. 거기서부터는 걸어
서 목적지까지 가기로 했다. 목적지인 폭포에서 떨어지는 물소리가 처음에
는 멀리서 희미하게 들리더니 점점 또렷하게 들리기 시작했다. 처음에는 아
무도 그것을 느낄 수 없었으나 언제부터인가 모두의 청각을 곤두세우게 했
다. 마차가 멈추자 희미하게나마 물소리가 모두의 귀를 분명히 자극시켰다.
가끔은 들리지 않을 정도로 멀리 와글와글 소용돌이치는 소리를 잘 들어 보
려고 서로서로 조용히 발소리를 죽이며 그 소리를 하나라도 놓칠세라 귀를
기울였다.

"여기서는 아직 희미하게 들릴 뿐입니다." 이곳에 여러 번 온 일이 있는
세템브리니가 말을 꺼냈다. "그러나 조금만 더 가까이 오면 요즘의 계절치
고는 상상도 못할 정도로 물소리가 요란합니다. 그렇게만 아십시오. 자기가
하는 말도 들을 수 없을 정도니까요."

일행은 젖은 침엽수 낙엽이 깔려 있는 길을 따라 숲속 깊숙이 들어갔다.
피테르 페페르코른은 소샤 부인의 부축을 받아가며 그녀의 팔에 기대어 항
상 쓰고 다니는 검은 모자를 깊이 눌러 쓰고 좌우로 흔들거리는 특유한 발
걸음걸이로 맨 앞에 서서 걸어갔다. 그 뒤에는 한스 카스토르프가 두 손을
호주머니 깊숙이 찔러 넣고 머리를 갸우뚱거리면서 나지막하게 휘파람을 불
며 주위 경관을 둘러보면서 따라갔다. 그는 다른 사람들과 마찬가지로 모자
를 쓰지 않았다. 그의 뒤에는 나프타와 세템브리니, 그 뒤로 페르게와 베잘
이, 마지막으로 말레이 하인이 점심을 담은 광주리를 들고 따라왔다. 사람
들은 그들이 걷고 있는 숲에 대해 이야기를 나누었다.

이 숲은 다른 숲과는 달리 그림처럼 독특한 데가 있었는데, 이국적이며
기묘한 경관을 드러내었다. 숲속에는 지의류(地衣類)가 무성하게 번식하고
있어서 그것들이 서로 얽히고 드리워져 숲 전체를 완전히 뒤덮었다. 짐승의
털로 짠 담요처럼 보이는 이 기생 식물은 나뭇가지마다 얽히고 설켜 퇴색해

버린 긴 수염 같은 꼴로 늘어져 있었다. 그래서 침엽수의 잎은 전혀 보이지 않게 되었고 보이는 것이라고는 오직 이끼뿐이었다. 그 광경은 마치 답답하고 괴상하게 위축되어버린 세계, 즉 마법에 걸린 것처럼 무시무시하게 보였다. 이것은 숲의 경우에는 결코 좋은 현상이 아니었다. 무성하게 번진 이끼 때문에 숲은 말없이 괴로움을 겪고 있었으며 마치 질식 상태에 놓인 듯했다. 이것은 모두 사람들의 일치된 견해였다. 이런저런 말을 하는 사이에 일행은 점점 다가오는 폭포의 물소리를 들으며 침엽수 낙엽이 깔린 길을 걸어갔다. 우레같은 폭포 소리는 점점 귀를 멍멍하게 만들어 세템브리니가 한 말이 그대로 들어맞은 것 같았다.

한 굽이를 돌아서자 숲과 바위로 에워싸인 협곡에 다리 하나가 걸려 있었고 그 순간 귀를 때리는 물소리도 절정에 달했다. 정말 굉장한 광경이었다. 엄청난 양의 물이 한줄기 폭포가 되어 수직으로 떨어져 내렸고 튀어오르는 흰 물방울들은 흩날리며 바위 위로 떨어졌다. 폭포의 높이는 7미터 내지 8미터 정도 되어 보였고 그 폭도 대단했다. 떨어지는 물은 미친 듯이 우렛소리를 냈고 그 물소리에도 괴음, 쉿소리, 울부짖는 소리, 함성 나팔소리, 부서지는 소리, 폭음, 힘찬 울림 소리, 종소리 등등 모든 종류의 소음과 괴음이 뒤섞여 정신을 차릴 수가 없을 정도였다.

일행은 폭포 바로 아래까지 다다가 미끄러운 바위 위에 서서, 안개를 들이 마시고 물방울을 맞고 물안개를 뒤집어쓰고 와글와글하는 요란한 물소리에 귀청이 떨어진 듯 서로의 얼굴을 쳐다보곤 했다. 혹은 겁에 질린 표정으로 머리를 설레 설레 흔들며 이 거대한 물거품과 굉음의 영원한 파국을 바라보기도 했다. 이러한 미친 듯한 물의 폭음으로 일동은 정신이 아찔해져 갑자기 공포를 느꼈으며 귀도 이상해졌다. 마치 뒤에서, 머리 위에서, 사방에서 위협하는 경고하는 듯한 절규와 나팔 소리, 억센 남자의 목소리를 듣는 것 같은 착각에 빠졌다.

이들 모두가 페페코른의 뒤에 모여 서서——소샤 부인도 다른 사람들과 마찬가지로——미쳐 날뛰는 듯한 물보라를 바라보았다. 뒤에 서 있었기 때문에 페페르코른의 얼굴은 볼 수 없었으나 그는 흩날리는 백발에서 모자를 벗어들고 서늘한 폭포의 바람을 깊이 들이쉬고 있는 것 같았다. 아무리 귀에 바싹대고 말을 해도 떨어지는 폭포의 굉음 속으로 목소리가 빨려 들어가고 말아 눈짓과 손짓으로 서로의 감정을 전달했다. 모두의 입에서는 감탄과 경이의 소리가 터져나오는 것 같았으나 목소리는 들을 수가 없었다. 한스 카스토르프와 세템브리니, 페르게는 그 골짜기의 바닥에서 협곡 위로 올라와 위에 걸린 다리에서 머리를 끄덕여 좀더 편한 자리에서 폭포의 전망을 구경하려고 신호를 보냈다. 미끄럽고 경사가 급한 암벽에 좁은 계단이 파져서 위로 올라가는 것은 그리 힘든 일이 아니었다. 그들 세 사람은 그 계단을 올라가 폭포에 걸려 있는 다리의 복판에 서서 난간에 기대어 아래쪽에 있는 사람들에게 손을 흔들었다. 그런 다음 세 사람은 또다시 다리를 지나 아주 힘들게 반대쪽 기슭으로 내려갔다. 그런데 그쪽에도 다리가 걸려 있었다. 세 사람은 그 다리를 건너 다른 일행이 있는 데로 가서 다시 모습을 나타냈다.

　일행은 눈짓과 손짓으로 점심을 먹자는 신호를 보냈다. 대부분의 사람들은 이 시끄러운 장소에서 조금 떨어진 곳으로 자리를 옮겨 소음에 시달리지 않고 대화를 나누면서 야외에서 점심 식사를 즐기기로 했다. 그러나 페페르코른의 생각은 달랐다. 페페르코른은 머리를 흔들고 둘째손가락으로 발목쪽을 가리키면서, 그렇지 않아도 찢어진 입을 더욱 크게 벌려 ‘여기서! 라고 부르짖는 것 같았다. 그가 그렇게 나오면 어쩔 수가 없었다. 그런 문제에 부딪쳐 지휘권의 문제가 생기면 언제나 그가 우두머리였고 지배자였기 때문이다. 오늘 나오게 된 이 소풍이 물론 그의 의견이나 주장으로 이루어진 것이 아니라 하더라도 그라는 인물의 비중은 모든 것을 결정해야 한다는 압도적인 힘을 지니고 있었다. 스케일이 큰 이름은 예로부터 전제적이거나 독재적이었으며 앞으로도 역시 그럴 것이다. 페페르코른은 폭포 바로 밑에서 들끓는 물소리를 들으며 점심식사를 하자는 것이었다. 그것은 왕자다운 횡포였다. 그러나 맛있는 음식을 포기하지 않으려면 이곳에 그대로 머무를 수밖에 없었다. 페페르코른을 제외한 모든 사람들은 불만스런 표정을 지었다. 세템브리니는 인간적이며 민주적인 명확한 대화, 토론을 못하게 된 것이 몹시 안타까운듯 머리 위로 손을 들어 절망과 체념을 나타내는 손짓을 했다. 말레이 하인은 주인의 결정에 따라 급히 몸을 움직였다. 가져온 두 개의 접는 의자를 소샤 부인과 주인을 위해서 암벽 밑에 안전하게 펴 놓았다. 그리고 그 발 밑에는 큰 보자기를 펴서 광주리에 담아 온 커피 세트와 잼, 보온병, 빵, 포도주병 등을 늘어놓았다. 모두들 그 보자기 주위로 몰려들어 따끈한 커피잔과 케이크 접시를 받아서 손에는 커피잔을 들고 무릎에는 케이크 쟁반을 올려놓은 채 돌 위나 난간에 걸터앉아 우레 같은 물소리를 들으며 묵묵히 점심을 들었다.

페페르코른은 외투의 깃을 세우고 모자를 벗어서 옆에 내려놓은 뒤, 자기 이름의 첫자가 새겨진 은잔에 포도주를 따라 여러 번 들이켰다. 그러더니 갑자기 말을 시작했다. 정말 이상한 사나이였다! 자기 자신도 자기의 목소리를 들을 수 없을 정도였으니 주의의 다른 사람들은 더 말할 것도 없었다. 그러나 페페르코른은 오른손에 은잔을 쥐고 왼팔은 손바닥을 벌린 채 비스듬하게 위로 올렸다. 일동은 뭔가를 지껄이는 왕자다운 그의 얼굴을 주시했다. 진공 속에서 말할 때처럼 그의 입에서는 소리없는 말들이 튀어나왔다. 모두 이 무의미한 말을 난처한 표정을 짓고 바라보았으나 그가 곧 중단하리라고 생각했다. 그러나 그는 조금도 개의치 않고 그 특유의 세련된 몸짓으로 모든 사람들의 주의를 집중시키며, 모든 것을 삼킬 듯한 들끓는 물의 포효 속에서 이야기를 계속했다. 당초 무늬 주름살 밑의 엷은 빛깔의 작고 피로에 지친 눈을 크게 뜨고 이 사람 저 사람을 차례차례로 뚫어지게 쳐다보며 계속 지껄였다. 마지못해 그의 이야기를 듣고 있는 사람들은 눈썹을 치켜뜨며 고개를 끄덕거려 준다든지, 입을 벌리고 손을 귀 뒤에 댄다든지 하는 수밖에 없었다(이것은 어쩔 수 없는 상황을 조금이라도 호전시켜 보려는 의도였다).

드디어 페페르코른이 자리에서 일어났다. 그는 술잔을 손에 쥔 채 거의 발에 닿아 끌릴 듯한 외투의 깃을 세우고 모자는 벗은 채, 우상처럼 주름이 새겨진 이마에 백발을 흩날리며 암벽에 기대어 섰다. 그리고 엄지와 둘째손가락으로 동그라미를 만들고, 손톱을 창처럼 뾰족하게 기른 나머지 세 손가락은 그 옆에 나란히 붙여서 그 손을 마치 연설자처럼 얼굴 앞에 들고는 잘 들리지는 않지만 건배라는 말을 인상적이고 정확한 손짓으로 보충해 가면서 얼굴을 흔들며 계속해서 말했다.

그의 몸짓이나 입 모양으로 보아 언제나 입버릇처럼 "좋습니다"라든지 "이젠 다 끝났습니다"라는 말을 중얼거리고 있다는 것을 짐작할 수 있을 뿐 다른 말은 알아들을 수가 없었다.

그 뿐이었다. 사람들이 보고 있는 동안에 그의 머리는 비스듬하게 기울어지고, 찢어진 입술 위에 괴로운 빛이 서리면서 그의 표정은 일그러지기 시작했다.

드디어 그의 볼에는 음탕한 보조개가 패고 향락적이며 장난기 섞인 표정이 떠올랐다. 그것은 옷을 걷어붙이고 미친 듯이 춤을 추는 이교도 사제의 음탕함을 연상케 했다.

그는 포도주가 담긴 은잔을 높이 들어 사람들의 눈앞에서 한바퀴 원을 그리고, 바닥이 완전히 위를 향할 때까지 기울여 한 방울도 남김없이 마셨다. 그러고는 팔을 뻗쳐 은잔을 말레이 하인에게 넘겨주었다. 말레이 하인이 가슴에 손을 대고 그 잔을 받자 그는 곧 출발 신호를 했다.

일행은 페페르코른의 지시에 따라 돌아갈 채비를 하면서 그에게 감사의 인사를 했다. 땅바닥에 앉아 있던 사람들은 얼른 일어났고, 다리 난간에 걸터앉았던 사람들도 미끄러져 내려왔다. 실크 모자를 쓰고 털가죽 목도리를 두른 빈약한 몸집의 말레이인은 남은 음식과 식기를 주섬주섬 모았다. 일행은 올 때처럼 일렬로 서서 이끼에 가려 마차를 세워 둔 곳으로 갔다.

돌아갈 때 한스 카스토르프는 페페르코른과 소샤 부인이 탄 마차에 함께 타게 되었고, 고상한 인품과는 전혀 무관한 선량한 페르게와 나란히 앉아 그 두 사람을 마주 보게 되었다.

돌아가는 길에는 아무도 말을 하지 않았다. 페페르코른은 클라우디아와 함께 무릎을 담요로 덮고 그 위에 손을 올려놓은 채 아래턱을 힘없이 떨구고 있었다.

세템브리니와 나프타는 협궤 철도의 선로와 시냇물을 건너기 전에 내려 일행과 작별을 했으며 베잘은 뒷마차에 홀로 앉아 환상 도로를 따라 올라갔다. 베르크호프에 도착하자 일행은 각자 방으로 돌아갔다.

그날 밤, 한스 카스토르프는 무엇을 조금도 의식하지 않았건만 도무지 깊은 잠에 빠질 수 없었다. 보통때의 고요했던 밤, 그 분위기와는 전혀 다른 분위기, 희미하게 들릴 듯 말 듯한 동요(童謠)와 먼 곳에서 어렴풋이 들려오는 발소리에 눈을 뜨고는 이불 속에서 일어나 앉았다.

새벽 2시가 조금 지났을 때 누군가 그의 방을 두드렸다. 그때는 이미 잠에서 깨어 있을 때였다. 문두드리는 소리가 들리자마자 그는 잠에서 완전히 깬 힘찬 목소리로 대답했다.

문을 두드린 사람은 바로 베르크호프에서 근무하는 간호사였는데 그녀는 크고 불안한 목소리로 곧 2층으로 와달라는 소샤 부인의 말을 전했다. 한스 카스토르프는 더욱 힘찬 목소리로 가겠다고 대답하고 벌떡 일어나 옷을 갈아입은 뒤 손가락으로 흩어진 머리카락을 쓸어올리고는, 이런 시각에 무슨 일이 일어났을까 하는 의문보다는 어떤 일이 일어났을까를 생각하면서 급하지도 느리지도 않은 발걸음으로 2층으로 내려갔다.

페페르코른의 응접실 입구로 통하는 문과 침실의 문이 모두 열려 있고, 실내엔 불이 모두 켜져 있었다. 페페르코른의 침실에는 의사 두 사람과 밀렌동크 간호원장, 소샤 부인, 말레이 하인이 서성거리고 있었다. 그 하인은 보통때와는 달리 자바의 민속의상 같은 옷을 입었는데 긴 소매가 달린 굵은 줄무늬 셔츠의 저고리에다 바지가 아닌 화려한 스커트를 입고, 머리에는 누런 나사지로 만든 원추형의 모자를 쓰고, 구슬로 된 부적을 가슴에 장식처럼 달고 있었다. 그는 피테르 페페르코른이 두 팔을 내뻗고 누워 있는 침대의 왼쪽 머리맡에서 팔짱을 낀 채 꼼짝않고 서 있었다. 침실로 들어온 한스 카스토르프는 창백해질 정도로 주위를 둘러보았다. 소샤 부인은 한스 카스토르프에게 등을 보이고 있었다. 그녀는 침대 끝에 놓여 있는 낮은 안락 의자에 앉아 침대 이불 위에 한쪽 팔꿈치를 올려놓고 손으로 턱을 받친 채, 아랫입술을 손가락으로 꾹 누르고 그녀의 여행 반려자의 얼굴을 응시하고 있었다.

"안녕하십니까?"

닥터 크로코프스키와 간호원장과 낮은 소리로 이야기를 하고 있던 베렌스는 한스 카스토르프를 보자 인사를 하고는 흰 콧수염을 치키며 우울한 듯이 고개를 끄덕여 보였다. 그는 진찰복을 입고 수놓은 슬리퍼를 신었으며 칼라는 달고 있지 않았다. 진찰복의 주머니에는 청진기가 삐주룩하게 내보였다. "속수무책이었습니다." 그는 속삭이듯 입을 열었다. "훌륭한 최후입니다. 가까이 가서 보시지요. 경험이 있는 눈으로 한번 보십시오. 의술로서는 전혀 손쓸 여지가 없다는 것을 알 수 있을 것입니다."

한스 카스토르프는 조용히 침대로 다가갔다. 말레이인은 그가 침대로 다가오는 것을 감시하기 위해 머리는 움직이지 않고 눈동자만을 움직였으므로 그의 눈자위가 허옇게 드러났다. 한스 카스토르프는 소샤 부인이 자신에게 아무런 관심도 보이지 않는 것을 확인하고는 평상시의 자세로 페페르코른의 머리맡에 서서 한쪽 다리에 체중을 싣고 두 손은 아랫배에 모으고 목을 비스듬히 한쪽으로 기울이고 경건히 명상에 잠긴 얼굴로 죽은 사람의 얼굴을 지켜보았다. 페페르코른은 보통때와 같이 메리야스 셔츠에 붉은 비단 이불을 덮고 누워 있었다. 두 손은 벌써 검푸른 빛깔을 띠었고 얼굴도 부분적으로 그런 빛깔을 띠고 있었다. 그 빛깔은 페페르코른의 용모를 추하게 만들었으나 그 밖의 점에서는 왕자다운 그의 풍모에 아무런 변화도 보이지 않았다. 불꽃 같은 백발이 흩어져 있는 넓은 이마에는 여전히 우상 같은 주름이 깊이 패어 있었으며 그 주름살은 이마 좌우에 직각으로 관자놀이를 따라내려가 있었다. 그러나 일생을 긴장 속에서 살아온 덕분에 새겨진 이 주름은 눈꺼풀을 깊게 닫고 조용히 누워 있는 지금도 눈에 띄게 드러났다. 비통할 정도로 길게 찢어져 있는 입술도 약간 벌려져 있었다. 푸른 반점이 생긴 것은 급격한 울혈(鬱血), 뇌출혈때 생기는 현상처럼 생명의 기능이 무리하게 갑자기 정지되었음을 나타내 주는 것이었다.

한스 카스토르프는 사태를 정확하게 관찰하려고 애쓰면서도 여전히 경건한 자세로 한참 서 있었다. 그러면서 혹시 '미망인'이 말을 걸어올까봐 움직이기를 주저했다. 그러나 그녀는 끝까지 말을 걸지 않았다. 그래서 그는 우선 그녀를 괴롭히지 않으려고 뒤에 서 있는 사람들 사이에 끼였다. 고문관은 턱으로 살롱쪽을 가리켰다. 한스 카스토르프는 고문관을 따라 살롱으로 들어갔다.

"자살인가요?" 그는 목소리를 낮추어 단도직입적으로 물었다.

"그렇습니다!" 베렌스는 지극히 당연하다는 몸짓을 하면서 이렇게 덧붙였다. "완전무결한 자살입니다. 가장 멋진 자살입니다. 그런데 당신은 이런 것을 장신구점이나 혹 다른 곳에서 본 일이 있습니까?"

그는 진찰복 주머니에서 야릇하게 생긴 작은 케이스를 꺼내더니 그 속에서 무언지 아주 작은 물건을 꺼내 보였다.

"나로서는 처음 보는 것입니다. 그러나 한번 봐둘 가치는 있을 것 같군요. 배움에는 끝이 없으니까요. 기상천외의 아주 특이한 기구니까요. 그의 손에서 빼낸 것입니다. 조심하십시오, 그 안의 물질이 당신의 피부에 조금이라도 묻으면 염증을 일으키게 될지도 모르니까"

한스 카스트로프는 베렌스에게서 받은 물건을 이리저리 돌려가면서 살폈

다. 그것은 강철과 상아(象牙), 금 그리고 고무로 만든 이상한 모양의 바늘
이었다. 그것은 번쩍번쩍 빛나는 강철로 된 구부러진 두 개의 바늘이었는데
전체의 길이는 2,3인치 정도밖에 안 되어 보였다. 그리고 그 바늘은 상아에
금을 씌운 나선형으로 된 동체 속에 반경질(半硬質)의 검은 고무로 만든 대
롱 같은 것이 달려 있었다.

"이게 뭡니까?"

"아주 정밀한 주사기지요. 다시 말하면 코브라의 이빨을 본떠서 만든 것
입니다. 아시겠습니까? 잘 알아듣지 못하시는군요."

그는 한스 카스토르프가 이 야릇한 기구를 멍하니 바라보고 있자 재차 설
명했다.

"이빨입니다. 그러나 단순히 단단한 이빨이 아니라 그 속에 모세관처럼
아주 가느다란 구멍이 뚫려 있지요. 그 구멍이 이 뾰족한 끝 바로 위에 보
일 것입니다. 그 구멍은 이빨의 위아래로 통해 있고, 이 상아의 안으로 들
어가 있는 고무 대롱과 직접 연결되어 있습니다. 이빨이 살점을 물자마자
독액은 이미 혈관 속으로 들어가버리게 되는 것입니다. 이렇게 얘기하면 아
주 간단한 원리로 만들어진 것 같지만 이런 물건을 고안해낸다는 것은 아주
대단한 일이지요. 아마 그가 특별히 주문해서 만들었을 겁니다."

"그렇겠군요." 한스 카스트로프가 말했다.

"독액의 양은 그다지 많은 양은 아니었을 것입니다. 그렇게 적은 양을 주
입시켰다고 짐작되는 것은……."

"강력한 힘이었을 것입니다." 한스 카스트로프가 베렌스를 대신하여 뒷말
을 보충했다.

"그렇습니다. 이 독물의 성분은 곧 분석될 것입니다. 그 결과는 매우 흥
미로울 것이며 틀림없이 배울 점이 많으리라 생각됩니다. 어떻습니까? 저쪽
에서 눈을 번뜩이고 있는 말레이 하인은, 오늘 밤엔 대단한 정장을 하고 있
는데 그라면 이 독물이 무엇인지를 잘 알고 있을 것 같지 않습니까? 내 생

각으론 동물성과 식물성 물질이 혼합되어 있는 것 같습니다만, 하여튼 순수하고 매우 강력한 성분임에는 틀림없을 것입니다. 그 작용이 매우 전격적이었으리라 생각됩니다. 모든 점으로 보아 아마 한순간에 숨이 끊겨버렸을 겁니다. 호흡중추의 마비, 갑작스런 질식사입니다. 아마 고통 없는 편안한 죽음이었을 것입니다."

"정말로 그랬기를 빌 뿐입니다."

한스 카스토르프는 매우 경건한 태도로 대답하고 한숨을 내쉬면서 그 기괴한 조그만 기구를 베렌스에게 돌려주고 침실로 들어갔다.

페페르코른의 침실에는 소샤 부인과 말레이 하인만이 남아 있었다. 한스 카스토르프가 다시 침대로 다가가자 클라우디아가 고개를 들고 그를 쳐다보았다.

"당연히 오셨어야 했어요."

"불러주셔서 감사합니다. 당신이 말씀하신 대룹니다. 그와 나는 서로를 '자네'라고 부르는 사이였으니까요. 돌이켜보면, 나는 다른 사람들 앞에서 '자네'라고 부르는 것을 꺼렸던 것을 몹시 부끄럽게 생각합니다. 당신은 마지막 순간에 그의 옆에 계셨나요?"

"아니 모든 것이 다 끝난 후에 하인이 알려주었어요."

"그는 정말 스케일이 큰 인물이었지요. 인생에 대한 감정의 쇠퇴는 바로 우주의 파멸, 신의 오욕이라고 느꼈으니까요. 다시 말해서 그는 자기 자신을 신의 교환도구로 생각했던 것이지요. 왕자다운 망상이었습니다. 돌아가신 분에게는 미안한 말입니다만, 지금의 나 같은 경우 감동이 온 몸을 휘감을 때는 감히 이런 무례하고 버릇없는 말을 하고 싶어지는 법입니다. 그리고 이편이 애도의 말보다 훨씬 더 엄숙할 것입니다."

"그는 포기했던 것 같아요. 그가 우리 사이를 알고 있었나요?"라고 그녀는 말했다.

"나는 그의 앞에서 그 사실을 부정할 수가 없었습니다. 클라우디아, 그는 오래 전부터 눈치채고 있었어요. 언젠가 그가 자기 앞에서 당신의 이마에 키스하라는 말을 했을 때 나는 그것을 거절했습니다. 그것으로 알아차렸던 모양입니다. 그의 눈앞에서, 눈앞이라고는 해도 지금으로는 현실이라기보다는 어떤 한 상징으로 변해버렸습니다만 지금 이 자리에서 그의 부탁을 실천에 옮길실 수 없겠는지요?"

그녀는 눈을 살며시 감고, 눈짓이라도 하듯이 그에게 얼굴을 가까이 가져갔다. 그는 그녀의 이마에 입술을 살포시 댔다. 말레이인은 동물 같은 갈색 눈동자를 대굴대굴 굴리며 흰자위를 드러낸 채 그들의 행위를 지켜보았다.

무감각이라는 이름의 악마

자, 이제 우리는 한 번 더 베렌스 고문관의 말을 들어보기로 하자. 잘 들어보기 바란다! 그의 말을 듣게 되는 것도 아마 이것으로 마지막이 될 테니까. 이 이야기도 언젠가는 끝나게 될 것이다. 아주 오랫동안 끌어 왔으니, 아니 그보다도 이야기의 내용적인 시간이 정신없이 흘러 그칠 줄 모르고 계속되어 왔으니까 말이다. 이것으로 이야기하는 동안의 음악적인 시간도 다 지나가버리고, 이제는 상투적인 문구를 애용하는 라다만토스의 그 명랑한 지껄임을 듣고 싶어한다고 해도 더 이상 기회가 없을지도 모른다. 베렌스 고문관은 한스 카스토르프에게 이렇게 말했다.

"한스 카스토르프군, 여간해서는 그렇지 않은 당신이 매우 따분해하고 있군요. 몹시 우울해 보여요. 요즘 매일같이 그런 얼굴을 하고 있는데 뭔가 안달이 난 사람 같군요. 얼굴에 씌어 있어요. 그리고 모든 일에 의욕을 잃고 흥미를 느끼지 못하는군요. 카스토르프군! 당신은 뭔가 감각적인 것만을 찾고 있는 것같이 보입니다. 날마다 어떤 놀라운 자극을 받지 못하면 몹시 짜증스러워하는 것 같군요. 어때요, 내 말이 틀리지 않았지요?"

"한스 카스토르프는 잠자코 있었다. 그것을 보면 그의 마음속은 정말로 착잡했음에 틀림없다.

"내 눈을 속이지는 못해요. 내 눈은 언제나 정확하지요." 베렌스는 자문 자답했다. "그리고 당신이 이곳에 독일적인 불만의 독소를 퍼뜨리기 전에, 불만의 시민이여, 당신이 꼭 알아둬야 할 사실이 있습니다. 당신은 신으로 부터나 세상으로부터 절대로 버림을 받고 있는 것이 아닙니다. 요양소 당국 에서도 오래전부터 당신에게 많은 신경을 쓰고 있지요. 그것도 눈돌릴 틈도 없이 당신을 지켜보고 있습니다. 그리고 당신의 지루함을 달래주려고 끊임 없이 노력하고 있지요. 아, 농담은 이제 그만두고, 카스토르프군, 당신의 일로 생각난 것이 있어요. 잠이 오지 않는 밤에 당신을 위해서 생각해낸 것 입니다. 이것은 정말 신의 계시라고 말할 수 있지요. 그건 다름 아니라 병 으로부터의 해방, 뜻하지 않게 빠른 당신의 활기찬 장래로의 힘찬 귀환의 소식이지요……. 보세요 당신의 눈이 빛나고 있지 않습니까!"

베렌스는 일부러 잠깐 사이를 두었다가 말을 이었다. 그러나 한스 카스토 르프는 빛나기는커녕 졸린 듯이 게슴츠레한 눈으로 멍청히 고문관의 얼굴을 바라보고 있을 뿐이었다.

"당신은 이 늙은이가 말하고자 하는 것을 도무지 이해하지 못하는 것 같 군요. 내가 말하려고 하는 것은 바로 이겁니다. 당신의 용태에는 참으로 이 상한 면이 많아요. 이 사실은 당신의 예민한 감수성으로도 이미 짐작하셨으 리라 생각됩니다만, 어디가 어떻게 이상하냐면, 당신의 환부는 오래 전부터 분명히 좋아지고 있기 때문에 당신의 중독 증상은 더 이상 환부에 의한 증 상이라고 보기 어렵게 되었습니다.——이 점에 대해서 신경을 쓰게 된 것은 어제 오늘의 일이 아닙니다. 이것은 당신의 최근 사진인데 이것을 한번 광 선에 비춰 보기로 합시다. 당신도 보시다시피(우리 황제 폐하의 말버릇은 아니지만) 제아무리 불평가나 비관론자라 해도 불평할 여지가 없을 정도로 완벽한 사진입니다. 두세 군데의 병소(病巢)는 완전히 없어져 남아 있는 것도 조그맣게 되어 굳어버렸습니다. 당신도 전문가만큼이나 잘 알고 있으니까 말인데요, 이것은 확실한 완쾌를 뜻합니다. 이런 상태의 국부로는 현재도 계속되는 체온의 불안정에 대해 도저히 설명할 길이 없습니다. 그래서 의사로서는 새로운 측면에서 새로운 원인을 규명해 보지 않을 수 없다는 것입니다."

한스 카스토르프는 그의 말에 고개를 끄덕거려 보였으나 그것은 단지 그에게 실례를 범하지 않으려고, 주의를 기울인다는 뜻을 표시한 것뿐이었다.

"아마 당신은 이렇게 생각할지도 모르지요. 베렌스 늙은이는 치료법에 있어서 실패했다는 것을 인정하지 않을 수 없다고 말입니다. 그러나 그렇게 생각하는 것은 당치도 않은 일입니다. 그것은 사정을 이해하지 못했을 뿐더러 이 베렌스 늙은이를 잘못 본 것입니다. 여태까지의 치료법에는 잘못된 점이 하나도 없습니다. 다만 한 가지 한쪽으로 너무 치우쳤다는 것, 그 한 가지 뿐입니다. 나는 당신의 증상을 오로지 결핵 때문이라고 판단한 것이 혹 잘못된 것이 아닐까 하고 생각하기 시작했습니다. 왜 그런 생각을 하게 되었느냐면 현재 당신의 증상은 오로지 결핵 때문에 발생하는 것이라고 생각하기 힘들기 때문입니다. 결핵 외에 무언가 불안정한 체온에 원인이 있음이 틀림없습니다. 내 생각으로는 당신이 틀림없이 구균을 보유하는 ……."

베렌스는 한스 카스토르프가 머리를 끄덕이며 수긍하는 것을 확인하고는 더 큰소리로 되풀이해서 말했다.

"당신은 틀림없이 연쇄상구균(連鎖狀球菌) 보유자일 것입니다. 그렇다고 해서 얼굴 빛까지 변할 필요는 없어요."

한스 카스토르프의 얼굴 빛은 조금도 변함이 없었다. 오히려 그의 얼굴은 단정했으며 마치 매우 고맙다는 듯이, 아니면 가정적(假定的)으로 새롭고 훌륭한 자격을 주어서 고맙다는 듯이 비꼬는 표정을 지었을 뿐이다.

"뭐 그렇게까지 놀라실 필요는 없습니다." 베렌스는 어조를 바꾸어 되풀이했다. "구균은 모든 사람들이 한결같이 보유하는 것입니다. 어떤 바보라도 연쇄상구균을 갖고 있으니까요. 그러니 조금도 걱정할 필요는 없지요. 우리가 그러한 연쇄상구균을 보유한다 하더라도 특별히 이렇다할 만한 감염 현상은 일으키지 않는다는 것을 최근에 알아냈지요. 이것으로 미루어 우리는 알려지지 않은 어떤 결론을 내리고자 합니다. 혈액 속에 아무리 결핵균을 보유한다 하더라도 결핵성 질환이 전혀 나타나지 않을 수도 있다는 사실을 알 수 있습니다. 우리는 결핵성 질환이라는 관념에 너무 집착해 왔습니다.”

한스 카스트토르는 베렌스의 이 말은 정말 주목할 만한 생각이라고 대꾸했다.

“그러므로 내가 연쇄상구균에 대해 얘기했다고 해서 중병이라고 염려할 필요는 전혀 없습니다” 하고 베렌스는 말을 이었다. “이 작은 균들이 과연 당신의 혈액 속에 뭉쳐 있는지의 여부는 세균학적 혈액 검사를 해봐야 알 수 있습니다. 그리고 혹 당신이 그 구균자의 보유자라는 결론이 나온다 하더라도 당신의 발열이 그것에 의한 발열인지 아닌지는 스트렙토 백신주사를 맞은 후의 결과를 봐야 비로소 확실해지는 것입니다. 이것이 순서입니다. 나는 그 백신 주사의 확실한 결과를 기대하고 있습니다. 결핵이란 병은 장기간의 치료를 요하는 병인 반면에, 구균에 의한 병은 오늘날의 의학으로는 금방 치료할 수 있는 것이지요. 그리고 백신주사를 맞고 미세한 반응이라도 나타나게 된다면 당신은 6주 이내에 원기를 회복할 것입니다. 어떻습니까? 베렌스 늙은이는 자기 직무를 매우 충실히 이행하고 있지요?”

“그러나 그것은 어디까지나 가설에 불과한 것이 아닙니까?” 한스 카스토르프는 못마땅하다는 듯이 말했다.

“그렇지만도 않습니다. 실증할 수 있는 가설이지요. 아주 효과적인 가설입니다! 배양기에 구균이 나타나면 당시도 곧 그 가설이 얼마나 효과적인 것인가에 대해 수긍하게 될 것입니다. 카스토르프군! 내일 오후에 시골 외과 의술식으로 방혈법(放血法)을 실시해 보기로 합시다. 그것만으로도 당신의 지루함을 달랠 수 있을 것이며 당신의 몸과 마음에 모두 좋은 결과가 나타날 것이라고 확신합니다……."

한스 카스토르프는 그 기분 전환에 기꺼이 응하겠다고 말하고 여러 가지로 신경을 써주어 고맙다고 말했다. 그리고 헤엄치듯 흐늘거리며 걸어가는 베렌스의 뒷모습을 머리를 갸웃한 자세로 바라보았다. 그의 제안은 한스 카스토르프가 처한 위기의 순간에 적절히 꺼낸 격이 되었다. 라다만토스는 베르크호프에 머물고 있는 젊은이의 표정과 기분을 정확하게 간파하고 있는 셈이었다. 거기에 맞추어 그가 제안한 새로운 시안(試案)은 한스 카스토르프가 빠져 있는 침체 상태에서 건져내고자 하는 목적을 포함하고 있었다. 이것은 너무나 당연한 사실이었기 때문에 고문관 자신도 전혀 숨기려고 하지 않았다. 한스 카스토르프의 얼굴에는 그의 괴로움이 너무나 잘 드러나 있어, 죽은 요아힘이 자포자기의 반항적인 결심을 하고 있을 때를 방불케 하는 표정이었다.

그뿐만이 아니었다. 그는 자기 자신이 그런 침체 상태에 빠져 있을 뿐 아니라 이 세상의 모든 것, '전체'가 다 자신과 같은 침체 상태에 빠져 있는 듯한 착각을 일으켰다. 그보다 이 베르크호프에서는 개인적인 상태나 일반적이고 전체적인 상태를 구분하여 생각한다는 것은 매우 어려운 일이라고 생각되었다.

스케일이 큰 페페르코른과의 친분이 그렇게 이상한 종말을 맞게 되자, 그 결과 베르크호프에는 여러 가지 변화가 있었다. 클라우디아 소샤는 그녀의 보호자가 자신의 권리를 포기하는 비극에 타격을 받자 그의 살아있는 친구인 한스 카스토르프에게 경건하고 조심스런 작별의 인사를 하고 떠나버렸다. 이것을 기점으로 하여 한스 카스토르프는 인생과 이 세상이 날이 갈수록 이상하게 느껴져 점점 더 위태롭고 비뚤어진 상태로 치닫고 있는 것 같았다. 다시 말해서 이때까지도 늘 마음 한 구석에서 불길하고 미칠 듯한 영향을 미치고 있던 악마가 드디어 한스 카스토르프의 모든 것을 장악하더니 이제는 공공연하게 악마의 지배권을 마구 휘둘러 신비스러운 공포를 불러일으켜 도망치고 싶은 기분을 들게 만들었다. 그 악마는 다름 아닌 둔감, 무감각이라는 이름의 악마였다.

무감각이라는 단어에 악마의 이름을 붙여주고, 그 무감각이 마치 신비스런 공포 분위기를 지니는 것처럼 표현한 작가를, 어쩌면 독자들은 너무나 로맨틱하고 황당무계한 게 아니냐고 비판할지도 모른다. 그러나 결코 허무맹랑한 이야기를 하려는 것은 아니다. 우리는 우리의 주인공의 단순한 개인적 체험을 충실하게 전달하려는 것뿐이다. 그의 체험이란 어찌어찌하여(물론 어떤 사정인지 캐본다 하더라도 헛된 일이리라) 우리도 잘 알고 있는 일이기는 하지만, 그 사실에 비추어 보면 무감각이란 것도 경우에 따라서는 지독한 악마의 성질을 띠는 일도 있으며 신비로운 공포마저 일으킬 수 있다는 것을 확실히 증명하고 있다.

한스 카스토르프는 자신의 주위를 둘러보았다. 그의 눈에 비친 것이라곤 온통 악마적인 현상뿐이었으며 이 현상은 과연 무엇을 의미하는 것인지 잘 알고 있었다. 그것은 시간을 망각해버린 세계, 걱정도 희망도 없는 세계, 겉으로는 분주한 것 같아 보이지만 속으로는 한없이 침체되어 있는 방종(放縱), 생명이 없는 죽음의 세계였다.

그러나 이렇게 죽어 있는 생활도 가끔은 분주한 것이어서 모든 종류의 활동이 동시에 이루어지기도 했다. 그러고는 이따금씩 그중의 어느 한 가지에 미쳐 그것이 유행인양 모두들 열중해버리곤 하는 것이었다.

예를 들어 아마추어 사진은 이전부터 베르크호프 생활에서 매우 중요한 역할을 해왔지만, 지금까지 두 번(이 베르크호프에 오랫동안 있었던 사람이면 유행병의 주기적인 되풀이를 이미 체험했다.) 이런 사진에 대한 열의는 몇 주일 또 몇 달 동안 이곳의 모든 손님을 미치게 만들어 누구나 할 것 없이 카메라를 들이대고는 심각한 얼굴로 열심히 들여다 본 후 셔터를 누르지 않는 사람은 단 하나도 없었으며, 식탁 주변의 현상된 사진을 돌려보는 사람들이 자주 눈에 띄었다. 게다기 자기가 직접 현상하는 일도 갑자기 유행하게 되자 기존의 암실 시설로는 도저히 수요를 충족시킬 수가 없어서 이곳의 아마추어 사진사들은 자기 방의 유리창이나 발코니 우리문에 검은 커튼을 치고 붉은 전등을 켜놓은 채 현상하곤 했다. 그러다가 어느날 일류 러시아인 좌석의 불가리아 출신 학생이 화재를 일으키는 바람에 하마터면 타죽을 뻔한 일이 발생하자 요양소 당국에서는 암실 외의 장소에서 현상하는 일을 엄금하고 말았다. 이런 일이 있은 지 얼마 후 단순한 사진들은 시들해져 플래시를 사용하는 사진이나 프랑스 화학자 뤼미에르가 발명한 천연색 사진이 유행하게 되었다. 갑작스런 마그네슘의 불빛 세례를 받아 핏기없는 얼굴에 눈은 동그랗게 뜨고 표정을 딱딱하게 굳어서 마치 눈을 뜬 채로 살해당한 사람같이 찍힌 사진을 보고는 모두들 즐거워했다. 한스 카스토르프도 틀에 넣은 유리판을 갖고 있었는데 밝은 곳에 비춰 보니 하늘색 스웨터를 입은 슈퇴어 부인과 빨간 스웨터를 입은 상아빛 피부의 레비양 사이에 구릿빛 얼굴을 한 그 자신이 놋쇠로 만든 것 같은 누르스름한 미나리아재비로 에워싸여 한 송이 꽃을 저고리 단춧구멍에 꽂고 짙은 초록의 숲에 서 있는 것이 나타났다.

한때는 우표 수집도 유행했다. 보통때도 늘 개인적으로 행해지는 것이기는 했지만 한동안은 모든 사람 사이에 열병처럼 번졌다. 앨범에 붙여 모으기도 하고 서로 교환하거나 사고 팔기도 했다. 우표 수집가를 위해 발행되는 잡지가 구독되기도 하고 군대와 국회의 전문저, 전문연구가의 클럽이나 아마추어 수집가들의 정보 교환도 활발했다. 이런 우표 수집의 유행은 사치스러운 요양소에 몇 개월, 아니 몇 년 동안 계속되어 왔다. 이리하여 주머니 사정이 빠듯한 사람들까지도 이런 진귀한 우표를 입수하기 위해 거액을 쓰기도 했다.

그러나 이렇게 불길처럼 번졌던 우표 수집의 유행도 얼마 후에는 도락(道樂)의 유행으로 그 기세가 꺾이고 말았다. 예를 들면 갖가지 초콜릿을 높이 쌓아놓고는 그것을 게걸스럽게 먹기 시작하는 게임이 유행하기 시작했다. 모든 사람의 입술은 갈색으로 물들인 채로 밀카누트, 마르키 나폴리탱, 아몬드 크림을 넣은 초콜릿, 금색 설탕을 뿌린 혀 모양의 초콜릿 등을 닥치는 대로 먹어치워 배가 이상할 정도에까지 이르렀다. 그리하여 베르크호프의 주방장이 만든 최고급의 음식도 맛이 없다는 표정으로 투정을 부리면서 먹었다.

그리고 지난 사육제날 밤에 베르크호프의 최고 권위자가 제안했던 실내 유희, 눈을 감고 돼지를 그리는 게임은 그 뒤에도 자주 했지만 날이 갈수록 게임의 양상은 더욱 복잡해져 단순한 돼지 그림이 아니라 기하학적인 그림을 그리는 경쟁으로 바뀌어 요양객들은 모든 정신을 그 유희에 집중시켰으며 심지어 위독 상태에 있는 환자들까지도 자신의 꺼져가는 마지막 정신력과 사고력을 주입시켜 이 게임에 참여했다. 몇 주일 동안 베르크호프의 손님들은 누구나가 복잡한 도형을 붙들고 늘어졌다. 그 도형은 최소한 여덟 개의 큰 원과 작은 원, 또 서로 교차된 여러 개의 삼각형으로 되어 있었는데, 이렇게 복잡한 평면 도형을 컴퍼스나 자는 사용하지 않고 붓 하나로 끝까지 그리는 것이었다. 이것을 결국 군데군데 잘못된 점을 눈감아준다면 파라반트 검사만이 그럭저럭 그려낼 수 있었을 뿐이다. 그는 이 경쟁 유희의 가장 열렬한 팬이었다. 우리는 파라반트 검사가 수학에 열중한다는 사실을 고문관을 통해서 이미 잘 알고 있다. 또 그가 수학에 몰두하게 된 금욕적인 동기도 잘 알고 있다. 고문관은 늘 수학 공부란 피를 진정시키고 육욕을 잠자게 하는 효과가 있다고 모든 사람들에게 추천해 온 터였다. 그렇기 때문에 만약 이 수학 공부가 요양객 전체에게 일반적으로 유행되었더라면, 요즘에 와서 요양소 당국이 매우 신경을 써서 강구하고 있는 모종의 조치도 결국 필요없는 것이 되었을 것이다. 모종의 조치란 발코니의 난간과 거기까지 닿지 않는 우유빛 유리의 칸막이 사이의 통로를 작은 문으로 모두 막는 일이었다. 밤만 되면 킥킥거리는 손님들의 웃음을 뒤로 하고 마사지 선생은 그 문에 자물쇠를 잠그는 것이었다. 그렇게 되자 이제는 베란다 위의 2층 방이 번거로워졌다. 그 방을 통해서 난간을 뛰어넘어 튀어나온 유리 지붕을 건너면 작은 문따위에 구애됨이 없이 이 방에서 저방으로 마음대로 왕래할 수 있었기 때문이다.

그러나 검사에 관한 한은 풍기 문란에 대한 개혁을 강구할 필요가 없었다. 한때 검사가 이집트 왕녀의 모습에 매료되어 애타게 번민했던 것도 이제는 과거의 일이 되어버렸다. 그는 그 왕녀를 마지막으로, 더이상 여자 문제로 고민하지 않게 되었다. 그후부터 그는 고문관이 전적으로 추천한 윤리적 진정력을 발휘하게 하는 순결한 수학의 여신에게 지금까지보다 몇 배나 더 열중했다. 그가 병때문에 휴가를 얻기 전에(이 휴가는 그후 여러 번 연기되어 휴직을 해야 할 형편이었지만) 보였던, 범죄자를 복역시키기 위한 끈기와 스포츠를 즐길 수 있는 구적법(求積法)에 관해 밤낮없이 몰두하는 것이었다.

이 탈선한 관리는 이런 연구에 몰두할수록 수학이 해결 불가능한 것을 증명한다고 하는 그 증명 자체가 사실상 잘못된 것임을 알았다. 그리고 이러한 초경험적인 문제를 경험적인 문제로 해명할 수 있도록 만드는 천재로서 파라반트를 선택한 것은 바로 신의 섭리이며, 그 사명 때문에 그를 평지의 인간 세계에서 납치하여 이 위의 세계로 데려온 것이라고 믿어버리게 되었다. 그는 자나깨나 컴퍼스를 들고 다니면서 도형을 그리고 또 계산하여 많은 종이를 도형과 문자, 숫자, 대수 기호 등으로 채우곤 했다. 그리고 구릿빛으로 그을린, 건강미가 넘쳐 흐르는 얼굴에는 무엇엔가 열중하는 인간 특유의, 끈질기게 붙들고 늘어지는 까다로운 표정이 역력히 드러나 있었다. 또 그는 입을 열었다 하면 '또 그 말이로군' 하고 진저리치게 하는, 판에 박힌 원주율(π)에 대한 이야기와 절망적인 분수에 관한 이야기, 독일의 짜하리아 다제라는 암산에 능한 작은 천재에 관한 이야기였다. 그의 말에 의하면 다제가 어느 날 분수의 소수점 이하 2백 단위까지 계산했는데 설사 2

천 단위까지 계산했다 하더라도 그 오차는 결코 없어지는 것이 아니므로 다제의 계산은 지극히 사치스런 놀이에 지나지 않는다는 것이었다.

이런 식으로 파이공부에 골머리를 앓고 있는 파라반트 검사를 모두 멀리하려 했다. 그에게 한번 잘못 붙들렸다 하면 파이에 대한 구구한 열변을 들어야만 했고, 파이의 절망적인 무리수(無理數)로 인해 인간 정신이 모욕당하게 되는 것에 인간으로서 당연히 의분을 느껴야 한다는 충고를 들어야 했다.

어쨌든 그는 자나깨나, 앉으나 서나, 직경에 파이를 곱해야 원주가 나오고, 반경(半徑)의 제곱에다 파이를 곱해서 원의 면적을 내야 하는 끝없는 파이에 절망을 느꼈다. 그래서 인류가 이 문제의 해결 방법을 아르키메데스 이후 너무 어렵게만 생각해온 것이 아닐까 하는 의혹에 사로잡혔다. 파라반트 검사는 이따금 굉장한 발견이라도 한 것 같은 착각에 빠지기도 했다. 그는 가끔 밤늦게까지 조명이 시원찮은 텅빈 식당의 자기 자리에 앉아 있는 것이 눈에 띄었다. 그는 식탁보를 벗긴 식탁 위에 한 가닥의 가느다란 끈으로 매우 신중하게 둥근 원을 만들어놓고는, 그 끈을 갑자기 재빠른 손놀림으로 잡아당기기도 하면서 맥빠진 듯이 턱을 괴고 깊은 생각에 잠겨 있기도 했다. 고문관은 검사가 그렇게 우울한 오락에 열중해 있을 때 격려하러 와서 의기소침해 있는 그에게 충고를 하기도 했다.

번민에 빠진 검사는 한스 카스토르프에게도 자신의 괴로움을 호소했다. 처음부터 한스 카스토르프는 그가 설명하는 원의 신비에 매우 진지하고 기꺼이 귀기울여 주었기 때문에 그 이야기는 한 번이 두 번이 되고 또 세 번 되풀이되었다. 파라반트 검사는 자신이 느끼고 있는 파이의 절망을 구체적으로 알려주기 위해 정밀하게 그린 도면(圖面)까지 동원했다. 그 도면에는 원의 안팎의 길이가 없다고 봐도 무방할 정도의 수없이 많은 짧은 변을 가진 두 개의 다각형이 겹쳐져 있어, 상당한 노력을 들여 그렸다는 것을 한눈에 알 수 있었다. 두 개 중 하나의 다각형은 원에 외접하고 또 다른 하나는 내접해 원주와 다각형의 변은 도저히 인간이 그린 것이라고는 생각할 수 없을 정도로 원에 가깝게 그려져 있었다. 검사는 아래턱을 떨면서 이렇게 말했다. 이렇게 계산할 수 있는 변으로 에워싸고 확실한 원을 그려보려 해도 어느새 공기나 연기처럼 사라져버리는 잉여부, 만곡부(彎曲部), 이것이 바로 파이라고!

한스 카스토르프는 검사의 그런 기분은 충분히 이해할 수 있었지만 파이에 대해서만은 검사를 이해할 수 없었으며 그만큼 흥분하지 않았다. 한스 카스토르프는 그런 속임수나 도깨비 장난 같은 연구에 너무 열중하지 말라고 충고했다. 그리고 원주의 어느 한 가상적인 점을 정해서 그것을 시점으로 하여 가상의 종점에 이르기까지 구성하는, 연장이 없는 만곡점에 대하여 똑같은 방향으로 한시도 멈추지 않는 영원한 순환을 거듭하는 사계(四季)의 순환이 얼마나 멋진 우수를 느끼게 하는지에 대해서도 말했다. 한스 카스토르프가 어찌나 냉철하고 경건하게 말을 했던지 극도로 흥분된 검사의 기분이 한동안 조용히 가라앉은 것 같았다.

이렇듯 선량한 한스 카스토르프는 검사뿐만 아니라 그와 비슷한 처지에 놓인 사람들, 고정관념에 사로잡혀서 주위의 명랑한 사람들로부터 관심을 끌지 못하고 고민하는 사람들에게도 많은 신임을 얻어 기꺼이 이야기 상대를 해주었다. 그 중에는 오스트리아의 어느 지방 출신으로 전직이 조각가인, 매부리코에 푸른 눈, 그리고 흰 콧수염을 기른 상당한 연배의 사나이도 있었는데, 그는 전체적인 계획을 세워 그 취지를 정서한 다음 핵심적인 부분에는 세피아색 그림 물감으로 밑줄까지 쳐놓았다. 그 내용은 신문 구독자 전체가 하루에 40그램씩 지난 신문을 모아 놓으면 매월 첫날에 거두어 간다. 그러면 1년이면 1인당 약 1만 4천4백 그램, 20년이면 288킬로그램이 되어 1킬로그램당 20페니히에 팔면 57마르크 60페니히가 된다는 것이었다. 그 계획서에 따르면 전체 신문 구독자를 500만 명이라고 쳐서 20년간 모으면 지난 신문의 값은 2억 8천8백마르크라는 거액이 된다는 것이었다. 그러면 이 돈의 3분의 2만 신규 구독료에 돌려 신문을 싸게 읽을 수 있게 하고 나머지 3분의 1, 약 1억 마르크는 인도적 목적을 위해, 예를 들어 민중 결핵 요양의 자금이나 불우한 민중의 육영 자금 등에 사용할 수 있다는 것이었다. 이 계획은 너무나 빈틈없이 완벽한 것이어서 지난 신문의 회수 장소라든지, 그 회수된 신문 값을 간단히 산출할 수 있는 센티미터자. 대금의 영수증에 사용될 구멍 뚫린 용지까지도 서류에 자세히 적혀 있었다. 이런 식으로 작성된 계획서는 모든 면에서 완벽하게 설명되고 입증되었다. 아무리 지난 신문일지라도 몽매한 사람들에 의해 하수구에 처박히고 불에 태우는 등의 낭비나 탕진은 조국의 삼림(森林)과 국민 경제에 막대한 손실을 끼치는 것으로, 종이를 절약한다는 것은 곧 펄프, 목재를 소중히 여긴다는 뜻이며 그것은 나아가 펄프와 종이를 생산하기 위해 소비되는 많은 인적자원과 자본을 소중히 하고 절약하는 뜻이기도 하다. 그리고 지난 신문은 포장용 종이와 휴지로 재생되는 것이므로 가치없는 신문이 몇 배의 가치를 지닌 종이로 바뀌게 되어 중요한 자원이 되었고 그 결과 국세와 지방세의 풍족한 세원(稅源)이 될 수 있는 것이다. 그러므로 신문 구독자의 세금 부담이 경감되는 결과가 생기기 때문에 요컨대 이 계획은 기막힌 계획으로 완전무결한 것이었다. 그러나 그 계획은 그런 입증에도 불구하고 어딘지 이상스럽고 왠지 소용없는, 아니 오히려 불투명하고 바보 같은 느낌마저 들게 했는데 그 이유는 한때 예술가였던 그가 그와는 거리가 먼 경제 계획에 너무 열중한 나머지 그것만을 생각하고 선전한 병적인 믿음으로 볼 수 있었다. 또 한 가지 이유는 그 계획을 진지하게 생각한 것도 아니거니와 그것을 실현하고자 하는 생각도 전혀 없었기 때문이다. 한스 카스토르프는 복지 증진의 완벽한 계획에 대한 열띤 설명을 들을 때마다 고개를 갸우뚱하거나 끄덕거리며 들어주기는 했지만, 그 계획을 실현하지 못하는 세상에 대한 혐오감으로 발의자(發議者)에 대해 동정을 보내야만 마땅할 텐데, 오히려 발의자에게 멸시와 혐오를 느끼게 되는 이유는 무엇일까, 하는 의혹을 품게 되었다.

한편 베르크호프의 또다른 몇몇 사람은 에스페란토어를 공부하고 있었다. 그들은 식탁에서 이 알 수 없는 인조어(人造語)를 지껄이며 대화하는 것을 매우 자랑스럽게 여기는 것 같았다. 한스 카스토르프는 매우 음울한 눈초리로 그들을 바라보곤 했는데 그들은 제딴엔 자신들이 특수층에 속한다고 생각하고 있었다. 이때부터 베르크호프에는 영국인의 한 그룹에 의한 사교 유희가 유행하기 시작했다. 그 유희란 둥글게 모여 앉아 한 사람이 그 옆사람에게 영어로 "당신은 나이트 캡을 쓴 악마를 보신 일이 있습니까?" 하고 물으면 그 옆사람은 "아니, 나는 나이트 캡을 쓴 악마를 한 번도 본 일이 없습니다"라고 영어로 대답하고 같은 질문을 또 다른 사람에게 되풀이하여 이 문답이 끝없이 되풀이되는 것이었다. 정말 참을 수 없는 유희였다.

그러나 한스 카스토르프가 더욱 참을 수 없는 것은 카드를 갖고 혼자 점을 치는 사람에 대해서였다. 그런 놀이를 하는 사람은 베르크호프에서라면 언제 어디서나 흔히 볼 수 있는 일이었다. 최근에 지루함을 달래는 카드 놀이가 크게 유행되자 베르크호프는 마치 악습(惡習)의 소굴같이 변해버렸다. 한스 카스토르프도 한때 이 열병에 걸려 어느 누구보다도 놀이에 미쳤기 때문에 더욱 소름이 끼칠 수밖에 없었다. 그가 열중한 것은 11이라고 불리는 카드점이었다. 그것은 카드 세 장을 세 줄로 나란히 놓아가는 동안 두 장의 합이 11이 되거나 아니면 그림이 그려진 카드가 계속해서 세 장이 나오면 그 위에 새로운 카드를 놓게 되어, 이런 식으로 계속하게 되면 카드가 깨끗하게 없어지게 되는 그런 놀이였다. 이렇게 단순한 놀이가 제정신을 잃게 할 정도로 사람의 마음을 사로잡는 것은 어느 누구도 생각할 수 없는 일이었다. 그러나 한스 카스토르프는 그것을 즐기는 다른 사람들과 마찬가지로 매력이 있다는 것을 경험해 보았기 때문에 잘 알고 있었지만, 그러한 탈선은 결코 권장할 만한 놀이가 아니었으므로 별로 달갑잖은 얼굴로 놀이에 끼어들곤 했다.

어떤 때는 운이 좋게도 카드를 나란히 늘어놓자마자 그 합이 11이 되거나 잭 · 퀸 · 킹 세 장이 계속해서 나와 세 번째 줄에 카드를 놓기도 전에 그 놀이가 끝날 때도 있었다. 그러면 이렇게 어이없는 성공을 거둔 점치기는 그만두고 또 다른 운수점을 치게 되곤 했다. 그런데 어떤 때는 세 장씩 세 줄이나 늘어놓아도 새로 겹칠 수 없게 되어 그것으로 끝장인가보다 하고 생각하는 순간부터 갑자기 풀리다가 마지막 순간에는 다시 파국으로 끝나는 경우도 있었다.

한스 카스토르프는 이렇게 변화무쌍한 카드의 노리개가 되고, 수시로 변하는 운수에 농락당하고 말아 어디서나 하루 종일, 밤에는 별빛을 받으며 낮에는 잠옷을 입은 채로, 식탁에서나 꿈속에서나 카드 놀이에서 헤어나질 못했다. 스스로도 때로는 오싹한 기분이 들기도 했으나 놀이의 유혹을 떨쳐버릴 수는 없었다. 그전부터 항상 한스 카스토르프의 일에 '방해를 하는' 사명을 가진 세템브리니가 어느 날 그를 방문하러 왔다가 그가 혼자서 카드 놀이를 하고 있는 것을 보게 되었다.

"이게 무슨 짓입니까? 카드점을 치고 있군요, 기사 양반." 그는 이탈리아어로 말했다.

"그런 것은 아닙니다. 그저 별생각 없이 책상 위에 늘어놓고 운수를 점쳐보고 있었을 뿐입니다. 나는 장난스런 운수가 아양떨고 강짜부리는 변덕스러움과 고집에 말려들어가고 있습니다. 아침에 일어나자마자 이 놀이를 했을 때는 세 번이나 계속해서 올랐고 , 또 한 번은 두 줄만으로 끝나버렸어요. 정말 기록적이지요. 그런데 이게 웬일입니까? 이번에는 32번째인데도 절반을 넘어본 적이 한 번도 없었어요."

세템브리니씨는 이 몇 년 동안 으레 그랬듯이 슬픔에 젖은 그 까만 눈으로 한스 카스토르프를 바라보았다.

"어쨌든 당신은 매우 분주한 생활을 하시는군요. 이곳에서는 나의 근심이나 아픔을 위로해 주거나 나를 괴롭히는 마음의 갈등을 치료해 줄 것이라곤 하나도 찾을 수가 없으니 말입니다."

"갈등이라구요? 한스 카스토르프는 이렇게 되물으면서 여전히 카드를 펼쳐 나갔다.

"세계 정세가 나를 혼란에 빠뜨리고 있어요"라고 프리메이슨 단원은 한숨을 섞어가면서 말했다. "한스 카스트로프군, 발칸동맹이 곧 실현될 것 같아요. 내가 수집해온 정보들이 한결같이 그 사실을 뒷받침해 주고 있습니다. 러시아는 그 동맹을 실현 시키려 혈안이 되어 있고, 그 동맹의 창끝은 오스트리아와 헝가리 군주국을 향해 있는데, 그 이유는 그 군주국들을 없애지 않는 한 러시아의 꿈은 실현될 수 없기 때문이지요. 자, 이러면 내가 무엇을 걱정하는지 알 수 있겠지요? 당신도 잘 알겠지만 사실 나는 빈을 미워하고 있습니다. 그렇다고 해서 사르마티아인의 전제(專制)에 정신적인 지원을 보내야 하겠습니까? 그들은 우리의 거룩한 유럽에 전쟁의 화염을 몰고 오려 합니다. 그러나 한편으로 만일 나의 조국이 오스트리아와 일시적으로라도 외교적 협력관계를 맺게 된다면 나의 심한 모욕을 당한 기분에 사로잡힐 것입니다. 이 양심의 문제는……."

"7과 4, 8과 3, 잭과 퀸에 킹, 이거 정말 괜찮은데요. 당신이 옆에 있으니까 운이 트였나 봅니다, 세템브리니씨."

이탈리아인은 잠자코 입을 다물고 있었다. 한스 카스트로프는 자신의 말 때문에 이탈리아인의 이성적이며 도덕적인 까만 눈이 슬픔을 띠고 자기를 바라보고 있음을 느꼈으나, 계속해서 카드를 펴놓고 난 뒤 장난꾸러기처럼 턱을 괴고는 그의 그런 눈빛을 모르는 체하며 멍한 얼굴로 세템브리니를 쳐다보았다.

"당신이 날 보는 눈은 당신이 현재 어떤 상태에 빠져 있는지를 스스로 잘 알고 있다는 것을 나타내고 있습니다. 그것을 나에게는 숨기려 하고 있지만 도저히 감출 수는 없을 겁니다."

"실험 채택."

한스 카스토르프는 대담하게 지껄였다. 그 말을 듣자 세템브리니씨는 자리를 뜨고 말았다. 혼자 남게 된 한스 카스토르프는 카드 운수 점치기를 그만두고 턱을 괸 채 방 한가운데 놓인 테이블 앞에 잠시 앉아 있었다. 세계를 자기 마음대로 방종한 상태에 빠뜨린 악마와 요괴, '무감각이라는 이름의 악마'가 자신을 깔보고 비웃는 것을 느끼자 등골이 오싹해졌다.

'무감각'이라는 이름은 무시무시하고 알 수 없는 능력을 지닌 수수께끼 같은 존재로서 신비스러운 공포감마저 불러일으켰다. 한스 카스토르프는 꼼짝하지 않은 채 손바닥으로 이마와 가슴을 어루만졌다. 그는 공포를 느꼈다. '이 모든 것'은 무사히 끝날 것 같지 않았다. 마지막에는 인내심이 강한 자연마저 격분하여 굉장한 파국, 즉 뇌우와 폭풍우를 불러일으켜 세계를 속박하는 것을 모두 날려버리고 생활의 '난관'을 타개하여, '침체'에 대한 무서운 최후의 심판을 내릴 것이라고 한스 카스토르프는 생각했다. 전에 얘기한 대로 그는 도망치고 싶었다. 그래서 한스 카스토르프에게는 요양소 당국이 자기는 밤낮없이 지켜보고 안색을 살피는 것을 알았으며, 그에 따른 새롭고 효력 있는 가설을 내세워 기분을 달래주려는 것이 무척 고맙게 느껴졌다. 사무국은 학우회원 같은 베렌스를 통해 한스 카스토르프의 체온 불안정의 진정한 원인을 규명하고 있다는 말을 했다. 요양소 당국의 과학적인 설명에 따르면, 체온 불안정의 진정한 원인을 규명하는 것은 그다지 어려운 일이 아니어서 그가 완쾌하여 평지로 내려가는 것도 아주 가까운 장래의 일일 것 같았다.

한스 카스토르프는 혈액 검사를 위해 팔을 내밀어 피를 뽑는 순간 여러 가지 감회에 사로잡혀 심장이 뛰기 시작했다. 그는 투명한 채혈병을 서서히 채우는, 생명의 상징인 루비빛 액체를 감탄한 것처럼 눈을 반짝이며 창백한 얼굴로 쳐다보았다.

고문관은 닥터 크로코프스키와 간호원의 도움을 받아가면서 손수 간단하기는 하지만 매우 중요한 방혈법 수술을 해주었다. 그리고 며칠이 지났다. 그동안 한스 카스토르프는 자신의 체내에서 채취한 혈액이 체외의 과학적인 시선 밑에서 과연 어떤 성질을 나타낼 것인가에 대해서만 생각하고 있었다. 물론 아직은 아무런 변화도 없다는 말을 한 고문관은 얼마 후에는 유감스럽게도 아직 아무것도 나타나지 않는다고 말해 주었다.

그러던 어느 날 아침 식사때의 일이었다. 그 무렵 한스 카스토르프는 일류 러시아인 좌석, 전에 그의 위대한 친구가 앉았던 맨 끝자리에 앉게 되었다. 고문관은 그날 아침 그에게 다가와 상투적인 축사를 늘어놓으면서 드디어 실험 배양기 하나에서 예상했던 연쇄상구균이 분명하게 확인되었다는 사실을 귀띔해 주었다. 그러나 문제의 중독 현상은 전혀 존재하지 않는다고 단정지을 수 없는 결핵 탓인지, 혹은 아주 미소하나마 존재하고 있는 연쇄상구균 탓인지는 아직 단정지을 수 없다고 말했다. 베렌스 고문관은 좀더 시간을 들여 배양균이 충분히 성장한 후에 정밀하게 연구해 봐야 한다고 말했다. 고문관은 그것을 실험실에서 한스 카스토르프에게 직접 보여주었다. 배양기에는 젤리처럼 응결된 혈액 내부에 회색의 조그만 반점들이 조금씩 나타나 있었는데 그것이 바로 구균이었다(그러나 구균이란 결핵균과 마찬가지로 누구나 보유하는 것으로 외부에 그 증상이 나타나지 않는 한 그 균을 보유한다 하더라도 큰 문제가 되는 것은 아니었다).

한스 카스토르프의 체내에서 뽑은 응결된 혈액은 과학적인 실험에 의해 계속적인 변화를 보였다. 어느 날 아침 고문관은 흥분된 어조로 상투적인 말을 늘어놓으면서 하나뿐만 아니라 다른 배양기에서도 많은 구균이 나타났다고 보고했다. 그것이 모두 다 연쇄상구균인지 아닌지는 확실치 않지만 중독증상만큼은 이 균때문이라는 것이 거의 확실하다고 말했다. 한때 분명히 보유했고 지금도 완전히 해소되었다고 할 수 없는 결핵이 중독 증상에 어느 정도 관련이 되는지 물론 알 수 없는 일이다. 그렇다면 그 결론은? 그것은 연쇄상구균의 백신 주사를 맞는 일이며 그 다음엔 매우 희망적이라고 했다. 그 주사는 위험 부담률이 전혀 없는 데다 좋지 못한 부작용을 일으키지 않기 때문이다. 그리고 혈청은 한스 카스토르프 자신의 혈액 속에서 만들어지기 때문에 주사에 의해 체내로 다른 균이 침입할 우려는 전혀 없었다. 최악의 경우에라도 실험은 제로 상태로 끝나 아무런 영향도 미치지 않는다. 그러나 한스 카스토르프는 이왕 환자로서 여기에 있을 수밖에 없으므로 이 시험적인 주사의 효과가 완전히 제로 상태라 하더라도 원래부터 그런 상태였으므로 최악의 경우라고 할 수도 없는 일이었다.

한스 카스토르프는 이런 시험적인 시도에 반대할 의사는 전혀 없었다. 백신 요법이란 정말 우습기 짝이 없는 일이기는 했지만 그는 이것을 감수하기로 했다. 자신의 혈액을 또다시 자신의 체내에 주사한다는 것은 왠지 싫고 불쾌한 데다 아무 이득도 기쁨도 느낄 수 없었다. 때문에 자기가 자기 자신을 상대한다는 일이 마치 근친상간적인 추악한 행위처럼 여겨졌다. 그는 신경쇠약증의 비전문적인 생각에서 그렇게 느꼈지만 이득이 없다는 바로 그 점에서 본다면 그의 생각은 완전히 옳았다. 이 재미없는 검사는 몇 주 동안 계속되었고, 착각임에 틀림없겠지만 가끔 해로운 것 같기도 하고 효과적인 것 같기도 했다. 그러나 이것 역시 오해였는지도 모른다. 분명히 확인된 것은 아니지만 실험의 결과는 제로였다. 이 실험은 실패로 끝난 것이다. 한스 카스토르프의 감정에 대한 악마의 방종한 지배로 머지않아 무서운 종말을 고하게 될 엄청난 일이 일어나리라는 예감에 사로잡히면서도, 그는 여전히 악마와 얼굴을 맞댄 채 계속해서 카드 점을 쳤다.

하모니의 향연

우리의 오랜 친구인 한스 카스토르프는 지금까지 그토록 몰입했던 카드 놀이도 어느새 집어치우고 그 카드 놀이에 버금가는 조금 이상한 오락이긴 하지만 좀더 고상한 오락에 열중하게 되었다. 그것은 요양소 당국에서 구입한 기계였는데 과연 그것은 어떤 것이었을까? 우리들도 이 기계에 은밀히 매력을 느끼고 있기 때문에 그 매력에 대해서 이제부터 이야기하고자 한, 넓은 면회실에는 오락 기구 한 가지가 더 놓이게 되었다. 그것은 밤낮을 가리지 않고 이곳 손님들에 대한 서비스에 신경을 쓰고 있는 요양소 당국에서 제안하여 위원회에서 구입을 결정하여 연회실에 비치해 놓은 것이었다. 우리로서는 별로 계산해 보고 싶지는 않지만 어쨌든 거금을 들여 누구에게나 무조건 추천할 수 있는 기계를 이 요양소 관리 당국이 구입한 것이다. 그렇다면 그것은 실체경(實體鏡)이나 망원경식의 만화경(萬華鏡), 아니면 활동사진식의 놀랍고 신기한 장난감 상자 같은 것일까? 물론 그런 종류의 것이라고도 할 수 있으나 전혀 다른 것이라고도 할 수 있다. 어느 날 밤, 그 기계를 피아노가 놓인 널찍한 연회실에 비치한 것을 보고 사람들은 깜짝 놀랐다. 개중에는 손을 높이 들고 손뼉을 치는 사람, 또 몸을 숙이고 무릎 앞에서 손뼉을 치는 사람 등등 모두 기뻐했다. 그것은 광학 응용의 기계가 아니라 청각과 관계된 기계였다. 그리고 그 기계는 품위나 등급으로 비교해 보더라도 여태까지의 단순한 오락 기구와는 비교도 안 될 만큼 훌륭한 것이었다. 이곳에서 단 3주일안 지내면 싫증을 느껴 손에 대려고도 하지 않는, 어린애 장난감 같은 단순한 기계가 아니었다. 그것은 훌륭하고도 심원한 예술적 감흥을 일으키게 하는 마법의 샘과 같았다. 그것은 바로 음악의 기계, 축음기였다.

독자들은 축음기라는 말만 듣고도 어쩌면 엉뚱한 것으로 지레짐작하여 아주 진부한 구식 모델의 기계 장치를 연상할지도 모르겠다. 최초의 축음기가 발명된 이후 뮤즈 여신이 부여한 기술을 발판으로 밤낮없이 연구해 온 결과 개량을 거듭하여 기막힌 완성품을 보게 된 우리들의 축음기와는 비교할 수도 없는 낙후된 축음기를 연상하지나 않을까 불안하기까지 하다. 베르크호프에 새로이 비치된 이 축음기는 한 시대 이전의 축음기, 즉 윗부분에는 회전반과 바늘이 있고 놋쇠로 된 아주 보기 흉한 나팔이 달려 있어 음식점의 테이블에서 콧소리로 고함을 질러 점잖은 손님들의 귀를 멍멍하게 만드는,

보잘것없는 손잡이가 달린 형편없는 작은 상자 같은 것은 결코 아니었다. 그것은 비단으로 싸인 코드를 벽의 소켓에 접속시킨 것으로서 장식대 위에 늠름하게 올려져 있었다. 그 상자는 옆 넓이보다 안쪽이 깊고, 약품 처리를 하여 까만칠을 했기 때문에 그 옛날의 조잡한 골동품 같은 기계와는 전혀 다른 훌륭한 물건이었다. 윗부분이 매우 아름답고 작게 보이는 뚜껑을 열면 안쪽 깊은 곳에서 놋쇠로 된 지주(支柱)가 올라와 반짝이며, 비스듬하게 뚜껑을 고정시키게 되어 있있다. 그 아래쪽 평면에는 녹색 나사지를 깔아 놓은 니켈 회전반이 있고, 가운데는 역시 니켈 도금을 한 축에 에보나이트제의 레코드 구멍을 맞추어 끼우게 되어 있었다. 상자 오른쪽 앞면에는 템포를 조절할 수 있는 시계의 문자반처럼 숫자가 새겨진 장치가 있고 왼쪽에는 회전반을 돌리기도 하고 멈추기도 할 수 있는 작은 스위치가 달려 있었다. 작은 스위치 왼쪽에는 부드러운 접합부를 중심으로 어느 쪽으로나 돌아가는 픽업이 있었고 둥근 사운드 박스도 있어, 거기에 접합되어 있는 나사가 레코드 위를 따라 돌아가는 바늘을 누르게 되어 있있다. 상자 정면에 달린 두 개의 덧문을 양쪽으로 열면 그 안에는 까맣게 부식시킨 가늘고 긴 판이 차양처럼 양쪽으로 나란히 뻗쳐 있었고 그 외에는 아무것도 보이지 않았다.

"이것은 아주 최신형입니다." 고문관은 손님들과 함께 연회실로 들어가면서 그 기계를 설명했다. "그야말로 첨단을 달리는 제품이지요. 여러분 이처럼 최상, 최고, 이 이상의 제품은 어느 시장에서도 볼 수 없습니다."

그는 시장이라는 단어를 마치 무식한 점원이 손님들에게 권하기 위해 지껄이는 묘한 말투로 이야기했다.

"이것은 도구나 기계가 아닙니다."

그는 대 위에 놓여 있는 색이 칠해진 작은 상자에서 바늘을 하나 꺼내더니 그것을 사운드 박스에 끼워넣으며 설명을 계속했다.

"이것은 악기죠. 스트라디바리우스(1644~1737. 이탈리아의 유명한 바이올린 제작자)가 직접 제작한 악기와 비교해도 손색이 없을 거라고 봅니다. 굉장

히 세련된 공명(共鳴)과 파장(波長)으로 충만되어 있지요! 뚜껑 안에 새겨
진 마크를 보셔도 잘 아시겠지만 '폴리흄니아'라고 하지요. 독일제품입니
다. 여러분, 우리 독일 사람들은 이런 물건을 한번 만들었다 하면 타의 추
종을 불허할 아주 훌륭한 물건을 만들지요. 기계의 근대화와 음악적 정신과
의 진실한 결합입니다. 참신한 독일 정신입니다. 저기에 레코드가 있군요."
  그는 두툼한 레코드 앨범이 여러 권 꽂혀 있는 벽장을 가리켰다. "여러
분, 여러분은 이 마법의 보물을 자유롭게 즐기도록 하십시오. 그러나 소중
히 다뤄 주시길 바랍니다. 자, 그러면 시험삼아 한 곡 틀어 볼까요."
  손님들의 요구에 따라 베렌스는 조용히 풍부한 음량을 간직하고 있는 마
법의 앨범 한 권을 꺼냈다. 그는 묵직한 페이지를 들추고 가운데를 동그랗
게 파서 그 근처에 색깔을 넣어 인쇄한 두꺼운 종이 봉투에서 레코드 한 장
을 꺼내서 회전반에 걸었다. 그리고 간단한 조작으로 회전반이 완전히 자기
의 속도를 찾을 때까지 2,3초 기다린 후 강철로 만든 바늘의 뾰족한 끝을
조심스럽게 레코드 위에 얹었다. 여리디 여린 마찰음이 들리기 시작했다.
그가 뚜껑을 닫자 그 순간 열어 놓은 덧문 뒤의 차양에서, 아니 상자 전체
에서 악기소리가 들리기 시작했다. 그것은 명랑하게 울려퍼지는 빠른 템포
의 멜로디, 오펜바크의 서곡의 첫 부분인 활발한 리듬이었다.
  손님들은 입을 벌린 채 미소를 머금고 귀를 기울였다. 목관 악기의 전음
(顫音)이 이토록 순수하고 자연스럽게 들릴 수 있을까 하고 귀를 의심할 정
도였다. 바이올린이 기가 막히게 환상적으로 전주곡을 울리고 있었다. 활의
움직임, 손가락을 사용한 트레몰로, 하나의 음정에서 다른 음정으로 감미롭
게 미끄러지는 옮김이 아주 뚜렷이 들렸다. 바이올린은 곧이어 "아, 나는
그대를 잃었노라"라는 왈츠를 연주하기 시작했다. 이렇게 감미로운 선율이
가벼운 관현악의 하모니와 어울리게 되자 전악단이 한꺼번에 그 멜로디를
되풀이하여, 물 흐르는 듯한 합주가 듣는 사람들을 황홀하게 도취시켰다.
물론 이 방에서 직접 관혁악이 연주되는 것을 듣는 것 같지는 않았다. 모든

악기의 음들이 조화를 잃은 것은 아니었으나 입체감을 잃고 있었기 때문에 청각적인 음악에 시각적인 비유를 할 수만 있다면, 오페라 글라스를 뒤집어 그림을 보는 느낌으로, 그 선(線)의 날카로움이나 색채의 선명함은 조금도 잃지 않았으나 그림 전체가 멀고 작게 보이는 느낌이었다. 이 생생하고 기지에 넘치는 곡은 가벼운 착상을 풍부하게 전개하면서 끝을 맺었다. 마지막 연주는 경쾌한 율동을 불러일으키듯 천천히 시작했다가 점점 빨라지는 템포의 원무(圓舞), 나중에는 본격적인 캉캉춤을 추게 하여 공중으로 내던지는 실크햇과 춤추면서 걷어올려지는 스커트와 춤추는 무릎 등을 연상케 하면서 끝날 줄을 몰랐다. 이윽고 회전이 자동으로 멈추더니 곡이 끝났다. 모든 것이 끝났다. 손님들은 모두 진심어린 박수를 보냈다.

모두의 희망에 따라 다시 한 장을 더 듣기로 했다. 이번에는 사람의 목소리, 관현악의 반주에 맞추어 부드러우면서 힘찬 남자의 목소리가 흘러나오기 시작했다. 이탈리아의 유명한 바리톤 가수였다. 이번에는 둔하고 먼 느낌이 전혀 들지 않았다. 그의 멋진 목청은 자신의 천부적인 성량을 유감없이 발휘하고 있었다. 문을 열어 놓고 있는 옆방에서 레코드를 건 기계를 보지 않고 듣고 있었다면 옆 살롱에서 성악가가 악보를 들고 서서 실제로 지금 부르는 줄 알았을 것이다. 성악가는 이탈리아어로 오페라의 아리아를 부르고 있었다. "아. 이발사! 주인, 주인! 거기 가는 피가로, 저기 가는 피가로, 피가로, 피가로, 피가로!"

듣고 있던 손님들은 높은 가성(假聲)으로 말하는 듯한 노래, 억센 목소리와 유연하게 움직이는 혀의 조화에 너무나 우스워 배꼽을 쥐고 웃었다. 음악에 대해 일가견이 있는 사람들은 그 가수의 분절법과 교묘한 호흡법에 감탄했다. 이 성악가는 청중을 사로잡는 마력을 지닌 이탈리아 음악다운 앵콜의 대가였는지 마지막 기본 가락으로 들어가기 전에 무대 앞까지 걸어나와 손을 들고 끝에서 두 번째 음을 길게 끌어 부르는 것 같았다. 그 부분에서 베르크호프의 청중들은 그의 독특한 창법에 완전히 도취되어 노래가 채 끝

나기도 전에 브라보를 연발했다. 정말 멋진 아리아였다. 레코드를 계속해서
틀었다. 어떤 판에서는 호른이 민요의 변주곡을 신비롭고도 아름답게 취주
했다. 어떤 판에서는 소프라노 가수가 라 트라비아타의 아리아를 낭랑하고
멋들어지게 스타카토와 트레몰로를 잘 구사하여 한없이 사랑스럽고 냉정하
며 정확하게 불렀다. 또 어떤 판에서는 스피넷처럼 담백한 피아노 반주에
맞추어 세계적인 바이올리니스트가 루빈슈타인의 〈로망스〉를 연주했다. 이
렇게 마법의 상자에서는 은은하고 희미하게 울리는 종소리, 하프의 글릿산
도, 나팔의 요란한 취주, 북의 연타가 흘러나왔다. 마지막으로 댄스곡을 들
었다. 최근에 입수한 외국 레코드도 몇 장 있었다. 예를 들면 마지막으로
흘러나온 곡은 항구의 술집에서 흔히 들을 수 있는 이국적인 탱고곡이었는
데 이것에 비하면 빈 왈츠 같은 무도곡은 벌써 구식이 되어버린 느낌이었
다. 이처럼 아주 최근에 유행한 스텝을 알고 있는 두 쌍의 손님이 융단 위
에서 곡에 맞춰 춤을 추기 시작했다. 베렌스 고문관은 하나의 바늘로 한 번
이상 사용하지 말라는 경고와, 조심스럽게 다루라는 주의를 주고는 나가버
렸다. 그 뒤에는 한스 카스토르프가 대신 축음기를 맡게 되었다.

　어떻게 해서 그 많은 사람들 중에 하필이면 한스 카스토르프가 그 일을
맡게 되었을까? 그것은 다음과 같은 이유 때문이었다. 고문관이 나간 후에
누군가가 바늘과 레코드를 바꿔 끼우고 전류 스위치를 끄고 켜는 일을 하려
했을 때 갑자기 한스 카스토르프가 무뚝뚝한 목소리로 자기에게 맡겨달라고
소리치며 모여 있던 사람들을 밀치고 나섰다. 그러자 모두 아무 소리 없이
그에게 그 일을 양보하게 된 것이다. 왜냐하면 한스 카스토르프가 그런 종
류의 기계에 대해서는 잘 알고, 잘 다룰 줄 알고 있는 것 같은 태도를 취했
기 때문이고, 또 모든 손님들의 마음속에는 이렇듯 즐거움이 샘솟는 기계에
매달려 귀찮은 일을 맡느니보다는 부담감 없이 지루해질 때까지 마음 편히
듣고 즐기는 편이 훨씬 좋을 것 같은 생각을 했기 때문이다.

　그러나 한스 카스토르프의 경우는 그렇지 않았다. 그는 고문관이 새로 구

입한 물건에 대해 장황하게 설명하는 동안 손님들의 뒤쪽에서 조용히 귀를 기울이며 웃지도 않고 흥분하여 갈채를 보내거나 소리도 지르지 않은 채 다만 바싹 긴장하여 음악을 들었다. 그는 왠지 차분하게 앉아 있을 수가 없어 뒤쪽에서 계속하여 이쪽저쪽으로 자리를 옮기기도 하고, 도서관으로 들어가 음악에 귀를 기울이기도 하고, 또 고문관 바로 옆에 서서 뒷짐을 진 채 묘한 표정을 짓고 마법의 상자를 지켜보면서 간단한 조작법을 자세히 관찰하기도 했다. 그는 마음속으로 '그렇다! 주의해라! 전환점이다! 이 물건은 바로 나를 위해 이곳으로 오게 된 것이다!'라고 생각했다. 그는 자신이 새로운 열정과 도취와 애정을 갖게 되리라는 강한 예감 때문에 마음이 산란해져 참을 수가 없었다. 그것은 아름다운 아가씨를 한 번 본 순간 큐피드의 화살에 심장 한가운데를 강타당한 평지의 젊은이들이 흔히 갖는, 그런 기분과 똑같은 것이었다. 한스 카스토르프의 마법 상자에 대한 일거일동은 곧 질투의 굴레 속에 빠져들기 시작했다. '공동의 재산이라고? 당치도 않지! 정열이 결부된 호기심만으로는 소유할 권리도 자격도 없지!' "나에게 맡겨 주십시오!"라는 말이 그의 이 사이에서 중얼거리듯 새어 나오자 아무도 이 말에 반대하지 않았다. 한스 카스토르프가 새로 걸어놓은 레코드의 경음악에 맞추어 손님들은 모두 춤을 추기 시작했다. 다음에는 가극 〈호프만 이야기〉의 곤돌라 뱃노래의 이중창을 틀어 귀를 감미롭게 했다. 그 노래가 끝나자 그는 마법 상자의 뚜껑을 닫았다. 사람들은 가벼운 흥분에 사로잡혀 이야기를 나누며 몇 명은 안정 요양을 하러, 몇 명은 잠을 자기 위해 각자의 방으로 돌아갔다. 한스 카스토르프가 기다렸던 것은 바로 이 순간이었다. 사람들은 모든 것을 어질러놓은 채, 바늘 상자를 열어 둔 채, 앨범들을 꺼내놓은 채, 레코드는 그냥 내버려둔 채 방으로 가버렸다. 그것은 그들의 습관이었다. 한스 카스토르프는 그들의 뒤를 따라가는 척하다가 계단에서 몰래 살롱으로 되돌아와 문을 모조리 닫고는 밤새도록 축음기의 원리에 몰두했다.

그는 새로 들여온 기계를 연구해 보고 여기에 딸린 악곡의 보물 상자, 무거운 엘범에 들어 있는 레코드도 샅샅이 뒤지며 살폈다. 엘범은 모두 12권으로 크기는 큰 것과 작은 것 두 종류가 있었다. 엘범 하나하나마다 각각 12장씩의 레코드가 들었는데 검은 음반의 양쪽 면에는 빽빽하고 둥그런 금이 새겨졌고. 다른 많은 곡들이 앞면에서 뒷면까지 계속 취입되어 있었다. 한동안 그 모든 것을 정복해 보고 싶은 즐거운 생각에 사로잡히자 그의 머리는 이상할 정도로 혼란한 상태에 빠져들었다. 밤이 깊어 주위의 다른 사람들에게 폐가 되지 않도록 아주 약하고 부드럽게 들리는 저음용(低音用) 바늘을 사용하여 25장에 가까운 레코드를 틀어 보았다. 그래도 여기저기서 시청(試聽)을 유혹하듯 차례를 기다리는 레코드의 8분의 1도 못 되었다. 오늘 밤에는 곡목만 대강 훑어보고, 마음 내키는 대로 아무 원반이나 꺼내어 틀어보는 것만으로 만족할 수밖에 없었다. 에보나이트로 만든 레코드는 가운데의 색깔 있는 레테르만으로 구별할 수 있을 뿐 그 밖에는 모두 똑같은 것이었다. 어느 레코드나 가느다란 금의 연속이 중심 부분이나 거의 중심부 가까이까지 계속되어 보기에는 모두 똑같이 보였지만 이 가느다란 금에는 각기 다른 음악, 모든 음악 예술의 멋진 착상이 최상급의 연주로 취입되어 있었다.

훌륭한 교향곡의 서곡이나 악장을 매우 유명한 오케스트라가 연주한 레코드가 여러 장 있었는데 거기에는 지휘자의 이름도 적혀 있었다. 그리고 유명한 오페라 가수들이 피아노 반주에 맞추어 부른 가곡을 취입해 놓은 음반도 여러 장 있었는데 그 중에는 예술성이 아주 높은 예술가의 의식이 담긴 작품과 또 지극히 소박한 민요와 이 둘의 중간에 위치하는 가곡들이 수록되어 있었다. 여기서 중간이라는 것은 풍부한 정신적 예술의 산물과 아울러 민중의 마음과 느낌 역시 그대로 반영하여 매우 겸손한 음악성을 나타낸다는 뜻으로, 인위적이라는 말이 그 깊은 의미를 반영해 줄 수 있다면 인위적 민요라고 부를 수 있는 노래다. 그중 하나는 한스 카스토르프가 어릴 때부터 알았던 노래였는데, 그 노래를 지금 이 위에서 듣노라니 이상하고 여러 가지로 의미 깊은 애정이 느껴졌다. 이 노래에 대해서는 언젠가 다시 언급할 기회가 있을 것이다.

이 밖에 또 어떤 노래가 있었을까? 아니 그보다 또 다른 무엇이 없었을까? 오페라곡은 수없이 많았다. 부드러운 오케스트라에 맞추어, 유명한 남녀 성악가들로 구성된 국제 합창단이 아주 세련되고 천부적인 목소리로 여러 나라와 각 시대의 오페라를 아리아, 이중창으로 불렀다. 감미롭고 황홀한 남국의 노래, 장난기 있고 악마적이기도 한 독일 민요, 프랑스의 본격적인 그랜드 오페라와 오페레타도 있었다. 이런 것들로 끝이 났을까? 천만에, 3중주와 4중주의 실내악, 바이올린, 첼로, 플루트의 기악 독주곡, 바이올린 협주곡, 플루트 협주곡, 피아노 독주곡 등도 있었다. 또한 재즈 밴드의 댄스용 팝 뮤직, 또 좋은 바늘보다는 나쁜 바늘을 사용해도 괜찮을 것 같은 오락 레코드도 있었다.

한스 카스토르프는 부지런히 레코드를 고르고 분류하고 정리하기도 하면서 레코드를 기계에 걸어 여태껏 잠자던 소리에 생명을 불어넣기도 했다. 그리고 왕자로서 의형제로서, 이제는 추억 속의 인물이 된 피테르 페페르코른과 최초의 연회를 즐겼던 밤처럼 아주 이슥해진 다음에야 열이 오른 머리로 잠자리로 돌아가 새벽 2시부터 7시까지 그 마법 상자에 대한 꿈만 꾸었다.

그는 꿈속에서 기계의 회전반이 눈에도 보이지 않을 정도의 빠른 템포로 소리도 없이 돌아가는 것을 보았는데 그것은 빙빙 돌아가는 회전 운동 외에도 물결이 옆으로 흔들리는 듯한 독특한 파동 운동도 함께 하고 있어, 회전반 위를 도는 바늘의 받침대인 픽업도 탄력 있게 진동하는 것을 볼 수 있었다. 이것은 현악기의 떨리는 음과 성악가의 떨리는 목소리를 재현시켜 주는 데는 아주 효과적인 것처럼 느껴졌다. 그러나 음향 효과가 매우 좋은, 속이 빈 상자 위에서 바늘이 미세한 홈을 따라가는 것만으로 어떻게 사운드 박스의 엷은 진동막에 전달되어 한스 카스토르프의 마음의 귀를 혼란시키는 복잡한 결합음으로 재현되는지 아무리 생각해 봐도 역시 납득이 가지 않았다.

다음날 아침 한스 카스토르프는 아침 식사 전에 벌써 살롱에 나와 팔짱을 낀 채 안락 의자에 앉아 마법 상자에서 흘러나오는 하프 반주와 바리톤의 음성(아름다운 무리를 바라보면 ……)이라는 노래를 듣고 있었다. 하프 소리가 마치 바로 앞에서 들려오는 것 같았다. 흡사 숨쉬는 듯 충만한 바리톤의 똑똑 끊어지는 노랫소리에 깔리는 그 하프 소리는 어느 한군데라도 잘못되었거나 왜곡된 곳이 없었다. 참으로 신기한 일이었다. 그 곡 다음에 이탈리아 근대 가극의 이중창을 들었다. 그것은 세계적으로 유명한 테너 가수——그의 노래는 이 앨범의 다른 레코드에도 수록되어 있었다——와 영롱한 구슬 같은 감미롭고 가련한 소프라노와의 아름답고 짙은 연모의 이중창이었다. "자, 팔을 주시오. 그리운 당신!" 테너의 노래에 답하는 소프라노의 소박하며 아름다운 빠른 템포의 멜로디, 이보다 더 아름답고 사랑스러운 것이 또 있을까 싶을 정도의 기막힌 이중창이었다.

그때 뒤에서 문이 열리는 소리가 들리자 한스 카스토르프는 깜짝 놀랐다. 고문관이 살롱을 들여다보고 있었다. 진찰복 주머니에는 청진기가 꽂혀 있었고 문고리를 쥔 채 입구에 서서 기계 담당자에게 고개를 끄덕였다. 한스 카스토르프가 어깨 너머로 그에게 고개를 끄덕여 보였을 때 문이 닫히고, 한쪽으로 치켜 붙은 콧수염이 달린 고문관의 창백한 얼굴이 시야에서 사라졌다. 한스 카스토르프는 모습은 볼 수 없었지만 아름다운 목소리로 서로 사랑하는 두 사람의 노래에 다시 주의를 기울였다.

그날 점심과 저녁 식사가 끝난 후 한스 카스토르프는 청중을 모이게 하여 레코드를 틀었다. 한스 카스토르프 자신은 기계를 돌보기 때문에 이제 청중이 될 수는 없었다. 청중은 쉴새없이 들락거렸다. 한스 카스토르프는 기계를 맡은 감독자로 자처했으며, 다른 손님들도 그가 공동 비품의 관리자이고 감독자임을 처음부터 시인했었기 때문에 그의 그러한 태도에 대해 불평할 이유는 없었다. 그리고 또 그 일을 묵인한다 해도 손님들에게 해로울 일이 없었다. 왜냐하면 음악 팬들의 인기를 독차차지하고 있는 테너 가수가 탄력 있는 아름다운 목소리로, 가슴속 깊은 곳에서 우러나오는 정열적인 목소리로 많은 소곡과 대곡을 불렀기 때문에——그들은 아주 피상적으로만 황홀감에 빠지면서도 입으로는 그 느낌에 대해 토론하기도 했다——그들은 거기에 아무런 애착을 느끼지 못해서 누가 기계를 감독하든 상관할 필요가 없었다. 그런 이유로 레코드를 정돈하여 앨범에 수록된 내용을 겉면에 적어놓고 손님들의 희망이나 신청에 따라 어느 곡이든 즉각 꺼낼 수 있도록 하거나, 기계를 조작하는 일 등은 모두 한스 카스토르프가 맡게 되었다. 얼마 지나지 않아 그의 레코드 다루는 솜씨나 축음기를 조작하는 솜씨가 제법 익숙해졌다. 만약 다른 사람에게 이런 일을 하도록 맡겼더라면 어찌되었을까? 아마 나쁜 바늘 하나를 여러 번 사용하여 레코드를 모두 상하게 했거나 의자 위에 레코드를 내동댕이쳐 두었을 것이다. 그리고 아무리 훌륭한 곡이라도 110의 템포에 맞추거나 빠른 템포로 회전시켜 히스테릭한 잡음처럼 들리게 하거나 문자반을 0에 맞추어 얼빠진 신음 소리처럼 들리게 하여 이 귀한 기계를 어린아이의 하찮은 장난감으로 만들어버렸을 것이다. 사실 그들은 그런 일을 저지르고 말았다. 그들은 육체적으로는 병자이지만 하는 일은 난폭했다. 그래서 한스 카스토르프는 앨범과 바늘을 보관해 두는 벽장의 열쇠까지 맡아야 할 임무를 띠게 되어 누구든 음악을 들으려면 반드시 그를 불러야 했다.

밤의 모임이 끝나 모두들 자기 방으로 가버리면 그의 세상이 되었다. 그는 사람들이 흩어져도 그대로 살롱에 남아 있거나, 아니면 가는 척하다가 살짝 되돌아와서 밤이 이슥해질 때까지 혼자서 조용히 음악을 들었다. 이 음악때문에 요양소 내의 고요함이 깨져 다른 사람들의 잠을 방해하게 되면 어찌나 하고 걱정했으나 생각했던 것만큼 걱정할 필요는 없었다. 이 감미로운 음파는 그다지 먼 곳까지 들리지는 않는 것 같았다. 가까이서 들으면 깜

짝 놀랄 정도로 크게 들렸지만 멀리서 들으면 요정처럼 덧없는 것이어서 그
렇게 크게 들리지는 않았으며, 거리가 멀어짐에 따라 소리도 점점 약해지는
것이었다. 한스 카스토르프는 마법의 상자——바이올린용 나무로 만든 이
작고 좁은 관같이 생긴 까만 상자——에서 흘러나오는 감미로운 음악을 감
상했다. 덧문을 모두 열어놓고는 그 앞의 안락 의자에 앉아 팔짱을 끼고 고
개를 숙인 채 입을 벌리고 흘러나오는 하모니에 몸을 맡겼다. 한스 카스토
르프에게는 남녀 성악가들의 그 소리만 들릴 뿐 모습은 보이지 않았지
만——그들은 아메리카나 밀라노 또는 빈이나 페테르스부르크에 있었다——
그들이 어디에 있든 상관할 일은 아니다. 한스 카스토르프가 지금 여기서
듣고 있는 것은 그들이 지닌 최선의 것, 즉 가장 순수한 소리였다. 그는 이
순수함과 추상성을 즐기고 있을 뿐이었다.
  이런 추상성은 성악가를 직접 볼 때 받게 되는 모든 불리한 요소를 해소
시켜 주며 그와 동시에 충분한 감각을 느끼게 해주었다. 특히 그 성악가가
같은 나라 사람 즉 독일 사람일 경우에는 그의 인간적인 측면에서 이것저것
을 생각하며 듣게 되는 것이다. 가수의 발음이나 어법 등을 통해 그의 출신
지를 알 수 있으며, 성조(聲調)로 그 가수의 교양 수준도 미루어 볼 수 있었
다. 그리고 노래를 통한 정신적 효과를 어느 정도 살리고 있느냐에 따라 지
적 수준도 짐작할 수 있었다. 한스 카스토르프는 만약 그 가수가 이 모든
요소를 충족시켜 주지 못할 경우 몹시 화가 났으며, 그 녹음 상태의 졸렬함
이 더해지면 더해질수록 자기 자신도 책임을 느껴 수치심을 감추지 못해 입
술을 깨물고 말았다. 사람들이 즐겨 신청하는 레코드를 틀었다가 가수의 목
소리가 째지듯 날카롭게 들린다거나 잡음처럼 들리게 되면 그는 어쩔 줄 몰
라했다. 이런 일들은 특히 가느다란 여자의 목소리일 때 더욱 잦았다. 그러
나 그는 그것을 참았다. 사랑하는 자는 역시 번민하지 않으면 안 되는 것이
다. 때로는 라일락에 몸을 숙이듯 레코드에 얼굴을 가까이 대고 숨쉬듯 고
요히 회전하는 레코드에서 피어나는 음의 구름에 휩싸이곤 했다. 또 때로는

문을 활짝 열고 상자 앞에 서서 트럼펫 소리가 나오려는 순간 손을 번쩍 들어 신호를 해주어, 마치 지휘자가 된 양 지휘의 기쁨을 맛보기도 했다.

그 많은 레코드 중에서도 그가 특히 아끼는 것이 몇 장 있었다. 그것은 성악곡과 기악곡이 취입된 것이었는데 아무리 들어도 싫증이 나지 않았다. 이젠 그가 좋아하는 레코드에 대해서는 여기서 꼭 언급해 두고 싶다. 아름다운 선율이 넘쳐흐르는 가극의 마지막 장면을 담고 있는 일련의 레코드인데, 이 가극은 세템브리니의 위대한 조국 남부 이탈리아의 가극의 거장이 전세기 후반에 민족 결합의 공학적(工學的)인 힘에 의해 준공된 대사업을 인류 전체의 손에 넘겨주는 엄숙한 순간에 동양의 어느 왕의 부탁으로 작곡한 곡이었다.

한스 카스토르프는 유럽의 교양인으로서 그 가극의 줄거리를 알고 있었다. 마법의 상자에서 흘러나오는 이탈리아어로 부르는 라다메스, 암네리스, 아이다의 운명도 대체로 알았기 때문에 그들이 무엇을 노래하는지 그 의미도 상당히 잘 이해할 수 있었다.

이루 말할 수 없이 아름다운 테너 음역의 한가운데서 더할 나위 없이 변화의 폭이 넓은 앨토, 은방울처럼 맑은 소프라노, 이 세 사람이 부르는 노래의 가사를 한 마디 한 마디 모두 이해할 수는 없으나 모든 장면을 다 알았기 때문에 친밀하게 느낄 수 있었다. 4, 5장의 레코드를 하도 여러 번 틀어 듣다 보니 어느새 관심이 깊어져 마침내는 완전히 몰두하게 되어 가사도 군데군데 충분히 이해할 수 있게 되었다.

처음에 라다메스와 암네리스가 서로 노래를 주고받다가 공주인 암네리스는 죄수인 라다메스를 자기 앞에 오게 한다. 라다메스는 이교도인 여자 노예때문에 조국과 명예를 버렸으나 공주도 그를 몹시 사랑하여 그의 생명을 어떻게 해서든지 살려 주려고 한다. 그러나 그 죄수는 자신의 명예를 버렸을지언정 자신의 노래처럼 마음의 지조는 버리지 않았다. 죄를 범했으나 마음은 순수했던 것이다. 그러나 이것이 그의 죄를 가볍게 해주지는 못했다.

그는 엄연한 죄과로 인해 종교 재판에 회부되고 만다.

인간성 따위는 안중에도 없는 처절한 종교 재판은 라다메스에게 마지막 순간이라도 여자 노예를 단념하겠다고 맹세하지 않거나, 음역의 한가운데서 변화의 폭이 넓은 화려한 앨토의 품으로 되돌아오지 않는다면 그를 처형할 수밖에 없다고 했다. 확실히 이 앨토의 음성만이 문제가 되는 것이라면 라다메스에게 다시 한 번 생각해 볼 만한 가치가 충분히 있었다. 비극적인 사랑에 눈이 멀어 살고 싶은 생각이 없어져서 이 "저는 할 수 없습니다! 싫습니다!"만 계속 되풀이하는 데너에게, 암네리스는 여자 노예를 단념하지 않는다면 당신은 생명을 잃고 말 것이라고 애원하면서 그를 열심히 설득한다.

"할 수 없습니다!"

"다시 한 번 생각해 보세요. 그녀를 단념하세요!"

"싫습니다."

죽음에의 도취와 사랑의 열정이 하나의 고통으로 변하여 이중창이 된, 이 이중창은 더없이 아름다웠으나 결합될 가능성은 전혀 없는 것이었다. 이어서 땅 속에서 들리는 듯한 종교 재판관의 담담하고 무서운 유죄 선고가 둔탁하게 울려퍼지자 암네리스는 몇 번이나 고통스럽게 외친다. 그러나 불행한 라다메스는 침묵하고 있었다.

"라다메스. 라다메스!"

재판장은 협박하듯이 노래부르며 조국을 배반한 그의 죄상을 통렬하게 비난했다.

"해명하라!"

모든 성직자들이 합창했다. 재판장이 라다메스가 계속해서 침묵하고 있음을 상기시켜 주자 성직자들은 공허한 목소리를 한데 합쳐 또 한 번 유죄를 단정했다.

"라다메스, 라다메스!"

재판장이 또다시 그의 이름을 부르며 "자네는 전쟁을 눈앞에 두고 진지를 떠나버렸어"라고 노래했다.

"해명하라!"

성직자들이 또다시 재촉했다.

"보시오, 그는 말이 없소."

완전히 편견에 사로잡혀 있는 재판장이 두 번째로 단정짓자 모든 재판관과 재판장이 소리를 모아 '유죄!'임을 단정했다.

"라다메스, 라다메스!" 하고 준엄하고 냉엄한 논고자(論告者)가 말했다.

"자네는 조국과 명예, 그리고 왕에 대한 맹세를 깨뜨렸도다!"

그러자 성직자들이 다시 한 번 소리쳤다.

"해명하라!"

그래도 라다메스의 입이 굳게 다물어져 있는 것을 보자 마지막으로 몸을 부르르 떨면서 "유죄!"라고 외쳤다.

이리하여 드디어 피할 수 없는 파국이 온다. 목소리를 들어 보니 한군데 모여 있는 듯한 합창단이 죄인에게 선고했다. 그의 운명은 결정되었다. 그는 중죄인(重罪人)으로 사형에 처해지는 것이다. 그리고 노한 신의 신전 아래 생매장될 것이다.

성직자들의 이토록 무자비한 사형 선고에 대해 암네리스가 얼마나 분노에 떨었을 것인가는 한스 카스토르프 나름대로 상상하는 수밖에 없었다. 음악은 여기서 끝나 레코드를 바꿔야 했다.

그가 능숙한 손놀림으로 차분히, 즉 눈은 내리깔고 레코드를 바꿔 끼워 다시 귀를 기울이기 시작했을 때는 이미 멜로드라마의 마지막 장면이 흘러나왔다.

지하 감옥에서는 라다메스와 아이다의 마지막 이중창이 울려퍼지고 두 사람의 머리 위 신전에서는 광신적이며 잔인하기 짝이 없는 성직자들이 손을 높이 들고 중얼거리며 그들의 의식을 거행했다.

"그대도…… 이 지하 감옥에!"

라다메스의 감미롭고 경쾌하며, 놀라움과 기쁨에 넘친 남성적인 목소리가 울려퍼졌다. 그렇다! 그가 명예와 자신의 생명까지도 버리고 사랑한 아이다가 그를 따라 지하 감옥으로 남몰래 들어와 있었던 것이다. 머리 위 신전의 의식에 의한 공허한 울림 때문에 가끔씩 중단해 가면서 두 사람은 죽음에 도취된 노래를…… 밤이 깊도록 혼자 감상하고 있던 한스 카스토르프를 완전히 사로잡은 것은 바로 이 마지막 죽음의 이중창으로, 그는 이 장면의 내용과 음악적 표현에 완전히 매료되었다.

이 노래는 물론 천국에 대한 노래이기도 했지만, 노래 그 자체가 바로 천국의 소리였으며 게다가 천사가 노래하듯이 절묘한 느낌을 주었다. 라다메스와 아이다의 독창과 이중창의 선율은 주음과 제5음을 중심으로 한 선율로, 주음에서부터 차츰 올라가 제8음의 반음 앞 음에서 길게 강조하며 끝다가 그 음을 벗어나 제8음을 살짝 내고는 다시 제5음으로 내려왔다. 한스 카스토르프는 이 선율이야말로 이때까지 들어본 감미롭고 단순한 선율 중에서 가장 아름답고 청순한 선율이라고 생각했다. 그러나 이 선율의 배경이 되는 마지막 장면이 없었다면 그렇게까지 매료되지는 않았을 것이다.

선율에서 느끼는 감미로운 매력에 그 내용이 완전히 일치됨으로써 그의 감정은 더욱 고조되어 갔다. 아이다가 영원히 매장될 라다메스와 그 운명을 같이하려고 그에게로 간 것은 정말 아름다운 일이었다. 지하 감옥에 생매장되어버린 라다메스는 이처럼 생명이 넘치고 사랑스러운 여인을 자신의 죽음의 동반자로 삼으려 하지 않았다. 그러나 그의 노래 "아니야, 아니야. 당신은 너무나 아름다워"에는 이 세상에서 두 번 다시 만날 수 없다고 체념해버린 사랑하는 여인과 아무도 방해하는 사람 없는 이 지하 감옥에서 영원히 결합된다는 기쁨이 넘쳐 있어, 한스 카스토르프는 라다메스의 그러한 감격을 상상력도 필요없이 충분히 느낄 수가 있었다. 한스 카스토르프는 이 모든 감동을 검고 작은 덧문을 뚫어지게 바라보며 두 손을 모으고 숨을 죽인 채 조용히 음미하고 있었다.

그가 궁극적으로 흥미를 느낀 것은 현실에서 일어날 수 있는 현상의 추악상을 더없이 고귀하고 움직일 수 없는 것으로 미화시켰다는 점이다. 그것은 음악과 예술과 인간 심성의 자랑스러운 이상이었다. 우리들은 이 경우에서, 현실에서 일어나는 현상을 상상해 보는 것만으로도 충분할 것이다. 생매장을 당한 두 사람은 지하 감옥 속의 탁한 공기와 가스로 숨이 막히고. 굶주림으로 몸부림치면서 두 사람이 함께, 아니면 각기 다른 시간에 숨이 끊어질 것이다. 그렇게 되면 두 사람의 시체는 부패하여 차마 눈뜨고 볼 수 없는 상태가 되었다가 드디어는 뼈가 되어 지하 감옥 바닥에 남아 있을 것이다. 이미 뼈가 되어버린 이상 둘이 함께 있어도 아무 소용없으며 그들 자신도 그것을 느끼지 못할 것이다. 이것은 어디까지나 현실적이며 실제적인 측면으로서 하나의 독립된 일면이며, 반면에 인간의 이상주의로서는 이런 현상은 전혀 문제시하지 않을 뿐만 아니라. 미와 음악성은 아주 자랑스럽게 이런 현상을 암흑 세계로 쫓아버리는 것이다.

가극 속의 라다메스와 아이다의 운명은 현실적으로 그들을 기다리고 있는 것은 아니다. 두 사람의 이중창은 제8음의 반음계 전의 음에서 오래 끌며, 천국의 문은 그들을 위해 활짝 열려 두 사람에게 광명을 비춰 주기 시작한다고 노래했다. 이러한 현실 미화에서 느낄 수 있는 위로의 힘은 한스 카스토르프에게 이상한 쾌감을 불러일으켰다. 많은 레코드 중에서도 특히 이것을 좋아하고 즐겨 들은 것도 이 노래에서 느껴지는 이상한 위로의 힘이 그를 무척 감동시켰기 때문이다.

이 가극에서 풍기는 공포와 기쁨을 충분히 맛본 뒤에 한스 카스토르프는 비록 소품이기는 하지만 강한 매력을 느끼게 하는 드뷔시의 〈목신(牧神)의 오후〉를 듣는 것으로 기분 전환을 하기로 했다. 〈목신의 오후〉는 〈아이다〉에 비하면 내용상으로 훨씬 온화한 곡이었다. 전원시(田園詩)이기는 했지만 현대 음악의 특징인 간결하면서도 복잡한 수법으로 묘사되고 작곡된 세련된 목가였다. 노래가 전혀 없는 순수한 관현악곡, 프랑스가 낳은 교향악의 서곡으로 현대 음악으로서는 작은 규모의 오케스트라가 연주하기는 하지만 음향 기술로는 현대 음악 중에서도 가장 뛰어난 작품으로 사람들의 마음을 꿈의 세계로 이끌어 주는 곡이었다.

한스 카스토르프는 이 곡을 들으며 다음과 같은 꿈을 꾸기도 했다. 갖가지 색깔의 별 모양의 꽃들이 만발해 있고 햇빛이 눈부시게 빛나는 초원에 누워 도톰한 땅바닥을 베개삼아 한쪽 무릎을 조금 세워 다른 한쪽 다리를 그 위에 올려놓았다. 그런데 그 다리는 그의 다리가 아닌 산양(山羊)의 다리였다. 그 풀밭 주위에는 한스 카스토르프 외에는 아무도 없었다. 그는 자신을 위하여 클라리넷 같기도 하고 피리 같기도 한, 목제로 된 작은 악기를 입에 대고 손가락으로 부드러운 소리를 내며 음 하나하나를 차례대로 내었다. 이 소리는 어느새 경쾌한 원무곡이 되어 푸른 창공으로 퍼져 나갔다. 그 푸른 하늘 아래에는 여기저기 서 있는 자작나무와 물푸레나무의 아름다운 나뭇잎들이 미풍에 나부끼며 햇빛에 반짝였다. 그러나 명상적이거나 부드럽다고만은 할수 없는 선율이 조용한 풀밭에 깔리기까지는 그다지 오랜 시간이 걸리지 않았다. 더운 여름날 풀숲을 붕붕거리며 날아다니는 벌레들의 날개 소리. 햇빛과 미풍, 그 미풍에 흔들리는 나뭇가지, 나뭇잎의 반짝거림, 희미하게나마 움직이는 여름날의 고요함, 이 모든 것이 갑자기 한데 어우러진 울림이 되어 한스 카스토르프가 부는 피리 소리와 뒤섞여 끊임없이 변화하는 아름다운 화음을 이루었다. 이 아름다운 교향악적 반주는 이따금 끊기며 멀리 사라지기는 했지만 산양 다리를 하고 있는 한스는 줄곧 피리를 불어서, 소박하고 단조로운 소리로 다시금 자연의 아름다운 음조를 유도해냈다. 이 아름다운 곡조는 다시 한 번 조용해졌다가 이번에는 그 어느 때보다도 아름답고 감미로운 음률로 높고 새로운 기악음(器樂音)이 덧붙여지면서 지금까지는 눌려 있던 모든 음색이 일시에 화합하여 놀랍고도 풍부한 곡조가 되었다. 그것은 정말 한 순간에 불과했지만 그 순간이 부여한 환희에 찬 충족감은 그 속에 영원을 간직한 듯했다. 여름날의 초원에 누워 있는 이 젊은 목신은 더 이상 행복할 수가 없었다. 이곳에는 '해명하라!'고 요구하는 사람도 없고, 책임감도 없었으며 또 명예를 망각하고 명예를 실추한 인간을 재판하는 성직자들의 종교 재판도 없었다. 이곳에는 망각, 완벽한 정지, 시간의 흐름을 망각해버린 천진난만함만이 가득 차 있을 뿐이었다. 양심의 가책을 느끼지 않는 무위, 유럽의 행동주의를 부정하는 모든 것을 이상화하고 신격화시키는 상태로, 그것이 촉진시키는 부드러운 분위기가 한밤중의 음악 애호가인 한스 카스토르프로 하여금 다른 많은 레코드 중에서 그것을 특히 좋아하게 만든 것이었다. 그리고 세 번째로 그가 좋아하는 레코드가 있었는데 그것도 역시 여러 장 계속되는 것으로 세 장인가 네 장으로 되어 있었다. 그 중 테너의 아리아만도 가운데까지 빽빽하게 그어져 있는 금의 한쪽면 전부를 차지했다. 이것 역시 프랑스 작품으로 한스 카스토르프는 극장에서 여러 번 보고 들어 잘 알고 있는 내용이었다. 언젠가 대화, 그것도 매우 중요한 대화 속에서 그 곡의 줄거리를 언급한 적이 있었다. 레코드는 제2막의 스페인의 주막, 넓은 선술집의 장면에서부터 시작되었다. 그 주막의 바닥에는 판자가 깔려 있고 뒤에는 휘장을 드리운 무어식의 낡고 휑뎅그렁한 건물이었다. 카르멘의 열정적이고 조금 허스키한, 그렇지만 순수하고 호감이 가는 목소리로 젊은 하사(下士) 앞에서 춤을 추고 싶다고 말하면서 곧바로 캐스터네츠를 울리기 시작했다. 그러나 그 순간 조금 떨어진 곳에서 연대의 신호 나팔 소리가 울리기 시작했다. 그 소리를 듣고 젊은 하사는 깜짝 놀라며 "잠깐! 잠깐만 멈춰 줘!"라고 외치며 귀를 기울였다.

그러자 카르멘이 "왜요? 도대체 무슨 일이지요?"라고 질문했는데, 그는 카르멘이 자기처럼 나팔 소리에 놀라지 않는 것이 정말 의아스러웠다.

"저 소리가 안 들린단 말인가? 저 소리는 막사에서 들려오는 신호 나팔 소리야! 귀대 시간이라구." 젊은 하사는 노래했다. 그렇지만 집시 여인은 그의 말을 이해할 수가 없었다. 아니, 아예 이해하려 하지 않았다.

“그렇다면 더욱 좋잖아요.”

그녀는 정말 아무것도 모르는지, 아니면 일부러 모른 체하는지 그런 어조로 말했다.

“이제는 캐스터네츠를 치지 않아도 되겠군요. 신께서 직접 음악을 보내주시니까요. 자, 춤을 춥시다. 라라라라!”

젊은 하사는 어이가 없었다. 그는 아무것도 모르는 카르멘에게 이 세상 모든 사람들은 귀영(歸營) 나팔에 거역할 수 없다는 것을 설명하며 그녀를 이해시키기에 급급한 나머지 자신의 실망과 슬픔은 잊어버렸다. 이렇게 중요하고 절대적인 사실을 이해하지 못하다니 도대체 어찌된 일일까.

“나는 지금 당장 돌아가야 해요. 점호를 받으러 가야 합니다!”

그는 여인의 무지함에 기가 막혀서 그렇지 않아도 안타까운 기분이 더욱 고조되어 외쳤다. 그러자 카르멘의 대답은 한술 더 떴다. 그녀는 정말 미친 듯이 화내며 소리를 질렀는데, 그 목소리에는 사랑을 배반당하고 짓밟혔다는 원망이 담겨 있었다. 행동도 마찬가지였다.

“돌아가야 한다고요? 점호를 받아야 한다고요? 그러면 나는 어떻게 하실 건가요? 당신에게 매혹당한 나는——그래요, 그것은 인정해요——노래와 춤으로 당신을 위로해 드리려고 애쓰는, 이 안타까운 심정은 어떻게 하실 건가요?”

그러고는 ‘트라테라타’라고 비웃으며 손을 입에 대고 나팔 소리를 냈다.

“‘트라테라타’ 이것으로 여기 이 바보는 돌아가려고 하는군요. 좋아요, 빨리 돌아가세요! 자, 여기 모자, 군도, 혁대! 어서 병영으로 돌아가세요!”

젊은 하사는 그녀에게 자기를 이해해달라고 애원했다. 그러나 그녀는 나팔 소리에 분별심을 잃은 것은 그가 아니라 바로 자기 자신이기라도 한 듯 흥분한 얼굴로 조롱을 퍼부었다.

“‘트라데라타’ 점호예요, 어, 어. 지금부터 서둘러도 지각이에요. 어서 가시라니까요. 점호 나팔이 당신을 부르고 있어요. 카르멘이 당신을 위해 춤을 추어 드리려는 순간, 그 나팔 소리 때문에 바보같이 지껄이고 있군요. 그것이 바로 나에 대한 사랑이란 말인가요!"

이러지도 저러지도 못할 괴로운 상황! 게다가 그녀는 아무것도 몰랐다. 모를 뿐만 아니라 알려고도 하지 않았다. 그녀는 일부러 그러는 것 같았다. 왜냐하면 그녀의 분노와 비웃음에는 이 경우에만 해당되는 문제가 아닌, 그녀의 문제만이 아닌 무언가가 있었다. 프랑스식의 나팔 또는 스페인식의 나팔 소리를 빌어 사람의 노예가 된 젊은 병사를 다시 불러들이려는 것에 대한 증오, 이브 이래의 적의가 숨어 있어 그 원리를 굴복시키려는 것이 그녀의 최고 야심, 여성으로서 태어날 때부터 갖고 있는 야심이었다. 그녀는 이 싸움에 사용할 아주 간단한 무기를 지니고 있었다. 그 무기란 "당신이 귀대한다면 당신은 나를 사랑하는 것이 아니다"라고 주장하기만 하면 되는 것이었다. 그런데 이 말이 젊은 호세에게는 가장 괴로운 일임에 틀림없었다. 그는 자신에게도 말할 기회를 달라고 애원했다. 그러나 카르멘은 그럴 여유를 주지 않았다. 그는 무리해서라도 그녀를 이해시키려 했다. 정말 안타까운 순간이었다. 음울하고 어두운 악상(樂想)이 연주되었다. 이 악상은 한스 카스토르프도 잘 알고 있듯이 오페라 전체에, 그 파국적인 종말에 이르기까지 계속해서 흐르는 멜로디로 젊은 병사의 아리아의 서곡이기도 했다. 그 아리아 역시 다음에 거는 새로운 레코드에 들어 있었다.

"이 가슴에 깊이 간직한……."

호세는 아주 아름다운 목소리로 노래했다. 한스 카스토르프는 순서에 따르지 않고 이 아리아만 가끔 틀곤 했는데 그럴 때마다 깊이 공감하며 귀를 기울였다. 이 아리아는 내용에 있어서 그다지 깊은 의미를 지니고 있지는 않았으나 애원적인 표현은 너무나도 감동적이었다. 젊은 병사는 카르멘을 처음 보았을 때 그녀가 던져준 꽃을 노래했다. 그가 그녀 때문에 감옥에 들어가 있는 동안에도 그녀가 던져준 그 꽃만이 그의 유일한 위안이었다. 그리고 카르멘을 알게 된 자신의 운명을 저주하기도 했다. 호세는 몸을 떨면서 고백했다. 그러나 그런 욕된 생각에 빠졌던 것을 곧 후회하고 그녀를 단 한 번이라도 만날 수 있게 해달라고 무릎을 꿇고 신에게 기도드렸다. '그리고'——이 '그리고는 바로 전에 불렀던 아, 사랑하는 아가씨'라는 음과 똑같은 높은 곡조로 불렀다. 이 부분에서 젊은 하사의 고뇌, 그리움, 절망, 이해받지 못하는 애정을 좀더 절실하게 해주는 관현악의 신비롭고도 감미로운 반주가 시작되었다. 그러자 그의 눈앞에는 그녀가 더할 수 없이 요염한 자태로 나타나 그에게 어떤 것을 뚜렷이 느끼게 해주었다.

아, 이제는 파멸이로구나(여기서 파멸이라는 단어는 제1음절에 전음의 장식음을 사용하여 흐느끼듯 불렀다). 영원한 파멸이었다.

"그대여, 나의 기쁨. 나의 생명! 그는 몇 번이나 되풀이되는 선율로 아주 절망적으로 노래 불렀다. 이 선율은 오케스트라도 다시 한 번 흐느끼듯 절망적으로 연주했으며 주음에서 2음이 올라가고, 거기서 아주 간절한 곡조로 한 옥타브 아래의 제5음까지 내려갔다. "나의 마음은 당신의 것"이라고 아까와 같은 선율로 부르며 지극히 당연한 것이기도 하지만 말할 수 없이 부드러운 기분으로 맹세하고 제3음의 높이에서 이"영원히 나는 당신의 것!"이라고 다시 한 번 강조한 다음 10음까지 내려서는 격렬한 목소리로 "카르멘, 나는 당신을 사랑한다!"라고 고백했다. 이 가사의 마지막 말은 차례차례 형성되는 화음의 지속음으로 말미암아 안타까울만큼 길게 끈 후에 드디어! '사랑한다'는 마지막 음절이 그 직전의 음절과 함께 기본 화음으로 흘렀다.

"그렇고말고, 그렇고말고."

한스 카스토르프는 우울한 표정을 지으면서도 만족을 느끼며 피날레를 듣기로 했다. 그전에 카르멘에게서 탈주를 하라고 유혹을 받았을 때는 깜짝 놀랐던 호세도 이번에는 상관과 격돌했기 때문에 이제는 연대로 되돌아갈 수가 없어 탈주병으로 낙인찍히게 되었으나 이 곡에서는 모두 그런 호세를 축하하고 있었다.

아, 우리들과 함께 바위 많은 골짜기로 오라,

거세기는 하나 상쾌한 바람이 부는구나.

라고 합창하는 그들의 기분은 충분히 이해할 수 있었다.

세상은 넓고, 마음을 괴롭히는 것도 사라지고
그대의 조국에는 국경이 없노라!
그대의 의지만이 최고의 힘, 나아가자, 가장 복된 기쁨이여.
자유는 웃는다! 자유는 웃는다!

"암, 그렇지. 그렇고말고."
라고 중얼거리며 한스 카스토르프는 이제는 아주 애틋하고 부드러운 곡이 실려 있는 네 번째 레코드를 걸었다.
이번 곡 역시 프랑스 작품으로 군인 정신을 찬양한 곡이었으나 우리들이 고른 것은 아니므로 우리의 책임은 아니다. 그것은 삽입곡과 독창으로 된 구노의 가극 〈파우스트〉 중의 '기도'였다. 여기에는 아주 호감이 가는 한 인물이 등장한다. 그는 발렌틴이라는 젊은이였는데 한스 카스토르프는 그를 더 친근하고 그리운 이름, 즉 그의 사촌의 이름을 따서 불렀다. 마법 상자 속에서 노래 부르는 젊은이는 죽은 사촌보다는 훨씬 아름다운 목소리를 갖고 있었지만 한스 카스토르프에게는 동일 인물처럼 느껴졌다. 힘차고 풍부한 바리톤으로 3절로 구성된 가사의 전절(前節)과 중절(中節)은 서로 비슷한 음률로 경건한 느낌을 풍기고 있어 신교의 찬송가 같기도 했다. 중절은 용감한 군인풍으로 경쾌한 느낌이었으나 역시 경건했으며, 그 점이 바로 프랑스적이었고 군인 같았다. 보이지 않는 젊은이는 이렇게 노래했다.

사랑하는 조국을
떠나는 이때에

그리고 젊은이는 출정(出征)할 때 하늘에 계신 하느님께 자신이 없는 동안 사랑하는 누이동생을 지켜달라고 노래했다.

장면은 바뀌어 싸움터의 장면이 되었다. 리듬은 갑자기 진취적이며 격렬하여 모든 근심과 비탄은 어디론가 사라져버렸다. 보이지 않는 젊은이는 전투가 가장 치열하고 가장 위험한 싸움터에서 용감무쌍하게 프랑스 군인답게 적에게 대항했다. 그러나 신이 자신을 지극히 높은 곳으로 부른다면 기꺼이 응하여 그곳에서 ‘너’를 내려다보며 지킬 것이라고 노래했다. 여기서 ‘너’란 누이동생을 가리키지만 한스 카스토르프는 이 노래에 마음속 깊이 감동을 느껴 그 감동은 끝까지 사라지지 않았다. 마지막으로. 보이지 않는 젊은이는 경쾌한 찬송가와 비슷한 음률에 맞추어 노래했다.

오 하늘에 계신 아버지시여, 나의 기도를 들어주소서.
마르가레테를 보호해 주소서.

이상으로 이 레코드에 대해서는 할말이 없다. 이 레코드에 대해서도 간단하게나마 소개하지 않으면 안 되겠다고 생각한 이유는 한스 카스토르프가 이 레코드를 다른 어떤 것보다도 특별히 좋아하고 있기 때문이고 나중에 어떤 예기치 않은 기회에 이 레코드가 중요한 역할을 하기 때문이다. 그러면 이젠 그가 좋아하는 다섯 번째인 마지막 곡을 소개하기로 하자.

이 곡은 아까와 같은 프랑스곡이 아니라 아주 전형적인 독일 음악으로 가극이 아닌 가곡이었다. 이 가곡은 두 가지 성격 때문에, 즉 민중의 재산이기도 하며 예술적인 명곡이라는——이 두 가지 성격으로 특수한 정신적 세계관의 의의를 지니고 있었다. 이렇게 복잡하게 설명할 필요가 있을까? 그것은 바로 슈베르트의 〈보리수〉였다. 누구나 다 잘 알고 있는 저 유명한 “성문 앞 우물가에⋯⋯”였다. 피아노 반주에 맞추어 테너 가수가 불렀는데, 격조가 바르고 다양한 창법을 구사하는 성악가는 단순하면서 깊은 뜻이 담긴 〈보리수〉를 깊은 이해와 섬세한 음악적 감각 그리고 마치 이야기를 하듯 세심한 창법으로 노래했다.

잘 알려져 있듯이 이 노래는 대중과 아이들이 볼 때는 정통파의 노래와는 좀 다른 창법으로 불리고 있다. 이처럼 일반적인 창법이란 매우 단순화된 것으로 중심 멜로디에 의해 한 절 한 절이 모두 똑같이 불리고 있다.

그러나 본래의 창법은 악보대로 보자면 8행씩 된 절 중에 제2절에서부터 단조(短調)로 변조되었다가 제5행에서는 아름다운 장조로 자연스럽게 돌아가서는 그 뒤로 계속되는 '찬바람'의 부분과 '머리에서 날아가는 모자' 부분에서는 멜로디가 극적으로 변했다가 3절의 마지막 4행에서야 비로소 제 본래의 선율로 돌아가게 되는 것이다. 그리고 그 4행은 노래로 끝맺음하기 위해 두 번이나 불리게 되는 것이다. 멜로디의 급격한 변화는 모두 세 번 있게 되는데 전음의 변조는 후반부에 나타나게 된다. 따라서 세 번의 변화는 최후의 가사 '이제 나는 여러 시간을'을 반복하게 되는 것이다. 이 멋들어진 변화에 대해서는 감히 뭐라 설명할 수가 없어 그만두기로 한다. 하지만 "그토록 많은 아름다운 말", "나를 부르는 듯이" "그곳에서 멀리 떠나"라는 구절에 나타나 있듯이 성악가는 적절한 흐느낌, 밝고 온화하며 교묘한 호흡법으로 세 번 모두 지극히 풍부한 감정으로 노래 불렀다.

특히 "그 나무에 언제나 끌리는"과 "그대 이곳에 안식처를 찾으리"에서는 진한 감정 처리로 효과를 냈기 때문에 뜻밖의 감동을 받지 않을 수 없었다.

그리고 마지막에 두 번 거듭 부르는 "그대 이곳에 안식처를 찾으리"에서는 처음엔 그리움에 가득 찬 약간 높은 소리로 불렀으며 두 번째는 아주 부드러운 피리 소리 같은 음성으로 조용히 불러서 끝을 맺었다.

보리수의 가사와 그 창법에 대해서는 이 정도로 해두자. 지금까지 소개한 레코드로 미루어 보아 한스 카스토르프가 밤마다 즐기던 음악 감상에서 특히 애착을 가진 음악에 얼마나 지대한 관심을 보였는가는 충분히 짐작이 갔으리라고 믿는다. 그러나 이 마지막 곡 보리수가 그에게 어떤 의의를 지니고 있는지 설명한다는 것은 아주 어려운 일로, 자칫 잘못하면 도움이 되기는커녕 그 반대가 될지도 모르기 때문에 매우 신중을 기해야 할 것이다. 이렇게 설명하면 어떨지——정신적인 대상 다시 말해서 '의의'를 갖게 되는 대상은 그 대상의 가치보다도 훨씬 높은 의의를 지니게 된다. 의의를 가졌다는 이유만으로도 한층 높은 정신적이며 보편적인 세계 어떤 감정이나 사상을 지닌 하나의 세계를 표현하며 그것을 대표하게 된다. 그리하여 그 세계를 어느 정도 확실한 상태로 상징하게 되는데, 그 상징하는 정도에 따라 그 대상이 지닌 의미의 비중도 달라지게 되는 것이다. 그리고 그런 의의를 갖게 되는 대상에의 사랑 역시 의의를 갖게 되는 사랑이다. 그러한 사랑은 그것을 품는 인간에 대해서도 암시하는 바가 있을 것이다. 그것은 그 의의 있는 대상이 상징하는 보편적인 세계, 의식하든 의식하지 않든 간에 거기서 사랑받고 있는 세계에 대한 그 인간의 관계를 그대로 반영하기 때문이다. 우리의 순진한 주인공인 한스 카스토르프는 아주 오랫동안 밀봉교육적인 연금술을 연마해 왔기 때문에 깊은 정신적 세계에 빠져들어 사랑의 '의의'와 그 '사랑의 대상의 의의'를 충분히 의식하고 있다는 것을 이 자리를 빌어 단언하는 바이다. 그에게 있어 보리수는 매우 중요한 '의의'를 갖고 하나의 세계를 구성하고 있어, 그는 그 세계까지도 사랑하고 있었음에 틀림없다. 그렇지 않았다면 그 세계를 대표하고 상징하는 가곡에 대해 그토록 열중하지는 않았을 것이다. 그 가곡이 지니고 있는 깊고 신비로운 감정의 세계, 넓은 의미로서 그 가곡의 정신적 자세의 매력에 완전히 이끌려 들어갈 정도로 그의 감정이 성숙되지 않았다면 그의 운명은 지금과는 전혀 다른 상태에 놓이게 되었을지도 모른다.

　다소 엉뚱한 말을 지껄이고 있다고 생각될지도 모르지만 결코 마음내키는 대로 아무렇게나 말하고 있는 것은 아니다. 바로 그 운명이 그의 정신을 더욱 향상시키고 모험과 인식을 유발시키고 그의 마음에 술래잡기식의 여러 문제를 제기하고 있는 것이다. 그로 인하여 보리수가 상징하는 세계——그 세계를 기막힐 정도로 훌륭하게 상징하는 가곡, 그 가곡에 대한 애정에 회의적인 비판을 가해 보기로 하며, 그 세계와 가곡과 그것에 대한 애정, 이 세 가지를 양심적인 회의의 눈을 통해 객관적으로 볼 수 있게 된 것이다. 그렇지만 그러한 회의는 그의 사랑에 많은 지장을 주지 않겠느냐고 반박하는 사람이 있다면 그 사람이야말로 사랑의 본질에 대해 전적인 문외한임에 틀림없다고 단언할 수 있다. 이러한 회의는 오히려 그 사랑의 깊이를 더욱 깊게 해줄 뿐만 아니라 사랑에 정열이란 가시를 덧붙여 준다. 따라서 우리는 이 정열을 회의적인 사랑이라고 규정지을 수도 있을 것이다.

그런데 한스 카스토르프는 자신의 감정을 송두리째 빼앗아 간 〈보리수〉와 거기에 상징되어 있는 세계에 대한 자신의 사랑이 과연 옳은지 그른지를 양심적, 철학적으로 생각해 보고는 그 회의가 어디서 오는 것인지 의아심을 품고 있었다. 그의 양심의 소리에 따르면 이 가곡의 배경이 되는 세계는 분명히 사랑이 금지된 세계였을 텐데 그렇다면 그것은 과연 어떤 세계일까? 그것은 바로 죽음의 세계였다. 그러나 그 말은 있을 수 없는 폭언이다! 민중의 가장 깊은 곳, 가장 신성한 마음으로부터 우러나온 순수한 걸작 최상의 보배, 친밀의 극치, 가련 그 자체인 것을! 이 얼마나 엄청난 중상모략인가! 그렇다. 그 분개는 지극히 당연한 일이다. 정직한 사람이라면 당연히 느낄 분개다. 그러나 숨길 수 없는 사실은 그 가곡의 배후에는 역시 죽음이 도사려 숨어 있다는 점이다. 이 가곡은 역시 죽음과 연관되어 그 연관성을 사랑한다는 것은 묵인할 수 있으나, 그런 사랑이란 어떤 의미에서 보면 술래잡기식의 사색에 의하여 분명히 하고 넘어가야 한다. 이 가곡은 본질적으로 죽음에 대한 공감을 나타내려고 하는 것은 아니다. 지극히 민중적인 생명력이 넘치고 있기는 하지만, 이 가곡에 대한 정신적인 공감을 갖게 된다는 것은 어디까지나 가곡에 깔려 있는 죽음에의 공감을 갖는다는 것이다. 물론 처음에는 순수하고 경건하며 명상적이기까지 하다고 말할 수 있기 때문에 조금도 반박할 여지가 없겠지만, 시간이 흐르면 흐를수록 처음의 그러한 태도는 점점 음울한 죽음에의 공감을 띠게 된다. 한스 카스토르프는 도대체 무엇을 생각하고 있는 것일까? 여러분이 아무리 그를 설득하려 한다 해도 그가 그 가곡에 정신적 공감을 갖는 것은 결국 죽음에 공감을 갖게 되는 불길하고 음울한 결과를 초래하리라는 사실을 믿어 의심치 않을 것이다. 깃에 접시 모양의 장식이 달린 스페인풍의 검은 옷을 입은 고문자(拷問者)의 감각과 염세, 사랑이 아닌 정욕, 이것이 순수하고 성실하게 보이는 경건한 태도의 결과이다. 문필가 세템브리니는 한스 카스토르프가 절대적으로 신뢰할 만한 인물은 아니었지만, 그가 연금술적 인생 항로를 헤쳐나가기 시작했을 무렵인 몇 년 전에 이 명석한 선생으로부터 모종의 세계로 정신적인 '복귀'를 설교받았던 일이 생각났다. 한스 카스토르프는 그때의 설교를 보리수의 가곡과 신중히 맞춰 보는 것이 최선의 방법이라고 생각했다. 세템브리니는 그 복귀'를 병이라고 규정지었다. 아마 이러한 복귀가 허락되는 세계 그 자체, 그러한 정신이 세력을 떨치는 시기, 교육자적 감각의 세템브리니로서는 지극히 '병적'으로 보였음에 틀림없을 것이다. 그러나 그 이유는 또 무엇일까? 한스 카스토르프가 지극히 사랑하는 향의 가곡, 그 가곡이 상징하는 마음의 세계 그리고 또 그 세계에 대한 애착, 이것들도 모두 병적이란 말인가? 결코 그렇지 않다! 그 가곡, 그 세계, 그 세계에 대한 사랑은 이 세상에서 가장 건전한 것이다. 그러나 그것은 지금 이 순간, 또는 바로 다음 순간까지는 신선하고 청결하며 건전하지만 곧 썩어서 상해버리기 쉬운 과일 같은 것이, 신선할 때 먹으면 마음을 상쾌하게 해주지만 조금이라도 상한 것을 먹게 되면 그것을 먹은 사람에게는 부패와 파멸을 초래하게 된다. 즉 이 가곡은 생명의 과일이지만 죽음에서 태어나 죽음을 잉태한 것이다. 이것은 영혼의 기적이다. 양심이 결여된 미의 관점에서는 아마 최고의 기적일 것이며, 비록 그렇다 하더라도 책임감을 갖고 사색하는 인간의 생명력과 유기적인 것에 대한 사랑의 관점에서는 당연히 의심스러운 눈으로 바라볼 수 있게 되며, 인간의 최고 재판관인 양심의 소리에 따르면 이것은 자기극복을 통해 이겨내야 할 일일 것이다.

그렇다. 자기극복——이것이야말로 이 죽음에 대한 사랑, 음울한 결과를 수반하는 영혼의 마술을 이겨내는 본질이 되는 것이다! 매일 밤 홀로 음악을 감상할 때마다 한스 카스토르프의 명상과 사고는 더욱 그 날개를 펴 그의 사고력이 미치지 못할 정도까지 날아가 연금술적으로 다듬어진 사고가 되었다. 아, 영혼의 마술은 위대한 것이었다. 우리 모두는 이 위대한 마술의 자손이며 이 마술에 봉사함으로써 우리는 이 지상에서 거대한 작업을 달성할 수 있는 것이다.

우리는 가곡 보리수의 작곡가보다는 천재적이 아니라 하더라도 조금이라도 뛰어난 재능만 갖고 있다면, 영혼의 마술사로서 그 가곡에 훌륭한 이미지를 부여하여 이것으로써 세계를 정복할 수도 있을 것이다. 이 가곡 위에 많은 국가들을 건설할 수도 있을 것이다. 지상적(地上的)인 나, 그것도 지극히 지상적인 나, 진보적이며 드세기는 하지만 향수를 모르는 나, 보리수의 노래마저 전기 축음기의 음악으로 타락해버린 나라를, 그러나 영혼의 위대한 마술을 가장 극적으로 이용하는 사람은 그 마술의 극복을 위해 자신의 목숨을 바치는 사람이다. 그가 지금까지 표현할 수 없었던 사랑의 새로운 말을 입에 담으면서 그 마술적인 가곡에 의해 죽음에 이르는 것은 정말 의의 깊은 일이다. 그러나 그 노래 때문에 죽는다는 것은, 사실은 그 노래 때문에 죽는 것이 결코 아니다. 그것은 마음속에 간직하게 된 사랑과 미래의 새로운 언어들 새로운 것들 때문에 죽는 것이며, 그런 의미에서 본다면 지극히 영웅적인 죽음이라고 볼 수 있다. 아무튼 이러한 음악이 취입된 레코드들이 한스 카스토르프가 가장 사랑하는 것들이었다.

가장 의혹에 찬 이야기

에트힌 크로코프스키의 강연은 해가 거듭되면서 뜻밖의 방향으로 전환되어 갔다. 정신 분석과 인간의 꿈을 대상으로 하는 그의 연구는 언제나 지하와 지하 묘지를 연상시키는 내용이었으나 청중은 거의 그것을 느끼지 못할 정도로 완만하게 곡선을 그리며 마법의 세계, 신비의 세계로 기울어지기 시작한 것이다. 식당에서 격주로 열리는 강연회는 이제 요양소 최대의 관심사로 안내서의 자랑거리였다——프록 코트에 샌들을 신은 닥터 크로코프스키가 식탁보를 덮은 조그마한 탁자를 앞에 두고 꼼짝도 않고 경청하는 환자들에게 외국인처럼 길게 빼는 악센트로 들려주는 그 강연은 이제 가장된 사랑의 행위나 병의 의식화된 감정으로의 환원 같은 것을 주제로 삼지는 않게 되었다. 그 강연은 이제 최면술이나 몽유병 같은 무의식의 이상스러운 현상, 독심술이나 천리안 같은 현상, 히스테리의 기괴한 현상을 다루었다. 그러한 이야기가 진전됨에 따라 철학적인 시야가 갑자기 넓어져 이제는 청중의 눈에 물질과 정신의 관계라는 수수께끼, 아니 생명 자체의 수수께끼가 불빛처럼 깜박이고, 이러한 생명의 수수께끼를 풀려면 건전하고 정상적인 방법보다는 병적이고 무서운 방법에 의하는 것이 훨씬 희망적인 것처럼 여겨지게 되었다.

우리가 지금 여기서 이런 말을 하는 데는 그만한 이유가 있다. 경솔하고 아는 체하는 사람들이 닥터 크로코프스키는 자신의 강연이 단조로워지는 것을 겁먹어 기분 전환을 위해 일부러 신비로운 현상으로 주제를 바꾼 것이라 말하는데 그렇게 말하는 그들에게 부끄러운 생각을 갖게 하는 것이 우리들의 의무로 여긴 탓이다. 그런 식으로 험담하는 사나이들이 어느 세계에도 있게 마련이기는 하지만.

월요일 강연에서는 청중이 좀더 잘 듣도록 이야기하여 그 어느 때보다도 열심히 귀를 기울였고, 레비양 같은 여자는 그 어느 때보다도 가슴에 나사 장치가 잘된 납인형과 똑같은 자세를 취하고 있었다. 그러나 이러한 효과는 분석학자인 크로코프스키의 정신이 걸어간 '사고 발전'의 경로와 똑같이 극히 당연한 일이었다. 그리고 학자의 그 경로는 자연스러운 경로였을 뿐만 아니라 필연적인 경로라 할 수 있었다. 인간의 영혼 가운데서 잠재 의식이라 불리는 어둡고 광범위한 영역은 그때까지 그가 연구해 오던 영역이었다. 물론 그 영역을 초의식계(超意識界)라 부르는 편이 더 합당할는지 모른다. 이 영역에서 가끔 개인의 의식적인 지식을 뛰어넘는 지력이 번뜩여 개인의 영혼에서 가장 깊이 어두운 영역과 전지전능한 만유(萬有)의 혼 그 사이에는 어떤 연결이나 관계가 있지 않을까 하는 의문이 생기기 때문이다. 잠재 의식의 세계는 글자 그대로 '잠재적'이지만 좁은 의미에서는 우리들이 임시 변통으로 신비라고 부르는 현상을 가능케 하는 원천임이 곧 밝혀진다. 유기체의 병적인 증상은 억압되고 히스테릭한 흥분이 의식화되어 생긴 것이라고 생각하는 사람은 물질 속에서도 정신이 창조력을 갖고 있음을 인정하는 셈이 되는데, 이 창조력이야말로 신비적인 현상이 갖는 제2의 원천이라 하지 않을 수 없다. 따라서 병리학적인 것에 대한 관념론자는 존재 일반의 문제, 정신과 물질의 관련 문제와 직결되는 사고의 그 원점에 서게 된다. 단순하고 거친 철학의 아들인 유물론자는 정신적인 것이란 물질의 인광(燐光)에 불과하다는 주장을 절대로 철회하지 않을 것이다. 그러나 반대로 관념론자는 창조력을 지닌 히스테리라는 원리에서 출발하여 정신과 물질의 우위 문제에 앞서 유물론자와는 정반대의 견해를 갖게 되며 언젠가는 이런 사고의 정당성을 굳게 믿게 된다. 이것은 옛날부터 논쟁이 되어 온 닭이 먼저냐, 달걀이 먼저냐 하는 것과 다를 바가 없다. 그리고 이 논쟁은 닭이 낳지 않은 달걀을 생각할 수 없고 닭이 낳은 달걀에서 깨어나지 않은 닭도 생각할 수 없다는 사실에 의해 더욱 얽히고 설키게 마련이다.

　최근에 와서 크로코프스키는 강연에서 이런 문제를 논하게 된 것이다. 그는 유기적이고도 합리적인 경로에 의해 그 문제에 이르렀는데, 그 점에 대해서는 아무리 강조해도 부족하다 하겠다. 또한 크로코프스키가 이런 문제를 거론하기 시작한 것은 엘렌 브란트양이 무대에 등장하여 그런 문제가 보다 현실적이고도 실험적인 단계로 문제시되기 그 이전의 일임을 여기에 덧붙이고자 한다.

도대체 엘렌 브란트란 누구인가? 우리에게는 친숙하지만 독자에게는 아직 알려지지 않은 그 인물을 하마터면 잊을 뻔했다. 엘렌 브란트란 누구인가? 언뜻 보면 특징이 거의 없는 평범한 처녀였다. 엘리라 불리는 19세의 아가씨로서 아마빛 머리칼을 지닌 귀여운 덴마크인이었다. 사실은 코펜하겐 태생이 아니라 퓐 섬의 오덴세 태생이었는데, 그녀의 아버지는 그곳에서 버터 회사를 경영하는 사업가였다. 그녀 자신은 직업 여성으로 몇 년간 어떤 도시 은행의 지방 지점에서 오른팔에는 커버를 하고 회전 의자에 앉아 두꺼운 장부 위에 몸을 구부린 채 일을 해왔는데 거기서 병을 얻은 것이다. 그렇게 걱정할 만한 상태는 아니고 약간 의심스럽다는 정도의 증세일 뿐이었다.

그녀는 무척 날씬하여 언뜻 빈혈 환자처럼 보였다. 아무튼 누가 뭐래도 호감이 가는 아가씨여서 누구나 그 아마빛 머리칼에 무심코 손을 얹고 싶을 정도였다.

고문관도 그녀와 식당에서 이야기할 때는 늘 그렇게 했다. 북국(北國)의 아가씨다운 청초함, 해맑고 순결한 느낌, 어린애 같은 천진난만한 분위기, 그런 것들이 그 귀여운 아가씨의 온몸을 감싸고 있었다. 순진하게 쳐다보는 맑고 푸른 시선, 게다가 말씨마저 사랑스러웠다. 또렷하고 약간 음이 높은 말씨였으나 약간 실수가 있는 조금 서툰 독일어를 썼다. 두드러진 특징이라곤 없었는데, 있다면 턱이 좀 짧다는 것이었다. 그녀는 클레펠트와 같은 식탁에 앉았는데 클레펠트가 어머니처럼 그녀를 돌보아 주었다.

그 브란트양, 엘리라 불리는 아가씨, 자전거를 타고 다니는 귀엽고 작은 덴마크 아가씨, 은행 지점의 사무원이었던 그 상냥한 아가씨, 그 아가씨에게도 한 번 보고는 알 수 없는 어두운 면이 있다. 그것은 그녀가 이 베르크호프에 와서 2,3주일 지나자 드러나기 시작했는대, 그것이 얼마나 특별한 면인가를 밝혀낸 것은 물론 크로코프스키였다.

밤의 모임에서 함께 실내 유희를 한 일이 이 학자의 주의를 환기시키는 계기가 되었다. 모두들 여러 가지 수수께끼 놀이를 하고 또 피아노의 소리에 따라 보물을 찾는 놀이를 했다. 찾는 사람이 물건이 숨겨진 곳에 가까이 가면 피아노 소리가 크게 울리고 엉뚱한 방향으로 가면 약하게 울리는 놀이였다. 그 다음으로는 순번이 된 사람을 밖으로 내보낸 다음 과제가 결정되고 여러 가지로 연결된 과제를 틀림없이 차례로 풀게 하는 놀이였다. 예컨대 누구와 누구, 두 사람의 반지를 바꾸게 하거나 누구에게 세 번 인사를 하고 댄스의 상대역이 되어달라고 신청하든지, 어떤 책을 도서실에서 갖고와, 그것을 다른 사람에게 넘기는 등의 과제였다. 이런 종류의 놀이는 지금껏 베르크호프의 누구도 해본 적이 없었음을 지적해야겠다. 누가 그런 놀이를 맨 처음 제안했는지 지금에 와서는 알 수 없으나 그것을 제안한 것이 엘리가 아니라는 점만은 틀림없다. 다만 그녀가 이곳에 나타난 뒤에 누군가가 생각해서 제안한 것이 확실했다.

거기에 참여한 사람들은 우리가 이미 잘 알고 있는 사람들이었다. 한스 카스토르프도 그 멤버의 한 사람이었다. 사람들마다 제각기 문제를 썩 잘 풀기도, 그럭저럭 풀기도, 전혀 못 풀기도 했는데, 엘렌 브란트의 능력만은 신기할 정도로 대단했다. 보물찾기에서 보여준 그녀의 놀라운 직관에 대해서는 갈채와 감탄으로 족했지만, 놀이가 복잡해짐에 따라 거기에 참여한 모든 사람은 숨을 죽이지 않을 수 없었다. 아무리 어려운 문제가 제시되어도 방으로 들어온 순간 그녀는 조용한 미소로써 피아노 소리의 도움도 없이 문제를 풀어내는 것이었다. 예를 들어 식당에서 소금 한 줌을 가져다가 파라반트 검사의 머리에다 뿌린 다음 검사의 손을 잡아 피아노 앞으로 데리고 가서 검사로 하여금 한 손가락으로 한 마리의 새가 날아왔네라는 노래의 첫 소절을 연주하도록 하고는 다시 검사를 본래의 자리로 데리고 가 그 앞에서 무릎 꿇고 인사를 한 다음 그의 발치에다 받침을 끌어당겨 거기에 앉는다. 그런데 그녀는 모두가 고심해서 만든 과제를 빈틈없이 해내는 것이었다.

아무래도 그녀는 엿들은 게 아닐까! 그 말에 그녀의 얼굴이 붉어졌다. 부끄럽다는 듯 그녀의 얼굴이 빨개지는 것을 보고 모두들 제멋대로 그녀를 비난하기 시작했다. 그러나 그녀는 단호하게 말했다——아니에요, 아니라니까요. 그런 말씀은 마세요. 밖에서 엿듣다니 그렇지 않아요. 아니라니까요!

"문밖에서 엿듣지 않았다고요?"

"오, 아니에요!" 그녀는 그렇게 말하며 밖에서 들은 게 아니라 방안에 들어와서 들었다고, 그것도 안 들을 수가 없었다고 말했다.

"방안에 들어와서 듣다니 그것도 안 들을 수가 없었다니?"

"누군가가 귀에 속삭이는 거예요. 작지만 분명하고 똑똑한 소리로 속삭였어요."

그것은 정말 대단한 고백이었다. 엘리는 어떤 의미에서 모두를 속였다고 할 수 있었다. 누군가가 모든 것을 귀띔해 준다면 그런 놀이에는 참가할 자격이 없다고 처음부터 밝혔어야 옳다. 한 참가자가 초자연적인 능력을 갖고 있다면 놀이는 이미 인간적인 의미를 상실한 것이다. 스포츠 정신으로 볼 때는 이미 엘리는 자격을 상실한 셈이었다. 그러나 그녀가 무자격자가 된 것은 모든 사람의 등골을 서늘하게 한 그녀의 고백 때문이었다. 여러 사람들이 이구동성으로 닥터 크로코프스키의 이름을 외쳤고 곧 누군가가 그를 데리러 갔다. 그는 미소를 짓고 곧 그곳 상황을 알아차리고 제발 자기를 믿어달라는 확신에 찬 걸음걸이로 현장에 나타났다. 모두가 숨이 넘어가는 소리로 그에게 사실을 보고했다——천리안을 갖고 있는 아가씨가 나타났다. 그래요? 제발 조용히 하십시오! 곧 확실히 밝혀질 것입니다——게다가 그것은 그의 전문 분야였다. 다른 사람들에게는 진흙탕의 수렁처럼, 바닥 없는 심연처럼 보였지만 그는 거기서 오히려 자신감을 갖고 행동했다. 그는 질문을 했고 보고를 받았다. "아니, 이럴 수가! 아가씨 그런 일이 있습니까?" 그는 그렇게 말하며 누구나 그렇게 하고 싶듯 아가씨의 머리에 손을 얹었다. 그리고 흥미로운 일이기는 하나 그리 놀랄 일은 아니라고 말했다. 그리고 나서 손으로 엘렌 브란트의 머리에서 시작하여 어깨와 팔을 어루만지면서 이국적인 다갈색 눈으로 아가씨의 하늘빛 눈을 응시하는 것이었다. 그녀도 그 시선에 응했다. 이윽고 아가씨의 눈이 멍해지기 시작하자 학자는 아가씨의 얼굴 앞에서 손을 흔들어 보였다. 그리고 이제는 걱정할 것이 없다면서 흥분한 환자들에게 그만 돌아가 밤의 안정 요양을 취하라고 하면서 브란트만은 좀 이야기할 것이 있으니 그대로 남아 주면 좋겠다고 했다.

좀 이야기할 것이 있다! 물론 그럴 수도 있는 일이었다. 그러나 쾌활한 동지인 크로코프스키의 믿음직한 그 말에 그리 좋은 기분을 갖는 사람은 아무도 없었다. 모두 마음이 오그라드는 것을 느꼈는데 한스 카스토르프도 마찬가지였다. 그는 보통 때보다는 늦게 잠자기에 안성맞춤인 침대에 누워서도 새삼스레 등골이 오싹하는 것을 느꼈다. 조금 전 엘리의 초인적 능력을 보고 또 그녀가 미안하다는 듯 설명하는 것을 들었을 때, 발밑에서 땅이 흔들리는 것 같아서 기분이 언짢았으며 육체적으로도 위압을 느껴 현기증이 일어나던 일이 생각났던 것이다. 그는 지진을 경험해 본 적은 없지만 지진에도 그런 말로 표현하기 어려운 공포가 느껴지리라는 생각을 했다. 물론 엘렌 브란트의 이상한 능력이 한스 카스토르프에게는 호기심을 갖게 했으나 호기심의 대상이 인식의 대상이 될 수 없는 일이며 그런 호기심은 무익할 뿐만 아니라 혹시 죄악이 되는 것은 아닌가 하는 느낌이 들었다. 하여튼 그것은 호기심에는 틀림이 없었다. 누구나 마찬가지겠지만 한스 카스토르프도 여태까지 살아오는 동안 신비로운 초자연적 현상에 대해 이것저것 들은 바가 많았다. 그의 먼 조상 가운데 천리안의 여자가 있있다는 이야기는 이미 언급한 적이 있는데, 그 여자에 대한 우울한 전설이 그에게까지 전해져 내려왔다. 그러나 그가 그런 초자연적 세계를 인정한 것은 이론적으로, 또 국외자적 입장에서였지 개인적으로 그런 현상에 접한 것도, 또 현실적으로 그것을 듣고 본 것도 아니었다. 그런 경험에 대한 그의 저항, 취미상의 저항, 심미감(審美感)에 의한 저항, 인간적인 자부심에서 비롯되는 저항——단순하기 짝이 없는 우리 주인공에게 이런 어마어마한 말을 해도 좋다면——그의 그러한 저항은 그의 경험에 의하여 강렬하게 느껴진 호기심에 필적할 정도였다. 그는 그러한 경험이 어떤 경로를 밟는다고 해도 언제나 몰취미하고 이해할 수 없으며 인간의 품위를 떨어뜨리는 길을 밟게 되리라는 것을 이미 느끼고 있었다. 그럼에도 불구하고 그는 그런 경험을 하게 되기를 간절히 원했다. '무익한가, 죄악인가' 하는 것은 어느 쪽도 가능하다는 것, 정신이 근접할 수 없는 영역이란 접근 금지라는 말을 도덕 이외의 다른 말로 표현한 것에 불과함을 알고 있었다. 그러면서도 이런 실험을 해보겠노라고 말하면 틀림없이 거친 목소리로 비난할 사람에게서 배운 '실험 채택'이라는 사고 방식이 한스 카스토르프의 마음속에 굳게 자리잡고 있어 그의 도덕적인 의식은 점점 호기심과 구별할 수 없게 되어갔다. 그러나 사실은 전부터 마찬가지였을 것이다. 수양중에 있는 청년의 자유분방한 호기심은 페페르코른이라는 거물의 신비에 접한 이래 이번에 접하게 된 세계로부터는 그리 동떨어진 것은 아니었다. 그리고 그것은 금지된 세계에 접근할 수 있는 기회가 주어진다면 절대로 물러서지 않겠다는 군인다운 호기심이기도 했다. 그리하여 한스 카스토르프는 엘렌 브란트가 실험 대상이 되어 실험이 행해지면 그 새로운 탐구의 분야에서 절대로 낙오자가 되지 않으리라 굳게 다짐했다.

닥터 크로코프스키는 브란트양의 잠재 능력을 실험하는 일을 비전문가가 해서는 안 된다고 엄명했다. 그는 학자로서의 입장에서 아가씨의 입을 봉인하고 지하 분석실에서 그녀와 여러 시간을 함께 보내며 일련의 실험을 했다. 들리는 말에 의하면 최면술로 그녀의 내부에서 잠자고 있는 능력을 각성시켜 그것을 계발하고 이제까지의 정신 생활을 탐구한다는 것이었다. 또한 아가씨의 후원자이자 어머니같이 보살펴 주는 보호자인 헤르미네 클레펠트도 그 비슷한 일을 하고 있었다. 그녀는 절대로 남에게는 말하지 않는다는 약속하에 아가씨에게 이것저것을 캐물었고 그렇게 알아낸 것을, 또 절대로 남에게 발설하지 말라는 약속을 받고 퍼뜨렸기 때문에, 그 이야기는 요양소 구석구석에 퍼지고 끝내는 수위실에서도 알게 될 정도였다. 예컨대 그녀는 이런 것까지 알아냈다. 놀이를 할 때 엘리의 귀에다 과제를 속삭여 준 것은 홀거라는 사람——그는 청년이었다——이며 그 청년은 엘리와 가까운 영(靈)이며, 이 세상이 아닌 저 세상의 존재로 아가씨의 수호신이라는 사실을 알아낸 것이다. 그렇다면 한 줌의 소금에 관한 일과 파라반트 검사의 둘째손가락에 대한 것을 속삭여 준 것은 그였던가? 그래요, 눈에는 보이지 않는 입들이 내 귀에 부드럽게 속삭여 주어서 간지러워 웃음이 나왔어요. 학교 숙제를 해가지 않았을 때도 홀거가 숙제에 대한 해답을 가르쳐 주었을 테니 기분 좋았겠지? 엘리는 거기에 대해서 대답하지 않았다. 그러나 그녀는 한참 뒤에 홀거가 그런 일을 해서는 안 되었을 거예요 하고 말했다. 그런 진지한 일에 참견하는 것은 금지되었거나 그 자신도 숙제의 답을 몰랐거나 했을 거예요.

엘리에게는 어렸을 때부터 가끔이지만 그런 일이 있어 가시적(可視的) 현상이라고, 보이지 않는 현상에 대한 경험이 있었음이 곧 밝혀졌다. 보이지 않는 현상이란 도대체 어떤 것인가? 예를 들면 이런 것이었다, 그녀는 16세 때의 어느 청명한 오후에 거실에서 원탁 곁에 앉아 뜨개질을 하고 있었다. 그리고 그녀 앞 양탄자에는 그녀의 아버지가 사랑하는 프라이아라는 불독 암놈이 누워 있었고 탁자에는 아름다운 빛깔의 식탁보가 덮여 있었다. 그 식탁보는 노부인들이 삼각형으로 접어 어깨에 걸치는 터키식 목도리였는데, 삼각형의 모서리가 식탁가에서 조금 늘어져 있었다. 그때였다. 엘리는 자기 쪽에서 가장 가까운 식탁보의 한끝이 갑자기 위로 서서히 말려 올라가는 것을 보았다. 그것은 아주 규칙적으로 식탁 한가운데까지 말려 올라갔다. 그때 개가 뛰어 일어나 털을 뻣뻣이 세우고 앞다리를 뻗고 뒷다리로 일어서서 요란하게 짖으며 옆방으로 도망치더니 소파 밑으로 숨어버렸다. 그후 거의 1년이나 그 개는 거실에는 한 발짝도 들어오지 않으려 했다.

그 식탁보를 말아올린 것이 홀거였느냐고 클레펠트양이 물었으나 그것은 브란트로서도 모를 일이었다. 그때 아가씨는 도대체 무슨 생각을 하고 있었을까? 아무것도 생각할 것이 없었으므로 브란트는 아무것도 생각지 않았다는 것이다. 아니, 이상한데. 전혀 생각지 않았지만 엘리는 그때도 그것을 부끄럽게 여겨 아무에게도 말하지 않고 가슴속에 숨겨 두어야 한다고 느꼈다. 그것이 고통스럽다고 생각했었어요? 아니에요, 그렇게는 생각지 않았어요. 도대체 식탁보가 말려올라가는 게 왜 괴롭게 느껴지는 걸까요? 하지만 다른 일 때문에 고통스럽게 느껴진 적도 있어요. 다음과 같은 때였어요.

그것은 1년 전의 일로서 역시 오덴세의 부모님 집에서였다. 엘리는 늘 하던 대로 양친이 식당에 나타나기 전에 커피를 끓여 놓기 위해 새벽녘에 1층에 있는 그녀의 방에서 나와 식당으로 가려던 참이었다. 계단에 이르렀을 때, 거기 층계 곁에 틀림없는 언니, 소피가 서 있는 것을 보았다. 결혼하여 미국에서 살고 있는 그녀의 언니였다. 언니는 흰옷에 갈대와 비슷한 수련 화관을 쓰고 두 손을 모으고 엘리를 향해 고개를 끄덕여 보였다. "언니, 어찌 된 일이야?" 어리둥절한 엘렌은 반갑기도 하고 놀랍기도 해서 걸음을 멈추며 물었다. 그러자 소피는 다시 한 번 고개를 끄덕이고는 이내 더운 공기가 피어나는 아지랑이처럼 몽롱하게 보이다가 아예 완전히 없어져버렸다. 그런데 그 시각에 언니 소피는 미국 뉴저지주에서 심장병으로 사망했다는 사실을 뒤늦게 알게 되었다.

클레펠트에게서 그 이야기를 듣고 한스 카스토르프는 황당무계하다고밖에 말할 수 없지만, 들을 만한 가치가 있는 이야기라는 의견을 밝혔다. 엘리의 눈앞에 나타난 환영과 그 언니가 미국에서 죽었다는 사실, 이 두 가지 사실 사이에는 무언가 연관이 있다고 말했다. 그는 결국 참지 못해서 닥터 크로코프스키의 질투 같은 금지령을 어기고 엘렌 브란트를 중심으로 한 초혼술 (招魂術) 같은 실내 놀이인 '유리잔 돌리기'를 하게 되었을 때, 자기도 거기에 참석하겠노라고 동의하고 말았다. 몇 사람만이 그 모임에 초대되었다. 장소는 헤르미네 클레펠트의 방이었다. 주인인 클레펠트와 카스토르프와 브란트양 이외에 여자는 슈퇴어 부인과 레비양이, 남자는 알빈씨와 체코인 벤젤과 그 밖에 팅푸 박사가 회원으로 참석했다. 그들은 밤 10시가 되기를 기다렸다가 은밀히 모여 클레펠트가 미리 준비해둔 물건들을 소곤거리며 열심히 관찰했다. 클레펠트가 준비해 둔 물건들이란 이러했다. 방 한가운데에 식탁보를 덮지 않은 중형(中型)의 원탁이 놓이고 거기에 포도주잔이 밑받침을 위로 하여 거꾸로 엎어져 놓였으며, 그 유리잔을 중심으로 적당한 거리로 골패 같은 작은 패가 놓여 있었다. 이것은 여느때 같으면 카드 놀이 때 숫자 찾기에 쓰이는 것이었지만, 그날 밤은 26자의 알파벳이 잉크로 한 자씩 씌어져 있었다.

클레펠트는 우선 차부터 내놓았다. 모두 고맙게 생각하며 마셨다. 슈퇴어 부인과 레비양은 그날 밤의 실험이 동심(童心)으로 돌아가는 무해무득한 장난 같은 것임을 알면서도 벌써부터 손발이 차가워지고 가슴이 두근거린다고 하소연을 했기 때문에 이 차 대접에 고마워했다. 차를 마시고 몸이 어느 정도 훈훈해지자 사람들은 탁자를 둘러싸고 앉았다. 방 주인 클레펠트는 분위기를 잡기 위해서 천장의 불을 끄고 옆 탁자에 놓인 덮개가 덮인 스탠드만을 켜놓았으므로 방은 엷은 장미빛으로 변했다. 이윽고 모두 그 장미빛 불빛 속에서 각자 오른쪽 손가락 하나를 유리잔 밑받침에 살짝 대었다. 그렇게 하는 것이 그 놀이의 방법이었다. 그리고 그 상태로 유리잔의 움직임을 초조하게 기다렸다. 유리잔은 쉽게 움직이게 되어 있었다. 탁자의 표면은 매끄럽고 유리잔 끝도 매끄러웠을 뿐만 아니라 유리잔 밑받침에 살짝 놓인 여러 손가락 역시 가볍게 떨리고 있었기 때문이다. 그리고 유리잔에 닿아 있는 손가락의 힘이 똑같을 수는 없으며 또 이쪽 손가락은 비스듬히, 저쪽 손가락은 수직으로 놓였기 때문에 시간이 흐르면서 유리잔이 처음의 위치인 탁자의 중앙에서 빠져나올 것은 당연한 일이었다. 그리하여 유리잔이 빠져나와서 탁자의 끝을 따라 움직이며 주위에 널린, 글자를 새긴 골패에 부딪게 되어 있었다. 만일 그 글자의 배합이 그럴듯하게 되어 그것이 무슨 의미를 지닌 단어가 되면 거의 불결하다고 할 수 있는 어떤 복잡한 현상을 나타

내는 것이다. 그것은 각자의 의식적인, 반의식적인, 무의식적인 세 요소
가 혼합되어 생겨난 것이다. 그것은 각자가 의식하든 의식하지 않든 본인의
소망에 따라 각자의 내면에 깃든 어두운 층의 은밀한 양해, 무의식적 협력
에 의해 생겨, 언뜻 보기엔 개개인의 소망과는 무관한 것 같으나 실은 다소
간 각자의 잠재 의식이 가장 큰몫을 차지할 것임은 의심할 여지가 없었다.
이 점은 모두가 알고 느끼는 바이지만 손가락을 유리잔에 대고서 그렇게 기
다리는 동안 한스 카스토르프는 그 점을 강조하여 말했다. 여자들의 손발이
차가워지고 가슴이 뛴 것이나, 남자들이 쓸데없이 떠든 것도 따지고 보면
그것을 의식한 탓이었다. 그들은 자신들의 잠재 의식과 음험한 놀이를 하기
위해서 자신들의 영혼에 깃들여 있는 무의식의 어두운 부분을 두려워하면서
도 한편으로는 호기심을 갖고 실험해 보려고 했다. 그래서 깊은 밤에 남몰
래 모여 신비적이거나 비현실적인 현상을 고대하고 있다는 사실을 알고 있
었다. 양자의 영혼이 유리잔을 통해 거기에 참석한 사람들에게 말을 건다는
것, 그것은 참된 의도를 은폐하려는 세속적인 구실에 불과할 뿐이었다.

  알빈씨는 전에도 이미 그런 종류의 초혼술이나 교령술(交靈術)의 모임에
참가한 일이 있으므로 그날 밤도 스스로 사회를 자청했고 망령이 나타날 경
우 그것을 상대하는 역할을 맡고 나섰다. 20분 이상이 지났다. 수군거리는
이야기도 이내 바닥이 나고 최초의 긴장도 어느 정도 풀어져서 모두가 왼손
으로 오른 팔꿈치를 괴고 있었다. 심지어 체코인 베잘은 잠이 들려고 했다.
엘렌 브란트는 유리잔에 손가락을 가볍게 대고 그 크고 맑은 눈을 들어 옆
탁자에 놓인 전기 스탠드의 붉빛을 응시하고 있있다. 별안간 유리잔이 튀어
올랐다. 둘러앉아 있는 사람들의 손에서 빠져나가려고 하여 손가락으로 그
것을 쫓아가기가 힘들 지경이었다. 유리잔은 탁자 끝까지 미끄러져 잠시 그
끝을 따라 달리다가 다시 곧바로 탁자 한가운데로 돌아왔다. 그리고 거기서
다시 한 번 뛰어오르더니 잠잠해졌다.

  모든 사람의 놀람은 기쁨이기도 하고 두려움이기도 했다. 슈퇴어 부인은

제발 그만하라고 거의 울상이 되어 말했으나 핀잔만 들었을 뿐이다. 이제 와서는 가만히 있어야 될 게 아니겠느냐는 것이었다. 사태는 곧 급전할 것 같았다. 사람들은 유리잔이 '예스'나 '노'로 대답할 때 일일이 글자를 짚어 갈 필요가 없이 긍정일 때는 한 번, 부정일 때는 두 번 뛰는 것으로 정하자고 의견의 일치를 보았다.

"영은 나타났는가?" 알빈씨는 엄숙한 얼굴로 모두의 머리 너머 허공을 바라보며 물었다. 잠시 주춤하다가 유리잔이 한 번 뛰며 그렇다고 대답했다.

"그대의 이름은 무엇인가?" 알빈씨는 다시 강조하기 위해 머리를 흔들며 채근하듯 물었다.

유리잔은 움직였다. 유리잔은 계속 원탁의 한가운데로 돌아오면서 글자에서 글자로 지그재그로 옮겨갔다. 처음에 H자로 달리고 이어 O자와 L자로 옮겨 거기서 잠시 기운이 빠진 듯 머뭇거리다가 다시 정신을 가다듬어 G와 E와 R로 옮겨 글자를 만들었다. 예상했던 그대로가 아닌가! 그것은 홀거였다. 그것은 학교의 숙제 같은 데는 관여하지 않았지만 한줌의 소금 같은 것은 잘 알고 있었던 홀거의 영이었다. 그가 지금 허공에 떠돌며 주위를 맴돌고 있다. 이제 그를 어떻게 할 것인가? 모두 겁을 먹은 듯했다. 그래서 사람들은 목소리를 죽여 홀거에게 무엇을 물어보면 좋을까 은밀히 의논했다. 알빈씨는 생전의 홀거의 신분과 직업에 대해 물어보기로 하고 다시 눈썹을 찡그리며 심문조로 질문을 던졌다.

유리잔은 한동안 움직이지 않았다. 그러나 그것은 곧 D자를 향해 비틀거리며 달려갔다가 이번에는 I자로 옮겼다. 어떤 단어를 만들려는 것인가? 긴장이 감돌았다. 팅푸 박사는 혹시 '도둑'이라는 의미의 단어 Dieb를 만들지 않겠느냐고 껄껄거리며 농담했고. 슈퇴어 부인은 히스테릭하게 웃기 시작했으나 유리잔은 거기에 개의치 않고 계속 움직여 C와 H를 지나 T에 닿았다가 거기서 글자 하나를 빼고 R로 옮겨 멈추었다. 시인(Dichter)이라는 단어였다.

이럴 수가! 그렇다면 홀거는 시인이었단 말인가? 유리잔은 자랑하듯 한번 뛰어 그 질문에 긍정을 표했다. "서정 시인인가요?" 하고 클레펠트가 물었는데, 이번에도 발음을 잘못하여 한스 카스토르프는 눈살을 찌푸렸다.

그러나 홀거는 그런 식의 분류를 못마땅하게 여기는 듯 그 질문에는 대답하지 않았다. 다시 한 번 아까 빠뜨린 E자도 넣어서 시인이라는 단어를 분명하고 확실하게 만들어 보였을 뿐이다.

좋아요, 좋아. 그러면 시인이었군. 사람들은 더욱 당황했다. 자기들의 내면 생활에서 어쩔 수 없는 부분이 이런 형태로 나타난 데 대한 당혹감이었으나, 그것이 본성을 숨기는 반현실적인 형식을 통해 나타났으므로 놀라움 역시 외형적이고 형식적인 방향으로 진전될 수밖에 없었다. 사람들은 홀거가 현재의 상태에서 즐겁고 행복하게 느끼고 있는지를 알고 싶어했다. 유리잔은 꿈을 꾸듯 느긋한(gelassen)이라는 단어를 만들었다. 그렇구나, '느긋한'이라. 누구도 그 말을 생각해내지 못했겠지만 유리잔이 말을 만들면 그것이 괜찮은 말처럼 느껴졌다. 도대체 홀거는 이 '느긋한'이라는 상태에서 얼마나 오래도록 지내왔을까? 유리잔은 이번에도 아무도 생각해낼 수 없는 말, 꿈꾸는 듯한 말을 만들어냈다. '잠깐의 긴 한때'라는 말이었다. 좋아, 좋은 대답이다! 그것은 '긴 한때의 잠깐'이라 해도 좋다. 시인은 저쪽 세상에서 복화술로 말하는 것 같아 한스 카스토르프는 특히 그것을 명답이라고 생각했다. '잠깐의 긴 한때', 그것이 홀거의 시간 단위였다. 물론이다. 홀거는 질문자들을 격언 비슷한 말로 처리할 수밖에 없었을 것이다. 이 세상의 말과 시간의 단위를 잊어버렸음에 틀림없다. 이제는 홀거에게 다시 어떤 것을 물어볼까? 레비양은 홀거가 어떤 용모인지, 다시 말해서 홀거의 생전의 모습이 어떤지 알고 싶다고 정직하게 고백했다. 홀거는 미남이었을까? 그러나 알빈씨는 그런 질문은 자신의 품위를 떨어뜨리는 것이라 생각했던지 레비양에게 직접 물어보도록 했다. 그래서 그 여자는 홀거가 혹시 금발의 고수머리였는가 하고 다정하게 물어보았다.

'아름다운 갈색의 고수머리'라고 유리잔은 갈색이란 단어를 두 번이나 되풀이해서 만들어 보였다. 모두들 즐거워했다. 특히 여자들은 드러내놓고 황홀해하면서 천장을 향해 키스를 보냈다. 팅푸 박사는 낄낄거리면서 홀거씨는 매우 허영심이 강한 것 같다고 말했다. 유리잔이 화를 내어 미친 듯 날뛰는 것이 아닌가! 그것은 난폭하게 탁자 위를 이리저리 달리다가 거칠게 뒤집혀서 슈퇴어 부인의 무릎 위로 떨어졌다. 부인은 너무나 놀라서 두 팔을 벌리고 유리잔을 내려다보았다. 이어 사람들은 용서를 빌고 유리잔을 탁자 위로 다시 모셨다. 농담했던 중국인이 욕을 먹은 것은 당연하다——감히 그런 짓을 할 수 있습니까? 보십시오, 그렇게 지나친 말을 했으니 일이 이렇게 된 겁니다. 홀거가 화를 내어 더 이상 아무 말도 하지 않고 가버리면 어떻게 합니까? 하여간 모두들 열심히 유리잔을 달랬다——죄송하지만 시를 한 편 지어 주시지 않겠습니까?

이렇게 떠다니기 전에는 시인이 아니었습니까? 모두가 얼마나 당신의 시를 듣고 싶어하는지. 사람들은 진심으로 그것을 듣고 싶어합니다. 보라! 그 선량한 유리잔은 '예스'라는 신호를 보냈다. 그리고 거기에는 사실 관용과 화해가 엿보였다. 그리고 홀거는 시를 쓰기 시작했다. 그것은 아주 섬세하면서도 막힘이 없는 유려(流麗)하고 긴 시였다. 도대체 얼마나 계속될 것인가. 홀거는 다시는 입을 다물지 않을 것처럼 보였다. 복화술처럼 읊어진 시는 실로 놀랍고도 이색적인 시였다. 사람들은 너무나 놀라서 함께 그 시를 읊조렸다. 마법과 같은 시면서도 현실적인 시였고 시의 내용이 바다처럼 넓고 끝없이 계속되는 느낌을 주었다——모래 언덕이 줄지어 있는 섬의 활처럼 구부러진 만(灣), 좁다랗고 긴 기슭을 따라 자욱한 바다의 안개. 오 보라! 그 거대하고 끝없는 바다는 멀리 영원 속에 녹색으로 녹아들고 넓고 넓은 베일 같은 안개 속에서 진통과 젖빛의 부드러운 빛에 싸여 여름해가 머뭇거리며 잠겨가는구나! 어떤 입으로도 그것을 말할 수 없을 것이다. 은빛으로 빛나던 물의 반사가 언제 어떻게 순수한 진줏빛 미광으로 바뀌며 모든

것을 뒤덮는 화려한 담색(淡色) 그리고 말로 다할 수 없는 오팔색 같은 빛
깔의 유희로 바뀌는가를…… 아, 그러나 이 은밀한 마법은 나타났을 때와
마찬가지로 은밀히 사라져버렸다. 바다는 잠들었다. 그러나 낙조(落照)의
그 부드러운 흔적은 먼 바다 위에 그대로 남아 있어 밤이 깊을 예까지 어두
워지지 않는다. 모래 언덕의 송림 길에는 어슴푸레한 영(靈)의 빛이 떠 있
어 희미한 모래 사장을 눈처럼 보이게 한, 침묵에 잠긴 겨울 숲 부엉이의
무거운 깃소리! 우리로 하여금 이런 시각에 머물러 있도록 하라! 부드러운
모래, 깊은 밤이여! 저 아래서는 바다가 느릿느릿 숨쉬고 꿈결처럼 소곤거
린다. 그대는 다시 바다를 보고 싶은가? 그렇다면 흰빛 빙하(氷河) 같은 모
래 언덕을 걸어나가 구두 속에서 차가운 모래를 느끼며 부드러움 속으로 걸
어가 보라, 육지는 빽빽한 관목 속으로 떨어져 돌 많은 기슭도 미끄러지고,
멀리 사라져가는 수평선 언저리에는 남은 햇빛이 아직 흐릿하게 떠 있다.
…… 그 위 모래에 앉아 보라! 그 얼마나 차가우며 분가루나 비단처럼 부드
러운가! 모래는 손가락 사이에서 흰 실처럼 흘러내려 귀여운 언덕을 만든
그대는 그 고운 모래의 흐름에서 뭔가 느껴지는 것이 없는가? 그것은 은자
(隱者)의 오두막을 꾸미는 엄숙하고 섬세한 도구인 모래 시계의 그 좁은 구
멍을 흐르는 실처럼 흘러 떨어지는 흐름, 펼쳐져 있는 한 권의 책, 한 개의
두개골, 그리고 받침대 위에 놓인 유리관, 그 속에는 무한(無限)에서 떠온
한줌의 모래가 들어 있어 시간이란 것이 그 은밀하고 성스러운 불안을 은밀
히 느끼게 하는 그 자신의 삶을 계속한다…….

이처럼 홀거의 영은 '서정적' 즉흥시를 통해 고향 바다를 노래한 뒤 은자
와 그의 오두막을 노래했으며 은자의 반려인 모래 시계에 대해서도 노래했
다. 그리고 여러 가지에 대해 계속 노래했다. 인간과 신에 대해 몽상적인
담대한 언어로 노래 불러, 글자를 만들어 가던 그들의 놀람은 끝이 없었다.
유리잔은 지그재그로 번개처럼 달려 그 움직임이 언제 끝날지 알 수가 없었
으므로 찬탄하며 박수갈채를 보낼 시간적 여유도 없었다. 1시간이 지나도록

그 엄숙한 시작(詩作)은 끝날 줄을 몰랐다. 시는 분만(分娩)에 대해, 연인들의 최초의 입맞춤에 대해, 가시 면류관에 대해, 자비로운 신에 대해 지치지 않고 노래했으며 피조물의 영(靈)에 몰입하는가 하면 시대와 나라들과 천체(天體)에 몰입하기도 했다. 칼테마인과 천궁(天宮)에 대해서도 노래했다. 교령자 모두가 마침내 유리잔에서 손가락을 떼고 홀거의 영에 대해 한없이 깊은 감사를 드리고 오늘 밤은 이것으로 족하다고 말하지 않았다면 밤새도록 노래했을 것이다. 실로 예기치 않았던 훌륭한 시였는데, 그것을 적어두지 않았다는 것은 두고두고 후회스런 일이었다 시는 결국 잊혀질 것이다. 꿈을 기억하는 것이 어렵듯, 유감스럽게도 시도 간직되지 않을 것이다. 그래서 다음 번에는 미리 필기할 사람을 정하여 적어 두기로 했다. 적어 둔 것을 정리해 읽으면 얼마나 멋진 시가 될까를 시험해 보려는 것이다. 그러나 오늘 밤은 홀거가 '잠깐의 긴 한때'인 '느긋한' 상태로 되돌아가기 전에 두세 가지의 질문에 답해 두었으면 감사하겠다. 그것이 어떤 질문이 될는지는 모르나 만약 그런 경우 홀거는 거기에 대해 기꺼이 대답을 해주겠는가?

대답은 '예스'였다. 그러나 막상 무엇을 물어야 좋을는지 몰라서 모두 난감한 표정을 지었다. 선녀나 난쟁이 요정에게 단 하나의 질문을 하도록 허락받고 그 한 번을 너무나 하찮은 질문으로 애석하게 써버리는 동화와 같은 꼴이었다. 질문을 선택하는 데는 책임이 막중했다. 세상사나 미래에 대해 알고 싶은 것이 너무나 많지 않은가. 아무도 마음의 결정을 내리지 못하는 것 같아서 한스 카스토르프가 유리잔에 한 손가락을 댄 채 말했다. 그가 처음 이 위에 체재할 예정이었던 3주가 과연 얼마나 더 연기되겠는가. 그는 그것을 알고 싶다고 했다. 좋다. 만약 이보다 더 멋진 질문을 생각해내는 사람이 없다면 홀거는 제발 그 넘치는 지식으로 이 질문에 답해 주었으면 좋겠다. 유리잔은 잠시 머뭇거리다가 곧 움직이기 시작했다. 그런데 유리잔은 이상하게 움직여 질문과는 아무런 상관도 없는 것으로 생각되는 글귀를 만들었으므로 아무도 그 뜻을 이해할 수가 없었다. 그것은 처음에 '가라' 는 글자로 쓰고 이어 '비스듬히'라는 말을 만들었으므로 어떻게 해석해야 할지 막막했다. 그 다음 유리잔은 한스 카스토르프의 방을 나타내는 글자를 만들었으므로 그 짧은 지시를 종합한다면 '질문자는 그의 방을 통해 비스듬히 가라'는 뜻이 되었다. 그의 방을 통해 비스듬히 가라니? 34호실을 통해 비스듬히 가라는 뜻인가? 도대체 무슨 의미인가? 모두가 앉은 채 의논을 하고 머리를 흔들고 있는데 별안간 문을 두드리는 소리가 났다.

모두가 얼어붙은 듯 꼼짝하지 않았다. 이건 급습인가? 닥터 크로코프스키가 금지된 회합을 밝혀내려고 문밖에 서 있는 건가? 사람들은 어쩔 줄 모르고 문을 쳐다보았다. 속았다고 생각하고 화가 나서 쳐들어올 사람을 맞이할 각오를 하고 그들은 문을 바라본 것이다. 그런데 그때 누군가가 원탁 한가운데를 탕하고 두드렸다. 주먹으로 힘껏 두드리는 소리였다. 그것은 조금 전의 탕 소리도 문밖에서가 아니라 방안에서 나는 소리였음을 알려주는 소리였다.

그렇다면 알빈씨의 교묘한 장난이 아닌가? 하지만 그는 절대로 그러지 않았노라고 명예를 걸고 부인했는데, 그런 말이 없었다고 해도 방안에서 원탁을 두드리지 않았다는 건 누구나 다 확신하고 있었다. 그렇다면 그건 홀거의 짓이었을까? 그들은 엘리를 쳐다보았다. 잠자코 있는 그녀의 태도가 의심스러웠던 것이다. 그녀는 손가락을 원탁 끝에다 대고 목을 갸웃하게 꼬고 입술을 약간 오므리고 순진하면서도 의미심장한 미소를 지으며 의자에 등을 기대고 눈썹을 치켜 세운, 공허한 시선으로 허공을 쳐다보고 있었다. 모두가 그녀를 불러보았으나 그녀는 아무런 반응도 보이지 않았다. 그리고 그 순간 옆 탁자 위에 놓인 전기 스탠드의 불이 꺼져버렸다.

왜 꺼졌을까? 슈퇴어 부인은 더 이상 참지 못해 비명을 질렀다. 스위치를 돌리는 소리를 들었던 것이다. 전깃불은 저절로 꺼진 것이 아니라, '어떤 보이지 않는 손'이라 부를 수 있다면, 그 손에 의해 꺼진 것이다. 그것은 홀거의 손이었을까? 그토록 점잖고 예의 바른 시인이었던 그가 이제는 어린애 같은 장난을 시작한 것이다. 문과 탁자를 주먹으로 두드리고 장난스럽게 전깃불을 끄는 그 손이 혹시 누구의 목이라도 조르지 않겠는가? 사람들은 어둠 속에서 성냥이나 회중 전등을 찾느라 법석을 떨었다. 그때 레비양은 누군가 자기의 머리칼을 잡아당겼다고 비명을 질렀고, 슈퇴어 부인은 너무도 무서운 나머지 체면도 없이 큰소리로 기도를 드리기 시작했다.

아 하느님, 이번만이라도! 그녀는 소리를 지르고 아무리 큰 죄를 저질렀다 하더라도 제발 자비를 베풀어 용서해달라고 흐느끼며 호소했다. 전등 스위치를 돌리기만 하면 되리라는 것을 겨우 생각해낸 것은 팅푸 박사였다.

방은 곧 다시 밝아졌다. 스탠드가 우연히 꺼진 것이 아니라 어떤 보이지 않는 손에 의해 스위치가 돌려졌다는 것, 그리고 그렇게 보이지 않는 손에 의해 조작된 것을 인간의 손으로 되풀이하기만 하면 다시 밝아진다는 사실, 그런 것을 모두가 확인하고 다짐하는 동안, 한스 카스토르프는 남몰래 이상한 사실을 발견했다. 그것은 오늘 밤 거기서 활동하는 어린애 같은 유치한 잠재의식이 그에게 어떤 특별한 관심을 갖고 있다는 발견이었다. 그의 무릎에 무언가 가벼운 것이 놓여 있었다. 그것은 언제인가 제임스 숙부가 깜짝 놀라 들여다보던 '기념품' 클라우디아 소샤 부인의 내면의 초상화가 찍혀 있는 뢴트겐 사진이었다. 그런데 한스 카스토르프는 그 사진을 그 방으로 가져온 기억이 전혀 없었다. 그는 이런 일로 소란을 피우고 싶지 않아 아무도 몰래 살짝 집어 호주머니에 넣었다. 모두가 엘렌 브란트에게 정신을 빼앗기고 있어 그렇게 할 수 있었던 것이다. 그녀는 좀전의 그 자세대로 공허한 시선을 한 채 약간 묘한 표정을 짓고 앉아 있었다. 알빈씨가 그녀에게 입김을 불어넣어 닥터 크로코프스키의 흉내를 내서 그녀의 얼굴 앞에서 손을 흔들자 그녀는 정신을 되찾았다. 그리고 무슨 까닭인지 알 수는 없었지만 한동안 흐느꼈다. 사람들은 모두 아가씨를 쓰다듬어 주면서 위로를 해주었고 이마에 키스를 한 다음 방에 가서 자게 했다. 슈퇴어 부인은 아침까지 레비양을 자기 방에서 함께 데리고 있겠다고 했다. 부인이 너무 무서워 오늘 밤은 도저히 혼자 잠을 잘 수가 없다고 했기 때문이다. 기념품을 가슴 안주머니에 감춘 한스 카스토르프는 알빈씨의 방에서 남자들끼리만 모여 그 밤의 음산했던 모임을 마무리짓기 위해 코냑 한잔을 들자는 제안에 찬성했다. 오늘 밤의 사건은 영혼이나 정신에는 아무런 영향도 미치지 않았지만 위신경에는 어느 정도 자극을 준 것처럼 느껴졌다——배멀미를 한 사람이 상륙한 뒤에도 몇 시간이나 속이 메스껍고 머리가 띵한 것 같은 그런 느낌이었다. 그의 호기심은 우선 충족되었다. 홀거의 시는 그 자리에서는 별로 나쁜 것 같지 않았는데, 예상했던 대로 전체적으로 보아 내면적인 빈약함과 저속함을 담고 있다는 게 느껴져, 이번에 지옥의 불가루를 뒤집어쓴 것을 기회로 다시는 그런 실험에 가담하지 않겠다고 결심했다. 한스 카스토르프가 그날 밤의 일을 세템브리니에게 들려주었을 때, 세템브리니가 젊은이의 그런 결심을 극구 칭찬한 것은 두말할 나위도 없다. 세템브리니는 개탄했다. "그럴 수가! 서글프군, 서글퍼!" 그러고는 엘리 아가씨를 형편없는 사기꾼이라고 매도했다.

그러나 제자는 그런 평에 대해 긍정도 부정도 하지 않았다. 그는 어깨를 으쓱하며 말했다. 어떤 것이 사실인지 아직 밝혀지지 않았으며 또한 무엇이 사기인가도 밝혀지지 않았다. 아마 사실과 사기 사이에는 그 어느 쪽에도 속하지 않는 여러 개의 계단이 있을 것이다. 언어도 그 가치도 존재치 않는 자연계에는 여러 단계의 사실이 있는데 그 한계를 명확히 구분짓기란 어려운 일이며, 또한 그런 결정은 지나치게 도덕적이라고 생각된다. 세템브리니는 '사기'라는 말을 어떻게 생각하고 있는가. 그 개념 속에는 꿈의 요소와 사실의 요소가 혼합되어 있는데, 그 혼합물은 우리의 조잡한 이성적인 사고에서처럼 자연계에 있어서는 그리 이상한 것이 아닐는지. 생명의 신비는 문자 그대로 규명될 수가 없는 것이기에 가끔 '사기'와 같은 현상이 나타난다고 해서 그리 이상할 것은 없다——우리의 주인공은 이렇게 여러 가지 실례를 들어가며 완전히 밑도 끝도 없는 자기 나름의 생각을 털어놓았다.

세템브리니는 제자의 머리를 적당히 식히고 순간적이나마 제자의 양심을 불러일으켜, 앞으로는 그런 사기극 같은 것에는 절대로 가담하지 않겠다는 약속을 하도록 했다.

세템브리니씨는 채근했다. "당신은 자신의 내부에 있는 인간성을 좀더 존중해야 합니다, 기사 양반! 명쾌하고 인간적인 사상을 신뢰하고 그런 미친 짓일랑 혐오하시오! 사기? 생명의 신비라고? 만약 사기와 사실을 판별하는 윤리적 용기가 퇴색하기 시작하면 삶은 물론이고 비판력, 혁신적 노력도 끝장이며 도덕적 회의의 파괴 작용이 소름끼치는 결과를 초래하게 됩니다."

이어서 인간은 만물의 영장이라고 그는 말을 계속했다. 선과 악, 진실과 허위를 식별하고 인식하는 인간으로서의 권리는 절대로 포기할 수 없는 것이어서 이 창조적 권리에 대한 믿음을 저버리는 자에게는 재앙이 있고 그런 인간은 차라리 맷돌을 목에 매달고 우물에 빠지는 편이 나을 것이라는 식으로 매도했다.

한스 카스토르프는 상대방의 말을 수긍이라도 하듯 실제로 얼마 동안은 실험에 가담하지 않았다. 그는 닥터 크로코프스키가 지하 분석실에서 엘렌 브란트를 상대로 실험을 거듭해 왔으며, 요양객들 가운데서 선택된 사람들만이 거기에 초빙되어 왔다는 이야기를 들었다. 그는 거기에 참석하자는 권유를 한마디로 거절했으면서도 거기에 참석했던 사람들이나 닥터 크로코프스키 자신의 입을 통하여 그 실험 결과에 대해서 여러 가지로 듣고 있었다. 먼젓번 클레펠트의 방에서 있었던 실험에서는 질서라든지 일관된 지도력이 결여되어 탁자를 두드린다든지 전기 스위치를 꺼버린다거나 그 밖의 여러 가지 마술적인 현상이 나타났었으나, 이번에는 닥터 크로코프스키가 미리 아가씨에게 최면술을 걸어 몽환적 상태로 바꾸어 놓음으로써 그런 좋지 않은 요소를 제거한 다음에 실험이 행해진다고 했다. 또한 음악을 들려주어 실험 분위기를 즐겁게 하기 위해서 모임이 있는 밤에는 축음기가 현장으로 옮겨졌다. 그리고 거기서 축음기의 조작을 맡게 되는 체코인 벤젤은 음악

애호가로서 기계를 함부로 다룰 위험성이 없었으므로 한스 카스토르프는 스스로 레코드 앨범에서 특수한 용도에 맞도록 곡목을 잘 선정하여 그것을 한 권의 앨범으로 만들어 벤젤에게 건네었다. 댄스곡, 경쾌한 서곡, 그 밖의 각종 경음악곡이 중심이 된 앨범이었다. 엘리가 고상한 음악을 바라지 않았기 때문에 그런 것으로 선정한 것이다.

한스 카스토르프가 들은 바로는 이런 음악의 반주에 맞추어 손수건이 저절로라기보다는 손수건의 주름에 숨어 있는 어떤 '손톱'에 의해 마루에서 허공으로 떠오르고, 닥터 크로코프스키의 휴지통이 천장으로 둥둥 떠오르며, 벽시계의 추가 '어떤 사람'의 손에 의해 정지되었다가 다시 움직이고, 탁자 위의 종이컵이 들어올려지며, 그 밖의 이런 것들과 비슷한 음산하면서도 익살스러운 장난 같은 일이 계속된다고 했다. 그리고 실험을 지도하는 박식한 크로코프스키는 이런 실험의 성과에 거창한 학술적 명칭을 붙여 설명하면서 우쭐해하는 것 같았다. 박사는 강연에서나 사담(私談)에서나 원격 현상이라는 '텔레키네제'라는 용어를 쓰면서 그 현상을 과학에서 심령물화(心靈物化)라 부르는 하나의 현상이라고 설명했는데, 그가 엘렌 브란트를 대상으로 하여 유도해내려고 한 것도 사실은 이런 '심령 현상'에 대한 실험이었다.

그의 용어에 의하면 이것은 잠재적인 의식적 관념의 복합체가 물리적, 심령적으로 유기체에 투영되는 현상이었다. 그 현상의 근원은 영매(靈媒) 상태, 다시 말해서 최면 상태로 볼 수 있으며, 그 현상을 통해 자연의 사념물화(思念物化)가 실증된다는 점에서 그 현상은 객관화된 잠재적 관념으로 불릴 수도 있다. 사념물화란 사념이 물질을 끌어당겨 그 물질에 의하여 잠시 자신을 사물화하는 능력으로서, 말하자면 어떤 조건하에서 사념이 얻을 수 있는 힘이다. 사념이 재료로 쓰는 물질은 영매의 몸에서 방출되고 그 외부에서 생물학적으로 생동하는 말초 기관, 즉 손 같은 말초 기관을 일시적으로 형성하여, 그것이 닥터 크로코프스키의 실험실에서 보여주는 것과 같은 말초적 기적을 행하는 것이다. 또한 손 같은 말초 기관은 경우에 따라서는 눈으로 보거나 만져볼 수도 있는 구체적인 형태로 나타나기도 하며 파라핀이나 석고의 형태로 나타나기도 한다. 그것은 손 같은 말초 기관에 국한되지 않고 머리나 어떤 사람의 특징을 나타내는 얼굴이나 전신상(全身像)으로도 나타나 실험자와 직접 교섭을 행하는 일도 있다. 여기서부터 닥터 크로코프스키의 학설은 더욱 애매하게 빗나가기 시작하여 '사랑'에 관한 그의 강연에서와 마찬가지로 점점 그 의혹의 도를 더해갔다. 그것은 이미 영매와 그 수동적인 조력자들의 주관이 외계에서 어떻게 객관화되느냐 하는 현상에 대한 순수한 과학적 입장에서 벗어났기 때문이다. 거기에는 또한 막연하나마 저 세상의 자아라는 개념이 작용하게 되는 것이다. 말하자면 비록 공공연하게 인식된 것은 아니나 생명이 없는 어떤 존재, 실험의 복잡미묘한 기회를 포착하여 물질 속으로 되돌아와 자기를 부르는 인간들 앞에 모습을 나타내고자 하는 자아가 문제가 된다. 요컨대 그것은 사자(死者)를 교령술로 불러내는 것이 문제가 된다.

　최근 우리의 친구 크로코프스키가 동료들과 함께 계속하는 실험에서 얻어내려고 노력했던 것이 바로 그런 성과였다. 그는 진흙 구덩이 같은 의혹에 찬 반인간적인 세계에 정통하여 그 방면의 은밀하고 의심스러운 일에 있어서도 대단한 지도자여서, 쾌활한 미소로 일동에게 신뢰감을 주면서 사자를 불러내는 데 온갖 노력을 기울였다. 그는 엘렌 브란트의 남다른 능력을 계발하고 그것을 훈련시키는 일에 특히 주력했는데, 한스 카스토르프가 들은 바에 의하면 그 일은 그녀의 뛰어난 능력 때문에 성공할 것 같았다. 거기에 참가한 사람 가운데서 이에 두세 명이 직접 유형화(有形化)된 손과 접한 것이다. 파라반트 검사는 저 세상의 손으로부터 세차게 뺨을 얻어맞았다. 신사이며 법률가요 펜싱 클럽의 대선배인 그가 이 세상의 어떤 사람에게 뺨을 얻어맞았다면 체면 때문에 틀림없이 웃어넘기지는 않았을 텐데, 이번에는 오히려 그것을 학자답게 웃음으로 참아냈을 뿐 아니라 심지어 다른 쪽 뺨마

저 때려달라고 했고, 안톤 카를로비치 페르게도 이와 비슷한 경험을 했다는 것이다. 소위 고상한 것과는 거리가 먼 그 소박한 인물은 어느 날 밤의 모임에서 저 세상의 손을 직접 잡아 보고 그 손의 형태나 촉감이 극히 정상임을 확인하고는 예의를 잃지 않을 정도로 그 손을 힘껏 잡아당겼으나 그 손은 어떤 방법인지는 몰라도 그의 손에서 빠져나가고 말았다는 것이다. 그런 실험은 오랫동안 계속되었다.

이런 모임은 일주일에 두 번씩 거의 2개월 반이나 계속된 모양이다. 그러던 어느 날 밤, 드디어 이 세상의 것이 아닌 그 손——젊은 사나이의 손 같았는데—— 이 붉은 갓을 씌운 전기 스탠드 불빛에 비쳐 탁자 위에서 손가락을 움직여 실험자들의 눈앞에 직접 그 형체를 드러내 보였으며 접시에 담아 둔 밀가루에 그 흔적을 남겼다는 것이다. 그리고 다시 일주일이 지난 어느 날 밤, 닥터 크로코프스키의 조수인 알빈씨와 슈퇴어 부인, 마그누스 부부가 자정이 가까운 늦은 시각에 흥분과 도취로 상기된 얼굴로 한스 카스토르프의 발코니에 올라와 추위 속에서 꾸벅꾸벅 졸고 있던 이 젊은이에게 엘리의 친구, 홀거가 드디어 직접 그 모습을 전부 나타냈다고 알려왔다. 최면 상태에 있던 엘리의 어깨 부근에 그의 머리가 나타났는데, 정말로 '아름다운 갈색의 고수머리'였으며 사라지기 직전에 보여준 그 부드럽고도 우울한 미소는 도저히 잊을 수 없는 것이었다고 했다.

한스 카스토르프는 생각에 잠겼다. 그 부드럽고도 우울한 미소가, 그가 지금껏 보여주었던 어린애 같은 유치한 장난, 검사가 당한 구타 같은 어처구니없는 일들과는 어떻게 조화될 것인가. 홀거의 일관성은 기대할 수가 없었다. 홀거의 기분은 어떤 노래에 나오는 꼽추(영원한 유태인)의 기분처럼 비감(悲感)에 빠져 연민의 정을 자아내게 했고, 그 때문에 오히려 짓궂게 굴었을 것이다. 그런데 홀거의 찬미자들은 그런 점에 대해서는 조금도 생각하는 것 같지 않았다. 그들의 관심사는 그 모임에 참가하려 하지 않는 한스 카스토르프의 생각을 돌리는 일이었다. 그들은 다음 모임에는 한스 카스토르프도 꼭 참석해야 한다고 졸랐다. 엘리가 최면 상태에서, 다음번에는 실험자들이 원한다면 그들이 보고 싶어하는 고인(故人)을 직접 불러내겠다고 약속했기 때문이라고 했다. 죽은 사람을 마음대로 불러내겠다고? 그래도 한스 카스토르프는 참석하겠다는 말을 하지 않았다. 그러나 죽은 사람을 누구라도 불러내겠다고 했다는 그 말이 머리에서 떠나지 않아 3일이 지나기 전에 그는 결심을 번복하고 말았다. 좀더 정확히 말하면 그로 하여금 결심을 바꾸게 한 것은 3일이라는 기간이 아니라 그 3일 중의 불과 몇 분에 지나지 않는 시간이었다.

밤중에 혼자서 음악 홀에 앉아 매우 인상적인 발렌틴의 인품이 새겨진 레코드를 틀면서 한스 카스토르프의 마음이 변한 것이다. 영광스런 싸움터로 달려가기 위하여 고향을 떠나는 용감한 병사, 발렌틴은 이렇게 노래했다.

하느님께서 부르신다면
하늘에서 그대를 지켜보리라.
오, 마르가레테여.

이 노래를 들을 때마다 언제나 그렇듯이 한스 카스토르프의 가슴은 감동으로 물결쳤다. 그리고 그런 감정은 어떤 가능성과 희망으로 더욱 그 농도가 짙어졌다. 그는 생각했다. 무의미한 일이든 죄가 되는 일이든 그것은 참으로 진귀하면서도 가치있는 모험이 될 것이다. 설사 그를 부른다고 해도 그는 그것을 기분 나쁘게 받아들이지는 않을 것이다. 그는 그를 알고 있었다. 또한 그전에 뢴트겐실에서 그가 보아서는 안 될 것을 보고 싶어서 그것을 보아도 괜찮겠느냐고 물었을 때 머리 위 어둠 속에서 괜찮다고 대답해 주던 그의 목소리가 생각났다.

다음날 아침, 한스 카스토르프는 그날 밤의 모임에 참석하겠다고 통보했고, 저녁 식사가 끝나고 30분 뒤에 이미 무시무시한 세계에 익숙해져서 거리낌없이 웃고 떠들며 지하실로 내려가는 친구들에게 합류했다. 그가 계단에서 만났거나 닥터 크로코프스키의 실험실에서 대면하게 된 사람들은 이 위에서 뿌리를 박고 사는 고참자들이거나 팅푸 박사나 벤젤 같은 사람들이었다. 페르게, 베잘, 파라반트 검사, 레비양과 클레펠트양, 그 밖에 홀거의 머리 부분이 직접 나타났었다는 이야기를 그에게 전해 주었던 사람들과 영매 자신인 엘렌 브란트였다.

명패가 붙어 있는 문으로 한스 카스토르프가 첫발을 들여놓았을 때, 이미 북국의 아가씨는 닥터 크로코프스키의 보호하에 있었다. 검은 진찰복 차림의 닥터 크로코프스키는 아버지처럼 아가씨의 어깨에 팔을 두르고 서 있었다. 그들은 그런 자세로 복도에서 조수의 방으로 내려가는 돌계단에서 손님들에게 인사를 했는데, 누구나 그 인사에 밝고 명랑한 목소리로 답례했다. 무언가 딱딱하고 예절 바른 태도는 금기인 듯 모두가 농담을 하거나 옆구리를 툭툭 치거나 하면서 태연한 표정을 지어 보였다. 닥터 크로코프스키는 믿음직스러운 웃음을 띠고 수염 사이로 누런 이빨을 드러낸 채 안녕하십니까를 연발하다가 머뭇거리는 한스 카스토르프를 보자 이빨을 한층 드러내고 환영의 뜻을 표했다. 닥터 크로코프스키는 젊은이의 손을 꽉 잡고 용기를 내라는 듯 머리를 흔들었다.

"기운을 내십시오! 여기서는 위선자인 체하거나 독실한 신자인 체할 필요도 없습니다. 무엇보다 편견없이 탐구하는 남성다운 명랑성, 쾌활함만이 필요합니다." 거의 판토마임 같은 몸짓을 해보이는 닥터 크로코프스키의 말에도 한스 카스토르프는 좀처럼 마음이 밝아지지가 않았다. 조금 전 우리는 그가 출석을 결심하는 순간 뢴트겐실에서 었던 일을 연상했다고 했는데, 그런 연상만으로 그의 심정을 충분히 나타낼 수 없다. 현재 그의 심정은 그가 몇 년 전에 술에 취해 친구들과 함께 성 파울리 거리에 있는 창녀 집을 난생 처음으로 방문했을 때의 혈기, 호기심, 혐오감, 심각함이 한데 뒤섞인, 뭐라 표현할 수 없는 기분과 같은 것이었다.

　전원이 모이자 닥터 크로코프스키는 그날 밤의 조수로 선정된 마그누스 부인과 레비양을 대동하고 영매의 몸을 치장하기 위해 옆방으로 물러갔고, 한스 카스토르프는 나머지 아홉 사람과 함께 의사의 진료실이자 서재에서 준비가 끝나기를 기다렸다.

　그 방은 한스 카스토르프가 전에 요아힘 몰래 이 분석학자와 어떤 대화를 나눈 적이 있으므로 한스 카스토르프에게는 낯익은 곳이었다. 왼쪽 유리문 옆에는 이 탁자의 책상과 팔걸이 의자와 방문객을 위한 안락 의자가 놓여 있고 옆문 양쪽에는 늘 필요로 하는 책이 나란히 꽂혀 있었으며, 오른쪽 구석에는 병풍이 세워져 책상이 있는 왼쪽과 경계를 이루고, 거기에 납칠을 한 천으로 싸인 긴 의자와 의료 기구가 놓여 있는 유리장이, 그리고 그 반대편 구석에는 히포크라테스의 흉상이 놓여 있었다. 오른쪽 벽에는 가스 난로가 있고 그 난로 위쪽에는 렘브란트가 그린 인체 해부도 동판화가 걸려 있어서 다른 의사의 진료실과 별로 다른 것은 없었다. 그러나 그 밤의 특별한 모임을 위해 몇 가지 달라진 것이 있었다. 보통 때 같으면 방 한가운데, 샹들리에 바로 아래의 바닥 전체를 덮는 붉은 융단 위에 놓여서 안락 의자로 빙 둘러싸인 것처럼 보이던 마호가니의 원탁이 흉상이 놓인 한구석으로 밀려났고, 방 한쪽에서 건조한 열기를 내뿜으며 타고 있는 가스 난로 가까이에는 식탁보가 덮인 조그만 탁자가 특별히 준비되어 있었는데, 그 뒤에는 붉은 갓을 씌운 전기 스탠드가 놓여 있었다. 그 바로 위에도 샹들리에 이외에 붉은 천 위에 검은 망사로 덮은 전구가 보였다. 그 밖에 그 조그만 탁자 위와 옆에 몇 가지 특별한 물건들이 있었다. 하나는 손으로 흔드는 종(鐘), 또 하나는 위로 보턴을 누르면 울리게 되는 두 개의 종과 가루가 담긴 접시와 휴지통이 있었다. 또한 각기 모양이 다른 의자와 안락 의자가 한 다스 정도 그 작은 탁자를 말굽 모양으로 둘러싼 채 놓여 있었는데, 그 말굽의 한쪽 끝은 긴 의자의 끝 부분에 위치하고 다른 한쪽 끝은 천장에 매달린 샹들리에의 바로 아래쪽에 해당되었다. 그 끝 쪽 의자 가까이에서 옆문으로 이르는 그 사이에 음악을 울리는 마법 상자가 놓였고 그 옆 의자에는 레코드를 넣은 앨범이 보였다. 무대 장치는 그뿐이었다. 망사로 덮인 전등불은 아직 켜지지 않았으나 천장의 샹들리에가 대낮처럼 환한 빛을 발하고 있었다. 사무용 책상과 마주 보이는 창에는 검은 커튼이 쳐졌는데, 그 위에 다시 레이스처럼 구멍이 뚫린 크림빛 커튼이 드리워져 있었다.

닥터 크로코프스키가 세 명의 여자들을 데리고 옆방에서 나온 것은 그로부터 10분쯤 지난 후였다. 엘리의 복장은 전과는 달랐다. 평상복이 아니라 영교(靈交)를 위한 옷이라고나 할까, 하얀 잠옷 같은 옷이었는데 허리에는 끈 같은 띠를 둘렀으며 가느다란 두 팔은 맨살이었다. 처녀다운 가슴의 곡선이 가운데 은은하면서도 뚜렷하게 나타나 있는 걸 보면 가운 속에는 거의 아무것도 걸치지 않은 것 같았다.

모두 들뜬 기분으로 그녀를 맞이했다.

"엘리! 정말 멋져! 정말 요정 같아. 잘해 봐, 귀여운 천사!" 그녀는 이 의상이 자기에게 아주 잘 어울린다는 것을 안다는 듯 모두에게 미소로 답례했다. "준비 상태 네가티브" 하고 닥터 크로코프스키가 단정하듯 소리쳤다. "동료 여러분! 그러면 시작합니다." 그는 혀를 한 번만 치는 외국인다운 r 자 발음으로 말했다. 그러자 모두 소리를 내어 지껄이며 서로 어깨를 맞부딪치면서 말굽 모양으로 나란히 놓인 의자에 하나씩 자리잡는 것이었다. 한스 카스토르프도 동료라고 불린 것에 감격하여 두리번거리면서 어딘가에 앉으려고 했는데 닥터 크로코프스키가 특별히 그를 향해서 말했다.

"친구! 당신은 이를테면 손님이랄까, 신입 회원으로서 참가하였으니 오늘 밤은 특히 존경하는 뜻으로 소중한 임무를 맡기겠습니다. 영매를 감시하는 역할을 부탁드립니다."

그런 다음 그는 말굽 모양으로 나란히 놓인 긴 의자와 병풍이 맞닿은 쪽으로 젊은이를 오라고 했는데, 거기에는 엘리가 방 한가운데라기보다는 한 계단 아래에 있는 입구를 향해 얼굴을 돌린 채 등의자에 앉아 있었다. 닥터 크로코프스키 역시 아가씨와 맞닿을 정도로 바싹 갖다 댄 등의자에 앉으면서 여자의 무릎을 자기의 두 무릎으로 끼우듯 하고 그녀의 두 손을 자기의 두 손으로 맞잡는 것이었다.

"이렇게 해주시오" 하고 그는 한스 카스토르프에게 지시하듯 말하고 젊은 이를 자기가 앉았던 등의자에 앉혔다. "이것으로 당신은 영매가 조금도 움직일 수 없음을 확인할 수 있을 것입니다. 필요없겠지만 조수를 한 사람 붙여 드리겠습니다. 클레펠트양, 부탁하오."

이에 클레펠트양은 명령대로 한스 카스토르프와 함께 엘리의 가냘픈 손목을 잡았다.

한스 카스토르프는 티없이 깨끗한 아가씨의 얼굴에서 조금도 눈을 뗄 수가 없었으므로 그들의 시선은 가끔 마주칠 수밖에 없었는데, 그때마다 엘리는 눈을 내리깔았다. 그녀의 입장으로서는 지극히 당연하다 할 부끄러움 때문이었다. 그녀는 유리잔 돌리기를 하던 밤처럼 목을 약간 갸우뚱하게 들고 입술을 좀 뾰족하게 내밀어 약간 건방진 미소를 띠었다. 그러나 속마음을 감추는 것 같은 그 미소를 대하자 젊은 감시인은 그와는 아주 다른 먼 옛날에 있었던 일을 생각했다. 그가 요아힘과 함께 카스시테트를 데리고 '마을의 묘지'에, 아직 남아 있는 한 사람 몫의 영원한 안식처 앞에 섰을 때 카렌도 엘리와 똑같은 미소를 짓지 않았던가…… 말굽 모양으로 놓인 의자들이 사람들로 다 찼다. 체코인 벤젤을 빼면 모두 13명이었다. 벤젤은 여느 때와 마찬가지로 축음기를 조작해야 하기 때문에 그 옆에다 자리를 비워 둘 수밖에 없었다. 그는 축음기를 금세라도 틀 수 있도록 준비한 다음, 축음기 옆 발판에 앉았다. 그 옆에는 기타도 준비되어 있었다. 닥터 크로코프스키는 갓을 씌운 두 개의 전구를 켜고 천장에서 빛나는 밝은 샹들리에를 끈 다음 자리에 앉았다. 한스 카스토르프가 앉아 있는 반대쪽 끝, 다시 말해서 샹들리에 밑에 가서 앉은 것이다. 이어 은은한 붉은 빛이 방안을 가득 채워서 스탠드에서 멀리 떨어진 구석진 곳은 잘 보이지 않았으며, 탁자 위와 그 주위만이 어렴풋한 붉은 빛에 싸여 있었다. 불을 끄자 처음 몇 분간 바로 옆에 앉아 있는 사람도 구별할 수가 없었지만, 난로에서 희미하게 타고 있는 불길로 차츰 어둠에 익숙해져 갔다.

닥터 크로코프스키는 조명 상태에 대해 언급하면서 조명이 과학적으로 보아 그렇게 이상적이 못되어 미안하다고 했다——조명이 기분을 돋운다거나 주위를 신비롭게 만든다는 의미로 생각지는 말라, 여러 가지로 노력을 아끼지 않았으나 유감스럽게도 더 이상 밝게 할 수는 없다, 지금부터 실험하려는 힘은 밝은 빛 속에서는 나타나지 않는 성질의 힘이어서 그 점은 기정 사실로 받아들여야 한다고 말했는데, 한스 카스토르프도 만족할 수 있었다. 이런 상황에서 느낄 수 있는 이상한 기분을 어둠이 다소 부드럽게 해주었기 때문에 한스 카스토르프는 어두운 것이 오히려 반가웠다. 그는 그 이전에 있었던 뢴트겐실의 어두움을 상기해 보았다. 그때도 마찬가지였다. 그는 어떤 것을 보기 위하여 어둠 속에서 마음의 안정을 되찾았던 것이다.

닥터 크로코프스키는 본론으로 들어가기 전에 서론을 계속했는데, 그것은 한스 카스토르프를 겨냥하고 하는 말임에 틀림없었다——영매는 지금 의사가 잠을 재워 주지 않아도 되는 상태에 있다. 감시자도 곧 알게 되겠지만 영매는 자연스럽게 최면 상태에 빠진다, 일단 최면 상태에 들어가면 사람들은 그녀에게가 아니라 홀거를 상대로 하여 원하는 바를 주문해야 한다, 그녀의 입을 통해 말하는 쪽은 그녀의 수호신인 홀거이기 때문이다, 게다가 앞으로 일어나게 될 여러 현상에 대해 지나치게 의지나 사고를 집중시켜야 한다고 생각해서는 안 된다, 오히려 그렇게 하는 것이 실험을 실패로 몰고 갈 위험을 갖고 있다, 때문에 계속 지껄여서 주의를 산만하게 하는 편이 좋다. 한스 카스토르프씨는 다른 어떤 일보다 영매의 손을 꽉 잡고 있어야 한다, 제발, 그렇게 해주기 바란다는 내용이었다.

"모두 서로 손을 잡도록 하시오."

닥터 크로코프스키는 마지막으로 좌중을 향해 그렇게 명령했고 사람들은 그 명령대로 서로 손을 맞잡았다. 어두워서 상대방의 손을 잡을 수 없는 사람은 웃음을 터뜨렸다. 헤르미네 클레펠트 옆에 앉아 있던 팅푸 박사는 그녀의 어깨에 오른손을 얹고 왼손으로는 왼쪽 옆에 자리한 베잘의 오른손을 잡았다. 닥터 크로코프스키 옆에는 마그누스 부부, 또 다른 쪽에는 안톤 카를로비치 페르게가 앉아 있었는데, 한스 카스토르프가 잘못 본 것이 아니라면 베잘은 오른손으로 옆에 앉아 있는 상아빛 피부의 레비양의 손을 맞잡았다. 모두 그런 식으로 서로 손을 맞잡아 둥그렇게 원을 만들었다.

"음악!" 하고 닥터 크로코프스키가 명령하자 그와 마그누스 부부 뒤에서 대기하고 있던 체코인이 레코드를 걸고 바늘을 얹었다. 밀뢰커의 서곡의 첫 1절이 울리자 닥터 크로코프스키는 다시 "잡담!" 하고 명령했다. 그러자 모두들 명령대로 두서도 없고 아무 의미도 없는 이야기를 지껄이기 시작했다. 한쪽에서는 이번 겨울의 적설(積雪)에 대해서, 다른 쪽에서는 저녁 식사에 나오는 요리의 코스에 대해서, 또 다른 쪽에서는 방금 도착한 새로운 환자의 일이라든지 자포자기의 출발이나 합법적 출발 따위에 대한 이야기를 했다. 그러한 잡담은 음악의 흐름에 따라 끊겼다 이어졌다 하면서 의식적으로 계속되었고 그런 상태는 2,3분이나 지속되었다.

엘리가 부들부들 떨기 시작한 것은 레코드가 채 끝나기 전이었다. 그녀가 몸을 떨며 한숨을 짓고 상반신을 앞으로 기울였으므로 이마가 한스 카스토르프의 이마와 맞닿을 수밖에 없었다. 이어 엘리는 감시하는 젊은이에게 손을 잡힌 원래의 상태에서 팔을 앞뒤로 밀고 당기는 괴상한 운동을 시작하는 것이었다.

"최면 상태!"라고 실험에 경험이 있는 클레펠트양이 보고했다. 갑자기 음악도 잡담도 중단되었다. 그렇게 조용해진 가운데 부드러우면서도 느린 악센트의 바리톤으로 질문하는 닥터 크로코프스키의 목소리가 들려왔다.

"홀거는 나타났습니까?"

그러자 엘리가 다시 몸을 떨며 의자 위에서 몸을 흔들었다. 한스 카스토르프는 그녀가 자기의 손을 꽉 잡는 것을 느낄 수 있었다.

"그녀가 내 손을 꽉 잡았습니다." 그가 보고했다.

"그녀가 아니라 홀거요" 하고 닥터 크로코프스키가 그 말을 정정해 주었다. 이어 열에 들뜬 그의 목소리가 계속되었다. "그가 당신의 손을 꽉 잡은 것입니다. 그가 나타난 것입니다. 안녕하시오, 홀거. 진심으로 환영합니다! 자 친구, 생각해 보시오. 당신은 지난번 우리와 자리를 함께 했을 때, 우리가 지명하는 사람이라면 누구든 죽은 사람을 불러다 지상의 우리들 눈앞에 보여주겠다고 약속했습니다. 당신은 그 약속을 오늘 밤 여기서 실행해 보일 수 있겠소? 이행할 수 있다고 생각합니까?"

엘리가 다시 몸을 떨고는 한숨을 지으며 무언가 주저하는 것 같았다. 이어 그녀는 맞잡은 청년의 두 손과 함께 자신의 손을 이마에 갖다 대고는 "네" 하고 속삭였다.

여자의 뜨거운 입김과 함께 귓가에서 그녀가 직접 "네" 하고 대답하는 소리를 듣자 우리의 친구는 몸에 좁쌀이 돋아났다. 이것은 일반적으로 '소름' 이 끼쳤다는 뜻인데, 언젠가 고문관이 이 현상에 대해 우리들에게 설명해 준 적이 있었다. 우리들의 피부에 좁쌀이 돋아났다는 것은 생리 현상을 심리 현상과 구별하려는 것으로 그것을 단순히 '몸이 오싹했다' 라고는 말할 수 없다. 한스 카스토르프가 생각한 것은 대개 이런 것이었다. '이거 참 대단한데?' 생각은 그렇게 하면서도 그는 감동과 흥분이 엇갈린 이상한 기분을 느꼈다. 말하자면 아가씨의 손을 잡고 있을 뿐만 아니라 그녀가 귓가에다 입을 대고 '네' 라고 속삭였다고 하는, 무언가 오해할 듯한 상황에 의해 일어난 이상한 느낌이었다.

"그는 '네' 라고 말했습니다." 한스 카스토르프는 보고하면서 살짝 얼굴을 붉혔다.

"좋습니다, 홀거!" 닥터 크로코프스키는 말했다. "우리는 당신의 말을 믿습니다. 당신이 당신의 임무를 다해 줄 것을 믿습니다. 우리가 보고 싶어하는 망자의 이름을 지명하겠습니다. 그러면 동료 여러분!" 거기서 그는 여러 사람들에게로 몸을 돌리고 말을 계속했다. "말씀해 보십시오! 불러 보고 싶은 사람은 없습니까? 우리의 친구, 홀거에게 누구를 불러달라고 할까요"

그러나 침묵이 흘렀다. 모두가 자기가 아닌 다른 누군가가 의사를 밝혀 주기를 기다린 것이다. 누구나가 지난 며칠 동안 누구를 불러볼까, 하고 생각해 왔겠지만 죽은 자가 소생한다는 것, 그것이 반드시 바람직한 일인가 하는 문제는 역시 까다롭고 미묘한 문제였다. 솔직히 말해서 죽은 자의 소생을 바란다는 것은 그리 바람직한 일은 아니며 또한 잘 생각해 본다면 그 것은 죽은 자가 다시 살아난다는 것과 마찬가지로 불가능한 일이었다. 죽은 자의 소생이 가능하게 되는 경우를 가정해 본다면 수긍이 가는 일이다. 우리가 죽은 사람을 애도하는 것은 그를 다시 살려낼 수 없는 것이 슬퍼서라 기보다 소생을 바란다는 그 자체가 허용되지 않기 때문이다.

모두들 막연하고 우울하게 그렇게 느끼고 있었다. 그리고 거기에는 죽은 사람이 실제로 다시 살아난다는 것이 아니라 단지 감상적이며 연극적인 행사에 지나지 않아서 별로 심각한 일은 아니지만, 어쨌든 자기가 남몰래 생각하고 있는 망자를 본다는 사실이 두려워 그 권리를 자신이 행사하기보다는 다른 사람에게 양보하는 편이 좋겠다고 생각하고 있었다. 한스 카스토르프도 마찬가지였다. 그 역시 어둠 속에서 "아니, 괜찮고말고!" 하는 사촌의 관대한 목소리가 들리는 것 같았으나 뒤로 물러나 마지막 순간까지 어떤 다른 사람에게 권리를 양보하려고 했다. 그러나 침묵이 너무 오래 계속되었으므로 결국은 그가 입을 열었다. 그는 실험자에게 몸을 돌리고 쉰 목소리로 말했다.

"죽은 사촌, 요아힘 침센이 보고 싶습니다."

모두가 안도의 숨을 내쉬었다. 지명된 망자를 모르는 사람은 팅푸 박사와 체코인 벤젤과 영매 자신뿐이었으므로 모두 찬성의 뜻을 표했다. 페르게, 알빈씨, 검사, 마그누스 부부, 슈퇴어 부인, 레비, 클레펠트, 모두가 반갑다는 듯 큰 소리로 찬성했다. 요아힘이 생전에 정신 분석에 대해 그다지 협조적이 아니어서 사이가 그리 좋은 편은 아니었지만, 닥터 크로코프스키도 괜찮다고 고개를 끄덕여 보였다.

닥터 크로코프스키는 말했다. "좋습니다. 들었습니까, 홀거? 지명된 고인은 생전에 당신과는 안면이 없던 인물입니다. 당신은 저 세상에서 그를 알아내겠습니까? 그를 우리에게 데려다 줄 수 있겠습니까?"

모두가 숨을 죽이며 기다렸다. 최면 상태에 빠져 잠들어 있던 아가씨가 몸을 흔들며 한숨을 짓다가 다시 부들부들 떨었다. 그리고 좌우로 몸을 기울여 한스 카스토르프와 클레펠트의 귀에 뭐라고 의미 없는 말을 속삭이고는 뭔가 찾는 것 같은 모양을 해보였다. 이어 한스 카스토르프는 그의 두 손이 여자의 손에 꽉 잡히는 것을 느꼈다. 그것은 그렇게 하겠다는 의미였으므로 그는 그 사실을 보고했다. 그 보고를 듣자 닥터 크로코프스키는 말했다.

"좋습니다! 그러면 일을 시작하십시오, 홀거씨! 음악을! 그리고 잡담." 이어서 그는 모두에게 긴장하지 말라고, 지금부터 일어날 일만을 생각지 말고 오히려 여유있는 느긋한 기분을 갖는 것이 실험에는 더 효과적이라는 주의를 되풀이했다.

그로부터 몇 시간이 시작되었다. 그것은 우리의 주인공이 생애에서 경험한 일 중에서 가장 기이한 몇 시간이었다. 우리는 그의 운명이 장차 어찌될는지 전연 모르고, 또한 이 이야기의 어느 부분에서 그의 모습이 우리의 시야에서 사라져버리지만, 그 몇 시간의 경험은 그의 생애에서 가장 기묘한 것이었을 것이다.

몇 시간이라고 말했지만 사실은 2시간이 조금 넘는 시간이었다. 다시 말해서 홀거의 작업이라기보다는 엘리의 작업이라고 해야 마땅할 그 작업이 시작된 다음부터 도중에 중단된 시간까지 계산한다면 2시간이 약간 넘는다.

엘리양의 작업은 약간 길어졌다. 그래서 모두들 이 실험의 성공을 의심하기에 이르렀으며 그 작업이 실패로 끝났다고 할 정도로 고통스럽게 느껴졌다. 또 그것을 떠맡은 아가씨의 체력도 무리인 것 같아서 모두가 동정하는 마음에서 차라리 실험을 중단하는 게 좋지 않을까 하는 유혹을 여러 번 느꼈다. 인간 생활에서 도피하지 않는 한 우리 남성들은 어느 시기에 말할 수 없는 연민의 정을 느낄 때가 있게 마련이다. 그런데 이 연민의 정은 누구에게나 이해되지 않아서 우리의 가슴속으로부터 자신도 모르게 "제발 그만" 하는 분노의 외침이 새어 나오게 되는데, 그것은 물론 잘못된 생각에서이다. 그러나 그것은 거기서 끝나버리지도 않으며 또 끝나서도 안 되며 최후까지 계속되어야만 한다. 그것은 여러분도 알다시피 우리 남성이 남성으로서, 남편으로서, 아버지로서의 해산(解産)의 작업을 의미한다. 그렇다, 엘리의 작업은 틀림없는 해산의 진통과 비슷했다. 때문에 한스 카스토르프처럼 해산의 장면을 한 번도 목격한 적이 없는 젊은이도 그 순간 해산을 연상하게 되었다. 그는 인생으로부터 도피하지 않으려는 사람이었기에 유기적 신비에 가득 찬 해산의 작업을 연상한 것이다. 그런데 그 광경은 어떠했던가? 그리고 그것은 무엇 때문이며 어떠한 상황하에서였던가? 하여튼 그 모든 것은 완전히 고약하다고밖에 할 수 없었다. 붉은 불빛이 비치는 희미한 산실(産室), 잠옷을 입고 두 팔을 드러낸 산모의 앳된 모습, 계속 울리는 경쾌한 레코드 음악, 나란히 앉아 있는 사람들이 지도자의 명령에 따라 의식적으로 계속하는 잡담, 산모의 고통스러운 싸움에 대해 힘을 북돋워 주려고 부르짖는 소리, 그 모든 것이 의심스러웠다. 그들은 이렇게 말했다.

"힘을 내요, 홀거! 조금만 더하면 돼요! 홀거, 힘을 잃지 말아요! 조금만 참으면 성공이란 말이에요!"

소원을 말한 한스 카스토르프를 산모의 남편이라고 한다면, '어머니'의 두 무릎을 자기의 두 무릎에 끼우고 산모의 두 손을 자신의 두 손으로 잡고 있는 '남편'의 자세나 입장도 역시 의심스러운 것이었다. 엘리의 예쁜 손은 오래 전의 라일라 소녀의 땀 밴 손처럼 젖어 있었기 때문에 자칫하면 그의 손에서 미끄러져 나갈 것 같아 남편은 그 손을 몇 번이나 다시 잡지 않으면 안 되었다. 이것은 거기에 앉아 있는 사람들 뒤에서 타오르고 있는 난로의 열기 탓이었다.

 그것은 신비스럽고도 엄숙한 광경이었을까? 절대로 그런 것은 아니었다. 어둠에 눈이 익숙해지면서 방안이 비교적 뚜렷하게 눈에 들어왔지만 그래도 붉은 불빛에 희미하게 빛나는 방안의 광경은 어딘지 모르게 저속하고 흥취가 없었다. 음악과 함께 시끄럽게 지껄이는 목소리는 구세군(救世軍)의 요란한 광신적 예배를 연상케 해서 한 번도 그런 것에 접해 보지 못한 사람도 그런 느낌을 받을 정도였다. 그 밤의 광경은 그것이 어떤 장면을 연상시키는지는 이미 언급한 대로여서 감수성이 예민한 사람에게는 일종의 경건한 느낌에 사로잡히게 했다. 요괴스러운 의미에서가 아닌 자연스럽고 유기적인 의미에서 신비적이며 비밀에 가득 차 있었기 때문이다. 엘리의 고통스런 싸움은 진통처럼 간헐적이었다. 고통이 사라지면 그녀는 녹초가 되어 의자에서 몸이 기울어져 얼빠진 모습이었다. 닥터 크로코프스키는 그것을 '깊은 최면 상태'라고 불렀다. 잠시 후 그녀는 또 갑자기 일어나 심하게 몸부림치며 신음 소리를 내면서 감시자의 손에서 빠져나가려고 안간힘을 쓰기 시작했다. 그러더니 그의 귀에다 열에 들뜬 목소리로 속삭이면서 몸에서 무엇을 쫓아내려는 듯한 동작을 취하기도 하고 이를 갈기도 했다. 한번은 한스 카스토르프의 소매끝을 악물기도 했다.

 엘리의 그런 고통스런 싸움은 거의 1시간 이상이나 계속되었는데, 실험자는 그쯤에서 쉬는 편이 실험을 위해 유익하다는 판단을 내렸다. 기분 전환을 위해 축음기 대신 멋지게 기타를 치던 체코인 벤젤은 기타를 내려놓았으며, 다른 사람들도 모두 한숨을 돌리며 서로 잡았던 손을 놓았다. 닥터 크로코프스키가 벽쪽으로 다가가서 천장의 불을 켰기 때문에 갑자기 밝아진 불빛으로 모두 어둠에 익숙했던 눈을 근시안처럼 가늘게 떠야만 했다. 엘리는 거의 무릎에 닿을 정도로 얼굴을 숙이고 꾸벅꾸벅 조는 듯 이상한 동작을 되풀이했는데, 다른 사람들에겐 낯익은 동작이어서 별로 관심을 두지 않았으나 한스 카스토르프는 이상하게 생각되어 그런 아가씨의 동작을 계속 눈여겨보았다. 그녀는 몇 분 동안 손바닥으로 허리를 쓰다듬다가 나중에는 그 손으로 무엇을 잡아당기는 듯한, 끌어 모으는 듯한 시늉을 했다. 이어 아가씨는 몇 번 꿈틀거리다가 제정신으로 돌아와 역시 근시안처럼 눈을 가늘게 뜨고 불빛을 바라보며 눈을 깜박거리다가 빙그레 웃었다.

그녀가 미소를 지은 것이다. 사랑스러우면서도 수줍어하는 얼굴이었다. 그녀의 고통에 연민의 정을 느낀다는 건 아무래도 바보짓이라는 생각이 들었다. 그녀는 생각만큼 그렇게 지친 것 같지는 않았다. 아마 기억나는 것이 아무것도 없을 것이다. 그녀는 책상 저쪽, 벽과 창 사이에 놓인, 닥터 크로코프스키의 내빈용 안락 의자에 앉았다. 그녀는 의자의 방향을 약간 바꾸더니 책상 위에 한 팔을 올려놓고 앉아 방안을 두리번거렸다. 그녀는 모두 흥분에서 깨어나지 않은 눈으로 바라보거나 힘을 내라고 고개를 끄덕이는 사람들 가운데 끼어 묵묵히 앉아 있었다.

진짜 중간 휴식이었다. 모두들 그때까지 해낸 작업을 떠올리면서 긴장에서 풀려난 느긋한 만족감에 젖어들었다. 남자들은 담배 케이스를 열고 여유 있게 담배를 피우면서 여기저기 모여 서서 그날 밤 모임의 인상을 이야기했는데, 누구도 그 인상 때문에 그 모임이 실패로 끝나리라고는 생각지 않았다. 그리고 그런 소심함이 전혀 필요없는 여러 가지 조그마한 징조들이 엿보였다. 나란히 놓인 의자의 반대편 끝, 닥터와 가까이 앉았던 사람들은 오늘 밤도 영매의 몸에서 흘러나와 일정한 방향으로 떠도는 것 같은 일종의 차가운 입김을 분명히 느꼈다고 말했다. 그런 입김은 어떤 현상이 일어나려고 할 때는 언제나 있어 왔던 일이었다. 그리고 또 다른 사람들은 빛, 흰빛의 반점, 둥둥 떠 있는 것 같은 에너지의 덩어리가 병풍 앞에 여러 형태로 나타났었다고 주장했다. 요컨대 중단해서는 안 된다! 실망할 필요가 있겠는가! 하고 홀거는 약속을 했고 그가 그 약속을 어기리라 의심할 이유도 전혀 없었다.

닥터 크로코프스키는 실험을 재개하겠다는 신호를 보냈다. 그리고 다른 사람들이 다시 제자리로 돌아가는 동안 엘리의 머리를 쓰다듬으며 그녀를 다시금 괴로움을 당하는 고행의 자리로 데려다 주었다. 이어 모든 것이 전처럼 다시 진행되었다. 한스 카스토르프는 주임 감시자의 역할을 그만두겠다고 말했으나, 지도자는 사촌을 보고 싶다고 말한 한스 카스토르프로 하여금 영매가 절대 기만적인 행동을 할 여지가 없다는 점을 확인하도록 그 부탁을 거절했다. 그래서 한스 카스토르프는 또다시 엘리에 대해 기묘한 입장에 서게 되었다. 불이 꺼지고 방안은 다시 어스름으로 바뀌었으며 엘리는 또다시 심하게 경련을 일으키며 팔의 이상한 동작을 되풀이했다. 이번에 '최면 상태'를 보고한 것은 한스 카스토르프였다. 이어 의심스러운 해산의 고통이 계속되었다.

얼마나 소름끼치는 난산(難産)인가! 아무래도 해산은 쉽게 될 것 같지 않았다. 도대체 그런 일이 가능할까? 얼마나 어리석은 망상인가! 수태? 해산? 도대체 어떻게? "살려 줘요, 살려 주세요!" 하고 아가씨는 부르짖었는데, 그녀의 신음은 산부인과 의사들이 확신하는 무서운 경련으로 변해갔다. 아가씨는 간헐적인 진통을 겪으며 간간이 의사에게 손을 잡아달라고 부탁했고 의사는 힘을 주어 격려하며 그대로 해주었다. 그러면 그녀에게는 다시 최면의 작용이 가해져 분투할 힘이 생겨나는 것이었다.

그런 식으로 또 한차례 1시간이 지나갔다. 그동안 기타와 축음기가 번갈아가면서 경음악의 선율을 방안에 울려퍼지게 했다. 그리고 사람들의 눈도 다시 어스름에 익숙해졌다. 그때 아주 조그마한 사건이 일어났다. 그런데 그 사건을 일으킨 것은 바로 한스 카스토르프였다. 그는 그가 오래 전부터 혼자서 생각해 왔던 어떤 소망을 말했는데, 사실은 좀더 일찍 그것을 말했어야 옳은 것이다. 마침 엘리는 손목을 잡힌 두 손으로 얼굴을 가리고 '깊은 최면 상태'에 빠졌으며, 체코인 벤젤은 레코드를 다른 면으로 바꾸려고 뒤집어놓으려던 참이었다. 그때 우리의 주인공이 결심을 하고 무언가 제안할 것이 있다고 말했다. 물론 대단한 제안은 아니지만 무언가 도움이 될지도 모른다. 음악실의 레코드 중 구노의 〈파우스트〉 가운데 오케스트라의 반주를 곁들여 바리톤이 노래하는 발렌틴의 기도가 있었다. 그것은 아주 흥미 있는 곡이어서 그것을 한번 틀어 보는 게 어떨까 하는 생각이 든 것이다. 그가 한 제안은 그런 것이었다.

"그건 또 왜 그렇지요!" 어스름 저쪽에서 닥터 크로코프스키가 물어왔다.

"무드를 살리기 위해서. 이건 감정의 문제이니까요" 하고 젊은이는 대답했다. 그 곡의 정신은 아주 독특하고 개성적이어서 한번 시험해 볼 만한 것으로, 그 곡에 담긴 성격과 정신이 지금 여기서 하고 있는 실험에 도움이 될지도 모른다고 그는 설명했다.

"그 레코드가 지금 여기에 있습니까!" 닥터 크로코프스키가 물었다.

아니, 지금 여기에는 없지만 당장 가져올 수 있다고 한스 카스토르프는 대답했다.

"도대체 무슨 생각을 하는 거요!" 크로코프스키는 단호하게 거부했다——도대체 무슨 말을 하는 건가? 공연히 왔다갔다하여 실험을 중단하란 말인가? 모든 것이 헛되이 끝나서 어쩌면 처음부터 다시 시작해야 할지도 모른다. 또한 과학적인 엄밀성을 염두에 둔다면 그런 식으로 자유롭게 출입한다는 건 있을 수가 없다. 지금도 문은 잠겨 있고 그 열쇠는 내가 보관하지 않았는가. 요컨대 레코드가 현장에 있다면 모르거니와 그렇지 않다면 그건 도저히 허락할 수가——닥터 크로코프스키가 아직 말을 끝내기도 전에 체코인 벤젤이 끼어들었다.

"그 판이라면 여기에 있는데요……."

"여기에 있다고요?" 한스 카스토르프는 깜짝 놀라 물었다.

"그렇습니다. 여기에 있습니다. 〈파우스트 중 발렌틴의 기도〉라고 씌어 있군요. 이걸 좀 보십시오."

체코인은 그렇게 말했다.

분류상 녹색의 아리아 앨범 제2집에 들어 있지 않고 그 레코드가 경음악 앨범에 끼어 있는 것이 아무래도 이상했다. 우연이나 부주의한 탓일 수도 있겠지만 어떻든 그것이 저속한 경음악 앨범에 끼어 있다는 것은 반가운 일이었다. 이제는 판을 축음기에 걸어놓기만 하면 되지 않는가.

한스 카스토르프는 그 점에 대해 뭐라고 말해야 할까? 그런데 그는 아무 말도 하지 않았다. 그거 잘됐군——이렇게 말한 것은 오히려 닥터 크로코프스키였고 다른 몇 사람도 그 말을 되풀이했다. 레코드판 위에 바늘이 올려지고 축음기 뚜껑이 닫히자 성가와도 같은 반주에 맞추어 남성의 굵직한 목소리가 울려퍼지기 시작했다.

"이제 헤어질 시간이 다가왔으니……."

모두들 아무 말없이 노래에 귀를 기울였다. 그리고 노래가 시작되자 엘리는 곧 '작업'을 시작했다. 갑작스럽게 일어나며 몸을 떨고 신음했고, 괴상한 동작을 되풀이하면서 땀으로 젖은 손을 다시 이마에 갖다 대었다. 레코드는 계속 돌아갔으며 한가운데 이르자 선율은 갑자기 변하여 전쟁과 위험이 도사려 숨은, 용감하면서도 경건한 장면으로 바뀌었고 그 장면이 끝나자 마지막 부분이 이어졌다. 이어 선율은 오케스트라의 힘찬 반주와 함께 제일 앞 부분의 서곡을 되풀이했다.

"오, 주여, 나의 기도를 들어주소서……."

한스 카스토르프는 잠시도 쉬지 않고 엘리를 누르고 있었는데, 그녀는 일어서려고 목을 빼어 숨을 들이마셨다가 길게 내뿜더니 이내 잠잠해지면서 축 늘어졌다. 불안한 나머지 한스 카스토르프는 아가씨의 몸 위로 몸을 구부렸다. 그때 그는 신음하는 듯한 슈퇴어 부인의 목소리를 들었다.

"침——센——!"

한스 카스토르프는 얼굴을 들지 않았다. 입 안에 쓴맛이 고였다. 이어 다른 목소리가 냉정한 저음으로 말하는 것이 들렸다.

"나는 조금 전부터 그를 똑똑히 보고 있었습니다."

레코드가 끝나고 마지막 협화음(協和音)의 여운도 사라졌다. 그러나 아무도 축음기를 멈추려 하지 않았다. 조용한 실내에는 헛돌아가는 바늘 소리만이 들렸다. 그때 한스 카스토르프는 얼굴을 들었으며 그의 눈은 정확히 보아야 할 곳에 멈추었다.

방안에는 조금 전보다 사람이 하나 더 늘었다. 사람들과 떨어져서 방 깊숙한 곳, 책상과 병풍 사이, 조금 전 중간 휴식 때 엘리가 앉았던 의자, 거기 어두컴컴한 곳에 요아힘이 앉아 있었다. 죽을 때처럼 쑥 들어간 볼, 군인다운 수염, 그리고 그 수염 사이로 자랑스럽게 드러나는 불룩하게 부푼 입술, 그것은 분명 요아힘이었다. 요아힘은 의자에 등을 기대고 두 다리를 포갠 자세로 앉아 있었다. 비록 모자의 그늘에 가린 얼굴이었으나 그 해쓱한 얼굴에는 고뇌의 빛이 역력했으며, 임종 때의 그 엄격하고 진지한 표정도 금세 눈에 띄었다. 눈은 뼈가 앙상한 눈두덩 안에 움푹 들어가 있고 이마에는 잔주름이 새겨졌으나 아름답고 큰 검은 눈은 그 온화함을 그대로 간직했다. 그 눈은 한스 카스토르프를 향해 따뜻한 시선을 던지고 있었다. 그 옛날 요아힘의 작은 고민거리였던 불쑥 튀어나온 귀가 모자 밑으로 내다보였는데, 그 모자는 너무나 이상한 것이어서 아무도 그것이 어떤 종류의 모자인지 알아낼 수가 없었다. 사촌 요아힘은 양복 차림은 아니었으나 또한 군복 차림도 아니었다. 포개진 두 다리의 허벅지에는 군도를, 벨트에는 권총 케이스 같은 것을 차고 있는 것처럼 보였는데 그것이 정식 군복이 아닌 것만은 분명했다. 무색의 노동복 같은 것으로 옆주머니가 달려 있고 아래쪽에 십자 훈장이 보였다. 요아힘의 두 발은 무척 커 보였으나 두 다리는 지나치게 가늘어 보였고, 정강이에는 각반을 차고 있었으며 군인이라기보다는 운동 선수 같은 느낌을 주었다. 머리에 쓴 것은 무엇인가? 군대용 밥통이나 냄비 같은 것을 뒤집어쓰고 턱에서 끈으로 묶은 것 같았다. 그러나 그런 우스꽝스러운 복장이 오히려 용병(傭兵) 같은 인상을 주었다.

한스 카스토르프는 두 손 위에 엘렌 브란트의 입김을 느꼈으며 가까이에 앉아 있는 클레펠트의 거친 숨소리도 들었다. 그 밖에 들리는 소리는 아무도 손을 대지 않아서 계속 돌아가고 있는 축음기의 잡음뿐이었다. 한스 카스토르프는 동료들 가운데 누구도 보려 하지 않았으며 생각하려 하지도 않았다. 그는 자기의 무릎 위에 놓인 엘리의 두 손과 머리 위에서 엉거주춤 몸을 일으켜 어둠 속에 앉아 있는 방문객만을 계속 쏘아보았다. 그런데 갑자기 위(胃)가 뒤틀리는 것 같았으며 목이 조이고 경련과 함께 흐느낌이 흘러나왔다.

"용서해 주게나!" 그는 속삭이듯 말했다. 하염없이 눈물이 흘러 그 이상 아무것도 보이지 않았다.

"그에게 말을 걸어 보십시오!" 하는 속삭임을 한스 카스토르프는 들었다. 이어 닥터 크로코프스키가 그 특유의 바리톤으로 그의 이름을 엄숙하게 부르며 그 명령을 되풀이했으나, 한스 카스토르프는 그런 명령에는 아랑곳하지 않고 엘리의 얼굴 밑에서 자신의 두 손을 빼내고 자리에서 일어섰다. 닥터 크로코프스키가 다시 경고하는 듯한 목소리로 그의 이름을 불렀으나, 한스 카스토르프는 입구를 향해 몇 걸음 걸어가 단호한 움직임으로 전등의 스위치를 돌렸다. 갑자기 불이 켜졌다.

엘렌 브란트는 쇼크를 받아 클레펠트의 두 팔 속에서 몸을 움츠리고 경련을 했다. 안락 의자에는 아무도 없었다.

한스 카스토르프는 자리에서 일어나, 이럴 수 있느냐고 힐난하는 닥터 코르코프스키의 코앞까지 다가갔다. 그리고 무언가 말을 하려 했으나 아무 말도 나오지 않았으므로 머리를 흔들며 손만 내밀었다. 단호하면서도 거친 동작이었다. 닥터 크로코프스키에게서 열쇠를 받아들고 그는 상대방을 한참 노려보다가, 이윽고 방을 한 바퀴 빙 돌아서 밖으로 나갔다.

병적(病的)인 정열

　세월이 이런 식으로 흐르는 동안 베르크호프 요양소에는 어떤 악령이 배회하기 시작했는데, 그것은 우리가 전에 불길한 이름을 입에 올렸던 그 유령에서 직접 유래하는 악마일 것이라고 한스 카스토르프는 짐작하고 있었다. 지식을 쌓아가는 젊은이의 한없는 호기심으로 그는 악마를 연구했다. 그렇다, 그는 이 악마에 대한 주위 사람들의 지나친 봉사에 자기 자신도 모르는 사이에 말려들게 되지나 않을까 하는 위험한 가능성을 깨달은 것이다. 이제 시작되는 정신 상태는 이전의 둔감한 상태와 마찬가지로 여기저기서 그 징후를 나타냈으나, 한스 카스토르프는 그의 정서나 기질로 보아 그런 위험성에 쉽게 빠질 걱정은 없는 편이었다. 그러면서도 그는 자신이 약간만 빠져들면 주위 사람들이 하나같이 사로잡히고 마는 말씨나 얼굴 표정이나 동작에 전염되리라는 위험성을 깨닫고 소스라치게 놀랐던 것이다.

　도대체 무엇이 시작되었단 말인가? 무엇이 허공에 떠돌기 시작했는가? 그것은 싸움이었다. 그것은 가증스러운 흥분이며 뭐라 이름 붙일 수 없는 초조였다. 서로 독설을 퍼붓는 경향, 분노의 폭발, 그리고 당장에라도 격투를 시작할 것만 같은 경향, 격렬한 언쟁, 걷잡을 수 없는 욕설이 날이면 날마다 개인 사이에, 또는 집단 사이에 오갔는데, 거기에 끼어들지 않은 국외자들도 싸움하는 장본인들의 행위를 언짢게 여기거나 그들의 사이를 중재하거나 하지 않고 오히려 거기에 공감하고 똑같이 열중하고 도취하는 것이었다. 국외자들도 얼굴이 새파래지고 몸을 부들부들 떨고 눈을 도전적으로 번뜩였으며 입술을 일그러뜨렸다. 뿐만 아니라 그들은 눈앞에서 히스테리를 일으키며 아우성치고 흥분할 수 있는 기회와 권리를 갖게 된 당사자들을 부러워하는 것이었다. 그리하여 아우성치는 당사자들의 흉내를 내고 싶은 초조감에 빠져 자기 혼자만의 세계로 얼른 도망쳐버릴 만큼 자제력을 갖고 있지 않은 사람은 결국 그 소용돌이에 말려들지 않을 수 없었다. 요양소의 당국자들도 마찬가지였다. 날마다 진정서 제출이 그치지 않아 그들은 골치를 앓고 조정을 위해 애를 썼지만 그들도 이상스럽게 그 아우성에 곧 전염되고 마는 것이었다.

어느 정도 건강한 정신으로 베르크호프를 떠나 밖으로 나가는 사람도 어떤 상태가 되어 되돌아오게 될지 예측할 수 없었다. 일류 러시아인 좌석에는 마침 민스크에서 온, 고상하고 젊은 시골 귀부인이 있었는데, 아직 가벼운 증세——그녀는 3개월의 체재를 선고받았을 뿐이다——를 보이는 그 부인이 하루는 프랑스인이 경영하는 양품점에 쇼핑을 하기 위해 마을로 내려간 적이 있었다. 그 부인은 그 가게에서 여점원과 심한 언쟁을 벌이고 무척 흥분해서 돌아왔는데, 오자마자 곧 각혈을 했으며 그로부터 아주 불치의 병이 되고 말았다. 전보를 받고 달려온 그녀의 남편은 부인이 언제까지나 이 위에 체재할 수밖에 없다는 선고를 전해들었다.

이것은 이곳에 만연되고 있는 한 가지 예에 지나지 않는다. 마음이 내키지는 않으나 몇 가지 실례를 더 들어 보겠다. 혹시 여러분 가운데는 살로몬 부인과 한 식탁의 멤버인, 둥근 안경을 낀 학생을 아직도 기억하는 분이 있을 것이다. 언제나 접시 위에다 요리를 잡채처럼 가늘게 잘라놓은 다음 식탁에 팔꿈치를 괴고 허겁지겁 먹어 치우다가 가끔 두꺼운 안경알 뒤로 냅킨을 넣어 눈을 닦는 허약한 소년이었던 이 젊은이는 여전히 옛날의 학생으로서 같은 식탁에 앉아 음식을 허겁지겁 먹어 치우고 냅킨으로 눈을 닦곤 했지만 여태까지는 특별히 주의를 끈 적이 없는 존재였다. 그러던 어느 날 일이 벌어졌다. 첫번째 아침 식사 때였는데, 정말로 뜻밖에 청천벽력처럼 이 젊은이가 별안간 발작을 일으켜 식당 안의 모든 사람들이 자리에서 일어나게 되었다. 처음에는 그가 자리한 식탁 쪽에서 고함 소리가 들리기 시작했다. 그가 파랗게 질려 앉은 채 아우성치면서 식당의 난쟁이 아가씨에게 호통을 치는 것이었다. 난쟁이 아가씨는 때마침 그 곁에 서 있었다. "이 거짓말쟁이! 그래, 이 홍차가 차란 말이야? 당신이 갖고 온 이 홍차는 얼음처럼 차가운 냉차야! 이런 일은 도저히 참을 수 없어. 남을 속이려거든 한 번쯤 마셔 보라구. 이런 구정물 같은 홍차가 어디 있어. 이런 걸 사람이 마실 수 있겠어? 이따위 차를 갖다 주다니, 내가 이 구정물 같은 차를 마실 줄 알고. 도대체 나를 어떻게 아는 거야! 못 마시겠어, 절대로 마시지 않겠어!"

그가 소리소리 지르며 두 손을 불끈 쥐고 식탁을 두드렸으므로 식탁 위에 놓인 그릇들이 춤을 추었다.

"난 뜨거운 홍차가 좋단 말이야! 펄펄 끓는 홍차가. 그건 신이나 인간들에게도 통하는 부끄럽지 않은 권리야. 이런 건 싫다니까. 내가 필요로 하는 것은 혓바닥이 델 정도의 펄펄 끓는 홍차란 말이야. 죽어도 안 마시겠어. 병신 같으니라구!"

그는 최후의 자제심마저 내팽개치고 체면도 잊은 채 광란으로 황홀하게 빠져들면서 그 마지막 말을 큰 소리로 외친 것이다. 뿐만 아니라 에메렌티아를 향해 두 주먹을 휘두르다가 거품을 문 이빨을 내밀기까지 했다. 그러는 동안에도 식탁을 계속 두드리면서 '필요하다'느니 '싫다'느니 하는 말을 계속 외쳤는데, 그때도 식당 안에 있던 사람들은 여느 때와 똑같은 반응을 보였다. 한결같이 긴장된 시선들이 이 광란하는 학생을 향해 쏠렸다. 심지어 어떤 사람은 자리에서 벌떡 일어나 불끈 주먹을 쥐고 이를 악물고 눈을 희번덕거리면서 학생을 노려보았으며 또 어떤 사람들은 새파랗게 질린 얼굴로 눈을 내리깔고 벌벌 떨 뿐이었다. 그래서 그 학생이, 다시 가져온 뜨거운 차를 마시지도 않고 피로에 지쳐 축 늘어져 있는 광경을 보고도 사람들의 흥분은 쉽사리 가라앉지 않았다. 도대체 어떻게 된 영문일까?

베르크호프에는 최근에 또 한 사람이 들어왔다. 상인으로 대략 30세쯤 된 사나이인데 오래 전부터 열이 있어 이 요양소 저 요양소를 전전하던 인물이었다. 누구보다 유태인을 싫어하는 유태인 배척자인 사나이는 무슨 주의(主義)로서, 또는 마치 스포츠에 열중하듯 유태인 배척에 열중했는데, 이처럼 몸에 밴 그의 유태인 관(觀)이 이 사나이가 갖는 생활의 모든 내용이며 자랑거리이기도 했다. 그는 물론 한때 상인이었으나 그것은 오래 전의 일로서 이제는 이 세상에서 하는 일이라고는 아무것도 없었다. 단지 변함없는 것은 그가 유태인에 대해 품는 혐오감뿐이랄까. 병세는 다소 심한 편으로 가끔 고통스런 기침을 했는데, 폐로 재채기를 하듯 아주 기분 나쁜 기침 소리를 냈다. 여하튼 그가 유태인이 아니라는 사실만은 분명했고 또 그것이 그의 존재 이유이기도 했다. 그의 이름은 비이데만이라는 훌륭한 기독교도의 이름으로, 더러운 유태 계통의 이름은 아니었다. 그 비이데만은 〈아리아인의 태양〉이라는 잡지를 정기 구독했다. 그리고 가끔 이런 식으로 말하곤 했다.

"나는 A고지의 B요양소로 옮겼습니다. 사실은 안정 홀에서 누워 있으려 했는데…… 글쎄, 나의 옆 안락 의자에 누가 누워 있었을 것 같습니까? 히르시라는 사람이었습니다. 그리고 오른쪽에는 누가 누워 있었을까요? 볼프라는 작자였습니다. 물론 나는 그곳을 떠나버렸지요. 그리고……."

'너 같은 작자는 그럴 수밖에 없었겠지' 하고 한스 카스토르프는 혐오하며 생각했다.

비이데만은 근시였는데 무언가를 정탐하는 듯한 눈초리를 하고 있었다. 그는 코앞에 무언가 역겨운 것이 달려 있어 그것을 심술궂게 쳐다보며 그 방해물 이외의 것은 아무것도 보이지 않는 듯한 그런 시선이었다. 그의 망상은 병적인 의혹과 끊임없는 박해증으로 바뀌어 자신의 주위에 숨어 있는, 모습을 감추고 숨어 있는 더러운 유태 계통의 것을 밝은 데로 끌어내어 욕보여야겠다는 충동을 자제하지 못했다. 요컨대 그의 유일한 장점은 유태인이 아니라는 것으로, 그런 장점이 없는 사람을 찾아내어 욕보이는 데 온 정력을 쏟는 일, 그것이 그의 유일한 일과나 다름없었다.

우리가 넌지시 암시했던 그런 내적 정신 상태는 비이데만이라는 사나이의 삶을 극도로 악화시켰다. 물론 베르크호프에서도 그 자신은 지니지 않은 결점을 지니고 있는 인간을 만날 수밖에 없었으므로 그런 사정이 주위의 영향을 받아 드디어 끔찍한 장면을 연출하고 말았다. 한스 카스토르프도 그 장면을 직접 목격하게 되었지만 우리는 여기서 문제되는 또 다른 현상으로서 그 장면도 설명하기로 하겠다.

여기에 또 한 명의 사나이가 있었는데 이 사나이의 정체는 구태여 밝힐 필요가 없을 것이다. 그 정체가 너무나 분명하기 때문이다. 이 사나이의 이름은 존넨샤인으로, 그보다 더 유태인다운 이름은 없었으므로 이 사나이의 존재는 비이데만에게는 처음부터 코앞에 걸린 가시나 다름없었다. 비이데만은 그 가시 같은 사나이를 근시안의 가느다란 눈으로 심술궂게 노려보며 주먹을 뻗쳐 한방 먹이려고 했다. 그러나 그것은 그 가시를 쫓아내려는 것보다는 오히려 그것을 일종의 시계추처럼 흔들리게 해서 거기에 따라 그의 감정을 더욱 불안정한 초조 속으로 몰아넣으려는 속셈이었다.

존넨샤인은 비이데만과 마찬가지로 원래는 상인이었는데, 역시 병세가 심한 데다 신경과민까지 있었다. 비이데만은 농담을 즐길 줄도 아는 상냥한 사나이였으나 쓸데없이 싫은 소리를 하고 눈에 거슬린다는 듯한 태도를 취했으므로, 이 사나이 역시 비이데만을 병적일 만큼 미워하기에 이르렀다. 어느 날 오후 두 사람 사이에 일이 벌어지고 말았다. 두 사나이는 홀에서 짐승처럼 처절한 싸움을 벌여 모두 그 현장으로 달려갔다.

참으로 무섭고 비참한 광경이었다. 두 사람은 어린애들처럼 엉겨붙어 싸웠는데, 사실은 어른들의 절망적인 싸움이었으므로 더욱 처절했다. 그들은 서로 얼굴을 할퀴고 코와 목을 비틀고 싸우며 마루 위를 구르고 침을 뱉고 차고 밀치며 거품을 내뿜었다. 사무국 요원들이 달려와 겨우 두 사람을 떼어놓았으나, 비이데만은 여전히 거품을 뿜고 피를 흘리며 얼빠진 얼굴로 머리칼까지 곤두세운 채 몸을 부들부들 떨었다. 한스 카스토르프로서는 처음 목격하는 광경이라서 도저히 상상조차 할 수 없는 장면이었다. 비이데만은 골이 잔뜩 나서 자리를 떠버렸으며, 존넨샤인은 한쪽 눈이 검푸르게 멍들고 숱이 많은 고수머리에 피묻은 상처를 입은 꼴로 사무국 요원들을 따라 사무국으로 들어가 의자에 털썩 주저앉더니 두 손으로 얼굴을 가리고 아예 엉엉

울어버렸다.

비이데만과 존넨샤인의 소동은 이러했다. 이 광경을 직접 목격한 사람들은 싸움이 끝난 뒤에도 몇 시간이나 몸을 떨지 않을 수 없었다. 때문에 이 무렵에 일어난 참다운 의미에서의 명예 훼손 재판 소동에 대해 여기서 말하는 것은 오히려 다행인지도 모른다. 이 사건은 비교적 점잖게 처리되었으므로 명예 훼손 재판이라는 거창한 이름이 우스울 정도로 잘 어울리는 듯한 사건이었다. 한스 카스토르프는 이 사건을 단계적으로 목격한 것이 아니라 이 까다로운 사건의 경위를 그저 문서상의 기록으로만 알았을 뿐이다. 이 사건에 관한 서류는 베르크호프는 물론 이 지방 이 나라뿐만 아니라 외국에, 심지어 미국에까지 그 사본이 유포될 정도였다. 이 사건이 조금도 관심을 갖지 않은 사람들, 또 가질 수 없다는 게 확실한 사람들에게도 연구 자료로서 배부된 것이다.

그것은 폴란드인들 사이에 일어난 사건이었다. 최근에 베르크호프에 모여든 폴란드인 사이의 명예 문제였는데, 그들 폴란드인들은 일류 러시아인 좌석을 점령하여 요양소에서 일종의 조그마한 식민지를 만들고 있었다(여기서 밝혀 두겠는데 한스 카스토르프는 그때는 그 식탁의 멤버가 아니었다. 시간의 흐름에 따라 그는 클레펠트의 식탁으로, 살로몬 부인의 식탁으로 옮겨다니다가 지금은 레비양의 식탁 멤버가 되었다). 이 폴란드인들은 기사도 정신이 너무나 강해서 누가 눈썹을 찡그리기만 해도 결투를 신청할 정도였는데, 한쌍의 부부와 구성원 가운데 어느 신사와 특별한 사이가 된 아가씨 하나만을 제외하고는 신사들로만 이루어진 모임이었다. 그들의 이름은 폰 츠타프스키, 치스진스키, 폰 로진스키, 미카엘 로디고프스키, 레오 폰 아자라페티안, 그 밖의 여러 사람이었다. 사건의 발단은 이러했다. 어느 날 요양소의 식당에서 샴페인을 마시고 있을 때, 야폴이라고 하는 사나이가 다른 두 명의 신사들 면전에서 폰 츠타프스키 부인에 대해서, 그리고 로디고프스키씨와 은밀한 관계에 있는 크릴로프양에 대해서 듣기 민망한 이야기를 지

걸렸는데, 그것이 결국 여러 가지 절차와 조치로 발전되었고 급기야는 외국에까지 문서의 형식으로 배포된 것이다. 한스 카스토르프는 다음과 같은 문서를 읽었다.

성명서.

폴란드어 원문으로부터의 번역—— 19××년 3월 27일, 스타니슬라프 폰 츠타프스키씨는 안토니 치스진스키씨와 시테판 폰 로진스키씨를 대리인으로 하여 카지미르 야폴씨를 방문하고 명예권에 관한 법률이 정하는 바에 따라 야폴씨에게 결투를 신청해 주도록 의뢰하였음. 이는 야폴씨가 야누츠 테오필 레나르트씨와 레오 폰 아자라페티안씨와 이야기를 하며 폰 츠타프스키씨 부인에게 가한 엄청난 모욕과 중상의 책임을 묻기 위한 것임.

2월 말에 있었던 전기(前記)의 이야기를 수일 전에 들은 폰 츠타프스키씨는 거기서 가해진 모욕과 그 사실과 진상에 대한 확증을 얻기 위해서 행동을 개시했으며, 19××년 3월 27일에 이 이야기의 직접적인 증인인 레오 폰 아자라페티안씨의 증언에 의해 이 사실이 확인됨. 이에 따라 스타니슬라프 폰 츠타프스키씨는 즉각 카지미르 야폴씨를 상대로 명예권에 관한 절차를 밟기 위한 전권을 위임하기에 이른 것임.

서명자들은 다음과 같이 서명함.

1. 19××년 4월 9일 카지미르 야폴씨에 대한 라디슬라프 고들레츠니씨의 소송 사건에 대해 그 상대방 당사자, 자드찌스타프 찌굴스키씨와 타도에스쯔 카디씨에 의해서 렘베르크에서 작성된 진술서 및 19××년 6월 18일에 행해졌던 당시 사건에 관한 렘베르크 명예 재판소의 판결은 카지미르 야폴씨가 신사로서의 자격에 합당하지 않은 언동을 행한 점에 비추어 동씨를 신사로 인정할 수 없다는 것을 재확인함에 의견의 일치를 보았음.

2. 서명자들은 이상의 두 가지 사실에 의거하고 또한 위의 사실에서 귀납될 결론을 인정하여 카지미르 야폴씨는 어떤 형식에 있어서도 결투 신청에 응할 자격이 없는 자로 판정함.

3. 서명자들은 명예가 무엇인지를 이해하지 못하는 자에 대해서는 명예 문제에 관한 소송을 하거나 동문제에 대해 재량권에 의한 중재가 불가능하다고 생각함. 따라서 서명자들은 카지미르 야폴씨에 대해 명예권에 의한 수속에 따라

권리 회복을 요구하는 것이 무의미함을 스타니슬라프 폰 츠타프스키씨에게 환기시키는 동시에 카지미르 야폴씨처럼 결투 신청에 응할 자격을 상실한 인물로부터 같은 사례의 명예 훼손을 받지 않도록 본건(本件)을 형사 재판에 회부할 것을 권고함.

연 월 일 서명
닥터 안토니 치스진스키, 스테판 폰 로진스키

한스 카스토르프는 계속 읽었다.

요양소 안에 있는 바에서 19××년 4월 2일 오후 7시 30분에서 45분 사이에 스타니슬라프 폰 츠타프스키, 미카엘 로디고프스키 두 사람과 카지미르 야폴, 야누츠 테오필 레나르트 두 사람 사이에 있었던 사건 전말에 대한 증인들의 조서임.

스타니슬라프 폰 츠타프스키씨는 대리인 닥터 안토니 치스진스키씨와 스테판 폰 로진스키씨의 보고에 의하여 19××년 3월 27일에 일어난 카지미르 야폴씨의 사건을 심사숙고하고 아내인 야트비가 부인에 대한 크나큰 명예 훼손과 중상에 관한 대리인으로부터의 제안대로 카지미르 야폴씨에 대한 형사 소송을 제소하는 것은 다음과 같은 두 가지 이유로 아무 소득이 없었다는 점에 확신을 갖기에 이르렀음.

1. 카지미르 야폴씨가 지정된 시각에 법정에 출두하지 않을 우려가 많을 뿐만 아니라 또한 그가 오스트리아 국적을 갖고 있음을 감안할 때, 동씨에 대한 더 이상의 징계를 거론한다는 것에는 문제가 있을 뿐만 아니라 거의 불가능하다고 여겨짐.

2. 카지미르 야폴씨가 스타니슬라프 폰 츠타프스키씨와 그의 부인 야트비가 부인의 명예와 가문을 비방한 언사에 대해서는 형사적 처벌로 보상받을 성질의 것이 아님.

스타니슬라프 폰 츠타프스키씨는 카지미르 야폴씨가 이곳을 떠날 의향이 없음을 전언(傳言)으로 듣고 가장 적절하다고 생각되는 조치를 취하기로 했음. 이는 동씨의 증언에 의해 확인된 바임.

그리하여 스타니슬라프 폰 츠타프스키씨는 19××년 4월 2일 오후 7시 30분에서 45분 사이에 야트비가 부인, 미카엘 로디고프스키씨, 이그나츠 폰 멜린씨 등이 입회한 가운데 당해 요양소 안에 있는 아메리칸 바에서 야누츠 테오필 레나르트씨와 미지의 여성 두 명과 함께 술을 마시고 있던 카지미르 야폴씨의 얼굴을 수차에 걸쳐 구타하기에 이르렀음.

또한 미카엘 로디고프스키씨도 카지미르 야폴씨의 안면을 구타하면서, 이것은 크릴로프양과 자기에게 가해졌던 참을 수 없는 모욕에 대한 정당한 응징이라고 설명했음.

또한 스타니슬라프 폰 츠타프스키씨는 동씨와 동씨의 부인 및 크릴로프양에 대한 모욕에 대해 야누츠 테오필 레나르트씨의 안면을 연속적으로 구타함.

그러나 카지미르 야폴씨와 야누츠 테오필 레나르트씨는 마지막까지 구타를 감수할 뿐이었음.

연 월 일 서명
미카엘 로디고프스키, 이그나츠 폰 멜린

한스 카스토르프는 여느 때 같으면 이따위 형식적인 연속 구타 사건을 웃어넘겨버렸겠지만, 그 사건의 분위기를 생각하고서는 함부로 웃어넘길 수가 없었다. 그는 성명서를 읽으면서 몸을 떨었다. 한쪽이 보여주는 깍듯한 예의 범절과 다른 한쪽의 비겁성이 성명서의 구절구절에서 너무나 뚜렷하게 느껴져 그 두 편의 대조가 비록 틀에 박힌 것이기는 하나 너무나 인상적이었으므로 한스 카스토르프는 무척 기분이 언짢았다. 그렇게 느낀 것은 한스 카스토르프만이 아니었다. 모두가 그 사건으로 흥분했다. 폴란드인들의 명예에 관한 문제는 어디서나 논의가 되고 연구 대상이 되었다. 그러나 카지미르 야폴씨의 반박문이 실린 팜플렛은 모든 사람들의 열광적인 기분에 찬물을 끼얹었다. 예의 팜플렛에 의하면 폰 츠타프스키씨는 야폴씨가 이미 결투에 응할 자격이 없다고 단정지은 일을 너무 잘 알고 있었으므로 야폴씨가 결투 신청에 응하는 것을 두려워하고 있음을 처음부터 알고 있었던 셈이다. 따라서 그의 그러한 전격적인 행위는 유치한 연극에 지나지 않는 것이었다. 뿐만 아니라 폰 츠타프스키씨가 야폴씨를 상대로 한 고소를 단념한 것은 그의 부인이 몇 명의 사나이들과 내통하고 있다는 사실을 남편 자신이 잘 알고 있었기 때문이다. 이 사실을 모르는 사람은 아무도 없다는 것이었다.

또한 결투 신청에 응할 자격이 없다고 단정된 쪽은 야폴씨 하나뿐으로, 그와 이야기를 나누었던 레나르트씨의 자격은 부정되지 않았으므로 폰 츠타프스키씨는 비겁하게도 야폴씨의 무자격을 핑계로 자신의 안전을 도모하려 했음에 틀림없다. 이 사건에서 아자라페티안씨의 역할에 대해서는 야폴씨도 말하고 싶지 않은 듯 한 마디의 언급도 없었다. 요양소 안에 있는 바에서 벌어졌던 광경에 대해서 그는 이렇게 언급하고 있었다. 야폴씨는 말을 잘하고 익살을 즐기는 사람이지만 무력하고 허약한 인물이며, 레나르트가 동반하고 있던 두 명의 여성도 매우 유쾌한 사람들이기는 하지만 암탉처럼 겁이 많은 여성들이었다. 그러나 폰 츠타프스키씨는 여러 명의 남자 친구 이외에도 억센 부인과 함께여서 육체적으로 그쪽이 우세했다. 때문에 야폴씨는 야만스러운 난투극으로 여러 사람들 앞에서 추태 부리는 어리석음을 피하기로 했다. 그리하여 그는 저항하려고 하던 레나르트를 타일러 단념시키고 폰 츠타프스키씨와 로디고프스키씨의 가벼운 사교적 접촉을 참아냈던 것이다. 그러나 그 접촉도 별것이 아니어서 주위에 있던 사람들도 그것을 친구 사이의 장난 정도로 생각했다는 것이었다.

이와 같이 모든 정황은 아무리 보아도 야폴씨에게는 불리했다. 그의 반박은 우선 상대의 주장에서 느낄 수 있는 명예와 비열, 그 사이의 명백한 대조를 악화시킬 수가 없었을 뿐만 아니라 그는 상대편처럼 선전 수단을 갖고 있지 못했다. 그는 겨우 그 반박문도 타자기로 복사하여 배포했을 뿐이다. 그런데 츠타프스키측의 문서는 어떠했던가. 앞서 말한 바와 같이 그의 문서는 누구에게나, 이 사건과 전혀 관계가 없는 사람들에게도 배포된 형편이었다. 나프타와 세템브리니에게도 배포되어 한스 카스토르프는 두 사람이 문서를 갖고 있음은 물론, 두 사람이 똑같이 이상할 정도로 그것에 열중하여 읽는 것을 보고 놀라지 않을 수 없었다. 한스 카스토르프 자신은 자기의 정신 상태 때문에 용맹성을 불러일으킬 생각이 없었으나 적어도 세템브리니만은 그따위 팜플렛을 명쾌하게 비웃으려니 하는 기대를 갖고 있었다. 그러나 점차 번져가는 전염병은 이 프리메이슨 단원의 명쾌한 머리에도 결국은 영향을 미친 듯 세템브리니도 거기에 대해 비웃을 수 있는 냉철함을 잃었고, 그 구타 사건이 가져다 준, 피를 끓게 하는 흥분에 말려든 것처럼 보였다. 적어도 한스 카스토르프가 보기에는 그러했다. 그 밖에도 세템브리니의 건강 상태는 점점 악화되어 갔다. 그는 자신의 건강 상태를 비관하고 혐오와 수치심을 느꼈으며 요즈음에 와서는 자리에 눕는 일이 많아졌다.

세템브리니의 동거자(同居者)이자 논쟁자 나프타의 용태도 그리 좋지는 못했다. 예수회 회원으로서의 밝은 미래에 종지부를 찍게 한 신체적 원인, 혹은 표면적 원인이라 할 수도 있는 병이 그의 유기체 내부에서 계속 악화되어 이 고원의 희박한 공기도 병의 확산을 막을 수는 없었다. 그래서 그도 가끔 누워 지내는 신세가 되었다. 말을 할 때면 나는 금이 간 접시 같은 목소리는 점점 그 울림이 이상스러워졌으며 열이 높아지면서 말수도 더 많아지고 어조는 더욱 신랄해졌다. 병과 죽음에 대해 정신적인 저항을 계속하면서 그러한 저항력이 저열한 자연의 우세한 힘에 짓밟혀 가는 것을 슬퍼하는 것이 세템브리니의 태도라고 한다면, 나프타는 그런 저항은 모르고 건강 상태의 악화에 대해서 번민과 비탄이 아니라 그것을 철저하게 비웃는 회의와 부정과 궤변적인 태도를 취했다. 때문에 우울한 세템브리니는 점점 더 초조해졌으며 두 사람의 논쟁은 날이 갈수록 더 불꽃이 튀었다. 한스 카스토르프가 알고 있는 논쟁은 그가 입회한 자리에서 벌였던 것뿐이었는데, 그는 자기가 입회하지 않은 두 사람의 논쟁은 거의 없다고 확신했다. 그리고 교육적 대상인 자기가 입회함으로써 논쟁이 더욱 치열해진다고 단언할 수 있었다. 언젠가 그는 나프타의 신랄한 말이 들을 만한 가치가 있다고 촌평하여 세템브리니를 슬프게 한 적이 있었는데, 요즈음에 와서 나프타의 논조가 점점 절도를 잃어가고 무언가 정신적으로 건강하지 못하다고 할 수 있는 데로 흘러가기 시작했음을 그도 인정할 수밖에 없었다.

이 환자는 병을 이겨낼 힘도 없었으며 또 그럴 의지도 없이 단지 병의 형태와 그 상징을 통해 세계를 내다볼 뿐이었다. 그는 물질은 정신을 실체화하기 위한 재료로서는 너무나 조잡하다고 규정했는데, 이에 대해 세템브리니는 무척 분개하여, 경청하고 있는 제자인 한스 카스토르프의 귀를 틀어막거나 아예 방 밖으로 내쫓고 싶다는 표정이었다. 나프타는 물질에 의하여 정신을 실현시키려는 생각은 바보 같은 짓이라고 단정했다.

그렇게 해서 무엇이 생긴단 말인가? 완전한 헛수고, 희화(戱畵)에 불과할 뿐이다! 찬미받는 프랑스 혁명의 현실적인 산물은 기껏 자본주의적 부르주아 국가일 뿐이 아닌가! 선물치고는 그럴 듯한 선물이다! 이 선물을 개선하려 하면 결과는 어떨까? 이 추악한 괴물을 세계에 널리 퍼뜨릴 뿐이다. 세계 공화제! 정말 세계의 행복이 실현될 것이다. 진보라고? 진보란 몸의 위치를 바꾸면 고통이 없어지리라고 생각하여, 누운 자세를 바꾸는 환자의 이야기와 같은 것이다. 터놓고 말하기는 곤란하지만 지금 전세계에 미치고 있는 전쟁열(戰爭熱)은 이런 쓸데없는 소망의 표현이다. 결국 전쟁은 일어날 것이며, 그 결과는 이 전쟁을 계획한 집단의 기대와는 다른 것이겠지만 아무튼 좋은 일이다. 나프타는 이런 식으로 안전 제일주의를 지향하는 시민적 국가를 경멸했는데, 그런 말을 입 밖에 낸 계기는 가을날 모두가 거리를 산책할 때 갑자기 비가 내리기 시작했으므로 모두 어쩔 줄 모르고 우산을 편 일이었다. 나프타는 사람들의 이런 태도를 비웃었다. 그는 우산을 펴는 습관은 문명의 소산인 비굴함과 연약함을 단적으로 드러내는 것이라고 했다. '타이타닉호'의 침몰과 같은 불상사는 경고적이며 희귀한 사건으로 어쩌면 후련한 느낌도 준 사건인데, 그 후 교통 수단의 안전을 강화해야 한다는 요망이 더욱 높아졌다. '안전'이 조금만 위협을 받아도 곧 분노를 터뜨리게 되는데, 정말 이렇게 통속적인 휴머니즘의 연약함은 부르주아 국가가 공공연히 행하는 경제 전쟁의 탐욕스러운 야만성과 아주 좋은 대조를 이루는 것이 아닌가! 그거 좋다, 대찬성이다. 세계 도처에 전쟁의 열기가 감도는 것은 그래도 당연한 일이라 생각한다고 나프타는 말했다.

그러나 곧 세템브리니가 '정의'라는 말로 화제를 돌려 이 숭고한 말이 국정의 내우외환을 막아주는 수단이라고 하자, 나프타의 말은 앞뒤가 달라지기 시작했다. 지금껏 정신이란 지극히 고귀한 것이어서 거기에 현실적 형태를 부여할 수는 없다고 고집하던 것도 잊은 듯, 이번에는 정신이란 회의의 대상이라며 그 정신을 비난하기 시작한 것이다. 정의가 어떻다고! 그것이 그렇게 찬미할 만한 개념이란 말인가! 그게 과연 최상의 개념일까? 신과 자연은 불공평하여 인간을 편애한다. 그들은 어떤 인간에게는 영광으로 장식해 주고 어떤 인간에게는 안이하고 평범한 일생을 보내게 해준다. 의욕적인 인간의 경우는 어떠한가? 그에게는 정의라는 것이 한편으로는 의지를 꺾는 장애물이며 회의 그 자체이고 또 한편으로는 과격 행위로 내모는 진격 나팔이다. 때문에 인간은 윤리성을 잃지 않기 위해서도 과격 행위로 내모는 진격 나팔의 의미인 '정의'를 전자의 의미인 '정의'로 수정해야 하는데, 그렇게 되면 '정의'라는 개념이 갖고 있는 절대성이나 급진성은 어떻게 되는가? 게다가 우리 인간은 어느 입장에 대해 공정한가, 혹은 그와 다른 입장에 대해 공정한가 하는 그런 관계일 뿐이다. 이 밖의 공정은 자유주의적인 것이어서 오늘날 그런 것은 아무짝에도 쓸모가 없다. 정의란 부르주아적인 수사학의 공허한 낱말이다. 인간은 행동을 위해서 무엇보다 그가 어떤 정의를 목표로 하는가를 알아야 한다. 그 정의가 각자에게 그 나름의 권리를 주려는 정의인가, 아니면 만인에게 평등한 권리를 주기 위한 정의인가를 무엇보다 먼저 알아 두어야만 한다.

이것은 나프타가 이성을 교란시키려는 그 끝없는 실례 가운데 하나에 지나지 않는다. 그러나 나프타가 과학을 언급했을 때 혼란은 더욱 걷잡을 수 없게 되었다. 그 자신도 믿지 않는 과학을 입 밖에 낸 것이다. 과학을 믿는가, 믿지 않는가 하는 것은 인간의 자유이기 때문에 자신은 과학을 믿지 않는다고 했었다. 과학도 다른 신앙과 마찬가지로 신앙이지만 다른 신앙보다 더욱 악질적이며 우매하다. '과학'이란 말 그 자체부터가 가장 우매한 리얼리즘의 어휘다. 개체가 인간의 지성에 투영하는 환영 같은 것을 진실이라고 여기며 또 그것을 진실이라 부르고, 인류가 경험한 가장 저열한 도그마를 거기서 끄집어내면서도 부끄럽게 여기지 않는 리얼리즘의 어휘다. 객관적으로 존재하는 현상계라는 개념은 온갖 자기 모순 가운데 가장 우스꽝스러운 개념이 아닌가? 그러나 현대 과학은 유기체의 인식 형식, 공간, 시간, 인과율을 인간의 의식과는 독립하여 존재하는 실재적 관계라고 주장하는 형이상학적 전제(前提) 위에 토대를 두고 도그마로서 살아갈 뿐이다. 그런데 이러한 일원론적 주장은 인간이 정신에 가하는 가장 저열한 주장이다. 공간, 시간, 인과율, 그것은 일원론으로서는 발전이지만 그것이야말로 자유 사상적이며 무신론적인 사이비 종교가 갖는 그 핵심적 도그마다. 그런데 인간은 그 도그마로서 모세의 제1서를 뒤집고 인간을 우롱하는 모세의 우화에 계몽적인 성격의 지식으로 대항하려 하고 있다. 마치 헤켈이 천지창조의 현장에 입회라도 한 듯, 그들은 그렇게 하고 있다. 경험적 지식이라니! 우주의 에테르는 정밀히 측정될 수 있는 것인가? '불가분의 최소 단위'라고 하는 원자, 그 우습기 짝이 없는 수학적인 농담은 증명되었는가? 공간과 시간의 무한성이라는 설은 경험에서 얻어진 지식인가?

"조금이나마 논리적으로 생각한다면 공간과 시간의 무한성이나 실재성이라는 도그마는 결국은 유쾌한 경험으로 귀결될 것이다. 다시 말해 무(無)로 귀결된다. 리얼리즘은 결국 니힐리즘이라는 인식에 도달할 것이다. 왜 니힐리즘인가? 그 이유는 간단하다. 무한에 비한다면 아무리 큰 것이라 해도 결국은 무와 같기 때문이다. 무한한 공간 속에는 크기가 없으며 영원한 시간

속에는 계속도 변화도 없다. 무한한 공간 속에는 거리라는 것도 수학적으로는 영(零)과 같기 때문에 나란히 선 두 개의 점도 존재할 수 없으며 물체나 운동 같은 것도 존재할 수 없다. 나프타는 말했다. 그가 그런 것을 특별히 거론하는 것은, 유물적(唯物的)인 과학이 우주에 관한 한 바보스러운 헛소리에 불과한 천문학상의 실없는 말을 마치 절대 인식인 듯 내세우는, 그 뻔뻔스러움에 대항하기 위해서다. 아무런 의미도 없는 숫자를 자랑스럽게 내보이며 자신이 얼마나 하찮고 왜소한 존재인가를 깨닫고 자신이 지닌 가치에 대한 정당한 열정을 잃어버린 불쌍한 인류! 인간의 이성과 인식이 지상의 것에 한정되고 지상에 있어서의 주관적, 객관적인 현상에 관한 경험을 취급하는 것뿐이라면 그래도 괜찮다고 하겠지만, 지상의 경험을 넘어 영원한 신비를 캐내려고 우주론이니 개벽론(開闢論)이니 하고 떠든다면 그것은 단순히 웃어넘길 일이 아니라 지나치게 불손한 짓이라고 할 수 있다. 지구에서 별까지의 거리를 광년(光年)이라는 단위로 측정하고, 그 숫자로서 인간 정신으로 하여금 무한과 영원의 불길 속을 꿰뚫어보려는 상상을 갖다니, 그 얼마나 우스꽝스러운 짓인가. 그러나 무한이란 크기와 관계가 없으며 영원이란 지속과 시간적 거리와는 아무런 관계가 없을 뿐 아니라, 그것들이 과학의 개념이 될 수도 없지 않은가. 일원론적 과학이 우주에 관해 논하는 그 불손하고 몰상식한 헛된 떠벌림에 비한다면, 어린아이가 별을 보고 그것이 하늘의 천막에 뚫린 구멍이라 여기고, 그 구멍으로부터 영원한 빛이 새어나오는 것이라 믿는 단순성이야말로 그 얼마나 멋진 생각인가

　세템브리니는 그렇다면 나프타도 어린아이와 똑같은 믿음을 갖고 있느냐고 물었고, 거기에 대해 나프타는 회의의 자유와 겸손을 지니고 있다고 대답했다. 이 대답으로도 나프타가 자유를 어떤 의미로 해석하며 또 그런 개념이 어디로 귀결될지는 자명한 일이었다. 한스 카스토르프가 이 모든 것을 경청할 가치가 있다고 여길까 하는 세템브리니의 걱정이 아무 근거가 없다고 하더라도 말이다.

나프타의 악의는 기회를 엿보는 데 있었다. 자연을 정복하려는 진보의 약점을 들추어내고, 진보의 지지자나 선구자들이 오히려 비합리적인 미신으로 되돌아가는 것을 증명하려는 기회를 엿본 것이다. 나프타는 말했다. 비행사나 조종사들은 대개 의심스러운 인물들이기도 하며 무엇보다 굉장한 미신가들이어서, 돼지나 까마귀의 마스코트를 비행기 안으로 갖고 가나, 침을 세 번 뱉는다거나, 운이 좋았던 조종사의 장갑을 물려받기도 한다. 그런데 이 따위 원시적 미신과 같은 행위가 그들 직업의 기초인 세계관과 어떻게 조화되겠는가?

나프타는 자신이 지적한 그러한 모순이 재미있다는 듯 대단히 만족해했다. 우리는 나프타의 악의를 수많은 실례 가운데서 무작위적으로 끄집어낸 것이나, 구체적이라 말하기도 어리석은 한 가지 사건만은 그냥 넘어갈 수가 없을 것 같다.

2월의 어느 오후, 그들은 몬스타인으로 소풍을 가기로 했다. 썰매로 1시간 30분 정도 걸리는 거리였다. 일행은 나프타, 세템브리니, 한스 카스토르프, 페르게, 그리고 베잘, 이렇게 다섯 사람이었다. 한 필의 말이 끄는 썰매 두 대를 빌어 한스 카스토르프는 휴머니스트와 함께 타고 나프타는 페르게와 베잘과 함께 탔다. 베잘은 마부석에 앉았다. 그들은 춥지 않게 옷을 충분히 껴입었다. 나프타와 세템브리니의 하숙 앞을 지난 것이 오후 3시였는데, 조용한 설경(雪景) 속에 기분 좋은 방울 소리를 울리며 오른쪽 경사면을 계속 따라서 프라우엔키르히와 글라리스 기슭을 지나 계속 남쪽으로 달렸다. 하늘에는 어느새 눈이 실린 구름이 퍼지기 시작하여 레티콘 산맥의 상공에는 하늘이 푸른 띠처럼 간간이 엿보였다. 점점 추워지면서 산봉우리들이 짙은 안개에 휩싸였다. 썰매가 달리는 길은 험한 바위와 골짜기 사이로 나 있는 비좁고 평탄한 길로서 전나무가 빽빽이 둘러서 있는 급경사면으로 오르는 길이었다. 썰매는 아주 천천히 달렸다. 가끔 1인용 썰매로 내려오는 사람들과 만나기도 했는데, 이럴 때는 썰매에서 내려야만 했다. 모퉁

이 저쪽에서 방울 소리가 정답게 경고하듯 울려오고, 두 마리 말을 종대로 나란히 끌게 한 썰매가 지나갈 때면 그것을 피하는 데 특별한 주의를 요했다. 목적지에 가까워지자 취겐스트라세의 암벽이 보이기 시작했다. 그들은 몬스타인의 '요양 호텔'이라는 간판이 걸린 조그마한 여관 앞에서 담요를 벗고 썰매에서 내렸다. 이어 썰매는 거기에 대기시켜 놓고 좀더 들어가 남서쪽으로 우뚝 솟은 '스툴저그라트'를 바라보았다. 높이 3천 미터의 그 거대한 암벽은 짙은 안개에 휩싸여, 안개 속으로부터 하늘을 찌르는 바위 끝이 일부만 보였다. 그것은 마치 하늘의 집처럼 접근할 수 없는 숭고한 전경으로 우뚝 솟아 있었다. 한스 카스토르프는 너무나 감탄한 나머지 다른 사람들의 입에서도 탄성이 나오도록 슬슬 부추겼다. '접근할 수 없는'이란 표현을 쓴 것도 사실 한스 카스토르프였다. 그러나 그 말에 세템브리니씨는 이 암벽도 지금껏 여러 번에 걸쳐 정복을 당했을 것이다, 접근할 수 없는 것이란 존재하지 않으며 인간의 발길이 닿지 않은 자연은 있을 수 없다고 단언했다. 그러자 나프타는 그 말은 과장된 것이라고 반박했다. 나프타는 에베레스트 산을 예로 들면서 그 산은 인간들의 오만에 대해 지금껏 냉담한 태도를 보여 왔으며 앞으로도 인간들을 경원(敬遠)하는 태도를 계속 유지할 것이라고 말했다. 그런데 휴머니스트는 나프타의 그 말에 이상스럽게 화를 냈다. 일행은 다시 요양 호텔로 돌아갔다. 그곳 문 앞에는 그들이 타고 왔던 썰매와 나란히, 또 다른 썰매 2,3대가 말을 풀고 한가하게 서 있는 것이 보였다.

그 '요양 호텔'은 묵을 만한 곳이었다. 2층에는 호텔방처럼 객실의 번호가 달린 방들이 줄을 이었고 식당도 2층에 있었다. 식당은 농가의 식당 같은 구조였으나 난방은 잘되어 있었다. 일행은 여관 안주인에게 부탁해서 간식으로 커피와 벌꿀, 흰 빵, 그리고 그 지방의 특산물인 말린 배를 넣어 만든 빵도 주문했다. 마부들에게도 적포도주를 보내주도록 했음은 물론이다. 그때 그 식당의 다른 식탁에는 스위스인들과 네덜란드인들이 손님으로 앉아 있었다.

우리는 우리의 주인공들인 다섯 명이 따끈한 커피로 몸을 녹인 다음 고상한 이야기꽃을 피웠으리라 말하고 싶지만 사실은 그렇지가 못했다. 거의 나프타의 독백이 대화를 독차지했기 때문이다. 누군가가 몇 마디 하기도 전에 나프타는 말을 가로막았고, 나중에는 그의 독백이 거의 예의를 무시한 태도로 발전했다. 예수회 회원이었던 이 사람은 그 옆에 앉아 있는 한스 카스토르프에게만 무언가 설명하듯 상냥하게 이야기하면서, 반대편에 앉아 있는 세템브리니나 다른 두 사람은 아예 무시하는 듯한 태도였다.

한스 카스토르프는 나프타의 독백에 건성으로 고개를 끄덕이고 있어서 그 독백의 일관된 주제를 확실히 파악할 수가 없었다. 사실 일관된 주제라는 게 없이 그저 막연하게 정신 세계에 대해 이것저것 언급되었다. 정신 생활이 갖는 여러 현상은 모두가 애매하다는 것, 정신에서 얻어지는 개념은 어떤 확정된 성질을 갖고 있지 않다는 것, 그 개념이 갖고 있는 호전성(好戰性)은 아무짝에도 쓸모가 없다는 것을 지적하면서 절대적이라고 불리는 것들이 사실은 가지각색의 옷으로 바꾸어 입고 이 지상에 나타난다고 하는 논리였다.

나프타의 연설은 자유의 문제에 대한 것이라 할 수 있었으나, 그는 그 문제를 오히려 혼란스러운 방법으로 다루었다. 그는 여러 가지 이야기를 하면서 낭만주의 운동에 대해서도 언급했는데, 19세기 초에 유럽에서 일어난 이 운동이 갖는 현혹적인 이중의 의미에 대해서 이야기하기도 했다. 이 운동에 있어서 반동과 혁명의 개념은 그보다 높은 차원의 제3의 개념에 의하여 통일되지 않는 한 무의미하다. 혁명이란 개념을 진보와 전진이라는 계몽적인 의미에만 결부시킨다는 것은 너무나 가소롭다. 유럽의 낭만주의는 무엇보다 자유의 운동이었다. 그것은 반고전주의, 반형식주의이며 프랑스의 의고적(擬古的) 취미와 이성주의의 고전 학파에 반대하는 운동으로서 이성주의의 대변자를 시대에 뒤떨어진 형식주의자들이라고 몰아붙이는 운동이었다.

그리고 나프타는 자유를 쟁취하기 위한 전쟁, 피히테의 감격, 참을 수 없는 독재에 대한 민족적인 열광과 감격적인 지양(止揚)에 대해서 언급했다. 그런데 유감스럽게도 그 독재라는 것도 자유, 즉 혁명적인 이념의 구현이었다. 정말 우스운 것은 낭만주의자들은 반동적 군주 독재를 옹호하며 혁명적인 전제(專制)를 타도하겠다고 소리높여 외치면서 주먹을 휘둘렀으나 실은 그것이 자유를 위한 것이 되고 말았다. 나프타는 그런 식으로 독백 같은 이야기를 계속했다. 이것으로 이제 젊은이는 외면적 자유와 내면적 자유의 상위점(相違點), 또 그 대립을 알게 되었을 것이며 어떤 예속이 어느 국민의 명예와 조화될 수 있는가, 없는가에 대해서도 깨닫게 되었을 것이다.

사실 자유란 계몽적 개념이라기보다는 낭만적인 개념이다. 자유의 개념은 인간의 자기확립의 본능과 열정이면서도 수축적인 자기강조가 결합되는 지점에서 낭만주의와 일치하기 때문이다. 개인주의적인 자유 본능은 국민적인 전통의 회고적, 낭만적인 예찬을 나타냈으나 그것은 호전적이어서 인도적 자유주의는 그것을 음울한 예찬이라 부른다.

하지만 인도적 자유주의 역시 개인주의를 주장함에는 변함이 없는데 다만 그 방법이 약간 다를 뿐이다. 개인주의는 개인의 무한하고 우주적인 중요성을 믿으며 이 신념에서 영혼불멸설, 지구중심설, 점성술이 생긴다는 점에서 낭만적이고 중세적이다. 또한 개인주의는 자유주의적 휴머니즘 경향을 띠고 있고 이것이 무정부주의로 나아가는 성질을 갖고 있다. 그러나 개인주의적 휴머니즘은 집단의 희생으로부터 개인을 지키려고 한다. 이렇듯 두 가지 측면을 지닌 개인주의 중 그 어느 쪽의 것도 결국 개인주의적인 것으로서, 실은 내용이 다른 것을 같은 개인주의로 부를 뿐이다.

그러나 자유에 대한 열정이 극도로 우세한 자유의 적을 만들고, 무분별한 파괴를 초래하는 진보에 대해 전통을 지키려는 총명한 기사(騎士)를 낳게 했다는 점을 인정하지 않을 수 없다. 거기서 나프타는 개인주의를 증오하고 귀족주의를 찬미한 아른트의 이름을 들었으며 '기독교의 신비설'을 저술했던 괴레스의 이름을 들먹였다. 신비 사상은 자유와는 전혀 무관한 것일까? 신비 사상은 반스콜라적, 반독단적, 반교권적인 사상이 아니었을까? 군주 전제가 갖는 무제한의 요구를 저지했다는 점에서 교권제(敎權制)는 당연히 자유 세력으로 보아야 할 것이다. 그러나 중세 말기의 신비주의적 사상은 종교 개혁의 선구라는 의미에서 자유 세력의 본성을 드러냈다. 그리고 이 종교 개혁은 자유와 중세의 반동이 불가분하게 맺어져 짜낸 직물 같은 것이 아니었을까…….

  루터의 행위…… 그렇지, 그렇고말고, 그의 행위는 행위 일반의 의심스러운 본질을 겉으로 나타낸다는 특질을 갖고 있어. 그런데 행위란 무엇인가를 알고 있는가? 행위란 예컨대 학생 조합원 잔트가 추밀고문관(樞密顧問官) 코체부에를 암살한 것과 같은 것이다. 범죄 전문가의 어투를 빌어서 표현한다면 청년 잔트에게 "흉기를 손에 들게 한 것"이 무엇이었는가 하는 것과 같다. 물론 그것은 자유에 대한 열정에서 온 것이지만 좀더 깊이 들여다보면 자유에 대한 열정에서가 아니라 도덕적 광신에서, 비민족적 허영에 대한 증오에서 온 것이다. 코체부에는 러시아의 앞잡이며 신성동맹의 앞잡이기 때문에 잔트의 암살 행위는 역시 자유를 위한 것이었으나, 잔트의 친구 가운데 예수회 회원들이 상당수 끼여 있었다는 사실을 생각해 보면 아무래도 이상스럽다. 요컨대 행위란 신념을 확인하는 수단으로서도 부적당하며, 정신적인 문제를 해결하는 데도 도움이 되지 못한다.

  "실례지만 그 의혹에 찬 강의는 이제 좀 끝내는 게 어떻겠소?" 그때 세템브리니는 완곡하게 간청했으나 그 어조는 무척 날카로웠다. 그때까지 앉은 채 손가락으로 식탁을 계속 두드리면서 쉴새없이 수염을 비틀던 그가 더 이상 참을 수 없었던 모양이다. 그는 다시 엉거주춤 주저앉으며 그 검은 눈을 깜빡거리면서 논적을 노려보았다. 나프타는 놀란 체하며 세템브리니 쪽으로 몸을 돌렸다.

  "지금 뭐라고 하셨지요?" 나프타가 반문했다. 그러자 이탈리아인은 침을 삼키며 대답했다.

"나는, 이렇게 순진한 젊은이를 당신의 그런 의혹에 찬 말로 더 이상 혼란시키지 못하도록 막겠다는 결심을 말씀드렸소!"

"말씀을 삼가 주셨으면 합니다."

"그런 요구는 필요없소. 나는 언제나 말을 조심합니다. 그러잖아도 동요되기 쉬운 젊은이의 마음을 어지럽히고 유혹하고 윤리적으로 무력화시키는 댁의 태도는 파렴치합니다. 때문에 아무리 엄한 말로 당신을 징계한다고 해도 오히려 부족하다는 사실을 알려드립니다. 이렇게 사실 그대로를 말씀드린 것이지만……."

'파렴치'라는 말을 입에 올리면서 세템브리니는 손바닥으로 식탁을 두드리고 의자를 뒤로 밀면서 자리에서 일어섰다. 그것을 신호로 모두가 깜짝 놀라 일어섰다. 다른 식탁에 자리했던 손님들도 귀를 바싹 세우고 이쪽을 바라보았다. 스위스인들은 이미 떠난 뒤였으므로 그 식탁에는 네덜란드들인만 있었는데, 그들은 깜짝 놀라 이 돌발적인 언쟁에 귀를 기울였다.

다섯 명 모두가 식탁을 사이에 두고 꼿꼿이 서 있었다. 한스 카스토르프와 당사자인 두 사람은 이쪽에, 페르게와 베잘은 저쪽에 서서 얼굴은 파랗게 질리고 눈은 크게 뜬 채 입술을 떨고 있었다. 적수가 아닌 세 사람이 당사자들을 설득하거나 농담으로 분위기를 적당히 바꾸거나 그럴듯한 말로 충고를 할 수는 없었을까? 그러나 그렇게 하려는 사람은 아무도 없었다. 아무도 그렇게 해보려고도 하지 않았다. 그 당시에 만연하던 정신 상태가 그런 시도를 가로막은 것이다. 모두가 그저 엉거주춤 서서 몸을 떨며 주먹을 꽉 쥐고 있었다. 항상 고상한 것과는 거리가 멀다고 단언하던 안톤 카를로비치 페르게는 처음부터 이 언쟁의 숨은 의미를 비판하려 하지 않았는데, 그 사람까지도 이미 어쩔 수 없게 말려든 이상 될 대로 되라는 식으로 체념한 것 같았다. 페르게의 온후한 수염이 심하게 떨렸다.

주위는 무거운 침묵에 싸였다. 그 정적 속에서 나프타의 이를 가는 소리만이 들렸다. 그 소리는 한스 카스토르프로서는 비이데만의 성난 머리칼이 곤두서는 것을 보았던 경험과 마찬가지였다. 그는 이를 간다는 것은 다만 말뿐으로 실제로는 불가능한 일로 생각했었으나 정적 속에서 나프타의 이 가는 소리가 정말로 들렸던 것이다. 그것은 너무나 불쾌하고 야만적이며 소름끼치게 하는 소리였으나, 그것은 나프타가 억지로 참고 있다는 것을 의미했다. 그는 되도록 목소리를 높이지 않으려는 듯 헐떡거리면서 낮은 목소리로 말했다.

"파렴치라고요? 징계한다고요? 드디어 도덕광(道德狂)도 화를 냈군요? 문명의 교육자적 감시인이 마침내 칼을 뽑을 정도로 흥분한 거군요? 시작은 성공이라 하겠습니다. 아주 잘되었군요. 그럼 가소롭지만 거기에 덧붙이지 않을 수가 없지요. 도덕적인 감시인을 화나게 하는 데는 몇 마디 야유로도 충분했으니까요! 앞으로 다가올 일은 당연한 귀결이 되겠지요. 징계한다는 것도 그렇습니다. 문화적인 원칙을 갖고 있는 당신이라, 당신이 내게 어떤 의무를 갖고 있는지 잘 알 겁니다. 만약 모르신다면 당신이 문화인으로서 갖고 있는 원칙이 어떤 것인지 시험해 보아야겠는데요. 시험을 하기 위한 수단으로 말할 것 같으면……."

세템브리니의 험악한 몸짓이 나프타로 하여금 말을 계속하도록 했다.

"아, 그런가요. 그럼 일부러 시험할 필요도 없겠군요. 나는 당신의 방해물이고 당신은 나의 방해물입니다. 잘됐습니다. 언젠가 적당한 장소에서 이 사소한 분쟁을 해결하도록 하고 지금으로서는 단 한 가지만 말해 두겠습니다. 당신은 자코뱅당 혁명의 스콜라 철학적인 관념 국가에 대해서 마치 성자(聖者)와 같은 불안을 느낀 나머지, 젊은이에게 쓸데없는 회의를 심어 주고, 규범을 뒤엎고, 온갖 이념으로부터 지나치게 현학적이며 거만한 도덕성을 벗겨버리는 것을 교육자적 범죄라 생각하는데, 당신의 그러한 불안에는 그럴 만한 이유가 있습니다. 이제 당신의 인도주의는 끝장났기 때문이지요. 그 점을 확실히 말씀드려야겠군요. 아무튼 일은 끝났습니다. 그런 것은 이미 오늘날에는 시대착오며 고전적 골동품이며 정신적인 잔해일 뿐, 우리의 새로운 혁명은 그런 유물을 완전히 쓸어 없애기 위해서 행동을 개시했습니다. 우리 교육자가 당신들의 미온적인 계몽 사상이 꿈에도 생각지 못했던 회의를 심어 주려고 하는 데는 그럴 만한 이유가 있습니다. 시대가 요구하는 절대 사상, 신성한 공포는 회의와 도덕적 혼란에서만 가능한 것입니다. 이런 말을 하는 것은 나의 입장을 밝히고 당신을 계몽하기 위해서입니다. 그 이상은 다음 기회로 미루기로 하고 우선 인사만은 해둡니다."

"받아들이고말고요."

세템브리니가 나프타를 향해 외쳤는데, 나프타는 식탁에서 떠나 털가죽 외투를 가지러 옷걸이가 있는 쪽으로 바삐 걸어갔다. 프리메이슨 단원인 세템브리니는 의자에 주저앉으면서 두 손으로 가슴을 누르고 헐떡거리면서 소리를 질렀다.

"파괴자! 미친개! 흡혈귀!"

다른 세 사람은 그냥 식탁 옆에 서 있었다. 페르게의 콧수염은 계속 떨렸으며, 베잘의 아래턱은 일그러지고, 한스 카스토르프는 고개가 떨렸으므로 할아버지처럼 가슴쪽으로 턱을 당겼다. 세 사람은 다 같이 여기에 올 때 이런 일이 생기리라고는 꿈에도 바라지 않았는데 하는 생각을 하고 있었다. 모두 한 대의 썰매에 타지 않고 두 대에 나누어 타고 온 것이 불행 중 다행이라고 생각했다. 돌아가는 길에는 서글픈 심사를 면할 수가 있을 터이므로. 그러나 그 다음에는 어떻게 될 것인가?

"그가 당신에게 결투를 신청했지요?" 한스 카스토르프가 불안한 음성으로 물었다.

"그렇습니다." 세템브리니는 이렇게 대답하고 나란히 서 있는 한스 카스토르프를 힐끗 쳐다보더니 곧 시선을 다른 데로 돌렸다.

베잘이 물었다. "그 결투에 응하시겠습니까?"

"그게 묻고 싶습니까?" 세템브리니는 그렇게 응수하며 역시 베잘을 힐끗 처다본 다음 냉정을 되찾고 말을 계속했다. "여러분! 우리의 즐거운 소풍이 이런 식으로 결말이 나게 된 것을 슬프게 생각합니다. 하지만 살다 보면 이런 우발적인 사건은 누구에게나 일어날 수 있다는 것을 알아 두어야 합니다. 나는 합리적으로는 결투를 찬성하지 않습니다. 나는 누구보다 법률을 존중하는 사람이니까요. 그러나 그게 실제 문제로 닥치게 되면 사정은 다릅니다. 경우에 따라서는 그 반대로 생각할 수도 있으니까요. …… 하여튼 나는 저 사람의 요구에 응하겠습니다. 다행히 젊었을 때 칼을 좀 만져 본 일이 있으니 몇 시간만 연습하면 손목이 말을 들을 것입니다. 이제 그만 갑시다! 좀더 구체적인 것을 매듭지어야지요. 그 사람은 벌써 썰매에 말을 매도록 조치를 취했을 것입니다."

한스 카스토르프는 귀로에, 앞으로 일어날 불가사의한 일에 정신이 아찔해지는 것을 느꼈다. 특히 나프타는 베고 찌르고 하는 일 따위는 생각지도 않고 권총으로 쏘는 것만을 주장한다는 사실, 명예의 개념에 대해 모욕을 당한 쪽은 나프타였으므로 무기의 종류를 결정하는 데는 나프타에게 권리가 있다는 사실이 확실해졌으므로 한스 카스토르프는 눈앞이 더욱 아찔해졌던 것이다. 그러나 젊은이는 사람들을 사로잡아 장님을 만드는 정신 상태에서 어느 정도 제정신을 되찾고, 이따위 결투 같은 것은 미친 짓이므로 어떤 대가를 치르더라도 막아야겠다고 생각했다.

"실제로 모욕적인 사건이 있었다면 몰라도!" 한스 카스토르프는 세템브리니, 페르게, 베잘과 말을 주고받다가 외쳤다. 베잘은 이미 돌아가는 길에 나프타로부터 입회인으로 의뢰를 받아 쌍방의 연락을 맡았다. 한스 카스프토르프는 외쳤다. "그것이 민사적(民事的), 사회적인 모욕이라면 몰라도 또 그것이 상대의 명예를 훼손했다거나 여자 문제가 개재되었다거나 그런 구체적이고 실질적인 문제가 얽히고 설켜 도저히 화해가 불가능하다면 몰라도 이번의 일은 아무래도……. 물론 그런 경우에는 최후의 수단으로 결투도 한 가지 해결 방법이기는 하며, 또 그렇게 하여 훼손된 명예에 대해 보상받고 사건이 원만하게 해결되어 쌍방이 화해를 하게 된다면 분쟁의 종류에 따라 유용하고 실용적인 수단이라 할 수도 있겠지요. 그러나 이번 일의 경우 도대체 그가 어떻게 했다는 겁니까? 그를 두둔할 생각은 아닙니다만 도대체 그가 당신에게 무슨 모욕을 주었습니까? 물론 그는 모든 것을 뒤엎었습니다. 모든 이념으로부터 아카데믹한 존엄성을 유린했다고 할 수 있습니다. 그런데 당신은 모욕을 당했다고 생각합니다. 설사 그것이 당연한 사실이라고 가정하더라도……."

"가정한다고?" 세템브리니는 그 말을 되뇌면서 한스 카스토르프를 쳐다보았고 한스 카스토르프는 말을 계속했다.

"물론입니다. 그는 당신을 모욕했으나 비방하지는 않았습니다. 그 차이는 상당한 것입니다. 실례지만, 모든 것이 추상적인 문제며 정신적인 문제에 국한된 것입니다. 정신적인 문제에서는 모욕은 있을 수 있어도 비방은 불가능합니다. 이것은 어느 명예 재판에서도 인정하는 원칙입니다. 그 점에 대해서는 단언할 수 있습니다. 때문에 당신이 그에게 '파렴치'니 '엄한 징계'니 하고 말씀하신 것도 결코 욕은 안 됩니다. 왜냐하면 그것은 정신적 의미에서 말한 것으로 개인적인 것과는 별개의 문제이기 때문입니다. 비방이란 개인적인 것에만 가능합니다. 정신적인 문제는 결코 개인적인 문제가 될 수 없습니다. 이것이 바로 앞서의 원칙에 대한 저의 보충 설명입니다만……."

"당신은 잘못 생각하고 있군요." 세템브리니는 눈을 감은 채 대답했다. "당신은 정신적인 문제가 개인적인 성질을 띨 수 없다고 생각함으로써 우선 오류를 범했습니다. 그런 식으로 생각해서는 안 됩니다."

거기서 세템브리니는 점잖으면서도 곤혹스런 그 특유의 미소를 짓고 말을 계속했다.

"당신은 정신적인 문제를 평가함에 있어서 무엇보다도 큰 오류를 범했습니다. 현실적으로 결투 이외에 해결 방법이 없다는 갈등과 열정을 스스로 느끼고 있겠지만 정신적인 문제는 그렇게 심한 갈등이나 열정을 가져올 힘이 없습니다. 그러니까 그 생각은 틀렸습니다. 오히려 그 반대입니다. 추상적인 것, 순수한 것, 관념적인 것들은 또한 절대적인 것입니다. 그러므로 준엄한 것이기도 합니다. 그리고 이것이야말로 실제 생활보다 더욱 심각하고 과격한 증오, 절대적이며 비타협적인 관계를 야기시킬 가능성을 갖고 있는 것입니다. 추상적이고 정신적인 문제가 오히려 실제 생활보다 더욱 직접적이며 가차없는 국면, 참된 의미에서의 과격한 국면, 결투의 국면, 육체적 싸움의 국면으로 몰고 가는 것이라고 말한다면 당신은 이상하게 생각하겠습니까? 이봐요 친구, 결투는 이 세상의 흔한 다른 제도와 같은 것은 아닙니다. 그것은 최후적이며 자연적인 원시 상태로의 복귀이며 기사도적 해결에 의해서만 순화되는 것입니다. 그것은 남자라면 아무리 자연적인 상태로 멀리 떨어져 있어도 언제 부딪칠지 모를 육체적 싸움입니다. 남자라면 언제 그런 처지에 빠질지 모르므로 준비해야 합니다. 정신적인 문제에 대해 자기의 모든 것, 피와 살을 걸 수 없는 사람은 그것을 입에 담을 자격도 없는 사람입니다. 또한 아무리 정신적인 존재가 되어도 언제까지나 사나이로 남아 있다는 것, 그것이 무엇보다 중요합니다."

한스 카스토르프쪽이 오히려 훈계를 당한 꼴이 되고 말았다. 거기에 뭐라고 대꾸할 것인가? 그는 침울한 기분으로 생각에 잠겨 있었다. 세템브리니의 말은 냉철하고 논리적인 것 같았지만 그의 어조는 역시 뭔가 이상하고 자연스럽지 못했다. 그의 생각은 그의 것이 아니었다. 결투는 그가 생각해 낸 것이 아니라, 테러리스트인 키작은 나프타에게 강요당한 것인만큼 세템브리니가 방금 말한 것은 그의 명쾌한 지성을 노예나 도구로 만들어버린 주위의 정신 상태에 의해 감염된 것이었다. 정신적인 것은 준엄하기 때문에 동물적 상태로, 육체에 의한 결투로 빠져들 수밖에 없다는 말인가? 한스 카스토르프는 그런 생각에 반발심을 느꼈고 또 그렇게 하고 싶었다. 그러나 그것이 불가능하다는 것을 알고 깜짝 놀라지 않을 수 없었다. 주위에 만연된 정신 상태가 그에게도 감염되어 그 역시 거기서 빠져나갈 수가 없었다.

두 마리의 짐승이 싸우는 것과 같았던 비이데만과 존넨샤인의 일이 생각나 한스 카스토르프가 결국 호소할 길은 육체적인 방법뿐이라는 것을 깨닫고 소름이 끼쳤던 것이다. 그렇다, 결투 이외에는 방법이 없다. 기사도적인 조정에 의해 원시 상태를 완화시킬 수 있기에……. 한스 카스토르프는 세템브리니의 입회인이 되어 주겠다고 자원했다.

 그런데 그것이 거부당했다. 안 된다, 그럴 수는 없다. 처음에는 세템브리니의 그 점잖으면서도 곤혹스런 미소로 거절당했고, 이어 페르게와 베잘이 잠시 생각해 보고는 별다른 이유도 없이 거절한 것이다. 한스 카스토르프가 입회인으로서 이 사건에 관여하는 것은 좋지 않다고 말하면서, 동물성을 완화시키는 기사도적인 조정 수단으로서 판정인의 존재도 용인되므로 혹 판정인으로서 결투장에 나타나는 것은 무방하다고 말했다. 또한 나프타도 그의 의뢰인인 베잘을 통해 같은 의견을 전해 왔으므로 한스 카스토르프도 그것으로 만족할 수밖에 없었다. 입회인이든 판정인이든 그가 결투의 조건을 결정하는 데 견제할 가능성을 부여받는다는 사실이 무엇보다 중요하다는 것을 그는 알고 있었다.

 그런데 나프타가 어처구니없는 비정상적인 조건을 제시했다. 그는 다섯 발짝의 간격으로 할 것과 필요하다면 각기 세 번씩 발사하자고 주장했다. 그는 언쟁이 있던 날 밤에 베잘을 통해 그런 미치광이 같은 조건을 제시했는데, 베잘은 이 야만스러운 자의 대변인이 되어 반은 나프타의 위임에 의해, 반은 자신의 의도로 그 조건을 완강히 고집했다. 세템브리니는 그 조건에 별로 반대하지 않았으나 입회인인 페르게와 판정인인 한스 카스토르프는 분개하지 않을 수 없었다. 그래서 그는 베잘에게 호통까지 쳤다──구체적인 모욕이 있었던 것이 아니고, 그저 단순한 추상적인 입씨름에 그따위 야만적인 조건이 온당한가! 무기를 권총으로 택한 것만도 야만스럽기 이를 데 없는데, 거기다 그런 조건까지 내건다면 기사도도 아무런 소용이 없지 않은가. 그러느니 차라리 얼굴을 맞대고 쏘는 게 좋겠다. 베잘은 당사자가 아니니 그런 피에 굶주린 말을 쉽게 입 밖에 내는 게 아니냐. 베잘은 어깨를 으쓱해 보이면서 사태가 그토록 절박한 지경에 이르렀음을 무언중에 암시했으므로 그런 사태를 바라지 않는 상대는 기가 꺾이고 말았다. 여하튼 다음날도 절충은 계속되었다. 한스 카스토르프는 세 번씩 발사하는 것을 한 번으로, 거리는 두 결투자가 15보씩 떨어져 대치했다가 발사 직전에 각자 5보씩 전진할 권리를 갖는다는 정도의 양보를 얻어낼 수 있었는데, 그것도 화해의 시도는 절대로 하지 않겠다는 다짐을 하고서야 겨우 받아낸 양보였다. 그런데 문제가 또 하나 생겼다. 그들 다섯 사람 가운데 권총을 소지한 사람이 하나도 없었던 것이다.

알빈씨만 권총을 갖고 있었다. 알빈씨는 여자들을 놀려주기 위해 보관하는 회전식의 번쩍거리는 소형 권총 이외에도 비로드 케이스에 넣어 둔 한 쌍의 장교용 권총도 갖고 있었다. 벨기에제의 자동식 권총이었다. 갈색의 목제 손잡이 속에 탄창이 들어 있고, 기계 장치 부분은 청색을 띤 강철제로서 회전식 포신은 번쩍번쩍 빛을 냈으며 총구에는 정확한 조준 장치가 부착되어 있었다. 한스 카스토르프는 허풍선이 알빈씨의 방에서 그런 권총을 구경한 적이 있었으므로 결투에 반대하던 그도 어쩔 수없이 그 권총을 빌리는 일을 떠맡았다. 한스 카스토르프는 권총의 용도를 알빈씨에게 구태여 숨기려 하지는 않았지만 자신의 명예에 관한 비밀이라고 얼버무리면서 허풍선이의 기사도 정신에 호소하기도 했다. 그리고 그 일은 쉽게 성공을 거두어 알빈씨는 장전법도 가르쳐 주었으며 밖에서 한스 카스토르프에게 시험 사격을 해보이기까지 했다.

이런 일로 시간이 걸려 결투가 있기까지는 이틀과 사흘 밤이 지나갔다. 장소는 한스 카스토르프가 예상했던 대로 그가 '술래잡기'를 하던 외진 곳, 여름이면 푸른 꽃들이 만발하는 그림같이 아름다운 곳으로 결정되었다. 그래서 문제의 언쟁이 벌어진 날로부터 3일째가 되는 아침, 그 장소에서 새벽이 밝아오면서 결판이 나도록 되었다. 완전히 흥분 상태였던 한스 카스토르프는 그 전날 밤에야 겨우 결투장에 의사를 대동해야 된다는 생각을 했다.

그래서 그는 그 문제를 곧 페르게에게 의논했고, 그것이 그리 쉬운 문제가 아님을 알게 되었다. 라다만토스는 학우회의 선배이므로 그 결투를 어느 정도 이해는 하겠지만 요양소의 소장으로서 그가 비합법적인 결투, 그것도 환자끼리의 권총 결투에 협조할 리는 없었다. 어쨌든 중환자 두 명이 벌이는 권총 결투에 도움을 줄 만한 의사를 여기서 찾아내기란 거의 불가능했다. 그렇다고 크로코프스키를 대동할 수는 없었다. 완전히 영계(靈界)의 의사인 그가 도대체 상처의 치료법을 알기나 하는지도 의심스러웠다.

그는 그 문제도 베잘과 상의했다. 그랬더니 베잘은 의사가 입회하지 않았으면 좋겠다고 한 나프타의 의견을 들려주었다. 나프타는 결투를 하는 것은 약을 바르거나 붕대를 감으려는 것이 아니고 서로를 쏘기 위해서, 그것도 목숨을 걸고 쏘기 위해서라고 말했다는 것이다. 그 결과가 어떻게 될는지는 자기로서도 관심 밖의 일이며 때가 되면 알게 된다고 말했다는 것이다. 그것은 왠지 불길한 선고같이 들렸지만 한스 카스토르프는 나프타가 의사를 부를 필요가 없어서 그런 말을 한 거라고 믿고 싶었다. 게다가 세템브리니도 페르게를 통해 의사 같은 건 필요가 없다, 그러니 그 문제는 거론하지 않는 편이 좋겠다고 나프타에게 통고하지 않았는가? 당사자들은 그 어느 쪽도 사실은 피를 흘릴 생각이 아니라고 기대해도 그다지 어긋나지는 않을 것이다. 이미 두 사람이 언쟁이 있던 날로부터 이틀 밤을 잤으며, 앞으로 또 하룻밤을 더 보내게 되므로 흥분은 어느 정도 가라앉고 이성적으로 냉정해질 것이다. 무엇보다 감정이라는 것은 시간의 흐름에 좌우되므로 다음날 막상 무기를 들었을 때, 당사자들의 기분은 이미 언쟁이 있던 때와는 전혀 다를 것이다. 언쟁이 있던 당일이라면 화가 나서 서로 총질을 했을 테지만 내일이 되면 그런 기도는 사라지고 단지 체면상 쏘는 체만 할 것이다. 그러니 그들의 과거의 기분에 의해 목전의 느낌을 부정하는 그런 일은 어떻게든 막을 수 있을 것이다.

　한스 카스토르프의 그러한 예상은 전혀 빗나간 생각은 아니었다. 그러나 유감스럽게도 그의 예상은 세템브리니에 관해서만 적중했다. 나프타가 최후의 순간에 어떻게 생각을 바꿀는지를 한스 카스토르프가 예상만 했다면 그런 모든 것을 잉태케 한 상태가 어떤 것이든 눈앞에 다가선 결투는 막을 수가 있었을 것이다.

　불안한 하룻밤을 보내고 한스 카스토르프가 지정된 결투 장소로 가기 위해서 베르크호프를 떠난 것은 아침 7시였다. 해는 아직 뜨기 전으로 자욱한 안개가 겨우 걷히기 시작하는 시각이었다. 홀을 청소하던 하녀들이 그를 보고 깜짝 놀라서 일손을 멈추었다. 마침 바깥 현관은 잠겨져 있지 않았다. 페르게와 베잘, 그 두 사람이 각기 세템브리니와 나프타를 결투장으로 안내하기 위해 따로따로 나갔는지 아니면 함께 갔는지는 알 수가 없었다. 그러나 두 사람이 그 문을 지나갔다는 것은 틀림없었다. 한스 카스토르프는 판정인이어서 어느 쪽과도 함께 갈 수가 없었으므로 혼자 가게 된 것이다.

　그는 현재의 정세를 생각하니 마음이 무겁기만 했으나 체면상 하는 수 없이 기계적으로 떠났다. 결투장에 입회한다는 것은 너무나 당연하고 명백한 일이었다. 그것을 피하고 침대 안에서 결과를 기다릴 수는 없었다. 어떻게 하든 일을 되는 대로 내버려 둘 수 없기 때문이라고 그는 생각했다. 다행스러운 것은 아직은 불길한 일이 일어나지 않았으며 또 일어날 것 같지도 않다는 점이었다. 아직 전등불이 켜 있는 시각에 일어나 아침 식사도 하지 못하고 추운 새벽에 바깥에서 만난다는 건 내키지 않았지만 약속을 지키는 수밖에 없었다. 마지막 순간에 그가 현장에 있음으로 해서 모든 일이 어떻게든 호전되어 좋은 결말을 보게 될 것이다. 그러나 그것이 어떤 식의 결말인지는 예상할 수가 없고, 또 그것을 상상해 본다는 것도 무의미했다. 아무리 하찮은 일이라 하더라도 예상과는 달라지는 것을 우리는 경험을 통해 알고 있지 않은가.

　아무튼 그날 아침은 한스 카스토르프의 기억 중에서 가장 불쾌한 아침이었다. 수면 부족과 피로감으로 신경질이 나서 이가 떨렸으며 가슴 밑바닥에서는 조금 전에 생각한 위안이 아무래도 믿어지지 않았다. 말다툼으로 불치의 환자가 되어버린 민스크 부인, 홍차 사건으로 아우성쳤던 학생, 비이데만과 존넨샤인, 폴란드인들의 구타 사건, 그런 좋지 않은 일들이 계속 연상되었다. 자기가 입회한 가운데 두 사람이 실제로 총을 쏘아 피를 흘린다는 일은 상상도 할 수 없었으나 비이데만과 존넨샤인의 행위를 생각해 보면 그는 자기 자신이나 주위 사람들을 믿을 수가 없었다. 한스 카스토르프는 그런 생각을 하니 털가죽 코트를 입고 있는데도 몸이 떨렸다. 그러나 한편으로는 지금 자기가 처해 있는 상황의 이상하고 비장한 느낌이 새벽의 상쾌한 기분과 뒤섞여 그의 기분을 어느 정도 북돋워 주었다.

이런 뒤숭숭한 생각에 잠겨 한스 카스토르프는 밝아오기 시작하는 새벽 속을 걸어갔다. 그는 쌍썰매 코스의 종점에서 좁은 들판길을 따라가다가 눈으로 덮인 숲에 이르렀다. 그는 이어 나무 다리를 지나 사람들의 발길로 자연스럽게 만들어진 오솔길을 따라 계속 걸어갔다. 그는 빨리 걸었기 때문에 얼마 안 가서 세템브리니와 페르게를 따라붙을 수가 있었다. 페르게는 긴 망토 밑에 권총을 들고 있었다. 두 사람과 합류한 한스 카스토르프가 얼마쯤 걸어갔을 때, 조금 앞을 걸어가는 나프타와 베잘의 모습이 보였다.

"정말 추운데요. 적어도 영하 18도는 되겠어요!" 한스 카스토르프는 이런 말을 했는데 자기는 제법 머리를 써서 한 말이었으나 그 말이 너무 경박한 것 같았으므로 깜짝 놀라 이렇게 덧붙였다. "여러분, 나는 굳게 확신합니다……."

그러나 다른 두 사람은 아무 말도 하지 않았다. 선량한 페르게의 콧수염만이 일그러졌다. 잠시 후 세템브리니가 발걸음을 멈추고 한스 카스토르프의 손을 잡아당겨 거기에 자기의 한쪽 손을 얹고서 말했다.

"나는 살인을 하지는 않아요. 죽이지는 않을 거요. 나는 그의 총알을 향해 설 거요. 그것이 내가 명예를 걸고 할 수 있는 말의 전부요. 나는 죽이지 않습니다. 그 점에서는 나를 믿으시오!"

세템브리니는 한스 카스토르프의 손을 놓고 다시 걷기 시작했고, 한스 카스토르프는 감동된 나머지 몇 걸음 걷다가 입을 열었다.

"참으로 좋은 생각입니다. 세템브리니씨, 그럼 저쪽에서……."

그러자 세템브리니는 머리를 흔들었을 뿐이었다. 한스 카스토르프는 한쪽이 쏘지 않으니 다른 쪽 역시 그럴 것이라고 생각하여 만사가 예상대로 잘 끝날 것 같아 마음이 한결 가벼워졌다.

그들은 협곡에 걸린 다리를 건넜다. 여름에는 물방울을 튀기며 흘러, 그곳의 그림 같은 풍경을 더욱 그럴듯하게 해주던 폭포는 이제 얼어붙어서 소리조차 나지 않았다. 나프타와 베잘은 이미 벤치 앞에 쌓인 눈 위를 서성거리고 있었다. 전에 한스 카스토르프가 누워서 이상할 정도로 선명한 회상에 잠겨 코피가 멎기를 기다리던 그 벤치 위에도 눈은 두껍게 쌓여 있었다. 담배 피우는 나프타를 보고 한스 카스토르프도 담배를 피워 볼까 했으나 그다지 마음이 내키지 않았다. 그래서 한스 카스토르프는 나프타가 담배를 피우는 것은 평정을 가장하는 것이라는 생각을 했다. 한스 카스토르프는 이곳을 찾을 때마다 느끼는 행복에 젖어 그 장소가 주는 웅장하면서도 정감 있는 경치로 눈길을 돌렸다. 눈과 얼음으로 덮인 겨울 경치 역시 백화(百花)가 만발하는 여름에 뒤지지 않았다. 비스듬히 눈앞에 튀어나온 전나무 가지와 줄기에도 눈은 무겁게 쌓여 있었다.

"안녕하십니까?" 한스 카스토르프는 분위기를 좀더 부드럽게 하고 험악한 공기를 바꾸기 위해 애써 명랑한 목소리로 인사를 했으나 아무런 효과도 없었다. 아무도 그 인사에 대답해 주지 않았던 것이다. 인사라고 해야 거의 눈에 띄지 않을 정도로 고개를 숙인, 어색한 무언의 인사뿐이었다. 그래도 한스 카스토르프는 거기에 도착한 흥분과 새벽녘에 빨리 걸은 탓으로 몸 안에 축적된 열과 가쁜 호흡, 그 모든 것으로 불행을 막는 간절하고 선량한 목적에 쏟겠다고 다짐하고 다시 입을 열었다.

"여러분, 저는 확신합니다……."

그러나 나프타가 그의 말을 냉담하게 가로막고 말았다. "당신의 그 확신이란 것은 다음 기회에나 사용하도록 하시오. 무기나 주시오."

나프타의 그 말에 한스 카스토르프는 한방 먹은 기분이 되어 페르게가 외투 밑에서 권총 케이스를 꺼내고 베잘이 거기서 권총 한 자루를 받아 다시 나프타에게 넘겨주는 모습을 멍청히 바라보는 수밖에 없었다. 이어 세템브리니도 페르게로부터 권총을 받았다. 다음에는 장소를 마련할 양으로 페르게가 모두에게 비켜달라고 했다. 그는 발걸음으로 거리를 재어 그것을 눈 위에다 표시했다. 15보를 나타내는 바깥선은 자신의 구두 뒤꿈치로, 그리고 5보를 나타내는 간격선은 페르게 자신과 세템브리니의 산책용 지팡이를 가로놓아 표시했다.

선량한 인종자(忍從者) 페르게, 그는 지금 무슨 짓을 하고 있는 건가? 한스 카스토르프는 자기의 눈을 믿을 수가 없었다. 다리가 긴 페르게는 그 긴 다리를 완전히 벌려 거리를 쟀기 때문에 그런대로 15보의 간격은 꽤 먼 거리가 되었으나 그 안쪽에는 두 개의 지팡이가 놓여 있어 그 거리는 얼마 되지 않았다. 그렇다, 페르게는 진지하게 처리했다. 하지만 도대체 어떤 악마에 홀려서 저 사나이는 저런 끔찍한 준비를 하고 있는 걸까

나프타는 벌써 털가죽 망토를 벗어 안에 댄 털이 바깥으로 보이도록 눈 위에 던지고 권총을 들고는 방금 구두 뒤축으로 만든 바깥 금으로 걸어갔다. 페르게는 아직 다른 선을 긋느라 눈 위를 치고 있었다. 페르게가 일을 끝내자 이번에는 세템브리니가 낡아빠진 털가죽 저고리를 벌린 채 지정된 위치에 섰다. 그때까지 멍청히 서서 그런 광경을 지켜보던 한스 카스토르프가 또다시 용기를 내어 얼른 앞으로 나갔다.

그는 숨이 넘어가듯 말했다. "여러분, 서두르지 마십시오. 어쨌든 이 사람의 의무이기는 하지만……."

"입 닥쳐요!" 나프타가 날카롭게 소리질렀다. "신호를 해주시오!"

그러나 아무도 신호를 해주지 않았다. 그 일에 대해서는 사전에 충분히 논의가 되어 있지 않았던 것이다. '시작!'이라는 신호를 보내는 일이 판정인의 역할이라는 것을 누구도 생각지 못했던 듯 그 일에 대해서는 사전에 언급이 없었다. 한스 카스토르프가 입을 다물고 있었으므로 누구도 그를 대신하여 호령을 내리려 하지 않았다.

결국 나프타가 선언했다. "그러면 시작합시다. 전진하면서 쏘시오!" 그는 상대에게 외친 다음, 팔을 뻗어 세템브리니의 가슴 높이로 권총을 쳐들고 앞으로 걷기 시작했다. 참으로 믿을 수 없는 행동이었다. 그런데 세템브리니도 똑같은 행동을 취했다. 그는 나프타가 방아쇠에 손을 얹고 안쪽 선에 섰을 때, 겨우 세 발짝 앞으로 나와 총구를 위로 향하여 발사했다. 총성이 산울림이 되어 계속 메아리쳤다. 주위의 산들이 울리고 그것이 다시 어울려 온 골짜기를 뒤흔들었다. 한스 카스토르프는 그 소리에 사람이 달려오지나 않을까 하는 걱정을 했다.

"당신은 하늘을 향해 쏘았습니다." 나프타는 권총을 내리고 분노를 억누르며 말했다.

"내가 쏘고 싶은 대로 쏘았을 뿐이오." 세템브리니가 응수했다.

"다시 쏘시오."

"그럴 생각은 없소. 이번에는 당신이 쏠 차례요."

"세템브리니는 그렇게 말하고 얼굴을 하늘로 향하고는 나프타와 정면으로 서지 않고 비스듬하게 섰다. 참으로 감동적인 자세였다. 결투에 있어서는 상대방에게 가슴 정면을 드러내 놓지 않는 게 예의라는 말을 들어 알고 있었으므로 그런 자세를 취했으리라는 것은 누구나 짐작할 수 있었다.

"이 비겁자!" 나프타가 소리를 질렀다. 그리고 그 외침은 쏘는 자가 총알을 맞는 쪽보다 용기가 필요하다는 것을 인정한 것이다. 그는 결투와는 전혀 다른 방법으로 권총을 위로 들어 자신의 머리에 쏘고 말았다.

정말 처참하고 잊을 수 없는 광경이었다. 이 참사의 날카로운 총성이 산

울림이 되어 퍼지는 가운데 나프타는 비틀거리며 뒤로 넘어지면서 몸 전체를 오른쪽으로 틀더니 눈 속으로 얼굴을 처박았다.

일순 모두가 멍청히 서 있었다. 세템브리니가 제일 먼저 총을 던지고 나프타에게로 달려갔다.

"이게 무슨 짓인가? 이것이 신에 대한 사랑의 행위란 말인가!"

세템브리니는 절규했으며 한스 카스토르프는 세템브리니를 도와 나프타의 몸을 반듯하게 눕혔다. 관자놀이에 검붉은 구멍이 보였으며 얼굴은 너무 참혹해서 그들은 나프타의 주머니에서 비단 손수건을 꺼내어 얼굴을 덮어 주었다.

청천벽력

한스 카스토르프는 이 위에서 그들과 7년을 함께 보냈다. 이 7이라는 숫자는 십진법을 신봉하는 사람에게는 애매한 수이지만 그것은 그것대로 훌륭하고 손쉬운 수로서 일종의 신화적이고 회화적인 의미를 지닌 시간 단위라 할 수 있는 것이다. 그것은 예컨대 반 다스 같은 평범하고 무미건조한 수보다는 만족스러운 수이다. 식당에 있는 일곱 식탁 가운데 한스 카스토르프가 앉아 보지 않은 식탁은 하나도 없었다. 그는 어느 식탁에나 1년 정도는 앉아 본 경험이 있기 때문이다. 마지막으로 그는 이류 러시아인석에도 앉아 보았다. 두 명의 아르메니아인, 두 명의 핀란드인, 한 명의 부하라인, 이란의 쿠르드족과 자리를 함께 했다. 그는 길렀는지 모르지만, 수염은 외모에 대한 그의 철학자다운 무관심의 결과라 해도 무방할 만한 수염이었다. 그렇다, 우리는 더 나아가 그 자신이 스스로에 대해 무관심해진 것과 마찬가지로 주위 사람들도 그에 대해 무관심한 관계로 변했다는 사실을 인정해야 될 것이다. 요양소 당국도 그를 위해서 특별히 기분 전환 같은 것을 생각지 않게 되었다. 고문관도 다만 수사학적인 어조로 '잘 잤습니까' 라는 간단한 아침 인사 정도를 한스 카스토르프에게 걸었을 뿐이고 아드리아티카 폰 밀렌동크(그녀는 요즈음에도 또 큰 다래끼를 달고 지냈다)는 며칠에 한 번 정도도 아는 체를 하지 않았다. 좀더 자세히 설명한다면 거의 말을 걸지 않았다고 해야 옳을 것이다. 요컨대 사람들은 그를 혼자 있게 내버려 둔 것이다——낙제가 결정되어 관심 밖으로 밀려나 더 이상 질문에 대답하지 않아도, 공부를 하지 않아도 괜찮게 된, 이상하면서도 통쾌한 특전을 누리게 된 학생, 그는 그런 학생의 처지가 되어버린 것이다—— 그것은 자유 가운데서도 방종한 형태의 자유라고 부연하고 싶지만, 자유라는 것에 그 밖의 뜻이나 형식의 자유라는 것이 있겠는가 묻고 싶기도 하다. 여하튼 한스 카스토르프는 자포자기로 반항적인 출발을 시도할 우려는 없다고 단정되었기 때문에 요양소 당국이 앞으로 특별히 신경을 쓸 필요가 없는 존재였다. 그는 안전한 존재며 종신적(終身的)인 존재였다. 그곳을 떠나 어느 곳으로 가야 할지 이미 알 수 없게 되었으며 평지로 돌아가려는 것도 이제는 전혀 생각할 수 없게 된 그런 존재였다. …… 그의 자리가 이류 러시아인 좌석으로 옮겨졌다는 사실도 어쩌면 그의 존재에 대한 안도의 표현은 아닐까? 이렇게 말한다고 해서 소위 이류 러시아인석을 조금이라도 격하시키겠다는 것은 아니다! 일곱 식탁 사이에 우열이란 있을 수 없었다. 좀더 대담하게 말한다면 거기에는 어느 식탁이나 다 같이 인정받는 민주제가 지배하고 있었다. 이류 러시아인석에도 다른 여섯 개의 식탁과 똑같이 푸짐한 요리가 나왔으며, 라다만토스 자신도 순번이 돌아오면 그 식탁에 자리를 잡아 접시 앞에 그 큰 손을 모으곤 했었다. 그 식탁에서 식사하는 사람들은 물론 라틴어는 조금도 몰랐으며 식사를 할 때는 그다지 품위 있는 체하지는 않았으나 모두 존경받을 만한 인류의 일원임에는 틀림없었다.

시간, 그것은 정거장에 걸린 시계의 장침(長針)처럼 5분마다 생각난 듯 한 번에 전진하는 것이 아니라 바늘의 움직임이 거의 눈에 띄지 않는 아주 작은 시계처럼 전진하는 것이다. 또한 풀이 은밀하게 자라지만 누구의 눈에도 띄지 않다가 어느 때가 되면 비로소 확연하게 모양을 드러내듯 그런 식으로 걸음을 계속하는 것이다. 시간은 부피가 없는 점(點)만으로 구성된 선(線)이다.(이렇게 표현한다면, 이미 고인이 된 나프타라면 부피가 없는 점만의 집합이 어떻게 길이가 있는 선이 될 수 있겠느냐고 반문할 것이다). 아무튼 그런 시간이 눈에 보이지 않는 은밀하면서도 부지런한 전진을 계속하여 끊임없는 변화를 일으켰다. 예를 하나만 든다면 테디 소년은 어느 날——특정의 '어느 날'이 아니라 아주 막연한 어느 날이라고 해야 옳겠는데——갑자기 소년티를 벗어버렸다. 그는 가끔 침대에서 일어나는 대로 잠옷을 운동복으로 갈아입고 식당으로 내려갔는데, 부인들은 이제 그를 무릎 위에 앉힐 수가 없게 되었다. 그것이 어느 때부터인지는 모르나 앞뒤가 뒤바뀌어 이제는 그가 부인들을 무릎 위에 앉혀 놓게 된 것이다. 그것은 그때까지와 마찬가지로, 아니 그 어느 때보다 양쪽을 위해서 훨씬 즐거웠다. 그는 특히 미남이라고는 할 수 없었지만 어쨌든 홍안(紅顔)의 청년으로 자란 것이다. 한스 카스토르프는 그 경과를 알아채지 못했다가 어느 날 갑자기 그 결과를 알게 되었다. 시간이 흘러 테디는 키는 컸으나 그런 성장이 그에게는 맞지 않았던지 그것이 아무런 소용이 없게 되었다. 시간은 그에게 행복을 주지 못하고 21세라는 나이로 그의 몸에 침입했던 병독으로 죽고 말았다. 그리고 그가 살던 방은 소독되었다. 그가 그때까지 지냈던 수평 상태가 이제는 영원한 수평 상태로 변한 것뿐이었기에 우리는 지금 그의 죽음을 아주 차분하게 얘기할 수가 있는 것이다.

그러나 더욱 중대한 뜻을 갖는 죽음도 있었다. 그것은 우리의 주인공들과 더욱 가까운 관계를 유지하고 있는, 또는 그전에 더욱 가까웠던 평지 사람들의 죽음이다. 우리는 한스 카스토르프의 큰삼촌이자 양부인 티나펠 영사의 죽음을 생각할 수가 있다. 노인은 기압을 조심스럽게 피해서, 그 상태로 그런 기압 속에서 모욕을 당하던 제임스 숙부에게 넘겼던 터인데, 그도 끝내는 중풍을 면하지 못했다. 그래서 어느 날 그것을 아는 사람의 기분을 고려하여 간결하면서도 다정하고 위트에 넘치는 전보가 한스 카스토르프의 침대로 날아들었다. 한스 카스토르프는 그것을 읽고 곧 검은 테두리의 종이를 사 가지고 와 숙부들께 이렇게 써 보냈다——조실 부모한 자기는 이제 세 번째로 고아가 되었다고 생각했으나, 이곳을 떠날 수 없는 몸이어서 장례식에도 참석지 못해 더욱 슬프다고.

그가 슬프다고 운운한 것은 그럴듯하게 미화한 것이었으나 당시 그의 눈빛이 어느 때보다 명상적인 빛을 띤 것도 사실이었다. 큰삼촌에 대해서는 전부터 별다른 애정을 갖고 있었던 것도 아니고 지나간 몇 년간에 걸친 꿈 같은 절연 상태로 인해 거의 아무런 느낌도 없게 되었으나 그 노인이 죽었다는 사실은 그와 평지를 이어 주는 줄이 또 하나 끊어진 셈이어서 그가 자유라고 부른 그 무렵을 더욱 완벽한 것으로 만들어 주었다. 우리가 지금 여기서 말하고 있는 시점에서는 그와 평지와의 감정상의 연결이 완전히 단절되어 있었다. 그는 평지로 소식을 보내지 않았으며 또 평지에서도 그에게 소식을 보내 주지 않았다. 그는 심지어 평지로부터 주문해 오던 마리아 만치니의 구입도 그만두었다. 그는 그 위에서 마음에 드는 담배를 찾아서 그것을 전에 애용하던 것과 마찬가지로 즐겨 피웠다. 그것은 눈과 얼음으로 뒤덮인 극지에서도 극지 탐험가에게 갖은 고초를 잊게 할 만한 담배로서 그것만 있으면 해변에 누워 있듯 무슨 일이라도 견뎌낼 수 있을 것만 같았다. 그것은 마리아보다 약간 뭉툭하고 쥐색으로, 가운데에는 푸른 띠를 두르고 맛이 부드럽고 연한 담배였다. 재는 쉽게 떨어지지 않아 재가 되어도 엽맥이 뚜렷하게 보였으며 타는 모양도 일정하여 그 담배를 피우고 있노라면 그것을 모래가 일정하게 흘러내리는 모래 시계 대신 사용할 수 있을 것 같아, 그는 사실 필요에 따라서 그렇게도 사용한 셈이다.

한스 카스토르프는 이제 회중 시계를 갖고 있지 않았다. 시계는 어느 날 머리맡 탁자에서 떨어졌는데, 그가 그것을 수리하지 않고 버려 두었기 때문에 더 이상 움직이지 않게 된 것이다. 그것은 그가 달력을 매일 한 장씩 떼어버린다든지 축제일 같은 것을 미리 체크해 두는 일 따위를 그만두게 된 똑같은 이유에서였다. 말하자면 '자유'를 위해서라는 이유에서였다고 할 수 있었으며 또 다른 말로 표현하자면 해변의 산책 10년이 하루 같은 현재와 영원을 위해서였으며 인생으로부터 떨어져 나온 그가 걸리기 쉬운 연금술적인 마술 때문이기도 했다. 이런 마술은 영혼이 겪는 모험의 핵을 이루고 있어서 단순한 실험 재료에 불과한 한스 카스토르프의 연금술적인 모험은 모두가 그 안에서 이루어지고 있었다.

그는 그렇게 안락 의자에 누워 있었다. 그리고 그가 이 위에 도착했던 한 여름이 다시 돌아왔다. 태양은 그가 모르고 지내는 사이에 그런 식으로 일곱 번을 회전한 것이다.

그리고 그때 청천벽력이 울렸다.

그러나 그때 울렸던 뇌성에 대해 과장하여 이야기하기에는 부끄러움과 두려움이 앞선다. 호언장담과 허풍은 여기서는 아무래도 어울리지 않는다 우리 모두가 알고 있는 청천벽력이 울렸으며 오랜 무감각과 흥분의 불길한 혼합물이 우리를 귀머거리로 만들 정도로 폭발했다는 사실을 목소리를 죽여 말하는 게 옳을 것이다. 약간의 경외심을 품고 말하자면 그것은 지구의 토대를 뒤흔든 역사적인 벽력으로서, 그리고 우리에게 있어서는 마(魔)의 산에 갇혀 7년 동안이나 잠을 자던 한스 카스토르프를 문밖으로 거칠게 내동댕이친 벽력이었다. 그리하여 아무리 뭐라 해도 신문 읽기를 게을리하던 사나이처럼 그는 풀밭에 주저앉아 눈을 비볐다.

지중해 연안 태생인, 그의 친구이자 선생인 세템브리니는 언제나 그를 도와주려고 했으며 스스로 떠맡은 이 골칫거리 자식에게 평지에서 일어나는 사건들의 내용을 가르쳐 주려고 해왔으나, 현실계의 정신적인 그림자에 대해서는 여러 가지로 명상에 잠기는 이 제자도 현실계 그 자체에 대해서는 주의를 기울이려 하지 않아서 선생님의 가르침을 건성으로 들었을 뿐이다.

그것은 그림자를 진실이라 생각하고 진실을 오히려 그림자로 생각하려는 오만한 성격 탓이었지만 진실과 그림자의 관계는 오늘날까지도 명백히 규정되어 있지 않았기 때문에 한스 카스토르프만을 지나치게 비난할 수는 없다.

전에는 갑자기 방에 불을 밝히고 수평 상태로 있던 그의 침대 곁에 앉아 삶과 죽음의 문제에 대해 한스 카스토르프의 사고(思考)에 어떤 영향력을 미치려 했었다. 그러나 이제는 그 반대로 한스 카스토르프가 무릎 사이에 두 손을 찌르고 조그마한 침실이나 혹은 다락방에서 휴머니스트의 안락 의자 옆에 앉아 그의 선생이 논하는 세계 정세에 대해 귀를 모으곤 했다. 루도비코씨는 그즈음 안락 의자에서 일어나는 일이 거의 없었기 때문이었다. 나프타의 무참한 최후, 신랄하고도 절망에 찬 그 논객(論客)의 공포에 찬 행위가 세템브리니의 민감한 마음에 크나큰 충격을 주어 그는 이 충격으로부터 회복되지 못했으며 그 후로 점점 허약해져서 금방이라도 쓰러질 지경이었다. 인간의 고뇌를 다루어 문학상의 걸작품을 집대성할 예정이었던 《사회 병리학》의 편집에 대한 협력도 중단되었으며, 진보 촉진 국제 연맹이 계획하던 백과사전 가운데서 문학에 관한 한 권의 책이 완성되기를 헛되이 기다릴 뿐이었다. 이제 세템브리니는 진보 촉진에 겨우 말만으로 협력하는 수밖에 없게 되었는데, 여기서도 한스 카스토르프의 우정에 찬 방문이 겨우 그 기회를 제공할 뿐이었다. 만약 그것마저 없었더라면 말만의 협력조차 그 기회를 잃어버렸을 것이다.

세템브리니는 비록 연약한 목소리이기는 하나 열에 들뜬 아름다운 목소리로 사회적 수단에 의한 인류의 자기 완성에 대해 많은 것들을 이야기했다. 그의 어투는 마치 비둘기의 발걸음처럼 조용했으나 일단 이야기가, 자유를 획득한 여러 민족들이 세계의 행복을 실현하기 위해 단결하는 대목에 이르면 그의 어투는 자기도 모르는 사이에 독수리의 날개 같은 도취를 느끼게 했다. 그것은 의심할 바 없이 아버지의 인문주의적 유산과 결합하여 아름다운 문학을 이룬 루도비코의 정치적 유산이었다. 그리고 그것은 인도주의와 정치가 결합하여 문명이라는 고귀하고 화려한 이상을 낳은 것과 완전히 궤도를 같이한 것이었다. 비둘기의 온순함과 독수리의 용맹성에 바탕을 둔 문명이라는 이상은 보수와 정체(停滯)의 원리가 무너지고 시민적 민주주의가 실현될 날을 기다리고 있었다. 그것은 민족의 여명이 시작되는 날이었다. 요컨대 그 이야기에는 여러 가지 모순이 내포되어 있었다. 세템브리니는 휴머니스트이면서도 공공연히 그가 전투적임을 공언했다. 그는 격렬한 나프타와의 결투에서는 지극히 인간답게 행동했으나 인간성이 정치와 결합하여 문명이라는 이상을 낳고 시민의 창 끝을 인류의 제단에 바친다는 큰 문제에 이르게 되면, 다시 말해 개인적인 문제를 떠나게 되면 그가 손에 피를 묻히기를 꺼려하리라고는 단언할 수 없었다. 그렇다, 세템브리니의 고매한 신념 가운데서도 비둘기의 온순한 요소가 점점 사라지고 독수리의 용맹스런 요소만 계속 강해지고 있었다. 주위의 내적인 정신 상태가 그렇게 되도록 영향을 미친 것이다.

세계 정세의 크나큰 국면들에 대한 세템브리니의 태도가 분열되고 모순을 느껴 동요되는 일이 가끔 생겨났다. 2년인가 1년 6개월 전의 일이기는 하나 그의 조국 이탈리아가 알바니아에서 외교상의 문제로 오스트리아와 공동 보조를 취했기 때문에 그의 어조는 안정감을 잃은 일이 있었다. 이 공동 보조가 라틴어를 이해하지 못하는 아시아적 러시아——채찍, 쉬르셀부르크——에 대하여 행해졌다는 점에서는 세템브리니를 감동시켰으나 한편으로 그것이 불구대천의 원수와의 결탁, 보수와 민족 예속의 원리인 빈과의 결합이었다는 점에서는 그의 마음을 무척이나 괴롭혔던 것이다. 그리고 지난 가을, 러시아가 폴란드에 철도를 부설할 때 프랑스가 거액의 차관을 해준 것 역시 그에게 똑같은 모순된 감정을 갖게 했다. 세템브리니는 그의 조국에서 친프랑스파에 속해 있었기 때문이다. 그리고 그것은 그의 조부가 7월 혁명의 그 며칠간을 천지창조의 6일과 동일시했었다는 사실을 상기해 본다면 당연한 일이었다. 하여간 문명국 프랑스가 비잔틴의 스키타이와 결합한다는 사실이 그로 하여금 도덕적인 당혹함을 느끼게 한 것이다. 그러나 한편으로는 러시아가 계획하고 있는 철도의 전략적 의의에 생각이 미치자 그는 흥분하여 숨을 거칠게 몰아쉬었으며, 고뇌는 곧 희망과 환희로 바뀌려 했다. 그리고 저 황태자 부부 암살 사건이 터졌다. 그것은 세계 정세에 비교적 둔감한 독일인들을 제외한 모든 사람들에게는 폭풍 경보였으며 사정을 잘 아는 사람들에게는 무엇보다도 적신호였는데, 우리는 세템브리니를 그런 사람들 가운데 하나로 꼽아야 마땅할 것이다. 한스 카스토르프는 보았다——세템브리니가 황태자 부부 암살 사건에 대해 인간적으로는 치를 떨었으나, 그 범행이 그가 미워하는 반동의 아성(牙城), 빈에 대한 민족적 해방 운동의 한 표현이라는 점에서는 그 얼마나 열렬히 찬동하는가를. 물론 그 범행이 모스크바의 위정자들로부터 책동을 받은 결과라 생각되기 때문에 세템브리니의 가슴은 말할 수 없이 답답했으나, 그로부터 3주일 뒤에 오스트리아가 세르비아에 최후의 통첩을 보냈을 때는 그 통첩이 인류가 저지를 수 있는 가장 저열한 죄악이라고 매도하였다. 그러면서도 세템브리니는 그 통첩의 결과를 예견할 줄 아는 형안을 갖고 있었기에 숨가쁘게 그 결과를 기대했다.

요컨대 세템브리니가 느끼는 감정은 파국으로 치닫는 유럽의 운명과 마찬가지로 복잡미묘했다. 그는 비록 민족적인 의리와 동정에서 제자에게 자신의 솔직한 의견을 털어놓지는 않았으나 넌지시 유럽의 운명을 보는 안목을 길러 주려고 했다. 최초의 동원령, 최초의 선전포고가 행해질 무렵에는 그를 찾아온 젊은이의 손을 힘주어 잡기까지 했다. 이 단순한 젊은이는 그의 감동을 제대로 이해할 수 없었지만 어쨌든 무척 감동을 받았다. "여보게, 친구!" 그 이탈리아인은 그렇게 말했다. "화약과 인쇄술, 물론 그것들은 당신네가 발견했습니다! 그러나 우리가 혁명의 나라로 진군하게 되리라는 것을 생각해 본다면…… 친구……."

답답하고도 불안한 기대의 날들이 계속되고 유럽의 신경이 긴박감을 더해 가는 동안 한스 카스토르프도 세템브리니를 찾아가지 않았다. 평지로부터 보내오는, 격렬한 내용의 신문들이 한스 카스토르프의 발코니에 직접 전달되었으며, 그것은 온 요양소를 뒤흔들었고, 식당은 물론 중환자와 위독 환자들의 병실까지 숨막히는 유황 냄새를 가득 채웠다. 그것은 7년이나 잠에 빠졌던 한스 카스토르프가 무슨 일이 일어났는지도 모르고 풀밭에서 서서히 몸을 일으키며 눈을 비비던 순간이었다……. 그의 마음의 동요를 제대로 이해하기 위해 그 장면을 마지막까지 따라가보도록 하자. 그는 두 다리를 끌어당기고 일어나 주위를 휘둘러보았다. 그는 마법에서 풀려나고 구출되고 해방되었음을 알았다. 자기의 힘으로서가 아니라 자연의 힘이라 할 수 있는 외부의 힘에 의해 마의 산으로부터 풀려난 것이다. 그리고 그도 그 사실을 인정하고 부끄러워하지 않을 수 없었다. 그러나 그 외부의 힘에 비한다면 그의 해방쯤은 부수적인 것에 지나지 않았다. 비록 그의 보잘것없는 운명은 세계의 운명에 휘말려 보이지도 않게 되었다고 하더라도 이 벽력에는 그를 위해 무엇인가를 계획해 주는 존재, 즉 신의 자비와 정의가 나타났던 것이 아닐까? 삶이 이 죄 많은 골칫거리 자식을 다시 받아들이기 위해서는 그렇게 손쉬운 방법으로는 만족하지 않고 이토록 심각하고 준엄한 형태, 일종의 가택 수색의 형태로 이루어질 수밖에 없었을 것이다. 그것은 한스 카스토르프에게는 생명을 의미하는 것이 아니라, 어쩌면 죄인인 그를 위한 세 발의 예포(禮砲) 소리를 의미하는 것인지도 모른다. 그는 무릎 꿇고 하늘을 향해 얼굴과 두 손을 높이 들었다. 유황 냄새가 가득한 어두운 하늘이기는 했지만 이미 죄업으로 가득 찬 산의 동굴 천장이 아닌 하늘을 향하여…….

세템브리니는 한스 카스토르프가 풀밭에 그런 자세로 있을 때 나타났다. 이것은 물론 비유적인 표현에 불과하다. 우리도 알고 있듯이 우리 주인공의 예의범절로 미루어 그가 실제로 그런 자세를 취했을 리는 없다. 세템브리니 선생이 실제로 본 것은 제자가 짐을 꾸리는 장면이었다. 한스 카스토르프가 눈을 뜨는 순간, 평지에서 들려온 폭발적인 벽력에 놀란 사람들이 무모한 출발을 하기 위한 광분에 휩싸인 것이다. '고향', 베르크호프는 이제 허둥

거리는 개미떼의 집과 같았다. 위에 있는 사람들은 5천 피트의 높이에서 곧장 평지의 시련을 겪고 있는 사람들에게로 추락한 것이다. 그들은 조그마한 기차로 몰려들어 승강구가 넘쳤으며, 어떤 사람들은 짐을 플랫폼에 그대로 남겨둔 채 떠나버리기도 했다. 그 혼잡한 정거장의 상공에는 찍어 누르듯 답답한, 평지에서 불어오는 타는 듯한 바람이 있었다. 한스 카스토르프도 그들과 함께 추락하여 갔다. 그리고 이 혼잡 속에서 루도비코는 한스 카스토르프를 껴안았다──문자 그대로 그를 팔에 껴안고 남국인처럼(혹은 러시아인처럼) 볼에 입을 맞추었는데, 그것이 무모한 출발을 감행한 젊은이를 적잖이 감동시켰다. 그리하여 마지막 순간에 이르러 세템브리니가 그를 "조바니"라고 부르며 개화된 유럽에서 흔히 쓰는 성명 대신에 이름만 불러 한스 카스토르프는 거의 정신을 차릴 수 없을 지경이었다.

세템브리니는 말했다. "드디어 떠나는군. 잘 가게, 조바니! 자네가 이와는 다른 식으로 떠나기를 바랐는데. 그래도 잘되었어. 이것이 신의 뜻이라면 별도리가 없겠지. 자네가 직업을 찾아 떠나는 것을 보고 싶었는데, 이제 자네는 조국의 젊은이들과 함께 싸우게 되었어. 우리의 소위님이 아니고 자네라니. 그러고 보니 인생이란 우스운 거야……. 피가 자네를 부르는 곳에서 용감하게 싸우게. 현재로서는 누구도 별수가 없어. 나는 나의 조국으로 하여금 정신과 신성한 이기주의가 명령하는 편이 되어 싸우도록 나의 여력을 다할 것이니 부디 이 사람을 용서해 주게. 잘 가게!"

한스 카스토르프는 사람들의 머리로 가득 찬 차창을 비집고는 세템브리니를 향해 손을 흔들었다. 그러자 세템브리니도 함께 오른손을 흔들었으나 왼손 손가락으로 남몰래 한쪽 눈시울을 누르고 있었다.

우리는 어디에 있는가? 저것은 무엇인가? 꿈은 우리를 어디로 데려갔는가? 어둠, 비, 진흙, 어두운 하늘을 붉게 물들이는 섬광, 쉴새없이 들려오는 은은한 포성, 대기를 가득 채운 놀, 그리고 신음 소리와 부르짖음, 찢어질 듯한 나팔 소리, 북소리, 점점 템포가 빨라지는 그 소리⋯⋯. 저기에 숲이 있고 그 숲에서 색깔 없는 덩어리들이 계속 나와 달리고 넘어지고 그리고 뛴다. 저쪽에는 나란히 서 있고, 그 뒤쪽엔 불길이 보이며 그 불길이 가끔 뭉쳐 타오른다. 우리의 주위에는 물결 같은 밭이랑들이 포탄으로 패이고 무너진다. 흙투성이의 한줄기 들길이 뻗어 있고 그 위에는 꺾인 나뭇가지들이 흩어져 있어 마치 숲과 같다. 그리고 그 길에서 역시 흙탕이 되어버린 외줄기 들길이 갈라져 언덕을 향해 활처럼 뻗어 있다. 나뭇가지가 꺾여 쓸쓸히 찬비를 맞으며 서 있고, 거기에 이정표가 서 있다. 읽어보려 해도 읽을 수가 없다. 어스레한 저녁때라 글자를 알아볼 수도 없거니와 널빤지가 탄환으로 부서져버렸기 때문이다. 동쪽일까, 서쪽일까?

"아무튼 여기는 싸움터며 평지다. 우리는 겁을 먹고 길가에 서 있는 그림자며, 아무 위험이 없는 그림자라는 사실을 부끄럽게 여기고 허풍을 떨어보겠다는 생각은 추호도 없다. 그러나 우리는 '이야기의 영(靈)'에 인도되어 여기에 왔다. 저쪽 숲으로부터 달려나와 뛰다가 넘어지고 북소리를 따라 다시 전진하는 색깔 없는 전우들 가운데 우리의 죄 많고 선량한 젊은이, 오랜 세월 우리의 반려자였으며, 우리가 몇 년을 두고 그 목소리를 들어 왔던 친구가 끼여 있기 때문이다. 그의 모습이 우리의 시야에서 완전히 사라지기 전에 그의 단순한 얼굴을 다시 한 번 보아 두도록 하자.

이러한 전사들이 그리로 온 것은 이미 온종일 계속된 전투에 최후의 일격을 가하기 위해서였으며, 2일 전에 적에게 빼앗긴 저 언덕의 진지와 그 뒤로 불타는 마을을 탈환하기 위해서였다. 그들은 지원병으로만 편성된 연대이며 거의 대학생인 젊은이들로 일선에 온 지가 얼마 되지 않았다. 그들은 밤중에 출동하여 아침까지 기차로 실려 왔으며 다시 빗속에서 오후 늦게까지 흙탕길을 행군해 왔었다. 그것은 도저히 길이라 할 수 없는 것이었다. 도로는 모조리 차단되었으므로, 밭과 질퍼덕거리는 개펄 같은 길을 따라 빗속에서 무거운 외투 위에 장비를 걸치고 7시간이나 계속 강행군을 했었다.

행군은 결코 결핵 요양소의 기분 좋은 산책 같은 것은 아니었다. 진흙탕 속에 빠지려는 구두 때문에 발을 뗄 때마다 엎드려 가죽 사이에 손가락을 넣어야 했으며, 어떤 때는 짧은 풀밭을 건너는 데 거의 1시간이나 걸리기도 했다. 그들이 거기에 도착할 수 있었던 것은 오로지 그들의 젊은 혈기 덕택이라 해야 옳았다. 흥분되고 지칠 대로 지쳤으면서도 최후의 사력을 다하는 육체는 잠도 자지 못하고 먹지도 못한 강행군을 겪고도 잠과 음식을 탐하지도 않았으며, 흙탕물이 튄 가죽끈을 턱에 걸고 비와 땀으로 범벅이 된 얼굴은 그래도 철모 밑에서 벌겋게 상기되었다. 긴장과 진흙탕의 숲을 진격하면서 입는 아군의 손상을 직접 목격했기에 그 얼굴들이 그토록 상기되어 있는 것이었다. 그들의 진격을 감지한 적은 집중 포화로 그 진격을 저지하려 했는데, 그 포화는 그들이 이미 숲으로 진격할 때부터 대열에 퍼부어져 굉음과 함께 작렬했으며 갈아놓은 들판에도 사정없이 포화를 퍼부었다.

열에 들뜬 3천 명의 젊은이는 돌진해야만 했다. 그들은 증원 부대로서 언덕의 진지와 그 뒤로 불타는 마을을 향해 총검을 높이 들고 돌격해야 했으며, 지금 지휘관의 호주머니에 들어 있는 명령서에 적힌 지점까지 돌격하는 부대를 도와 주어야만 했다. 그들의 숫자는 3천이었는데, 그들이 언덕과 마을에 이르기까지 2천 명을 잃으리라는 예상에서 3천 명으로 편성된 것이다. 그 숫자의 의미는 그러했다. 그들은 아무리 많은 인명 피해가 나도 계속 싸워서 이겨야 했고, 비록 아무리 많은 낙오자가 생긴다 하더라도 계속 1천 명의 목소리로 승리의 함성을 불러야 했다. 그들은 그러한 의도하에 편성된, 말하자면 하나의 거대한 육체적 집단에 지나지 않았다. 이미 많은 수가 고립되고 쓰러져 갔다. 이미 허약한 자들은 낙오되어버렸다. 그들은 얼굴이 헬쑥해지고 몸을 비틀거리며 이를 악물고 참아내려 했지만 결국 낙오되고 말았다. 질질 끌려가듯 잠시 대열을 따라가다가 차례로 대열에서 떨어져 결국 모습을 감추어 진흙에 넘어져 죽음을 기다릴 뿐이었다. 이윽고 작렬하는 숲에 도착했으나 숲에서 돌진해 오는 적들의 수는 여전히 많았다. 3천 명의 젊은이는 어느 정도의 사상(死傷)쯤에는 끄떡없이 여전히 밀집 부대를 이루고 있었다. 그들은 이미 우리의 비오는 대지로, 도로로, 들길로, 진흙탕으로 변해버린 밭으로 돌진하여 드디어는 그림자로 길가에 멈추어 서 있는 우리들 한가운데로 밀려왔다. 그들은 숲을 지나자 잽싼 동작으로 총 끝에 착검을 했다. 이윽고 요란한 나팔 소리와 둔탁한 북소리가 울렸으며, 젊은이들은 함성을 지르며 납덩이처럼 무거운 진흙이 엉겨붙은 구두를 악몽에서처럼 질질 끌면서 무작정 돌격했다.

윙윙거리는 포탄 속에서 엎드렸다가 다시 뛰어 일어나 서둘러 전진한다. 포탄에 맞지 않는 한, 젊은 혈기가 다하도록 전진에 전진을 거듭했다. 그들은 포탄에 맞아 이마나 심장이나 복부가 관통되어 팔을 뻗으며 쓰러진다. 그들은 진흙 속에 얼굴을 묻고 누워 움직이지 않는다. 그들은 배낭을 깔고 넘어져 뒷머리를 땅에 처박고 두 손으로 허공을 휘젓는다. 그러나 숲은 또 다른 병력을 내보내 그들은 엎드렸다 뛰어 일어나고 함성을 지르거나 혹은 말없이 비틀거리며 넘어진 전우들 사이를 비집고 계속 돌진한다.

배낭을 지고 착검한 총을 메고 외투도 구두도 진흙투성이가 된 젊은이들, 우리는 또한 인문주의적이고 심미적인 방법으로 그들의 다른 모습을 상상할 수가 있을 것이다. 말을 모는 기마병의 멋진 모습, 애인과 해변을 거니는 모습, 그 애인의 귀에 입술을 바짝 대고 속삭이며 활 쏘는 법을 가르치는 행복한 모습을 그려 볼 수도 있으리라. 그러나 여기, 포탄이 작렬하는 진흙 속에 코를 처박고 누워 있는 곳에서는 그렇지가 않다. 그들이 끝없는 불안과 어머니에 대한 그리움을 간직하고 있으면서도 기꺼이 이곳으로 달려온 것은 참으로 숭고하며 우리로 하여금 부끄러움을 느끼게 하는 모습이다. 하지만 그런 것이 그들로 하여금 지금의 처지에 빠뜨려도 괜찮다는 이유는 결코 아닐 것이다.

저기에 우리가 아는 사람이 있다. 저기에 한스 카스토르프가 있지 않은가! 이류 러시아인 좌석에 앉았을 때부터 기르기 시작한 턱수염으로 우리는 멀리서도 그를 알아볼 수가 있다. 그도 다른 젊은이들과 똑같이 얼굴이 벌겋게 상기되어 있다. 그도 착검한 총을 쥔 손을 내려뜨리고 진흙이 엉겨붙은 군화를 질질 끌면서 달린다. 보라, 그가 쓰러져 있는 전우의 손을 밟는다. 징을 박은 무거운 구두로, 나뭇가지가 흩어진 진흙 속에 처박힌 전우의 손을 밟은 것이다. 그가 틀림없다. 그런데 그가 노래를 부르고 있지 않은가! 머리가 마비된 듯한 흥분으로 자기도 모르게 웅얼거리듯 숨을 헐떡이며 들릴듯 말 듯 노래하고 있다.

가지에 새겨 놓았네.
그렇게 많은 사랑의 말들을——

그가 넘어진다. 아니, 엎드렸을 뿐이다. 지옥의 탄환, 무시무시한 원추형의 덩어리가 소름끼치는 소리를 내며 날아왔기 때문이다. 그는 차가운 진흙 속에 얼굴을 묻고 두 다리를 벌려 땅에 발꿈치를 대고 엎드려 있다. 포악해진 과학의 산물인 포탄이 가장 무서운 힘을 지니고 날아와 그에게서 비스듬히 30보쯤 떨어진 전방에 악마의 화신처럼 작렬하며 흙덩이와 불과 철과 산산조각이 된 인체를 공중으로 튀겨 올린다. 거기에 두 젊은이가 누워 있다. 그들은 친구였다. 그들은 위험 속에서 무의식중에 그렇게 엎드렸던 것인데 이제 육신은 찢겨 피범벅이 되어 사라져버렸다.

우리의 평온한 그림자가 부끄럽구나! 이제는 떠나리라! 이야기를 마저 끝내버리자. 우리의 친구는 포탄에 맞은 것일까? 그는 한순간 죽었다고 생각했다. 커다란 흙덩이가 정강이를 때리는 순간 엄청난 아픔을 느꼈으나 괜찮았다. 그는 다시 일어나 무거운 구두를 질질 끌면서 비틀비틀 전진하며 무의식중에 노래를 웅얼거린다.

흔들리는 가지가 속삭이네,

내 귀에 말하는 것같이——.

그리고 그는 혼란 속으로, 빗속으로, 어둠 속으로 사라져 우리의 시야에서 사라져버린다.

잘 가게, 한스 카스토르프! 인생의 골칫거리 자식이여! 그대의 이야기는 끝났다. 우리는 그대의 이야기를 끝마친 것이다. 그것은 짧지도 길지도 않은 이야기였으며 연금술 같은 이야기였다. 그대는 아주 단순한 젊은이였으므로 그대를 위해서가 아니라 이야기 그 자체를 위해서 이야기한 것뿐이다. 그러나 결국 이것은 그대의 이야기였다. 이런 일이 그대에게 일어난 것을 생각해 보면 그대도 별로 단순하지만은 않았다. 우리가 그대에게 교육자 같은 애정을 품었던 것도 부정하지는 않겠다. 그리고 그 때문에 우리는 더 이상 그대를 볼 수도, 목소리를 들을 수도 없다는 생각에 손가락 끝으로 눈시울을 훔치지 않을 수 없다.

잘 가게——그대가 살아 있든, 그대로 사라지든간에! 그대의 앞날은 밝은 것이 아니며 또한 그대가 말려든 사악한 춤은 앞으로 여러 해에 걸쳐 절망적인 춤을 계속할 것이다. 따라서 우리는 그대가 거기서 무사히 빠져나오리라 크게 기대하지도 않는다. 솔직히 말해서 우리의 그 의문은 의문대로 남겨 두겠다. 그대의 단순성을 높여 준 육체와 정신의 모험론은 그대를 육체로서는 그리 오래 살지 못하게 한 것을, 정신에서는 그토록 오래 살도록 해 준 것이다. 그대는 죽음과 육체의 방종 속에서 예감에 가득 차 사랑의 꿈에서 깨어나는 순간들을 체험했다. 이 세계를 뒤덮는 죽음의 향연 속에서, 비 내리는 밤하늘을 붉게 물들이는 사악한 열병과 같은 업화 속에서 그러한 것들 속에서도 언젠가는 사랑이 솟아오를 것인가?

■ 작품론

삶과 정신과의 조화

洪 京 鎬(한양대 교수 · 문학박사)

　작가는 주인공 한스 카스토르프를 매우 '단순한' 젊은이로 소개하면서 시간이 갖는 신비한 요소와 이중성(二重性)을 덧붙여 암시함으로써 이 작품의 이름을 《마의 산》이라 부르게 된 배경을 넌지시 깨우쳐 준다.

　한스 카스토르프는 조선공학(造船工學)을 전공하며 대학을 졸업한 직후, 조선, 기계 제작, 보일러 제조 회사인 툰더 운트 빌름스사에 입사가 결정된 젊은이로서 작가의 부연이 없더라도 외견상으로는 지극히 단순하고 평범한 청년이라 할 수 있다.

　그러나 고향인 함부르크에서 스위스의 다보스로 종형(從兄)인 요아힘 침센을 방문하러 가는 그 노정은, 원래의 여행 목적과는 달리 그리 가볍고 마음 편한 여정은 아니었다. 시간이란 마력과 함께 공간이 주는 거리감이 함께 작용하여, 이 여정이 마치 무중력의 나라로, 아니면 시공(時空)이 작용할 수 없는 다른 차원의 나라로 이어지게 한다.

　작가는 말한다.

……그 변화는 시간이 주는 것과 비슷하나 어떤 의미에서는 그보다 더 크다. 공간도 시간과 마찬가지로 망각의 힘을 갖는다. 공간의 힘은 온갖 관계로부터 인간을 해방시켜 자유로운 자연 상태로 옮겨놓으면서 망각 작용을 한다. 사실 이 공간은 고루한 속인마저 손쉽게 방랑자로 만들어버린다. 사람들은 시간을 망각의 강이라 하나, 낯선 곳의 공기도 일종의 술과 같아서 그것은 비록 시간만큼은 철저하지 못하지만 그만큼 효력은 빠르다.

이리하여 3주 예정이었던 이 여행이 그 후로 그를 마력의 나라, 요양소에 붙잡아 두어 그것이 무려 7년이란 세월로 연장되고 급기야는 세계대전이 일어나고 우리로 하여금 그 전화(戰火) 속에서 이 젊은이를 잃게 한다.

여기서부터 작가 토마스 만을 한평생 괴롭혀온 예술가로서의 고뇌가 시작된다. 그에게 있어 예술가가 된다는 것은 평범한 시민의 공공 생활로부터의 고립을 뜻한다. 그러나 예술가는 이 고립을 체념하지 못하고 범속한 일상 생활을 한없이 동경하면서 생(生)으로 이르는 통로를 찾아 피흘리며 애쓰지만 어디에도 출구는 보이지 않는다. 그는 이 출구를 찾기 위해 처절한 싸움을 계속한다. 그리고 예외자로서, 국외자로서의 투쟁은 언제나 절망적이며, 비극적인 상황하에서 그 막을 내린다. 이것이 토마스 만 자신을 짓누른 예술가로서의 갈등이며, 그가 항상 다루고 추구한 예술가와 시민 생활 사이에 벌어지는 갈등의 대립이다.

여기에서 출발하여 그의 모든 작품에는 서로 대립·상반되는 갈등의 문제가 그 배경과 전경(全景)을 이룬다. 삶과 죽음, 건강과 질병, 유한과 무한, 진보와 보수, 동양과 서양, 고전주의와 낭만주의, 정신과 육체, 인간과 자연, 이 밖에도 그가 추구하고 해결해야 할 난제(難題)들은 수없이 많다. 더욱이 한 시대가 종언(終焉)을 고하고 새로운 시대가 탄생하려는 어둡고 참담한 시대, 방향을 가늠하기 힘든 시대, 혼돈과 무질서의 시대에 한줄기 빛을 던져주고 통로를 밝혀 주어야 할 소명을 갖고 태어난 예술가, 그리고 이 의무와 소명을 의식하는 토마스 만은 이 긴장 상태를 극복하면서 자신의 내부적 갈등과 모든 대립 상태를 통일로 이끌고 해소시켜야겠다는 종합에 대한 갈망, 허무적인 분위기를 극복해야겠다는 열망을 안고 성숙해 가는데, 한스 카스토르프의 노력도 이와 같은 맥락을 보여주고 있다. 따라서 《마의 산》은 괴테의 《빌헬름 마이스터》 이후로 연면히 발전하는 독일 교양 소설의 결정판이라 할 수 있다.

카스토르프의 과거와 연결된 몇 가지 체험 가운데서 특히 세례반(洗禮盤)에 대한 이야기와 어린 시절의 친구였던 히페에 대한 우정은 이 작품의 여러 모티브 가운데서 대단히 중요한 위치를 차지한다. 그것들은 젊은이가 연금술적(鍊金術的)인 마(魔)의 요양소 생활을 통해서 침몰되지 않고 그것을 상승적 체험으로 변이시킬 수 있었던 지렛대이기 때문이다.

세례반과 할아버지의 임종은 청년의 과거, 가문과 전통, 규범 시민으로서의 의무를 상징하고, 히페와의 우정은 거기서 벗어나려는 해방적인 본능을 암시한다. 따라서 이 두 가지 또한 토마스 만이 즐겨 다루는 여러 대립적 요소로 작용하는데, 작가는 히페에 대한 우정을 소샤 부인에 대한 연정으로 변이시키는 변조의 기법을 쓴다.

한스 카스토르프의 피에는 확실히 가풍으로 이어져 내려오는 보수적인 시민 기질이 흐르고 있었다. 카스토르프가(家)를 대표하는 할아버지는 칼뱅파 교회에 속한 전형적인 기독교도 신사로서, 강한 보수적 사상을 갖고 있었으며 상류 사회의 후예들만이 정치에 참여해야 된다는 완고함, 그리고 새로운 것에 대한 배타적 경향이 너무나도 강한 노인이었다. 따라서 이 노인은 한스 카스토르프를 잠시도 놓아주지 않았다.

후에 청년이 되었을 때, 그는 자기의 마음속에 이 할아버지에 대한 기억이 양친보다 훨씬 깊고 강한 인상으로 남아 있음을 깨달았다. 이것은 아마 공감과 신체적인 유사성에서 생겨난 것 같았다. 홍안의 어린이가 야위고 빛바랜 70세의 노인과 비슷하다면 이 손자는 할아버지를 닮은 것이 틀림없기 때문이다. 그러나 무엇보다도 이 할아버지는 명백히 카스토르프가의 인간다운 면모를 한층 뚜렷하게 지닌 인물이었다.

그러나 이 보수적인 기질을 물려받은 젊은이는 거기서 벗어나고 도망치고 싶어하는 몽환적인 열성도 함께 갖고 있어서, 양자가 끊임없이 상충되고 조화를 이루면서 그 정신이 이어졌다. 만약 한쪽이 지나치게 우세했더라면, 그도 사촌 요아힘처럼 의무에만 충실하다가 끝내 좌절해버렸거나 소샤 부인을 따라 러시아의 어느 낯선 광야로 도피했을지 모른다. 그러나 그에게는 어떤 상태나 제도가 무한히 계속되는 것으로 믿고자 하는 경향이 있어서, 그 때문에 그 상태나 제도를 존중하여 변화를 바라지 않았기 때문에 무모한 시도를 삼갔던 것이다.

그리하여 그는 히페와의 관계에서 생겨나는 여러 가지 마음의 움직임, 예컨대 오늘은 히페를 만나게 될까, 히페가 자기 옆을 지나가게 될까, 히페가 우연히 자기를 보아주지나 않을까 하는 따위의 긴장, 그리고 이러한 비밀이 가져다 주는 고요하고 미묘한 실현의 기쁨과 또 거기에 따르는 실망까지도 사랑했다.

요아힘을 문병하러 온 그 자신 역시 병을 앓고 있음을 발견하게 되는 것은, 그가 사실은 단순한 시민이 아니라 가슴속에 병을 숨기고 있고 '인생의 골칫거리 자식'이라는 사실을 인식하게 됨을 의미한다. 그리고 이 사실을 깨닫게 해주는 고산(高山) 요양소의 세계는 그가 그때까지 살아왔던 '평지' 혹은 '저지(低地)'의 시민 사회와는 아주 다른 특수한 세계, 보통 생활에서는 보이지도 생각할 수도 없는 것을 마법의 도움으로 보고 생각하게 하는 세계, 즉 마의 산의 세계라 할 수 있다.

평지의 생활 법칙이 통용될 수 없는 비경(秘境)인 마의 산에서는 한스 카스토르프의 정신도 시민 생활과 속박에서 해방되어 자유로운 활동을 시작하게 된다. 그것도 7년이란 세월을 두고 인간에 관련된 모든 문제들이 차례로 전개되어 그 변증법적인 통일이 촉구된다.

때문에 작가 자신의 말대로《마의 산》은 몽환적으로 이어지는 사상의 구도라 할 수도 있다.

《마의 산》은 유럽 정신사 거의 전체를 배경으로 하면서, 정신적 측면과 육체적 측면의 이중성을 지닌 인간성 전체를 인식하여 신과 닮은꼴인 인간이 위치해야 할 자유의 경지를 밝히려 한다. 그리고 거기에 필요한 인식 작업을 한스 카스토르프에게 맡긴다.

이를 위해서는 거기에 따르는 이론이나 경험을 갖추어야 하기 때문에 그에게는 마술적·연금술적 교육이 필요하게 되고, 경우에 따라서는 평지에서 맛볼 수 있는 범속한 인간들의 애정 행각까지도 필요하게 된다. 이러한 과정을 통해서 마침내 그의 정신 세계는 향상되고, 천재의 길을 발견하게 되고, 또한 인간으로서 나아가야 할 길과 그곳으로 나가는 '새로운 인간성'을 예감하게 된다.

유럽의 현상에 대한 비판이나 분석은 작가 자신의 행적이나 정치적 신념과 맥락을 함께한다. 토마스 만(1875~1955)이 자리한 시대는 문화사적 견지에서 독일 자연주의(1880~1900)와 더불어 시작되는 '현대'라는 배경을 지닌 장(場)이다. 이 '현대'는 무엇보다 19세기의 절충적인 문화 체계와 이념을 부인하고 새로운 혁신을 지향하는 일로 시작되었다. 따라서 그의 지적대로 그는 '현대'와 '전통'의 중간 지점에 섰던 작가였다. 특히 그가 작가로서의 길을 걷기 시작한 시기의 독일은 여러 면에서 대립과 갈등의 조짐이 보이기 시작했다. 인접국들과는 달리 소공국(小公國) 형태로 이어져 나오던 독일의 국민은 최초로 국민 정신이라는 것에 눈뜨고 국수주의에 대한 욕구가 팽배했다. 여기서 필연적으로 권력과 정신, 지방적인 애향심과 범국가적인 애국심, 소시민성과 대제국주의 간의 갈등이 시작되어 그것이 급기야 변질된 국수주의로 치닫는 계기로 발전된다. 자신들의 국가에 대한 터무니없는 환상,

그리고 이를 경계하는 측의 우려, 여기서 파생되는 계층 간의 알력과 갈등, 이런 것들이 토마스 만의 작가적 내면 세계의 형성에 많은 영향을 끼쳤다.

젊은 토마스 만도 제2차 세계대전을 전후하여 비록 일시적이기는 하나 독일의 국수주의 사상에 동조했는데, 당대의 식자층 대부분이 그러했던 점을 감안한다면 이해될 수도 있다. 그 역시 다른 작가들(하우프트만, 군돌프, 게오르게 등)처럼 독일의 승리만이 유럽 평화를 보장할 수 있으며 독일 정신의 보존·개화만이 발전적인 현대 문화의 상징을 의미한다고 믿었다. 이러한 국수주의적 경향 때문에 형(兄) 하인리히 만과도 대립하게 되는데, 이들 형제의 비극도 위와 같은 시대적 배경이 낳은 불행한 결과였다.

그러나 반민주적이며 귀족적인 국수주의 사상이 급기야는 부정적 결과로 치닫자 토마스 만은 실망했다. 그리고 이 부정적 결과가 더욱 심화될수록 그의 고통 역시 그만큼 커질 수밖에 없었다. 그리고 《마의 산》, 《파우스트 박사》, 《선택된 인간》 등의 작품을 통해 그가 국수주의적 정치관을 극복하고 자유주의적이고 인도주의적인 길로 나아갈 수 있었던 것도 바로 이러한 고통의 대가라 할 수 있다.

요양소의 생활은 한스 카스토르프에 대한 유혹으로부터 시작된다. 마의 산이라는 독특한 환경이 주는 분위기가 그를 유혹한다. 유혹의 시작은 그때까지 지녀온 시민 생활의 리듬과는 전혀 다른 규칙에 따르는 생활 리듬을 갖고 있는 요양소의 세계에 접할 때 느껴지는 놀라움이다. 그리고 이 놀라움은 천천히 불안과 두려움으로, 때에 따라서는 체념으로 변하기도 한다. 요양소가 위치한 마의 산의 기후나 공기가 한스 카스토르프의 육체적 기능을 기묘하게 혼란시켜 주기 때문이다.

베르크호프에서의 첫날 아침은 두 가지 대조적인 장면의 목격과 함께 시작된다. 하나는 검은 옷을 입고 슬픔에 잠겨 정원에서 서성거리는 '둘 다 Tous-es-deux'로 불리는 가련한 여인, 다른 하나는 이와는 너무 대조적인, 옆방에서 들려오는 남녀의 음탕한 짓거리, 그리고 맨 처음의 식탁에서 만나게 되는 사람들과 주고받는 대화, 이 모든 것들은 근엄한 표정을 짓곤 하던 순진하고 단순한 젊은이로서는 눈을 감고 싶으면서도 호기심을 느끼지 않을 수 없는 장면들이다. 한스 카스토르프가 이러한 장면에 얼굴이 상기되는 것을 본 베렌스 고문관은 그를 유혹하기도 하고 겁을 주기도 한다.

여기에도 기막히게 예쁜 여자들이 무척 많으니까. 적어도 겉보기에는 그림같이 예쁜 여자가 말이오. ……흠, 생각한 대로 역시 틀림없는 빈혈이군. ……여기에 머물러 있는 동안은 처음부터 끝까지 사촌이 하는 대로 따라서 해야 합니다. 당신 같은 경우는 가벼운 폐결핵을 앓고 있는 것처럼 생활하고 단백질을 다소 섭취하는 것이 제일입니다…….

만약 한스 카스토르프를 유혹하는 것들이 없었다면 그는 예상보다 훨씬 빨리 마의 산에서 벗어났을지도 모른다. 평지와는 다른 기후 조건으로, 평지에서는 잠복해 있던 그의 병이 밖으로 드러난 것과 병행하여 그의 정신도 미지의 세계에 접하면서 서서히 기분좋은 활동으로 옮겨지는데, 말하자면 수동에서 능동으로의 변이라고 할 수 있다. 동시에 그는 러시아 여인 클라우디아 소샤에게 반함으로써, 자신의 내부에서 일어나는 일을 비판적으로 지켜볼 수 있는 판단력을 잃게 된다. 때문에 상술(商術)이 뛰어난 요양소의 메커니즘이 그를 포로로 붙잡아 체재비를 지불하는 '손님'으로 만들었을 때, 그는 병에 걸렸기 때문에 요양해야 된다는 진단을 받은 사실을 사랑하는 여인 곁에 오래 머무를 수 있는 구실로 여기고 오히려 이를 기쁘게 받아들인다. 한스 카스토르프를 가두는 마의 산의 울타리는 일단 이 단계에서 닫히지만 이것은 가벼운 유혹이요 시도에 불과하다. 이 울타리가 천천히 닫히며 그를 꼼짝할 수 없는 완전한 포로로 만든 것은 사육제날 밤이었다. 그가 그토록 오랫동안 참으면서 기다렸던 클라우디아 소샤에 대한 연모의 대가를 조금이나마 맛보게 해줌으로써 그를 붙잡은 것이다.

548

클라우디아 소샤에 대한 사랑은 지난 어린 시절 교정에서 만났던 급우(級友) 히페 소년에 대한 오이디푸스적 사랑의 변형일 수도 있으며, 더욱 비약한다면 토마스 만 자신의 내면에 숨겨져 있던 어머니에 대한 사랑의 변질일 수도 있다. 시대적 갈등과 이중성이 토마스 만에게 변증법적인 긴장 관계로 작용하여 그것이 오히려 창조적인 힘이 될 수 있었듯이 출생의 이중성 또한 작품 활동에 있어 창조적으로 작용할 수 있었음은 작가 자신의 입을 통하여, 또는 여러 비평가들에 의해 이미 언급되고 확인된 사실이다. 명료한 분별력과 정확성에 기반을 둔 아버지의 직업적 윤리와, 낭만적 이색성(異色性)과 음악성에 기초를 둔 어머니의 예술성이라는 이질적인 출생의 계기를 토마스 만 자신도 항상 의식해 왔었다.

또한 이 이중성은 그의 문학을 위한 중심적인 아이러니 개념과 직결된다. 이중성의 기반에서 그는 자신과 자신의 작품에 대해 필요한 작가적 간격을 유지할 수 있어서, 진지하게 인식하여 창조했던 것을 다시금 진지하지 않게 문제시할 수 있는 냉철한 의식과 유희적 자유를 누릴 수 있었다.

토마스 만은 뤼베크에 정착한 부유하고 훌륭한 가문에서 태어났다. 그의 아버지는 결혼을 하기 전인 30대 이전에 이미 큰 회사의 사장, 시참사회의 가장 중요한 세금직 의원 등으로서 명망을 누렸다. 토마스 만은 그의 위엄과 분별력, 명예욕과 근면성, 인품과 유연성 등을 아버지와 연결시켜 회상하곤 했는데, 이런 의미에서 본다면 토마스 만에게는 19세기 사업가의 진지성과 의무감, 삶의 규범을 예술적인 것으로 승화·발전시킨 공로가 돌아가야 옳다. 작가로서의 진지함, 시간의 분할과 이행, 작품의 기초 작업으로서 필요한 부분 및 재료의 철저한 관찰과 연구 따위가 이를 증명해 준다.

그러나 아버지의 진지성·분별력에 못지않게 어머니로부터 받은 영향 또한 대단히 커서 이것이 그의 성격 형성에 이중적으로 작용하게 된다. 어머니로부터 받은 것은 음악성과 이색성이었다. 토마스 만의 어머니 율리아는 브라질에서 태어난 혼혈녀로, 그녀의 아버지는 뤼벡에 친척을 둔 독일인이며 어머니는 포르투갈계의 브라질인이었다. 그들은 흑인 노예를 거느리고 농장을 경영했었다. 용모와 말씨에 있어서 이국적인 어머니는 아이들에게 독특한 분위기를 안겨 주었는데, 토마스 만은 자신의 이러한 이색적인 출생에 대해 오히려 자부심을 갖고 생활했다. 토마스 만은 그의 어머니가 뛰어난 미모에 독특한 특성을 지닌 대단히 매력적인 여인이라고 술회한 바가 있다.

그러나 토마스 만이 어머니로부터 물려받은 것 가운데 그에게 가장 큰 영향력을 끼친 요소는 음악적 재능이었다. 그의 어머니는 뛰어난 피아노 솜씨에 다양한 레퍼터리의 가곡을 불렀는데, 그 실력은 아마추어의 단계를 훨씬 넘는 수준이었다. 작가 자신의 말 그대로 어쩌면 독일 예술 중에서 가장 아름다운 분야라고 할 수 있는 가곡과 친숙해서 그것과 영원한 관계를 가질 수 있었던 것은 오로지 어머니 덕분이었다. 소년 시절 토마스 만 자신은 어머니의 주선으로 바이올린을 배워 연주했으며, 브루노 발터와의 친교를 계기로 구스타프 말러와 한스 피츠너에 심취했고, 미국 망명 중에는 스트라빈스키를 비롯한 현대 작곡가들과의 친교로 자신의 창조 세계를 넓힐 수가 있었다.

토마스 만에게 영향을 끼친 여러 인물 가운데서 바그너의 영향이 가장 두드러진다는 것은 잘 알려진 사실이다. 바그너는 토마스 만의 창작면에서나 개인적인 면에서 평생을 통해 누구보다 많은 영향을 미친 예술가였으며, 토마스 만의 거의 모든 작품에서 바그너의 흔적을 찾아볼 수가 있다. 그 자신이 밝혔듯이 그의 창작은 바그너 예술에 대한 인식과 더불어 시작되었다. 따라서 그는 창작상의 여러 기법을 바그너의 예술에서 배웠다고 공언한 바가 있다.

서사적 정신, 기승전결(起承轉結)의 기법, 개인적인 것을 객관적인 것으로 은밀히 적합시키는 문체, 상징의 형성, 개개 작품 단위의 유기적 완결성, 전 작품의 통일적 생명, 이 모든 것에 대해 내가 알고, 나의 한계 내에서 연습하고 수련하려고 시도했던 것은 바그너 예술에 대한 헌신 덕분이었다.

토마스 만이 19세에 처음으로 니체의 바그너 비평을 읽고 가장 큰 관심을 둔 것은 현재성의 비판이었다. 니체는 독일의 예술가에게 결여된 부분이 어떤 요소인가를 지적하면서 학문과 예술의 경계가 사라졌음을 확인하고, 그 결과 바그너 예술을 비판하면서 바그너의 신화적 내용을 음미하려면 그것을 현대적인 것으로 옮겨놓아야 한다고 말했다. 니체의 이러한 비평은 토마스 만의 창작에 결정적인 영향을 미쳤다. 그리하여 토마스 만은 그것을 실행에 옮겨 바그너의 신화의 세계를 시민들의 응접실로 그대로 옮겨놓았다. 신화가 세속적인 것으로, 시민적인 것으로 전이하게 된 것이다. 단편인 〈작은 프리데만씨〉, 〈복수〉, 그리고 대작 《부덴부로크가의 사람들》 등의 여러 작품들이 바그너와의 관계를 떠나서는 이해될 수가 없다. 바그너 예술의 긍정적.부정적인 요소를 토마스 만이 어떻게 수용했는가 하는 문제는 현대 종합 예술 분야에서 깊이 다루어져야 될 과제로 남는다.

본문에 나타난 소샤 부인의 묘사는 어떠한가. 작가는 소샤 부인을 약간 경박하고 꿈을 꾸는 듯한, 이국적인 냄새가 물씬 풍기는 여자로 묘사했다. 그녀에게는 단정치 못한 자세로 흐느적거리면서 문을 요란하게 여닫는 버릇이 있었다. 그러나 이상하게도 그녀에게는 방종한 자유, 불명예스러우나 거의 무한한 특권을 갖는 자유의 표현이 담겨 있었다. 그를 '평지'의 모든 의무로부터 해방하여 일체의 행동에 대한 책임을 면제해 주는 마의 산 그 자체의 분위기가 한스 카스토르프를 마법에 걸리게 한 가장 큰 유혹의 힘이라면, 클라우디아 소샤 부인에게서 느낄 수 있는 방종한 자유 역시 또 하나의 크나큰 유혹의 힘이라 할 수 있다. 그녀는 처음에는 의지를 작용시키지 않다가 마침내 사육제가 가까워지면서 의식적으로 유혹의 힘을 뻗친다. 이 힘이 너무나 강력하여 한스 카스토르프의 과거 전부가 일격에 무너진다면 이야기의 전개가 불가능할 정도이므로, 작가는 거기에 맞서 싸울 투사 한 사람을 등장시킨다. 그가 바로 이탈리아인 루도비코 세템브리니다. 이 중년의 변설가는 때로는 경구(警句)로, 때로는 당당한 이론으로 한스 카스토르프에게 평지로 돌아갈 것을 권유한다. 그는 평지의 활동적인 생활을 통해 얻을 수 있는 이점을 상기시키면서 한스 카스토르프가 몽상에 잠겨 있을 때는 이성(理性)의 불빛을 밝혀 주며, 사육제의 모험에 발을 내디디려 할 때는 위험 신호를 보내 준다. 자칫 타락과 질병, 그리고 죽음의 세계로 빨려들어갈 것 같은 '단순한' 젊은이를 활동적인 생활권으로 돌려보내기 위해 이 휴머니스트는 이성과 도덕을 내세워 그 위험을 예방하려 하나 노력에 비해 성과는 그리 대단치 않다. 하지만 한스 카스토르프가 저항할 수 없는 어떤 유혹에 이끌려 점점 마의 산이라는 함정에 빠져드는 단계에서 그 속도를 저지시킨 공적은 오로지 세템브리니에게 돌려야 마땅하다. 그는 젊은이로 하여금 발생학과 식물학을 배우고 환자를 간병하는 따위의 선행을 하도록 일깨워 주었고 죽음과 질병의 세계를 경험하고 '죽음을 극복하는 길'을 '천재적인 길'로 인식하게끔 하였다.

주인공을 아랫세계의 활동적인 삶으로부터 격리시켜 마의 세계로 끌어넣은 사랑의 유혹은 보수적이고 인습적이었던 한스 카스토르프의 정신적 가능성을 해방시켜 정신과 인식의 모험을 계속할 수 있도록 성숙시켜 준다. 클라우디아 소샤가 단순히 남성을 끄는 매력적인 여성으로만 그려지지 않고 그녀의 이기적인 면도 함께 묘사된 것은 결코 우연이 아닌 작가의 의도이다. 그녀가 한스 카스토르프에게 미치는 작용은 그의 정신적 발전에 있어서 적극적인 방향을 막는 것만이 아니고 도리어 시민적인 의무라든지 명예 따위의 개념을 근본적으로 흐리게 하여, 그의 시민적인 태도를 뒤흔들고 그가 더욱 발전하는 데 필요한 여러 전제(前提)들을 만들어내기도 한다.

사육제의 밤, 젊은이는 여자의 손이 몸에 닿자 전율하여 두 무릎을 꿇고 여인을 향하여 꿈꾸듯 말한다.

552

……육체, 사랑, 죽음, 이 세 가지는 본래가 하나입니다. 육체는 병과 쾌락이요, 육체야말로 죽음을 낳게 하니까요. ……죽음이란 언제나 쓸데없는 잔소리만 하는 진보보다 훨씬 고귀한 것입니다. ……죽음은 역사며, 고귀하고 경건하며, 영원하고 신성하여 우리가 모자를 벗고 조심조심 걸어가야 하는 그 무엇입니다. ……육체에 대한 사랑 역시 인문적인 관심이며 세계의 어떤 교육학보다도 교육적인 힘입니다. ……아아! 팔꿈치와 무릎 관절 안쪽의 부드러운 살, 그리고 그 내부의 살이 이불에 싸인 듯한 무수한 유기적 비밀, 인체의 이 감미로운 부분을 애무한다는 것은 그 얼마나 멋진 희열입니까. 당장에 죽어도 한이 없을 기쁨, 아아! 당신 무릎의 피부 냄새를 맡게 해주십시오.

그날 밤 이후로 한스 카스토르프는 심한 갈등을 겪게 된다. 여지껏 그의 타락을 제지하고 있던 시민적 태도가 허물어진 시점에서 그가 완전히 타락의 세계로 빠져버리거나 아니면 의식에 의해 체험과 타락의 세계에 대한 인식에서 모든 시민적인 과거를 극복하느냐 하는 갈림길에 서게 된 것이다.

또한 서로 대립하면서 한스 카스토르프에게 작용하던 두 힘의 관계가 변화한다. 세템브리니의 인문주의적 교육의 노력과 소샤로부터 발원되는 사랑의 마력이 긴박하게 대립·상극했으나 그것들이 자리하고 있는 지표(地表)와의 차가 너무나 심했기 때문에 그 결과는 명약관화했으나 이 시점에서부터는 양쪽이 같은 평면에서, 다 같이 교육적으로 노력하는 지적(知的) 논쟁의 면에서 대결하게 된다. 루도비코 세템브리니에게 있어서 클라우디아 소샤는 한스 카스토르프의 혼을 놓고 쟁탈하는 싸움에서 도저히 이길 수 없는 적수였으나, 이제 세템브리니는 자신과 똑같은 무기로 맞서는 유태인 레오 나프타라는, 약간은 손쉬운 적을 만나게 된 것이다. 이리하여 세템브리니와 나프타의 세계관에 대한 대결이 인류의 웅대한 과거, 현재, 미래를 배경으로 전개된다.

세템브리니와 나프타 상호간의 집요한 논전(論戰)은 유럽 정신사의 전체를 배경으로 제1차 세계대전이 임박한 유럽 시민 사회의 심리적·정신적·

문화적 상황을 부각시키며 《마의 산》 전편의 3분의 1을 메우면서 불꽃을 튄다. 그것은 두 가지 이론적인 극단으로 대립하는 지도 원리 사이에서 우왕좌왕하는 젊은이에게 양자택일을 강요한다. 서양의 이성·계몽·진보의 편에 서느냐, 동양의 도그마·독재·반동의 편에 서느냐를 강요하는 논쟁으로서 세계사적 의미에서 인간의 위치를 결정하는 문제와 직결된다고 하겠다. 제각기 자기 편으로 젊은이를 끌어당기려는 논쟁, 진보의 기수인 세템브리니와 반계몽주의자인 나프타가 벌이는 논쟁은 토마스 만이 주력한 가장 핵심적인 묘사다. 한 사람의 작가가 수직으로 대립하는 두 세계관을 그 양쪽에 똑같은 열정을 담아서 옹호하는 열변을 토할 수 있었다는 것은 참으로 경탄할 만한 일이다.

두 사람의 논쟁은 마의 산과 그 주위에서 벌어지는 사소한 일로부터 인류의 과거와 현재와 미래까지, 그 영역이 무한히 확대되어 간다.

나프타는 주장한다.

······세템브리니씨는 말끝마다 진보, 진보 하는데 그 진보라는 것이 있다면 그건 병만이, 즉 천재만이 주는 것입니다. 천재는 바로 병과 같은 것이기 때문입니다. 건강인들은 실제로 병이 만드는 것에 의해 살아오고 있습니다. 인류를 위해 진리를 인식하려고 하여 자기 스스로 병과 광기에 빠진 사람들이 있는데, 이 사람들이 획득한 인식은 건강한 인식으로 변하고 이 위대한 희생에 의해 인류가 소유하고 이용하는 인식은 벌써 병과 광기의 흔적을 남기고 있질 않습니다. 이거야 말로 십자가 위의 죽음이 아니겠습니까?

거기에 세템브리니의 반박이 뒤따른다.

정신은——병이라고요? 당신은 그것으로 청년들의 정신을 바로잡고 신앙으로 끌어들일 수 있다고 봅니까? 그리고 병과 죽음은 고귀한 것이며, 생명과 건강은 비천한 것이라고 단언하는군요.

그들의 대화는 일치점을 찾지 못하고 사사건건 대립되면서 젊은이의 정신을 혼란시킨다. 예컨대 자연이 부여하는 고귀함을 '형태'라고 주장하는 세템브리니에게 맞서 나프타는 '로고스'라 정정하고, '이성'이라 하면 '정열'이라 반박했다. 때로는 그들의 토론에 질서나 명쾌함이 결여되기도 한다. 두 사람 모두 이원적인 논쟁에 빠져 서로의 의견만 내세웠고 경우에 따라서는 스스로 자가당착에 사로잡혀 모순투성이인 이론을 주장하기도 한다.

이들의 주장은 어떤 경우에는 논리정연하지 못하여 엉망이 되기도 한다. 그것들은 작가가 이 작품을 쓰던 시기를 전후한 세계사적 의미와 같은 맥락에서 이해되어야 하며, 거기에는 그 시기를 전후한 작가 자신의 사적·공적 행위에 대한 올바른 인식이 크게 도움이 될 것이다.

1912년에 토마스 만은 가벼운 폐렴으로 입원한 아내를 찾아가 스위스 고원에 있는 요양소에서 4주 가량 체재한 적이 있었다. 그는 그때의 인상과 체험을 에피소드로 정리해 볼 생각으로 펜을 들었는데, 그 이야기가 차츰 복잡하고 광범위하게 전개되어 갔다. 그러나 때마침 제1차 세계대전이 발발했기 때문에 집필을 중단할 수밖에 없었다가 전후(戰後)에 다시 집필에 착수하여 1924년에 《마의 산》이란 표제로 완성되었다. 비록 도중에 중단된 기간은 있지만 전후 12년 동안을 심혈을 기울여 집필한 이 작품은 이제 한 가문의 역사, 육체와 정신의 대립, 예술과 예술가의 관계라는 좁은 테두리를 벗어나 널리 독일 문화, 유럽 문화의 본질을 탐색하고 시대를 분석한 저작으로서 이 작품 이후로 작가는 개인적인 것에서 떠나 역사적인 것, 보다 전형적인 것에 흥미를 갖게 된다.

1914년에 제1차 세계대전이 발발하자, 독일은 거의 전세계를 적으로 하여 싸우고 전세계로부터 총공격을 받았다. 전통적인 독일 문화도 공격 목표에서 빠질 리 없었다. 따라서 토마스 만은 《마의 산》의 집필을 잠시 중단하고 공격당한 독일 문화를 시인하고 옹호하는 논지를 폈다. 〈프리드리히 대왕과 대동맹〉(1915)과 〈비정치적 인간의 고찰〉(1918)이 이렇게 하여 집필되었다. 이 논문들은 보수적이고 국수적(國粹的)인 색채가 농후한 논조로서 서구 민주주의를 현실적·정치적인 것으로 간주하고 정신적·비정치적인 독일 문화와는 상용(相容)할 수 없는 것이라 주장하면서 문명과 민주주의에 반대하는 태도를 취했다. 이러한 입장은 토마스 만의 천성이나 교양으로 보면 이상할 것도 없지만, 휴머니즘의 정치적 표현으로서의 민주주의를 인정하려 들지 않았던 것은 훗날 그 자신이 말했듯이 자기편에 승산이 없다는 것을 인식하고 싸운 의협적인 싸움이며, 독일 낭만주의의 마지막 퇴각전이었다. 그러나 이 인식의 미흡함을 깨닫고 전후에 행한 〈독일 공화국에 대해서〉란 강연에서는 자신의 이 국수주의적 입장을 바꾸어, 민주주의를 휴머니즘의 정치적 표현으로 간주하기에 이른다. 어쨌든 이 이론 투쟁을 통해서 그는 인간과 사회에 대하여 책임을 지려면 정치적인 것에서 등을 돌려서는 안 된다는 신념을 굳히게 되었다. 그리고 이 신념은 당시 어느 독일 문학자보다 강경한 것이었다. 이어서 그는 점점 왜곡되어 가는 정치에 대해서 항상 과감한 비판을 가하고, 파시즘의 대두에 대해서 경계를 호소하고, 마침내는 펜에 의한 반나치 운동을 전개한다.

대전의 전화가 가라앉자, 만은 문화 사절의 형태로 지난날의 교전국들을 순방하며 강연을 한다. 1925년 50회 생일을 전후하여 《요셉과 그의 형제》의 집필 준비를 시작했다. 만의 작품 가운데 가장 대작인 이 소설은 4부작으로 이루어지며, 1943년 제4권 《양육인 요셉》으로 망명지인 미국에서 그 완성을 본다. 노벨문학상을 받은 1929년에는 파시즘의 위협과 심리를 파헤친 이색적인 단편 〈마리오와 마술사〉를 발표했고 그 이듬해에는 히틀러가 이끄는 나치당에 정면으로 반대하여 〈이성에 호소한다〉라는 강연을 했으며, 1932년 괴테 백년제에 즈음해서는 괴테의 독일을 수호하고 히틀러의 독일을 배척하는 내용의 강연을 하기도 했다.

마침내 1932년 1월 히틀러가 독일의 수상이 되자 그 다음날 만은 뮌헨 대학에서 〈리하르트 바그너의 고뇌와 위대성〉이라는 연제로 세계 시민의 입장에서 독일 문화를 옹호하는 강연을 했다. 그리고 다음날 유럽으로 강연 여행을 떠났는데, 이것이 자발적인 망명길이 되어 결국 죽을 때까지 독일에는 돌아가지 못했다. 그는 잠시 스위스에 거주하며 제1차 세계대전 때와는 달리 국외에서 나치의 정책에 맞서서 감연히 싸우는 한편, 《요셉과 그의 형제》의 집필을 계속하여 제1권 〈야곱 이야기〉(1933), 제2권 〈젊은 요셉〉(1934), 제3권 〈이집트 요셉〉(1936)을 잇따라 발표했다. 불안한 상황에서도 창작의 펜을 잠시도 멈추지 않았던 것은 역시 특기할 만한 사실이다. 1936년 나치 정부는 만의 시민권을 박탈하고, 이어 본 대학도 만에게 수여한 명예 박사 학위를 철회한다고 통고했다. 그러나 만은 이에 굴하지 않고 스위스에서 자유로운 독일 문화를 위한 격월간지 〈척도와 가치〉를 발행하여 나치의 파괴적인 문화 정책에 대항한다.

그러나 파시즘의 폭풍은 유럽 전역에 휘몰아쳐, 〈요셉과 그의 형제〉의 제1권과 제2권은 스위스에서 간행했지만, 제3권은 빈에서 간행할 수밖에 없는 형편이었다. 민주주의는 현재 미국 외에는 없다고 생각한 만은 1938년 유럽을 버리고 미국으로 이주했다. 그는 프린스턴 대학에서 독일 문화와 문학을 강의하는 한편, 미국의 여러 도시를 순회하며 '도래해야 할 민주주의의 승리'. '이 평화'. '자유의 문제에 대하여' 등을 강연하고, 또 《유럽에 고함》이라는 정치 평론집 등을 발간했다.

바야흐로 세계의 민주주의자로 성장한 만은 이처럼 나치에 대한 저항을 격렬하게 전개하면서도 창작의 펜을 잠시도 놓지 않고, 제2차 세계대전이 발발한 1939년에는 스위스 체재 이후 계속 써온 〈바이마르의 로테〉를 완성했다.

《마의 산》을 집필하던 시기를 중심으로 한 토마스 만 자신의 변신과 행적을 살펴보면, 세템브리니와 나프타의 광범위한 논전의 귀결을 이미 예감할 수 있다. 그러나 인간에 관한 가장 중요한 문제는 그것이 삶의 문제이든 죽음의 문제이든, 서로 대립·상극되는 극단론 가운데 어느 한쪽에 의하여 해결될 수는 없다. 따라서 본능적이고 감각적이며 현세적인 생(生)의 거상(巨像)이라 할 네덜란드인 페페르코른이 마의 산에 나타나자 그때까지의 논쟁은 공허한 탁상공론으로 밀려난다. 생명력 넘치는 개성의 신비 앞에서는 정신적인 영역에서 다루어지는 대립 따위가 아무 의미가 없게 된 때문이다. 페페르코른에서 찾아볼 수 있는 개성이라는 감각적인 세계가 지금까지의 대립을 압도해버린다. 페페르코른은 한스 카스토르프를 교화해 왔던 사람들과는 달리 본능적이고 감각적인 감정에 충실할 것을 권고한다.

되풀이해서 말씀드립니다만, 우리는 감정을 연소시켜야 할 의무, 종교적 의무를 갖고 있지요. 우리의 감정이라는 것은 생명을 눈뜨게 하는 신비스러운 남성적인 힘을 갖고 있지요. 알겠습니까? 졸고 있던 생명은 눈을 떠서 신성한 감정과 황홀한 결혼을 하게 되지요. 감정이란 정말 신성한 것입니다. 인간이 그런 것을 느낄 수 있기 때문에 더욱 신성한 것이지요. 인간은 신의 감정을 대행하는 기관입니다.

그러나 인생에 대한 감정, 생명 감정이 쇠퇴하는 것을 우주의 종말이라고 느끼는 페페르코른은 결국 감정 쇠퇴의 불안에 휩싸여 자살하고 만다. 그의 세계는 삶의 세계라기보다는 오히려 감정·감각의 세계여서 그 세계에 안주하려는 것 역시 극단론에 지나지 않는다. 페페르코른이라는 인물은 죽음에 대립하는 삶이 아니라 죽음을 초월한 보다 깊고 보다 높은 삶을 탐구하는, 한스 카스토르프가 인식의 모험을 하는 도중에 세템브리니와 나프타의 세계에 대립하는 세계를 대표하기 위해 나타난 인물이다.

이와 같은 인식의 모험을 거듭하는 한스 카스토르프는 결코 '단순한' 젊은이로 간주될 수는 없다. 그는 자유로운 경지를 모색해 간다는 점에서 오히려 '교활한' 청년이라 할 수 있다.

이 한스 카스토르프는 만만치 않은 사나이다. 세템브리니의 문필가다운 세련된 표현을 빌면 그는 교활한 놈이었다. 이 젊은이는 거물과 대립하는 경우에도 저돌적이며 뻔뻔스러웠으나 궁지에 몰렸을 때도 탈출구를 만드는 수법이 교묘했다.

이 젊은이는 인간의 실체가 무엇이냐 하는 종교적 질문을 회피하고 우주에 있어서 인간의 위치를 탐색하면서 실존의 비밀을 밝히려 하는 젊은이, 토마스 만이 주장하는 사랑의 휴머니즘을 역설하는 고지자(告知者)이다.

단순하며 정신적으로 미숙한 그가 마의 산에서 받은 교육에 의해, 또한 세템브리니와 나프타와의 논쟁을 경청하면서 점차 스스로 생각할 수 있는 능력을 갖추고 급기야는 정신적으로 독립하는데, 그가 겪은 인식의 모험에서 그 정점을 이룬 것은 눈〔雪〕 속에서 꾼 '사상의 꿈'이라 할 수가 있다.

카스토르프가 토마스 만의 괘도를 달리면서 보아 온 적나라한 고뇌, 절망, 허약함, 이 모든 것은 오히려 인간에 대한 경외심(敬畏心)마저 불러일으켜 인간으로 가까워지는 통로를 마련해 준다. 이 결정적인 체험이 바로 설원(雪原)에서의 꿈이다. 거기서 그는 죽음을 생의 대립이 아닌 통일체로 보아야 한다는 통찰에 이른다.

나는 이곳 사람들에게서 많은 모험과 이성을 배웠다. 나는 나프타와 세템브리니와 함께 위험한 산속을 돌아다녔고, 인간의 모든 것, 살과 피를 맛보았다. 또 병든 클라우디아에게 프리비슬라프 히페의 연필도 돌려주었다. 살과 피를 맛본 자는 죽음을 맛본 것과 다름없다. 그러나 교육적인 측면에서 볼 때 그것은 시작에 지나지 않는다. 거기에는 다른, 반대쪽의 절반을 보충하지 않으면 안 된다. 왜냐하면 죽음과 병에 대한 홍미는 삶에 대한 홍미의 한 형태에 지나지 않기 때문이다.

막막한 설원의 고독에서 깨어난 젊은이는 이미 과거의 그가 아니다. 그에게는 벌써 모든 대립이 조화로운 통일로 귀결되었다. 삶과 죽음, 질병과 건강, 육체와 정신, 자유와 속박, 이 모든 것은 서로 대립되는 것이 아니라 서로에게 속하는 속성이며 한 부분이다. 그리고 이러한 대립적 요소들을 지양하여 통일로 합일시키는 주체는 다름 아닌 새로운 인간이다. 이 새로운 인간형이 바로 인류가 지향하는 이념이며 꿈이다. 인간의 의무란 죽음이나 질병에 자신을 방치하는 것이 아니라 인류의 선과 사랑을 위해 끝까지 투쟁하는 일이다.

위에서 언급한 대로 토마스 만은 제1차 세계대전 전에는 대체로 개인주의적 · 보수적 휴머니즘의 입장에 서 있었으나, 대전을 겪고부터는 민주주의적 국가 형태를 옹호하였으며, 독일의 민주화를 위하는 일이라면 정치라는 투기장에 나서는 것도 사양하지 않았다. 때문에 그는 전쟁에서의 체험을 토대로 자신의 세계관을 재검토하고 그것을 재조직할 필요가 있었는데, 그것을 통해 얻은 것이 바로 새로운 휴머니즘의 이상이며 그것을 구현한 것이 《마의 산》이라 할 수 있다.

따라서 《마의 산》은 과거에서 선회하여 미래에 봉사하겠다는 결의로 방향 전환을 한 '정신적 변모'를 그린 작품이다. 설사 포탄 속에 묻히며 〈보리수〉를 웅얼거리던 청년 한스 카스토르프가 죽는다 하더라도 우리가 눈물을 흘릴 필요는 없다. 그의 단순성을 높여온 육체와 정신의 모험은 그를 육체로서는 그리 오래 살지 못하게 한 것을, 정신에서는 오래 살도록 해준 것이다. 그야말로 죽음과 육체의 방종 속에서 예감에 가득 차 사랑의 꿈에서 깨어나는 순간들을 체험한 사람이다.

죽음에서 삶으로, 질병에서 건강으로, 대립에서 통합으로, 이러한 모든 통로를 예시했다는 점에서 《마의 산》은 '교육 소설'이며 '교양 소설'이요, 인생의 의미를 깨닫고 인식시키기 위해서 죽음과 질병으로 득실거리고 시간이 정지된 마법의 산으로 오른다는 점에서는 '모험 소설'이며, 인간의 수수께끼를 하나하나 풀어나간다는 점에서는 '비술 소설(秘術小說)'이며, 작가의 사회 비평적인 세계관이 담겼다는 점에서는 '시대 소설'이며, 시간과 예술의 관계를 재조명했다는 점에서는 '시간 소설'이라고도 할 수 있다.

시간과 이야기의 관계에 대하여 토마스 만은 이 작품에서 이렇게 말한다.

음악은 이 지상의 시간의 일부를 차지하며 그것을 지극히 높고 고귀한 것으로 장식하는 데 반하여 이야기의 시간적 요소는 두 가지이다. 하나는 이야기가 필요로 하는 시간, 이야기가 진행되는 데 필요한 음악적·현실적 시간이며, 다른 하나는 이야기의 내용에 따른 시간이다. 이 시간은 신축성이 강하여 이야기의 허구적 시간이 음악의 현실적 시간과 일치하기도 하고, 또는 극심한 격차를 보이기도 한다. ⟨5분간 왈츠⟩라는 곡은 5분 동안 연주된다는 것 외에는 시간과 관계되는 것은 없다. 그러나 5분 동안에 일어난 것을 충분히 전달하고자 한다면 5분의 천 배가 되는 시간까지 계속할 수 있을 것이며, 허구적 5분보다 길게 계속되는 것이나 혹은 짧게 느끼게 될 수도 있고, 또 반대로 이야기의 내용을 구성하는 시간이 나타내는 시간보다 훨씬 길어 현실적 시간이 짧다고 느끼게도 될 것이다. '짧은 느낌'이란 표현은 현혹적이며 병적인 요소를 내포한다. 즉 이야기는 연금술 같은 마술, 시간을 초월해버리는 최면술을 이용하여 현실 세계에 앉아서 초감각적인 세계를 느끼게 한다.

이 작품에 대한 작가 자신의 견해는 이러하다.

유럽적 작품이 아닐까 하는 명예심을 갖는 이 작품은 대단한 의지와 결심의 결실이다. 이것은 지금까지 사랑해 온 많은 것들을 정신적으로 거부하는 작품이며, 유럽의 혼, 일찍이 좋아했고 현재도 좋아하는, 그리고 경건하고도 장엄한 색채를 띠고 있는 많은 위험스러운 공감, 매혹, 유혹 따위에 대해 정신적으로 결별을 고하는 작품이며 교육적인 자기 훈련의 작품이다. 이 작품의 봉사(奉仕)는 삶에 대한 봉사이며, 이 작품의 의지는 건강을 구하는 데 있으며, 이 작품의 목표는 미래이다.

토마스 만 자신의 찬사대로 이 작품은 과거에 구애되고 죽음에 끌리기 쉬운 허구적 낭만주의의 매력에 빠지기 쉬운 경향을 극복한 일대 기념비적인 작품이다. 과거나 죽음을 무시한다는 의미에서가 아니라 단지 죽음에 의해 사상이 지배받지 않는다는 의미에서의 극복이다. 과거 때문에 미래로 향하는 눈이 가려져서는 안 된다. 죽음에 의해 사상이 지배받아 허무주의에 빠지는 것이 아니라 죽음이라는 본체를 철저하게 이해하여 죽음을 삶에 대립시키지 않고 삶 속에 포용하여 두려워하지 않고 미래로 나아가야 한다. 이것이 작가가 지향하고자 하는 작품의 의도이다.

군대 근무에서만 존재의 의미를 찾는 선량한 요아힘도, 삶 그 자체와 같아 보였던 페페르코른도, 신의 나라를 갈구하는 반계몽주의자 나프타도 다같이 삶이란 저울대에 올려졌다가 죽어간다. 진보와 광명의 벗인 세템브리니조차 활동적인 삶을 찬미하면서도 결국 마의 산에서 내려갈 수가 없었다. 단 한 사람, 한스 카스토르프만이 극단론을 거부하고 통합의 원리를 깨달아 산에서 내려올 수 있었다. 독자들도 이 단순하지만 교활한 젊은이처럼 새로운 인간성을 예감하고 그와 더불어 마의 산에서 벗어날 수 있었으면 하는 것이 작가 토마스 만의 숨은 바람이었을 것이다.

우리는 한스 카스토르프를 세계대전의 싸움터에서 잃어버린다. 설령 새로운 인간성을 예감한 그가 대단한 위업을 남기지 못하고 평범한 한 인간으로 살다가 죽을지라도 그는 끊임없이 배우고 사색하고 남의 말에 기꺼이 귀기울이고, 이렇게 들은 바를 취사 선택하면서 그 어떤 것의 노예도 되지 않고 언제나 그 자신으로 남게 될 것이다.

따라서 이 젊은이는 우리의 한없는 사랑을 받게 될 것이며, 이 이야기를 읽는 선량한 독자들 역시 그 선량함으로 주인공 한스 카스토르프와 자신을 동일시하는 착각에 빠질 것이다. 그리고 이렇게 된 것은 토마스 만의 기법 때문이고, 이 기법의 뿌리는 작가 토마스 만의 이야기에서 찾아볼 수 있다.

잘 가게, 한스 카스토르프! 인생의 골칫거리 자식이여! 그대의 이야기는 끝났다. 우리는 그대의 이야기를 끝마친 것이다. 그것은 짧지도 길지도 않은 이야기였으며 연금술 같은 이야기였다. 그대는 아주 단순한 젊은이였으므로 그대를 위해서가 아니라 이야기 그 자체를 위해서 이야기한 것뿐이다. 그러나 결국 이것은 그대의 이야기였다. 이런 일이 그대에게 일어난 것을 생각해 보면 그대도 별로 단순하지만은 않았다. 우리가 그대에게 교육자 같은 애정을 품었던 것도 부정하지는 않겠다. 그리고 그 때문에 우리는 더 이상 그대를 볼 수도, 목소리를 들을 수도 없다는 생각에 손가락 끝으로 눈시울을 훔치지 않을 수 없다.

연 보

1875년 6월 6일 뤼베크의 부유한 곡물상 집안에서 요한 하인리히 만의 차남으로 출생. 하인리히 만의 동생.

1893년 실업고등학교를 중퇴하고 뮌헨으로 옮겨 화재 보험 회사의 견습 사원으로 입사.

1894년 견습사원을 그만두고 뮌헨 대학에서 미술사·문학사 등을 청강.

1896년 형 하인리히와 함께 이탈리아로 가서 머뭄.

1897년 장편 《부덴부로크가의 사람들(Budden brooks)》을 쓰기 시작.

1898년 뮌헨으로 귀환. 처녀작 단편 소설 《작은 프리데만씨》 출판.

1901년 《부덴부로크가의 사람들》 출판. 이 작품의 출판으로 점차 부유해짐.

1903년 단편집 《토니오 크뢰거》, 《트리스탄》을 씀.

1904년 희곡 《피오렌차》를 완성함.

1905년 뮌헨 대학의 수학 교수 프링스하임의 딸 카타리나와 결혼.

1909년 장편 《대공전하》를 씀. 고독한 예술가적 존재를 사랑과 결혼에 의하여 삶의 세계와 손을 잡게 하는 작품.

1912년 죽음에 매혹되어 몰락하는 예술가의 비극을 묘사한 〈베니스에서 죽다〉를 씀.

1913년 여름부터 《마의 산(Der Zauberberg)》을 쓰기 시작.

1914년 제1차 세계대전 발발. 정치에 대한 마음의 준비가 없던 그는 창작을 거의 하지 못하고 독일 낭만주의적인 보수주의 입장으로 돌아감. 전쟁 중 서유럽식 민주주의를 독일에 도입하려고 한 진보적인 형 하인리히에 반대해서 사상이나 예술의 정치화에 항의.

1918년   서유럽식 민주주의에 반대하여 독일 문화를 옹호하는 논집 〈비정치적 인간의 고찰〉을 발표. 그러나 결국엔 민주주의에 대한 반항이 잘못임을 깨달아 정치적 양심에 눈뜨게 됨.

1919년   단편 〈주인과 개〉를 씀.

1920년   서사시 〈어린이의 노래〉를 씀.

1922년   10월 〈독일 공화국에 대해서〉라는 주제로 강연. 아직 약체인 독일 공화국을 옹호하여 청년층에 민주주의의 지지를 권함. 이후 바이마르 공화국의 문화 사절 자격으로 국외로 강연 여행을 다님.

1923년   평론 〈괴테와 톨스토이〉를 씀. 독일의 후기 낭만주의 사상권에서 벗어나 독일 고전주의 휴머니즘의 상징인 괴테에 접근하여 간 그의 사상 경향을 나타냄.

1924년   장편 《마의 산》 탈고. 독일의 낭만주의적인 '죽음과의 공감'을 민주주의적 '삶에 대한 봉사'로 전환함으로써 중년의 만이 갖는 세계관의 전환을 나타낸 교양 소설.

1926년   단편 〈무질서와 어린 고뇌〉를 씀. 문화 사절로서 외국을 여행한 상세한 보고서인 〈파리 방문기〉 집필. 구약성서 중의 〈창세기〉에서 취재한 4부작 《요셉과 그의 형제(Joseph und Seine Bruder)》 착수.

1929년   《마의 산》까지의 창작 활동으로 노벨문학상 수상.

1930년   〈이성에 호소한다〉를 강연하여 독일 시민에게 사회민주당과 손을 잡고 나치에 대항할 것을 호소함. 단편 〈마리오와 마술사〉를 써서 파시즘의 정체를 폭로하고 그 최후까지를 예언함.

1933년   1월 히틀러가 수상으로 임명되자 2월 국외로 강연 여행을 떠난 채 망명. 《요셉과 그의 형제》 제2권 〈야곱 이야기〉 발표.

1934년   《요셉과 그의 형제》 제2권 〈젊은 요셉〉 발표.

1936년   독일 시민권을 박탈당함. 《요셉과 그의 형제》 제3권 〈이집트 요셉〉 발표.

1937년 격월간지 《척도와 가치》를 간행(39년까지)하여 자유로운 독일 문
       화를 옹호함.
1938년 정치 평론집 《유럽에 고함》을 출판하여 파시즘의 타도를 위해 휴
       머니즘은 전투적인 자세를 취해야 한다고 설파. 미국으로 이주하
       여 2년간 프린스턴 대학의 객원 교수로 지냄. 한편 〈도래해야 할
       민주주의의 승리〉, 〈이 평화〉, 〈자유의 문제에 대하여〉 등을 15개
       도시로 순회하며 강연함.
1939년 장편 〈바이마르의 로테〉를 집필, 괴테를 주인공으로 하여 천재의
       내면을 그리면서 히틀러 독재와는 다른 괴테적인 독일을 나타냄.
1940년 단편 〈바꾸어 붙여진 머리〉를 집필, 인도의 전설을 빌어 삶과 정
       신과의 조화적 종합이라고 하는 이상 실현의 어려움을 나타냄.
       이때부터 1945년까지 〈독일의 정취자 여러분〉으로 인류의 적 히
       틀러 타도를 호소함.
1943년 단편 〈계율〉을 집필, 모세의 십계명을 이야기했음. 《요셉과 그의
       형제》 제4권 〈양육인 요셉〉 발표.
1944년 미국 시민권을 획득함.
1947년 장편 〈파우스트 박사〉를 집필. 천재적인 작곡가가 악마와 결탁하
       여 몰락하는 비극을 그려 추상적이고 신비적인 독일혼을 파헤쳤
       으며, 이성과 철학주의 정신에 대한 절망적인 반항이었던 나치즘
       이라는 악마적인 비합리주의가 독일에 대두하게 된 원인과 과정
       을 예리하게 추구하였음.
1949년 미국 시민으로서 17년 만에 독일을 방문.
1951년 장편 〈선택된 인간〉을 집필, 근친상간의 죄를 속죄하여 은총을
       받게 되는 인간성의 회복을 묘사함.
1952년 스위스 취리히로 이주.
1953년 《속은 여인》 발표.

1954년   그의 마지막 장편 〈사기사(詐欺師) 펠릭스 크룰의 고백, 회상록의
         제1부〉 집필, '이 세상에 조금이나마 수준 높은 웃음을 가져다 주
         는 것'을 염원한 작품임.
1955년   실러의 150주년 기념 강연 〈실러 시론(詩論)〉에서 세계 평화와 독
         일의 통일을 염원함. 8월 12일, 심장병으로 사망. 취리히 근교에
         묻힘.

옮긴이 | 홍경호

충북 제천 출생.
서울대학교 독문과 및 동대학원 졸업.
빈대학에서 수학. 고려대학교에서 문학박사 학위를 받음.
한양대학교 교수 역임.
역서에는 <젊은 시인에게 보내는 편지> <고원의 사랑> 등이
있으며, 저서로는 <진시황제> <독신 시대> 등이 있다.

마의 산(하)

발행일	초판 1쇄 발행	1987년 12월 25일
	초판 4쇄 발행	1992년 7월 30일
	2판 1쇄 발행	1996년 8월 20일
	2판 5쇄 발행	2014년 11월 15일

지은이 | 토마스 만   **옮긴이** | 홍경호
펴낸이 | 윤형두   **펴낸곳** | 범우사
교 정 | 김길빈   **인쇄처** | 태원인쇄
등록번호 | 제406-2003-000048호 (1966년 8월 3일)
(413-120) 경기도 파주시 광인사길 9-13 (문발동 525-2)
대표전화 | 031-955-6900   **팩 스** | 031-955-6905
홈페이지 | www.bumwoosa.co.kr   **이메일** | bumwoosa@chol.com

ISBN 89-08-07029-·× 04850
89-08-07000-1 (세트)

* 책값은 뒤표지에 있습니다.
* 잘못된 책은 바꾸어드립니다.